CLAUDIA ZIEGLER

Die geheime Tochter

Roman

W0283177

Diana Verlag

FSC
Mix
Produktgruppe aus vorbildlich bewirtschafteten Wäldern und anderen kontrollierten Herkünften
Zert.-Nr. SGS-COC-001940
www.fsc.org
© 1996 Forest Stewardship Council

Verlagsgruppe Random House FSC-DEU-0100
Das für dieses Buch verwendete
FSC-zertifizierte Papier *Holmen Book Cream*
liefert Holmen Paper, Hallstavik, Schweden.

2. Auflage
Taschenbucherstausgabe 05/2010
Copyright © 2009 und dieser Ausgabe 2010 by Diana Verlag,
München, in der Verlagsgruppe Random House GmbH
Dieses Werk wurde vermittelt durch die Literarische Agentur
Thomas Schlück GmbH, 30827 Garbsen
Redaktion | lüra – Klemt & Mues GbR, Wuppertal
Umschlaggestaltung | Hauptmann & Kompanie
Werbeagentur, Zürich, Teresa Mutzenbach, unter Verwendung
von Fotos von gettyimages und akg-images
Herstellung | Helga Schörnig
Satz | C. Schaber Datentechnik, Wels
Druck und Bindung | GGP Media GmbH, Pößneck
Printed in Germany 2010
Alle Rechte vorbehalten

978-3-453-35485-2

www.diana-verlag.de

Für Michael

Prolog

Seit fast zwei Stunden kauerten die Männer nun bestimmt schon im Regen in ihrer unbequemen Haltung hinter den Felsvorsprüngen, und er spürte, wie sie langsam unruhig wurden. Wahrscheinlich glaubten sie nicht mehr, dass die Schotten überhaupt noch kamen. Doch ihm war klar, dass sie nur ein wenig Geduld haben mussten. Nach dem Überfall am Morgen hatten die Highlander gar keine Wahl. Ihr Ehrgefühl würde verlangen, dass sie die Täter, die ihren Viehhirten so zugerichtet hatten, auf jeden Fall fanden.

Er legte die Hand auf den Knauf seines Degens und blickte aus dem Schatten der mannshohen Felsen in die grüne Schlucht hinab. Der Platz, den er für ihr Vorhaben ausgesucht hatte, war ideal. Man konnte von dieser Seite des Abhangs nahezu das ganze Tal überblicken, und zu ihren Füßen verengte sich die Schlucht, sodass die Männer eine leichte Zielscheibe sein würden.

Er war sich sicher, dass er bei ihnen sein würde. Für einen Moment rief er sich sein Bild vor Augen und überlegte, ob er sich wohl sehr verändert haben mochte. Vermutlich – doch er würde ihn immer und überall wiedererkennen.

Er kniff unter seinem Dreispitz die Augen zusammen und ließ den Blick weiter über die felsigen Gipfel der Highlands schweifen. Hier in dieser Einöde und Wildnis hatte er also in den letzten Jahren gelebt – er, der immer so kultiviert und höfisch gewandt gewesen war. Er kam nicht umhin, eine ge-

wisse Genugtuung bei der Vorstellung zu verspüren. Doch dann ebbte das alte Hassgefühl ihm gegenüber auch schon wieder ab. Er empfand inzwischen kaum noch etwas, wenn er an ihn dachte. Selbst bei dem Gedanken, ihn zu töten, fühlte er nichts, weder Befriedigung noch Triumph – aber auch kein Mitleid. Das, was er tun würde, war nichts als eine zwingende Notwendigkeit, etwas, das er schon vor Jahren hätte erledigen müssen und das ihn jetzt, da er es in der Vergangenheit versäumt hatte, viel Zeit und Geld kostete.

Eine Bewegung auf der gegenüberliegenden Bergseite brachte ihn dazu, den Kopf zu drehen. Doch es war nur ein Rudel Damwild. Nun, zumindest zur Jagd scheint die Gegend zu taugen, dachte er. Aber dieser gottverdammte Regen würde ihn, wenn er hier leben müsste, um den Verstand bringen. Er fuhr sich ungeduldig mit seinem Handschuh aus dünnem Kalbsleder über die Stirn. Seit dem Morgen regnete es diese elend feinen Tropfen vom Himmel.

Und dann – sah er sie! Sie waren zu dritt und ritten am Abhang auf jenem schmalen Pfad, der parallel zum Tal verlief und sie in ihre Richtung führte. Er war tatsächlich bei ihnen. Er erkannte ihn sofort an der aufrechten Haltung, mit der er auf dem Pferd saß.

Er wich weiter hinter den Felsen zurück, griff zu seinem Fernrohr und stellte es scharf, um ihn besser sehen zu können. Die Jahre hier hatten ihn scheinbar nicht dazu bringen können, sich wie ein Schotte zu kleiden, denn er trug Rock, Kniebundhosen und Lederstiefel – im Gegensatz zu seinen beiden Begleitern, die im Kilt auf ihren Pferden saßen.

Er hatte richtiggelegen, als er davon ausgegangen war, dass die Highlander keine Unterstützung holen würden. Es hätte sie zu viel Zeit gekostet, denn die nächste Ortschaft lag einige Meilen entfernt, und sie mussten annehmen, den

Vorsprung der Täter nicht mehr einholen zu können, wenn sie diesen Umweg machten. Stattdessen waren sie ihren Spuren gefolgt – ohne zu ahnen, dass sie damit direkt in die Falle liefen. Fast hätte er Mitleid gehabt, so leicht war es gewesen, ihr Verhalten vorauszusehen.

Er ließ das Fernrohr sinken und beobachtete mit einem kalten Lächeln, wie die Umrisse der drei Männer langsam größer wurden, während sie näher kamen. Sie waren nur noch wenige Fuß außer Schussweite. Ohne sie aus den Augen zu lassen, glitt seine Hand nach rechts, zum Halfter, um die Pistole zu ziehen, doch dann entschied er sich plötzlich dagegen, ihn selbst zu töten. Wozu sich mit unnötigen Sünden beflecken? Er bezahlte gut dafür, dass andere diese Arbeit machten. Er wandte den Kopf zu den Männern, die die Uniformen englischer Soldaten trugen, und gab ihnen ein Zeichen. Die Mündungen ihrer Flinten schoben sich langsam über die Felsvorsprünge – und Sekunden später konnte man hören, wie mehrere Schüsse in der Stille explodierten.

Schottland, August 1715

I

Etwas Helles glänzte dort zwischen den Grashalmen, halb bedeckt von dem morastigen Boden. Cécile, die in dem Nieselregen beinah daraufgetreten wäre, raffte ihren langen Rock und bückte sich neugierig, um den Gegenstand aufzuheben. Als sie mit ihrem Finger die nasse Erde und die abgeknickten Halme abwischte, sah sie, dass es eine silberne Schnupftabaksdose war. Kein gewöhnliches, sondern ein höchst aufwendig gearbeitetes Exemplar, wie das Mädchen verwundert feststellte. In den Deckel war ein hauchfeines, verschlungenes Muster graviert. Neugierig versuchte sie das Döschen zu öffnen, was ihr erstaunlich leicht gelang. Die Innenseite des Deckels war mit rotem Schildpatt ausgelegt, in dem sich die winzige Abbildung zweier kleiner Türme zeigte, die eine Lilie vor einem Kreuz umrahmten. Der Boden der Tabatiere war noch mit Tabakpulver bedeckt, das etwas feucht geworden war. Nachdenklich schloss Cécile den Deckel wieder. Das glänzende Silber war nicht einmal angelaufen, die Dose konnte also noch nicht allzu lange hier liegen. Wer hatte sie wohl an dieser einsamen Uferstelle verloren? Das junge Mädchen ließ ihren Blick unwillkürlich rings um über die grünen Abhänge der Highlands gleiten, die sich um das dunkel schimmernde Gewässer des Loch Leven schmiegten. Sie liebte diesen Platz und kam oft hierher, wenn sie allein sein und nachdenken wollte. Oder wenn ihre Unrast sie, so wie heute, aus dem Haus getrieben hatte. Gewöhnlich traf man hier keine Menschenseele, denn man gelangte an diese Uferstelle nur durch eine versteckte Schlucht.

Ein Pferdeschnauben hinter ihr riss Cécile aus ihren Gedanken. Sie steckte die Schnupftabaksdose rasch in ihre Rocktasche und strich sich das lange hellbraune Haar aus dem Gesicht. Feine Regentropfen perlten darauf.

»Ist ja gut, ich komme schon, Fay!«, sagte sie. Sie hob ihren Rocksaum, an dem sich bereits unliebsame Spuren von Gras und Erde festgesetzt hatten, und stieg die Böschung hinauf zu ihrem Pferd, das sie an einer jungen Eiche festgemacht hatte.

Die Stute zog ungeduldig am Zaumzeug. Cécile tätschelte ihr liebevoll die Flanke. Ein plötzlicher Anflug von Traurigkeit überkam sie, als sie daran dachte, dass sie in wenigen Tagen von ihr Abschied nehmen musste. In einer Woche würde sie mit ihrem Vater schon auf dem Weg nach Dover sein, um von dort aus mit dem Schiff nach Frankreich überzusetzen. Cécile unterdrückte ein Seufzen und strich ihren Rock glatt. Sie sah dieser Abreise mit Unbehagen entgegen und verspürte deshalb ihrem Vater gegenüber ein schlechtes Gewissen. Nur zu gut entsann sie sich seines strahlenden Gesichtsausdrucks, mit dem er ihr vor einigen Wochen erzählt hatte: »*Wir kehren nach Frankreich zurück, Cécile! Nach Hause …*«

Obwohl sie sich bemüht hatte, war es ihr nicht gelungen, ein erfreutes Gesicht zu machen, und er hatte es bemerkt. »Ich weiß, dass du dich hier wohlfühlst, aber glaube mir, Cécile, wir gehören nach Frankreich.«

»Aber warum sind wir dann damals überhaupt nach Schottland gekommen?«, war es aus ihr herausgeplatzt. Überrascht hatte ihr Vater sie angeschaut. Sie sprachen selten über die Vergangenheit – als würde das Reden darüber unweigerlich den Schmerz über den Tod ihrer Mutter und ihres kleinen Bruders wiedererwecken, die vor dreizehn Jahren ums Leben gekommen waren. Cécile war damals erst sechs Jahre alt gewesen.

Sanft hatte ihr Vater seine Hände auf ihre Schultern gelegt. »Es gibt viele Dinge, von denen ich dir nie erzählt habe, Cécile«, sagte er zögernd. »Du warst noch so jung. Außerdem ist es kompliziert ... Wenn wir erst in Frankreich sind, werde ich dir alles erklären.« Er brach ab, und sein Blick war für einen Augenblick in die Ferne geschweift, bevor er sich schließlich wieder zu ihr gewandt hatte. »Du musst wissen, dass ich damals nicht freiwillig mit dir hierhergekommen bin. Es gab Umstände, die mich gezwungen haben, Frankreich zu verlassen.« Er lächelte. »Aber nun können wir zurückkehren, und alles wird sich ändern ...«

Während Cécile die Stute losband und aufsaß, dachte sie erneut über die Worte ihres Vaters nach. *Alles wird sich ändern?* Ein trotziger Ausdruck glitt über ihr Gesicht. Sie fand ihr Leben gut so, wie es war! Außerdem erinnerte sie sich kaum noch an Frankreich. Dunkel entsann sie sich, dass sie dort in einem großen Haus gewohnt hatten, dass immer die Sonne schien und es warm gewesen war. Doch viel mehr als diese verschwommenen Bilder vermochte sie in ihrem Kopf nicht zu finden.

Cécile ergriff die ledernen Zügel und schnalzte leise mit der Zunge, so wie es ihr Hugh, der alte Stallknecht, beigebracht hatte. »Los, Fay!« Die Stute, die nur auf dieses Kommando gewartet zu haben schien, setzte sich ungestüm in Bewegung. Wenig später spürte Cécile, wie der Stoff ihres Rockes um ihre Beine flatterte, während sie in Richtung Carnoch galoppierte. Sie genoss die klare Luft und blickte über die Berge, die jetzt im Sommer von einem strotzenden, saftigen Grün überzogen waren. Ja, sie war hier zu Hause.

Selbst den Regen liebte sie. Feine Tropfen wehten ihr beim Ritt kühl ins Gesicht, und sie fühlte sich wach und lebendig.

Dabei erinnerte sie sich noch gut, wie rau und fremd ihr Schottland am Anfang vorgekommen war. Sie war sechs, und alles war von einem Tag zum anderen neu für sie gewesen. Die Kälte, die wilde Landschaft mit ihren Bergen, die fremde Sprache, die sie nicht verstand, und dann die Männer in den merkwürdigen karierten Röcken ... Wie einsam hatte sie sich oft gefühlt! Doch mit den Jahren war Glencoe ihr Zuhause geworden, und jetzt wusste sie, dass sie viele Menschen hier furchtbar vermissen würde.

Cécile verlangsamte das Tempo, denn sie hatte fast das Ende der Schlucht erreicht, die sich hinter einigen Felsen zum Tal öffnete. Plötzlich hörte sie Stimmen, die von der anderen Seite der Berge herüberklangen. Instinktiv hielt sie die Stute zurück und lauschte. Sie sah aus dem Schutz ihrer Deckung heraus, dass mehrere Männer die andere Seite des Tals entlangritten. Sie redeten laut, und Cécile glaubte einige französische Worte zu verstehen, doch dann erkannte sie ihre roten Uniformen. Ihr stockte der Atem – englische Soldaten! So hoch hier oben in den Highlands hatte sie sie noch nie gesehen. Das abgelegene Tal von Glencoe war von keiner besonderen strategischen Bedeutung. Doch in den letzten Wochen hatte sich die politische Situation zugespitzt. Im Herbst war der Hannoveraner, Prinz Georg, neuer Herrscher von England geworden, ein großer Teil der Hochlandclans war jedoch nicht bereit, den Deutschen als ihren König zu akzeptieren, und wollte stattdessen den Stuartprinzen James III. auf den Thron bringen. Schon seit Monaten wurden deshalb überall im Land heimlich Vorbereitungen für einen Aufstand getroffen, was den Engländern natürlich nicht verborgen geblieben war.

Mit klopfendem Herzen wich Cécile mit ihrem Pferd ein Stück weiter hinter den Felsen zurück und beobachtete, wie die Männer auf der anderen Seite das Tal durchquerten.

Schuldbewusst dachte sie daran, dass ihr Vater ihr eigentlich untersagt hatte, allein auszureiten. *»Es sind unruhige Zeiten, und es ist viel zu gefährlich, dass du allein unterwegs bist – außerdem ziemt es sich nicht!«*, hatte er erst vor einigen Wochen mit einer bisher unbekannten Strenge zu ihr gesagt. Sie hatte seine Sorge übertrieben gefunden. Was sollte ihr schon passieren? Doch jetzt wünschte sie sich, sie hätte sich an sein Verbot gehalten. Es war reines Glück, dass sie den Männern nicht direkt in die Arme geritten war.

Cécile spähte hinter dem Felsen hervor und beobachtete zu ihrer Erleichterung, dass die Reiter, die ihr Tempo beschleunigt hatten, sich in die andere Richtung entfernten. Einen Augenblick lang wartete sie, bis sie ganz aus ihrem Blickfeld verschwunden waren, dann lenkte sie ihr Pferd von der Schlucht hinunter ins Tal. Sie entschied sich, den Weg am Fluss entlang zu nehmen.

Das Land, das sich vom Loch Leven über die Highlands nach Osten zum Moor von Rannoch zog, war das Land der MacDonalds von Glencoe, einem kleinen, unabhängigen Zweig des großen MacDonald-Clans. Die wenigen Dörfer und Siedlungen, in denen der Clan lebte, lagen verstreut in den Tälern und am Ufer des River Coe, und Cécile traf auf ihrem Weg normalerweise nur wenige Menschen. Umso erstaunlicher war das Auftauchen der englischen Soldaten. Was hatten sie wohl hier im Tal von Glencoe verloren?

Ein paar Bauern arbeiteten auf dem Feld, und am Flussufer knieten einige Frauen und wuschen ihre Wäsche. Sie hoben grüßend die Hand, als sie Cécile erkannten. Die französische Schottin, so nannten sie sie, denn mit ihren hellbraunen Haaren und den dunkel gezeichneten Brauen hatte sie in dieser Umgebung etwas Exotisches.

Sie erwiderte ihren Gruß und ritt weiter. Rob MacIans Haus, in dem sie und ihr Vater lebten, befand sich gut anderthalb Meilen entfernt, auf halbem Wege zwischen Carnoch und Achtriochtan. Es lag allein auf einer Anhöhe zwischen den Bergen. Cécile konnte das Haus aus gekalktem glattem Stein schon von Weitem erkennen – für schottische Verhältnisse eine fast luxuriöse Wohnstätte, denn die meisten Menschen hausten in einfachen, eher ärmlichen Cottages, die aus rohen, übereinandergeschichteten Steinen gebaut waren. Im Winter teilten sie ihre Häuser sogar mit dem Vieh.

Laird Rob MacIan war jedoch kein einfacher Clansman. Er war ein Cousin des verstorbenen Chiefs, John 13th, und ein *tacksman*, wie man die Männer im Clan nannte, die eigenes Land verwalteten und als eine Art Lehnsmann des Chiefs fungierten.

Das Mädchen ritt zu den Ställen und war gerade dabei abzusitzen, als ihm ein grauhaariger Mann, der sein rechtes Bein unter dem Kilt hinter sich herzog, mit aufgeregtem Gesicht entgegengehumpelt kam.

»Cécile! Gott sei Dank, da bist du ja«, stieß Hugh, der Stallknecht, schwer atmend hervor.

»Was ist denn?«

»Der Laird wünscht dich zu sehen!«

Sie nickte. »Ich bringe nur Fay in den Stall.«

»Nein, das mache ich schon«, wehrte er ab. Er griff mit seiner faltigen Hand eilig nach dem Halfter.

Cécile blickte ihn verwundert an. Es war kein Geheimnis, dass dem alten Hugh mit seinem lahmen Bein diese Arbeit eigentlich inzwischen zu schwer fiel.

»Geh schon, Mädel!«

Sein ernster Gesichtsausdruck hatte etwas Beunruhigendes. Sie nickte und eilte mit schnellen Schritten über den Hof. Dabei bemerkte sie, dass sie Besuch hatten – an den Holzpflöcken hinter den Ställen waren vier Pferde festgemacht.

2

Laird Rob MacIan stand am Fenster und betrachtete nachdenklich die Regentropfen, die an der Scheibe hinunterrannen. Er war siebenundsechzig Jahre alt und hatte in seinem Leben viel erlebt. Krankheit, Krieg und Tod – wie den meisten war ihm nichts davon erspart geblieben. Als junger Mann hatte er in der Schlacht von Killiecrankie und Dunkfeld gekämpft. Später hatte er das Massaker von Glencoe überlebt, bei dem sein ganzer Clan ausgelöscht werden sollte und die Menschen mitten in der Nacht halb nackt bei einem Schneesturm in die Berge hatten flüchten müssen. Viele gingen dort statt an den Schüssen am Hunger und der Kälte zugrunde. Rob MacIan hatte ferner tatenlos mit ansehen müssen, wie seine Frau im Wochenbett starb und Gott ihm schließlich auch noch seinen einzigen Sohn, Alan, einen starken jungen Mann, nahm, der qualvoll an den Pocken verendete.

Angesichts dieser Erlebnisse war sich Rob MacIan sicher gewesen, dass ihn in seinem Leben nichts mehr würde erschüttern können. Doch als er jetzt auf den Hof blickte und beobachtete, wie Henris Tochter Cécile mit vom Ritt zerzausten Haaren und durchnässtem Reitumhang von den Ställen zum Haus hastete, wusste er, dass er sich geirrt hatte. Er haderte einen Moment lang mit Gott, dass er ihm die Aufgabe, die vor ihm lag, nicht ersparte. Das Mädchen ahnte nichts, im Gegenteil, sein Gesicht zeigte einen schuldbewussten Ausdruck – wahrscheinlich glaubte es, er ließe es wegen seines heimlichen Ausritts zu sich zitieren. Ihr Vater hatte Cécile diese Ausflüge eigentlich verboten, und unter anderen Umständen hätte man sie tatsächlich dafür bestrafen müssen. Von jeher hatte sie etwas Unbändiges und Rebellisches gehabt, aber er musste zugeben, dass er vermutlich gerade deshalb eine Schwäche für sie hatte.

Ihre Gestalt verschwand aus seinem Sichtfeld, und wenig später hörte er eine Tür schlagen und vernahm ihre eiligen Schritte im Flur. Er wandte sich zu den Brüdern Collin und Douglas MacDonald um, die sich mit ihm im Raum befanden. Die beiden sahen ihn schweigend und mit niedergeschlagenen Mienen an. Sie alle wussten sehr wohl, wie schwer es sein würde, es dem Mädchen zu sagen. Oben im ersten Stock standen die gepackten Truhen und Kisten – nächste Woche hätte es mit seinem Vater nach Frankreich zurückreisen sollen.

Ein Klopfen ertönte, und Cécile huschte in den Raum. Ein Ausdruck des Erstaunens glitt über ihr Gesicht, als sie außer dem Laird auch die beiden Brüder MacDonald entdeckte. Sie machte einen höflichen Knicks.

»Sie wünschen mich zu sehen?«

Er nickte und sah sie plötzlich wieder als das kleine Mädchen vor sich, das vor dreizehn Jahren mit seinem Vater Henri aus Frankreich hierhergekommen war. Verschlossen und abweisend war sie gewesen. Die Flucht und die Strapazen der Reise hatten ihre Spuren hinterlassen. Rob MacIan hatte Céciles Vater damals nicht gefragt, warum er hatte fliehen müssen. Es spielte keine Rolle. Er war ein Freund seines Sohnes Alan, der damals noch unter ihnen weilte. Das war das Einzige, was zählte, als MacIan, und damit auch der Clan der MacDonalds von Glencoe, Henri bei sich aufnahm.

Alan und Henri hatten sich in Paris kennengelernt, wo Alan in jungen Jahren einige Zeit am Exilhof des Stuartprinzen in St. Germain gedient hatte. Er war immer ein guter Kämpfer gewesen, doch er hatte leider auch ein hitziges Temperament und eine Schwäche für guten Wein gehabt – zwei Eigenschaften, die ihn in Frankreich einmal in eine äußerst brenzlige Situation brachten, in der ihm Henri, der damals seinen Dienst als Musketier tat, hilfreich zur Seite stand. Aus dieser Begegnung war eine tiefe Freundschaft gewachsen. Wie Brüder waren sie gewesen. Ein schmerzhafter Stich durchfuhr Rob MacIan, als er sich wieder zu dem Mädchen wandte.

»Cécile, es gibt etwas, das wir dir sagen müssen …«, begann er.

Doch sie unterbrach ihn, nach einem erneuten beunruhigten Blick zu Collin und Douglas. Sie wusste, dass die beiden am Morgen zusammen mit ihrem Vater in die Berge aufgebrochen waren.

»Wo ist mein Vater?«, fragte sie. Ein unsicherer Ausdruck zeigte sich in ihren grünen Augen.

Rob MacIan musterte den Ring an seiner Hand, auf dem das Wappen seines Clans eingraviert war: ein nach oben geöffneter Lorbeerkranz, aus dem eine Hand mit einem Dolch ragte.

Schließlich blickte er Cécile geradeheraus an. »Es hat einen Unfall gegeben!«, sagte er. »Dein Vater ist mit Collin und Douglas in einen Hinterhalt der Engländer geraten, als sie nach den Männern suchten, die unseren Viehhirten William so schrecklich zugerichtet haben. Er ist verletzt worden ...«

Sie sah ihn erschrocken an. Aus ihrem Gesicht war alle Farbe gewichen. »Verletzt?«

Er blickte in ihr angstvolles Gesicht und zögerte für einen Moment. Er wünschte, er hätte ihr die Nachricht irgendwie ersparen können, doch er musste ihr die Wahrheit sagen. »Ja, man hat auf ihn geschossen. Er wurde von mehreren Kugeln getroffen, auch in den Brustkorb«, erwiderte er vorsichtig.

Tränen schossen in ihre Augen. »Wo ist er?«, fragte sie kaum hörbar. »Kann ich zu ihm?«

MacIan nickte. »Natürlich, der Arzt war bei ihm und hat ihm etwas gegen die Schmerzen gegeben. Er wartet auf dich.«

Das Mädchen drehte sich auf dem Absatz um und floh aus dem Raum. MacIan schickte ein stummes Stoßgebet zum Himmel, dass Henri noch die Kraft und Zeit blieb, ihr seine Vergangenheit zu erklären, die von nun an auch unweigerlich die ihre sein würde.

Céciles Herz raste vor Angst, als sie den Flur entlangstürmte. Es schien ihr unvorstellbar – ihr Vater verletzt? Angeschossen? Sie sah sein Gesicht vor sich, während sie gleichzeitig das Gefühl hatte, als wäre einer der Alpträume, die sie als Kind gehabt hatte, plötzlich wahr geworden. Sollte Gott sie tatsächlich ein zweites Mal derart im Stich lassen?

Dann stand sie vor der Tür zu seinem Zimmer. Sie versuchte sich einen Augenblick lang zu sammeln, bevor sie die schwere, eisenbeschlagene Klinke herunterdrückte.

Er lag halb aufgerichtet in seinem Bett, die schwarzen Haare aus der Stirn gestrichen. Mairi, die Haushälterin, hatte ihn gewaschen und ihm einen Verband angelegt, doch sein Gesicht wirkte so wächsern, so unnatürlich blass, dass Cécile bei seinem Anblick erneut ein Gefühl der Panik befiel.

»Papa!« Sie lief zu ihm und ergriff seine Hand. Sie war heiß.

»Cécile!«, stieß er hervor. Er bemühte sich, sie aufmunternd anzulächeln, doch es gelang ihm nicht.

»Sie werden wieder gesund, nicht wahr?«, fragte sie leise, fast bettelnd.

Er strich ihr über das Haar – dessen Farbe er früher, als sie ein Kind gewesen war, immer mit dem Ton von Karamellbonbons verglichen hatte – und schüttelte dann sachte den Kopf. »Nein, Cécile.«

Sie bemerkte auf einmal, wie schwer sein Atem ging, und konnte ihre Tränen nicht länger zurückhalten. »Das dürfen Sie nicht sagen, Papa!«

»Cécile, es bleibt uns kaum Zeit … Es gibt so viel, was ich dir noch sagen muss!« Unter seinen Augen, die unruhig flackerten, lagen blauschwarze Schatten.

»Ich hätte früher mit dir sprechen müssen, ich weiß, aber ich dachte, wenn wir erst zurück wären …« Die Worte kamen wie gehetzt aus seinem Mund, und er brach ab.

»Nicht, Papa! Sie dürfen sich nicht anstrengen. Das alles ist jetzt nicht wichtig.«

»Doch, es ist wichtig, Cécile – und du musst mir zuhören.« Er griff mit unerwarteter Heftigkeit nach ihrer Hand.

»Als wir damals aus Frankreich weggegangen sind, gab es Dinge, deren man mich fälschlicherweise verdächtigt hat.« Er machte eine Pause und versuchte Luft zu holen, bevor er fortfuhr: »Aber du musst mir glauben, nichts davon stimmt – ich habe nie ein Verbrechen begangen. Nie!«

Sie spürte, wie es ihr die Kehle zuschnürte. »Verbrechen?«, fragte sie verständnislos. »Was meinen Sie damit, Papa?«

Doch er hatte erschöpft die Augen geschlossen. Sie blickte ihn voller Angst an, denn sie spürte, welche Schmerzen er hatte. Ein Stöhnen entrang sich seinen Lippen.

»Durst ...«

Cécile schaute sich suchend um und entdeckte auf dem Nachttisch neben seinem Bett einen Krug mit Wasser. Hastig goss sie ihm davon ein und half ihm, das Glas an die Lippen zu setzen.

»Danke!« Mühsam schluckte er, dann lehnte er sich in das Kissen zurück. Für einen Moment war es still, doch dann öffnete er wieder die Augen und suchte ihren Blick. »Cécile, ich war damals mehr als nur Henri de Montbrignac, ein einfacher Seigneur. Ich war *duc*, ein Herzog, und habe Macht und Einfluss besessen. Doch dann hat man mich des Landesverrats und noch ... anderer schrecklicher Dinge beschuldigt, und ich habe alles verloren.«

Sie blickte ihn ungläubig an. Sie hatte immer geglaubt, dass der Adel der Montbrignacs von niederer und geringer Bedeutung sei, und nun sagte ihr Vater, dass er einmal *duc* gewesen sei? Ein leichter Schwindel ergriff sie. »Aber warum hat man Sie des Landesverrats beschuldigt ...«

Er unterbrach sie, ohne ihre Zwischenfrage zu beachten. »Es gibt Beweise für meine Unschuld ... Der König hat mir meine Begnadigung in Aussicht gestellt«, stieß er hervor. »Deshalb wollte ich mit dir nach Frankreich zurückkehren.« Er holte erneut entkräftet Luft. »Cécile, diese Begnadigung ist wichtig, verstehst du?« Seine Augen glänzten fiebrig.

»Wenn ich sterbe ... versprich mir, dass du dann allein nach Frankreich gehen wirst, um beim König nachträglich um meine Begnadigung zu bitten, für dich und deinen Bruder, Cécile!«

Sie schaute ihn fassungslos an. Was sagte er? Sprach er bereits im Fieberwahn? Ihr Bruder Jean war ebenso wie ihre Mutter seit Jahren tot!

»Er … er lebt. Er ist in Frankreich«, murmelte ihr Vater. Er stöhnte, und seine Hand glitt zu seiner Brust. Cécile sah entsetzt, dass sich auf dem Verband ein frischer hellroter Blutfleck abzuzeichnen begann. Er hatte es ebenfalls bemerkt. »Ach, Cécile, ich bin immer so stolz auf dich gewesen«, sagte er leise.

Er sah sie an, und in diesem Moment wusste sie, dass er wirklich sterben würde. Schweiß perlte auf seiner Stirn. »Versprich mir, dass du nach Frankreich gehst.«

»Ja, Papa, das tue ich«, erwiderte Cécile mit gepresster Stimme. Sie hätte in diesem Moment alles versprochen.

Er nickte matt. Seine Gesichtszüge hatten sich etwas entspannt, nun, da sie Bescheid wusste. Seine Hand deutete auf eine Holzschatulle, die neben ihm auf dem Nachttisch stand. »Die Briefe … sie werden dir alles erklären«, sagte er.

Cécile nickte. Sie konnte die Hitze spüren, die sein fiebriger Körper ausstrahlte. Sein Atem ging inzwischen flach und unregelmäßig. Trotzdem richtete er sich noch einmal mühsam auf.

»Cécile, du hast einen Onkel, aber unser Verhältnis war immer schwierig. Halte dich besser fern von ihm …« Sie schaute ihn überrascht an, doch bevor sie ihn fragen konnte, was er damit meinte, fuhr er fort: »Wenn du in Paris bist, geh zu Monsieur de Villier. Ihm kannst du trauen … Er wird dir helfen. Dein Bruder Jean lebt bei ihm«, sagte er. Er ließ sich schwer atmend zurücksinken. »Ich muss mich … einen Moment ausruhen«, murmelte er, und die Lider fielen ihm zu.

Cécile blieb an seinem Bett sitzen und hielt seine glühende Hand, während ihr lautlos die Tränen über die Wangen liefen. Er bewegte im Schlaf unruhig die Lippen und gab Worte von sich, die sie nicht verstehen konnte. Stunden vergingen so.

Gegen Abend wachte ihr Vater noch einmal auf.

»Du wirst zum König gehen, nicht wahr? Sag deinem Bruder, dass ich keine Wahl hatte. Weine nicht, *ma petite*! Ich liebe dich.«

Es waren seine letzten Worte.

3

Vor dem Haus von MacIan sprang ein junger, hochgewachsener Mann von seinem Wallach ab und lief mit schnellen Schritten zum Eingang. Sein Kilt und seine Jacke waren völlig zerknittert, und auf seinem Gesicht zeigte sich ein kupferfarbener Bartschatten. John MacIan, der zwanzigjährige Enkelsohn des alten Lairds, war sofort aufgebrochen, als er die Nachricht seines Großvaters erhalten hatte. Die halbe Nacht hatte er auf dem Pferd verbracht, um so schnell wie nur möglich nach Glencoe zurückzukommen.

Eilig stieg er die Stufen der kleinen Treppe zum Hintereingang hinauf.

Cécile stand in einem schwarzen Kleid in der Halle und hatte ihm den Rücken zugedreht. Als sie seine Schritte hörte, wandte sie sich um.

»John?« In ihren Augen spiegelte sich die Überraschung, ihn hier zu sehen. Sie wähnte ihn eigentlich in den nördlichen Highlands zu Besuch bei den Mackenzies.

Er ergriff ihre Hände. »Oh, Cécile, es tut mir so leid!« Die Wärme seiner Finger hatte etwas beruhigend Lebendiges.

Die Beerdigung ihres Vaters war kaum ein paar Stunden her. Man hatte Henri de Montbrignac auf Eilean Munde – einer kleinen Insel im Loch Leven, die den MacDonalds von Glencoe seit Jahrhunderten als letzte Ruhestätte diente – zu Grabe getragen. Es war ein Zeichen der Anerkennung und eine ungewöhnliche Ehre, dass er, ein Fremder, dort inmitten der Ahnen des Clans bestattet werden durfte. Der aufgebahrte Sarg auf dem Boot, die Musik des Dudelsackspielers, die sich mit den monotonen Gebetsversen des Priesters vermischte, der Geruch des Weihrauchs – das alles war Cécile genauso unwirklich erschienen wie der Gedanke, dass sie ihren Vater nie wiedersehen sollte. »Oh, John, ich kann einfach nicht fassen, dass er wirklich tot ist!«, stieß sie voller Verzweiflung hervor.

Er schaute sie aus seinen blaugrünen Augen mitfühlend an. Besser als jeder andere konnte er nachvollziehen, wie es ihr ging, denn er selbst hatte seinen Vater Alan bereits als Kind verloren. Wortlos zog John sie in die Arme, und als sie ihr Gesicht in den rauen Wollstoff seines Plaids drückte, verspürte sie einen Augenblick lang fast so etwas wie Trost. Er war wie ein Bruder für sie.

»Weißt du, was das Schrecklichste ist?«, fragte sie ihn eine Weile später mit blassem Gesicht. Er hatte sie überredet, mit ihm hinunter zum River Coe zu laufen, wo sie oft als Kinder gespielt hatten. Sie hob den Kopf. »Ich glaube, ich habe die Mörder meines Vaters sogar gesehen!« Sie erzählte ihm von den Engländern, die sie auf dem Rückweg vom Loch Leven beobachtet hatte.

John schaute sie überrascht an. »Wie viele waren es?«

»Ich glaube sechs, vielleicht auch sieben Männer.«

Er nickte. »Das stimmt mit der Beschreibung von William und den Brüdern MacDonald überein«, sagte er.

Sie zerknüllte das Taschentuch in ihren Händen. »Was haben sie hier in Glencoe gewollt, John?«

»Collin und Douglas nehmen an, dass es Spione waren. Die Engländer sind unruhig geworden, weil sie wissen, dass es schon bald zu einem Aufstand kommen wird. Sie sollen William verhört und ihn dabei so zugerichtet haben.«

Cécile schwieg. Sie wusste, dass es dem Jungen noch immer sehr schlecht ging. Sein Vater und sein Bruder waren zu der Beerdigung gekommen und hatten ihr ihr Beileid und ihre Ehrenbezeugungen für ihren Vater ausgesprochen.

»Glaub mir, wir werden die Mörder deines Vaters finden!«, sagte John zu ihr.

Sie nickte. Auch sein Großvater hatte ihr das versprochen, doch Cécile glaubte nicht, dass es ihnen gelingen würde, die Engländer jetzt noch aufzuspüren. Niemand wusste, wer diese Soldaten gewesen waren. Bestimmt hatten sie sich inzwischen weit entfernt von hier in Sicherheit gebracht. Ihren Vater würde es ohnehin nicht wieder lebendig machen …

Ihr ging abermals durch den Kopf, was er ihr kurz vor seinem Tod über seine Vergangenheit und darüber, wer er einmal gewesen war, enthüllt hatte. Sie drehte sich zu John um. »Ich werde nach Frankreich gehen«, sagte sie.

Er fuhr sich mit der Hand durch seine kupferfarbenen Haare und schaute sie verständnislos an. »Wie meinst du das – nach Frankreich? Du kannst doch nicht allein reisen!«

»Doch, ich habe es meinem Vater an seinem Sterbebett versprochen!«

Ungläubig blieb er stehen und fasste sie am Arm. Sein Gesicht hatte schlagartig einen anderen Ausdruck angenommen. »Mein Gott, Cécile! Wie stellst du dir das vor? Du bist eine Frau – oder, besser gesagt, noch nicht einmal das, sondern ein junges Mädchen. Du kannst dich nicht allein auf den weiten Weg machen. Weißt du, was in Schottland und England zurzeit los ist? Wir stehen kurz vor einem Krieg!«

Sie riss sich los. Er war nur ein wenig älter als sie, doch im letzten Jahr war er in die Höhe geschossen und hatte breite Schultern bekommen. Bemüht, sich von seiner neuen Männlichkeit nicht beeindrucken zu lassen, mit der auch eine ungewohnte Autorität einherging, blickte sie ihn an. »John, mein Vater … Er hat mir erzählt, dass mein Bruder noch lebt«, sagte sie schließlich.

Einen Moment lang war er sprachlos. »Dein Bruder lebt?«

»Ja, in Paris. Er ist bei dem Überfall damals nicht getötet worden …«

John schwieg. »Cécile«, sagte er schließlich in bittendem Tonfall. »Es ist trotzdem viel zu gefährlich. Ich würde dich ja begleiten, und wenn nicht ich, sollte es wenigstens jemand anders tun, aber das geht zurzeit nicht …« Er brach ab. Auch ohne dass er den Satz zu Ende sprach, wusste sie, was er sagen wollte. Er konnte nicht weg aus Schottland, weil er an der Seite der jakobitischen Truppen gegen König Georg kämpfen würde. Schon seit Längerem ahnte sie, dass er in die Planungen für den Aufstand involviert war. Deshalb war er auch bei den Mackenzies im Norden gewesen.

»Du verstehst das nicht, John! Ich kann nicht bleiben, selbst wenn ich wollte«, sagte sie leise. Es entsprach der Wahrheit. Dabei hatte John durchaus recht mit dem, was er sagte. Mit etwas Abstand kam auch ihr das Versprechen, das sie ihrem Vater gegeben hatte, gänzlich absurd vor. Sie bekam Angst, wenn sie nur daran dachte, was es bedeuten würde, ihr Wort zu halten, nach Frankreich zu reisen und dort posthum am Hof um seine Begnadigung zu bitten.

Später am Abend ließ sie der alte Rob MacIan noch einmal zu sich rufen. Auch er schien zu ahnen, was in ihr vorging. »Du weißt, dass du immer hier bleiben kannst, Cécile!«, sagte er. Er stand mit einem Glas Whisky in der Hand am Kamin. Im Licht des Kerzenscheins sah sie die Falten, die sich tief in sein Gesicht gegraben hatten. Trotz seiner rauen Fassade konnte er nicht verbergen, wie sehr ihn der Tod ihres Vaters traf, der wie ein zweiter Sohn für ihn gewesen war.

»Danke!« Sie blickte in das knisternde Kaminfeuer, das Mairi angezündet hatte. Obwohl es August war, hatte der anhaltende Regen zu einem empfindlichen Temperatursturz geführt. Schließlich wandte sie den Kopf zu MacIan. »Ich würde gern bleiben, wirklich …« Sie verstummte und sprach den Satz nicht zu Ende, denn sie sah an seinem Blick, dass er sie auch so verstand.

Er nickte. »Ich wollte nur, dass du es weißt.«

Sie spürte, wie ihr die Tränen in die Augen traten. Wortlos stellte der alte Mann sein Glas zur Seite und legte den Arm um sie.

»Es gibt so vieles, was ich ihn noch fragen möchte!«, stieß sie hervor. »Ich verstehe einfach nicht, warum er mir nie etwas von seiner Vergangenheit erzählt hat!«

MacIan schaute sie an. »Dein Vater war einmal ein bedeutender Mann. Er hat alles verloren – seinen Titel, seinen Besitz und einen Teil seiner Familie. Es war sicher nicht einfach für ihn, darüber zu reden«, sagte er sanft.

Sie wischte sich eine Träne von der Wange und fragte sich, wer ihr Vater wirklich gewesen war. »Er hat mir erzählt, dass er verurteilt worden ist, dass man ihn des Landesverrats bezichtigt hat, aber nicht, warum. Wissen Sie, was man ihm vorgeworfen hat?«

Der Schotte schüttelte den Kopf. »Nicht wirklich. Er hat nur einmal gesagt, dass seine Verurteilung mit den Unruhen im Languedoc in Zusammenhang stand, die es dort zwischen der katholischen Regierung und den aufständischen Protestanten gab.«

Dunkel erinnerte sich Cécile, ihren Vater einige Male über diese Konflikte mit Collin und Douglas reden gehört zu haben. Sie hatten darüber diskutiert, ob es überhaupt rechtens sei, dass die Untertanen in einem Land eine andere Religion als ihr Herrscher hätten. Die Könige und Fürsten der meisten Länder versuchten, die Andersgläubigen zu ihrer Religion zu bekehren. In Frankreich aber war Louis XIV. mit ungewöhnlicher Härte gegen die Protestanten vorgegangen, und es war schließlich zu einem Aufstand der Hugenotten gekommen, der in einen regelrechten Bürgerkrieg ausartete.

»Dein Vater war wohl bemüht, zwischen den Parteien zu vermitteln, um unnötiges Blutvergießen zu vermeiden«, fuhr MacIan fort. »Das scheint man ihm zur Last gelegt zu haben.« Er legte seine Hände väterlich auf Céciles Schultern. »Glaub mir, Cécile, eines Tages wirst du das alles sicher verstehen – auch warum dein Vater dir verheimlicht hat, dass dein Bruder noch lebt. Möglicherweise wollte er ihn und dich nur schützen.«

Sie blickte ihn zweifelnd an.

Erst später, als sie wieder in ihrem Zimmer war, gingen ihr seine Worte erneut durch den Kopf. *Schützen?* Vor wem?

Cécile ließ sich auf dem Bettrand nieder. Ihr Blick glitt zu der Holzschatulle, die sie auf den kleinen Tisch neben den

Waschkrug gestellt hatte. Sie wusste, dass sie – wenn überhaupt – in diesen Briefen und Aufzeichnungen Antworten auf ihre Fragen finden würde. Nachdenklich stand sie auf und nahm die Schatulle an sich. Sie war erstaunlich schwer. Céciles Finger strichen über die lackierte Oberfläche, die ein rautenförmiges Muster zierte. Vorsichtig öffnete sie den Deckel des Kästchens. Sorgfältig zusammengelegte Briefe, Papiere und ein in weiches Leder gebundenes Buch lagen darin. Ein Wappen – zwei gekreuzte Degen, unter denen eine Blüte lag – prangte auf dem Einband. Cécile legte es zur Seite und ergriff zögernd den obersten Brief und entfaltete ihn. Er war in einer eleganten Handschrift geschrieben.

Zu Versailles, Juli 1715

Monsieur,

so wie mich Ihr Schicksal von dem Moment an, als ich davon hörte, berührt hat, so glücklich schätze ich mich, Ihnen heute, nach all den Monaten, freudige Neuigkeiten übermitteln zu können. Seine allerchristlichste Majestät hat dem Abbé Péret endlich eine Audienz gewährt und Ihre Angelegenheit noch einmal prüfen lassen. Es ist demnach der Wille des Königs, Sie darüber in Kenntnis zu setzen, dass Seine Majestät angesichts dieser neuen Beweislage mit Wohlwollen Ihre Begnadigung ins Auge fasst. Man erwartet Sie hierfür umgehend zurück am Hof.

Gott hat Sie hart geprüft, Monsieur, doch vergessen Sie nie, dass er das mit denen tut, die er am meisten liebt.

Françoise d'Aubigné, Marquise de Maintenon

Cécile schaute auf das Datum des Schreibens – Juli 1715. Der Brief war vor gut einem Monat geschrieben worden. Nur kurz darauf hatte ihr Vater ihr erzählt, dass sie nach Frankreich zurückkehren würden.

Sie betrachtete die Unterschrift des Briefes. Die Marquise de Maintenon! Sie war die berühmte Mätresse Louis' XIV. – das hatte ihr Vater einmal erzählt. Ein beklemmendes Gefühl stieg in Cécile auf, als ihr klar wurde, dass seine Angelegenheit so wichtig war, dass sich diese Frau und der König persönlich damit beschäftigten. Ihr Vater war einmal der Duc de Montbrignac gewesen – noch immer kam ihr diese Tatsache unvorstellbar vor.

Sie legte den Brief wieder zurück und wollte den nachsten nehmen, doch dann entschied sie sich dagegen und ergriff stattdessen das in Leder gebundene Buch. Es war das Tagebuch ihres Vaters.

Sie blätterte durch die Seiten, die mit seiner gestochenen Schrift beschrieben waren, und ihr Blick blieb schließlich an einer Eintragung hängen, die sich weiter hinten befand, denn das sonst so akkurate Schriftbild war dort plötzlich fahrig und fast ein wenig unleserlich.

Meine Situation ist weitaus ernster und bedrohlicher, als ich vermutet habe. Es ist tatsächlich Anklage gegen mich erhoben worden. Lächerliche und absurde Vorwürfe – man beschuldigt mich des Verrats, wirft mir vor, mit den aufständischen Kamisarden kollaboriert und den unglücklichen Abbé Silvane ermordet zu haben ...

Cécile brach entgeistert ab. Man hatte ihren Vater nicht nur des Landesverrats, sondern auch des Mordes angeklagt?!

Jetzt begriff sie auf einmal, warum er ihr nie etwas erzählt hatte. Wie hätte er ihr auch erklären können, dass man ihn nicht nur für einen Verräter, sondern auch für einen Mörder hielt?

Die Zeilen waren im September 1702 von ihm zu Papier gebracht worden. Vor knapp dreizehn Jahren. Cécile rechnete kurz nach. Doch es stimmte, es war dasselbe Jahr, in dem sie nach Schottland gekommen waren. Ein Schauer lief ihr über den Rücken. Nur wenige Wochen später, im Oktober, war das gewesen.

Als Cécile weiterblätterte, stellte sie fest, dass das Tagebuch bald darauf endete. Die letzte Eintragung enthielt nicht mehr als ein paar knappe Sätze und obwohl sie bereits ahnte, was ihr Vater dort geschrieben hatte, schnitten ihr seine Worte doch ins Herz.

Catherine und Jean sind tot, ermordet von Banditen und Wegelagerern. Nur unweit hinter Paris sind sie auf ihrer Route in einer Herberge überfallen worden. Nie werde ich mir verzeihen, dass wir getrennt gereist sind. Welch fataler Fehler!
Gott hat mich nicht verlassen, er hat mich verflucht …

Cécile schloss das Tagebuch. Eine verschwommene Erinnerung tauchte plötzlich vor ihren Augen auf. Sie waren an Bord eines Schiffes. Die See war rau, und die Gischt spritzte ihr ins Gesicht. Ihr Vater stand neben ihr an der Reling und starrte mit versteinertem Gesicht auf den endlosen blaugrauen Horizont. Tränen liefen über seine Wangen. Schüchtern hatte sie ihre Finger in seine große, kalte Hand geschoben. Eine Ewigkeit verging, bis er reagierte und ihre Hand dann mit einem so festen Druck umklammerte, dass es schmerzte. Erst am nächsten Morgen hatte ihr Vater erzählt, dass ihre Mutter und ihr Bruder einen Unfall gehabt hatten.

Cécile strich sich das Haar aus dem Gesicht und versuchte das Bild von damals aus ihrem Kopf zu vertreiben. Sie goss sich ein Glas Wasser ein und trank einen Schluck, bevor sie sich nachdenklich dem übrigen Inhalt der Schatulle zuwandte.

Die ganze Nacht verbrachte sie mit den Briefen und Aufzeichnungen ihres Vaters, überflog Seiten und las einzelne Passagen und Bruchstücke, die ihr wichtig erschienen.

Ihr Vater hatte das Tagebuch zwischen 1695 und 1702 geführt. Zu Céciles Enttäuschung fanden sich darin jedoch nur wenige persönliche Notizen, sondern vor allem akribische Eintragungen über die politischen Geschehnisse. Es schienen schreckliche Zeiten gewesen zu sein. Immer wieder war von Verurteilungen, Folterungen und Hinrichtungen von Menschen die Rede, denen man vorwarf, angeblich verbotenerweise den protestantischen Glauben praktiziert zu haben. Cécile fröstelte beim Lesen. Nicht alles verstand sie, doch die Aufzeichnungen ließen sie zumindest begreifen, dass ihr Vater einflussreich genug gewesen war, sich für einige von ihnen einzusetzen.

Weit mehr als die düsteren politischen Verhältnisse interessierte es Cécile, etwas über ihren Bruder zu erfahren. Sie überflog die Briefe, ob er irgendwo erwähnt wurde. Bald hatte sie mindestens fünfzig Schreiben durchgesehen – wie sich herausstellte, hatte ihr Vater eine überaus umfangreiche Korrespondenz geführt –, doch zu ihrer Enttäuschung fand sich kein Wort über Jean darin. Cécile war schon versucht zu glauben, dass ihr Vater sich tatsächlich im Fieberwahn eingebildet hatte, ihr Bruder würde noch leben. An irgendeiner Stelle hätte er ansonsten doch etwas über ihn schreiben müssen! Da entdeckte sie, dass es in der Holzschatulle unter einem Einsatz noch ein zweites Fach gab. Aufgeregt öffnete sie es. Außer einem Medaillon, das das Bild ihrer Mutter trug, und einem Siegelring mit demselben Wappen wie das Tagebuch befand sich noch ein Brief darin. Cécile spürte, wie ihre Hände zitterten, als sie ihn entfaltete und die Zeilen las.

Lieber Henri,

ja, Ihr Sohn lebt, und ich verstehe, dass Ihr ihn lieber heute als morgen wieder in Eure Arme schließen möchtet, doch als Euer Freund und Vertrauter rate ich Euch davon ab. Die näheren Umstände der schrecklichen Geschehnisse in der Herberge lassen, wie Sie wissen, glaubhaft die Vermutung zu, dass der Überfall auf Ihre Familie keineswegs nur das Werk von einfachen Banditen war.

Hier unter meinem Schutz ist Ihr Sohn in Sicherheit - keiner weiß, dass er lebt -, und man kann ihm die Erziehung zukommen lassen, die einem zukünftigen Edelmann gebührt. Sie wissen, dass ich ihn immer wie mein eigen Fleisch und Blut behandeln werde.

Ihr treuer Freund, V.

Céciles Herz klopfte heftig. Er lebte wirklich! Einen Augenblick lang überlegte sie, wie alt Jean jetzt war. Vierzehn – er war fünf Jahre jünger als sie, entsann sie sich. Wie er wohl aussah? Würden sie sich wiedererkennen? Sie faltete den

Brief zusammen, legte ihn zurück und blätterte erneut in dem Tagebuch.

Irgendwann übermannte sie die Müdigkeit. Mit dem Bild ihres Bruders vor Augen fiel sie in einen kurzen, tiefen Schlaf. Im Traum sah sie ihren Vater auf seinem Sterbebett vor sich. Seine Augen glänzten fiebrig. »Versprich mir, dass du nach Frankreich gehst! Versprich es, Cécile!« Und sie nickte.

4

Der Pfad, der gerade einmal breit genug war, dass ein einzelner Reiter darauf vorwärtskam, schien sich schon seit einer Ewigkeit an den felsigen Abhängen der grünen Berge entlangzuschlängeln. Der unebene, vom Regen durchnässte Untergrund hatte seine Tücken und war für die Rinder und Pferde kaum weniger gefährlich als für die Männer. Ein falscher Schritt, und sie konnten ins Straucheln geraten und den Abhang hinunterstürzen. Seit Stunden hielten die Reiter deshalb den Blick konzentriert auf den Boden gerichtet. Immer wieder ging es bergauf und bergab. Cécile hatte längst aufgehört die Abhänge zu zählen. Sie fühlte nicht einmal mehr, wie erschöpft und müde sie war. Seit fast vier Tagen waren sie unterwegs, doch es kam ihr inzwischen wie Wochen vor.

Der alte Laird MacIan hatte dafür gesorgt, dass sie bis Sterling mit einem jener Viehzüge reisen konnte, die einen Teil der Rinderherde zum Falkirk Tryst brachten, um sie dort zu verkaufen. Cécile war ihm dankbar dafür, denn mehr als einmal war ihr in den letzten Tagen bewusst geworden, dass sie die Reise durch die Highlands niemals allein geschafft hätte. Es gab hier oben im Hochland keine Straßen, sondern höchstens Wege oder schmale Pfade, die alle mitten durch die Berge über gefährliche Pässe führten und eine starke Konstitution erforderten. Wind, Regen und Kälte waren in den oberen Höhen ständige Begleiter, während man unten, im Schutz der Täler, nicht selten gezwungen war, einen der Flüsse oder Seen zu überqueren, die Schottland in seine natürlich abgegrenzten Regionen unterteilte.

Céciles Blick glitt über den Horizont mit den sich endlos aneinanderreihenden Gipfeln. Zum ersten Mal begriff sie, was damit gemeint war, wenn es hieß, dass diese Unzugänglichkeit Schottlands Stärke und Schwäche zugleich war. Die natürlichen Gegebenheiten machten das Land für seine Feinde nahezu uneinnehmbar und erhielten die Macht der Clans. Gleichzeitig waren die Menschen jedoch angesichts dieser schwierigen Verbindung zur Außenwelt gezwungen, ein hartes und entbehrungsreiches Leben zu führen.

Cécile lenkte ihr Pferd hinter ihrem Vordermann über einen kleinen Sturzbach hinweg und weiter geradeaus, bis es schließlich in einem Bogen nach rechts erneut den Berg hinunterging. Zu ihrer Erleichterung sah sie, dass sich der Pfad dort wieder verbreiterte und sie in ein Tal führte, das sich mehrere Meilen weit über eine Ebene hinzog.

Cécile versuchte vorsichtig, sich in ihrem Sattel zu strecken. Ihr ganzer Körper war verspannt. Obwohl sie aus Rücksicht auf die Rinder am Tag nicht mehr als zehn bis zwölf Meilen zurücklegen konnten, spürte sie nur zu deutlich, dass sie es nicht gewohnt war, den ganzen Tag auf dem Pferd zu sitzen und nachts draußen zu schlafen. Jeder Muskel und jeder Knochen tat ihr weh. Eine Nacht in einem richtigen Bett oder zumindest auf einem dicken Sack Heu zu schlafen – was hätte sie dafür gegeben! Sie unterdrückte ein Seufzen, während sie sich gleichzeitig bemühte, ihr Gewicht im Sattel auf die weniger schmerzende Seite zu verlagern. Neben sich nahm sie einen Schatten wahr. Farrell, einer der Viehtreiber, ein kräftig gewachsener Schotte mit strohblonden Haaren, hatte sein Pferd auf ihre Höhe gebracht und musterte sie prüfend.

»Alles in Ordnung?«, fragte er.

Sie nickte, obwohl sie das Gefühl hatte, im nächsten Moment vom Pferd zu fallen. Doch sie war sich sicher, die Männer warteten nur darauf, dass sie irgendein Anzeichen von Schwäche zeigte – und diese Genugtuung wollte sie ihnen nicht geben. Sie waren alles andere als begeistert, dass Cécile mit ihnen reiste. Von Anfang an hatten sie daraus keinen Hehl gemacht. In den ersten beiden Tagen hatten sie kaum mehr als das Notwendigste mit ihr gesprochen, und sie hatte sich von der Tatsache, allein mit fünf Männern und einer Horde Rinder in den Bergen unterwegs zu sein, mehr als eingeschüchtert gefühlt. Inzwischen hatte sie sich jedoch daran leidlich gewöhnt, und die Viehtreiber waren ihr gegenüber freundlicher geworden, nachdem sie erkannt hatten, dass sie ihnen kaum zusätzliche Umstände machte. Nur Rory MacDonald, der Führer des Zugs, ein hochgewachsener, wortkarger Mann von etwa vierzig Jahren, verhielt sich ihr gegenüber nach wie vor abweisend und kühl.

Farrell blickte sie noch immer an. »Sicher?«, fragte er noch einmal.

»Aber ja!«, erwiderte Cécile, die in ihrem Sattel gerade wieder etwas nach hinten gerutscht war. Sie hörte selbst, wie gereizt ihr Tonfall klang.

Er grinste breit über sein sommersprossiges Gesicht. »Dein Hintern tut dir weh!«, stellte er unverblümt fest.

Sie blickte ihn an. Er war nur wenige Jahre älter als sie – vielleicht Anfang zwanzig. »Es ist nicht der Rede wert«, erwiderte sie knapp.

Farrell warf ihr einen amüsierten Blick zu. Es war offensichtlich, dass er ihr kein Wort glaubte. Für eine Weile ritten sie schweigend nebeneinander her.

Vor ihnen forderte Rory die Männer auf, das Tempo zu verlangsamen, um den Tieren genug Zeit zum Weiden zu lassen. Cécile kam nicht umhin, Hochachtung für seine Arbeit zu empfinden. Die Aufgabe, die Rinder nicht nur sicher über den anstrengenden und gefährlichen Weg durch die Berge zu führen, sondern auch dafür zu sorgen, dass sie in gesunder und starker Verfassung blieben, damit sie auf dem Markt einen guten Preis erzielten, war ohne Frage eine Herausforderung.

Cécile beobachtete, wie die Rinder mit gesenkten Häuptern kauend vorwärtsstampften und dabei eine breite Schneise hinter sich zurückließen. Im nächsten Jahr würde die Vegetation an diesen Stellen nur umso üppiger sprießen. Es gab viele Täler, in denen man an den dicht bewachsenen Grasgürteln sofort erkennen konnte, wo einmal Herden auf dem Weg in die Lowlands entlanggekommen waren. Cécile bemerkte, dass Rory mit eisiger Miene zu ihr und Farrell herübersah. Sie hob trotzig das Kinn.

Farrell war ihrem Blick gefolgt. »Du darfst es ihm nicht übel nehmen, dass er so ist«, sagte er leichthin. »Er trägt die Verantwortung für die Herde und den ganzen Zug und ist nervös, weil er weiß, dass uns zurzeit hinter jedem Berg ein Trupp Engländer erwarten kann.«

»Und was hat das mit mir zu tun?«

»Nun, du bist einfach ein zusätzliches Risiko, jemand, auf den er Rücksicht nehmen muss, falls uns die Rotröcke begegnen. Er musste Laird MacIan immerhin sein Wort geben, dich heil nach Sterling zu bringen«, fügte er hinzu.

Cécile schaute zu dem Viehtreiber hinüber. Er wirkte angespannt. Sie begriff, dass die Männer tatsächlich damit rechneten, dass es auf ihrer Reise zu Auseinandersetzungen mit den Engländern kommen würde. Hatten sie deshalb so viele Waffen bei sich? Jeder der Männer trug nicht nur Messer, Dolch, Schwert und Pistole – was für die Viehtreiber auch zu anderen Zeiten völlig normal war. Unter den Clans war es nämlich durchaus üblich, sich gelegentlich gegenseitig die Rinder zu stehlen. Gerade die MacDonalds von Glencoe konnten diesbezüglich auf eine wenig rühmliche Vergangenheit mit den benachbarten Campells zurückblicken, wie John Cécile einmal erzählt hatte. Doch diesmal führten die Männer auch in den Satteltaschen einiger Proviantpferde Musketen und Pistolen mit sich. Cécile hatte es nur durch einen Zufall bemerkt. Es war an einem der ersten Abende gewesen, sie war gerade auf dem Rückweg von einem Bach zu ihrem Lager, als sie im Vorbeigehen hinter einem Felsen Rory mit einem der Männer bei den Proviantpferden erblickte. Die Satteltaschen waren geöffnet, und Cécile hatte die silbernen Läufe der Pistolen und Musketen glänzen sehen. Eine merkwürdige Vorahnung ergriff sie, als sie dieses Bild jetzt wieder vor Augen hatte.

Ohne sich etwas anmerken zu lassen, schenkte sie Farrell jedoch ein Lächeln. »Nun, Rory muss sich weiß Gott keine Sorgen machen. Ich kann sehr gut selbst auf mich aufpassen.«

»Aye, ich werd dich dran erinnern«, antwortete er und stieß ein jungenhaftes Lachen aus, bevor er sein Pferd antrieb, um zu Rory zu reiten, der ihn zu sich gewinkt hatte.

Wenig später legte der Trupp eine Pause ein. Man gönnte den Rindern etwas Ruhe, bevor sie am Nachmittag weiterzogen.

Bei Einbruch der Dunkelheit schlugen sie in einem kleinen Tal ihr Lager für die Nacht auf.

Einer der Männer hatte einen Hirsch erlegt. In den letzten Tagen hatten sie nur Hafer, Zwiebeln, ein wenig hartes Brot und Käse gegessen, und das Fleisch war eine mehr als willkommene Abwechslung.

»Wobei ein *black pudding* auch nicht zu verachten gewesen wäre!«, rief Huntly, ein untersetzter Schotte mit roten Wangen.

Cécile gab sich keine Mühe, ihren angeekelten Gesichtsausdruck zu unterdrücken. *Black pudding* aßen die Männer, wenn sie längere Zeit nicht hatten jagen oder fischen können. Sie schröpften dafür die Rinder und mischten das frische Blut unter ihren Porridge. Die Männer bezeichneten es als Delikatesse, doch Cécile fand allein den Gedanken an das noch warme Blut schrecklich.

Sie biss dankbar in ihr Stück Hirschfleisch, das köstlich schmeckte. Der gefüllte Magen schien auch die Männer zu beruhigen. Selbst Rory gab sich freundlicher. Nach dem Essen reichte er Cécile einen Becher Whisky. »Trink, das wird deine Muskeln etwas entspannen«, brummte er knapp.

Gehorsam nahm sie einen Schluck. Der Whisky brannte wie Feuer in ihrer Kehle und raubte Cécile für einen Moment den Atem. Nur mit Mühe konnte sie ein Husten unterdrücken, doch dann spürte sie, wie sich eine wohlige Wärme in ihrem Körper ausbreitete. Sie lehnte sich gegen den Holzpfahl. Huntly hatte begonnen, eine Geschichte aus alten Zeiten zu erzählen. Cécile ließ sich von seinen melodischen Worten in die Vergangenheit entführen. Er berichtete von Donald, dem ersten Lord of the Isles, der ein Enkel des großen Königs Somerled gewesen war und im dreizehnten Jahrhundert den Clan der MacDonalds begründet hatte. Für einen Moment fielen alle Sorgen und Ängste von Cécile ab, und sie hörte gebannt zu.

Als die letzten Scheite ins Feuer gelegt wurden, teilte Rory die Nachtwache für das Vieh ein, und sie legten sich schlafen. Die Männer wickelten sich nur in ihre Plaids – sie waren an die Kälte gewöhnt. Cécile jedoch fror trotz der zweiten Decke, die sie erhalten hatte. Das Gesicht ihres Vaters schob sich vor ihre Augen. Tagsüber, wenn sie unterwegs waren und sie sich auf den Weg konzentrieren musste, gelang es ihr, den Gedanken an ihn zu verdrängen, aber in der Nacht tauchten sein Bild und die Erinnerung an seinen Tod unweigerlich wieder auf.

Was hätte er wohl dazu gesagt, dass sie hier draußen im Freien in der Begleitung von fünf Viehtreibern schlief?

Sie griff unter ihrem zusammengerollten Umhang nach dem Medaillon, das sie bei sich trug, seit sie es in seiner Schatulle gefunden hatte. Vorsichtig öffnete sie es und betrachtete im Schein der heruntergebrannten Holzscheite das Miniaturporträt ihrer Mutter. Es erschien ihr fremd und vertraut zugleich. Sie hatte hellere Haare, aber dieselben grünen Augen wie sie. Ihr Vater hatte sie sehr geliebt. Sie musste daran denken, was er in seinem Tagebuch über sie notiert hatte, kurz nachdem die beiden sich kennengelernt hatten. *Ihr Lachen zu hören, in ihre Augen zu blicken, den Geruch ihrer Haut für immer um mich zu haben, jeden Morgen neben ihr aufzuwachen – was könnte mich glücklicher machen? Vom ersten Augenblick an wusste ich, dass wir füreinander bestimmt sind.* Es war eine Zeit der Unbeschwertheit und des Glücks, die aus jedem seiner Worte in diesen Tagen herauszuhören war. Ihre Eltern hatten sich ineinander verliebt, und selbst ihr strenger Großvater – der dieser Verbindung zunächst ablehnend gegenübergestanden hatte, weil ihre Mutter zwar aus einer alten, aber völlig verarmten Familie stammte – hatte sich von der offensichtlichen Liebe zwischen den beiden erweichen lassen und die Zustimmung zu dieser Verbindung gegeben. Ihre Eltern heirateten, und nur knapp neun Monate später, im November 1695, war sie, Cécile, auf die Welt gekommen.

Es war furchtbar gewesen, diese Zeilen zu lesen, die einen noch heute spüren ließen, mit welcher Hoffnung und optimistischen Erwartung ihre Eltern damals in die Zukunft geblickt hatten – nicht ahnend, wie kurz ihr gemeinsames Glück nur sein sollte.

Cécile schloss mit einem leisen Klicken das Medaillon und versuchte die Gedanken an die Vergangenheit, die so eng mit ihrer Zukunft verbunden war, aus ihrem Kopf zu verbannen.

Ringsum hörte sie das laute Schnarchen der Männer. So vorsichtig es in Anbetracht ihrer schmerzenden Muskeln ging, drehte sie sich auf die andere Seite.

Plötzlich hörte sie aus dem Gebüsch neben dem Felsen ein lautes Knacken. Einen Moment lang horchte sie in die Dunkelheit hinein, doch es war wieder still. Vermutlich nur ein Tier, dachte sie. Sie zog die Decken fester um sich und spürte, wie die Müdigkeit sie dank des Whiskys überwältigte und sie endlich einschlief.

5

Der Morgen graute, als sie mit steifen Gliedern aufwachte. Farrell und Huntly schliefen noch, aber Rorys Lager war bereits leer. Cécile schlang ihre Decke um die Schultern, griff frierend nach ihrem Reisebündel und machte sich auf den Weg zum Bach, wo sie sich eine von Gebüsch und Felsen geschützte Stelle suchte. Als sie ihre Hände in das eisige Wasser tauchte, war sie endgültig wach. Sie wusch sich bibbernd das Gesicht und öffnete ihren Zopf, der sich über Nacht halb aufgelöst hatte. Es kostete sie einige Mühe, die widerspenstigen Haare zu kämmen. Sie wollte sie gerade wieder flechten, als sie ein kleines Stück entfernt die Fußabdrücke sah. Cécile erstarrte. Die Tage mit den Viehtreibern hatten sie gelehrt, sorgfältig auf Spuren am Boden zu achten – sie zu erkennen war lebenswichtig für die Männer und entschied nicht nur darüber, ob sie am Abend etwas zu essen haben würden, sondern sagte ihnen auch, ob jemand – und vielleicht auch wer – vor ihnen diesen Weg gegangen war. Cécile war zwar nicht besonders geübt darin, Spuren zu entziffern, doch das brauchte sie für das, was sie hier vor sich sah, auch gar nicht. Deutlich waren die frischen Abdrücke von schweren Männerstiefeln zu sehen, und zwar von mehreren – von mindestens fünf, wenn nicht sechs oder noch mehr verschiedenen Paaren, die eindeutig nicht von den Viehtreibern stammten. Ein kalter Schauer lief Cécile über den Rücken. Engländer, Viehdiebe oder die geächteten *broken men*, die aus dem Clan verstoßenen Mitglieder – ihre Gedanken überschlugen sich, während ihr die vielen Geschichten, die von Überfällen auf die Viehzüge erzählt wurden, durch den Kopf schossen.

Rory, ich muss Rory Bescheid sagen, dachte sie. Sie riss ihre Sachen an sich und raffte den Rock. Außer Atem rannte sie los, doch sie war kaum einige Schritte den Pfad hochgeeilt, als hinter einem der Felsen plötzlich etwas Rotes hervorschnellte. Eine schwere Gestalt stürzte sich auf sie und riss sie unsanft zu Boden. Jemand hielt ihren Arm fest und presste ihr, bevor sie schreien konnte, eine Hand auf den Mund.

»Ganz ruhig, mein schottisches Täubchen!«

Sie blickte in das pockennarbige Gesicht eines englischen Soldaten. Verzweifelt versuchte sie sich zu befreien, doch er verstärkte seinen Griff und drehte ihr den Arm brutal auf den Rücken, sodass ihr vor Schmerz schlecht wurde.

»Ruhig, hab ich gesagt!«, zischte er drohend. Ein Messer blitzte vor ihren Augen auf, und sie fühlte voller Entsetzen die kalte Klinge aus Stahl an ihrem Kinn. Der Engländer näherte sein Gesicht so dicht dem ihren, dass seine glänzende, großporige Haut fast ihre Wange berührte.

»Ich werde jetzt meine Hand von deinem Mund nehmen, und du wirst mir sagen, wie viele Männer oben bei euch sind. Du wirst nichts weiter sagen außer einer Zahl, sonst schneide ich dir die Kehle durch, verstanden?«

Cécile nickte voller Angst, während sie panisch überlegte, wie lange es wohl dauern konnte, bis die Männer im Lager entdeckt hatten, dass sie nicht da war.

Der Mann lockerte die Hand auf ihrem Mund. »Also, wie viele?«

»Zehn!«, log sie. Wenn sie ihm sagte, dass es lediglich fünf waren, hätten die Soldaten sicher sofort angegriffen.

Der Engländer nahm das Messer in die linke Hand, mit der er sie festhielt, und schlug ihr mit der Rechten quer übers Gesicht. »Du lügst! Es reisen nie so viele Männer mit den Viehzügen«, sagte er kalt.

Céciles Wange brannte, und sie schmeckte Blut auf ihrer Lippe.

Tränen traten in ihre Augen. Er wird mich töten, schoss es ihr durch den Kopf, als sie spürte, wie er ihr erneut das Messer an die Kehle setzte.

»Also, noch einmal, wie viele?«

»Fünf …« Ein Schatten schoss auf sie zu, und im selben Moment schwirrte etwas Glänzendes durch die Luft. Sie sah Farrell und dann eine blitzschnelle Bewegung, mit der er den Dolch in den Rücken des Soldaten stieß. Gleichzeitig packte er dessen Kopf mit dem anderen Arm und drehte ihn zur Seite. Man hörte ein hässliches Knacken. Dem englischen Soldaten fiel das Messer aus der Hand. Er sank mit weit geöffneten Augen zu Boden. Cécile blickte wie gelähmt auf den toten Mann.

Farrell zog sie auf die Beine. »Los, schnell! Wir müssen weg«, raunte er. Sie rannten den Pfad hoch. Hinter ihnen fielen von beiden Seiten Schüsse. Cécile duckte sich panisch. »Lauf! Durch das Gebüsch hoch und dann zu den Pferden!«, rief Farrell hinter ihr und schrie im selben Moment auf.

Sie drehte sich voller Angst zu ihm um und sah, dass die Soldaten ihn getroffen hatten. Ein Blutfleck zeigte sich auf seinem Hemd. Er griff sich schmerzverzerrt an die Brust und strauchelte.

»Farrell!« Sie blieb stehen und wollte zu ihm laufen. »Du musst aufstehen!«, schrie sie voller Panik, doch er bewegte sich nicht. Nein, das konnte nicht sein!

Zwei Rotröcke stürzten mit gezogenen Degen von links und rechts auf sie zu. Sie riss ihren Rock hoch und rannte in Todesangst durch das Gebüsch den Abhang hoch. Zweige und Äste schlugen ihr ins Gesicht, doch es gelang ihr, einen

Vorsprung zu gewinnen, da die Soldaten mit ihren Stiefeln und Degen weniger schnell hinter ihr herkamen.

Da zeigte sich Rorys breitschultrige Gestalt zwischen den Sträuchern.

»Die Engländer – sie haben Farrell erwischt!«, schrie Cécile. Doch Rory hatte sie schon selbst gesehen. Er zog seine Pistole und gab einen Schuss in Richtung der Rotröcke ab, die in Deckung gingen. Dann rannte er mit Cécile weiter auf die Pferde zu.

»Wie viele sind es?«, fragte er, während er im Laufen seine Pistole nachlud.

»Mindestens fünf oder sechs«, erwiderte Cécile völlig aufgelöst.

Hinter ihnen fielen erneut Schüsse. Sie duckten sich. »Reite in die Berge!«, schrie Rory. Er drehte sich um und zielte in Richtung der Engländer.

Cécile nickte panisch. Nach wenigen Schritten hatte sie ihr Pferd erreicht. Sie griff nach den Zügeln, setzte einen Fuß in den Steigbügel und wollte sich hinaufschwingen, doch ein Schuss ging knapp an ihr vorbei und traf den Hals des Tieres. Voller Entsetzen sah sie, wie sich das Pferd wiehernd aufbäumte und dann zusammensackte. Sie drehte sich um. Rory ergriff ihre Hand, um sie zu sich auf seinen Wallach zu ziehen, doch es war schon zu spät – im selben Moment hatten die Engländer sie umzingelt. Die Mündungen ihrer Musketen richteten sich aus mehreren Richtungen auf sie.

Man zwang Rory, mit erhobenen Händen von seinem Pferd zurückzutreten. Einer der Soldaten hatte die Satteltaschen der Proviantpferde geöffnet. Ein anerkennender Pfiff ertönte, während er mehrere Pistolen hochhielt.

»Das müssen Sie sich ansehen, Officer Berrick. Ein halbes Waffenlager!«

Ein stämmig gebauter Offizier ritt näher an Rory heran. Seine schmalen grauen Augen, die ein Gesicht mit fleischigem Doppelkinn dominierten, musterten den Schotten abschätzig, bevor er ihn mit der flachen Seite seines Degens gegen die Schulter stieß. »Und wo wolltet ihr die hinbringen?«

Rory schwieg.

»In ein paar Stunden wirst du uns das alles nur zu gern erzählen, mein Lieber.« Berricks Lippen verzogen sich zu einem kalten Lächeln, das Cécile einen Schauer über den Rücken jagte.

Rory schenkte ihm einen verächtlichen Blick und spuckte in den Sand.

Der Offizier gab einem der Soldaten ein Zeichen, und dieser versetzte dem Viehtreiber einen heftigen Schlag auf den Hinterkopf.

Bewusstlos sank Rory zu Boden, und Cécile musste entsetzt mitansehen, wie zwei Männer ihn über den Boden fortschleiften. Der Offizier wandte sich zu ihr. »Nun, ich bin sicher, auch die Lady wird uns einiges zu erzählen wissen. Es wird mir eine Freude sein, mich mit Ihnen zu unterhalten«, sagte er in spöttischem Tonfall.

Kurz darauf spürte Cécile, wie ihr jemand die Hände fesselte, dann stieß man sie zu einem Pferd.

6

Es war ein kahler, halbdunkler Raum mit feuchten Steinwänden, in dem sich kein einziges Möbelstück befand. Das Fenster war von innen mit Holzplanken vernagelt, durch deren oberen Spalt ein spärliches Licht fiel. Wohl zum hundertsten Mal ließ Cécile, die mit gefesselten Händen am Boden saß, ihren verzweifelten Blick auf der Suche nach einer Fluchtmöglichkeit durch den Raum gleiten. Doch es war illusorisch, denn es gab nur die Tür, und die war mit einem schweren Eisenriegel verschlossen.

Ein leises Stöhnen ihr gegenüber ließ sie beklommen zu Rory schauen, der auf dem Boden lag. Die Männer hatten ihn übel zugerichtet. Mehrere Blutergüsse zierten sein Gesicht, seine Lippe war aufgeplatzt und blutig, und die Art, wie er leise aufstöhnte, wenn er die gefesselte Hand bewegte, ließ ahnen, dass sie gebrochen war. Cécile wünschte, sie hätte irgendetwas für ihn tun können.

Sie wusste nicht einmal, wo genau sie sich befanden. Die Soldaten hatten sie einige Meilen weiter zu diesem leer stehenden Steinhaus gebracht, wo ihr Beobachtungstrupp – ungefähr acht Soldaten und ein Offizier, wie Cécile unterwegs mitbekam – Unterkunft bezogen hatte. Nach ihrer Ankunft hatte man sie sofort in diesen Raum eingeschlossen, während man Rory zum Verhör brachte. Der Entfernung nach zu urteilen, mussten sie sich irgendwo zwischen Tyndrum und dem Pass of Brander befinden. Cécile wurde immer klarer, in welch auswegloser Situation sie sich befanden.

Sie blickte zu Rory, der mühsam versuchte, sich aufzurichten, und sich dann mit schmerzverzerrtem Gesicht gegen die

Wand lehnte. »Es tut mir leid, dass du hier mit reingezogen worden bist, Cécile«, sagte er mit brüchiger Stimme.

»Wusste Laird MacIan von den Waffen?«, fragte sie leise.

Ein schiefes Grinsen glitt über das lädierte Gesicht des Viehtreibers. »Sagen wir einmal so, es hätte gar keinen Viehtransport gegeben, wenn die Waffen nicht nach Edinburgh gemusst hätten.«

Sie erinnerte sich auf einmal an das laute Streitgespräch zwischen Laird MacIan und Rory, als der alte Schotte dem Viehzugführer mitgeteilt hatte, dass Cécile mit ihnen reisen sollte. Jetzt verstand sie Rorys ablehnende Haltung ihr gegenüber.

Plötzlich horchte sie auf. Schwere Schritte waren im Gang zu hören.

Rory blickte sie alarmiert an. »Hör zu, Cécile, sag ihnen, dass du zu Besuch in Glencoe warst und uns nur begleitet hast. Gib auf keinen Fall zu, irgendetwas mit unserem Clan zu tun zu haben!«, raunte er.

Sie nickte und spürte, wie ihr das Herz bis zum Halse schlug. Vergeblich versuchte sie die Panik zu unterdrücken, als die Tür aufgeschlossen wurde und ein Soldat eintrat.

Er warf einen kurzen Blick auf den gefesselten Rory, der sich wieder auf den Boden hatte zurücksinken lassen, dann wandte er sich an Cécile.

»Los, komm!«, sagte er. Er packte sie am Arm und zog sie unsanft hoch.

Sie liefen einen langen Flur entlang und betraten dann einen Raum, der genauso kahl und verfallen war wie der Rest des Hauses. An einem einfachen Holztisch, der mit zwei Stühlen die einzige Möblierung darstellte, saß in breitbeiniger Pose Officer Berrick. Er schrieb einen Brief. Neben ihm lag ein aufgeschlagenes Buch. Selbst aus der Entfernung erkannte Cécile, dass die Seiten in der gestochenen Handschrift ihres Vaters beschrieben waren. Es war das Tagebuch ihres Vaters.

»Hier ist das Mädchen, Officer!«

Berrick nickte.

Cécile hörte, wie der Soldat zurücktrat und die Tür hinter ihr wieder geschlossen wurde.

Mit demonstrativ langsamen Bewegungen versiegelte Berrick seinen Brief und legte ihn zur Seite.

Cécile starrte auf den Tisch, auf dem neben dem Tagebuch ihres Vaters sorgfältig die wenigen Habseligkeiten ausgebreitet lagen, die sie mit auf die Reise genommen hatte – ihre Kleidung, das Medaillon und die Briefe ihres Vaters.

»Ich hoffe, Sie hatten nicht zu viele Unannehmlichkeiten, Miss …?« Der Offizier schaute sie mit einem stechenden Blick an, während seine Finger beiläufig auf das Tagebuch ihres Vaters trommelten.

»Montbrignac«, erwiderte Cécile.

Seine Brauen schnellten nach oben. »Montbrignac? Sie ziehen es also vor, uns nicht Ihren richtigen Namen zu nennen?«

Cécile sah ihn verwirrt an. »Aber das ist mein richtiger Name.«

Berrick stand von seinem Stuhl auf und kam langsam um den Tisch herum. Sein Gesicht hatte einen kalten Ausdruck angenommen. »Es steht Ihnen selbstverständlich frei, uns nicht Ihren Namen zu nennen, aber Sie würden Ihnen und uns eine Menge Unannehmlichkeiten ersparen, wenn Sie uns gleich sagen würden, wer Sie sind und vor allem, in wessen Auftrag Sie arbeiten.«

Sie starrte ihn noch immer verständnislos an. »Ich habe keine Ahnung, was Sie meinen. Ich heiße wirklich Montbrignac, und ich arbeite für niemanden. Ich bin auf dem Weg zurück nach Frankreich!«, stieß sie hervor.

»Oh, dass Sie Französin sind, bestreite ich gar nicht – im Gegenteil! Wenn Sie also Mademoiselle de Montbrignac sind, dann erklären Sie mir doch bitte, wer *Henri de Montbrignac* ist.« Er deutete auf das Tagebuch und die Briefe. »Vielleicht Ihr Bruder?«, fragte er sarkastisch.

Sein Unterton versetzte Cécile in Angst.

»Nein, mein Vater!«

»Ihr Vater?« Seine Stimme hatte einen höhnischen Klang angenommen. »Und wo ist er – Ihr Vater, Miss?«

»Er ... er ist tot«, stammelte Cécile, die merkte, dass er ihr kein Wort glaubte.

»Tatsächlich?« Der Offizier schnaubte verächtlich. »Sie enttäuschen mich, Miss. Ich hätte eine bessere Ausrede von Ihnen erwartet.« Er griff nach den Briefen auf dem Tisch. »Für wie dumm halten Sie mich?«, fragte er. »Jeder in diesem Land weiß, dass Frankreich seit Jahren die widerständigen Hochlandclans unterstützt, um die verdammten Stuarts wieder auf den Thron zu bringen. Und Sie – Sie sind nicht nur Französin und mit einem Viehzug unterwegs, der versucht hat, Waffen nach Sterling zu schmuggeln, sondern führen selbst auch noch Briefe aus Frankreich, vom Hof in Versailles, mit sich!«

Er entfaltete einen Brief. »Madame de Maintenon – die Mätresse des französischen Königs, nicht wahr?«

Céciles Gesicht hatte alle Farbe verloren, als ihr bewusst wurde, in welcher Weise man diese Briefe missverstehen konnte.

»Nun, mein Französisch ist leider nicht gut genug, um alles zu verstehen, aber ich bin mir sicher, unser Kommandant in Sterling, der Duke of Argyll, wird den Inhalt dieser

Korrespondenz dafür umso besser zu deuten wissen«, sagte Berrick, der die Briefe in die Schatulle gelegt hatte und den Kopf nun zur Tür wandte. »Lewis!«, bellte er.

Die Tür öffnete sich. »Officer?«

»Sorgen Sie dafür, dass das hier umgehend nach Edinburgh gebracht wird!« Berrick reichte dem Soldaten vor Céciles entsetzten Augen die Schatulle mit der Korrespondenz ihres Vaters und den Brief, den er selbst geschrieben hatte.

»Sehr wohl, Officer!« Lewis schlug die Hacken zusammen.

Ein Anflug von Panik überfiel Cécile. Die Briefe waren ihr einziger Beweis. »Nein, nicht, bitte!«

Doch Lewis' roter Rock war schon wieder durch die Tür verschwunden. Berrick lächelte kalt.

Cécile schaute den Offizier flehentlich an. »Bitte, die Briefe ... ich brauche sie! Sie sind mein einziger Beweis, dass der König meinem Vater seine Begnadigung in Aussicht gestellt hat.«

»Ihrem Vater?«

»Ja, Henri de Montbrignac ist wirklich mein Vater!«

Berrick lachte ungläubig auf. »Bei Gott, ich habe mich getäuscht. Sie sind zwar jung, aber wirklich gut. Kein Wunder, dass man Sie für diese Dienste ausgesucht hat. Und hübsch sind Sie ohne Frage auch ...« Er musterte Cécile mit einem Mal mit einem Blick, der ihr die Röte in die Wangen trieb.

»Er ist mein Vater, und von den Waffen wusste ich nichts«, erwiderte Cécile verzweifelt. Ihr wurde endgültig klar, dass der Offizier sie für eine französische Spionin hielt. »Mein Vater hat hier im Exil gelebt. In den Briefen geht es um seine Begnadigung ...«

Sie verstummte, denn Berrick hatte sie grob an ihren gefesselten Handgelenken gepackt.

»Es stimmt, was ich sage, glauben Sie mir«, stieß Cécile hervor.

Doch er beachtete ihre Worte gar nicht, sondern ließ seine Hand in einer anzüglichen Geste über ihre Brust hinunter bis zu ihrer Taille gleiten und sah sie an.

Sie wich instinktiv einen Schritt zurück, aber er hielt sie fest. Ein gieriger Ausdruck zeigte sich in seinem Gesicht. Mit einem Ruck zog er sie an sich, während er mit der anderen Hand seinen Degen abschnallte. Er fiel polternd zu Boden. Im selben Moment spürte Cécile voller Panik die feuchten, wulstigen Lippen des Mannes auf ihrem Mund. Seine Finger machten sich an ihrem Mieder zu schaffen. Vergeblich versuchte sie, sich zu wehren – die gefesselten Hände machten es ihr unmöglich. »Nein!«

Doch er hielt nicht inne. Seine Augen glitzerten, als er mit einem Ruck den Stoff ihres Mieders aufriss, bis sie halb nackt vor ihm stand. Er packte sie und presste seinen Mund erneut wie von Sinnen auf den ihren.

Cécile versuchte den Kopf zur Seite zu drehen und sich aus seiner Umklammerung zu befreien. »Nein, bitte …«

Er lachte spöttisch, und sie erkannte, dass ihn ihr Widerstand nur noch mehr anspornte. Da schlug ihre Angst mit einem Mal in Wut um. Sie reagierte, ohne nachzudenken, und biss ihm so fest sie konnte in die Lippe.

»Verdammt!« Der Offizier griff mit einem Aufschrei an seinen Mund, der heftig blutete, und ließ Cécile einen Moment los. Ungläubig vor Zorn, sah er sie an und schlug ihr dann mit voller Wucht ins Gesicht. Cécile taumelte. Berrick versuchte, ihren Rock hochzuzerren, und stieß sie dabei zu Boden. Eine Flut von Schlägen ging auf sie nieder, ohne dass sie sich wehren konnte. Sie blickte in das rasende Gesicht des Offiziers und war sich sicher, dass er sie umbringen würde. Ihr drohten die Sinne zu schwinden. Plötzlich ging im Hintergrund die Tür auf.

»Alles in Ordnung, Officer?«

Cécile erkannte schemenhaft die Gestalt eines Soldaten.

»Raus!«, brüllte Berrick.

Erstaunlicherweise leistete der Soldat seinem Befehl jedoch keine Folge, sondern schloss die Tür hinter sich und trat einen Schritt in den Raum.

»Ich habe gesagt, raus!«, schrie der Offizier.

»Sie werden jetzt aufhören zu schreien und die Lady loslassen. Anderenfalls wird Sie in wenigen Sekunden die Kugel dieser Pistole durchbohren«, sagte eine Stimme, die wie durch einen Schleier zu Cécile drang und ihr irgendwie vertraut vorkam.

»Wie können Sie es wagen …«, blaffte Berrick und fuhr zu dem Mann herum. Dann war er still. Er starrte entgeistert auf den Soldaten, der seine Pistole auf seinen Kopf gerichtet hatte und immer näher kam. Langsam hob der Engländer die Hände und trat von Cécile zurück.

»Wer sind Sie?«

»Auf den Boden, mit dem Gesicht nach unten!«

»John?« Cécile, die sich voller Schmerzen aufgerichtet hatte, sah ungläubig zu dem jungen Mann in der englischen Uniform.

»Alles in Ordnung, Cécile?«

Sie nickte. Doch sein Blick zeigte ihr, dass sie schlimm aussehen musste.

»Glauben Sie im Ernst, Sie kommen hier lebend raus?«, fragte Berrick höhnisch, während er widerstrebend dem Befehl Folge leistete und sich auf dem Boden ausstreckte.

»Halt den Mund, du verdammtes Schwein, und nimm deinen Kopf nach unten!« John stellte drohend seinen Fuß auf Berricks Kreuz und zog mit seiner linken Hand ein Messer aus dem Stiefel. Eilig zerschnitt er damit Céciles Fesseln, ohne Berrick aus den Augen zu lassen.

Sie rieb sich kurz die schmerzenden Hände und versuchte dann mit dem zerrissenen Mieder ihre Brust zu bedecken. John drückte ihr die Pistole in die Hand. »Schieß, wenn er auch nur den Kopf bewegt«, sagte er. Er ging in die Knie und fesselte mit seinem Gürtel die Hände des Offiziers. Suchend blickte er sich um. »Ich brauche ein Stück Stoff!«

Cécile sah an sich hinunter. Sie überlegte nicht lange, sondern legte die Pistole aus der Hand und riss ein Stück von ihrem kaputten Mieder ab. »Hier«, sagte sie und beobachtete erleichtert, wie John den Offizier knebelte und seine Waffen an sich nahm. Doch dann wurde ihr bewusst, dass sie halb nackt war, und sie griff nach ihrem Kleiderbündel, das auf dem Tisch lag. Rasch streifte sie ein Hemd über und raffte ihre Habseligkeiten zusammen, einschließlich des Medaillons und des Tagebuchs.

»Wir verschwinden am besten durchs Fenster«, sagte John.

Doch Cécile, die nichts lieber getan hätte, als diesem grauenhaften Ort sofort zu entfliehen, zögerte.

»Was machen wir mit Rory?«

John schaute sie ungläubig an. »Er ist hier?«

Cécile nickte.

»Wo?«

»In einem Raum auf der anderen Seite des Hauses. Dort hat man uns beide eingesperrt.«

John blickte nervös von dem stöhnenden Berrick zu Cécile. Es war nur eine Frage der Zeit, bis jemand entdeckte, was passiert war. Andererseits konnten sie Rory nicht einfach hier zurücklassen. Es wäre sein sicheres Todesurteil gewesen. John kam eine Idee.

»Zieh das Hemd wieder aus«, sagte er. Cécile sah ihn verdutzt an.

Will Grant strich den fadenscheinigen Stoff seines roten Rockes glatt und verzog missmutig das Gesicht. Seine Füße schmerzten von dem langen Fußmarsch, und er hätte einen Monatssold dafür gegeben, sich irgendwo setzen zu können. Er hasste es, Wache zu schieben. Mit einem Seufzen lehnte er den Rücken gegen die kahle Steinwand des Flurs. Er verstand ohnehin nicht, wieso hier ein Posten stehen musste. Dieser Highlander war seit dem Verhör nicht einmal mehr in der Lage, aufrecht zu stehen, und das Mädchen wurde gerade von dem Officer in die Mangel genommen. Er verspürte kein Mitleid mit ihnen. Unter den Soldaten gab es einige ältere, die in der Schlacht von Killiecrankie gegen die Schotten gekämpft hatten, und er hatte ihre Erzählungen, wie sich diese Barbaren in ihren Kilts mit ihren Kampfschreien in die Schlacht stürzten, noch gut im Ohr. Es hieß, selbst wenn sie schon längst dem Tod geweiht waren, kämpften sie noch unbarmherzig bis zum letzten Atemzug. Gib Gott, dass mir das erspart bleibt, dachte er. Grant war in Flandern und Frankreich an der Front gewesen, doch die gegnerischen Soldaten dort waren ihm allemal lieber als diese unzivilisierten Highlander hier.

Er erlag beinahe der Versuchung, für ein paar Minuten die Augen zu schließen, als er Schritte hörte und im Halbdunkel des Flurs zwei Gestalten auf sich zukommen sah.

Einer der Soldaten brachte das Mädchen zurück. Sein Mieder war aufgerissen, und das Haar hing lose herunter. Außerdem hatte es eine Schürfwunde auf der Wange. Berrick schien sie ziemlich hart rangenommen zu haben und war auch sonst anscheinend zu seinem Vergnügen gekommen. Wer konnte es ihm verübeln? Grant musste zugeben, dass die Kleine ihm durchaus auch hätte gefallen können.

Die beiden hatten schon fast die Tür erreicht, und er wollte gerade nach seinem Schlüsselbund greifen, als ihm im Zwielicht des Flurs auffiel, dass er den Soldaten, der das Mädchen brachte, nicht kannte.

»Gehörst du zu der Verstärkung aus Edinburgh?«, fragte er, während er den Türriegel aufschob und dabei den Blick noch immer auf das zerrissene Mieder und die nackte Haut des Mädchens gerichtet hielt. Die Kleine war nicht mehr gefesselt und trug in der einen Hand ihr Kleiderbündel.

Der Soldat, der seinen Dreispitz tief ins Gesicht gezogen hatte, hob den Kopf und sah ihn an. Noch bevor Grant endgültig realisiert hatte, dass etwas nicht stimmte, glänzte der Lauf einer Pistole vor seinen Augen.

»Schließ die Tür auf!«, sagte der Mann kalt. Grant fuhr zusammen. Der gälische Akzent in seinem Englisch war nicht zu überhören. Erst jetzt fiel ihm die zu kurze Uniform des Mannes auf. Der Rock reichte kaum bis zum Ansatz seiner Oberschenkel, und die Ärmel waren eine Handbreit zu kurz. Für einen Moment zog er in Erwägung zu schreien, doch da drückte sich schon die Mündung einer Pistole gegen seine Schläfe.

»Kein Wort!«

Grant nickte und fühlte, wie seine Hände vor Angst feucht wurden, als er den Schlüssel ins Schloss schob und umdrehte. Das Mädchen drückte die Klinke hinunter.

Unsanft wurde er in den Raum gestoßen, dann spürte er nur noch, wie er einen Schlag auf den Kopf bekam. Ihm wurde schwarz vor Augen.

»Los, schnell!« John hatte eilig die Tür geschlossen und Cécile sein Messer zugeworfen, damit sie Rory von seinen Fesseln befreien konnte, während er selbst dem Engländer die Hände zusammenband und seine Waffen an sich nahm.

Rory sah die beiden ungläubig an. »Verdammt, wie hat es dich denn hierher verschlagen?«, stieß er mit Blick auf John hervor. Stöhnend ließ er sich auf die Beine helfen und hielt seine schmerzende Hand.

»Noch dazu in dieser schlecht sitzenden Uniform von den Rotröcken«, setzte er hinzu.

»Erklär ich dir später.« John sah zu dem Wachmann, der noch immer bewusstlos auf dem Boden lag, und näherte sich dann dem vernagelten Fenster.

»Bleib an der Tür und horch, ob jemand kommt«, sagte er zu Cécile. Sie nickte.

John schob seinen Dolch seitlich unter die mittlere Holzplanke und zog ihn zu sich, während er gleichzeitig mit aller Kraft mit der anderen Hand gegen das Brett drückte, um die Hebelwirkung zu verstärken. Sein Gesicht wurde rot vor Anstrengung, ohne dass sich etwas bewegte. »Verdammt!«

Cécile, die angespannt neben der Tür stand, versuchte ihre Panik zu unterdrücken. Sie beobachtete, wie John einen zweiten Versuch unternahm und erneut nichts passierte. Jeden Moment konnte jemand kommen und den gefesselten Berrick entdecken. Sie sah wieder das Gesicht des Offiziers vor sich, als er versuchte, ihren Rock hochzuzerren, und verbot sich den Gedanken daran, was mit ihnen allen passieren würde, wenn es den Soldaten gelänge, ihre Flucht zu vereiteln.

»Soll ich dir helfen?«, fragte sie John.

Er schüttelte den Kopf, fluchte leise auf Gälisch und trat mit einem prüfenden Blick von dem Fenster zurück, das sich auf Höhe seiner Oberschenkel befand. »Dann eben so!«, sagte er, holte mit seinem rechten Bein aus und trat mit Wucht gegen die Holzplanke.

Cécile schaute ihn entsetzt an. Den Lärm, den er gemacht hatte, musste man im ganzen Haus gehört haben.

John trat erneut zu. Einmal und dann noch einmal. Endlich war das Splittern von Holz zu hören. Er stieß den Rest der Bretter zur Seite, um an das Fenster zu kommen.

»Los!« John warf einen kurzen Blick nach draußen und wandte sich dann an Rory. »Kannst du allein laufen?«, fragte er.

Rory nickte. »Meine Beine sind nicht verletzt.«

»Gut, leg den Arm um mich!«

Rory kam seiner Aufforderung nach und ließ sich von John durch das Fenster helfen. Vorsichtig rutschte er auf der anderen Seite nach unten und holte tief Luft.

Plötzlich hörte Cécile Schritte im Flur. »O Gott, da kommt jemand!«

»Schnell!« John riss sie zum Fenster, und sie kletterten beide nach draußen.

Sie hatten Glück – vor dem Gebäude war keiner der Soldaten zu sehen. Im Schatten des Hauses liefen sie nach rechts, zur Tränke, an der die Engländer die Pferde festgemacht hatten. Rory hielt sich trotz seiner Schmerzen aufrecht. Die Aussicht auf Freiheit schien ungeahnte Kräfte in ihm zu wecken, und er schaffte es mit einiger Anstrengung, sich auf den Rücken eines Wallachs zu hieven. Cécile saß mit ihrem Reisebündel ebenfalls auf. Als sie zu John blickte, sah sie, dass er an der Tränke entlanglief und die Zügel der Pferde löste.

»John!«

»Reite mit Rory schon vor«, sagte er.

»Aber …«

Ein Schrei, gefolgt von lauten, aufgebrachten Stimmen, drang hinter ihnen aus dem Haus. Sie drehte sich voller Furcht um.

»Mach schon, Cécile!«

Sie nickte, ergriff, ohne länger nachzudenken, die Zügel und preschte mit Rory los.

Hinter ihnen waren Schüsse zu hören.

Voller Angst drehte sich Cécile zu John um und stellte erleichtert fest, dass er sich inzwischen ebenfalls auf ein Pferd geschwungen hatte und ihnen im gestreckten Galopp folgte. Und nicht nur er, musste sie feststellen. Mit kehligen Rufen trieb er die anderen Pferde, die er losgemacht hatte, vor sich her.

Selbst auf die Entfernung konnte Cécile noch die Wut in den Gesichtern der Soldaten erkennen, die ihnen ungläubig nachblickten.

»Aye, ich liebe diesen Jungen«, sagte Rory.

Wenig später hatte John sie eingeholt. Er grinste breit.

»Ich dachte, als kleine Entschädigung für die verlorene Rinderherde!«, rief er.

Sie lachten befreit auf und Cécile spürte, wie sie eine Welle der Erleichterung ergriff.

»Nun, ich glaube kaum, dass diese englischen Gäule freiwillig bleiben werden«, sagte Rory mit kritischem Blick zu den Pferden, die neben ihnen hertrabten. »Aber zumindest brauchen wir uns keine Sorgen um die Engländer zu machen. Zu Fuß werden sie uns kaum verfolgen können …«

»Wir sollten trotzdem so schnell wie möglich von hier verschwinden«, erwiderte John, dessen Gesichtsausdruck wieder ernst geworden war. »Der Wachmann hat von einer Verstärkung aus Edinburgh gesprochen.«

Céciles Finger krampften sich um die Zügel. »Glaubst du, sie werden die Männer losschicken, um uns zu suchen?«

John nickte. »Mit Sicherheit!«

Eine Weile lang ritten sie schweigend nebeneinander her.

»Woher wusstest du eigentlich, dass wir in die Hände der Engländer gefallen sind?«, fragte Cécile.

»Ich wusste es nicht, ich wollte euch nur warnen«, sagte John. »Ich war auf dem Weg zu den Mackenzies in den Norden, als ich von einem meiner Cousins erfuhr, dass die Engländer einen ihrer Spähtrupps in Richtung Tyndrum geschickt haben. Daraufhin bin ich euch sofort nachgeritten, um euch zu warnen.«

Rory nickte. »Ich hatte schon die ganze Zeit vermutet, sie hätten Wind davon bekommen, dass wir die Viehzüge dazu nutzen, heimlich Waffen zu schmuggeln.«

Cécile wandte ihren Kopf den beiden Männern zu. Ihr wurde bewusst, wie wenig sie all diese politischen Konflikte bisher interessiert hatten. Sie hatte diesen Hass der Schotten auf die Engländer, der seit der Union vor sieben Jahren nur noch zugenommen hatte, nie verstehen können. Bis heute.

»Es war leicht, euren Spuren zu folgen, aber als ich euer Lager erreicht hatte, habe ich dort nur noch die Leichen der anderen gefunden«, fuhr John fort. Bei der Erinnerung an die grausigen Bilder brach er ab.

Cécile blickte mit gesenktem Kopf auf die Zügel in ihren Händen. Niedergeschlagen dachte sie an die Männer, mit denen sie gestern Abend noch am Lagerfeuer gesessen hatte und die jetzt tot waren. Es schien ihr unvorstellbar.

Auch Rorys Gesicht hatte sich verdüstert.

John seufzte. »Dann bin ich euch abermals gefolgt und kurz vor dem Haus auf einen Patrouillensoldaten gestoßen, dem ich seine Uniform abnehmen konnte …«

Cécile blickte ihn dankbar an und versuchte nicht daran zu denken, was passiert wäre, wenn er auch nur einen Augenblick später gekommen wäre. »Die Engländer haben mich für eine Spionin gehalten«, sagte sie nach einer Weile.

»Kein Wunder, du bist Französin, und damit bist du ihnen fast ein noch größerer Dorn im Auge, als wenn du Schottin wärst!«, bemerkte John. »Schließlich gewährt Frankreich den Stuarts schon seit Jahren Exil und unterstützt insgeheim auch ihr Vorhaben, den englischen Thron zurückzuerlangen.«

»Und dass du mit einer Gruppe von Viehtreibern unterwegs bist, die Waffen schmuggeln, war sicher auch nicht von Vorteil«, fügte Rory mit einem schiefen Grinsen hinzu. Cécile sah, dass ihm der Schweiß auf der Stirn stand. Der Weg, der den steilen Pass hochführte, war mühselig. Dennoch war es sicherer, durch die engen, steinigen Schluchten zu reiten, da die Engländer die Unübersichtlichkeit dieser schmalen, gefährlichen Pfade über die Berghöhen scheuten. Sie versuchte zu vermeiden, nach rechts und links zu sehen, wo sich die Abhänge des Passes in schwindelerregende Tiefen nach unten erstreckten.

Cécile hatte jedes Gefühl für die Zeit verloren, als sie schließlich eine Pause einlegten.

Rory, dem man seine Erschöpfung anmerkte, wandte sich an John.

»Wir sollten uns trennen. Allein kommt ihr beide schneller vorwärts.«

Cécile, die die Gelegenheit genutzt hatte, hinter einem Felsen ihre zerrissene Kleidung zu wechseln, schaute ihn bestürzt an. »Aber wir können dich doch nicht allein lassen. Du bist verletzt!«

»Pah, das ist nicht der Rede wert. Mich auf dem Pferd zu halten werde ich schon schaffen.«

John spielte nachdenklich mit einem Stein in seiner Hand. »Du hast recht«, sagte er schließlich. »Getrennt sind wir nicht so leicht aufzuspüren.«

Rory nickte. »Du solltest Cécile so schnell wie möglich Richtung Edinburgh bringen.«

John legte den Stein zur Seite. Er seufzte. »Ich fürchte, Edinburgh ist nach diesem Vorfall viel zu riskant geworden. Dort wimmelt es von Soldaten. Vermutlich ist es besser, die Stadt zu umgehen.« Er sah Cécile an. »Ich werde dich bis Morpeth kurz vor Newcastle begleiten. Von dort an dürftest du einigermaßen sicher sein.«

Sie nickte. Es war geplant, dass sie von der nordenglischen Hafenstadt aus mit einem der Kohlenschiffe Richtung Südengland reisen sollte. Der Vetter eines *clansman*, ein gewisser Ian Rob MacDonald, arbeitete in Newcastle als *keelman* am Hafen. Laird MacIan hatte Cécile eine Kokarde, ein Wappenabzeichen der MacDonalds von Glencoe, gegeben, das sie ihm zeigen sollte, und er hatte sie angewiesen: »Sag ihm, dass ich dich zu ihm geschickt habe. Er wird dir helfen, eine Passage auf einem der Kohlenschiffe in Richtung London zu bekommen. Von dort aus musst du dann weiter nach Dover …«

Jetzt schwieg Cécile beklommen, als ihr bewusst wurde, wie weit ihre Reise noch war.

In den Satteltaschen der Pferde fanden sie einige Decken und Wasserflaschen, die sie unter sich aufteilten. »Wir sehen uns in drei Wochen in Kirkmichael«, sagte John.

Rory nickte. Als er das Mädchen zum Abschied umarmte, war sein Blick ernst. »Danke, Cécile! Du und John, ihr habt mir das Leben gerettet. Das werde ich euch nie vergessen.«

Sie lächelte. »Pass auf dich auf«, sagte sie leise.

7

Bis Morpeth war es eine Reise von mehreren Tagen, und John und Cécile brachen deshalb sofort auf, um bis zum Einbruch der Dunkelheit noch einige Meilen zurückzulegen.

In den kommenden Tagen vermieden sie es, durch Dörfer und Ortschaften zu reiten, denn sie wollten von so wenig Menschen wie nötig gesehen werden. Vom Morgengrauen bis zum Sonnenuntergang ritten sie im straffen Tempo Richtung Süden. Sie übernachteten versteckt in schmalen Schluchten oder Höhlen, immer auf der Hut vor unliebsamen Begegnungen mit den Engländern. John hatte ihnen in einer Ortschaft die Kleidung von einfachen englischen Bürgersleuten besorgt, doch dass er ihnen nur wenige Pausen zugestand, zeigte Cécile, dass er noch immer besorgt war. Zweimal mussten sie sich auf ihrem Weg erneut vor einer Patrouille verstecken, ansonsten verlief die Reise ohne Zwischenfälle.

Sie waren ungefähr auf der Höhe von Edinburgh, als Cécile bemerkte, wie sich die Landschaft um sie herum langsam zu verändern begann. Die Berge waren auf einmal weniger hoch und felsig, ihre Form sanfter und gerundeter und die Vegetation üppiger und vielfältiger – sie hatten das südliche Hochland von Schottland erreicht.

Am nächsten Morgen weckte John sie bei Sonnenaufgang.

»Steh auf!«, sagte er.

Cécile schaute ihn verschlafen an. Sie hatten die Nacht in einem leer stehenden Ziegenstall verbracht, und dank der Strohreste, die sich darin befanden, hatte sie das erste Mal seit ihrer Abreise einigermaßen gut geschlafen – sah man einmal von den Träumen ab, in denen sie wieder und wieder mit den Bildern von Berrick konfrontiert wurde.

»Nun komm schon!«, drängte John erneut.

»Was hast du denn?«, fragte sie überrascht. Sie rieb sich die Augen und zupfte sich zwei Strohhalme aus dem Haar. Dem Licht nach zu urteilen, konnte es noch nicht einmal fünf Uhr sein. Dann fiel ihr ein, dass heute der Tag war, an dem sie Newcastle erreichen würden. Ein Gefühl der Beklommenheit ergriff sie, ohne dass sie hätte sagen können, ob es von der bevorstehenden Trennung von John herrührte oder von der Angst, dass sie von nun an allein und ganz auf sich gestellt sein würde.

Sie sah ihn an, doch er hatte sich schon abgewandt und verließ den Stall. Cécile wand sich aus ihren Decken und folgte ihm. Ein magischer Anblick empfing sie. Über dem Rand des Horizonts erstrahlte ein kraftvolles orangefarbenes Licht, das die Hügel aus der Dunkelheit heraustreten ließ. Einen Moment lang standen sie wortlos nebeneinander und betrachteten das grandiose Schauspiel der aufgehenden Sonne.

Schließlich wandte sich John zu ihr um. »Ich werde noch einige Meilen in Richtung Newcastle mitkommen, doch dann musst du alleine weiterreiten.« Er sah sie mit undurchdringlicher Miene an. Nur sein Tonfall ließ erkennen, dass ihm der bevorstehende Abschied genauso auf der Seele lastete wie ihr.

Cécile nickte. »Danke, dass du mich überhaupt so weit begleitet hast«, sagte sie.

»Hier, den solltest du immer griffbereit haben!« Er reichte ihr einen schmalen, länglichen Gegenstand. Es war ein Dolch.

»Kannst du damit umgehen?«

Sie schüttelte den Kopf. Beim Anblick der scharfen Klinge musste sie unvermittelt an Ferrall denken und daran, wie er den Dolch in den Rücken des englischen Soldaten gestoßen hatte.

John zog die Waffe aus ihrer Scheide. »Dann zeige ich es dir.«

Sie zögerte. »John, ich glaube nicht, dass ich das kann.«

Er schaute sie überrascht an und ergriff dann ihren Arm. »Sei nicht albern, Cécile«, sagte er. »Du wirst allein reisen und die meiste Zeit wahrscheinlich nur unter Männern sein. Da solltest du dich selbst verteidigen können.«

Widerstrebend betrachtete sie die glänzende Stahlspitze, doch dann dachte sie an Berrick, an die furchtbare Angst, die sie ergriffen hatte, als er versuchte, sie zu vergewaltigen. Nur der reine Wille zu überleben hatte sie dazu gebracht, sich überhaupt zu wehren. Sollte sie noch einmal in eine ähnliche Situation kommen, wäre sie möglicherweise dankbar, eine Waffe zu haben. Sie nickte. »In Ordnung. Zeig es mir«, sagte sie dann.

John reichte ihr den Dolch, den sie zögerlich in die Hand nahm.

Kritisch betrachtete er ihren Griff. »Nicht so! Du musst ihn so festhalten, als wären deine Finger und er eins. Das ist kein Essbesteck, sondern eine Waffe! Alles hängt davon ab, wie schnell du in der Lage bist, ihn zu ziehen und zuzustechen ...« Er nahm den Dolch wieder an sich und demonstrierte ihr dann, wie man ihn innerhalb des Bruchteils einer Sekunde aus der Scheide zog und seine Körperkraft einsetzte, um sich damit zu verteidigen. »Mindestens genauso entscheidend ist es, wo du deinen Gegner verletzt, wenn du ihn außer Gefecht setzen willst. Die Herzgegend solltest du vermeiden. Das Risiko, an einer Rippe abzuprallen, ist zu groß. Versuch deinen Gegner am Unterleib oder, noch besser, am Hals zu treffen, wo du die Ader schlagen siehst«, fuhr John fort, so sachlich, als würde er über die Vorzüge einer Pferderasse sprechen.

»Damit verletze ich jemanden tödlich, nicht wahr?«

Er nickte gleichmütig und Cécile ging auf, wie naiv ihre Bemerkung für jemanden klingen musste, der in wenigen Wochen selbst im Krieg kämpfen würde. Dennoch war sie sich nicht sicher, ob sie jemals in der Lage sein würde, einen Menschen zu töten.

»Wenn du jemanden nur verletzen willst, dann stich in seinen Oberschenkel. Zwar erfordert das viel Kraft, aber es ist sehr schmerzhaft und wird den anderen daran hindern, dich zu verfolgen.«

Sie nickte betreten, da sie bei seinen Ausführungen unweigerlich die Situation vor Augen hatte, die es überhaupt notwendig machen würde, sich in dieser Weise zu verteidigen.

Fast zwei Stunden lang zeigte ihr John immer und immer wieder alle Griffe.

Die Sonne war längst aufgegangen, als sie schließlich ihre Pferde sattelten und aufbrachen, um die letzten Meilen zusammen in Richtung Newcastle zurückzulegen. Gegen Mittag, als die Sonne in ihrem Zenit stand, erkannten sie in der Entfernung bereits die Umrisse der Stadt, die auf einem Hügel am Tyne lag. Sie hielten an und saßen zögernd ab.

Der Moment des Abschieds war endgültig gekommen.

Cécile blickte John an. Plötzlich griff sie in ihre Tasche und reichte ihm einen kleinen Gegenstand.

Er schaute überrascht auf die silberne Schnupftabaksdose.

»Ich habe sie am Loch Leven gefunden, an dem Morgen, als mein Vater umgekommen ist. Ich möchte sie dir schenken, für den Dolch und alles, was du für mich getan hast.«

»Danke!« Seine Stimme klang ein wenig rau. Er betrachtete die Dose und ließ sie dann in seine Rocktasche gleiten.

»Werdet ihr den Aufstand gewinnen, John?«, fragte sie.

»Natürlich«, sagte er leichthin. »Die Engländer sind jämmerliche Kämpfer.« Doch der Ausdruck in seinen Augen strafte seine Worte Lügen und sie begriff, dass er keineswegs sicher war, wie diese Auseinandersetzung tatsächlich ausgehen würde. Nicht alle Clanchefs unterstützten den Aufstand.

»Und dann komme ich dich in Frankreich besuchen.«

Sie bemühte sich zu lächeln, obwohl sich ihre Kehle wie zugeschnürt anfühlte. »Das musst du unbedingt tun.«

Er zog sie in seine Arme. »Pass auf dich auf«, sagte er leise.

»Du auch!« Er wollte sich zu seinem Pferd umwenden, doch unvermittelt sah er Cécile an, zog sie zu ihrer Überraschung erneut in seine Arme und küsste sie. Es war kein zärtlicher, sondern ein harter, fast wilder Kuss. Dann hatte er sich schon wieder genauso schnell von ihr gelöst und schwang sich auf sein Pferd. Seine Augen blitzten. »Wir sehen uns in Frankreich!«

Céciles Finger fuhren unwillkürlich zu ihren Lippen, und sie verspürte einen schmerzhaften Stich, als sie beobachtete, wie sich seine Gestalt langsam entfernte.

8

Der Junge war etwa zwölf und lehnte an der Reling des Keelboots. Sein Haar war zerzaust und sein Gesicht, das ebenso wie die Hände schon seit längerer Zeit keine Bekanntschaft mit Seife oder Wasser gemacht zu haben schien, war von Sommersprossen übersät, was den frechen Ausdruck, mit dem er Cécile von oben bis unten musterte, nur noch verstärkte. »Ian MacDonald? Was willst du denn von ihm? Bist du eines seiner Liebchen? Er mag es nicht besonders gern, wenn sie hier auftauchen«, sagte er in herablassendem Ton zu Cécile.

Sie blickte ihn ungläubig an. Seine Unverfrorenheit führte sie einen Moment lang in Versuchung, ihn einfach ins Hafenbecken zu stoßen. Ihre Nerven lagen blank. Der Abschied von John bedrückte sie, und sie fühlte sich erschöpft, weil sie sich fast eine Stunde zu Fuß durch die Stadt gekämpft hatte, nur um zu entdecken, dass sich der Hafen auf der anderen Seite des Flusses befand. Sie hatte fast eine Meile wieder zurücklaufen müssen, um über eine alte Steinbrücke das Wasser des Tyne überqueren zu können. Das Ergebnis waren schmerzhafte Blasen an den Füßen – denn auf Anraten von John hatte sie ihr Pferd, das ein Brandzeichen des Militärs trug, vor den Stadttoren zurückgelassen. Und nun stand sie hier und musste sich von diesem Rotzbengel, der ihr kaum bis zur Schulter reichte, unverschämt behandeln lassen. Sie warf ihm einen vernichtenden Blick zu.

»Es geht dich überhaupt nichts an, wer ich bin«, erwiderte sie kalt. »Arbeitet Ian Rob MacDonald nun hier oder nicht?«

Er wippte mit dem Bein. »Wie gesagt, das kommt drauf an, wer danach fragt!«

Cécile spürte, wie ihr endgültig der Geduldsfaden riss.

In diesem Moment tauchte hinten zwischen den Kohlenkisten ein Männerkopf auf.

»Ian Rob MacDonald?«, rief sie.

Er nickte verblüfft und wischte sich seine verrußten Hände an der Hose ab, während er zu ihnen kam.

»Was gibt's denn?«, fragte er.

Cécile trat eilig einen Schritt vor. »Kann ich Sie kurz sprechen? Bitte …«

Er zögerte, doch dann nickte er. »Los, verschwinde für einen Moment«, sagte er zu dem Jungen, der sich achselzuckend trollte. Ian wandte sich wieder Cécile zu und blickte sie fragend an.

Sie reichte ihm die Kokarde mit dem Wappen der MacDonalds. »Ich soll Ihnen das hier geben. Von Laird MacIan. Er sagte, Sie würden mir weiterhelfen.«

Der Gesichtsausdruck des jungen Mannes veränderte sich abrupt. Ungläubig betrachtete er das Abzeichen. »Von Laird Rob MacIan? Du kommst aus Glencoe?«, fragte er. Seine Stimme war leiser geworden.

Sie nickte. »Ja! Ich habe die letzten dreizehn Jahre im Haus von Laird MacIan gelebt.«

Einen Augenblick lang betrachtete Ian wehmütig das Wappen. Schließlich gab er es ihr mit einem Lächeln zurück. »Nimm es lieber wieder an dich und zeig es niemandem. Zurzeit ist es gefährlich, mit den Hochlandclans in Verbindung gebracht zu werden. Wie kann ich dir also helfen?«, fragte er dann.

»Ich muss nach Frankreich«, erklärte sie ihm. »Laird MacIan meinte, dass ich mit einem der Kohlenschiffe nach Südengland reisen kann.«

Ian fuhr sich nachdenklich mit der Hand über die Stirn, die ein feiner Film schwarzen Kohlenstaubs zierte. »Das ist nicht so leicht«, sagte er schließlich. »Ich könnte dich zwar auf eines der Schiffe schmuggeln, aber dafür müsste ich den Kapitän bestechen, und das kostet einiges.«

Cécile nickte. »Ich habe etwas Geld«, sagte sie. Sie zeigte ihm die englischen Münzen, die ihr der alte MacIan gegeben hatte. Ihr Vater hatte ihr zwar auch einen kleinen Beutel mit Louisdor hinterlassen, doch der Laird hatte darauf bestanden, dass sie das Geld für ihre Überfahrt nach Calais und für Frankreich aufheben sollte. »Es ist wenig genug. Du wirst kaum ein, zwei Wochen davon leben können«, hatte er erklärt.

»Wird das reichen?«, fragte sie Ian jetzt.

Er grinste. »Ich denke schon!«

Sie hatten verabredet, dass sie mit der letzten Ladung mitfahren sollte, die die *keelmen* am Abend zum Schiff bringen würden. Die Dämmerung war bereits hereingebrochen, als Cécile an Bord stieg.

Bis zu zwanzig Mal fuhren die Boote mit ihrer Kohlenfracht zwischen Hafen und Meer hin und her, denn der Tyne war zwar ein breiter Fluss, aber sein Wasser gleichzeitig so flach, dass es die Überseeschiffe nicht passieren konnten. Sie wären unweigerlich auf Grund gelaufen. Von diesem Umstand lebten die *keelmen*, die auf speziell für das seichte Wasser gebauten Booten die Kohle zu den Schiffen brachten und im Gegenzug die Frachtgüter aus dem Süden Englands – Zucker, Eisen und Heu – zum Hafen transportierten.

Außer Ian und dem Bootsjungen befanden sich noch zwei weitere Männer auf dem Frachtboot. Sie nickten Cécile knapp zu, während sie das Segel hissten.

Langsam glitt das Boot vorbei an den Pieren des Hafens und weiter über das dunkle Wasser in Richtung Meer. Ein leichter Wind strich Cécile über das Gesicht und ließ ihren

Rock flattern. Nach einiger Zeit konnte sie die Umrisse des großen Schiffs erkennen, das mit einigen anderen in der Mündung des Tyne ankerte. Ein Anflug von Abenteuerlust überfiel sie, als sie den großen Dreimaster betrachtete, der dort majestätisch im Wasser ruhte.

Die Männer verlangsamten die Fahrt und warfen ihre Leinen aus, die zwei Matrosen an Bord auffingen und mit dem Schiff vertäuten. Ian half Cécile über eine schwankende Strickleiter an Bord und brachte sie in die Kajüte des Kapitäns.

Captain Simon Dumfries war ein stämmig gebauter Engländer mit wettergegerbter Haut. Er stand mit einem Zirkel in der Hand vor einer Seekarte und musterte sie kühl. »Wie Sie sehen können, sind wir eigentlich nicht für den Transport von Passagieren vorbereitet, Miss. Sie werden deshalb mit der Kajüte unseres Bootsjungen vorlieb nehmen müssen und dieselbe Verpflegung wie die Mannschaft bekommen«, sagte er.

Cécile nickte. Sie sah auf seiner linken Wange eine lange Narbe, die nicht dazu beitrug, sein finsteres Gesicht sympathischer wirken zu lassen. Es war offensichtlich, dass er sie nicht aus purer Menschenfreundlichkeit mitnahm. Als er von Ian gehört hatte, sie sei eine Frau, hatte er den Preis gleich noch einmal erhöht. Außerdem hatte Ian ihm das Geld für ihre Passage bereits im Voraus geben müssen.

Dumfries wandte sich nun ohne ein weiteres Wort wieder seiner Seekarte zu. Anscheinend war das Gespräch damit beendet. Doch dann blickte er noch einmal hoch. »Ach, und noch eines, Miss! Sie halten sich bitte während der Fahrt von meiner Mannschaft fern.«

9

Cécile stand in ihren Umhang gehüllt an der Reling und sah zu, wie sich das Schiff langsam von der Küste entfernte, die als schemenhafte Silhouette zurückblieb. Hinter sich hörte sie die Stimmen der Matrosen und des Captains, der Befehle über Deck bellte. Der Wind hatte gedreht, und die Segel mussten neu gesetzt werden.

Nachdenklich blickte sie auf das dunkle Meer, durch dessen unruhige Wellen sich der breite Bug des Schiffes einen Weg kämpfte, und beobachtete eine Zeit lang die tanzenden weißen Schaumkronen. Eine feine Gischt wehte ihr ins Gesicht, und als sie das Salz auf ihren Lippen schmeckte, ergriff sie plötzlich ein Gefühl großer Einsamkeit. Sie dachte an ihren Vater und an all die Menschen, die sie zurückließ.

Fröstelnd fasste sie den Umhang enger und ging zurück in ihre Kajüte, eine beengte Schlafstätte, die kaum größer als ein schmales Schrankbett war. Immerhin bot sie Schutz vor Wind und Regen und ließ sich von innen verriegeln. Nach den Nächten im Freien erschien Cécile selbst diese Pritsche wie der Himmel auf Erden. Sie merkte erst jetzt, an Bord des Schiffs, wie müde sie eigentlich war. Nachdem sie etwas von der Suppe gegessen hatte, die ihr Dumfries durch einen der Matrosen hatte bringen lassen, rollte sie sich in ihre Decke und fiel schon bald in einen tiefen Schlaf.

Die Tage auf See verliefen im gleichförmigen Rhythmus, nur unterbrochen von den Sonnenauf- und -untergängen und dem ständigen Wind- und Wetterwechsel. Cécile spürte, wie die Matrosen sie mit unverhohlener Neugier beobachteten, doch sie blieben auf Distanz. Offenbar hatte ihnen Dumfries diesbezüglich Anweisungen gegeben, denn sie sprachen nur mit ihr, wenn es absolut notwendig war. Es störte sie nicht. Im Gegenteil – sie war froh, ihre Ruhe zu haben, und ignorierte die verstohlenen Blicke. Meistens zog sie sich an die äußerste Spitze des Vorderdecks zurück. Auf einer großen Holzkiste sitzend, in der Taue und Seilrollen verstaut wurden, beobachtete sie im Schatten der Segel stundenlang das Meer und versuchte die schrecklichen Erlebnisse zu verarbeiten, die hinter ihr lagen. Gleichzeitig dachte sie über ihre Zukunft nach und malte sich voller Vorfreude das Wiedersehen mit ihrem Bruder aus.

Sie begann auch wieder im Tagebuch ihres Vaters zu lesen. Seit dem Übergriff der Engländer und ihrer Festnahme hatte sie es nicht mehr angerührt. Manchmal fragte sie sich, was wohl aus den Briefen geworden war, die Berrick ihr abgenommen hatte. Wahrscheinlich befanden sie sich jetzt in Edinburgh bei dem Duke of Argyll. Es war davon auszugehen, dass der Duke besser Französisch sprach als Berrick und begreifen würde, dass sie keine Spionin war. Doch das nutzte ihr nun auch nichts mehr. Sie konnte nur hoffen, auch ohne die Briefe eine Audienz beim König oder zumindest bei der Marquise de Maintenon zu bekommen.

Cécile strich sich eine Haarsträhne aus dem Gesicht und blätterte in den aufgeschlagenen Seiten. Die Ereignisse, über die ihr Vater berichtete, erschienen ihr noch immer verworren, aber zumindest begriff sie dank der Aufzeichnungen die politischen Zusammenhänge inzwischen etwas besser.

Zehn Jahre bevor sie geboren worden war, genauer gesagt, im Jahre 1685, hatte der französische König mit dem Edikt von Fontainebleau das Edikt von Nantes von Henri IV. widerrufen, das den calvinistischen Protestanten – den Hugenotten – bis dahin religiöse Toleranz und Bürgerrechte gewährt hatte. Jegliche Praktizierung des protestantischen Glaubens war damit verboten worden. Wie ihr Vater beschrieb, waren durch die repressiven Maßnahmen und die Gewalt des Staats in den Jahren zuvor ohnehin schon viele Hugenotten genötigt worden, zum katholischen Glauben überzutreten. Cécile las mit leichtem Grauen, wie nun ihre Kirchen zerstört, ihre Versammlungen und Gottesdienste verboten wurden, die Pfarrer Frankreich verlassen mussten und den Protestanten selbst untersagt wurde, zu emigrieren oder auch nur in andere Länder zu reisen. Tausende von ihnen waren dennoch ins Ausland geflohen, während die anderen trotz härtester Bestrafungen ihren Glauben heimlich weiterpraktizierten. Wer dabei erwischt worden war, dem hatten Folter, Galeere oder Gefängnis und nicht selten sogar die Hinrichtung gedroht.

Cécile blickte von dem Tagebuch hoch. Sie konnte nur schwer nachvollziehen, warum man so hart gegen die Hugenotten vorgegangen war. Immerhin glaubten sie doch an denselben Gott wie die Katholiken!

Auch ihr Vater hatte den Protestantismus indessen nicht gutgeheißen, wurde ihr beim Lesen klar. Es sei ohne Frage das Beste, wenn ein Volk auch im Glauben untereinander und mit dem Herrscher geeint sei, schrieb er. Dennoch verabscheue er die Art und Weise, mit der man im Languedoc gegen diese armen Leute vorginge. Eindringlich schilderte er die angespannte, von Angst besetzte Atmosphäre, in der die Menschen damals lebten. Céciles Blick blieb an einer Eintragung Ende des Jahres 1698 hängen.

In Montpellier ist heute der Prediger Claude Brousson öffentlich hingerichtet worden. Sein Tod hat etwas Märtyrerhaftes. Ein Meer von Menschen – fast zehntausend – hat bei seiner Hinrichtung zugesehen. Es wird behauptet, dass der Henker später sagte, dass ihn niemals zuvor ein Verurteilter so beeindruckt habe und Brousson als Heiliger gestorben sei. Angesichts solcher Ereignisse frage ich mich, ob die unbarmherzige Gewalt, mit der der Intendant Basville und sein Missionarsinspektor Chalya gegen die Protestanten vorgehen, nicht eine weitaus größere innenpolitische Gefahr birgt als die Hugenotten selbst!

Cécile sah nachdenklich auf das Meer, das in der Sonne azurblau schimmerte. Wie sie aus den späteren Eintragungen wusste, sollte ihr Vater recht behalten. Nur einige Jahre danach, im Sommer 1702, hatte eine Gruppe aufgebrachter Protestantenanhänger das Haus des Abbé du Chalya gestürmt, eine Gruppe Gefangener befreit und den Missionarsinspektor selbst getötet. Es war der Beginn des Aufstandes der Kamisarden, wie man die französischen Hugenotten in den Cevennen nannte, der sich über mehrere Jahre hinzog und der zeitweise einen bürgerkriegsähnlichen Zustand annahm.

Cécile unterdrückte ein Seufzen. Nun, diese Hintergründe hatte sie verstanden. Doch irgendwann im Jahre 1702 vermischten sich die offiziellen Geschehnisse derart mit den Ereignissen im Leben ihres Vaters, dass sie dem allem nicht mehr richtig folgen konnte.

Es gab Überfälle auf katholische Mönche und Priester im Herzogtum, einige Monate später war der Abbé Silvane getötet worden, der das geistliche Oberhaupt der Gemeinde gewesen war, und kurz darauf hatte man schließlich ihren Vater angeklagt, den Aufstand der Kamisarden unterstützt und den Abbé umgebracht zu haben.

Cécile las nachdenklich die Seiten, auf denen ihr Vater nur noch kurze, flüchtige Eintragungen gemacht hatte, als ob die Ereignisse ihm keine Zeit zum Schreiben gelassen hätten. Anfangs schien er die Beschuldigungen gegen sich nicht einmal ernst genommen zu haben. *Die Vorwürfe, die man gegen mich erhebt, sind nicht nur absurd, sondern derart lächerlich, dass ich mich nach wie vor weigere, ihnen irgendwelche Beachtung zu schenken.*

Später dann hatte er erfolglos versucht, am Hof um Hilfe zu bitten. *... Zu meinem größten Unglück zieht Seine Majestät es in Anbetracht der allgemeinen Unruhen im Languedoc vor, sich aus meiner Angelegenheit herauszuhalten und sie der Zuständigkeit seines hiesigen Intendanten zu überlassen!*

Und einige Seiten darauf dann diese Eintragung – Cécile runzelte die Stirn, als sie die Zeilen las. *Mein Freund Villier ist davon überzeugt, dass man an höchster Stelle an meiner Verurteilung interessiert ist! Soll ich tatsächlich an eine Verschwörung glauben? Erst langsam beginne ich zu begreifen, wie ernst meine Situation wirklich ist ...*

Cécile wünschte, ihr Vater hätte an irgendeiner Stelle ausgeführt, was er mit *Verschwörung* meinte und wer hinter einem solchen Komplott gestanden haben sollte. Sie bemühte sich, ihre Gedanken zu ordnen. War man wirklich an *höchster Stelle* daran interessiert gewesen, ihn zu verurteilen, und wenn ja, warum? Sie entsann sich auf einmal vage ihrer Flucht von Frankreich nach Schottland, daran, dass sie immer in Eile gewesen waren – und an das Feuer. Ihre Hand fuhr unwillkürlich zu der Narbe an ihrer Wade. Sie sah wieder ihren Vater vor sich, wie er durch die brennenden Balken auf sie zustürzte und sie an sich riss. Manchmal konnte sie die Hitze in ihren Träumen noch spüren. Was war damals wirklich passiert? Hing diese Erinnerung aus ihrer Kindheit mit all den anderen Geschehnissen zusammen?

Seufzend klappte sie das Tagebuch zu. Ihre Haare wehten ihr ins Gesicht. Erst jetzt bemerkte sie den starken Wind, der aufgekommen war. Unruhig schlugen die Wellen gegen den Rumpf des Schiffs, und sie beschloss, wieder unter Deck zu gehen.

In der Nacht weckte sie ein heftiges Schaukeln. Das ganze Schiff ächzte und quietschte, und ein peitschender Regen schlug gegen die Planken und die Segel. Die Wände schwankten in einem Maße, wie Cécile es noch nicht erlebt hatte, seit sie an Bord gekommen war. Sie kroch, gegen die Übelkeit ankämpfend, aus ihrem Bett, um an Deck zu gehen. Der Gang und die Treppe wankten so stark, dass sie sich immer wieder irgendwo festhalten musste, um nicht zu stürzen.

Ein kalter Wind und prasselnder Regen schlugen ihr draußen entgegen. Sie hörte die durchdringende Stimme von Captain Dumfries, der den Matrosen, die hektisch an den Segeln agierten, Befehle und Anweisungen zubrüllte.

Im selben Augenblick sah Cécile voller Entsetzen die mannshohen Wellen, die über das schwere Schiff hereinbrachen.

Sie konnte sich gerade noch verzweifelt mit beiden Händen an den nächstbesten Mast klammern, als das Wasser schon mit Wucht über Deck spritzte. Von Kopf bis Fuß durchnässt, schnappte sie nach Luft, aber da rollte bereits die nächste Welle auf sie zu. Hilflos trieb das schwere Schiff in dem aufgewühlten Meer und wurde wie ein Spielzeug bald zu der einen, bald zu der anderen Seite geworfen, während der Sturm mit jedem Moment schlimmer zu werden schien.

»Wir sind zu schwer!«, hörte sie den Ersten Offizier über den Wind hinweg schreien, doch Captain Dumfries reagierte nicht, sondern blickte nur wutentbrannt auf das tobende

Meer ringsum. Erneut brach eine Welle über das Deck und riss einen der Männer zu Boden.

Cécile sandte ein stummes Stoßgebet gen Himmel, während sie sich weiter an den Mast klammerte. Das Schiff kippte zur Seite, neigte sich beängstigend nah zum Wasser. Wenn nicht ein Wunder geschah, würden sie kentern und untergehen, wurde ihr voller Panik bewusst. Selbst den Seeleuten stand die Todesangst ins Gesicht geschrieben.

»Sire!«, brüllte der Erste Offizier erneut zum Captain.

Eine Ewigkeit schien zu vergehen, bis sich Dumfries endlich mit steinernem Gesicht zu ihm drehte. »Geben Sie Anweisung zum Entladen!«, schrie er schneidend.

Der Offizier nickte. »Bereithalten zum Entladen!« Matrosen eilten auf diesen Befehl hin schlitternd über das nasse Deck zu den Laderäumen. Wenig später hörte man ein vielfaches Klatschen auf der Wasseroberfläche. Mehrere Tonnen Kohle wurden über Bord befördert.

Zunächst spürte man nichts, das Schiff schien genauso hin und her geworfen zu werden wie zuvor. Doch dann nahm Cécile wahr, wie sich der Rumpf erhob, wie sie auf einmal Fahrt aufnahmen und mit neuem Kurs durch die Wellen steuerten. An den erleichterten Gesichtern der Seeleute erkannte sie, dass das Schiff wieder unter Kontrolle gebracht war.

Erst jetzt merkte sie, dass sie völlig durchnässt war und fror. Sie wischte sich den Regen aus dem Gesicht und blickte zu Captain Dumfries hinüber, dem noch immer der Zorn über den Verlust seiner Fracht ins Gesicht geschrieben stand.

Der Morgen graute, als sie schließlich die letzten Ausläufer des Sturms hinter sich ließen und auf ruhiger See an Norfolk und Ipswich vorbei in Richtung Southend-on-Sea segeln konnten.

Nach fast zwei Wochen auf See erreichten sie die Mündungsstadt der Themse. Das Schiff sollte von dort aus den Fluss hoch nach London fahren.

»Wir werden Sie vorher bei Gravesend mit dem Beiboot an Land bringen«, sagte der Captain am Abend zu ihr.

»Danke«, erwiderte Cécile, doch Dumfries hatte sich schon wieder abgewandt.

Sie schaute sinnend in die Ferne. Gravesend! Der Ort lag an der alten römischen Watling Road, die von dort über Canterbury hinunter bis zur Küste nach Dover führte.

Sie würde ein Pferd brauchen, um in die englische Hafenstadt zu kommen, ging ihr auf. Doch die wenigen englischen Pennys, die sie noch besaß, würden dafür kaum reichen.

Als sie später allein in ihrer Kabine war, trennte Cécile vorsichtig ein Stück ihres Rocksaums auf, in den sie die Louisdor eingenäht hatte, und nahm einige der Geldstücke heraus. Sie drehte die glänzenden Goldmünzen in ihren Händen und verspürte ein Gefühl der Vorfreude. Zum ersten Mal erschien ihr Frankreich gar nicht mehr so weit.

10

Der erste Schritt auf fester Erde fühlte sich fremd und merkwürdig an, als würde sie auf Watte gehen. Fast hatte Cécile das Gefühl zu schwanken.

Sie blieb am Ufer stehen und wandte sich noch einmal zum Meer um, sah dem Beiboot nach, das von zügigen Riemenschlägen getrieben über das Wasser zurück zum Schiff glitt. Die Sonne ging gerade erst auf, und einen Moment lang glaubte Cécile, im Schein der ersten Strahlen die stämmige Statur von Dumfries an der Reling zu erkennen. Doch als sie die Hand zu einem letzten Gruß hob, war er schon wieder verschwunden.

Cécile ergriff ihre Sachen und stieg den Abhang hoch. Sie erreichte einen Feldweg, der sich über sanfte Hügel, an Wiesen und kurzen Waldabschnitten vorbei durch die Landschaft zog. Sie blieb stehen, um sich zu orientieren, dann lief sie nach rechts, nach Norden, in Richtung Gravesend. Sie war kaum mehr als zwei Meilen gelaufen, als ihre Füße zu schmerzen begannen. Nach den vielen Tagen zu Pferd und auf dem Schiff war sie das Laufen einfach nicht mehr gewohnt. Zu ihrer Erleichterung konnte sie in einiger Entfernung auf einem Hügel bereits die Umrisse einer Windmühle und nicht weit davon einen Kirchturm und die Ansammlung von Häusern erkennen.

Am Ortseingang kamen ihr ein Bauer auf einem Fuhrwagen und zwei junge Mädchen mit Milchkannen entgegen. Sie musterten sie neugierig und eine Spur verwundert zugleich. Cécile grüßte höflich und war bemüht, sich ihre Verunsicherung nicht anmerken zu lassen. In den Augen der anderen lag derselbe Ausdruck, den sie auch bei den Menschen in Newcastle und später bei den Matrosen auf dem Schiff gesehen hatte. Die Leute waren irritiert und befremdet, sie allein zu sehen, denn es war ungewöhnlich, beinah anstößig, dass ein junges Mädchen ohne Begleitung reiste. Cécile unterdrückte ein Seufzen. Was hätte sie dafür gegeben, diese Reise als Mann machen zu können, um weniger aufzufallen!

Sie folgte der gewundenen Straße, die vor ihr lag, in den Ort hinein und entdeckte, dass Gravesend ein malerisches kleines Städtchen mit Steinhäusern und reetgedeckten Cottages war. An viele schlossen sich rückseitig Höfe und kleine Gärten an. Cécile war noch nicht weit gelaufen, als sie an einem großen, dreigeschossigen Haus mit rostroten Giebeln das goldumrandete Schild einer Gastwirtschaft und Pension hängen sah. *The Golden Hen* stand in großen, geschwungenen Lettern darauf. Neben dem Gebäude befanden sich mehrere Ställe, und auf dem gepflasterten Hof warteten zwei Kutschen. Cécile fasste ihr Reisebündel fester. Vielleicht konnte man ihr hier mit einem Pferd weiterhelfen. Kurz entschlossen betrat sie den Schankraum.

Die Wirtschaft war fast leer. Vorne rechts saßen zwei Männer – ihrer Kleidung nach zu urteilen waren sie Händler – und frühstückten. Cécile ignorierte ihre interessierten Blicke und sah sich suchend nach dem Wirt um. Erst da bemerkte sie, dass sich noch ein weiterer Gast in dem Raum befand. Er saß ganz hinten am Fenster. Sein aufwendig bestickter Rock und seine Perücke ließen keinen Zweifel daran, dass der Mann von höherem Rang war. Vermutlich ein einflussreicher Adliger, dachte Cécile, als sie entdeckte, dass sein Tisch im Gegensatz zu den anderen mit einem weißen Leinentuch bedeckt war und er von einem Lakaien bedient wurde. Drei weitere Menschen standen neben dem Gast, eilfertig bemüht, ihm zu Diensten zu sein. Unter ihnen war auch eine Frau, augenscheinlich die Wirtin des Etablissements. Sie trug ein Häubchen und eine große weiße Schürze um ihren Bauch und vollzog vor dem Mann zum wiederholten Male einen untertänigen Knicks, der es angesichts ihres beachtlichen Körperumfangs allerdings an Grazie fehlen ließ. Ihr Benehmen hatte etwas Groteskes, wie überhaupt die ganze Szene an eine absurde Theatervorstellung erinnerte. Der adelige Gast hatte sich in seinem Stuhl zurückgelehnt, den Arm abgestützt und ein Bein lässig von sich gestreckt. Mit blasierter Miene trank er einen Schluck aus seiner Tasse und ließ die Augen gelangweilt durch den Raum gleiten. Da bemerkte er Cécile. Verlegen senkte sie den Blick, denn angesichts seiner eleganten Erscheinung wurde ihr ihr eigener Aufzug unangenehm bewusst. Ihre Haare waren zwar gekämmt, und sie hatte sich auch, so gut es ging, auf dem Schiff gewaschen, doch ein Blick in den kleinen Taschenspiegel hatte ihr am Morgen gezeigt, dass ihre Haut durch den ständigen Aufenthalt im Freien einen wenig vornehmen brünetten Ton angenommen hatte. Ganz zu schweigen von ihrem Kleid und dem Umhang. Sie wiesen zum Rocksaum hin etliche helle Flecken auf, die das Salzwasser in den Stoff gebleicht hatte.

Cécile bekam aus den Augenwinkeln mit, dass der Fremde mit dem Kopf in ihre Richtung deutete und etwas zu der Wirtin sagte. Die Frau drehte sich um, obgleich sie nur ungern bereit schien, sich von dem Tisch des hohen Gastes zu entfernen. Schließlich siegte jedoch ihr Geschäftssinn, und sie kam auf Cécile zu.

»Was kann ich für Sie tun, Miss?«, fragte sie, während sie ihr Häubchen auf dem Kopf zurechtzog und dabei hinter Cécile zum Eingang spähte, offenbar in der Annahme, dort ihre Begleitung zu entdecken. »Möchten Sie frühstücken oder ein Zimmer?«

»Nein, danke«, erwiderte Cécile höflich. »Ich muss nach Dover und möchte nur fragen, ob Sie vielleicht ein Pferd entbehren können?«

Die Wirtin schaute sie überrascht an. »Ein Pferd? Selbstverständlich haben wir das!« Sie maß das junge Mädchen mit einem abschätzigen Blick, der schließlich an ihrem fleckigen Rocksaum hängen blieb. »Nehmen Sie es mir nicht übel, Miss«, sagte sie dann, »aber glauben Sie nicht, dass das Ihre Möglichkeiten etwas übersteigt?«

»Oh, ich kann das Tier bezahlen, wenn Sie das meinen«, beeilte sich Cécile zu erklären. Sie zog aus ihrem Beutel drei Louisdor. »Hier!«

Die Wirtin blickte verblüfft auf die Goldmünzen in Céciles Hand. Schließlich nahm sie eine von ihnen und drehte sie zögernd zwischen ihren Fingern. Dann legte sie das Geldstück mit ablehnender Miene zurück. »Das sind keine englischen Münzen. Die nehme ich nicht.«

»Aber wieso denn nicht? Das sind echte französische Louisdor – Münzen aus purem Gold«, erwiderte Cécile verwundert. Mit dieser Reaktion hatte sie nun wirklich nicht gerechnet.

»Genau, französische Münzen! Und wir sind hier in England, Miss. Wie kommen Sie überhaupt zu diesen Geldstücken?«, fragte die Wirtin misstrauisch.

Cécile war nahe dran, ihr zu erzählen, dass ihr Vater ihr das Geld hinterlassen hatte, als ihr aufging, dass sie dieser Frau keine Erklärung schuldig war. »Sie brauchen die Münzen doch nur zu wiegen, dann sehen Sie, wie viel Gold sie wert sind«, sagte sie bittend – nicht bereit, so schnell aufzugeben.

Ihr Wortwechsel war im Raum nicht unbemerkt geblieben, und Cécile spürte, wie mit einem Mal alle sie ansahen. Auch der vornehme Gast schaute überrascht und neugierig zugleich zu ihnen herüber.

Die Wirtin hatte die Hände in ihre fleischigen Hüften gestemmt und schüttelte mit resoluter Miene den Kopf.

»Tut mir leid, Miss, aber dieses Geld kommt mir nicht ins Haus. Wenn es so viel wert ist, dann tauschen Sie es doch um«, fügte sie hinzu.

Ein Schatten fiel plötzlich auf sie.

»*Pardonnez-moi, Mademoiselle, mais vous êtes française, n'est-ce pas* – entschuldigen Sie, Mademoiselle, aber Sie sind Französin, nicht wahr?«, ertönte eine Stimme neben Cécile. Sie gehörte dem adeligen Herrn.

Cécile blickte den Mann überrascht an. Seiner akzentfreien Sprache nach zu schließen war er Franzose. Der Klang ihrer Muttersprache erinnerte sie jäh und in schmerzhafter Weise an ihren Vater. Die letzten französischen Worte hatte sie aus seinem Mund vernommen.

»*Oui* – ja, ich bin Französin!«, beantwortete sie schließlich zögernd seine Frage.

Ein Lächeln glitt über seine Lippen. »Eine Landsmännin also, wie reizend!«, sagte er, ohne den Gesichtsausdruck der Wirtin zu beachten, die ihr Missfallen darüber, dass sie beide Französisch sprachen, nicht verbarg und sich abwandte.

Céciles Blick fiel auf den glänzenden Degenknauf, auf dem die Hand des Mannes ruhte. Aus der Nähe war seine Erscheinung sogar noch beeindruckender als von Weitem. Sie schätzte, dass er um die dreißig sein musste. Obwohl es Sommer war, trug er Handschuhe aus feinem Kalbsleder, und ihr fiel der teure Stoff seines mit Silber bestickten Rocks auf, aus dem sich an den Stulpen der Ärmel und oben im Halsausschnitt die Spitzen seines Hemdes hervorbauschten. Der Adelige strahlte die überhebliche Selbstsicherheit eines Mannes aus, der es gewohnt war zu befehlen, und unter anderen Umständen wäre Cécile von seiner Gegenwart vermutlich sehr eingeschüchtert gewesen. Doch die Sorge, dass sie nach der strapaziösen Reise, die hinter ihr lag, nun nicht nach Dover kommen sollte, stimmte sie so verzweifelt, dass sie ihre Hemmung überwand und beschloss, ihn um Hilfe zu bitten.

»Verzeihen Sie, Monsieur, aber könnten Sie mir vielleicht die Louisdor in englische Münzen wechseln? Ich brauche ein Pferd, weil ich nach Dover muss«, erklärte sie.

Er sah sie amüsiert an. »Nun, das könnte ich ohne Frage, Mademoiselle«, erwiderte er. »Aber mein Weg führt mich ebenfalls nach Dover, und es wäre mir daher eine noch größere Freude, wenn Sie mir erlauben würden, Ihnen einen Platz in meiner Kutsche anzubieten«, sagte er, noch immer auf Französisch.

Sie schaute ihn überrascht an. Die Aussicht, in einem Wagen zu reisen, war mehr als reizvoll, aber dann meldete sich ihr Misstrauen. Sie kannte diesen Mann nicht, und es schien ihr eher unwahrscheinlich, dass er dieses Angebot aus Patriotismus machte – nur weil sie Französin war.

Er bemerkte ihre plötzliche Zurückhaltung. »Oh, verzeihen Sie, Mademoiselle, ich sollte mich zuallererst einmal vorstellen – Maurice Philippe, Comte de Thoury!« Er deutete eine höfliche Verbeugung an. Sein fragender Blick zwang Cécile, sich ebenfalls vorzustellen.

»Cécile de Montbrignac … Ich danke Ihnen für Ihr Angebot, Monsieur, aber ich werde es leider nicht annehmen können«, erklärte sie förmlich.

Für den Bruchteil einer Sekunde huschte über das Gesicht des Comte ein Ausdruck, den sie nicht zu deuten vermochte. Dann lächelte er spöttisch. »Ich versichere Ihnen, Mademoiselle, dass ich keineswegs unehrenhafte Absichten hege. Es war allein die Aussicht auf etwas Unterhaltung, die mich dazu trieb, Ihnen diesen Vorschlag zu machen. Wenn Sie befürchten, dass ich über Sie herfalle, sobald wir allein sind, muss ich Sie leider enttäuschen«, sagte er.

Sie schaute ihn verlegen an. »Aber nein, es lag mir fern, so etwas zu denken«, antwortete sie und spürte, wie sie rot wurde, weil sie natürlich genau das gedacht hatte. Sie kam sich plötzlich albern vor.

»Nun, dann dürfte Ihrer Mitreise ja nichts mehr im Wege stehen!«, stellte er fest, und sie nickte, weil sie das Gefühl hatte, jede andere Reaktion wäre nicht nur unhöflich, sondern geradezu beleidigend gewesen.

Wie sie kurze Zeit später erfuhr, reisten sie ohnehin nicht allein. Zu der Entourage von Thoury gehörte eine weitere Kutsche, in der seine beiden Diener und sein Koch mitfuhren. Mit spitzen Fingern nahm einer der Lakaien Céciles Reisebündel in Empfang und verstaute es zwischen dem umfangreichen Gepäck.

Der Comte reichte Cécile unter den ungläubigen Blicken der Wirtin die Hand, um ihr in den Wagen zu helfen, und sie ließ sich in das safrangelbe Polster der Kutsche zurücksinken, die sich kurz darauf mit einem Ruck in Bewegung setzte.

Ein dezenter Parfümgeruch erfüllte den Innenraum. Cécile strich befangen ihren Rock glatt, der in der eleganten Umgebung doppelt abgetragen wirkte, und blickte aus dem Fenster, an dem die Häuser von Gravesend vorbeizogen. Schon bald ließen sie den Ort hinter sich, und die Kutsche jagte zwischen Feldern und Wiesen hindurch Richtung Canterbury.

Thoury hatte den Kopf gegen den Sitz zurückgelehnt und die Augen geschlossen. Offenbar war er eingeschlafen. Céciles Blick streifte sein gepudertes Gesicht. Seine Züge waren ebenmäßig und markant. Er war ohne Frage attraktiv, dennoch war etwas an ihm anders als an den Menschen, die sie in ihrem Leben bisher kennengelernt hatte. Er trat mit einer männlichen, beinah autoritären Selbstsicherheit auf, doch gleichzeitig wohnte der Art, wie er sich bewegte, und auch seinen Gesten eine widersprüchliche Androgynität inne, die

Cécile verunsicherte. Sie wusste nicht, ob dieser Eindruck allein durch seine Kleidung und Aufmachung entstand oder ob es sich dabei um ein typisch höfisches Benehmen handelte. Sie erinnerte sich, wie ihr Vater einmal erzählt hatte, dass man sich am französischen Hofe in einer ganz bestimmten Weise zu bewegen und verhalten hatte. In Céciles Ohren hatte das Ganze furchtbar anstrengend geklungen. Sie betrachtete noch immer die Gestalt des Comte, als sie bemerkte, dass dieser die Augen geöffnet hatte.

»Ich hoffe, ich finde Ihr Wohlwollen, Mademoiselle«, sagte er spöttisch.

»Verzeihung.« Sie wandte verlegen den Kopf ab.

Er lachte. Ohne den Blick von ihr zu nehmen, zog er aus seiner Rocktasche eine silberne Schnupftabaksdose. Er öffnete sie, streute etwas von dem bräunlichen Pulver auf seinen Handrücken und zog eine Prise hoch. Dann schlug er graziös die Beine übereinander und lehnte sich wieder zurück. »Erzählen Sie mir von sich, Mademoiselle! Was treibt Sie hier allein durch England?«, fragte er. Die Überheblichkeit, mit der er dabei ihr Kleid und ihre verschmutzten Schuhe musterte, blieb Cécile nicht verborgen.

»Ich bin bereits seit drei Wochen unterwegs, denn ich komme aus Schottland«, erklärte sie mit steifer Miene.

Der Comte, der sich gerade eine zweite Prise seines Schnupftabaks genehmigen wollte, hielt verblüfft inne. »Aus Schottland? Tatsächlich?«

»Ja.«

»Und – wenn Sie mir die Indiskretion erlauben – was um Gottes willen hat eine junge Französin wie Sie in Schottland verloren?«

»Dort habe ich die letzten dreizehn Jahre mit meinem Vater gelebt.«

»Sind Sie etwa eine dieser Hugenotten?«, fragte er befremdet.

Cécile schüttelte den Kopf. Ihre Hand strich über den weichen Bezug des Sitzes, in den die Wappen des Comte gestickt waren.

»Nein, es gab andere Gründe, die meinen Vater gezwungen haben, in Schottland zu leben«, sagte sie knapp und wandte ihren Kopf wieder dem Fenster zu.

»Nun, auf jeden Fall scheint es mir ziemlich leichtsinnig von Ihrem Vater, Sie ganz allein reisen zu lassen«, sagte der Comte kopfschüttelnd. Er hatte die Prise Schnupftabak hochgezogen und ließ die silberne Dose wieder in seiner Rocktasche verschwinden.

Cécile sah ihn einen Moment lang aufgebracht an. Wie konnte er sich leichtfertig ein Urteil über einen Menschen erlauben, den er noch nie in seinem Leben gesehen hatte? »Sie tun meinem Vater unrecht!«, sagte sie mühsam beherrscht.

»Nein, ganz und gar nicht«, widersprach er von oben herab. »Ihrem Namen nach zu urteilen stammen Sie aus keiner allzu schlechten Familie, und ich halte es daher für umso unverantwortlicher, dass man Ihnen erlaubt hat, allein zu reisen.«

Das Grün in Céciles Augen nahm einen dunklen Ton an. »Mein Vater ist vor drei Wochen gestorben«, sagte sie kalt. »Ich bin auf dem Weg nach Frankreich, weil dort noch mein Bruder lebt.«

Der Comte blickte sie perplex an. »Verzeihen Sie mir, Mademoiselle«, sagte er schließlich. »Meine Bemerkungen waren nicht nur indiskret, sondern auch taktlos.« Sie sah hoch und erkannte an seinem Gesichtsausdruck, dass ihm seine Worte tatsächlich leidzutun schienen.

Er neigte in einer entschuldigenden Geste den Kopf. »Ich würde meine Bemerkung über Ihren Vater gern wiedergutmachen, Mademoiselle. Erlauben Sie mir deshalb, Ihnen einen Vorschlag zu unterbreiten.« Er lächelte. »Sie dürfen Genugtuung verlangen, indem Sie mich Ihrerseits etwas Indiskretes fragen, etwas, über das sich zu erkundigen der Anstand eigentlich verbietet – als Satisfaktion sozusagen.«

»Satisfaktion?« Sie musste unfreiwillig über dieses Wort lachen, das man sonst nur bei Duellen verwandte, doch dann gefiel ihr der Gedanke auf einmal. Sie reckte herausfordernd ihr Kinn. »Habe ich mehr als eine Frage frei?«

Er nickte schmunzelnd. »Nun, sagen wir, dass Sie mich angesichts meiner unentschuldbaren Äußerung über Ihren Vater bis Canterbury fragen können, was immer Sie zu wissen begehren. Einverstanden?«

Er lehnte sich in seinem Sitz zurück.

Cécile strich sich eine Haarsträhne aus dem Gesicht und überlegte nicht lange. »Wie alt sind Sie?«

»Neunundzwanzig.«

Sie schaute ihn überrascht an.

»Bei Gott, Sie haben mich doch nicht etwa älter geschätzt?«, fragte er mit gespieltem Entsetzen.

Sie lächelte. »Nur unwesentlich«, erwiderte sie ehrlich und ignorierte sein Stöhnen. »Meine nächste Frage …«, begann sie.

Er verschränkte die Arme. »Bitte?«

»Was führt *Sie* nach England?«

Er zögerte kurz, bevor er ihr antwortete. »Sowohl geschäftliche als auch familiäre Gründe. Eine entfernte Cousine meiner verstorbenen Mutter, die einen englischen Duc geheiratet hat, lebt in der Nähe von London. Ich habe ihr einen Besuch abgestattet. Mein Vater und sie hoffen, dass ich Interesse an der Tochter des Hauses entwickle, weil eine Verbindung von Vorteil für unsere Familie wäre.«

»Das heißt, Sie haben sich verlobt?«

Diesmal war das Entsetzen im Gesicht des Comte aufrichtig. »Gott bewahre! Niemals! Das junge Ding ist nicht nur entsetzlich unattraktiv und spröde, sondern von einem so mangelnden Esprit, dass ich vermutlich schon in der Hochzeitsnacht vor Langweile sterben würde.«

Seine offenherzigen Worte trieben eine leichte Röte in Céciles Wangen.

Ein amüsierter Ausdruck huschte über sein Gesicht. »Und, haben Sie noch weitere Fragen, Mademoiselle?«

»Ja! ... Warum haben Sie mich mitgenommen? Nur, weil ich auch Französin bin?«

Er schwieg einen Moment lang und schüttelte dann den Kopf. »Nein – aus Neugier!«

Sie blickte ihn verständnislos an.

Er deutete mit seiner Hand von ihrem Kopf zu ihren Fußspitzen. »Sehen Sie sich an, meine Liebe: Alles an Ihnen ist widersprüchlich! Sie tragen das Kleid und den Umhang einer Bäuerin, doch Sie bewegen sich grazil und elegant, und Ihre gesamte Physiognomie lässt annehmen, dass Sie eigentlich aus besseren Verhältnissen stammen. Es lag also die Vermutung nahe, dass Sie ein Geheimnis mit sich herumtragen. Im ersten Moment dachte ich daher, Sie wären auf der Flucht und hätten vielleicht Ihren Liebhaber erstochen ... Doch bei näherer Betrachtung schienen Sie mir dafür zu jung. Ich nehme an, Sie sind nicht älter als zwanzig, oder?« Er brach ab und zog seine Augenbrauen fragend nach oben.

»Neunzehn«, erwiderte Cécile wahrheitsgemäß, obwohl sie das Gefühl hatte, wesentlich älter zu sein und kaum noch etwas mit dem jungen Mädchen gemein zu haben, das sie noch vor vier Wochen gewesen war.

»Nun, umso seltsamer«, bemerkte Thoury. »Stellen Sie sich also mein Erstaunen vor, als ich Ihre so gegensätzlich wirkende Erscheinung sehe und dann feststelle, dass Sie nicht nur eine Landsmännin sind, sondern auch ein durchaus gewähltes Französisch sprechen, welches meine Annahme bestätigt, dass Sie aus einer besseren Familie stammen müssen.«

Sie schwieg. Ihr Vater hatte stets darauf bestanden, mit ihr auch in Schottland in ihrer Muttersprache zu sprechen. Er hatte ihr zudem Lesen, Schreiben und etwas Latein beigebracht und sie in Mathematik und einigen anderen Disziplinen unterrichtet, die er als notwendig für ihre Allgemeinbildung erachtete. Dennoch hätte sie nie gedacht, dass ihr Französisch etwas über ihre Herkunft verriet. Sie unterdrückte ein bitteres Lachen. Eine Herkunft, über die sie selbst am allerwenigsten wusste.

Der Comte sah sie prüfend an.

»Es liegt mir fern, Sie dazu zu drängen, mir irgendetwas zu erzählen, Mademoiselle!«, sagte er, als würde er ihre Gedanken erraten.

Cécile sah ihn dankbar an. »Es ist kompliziert«, gestand sie. »Es gibt vieles, was ich selbst erst vor Kurzem erfahren habe. Deshalb fällt es mir schwer, darüber zu reden.«

»Selbstverständlich.« Er lächelte und wechselte dann höflich das Thema. Eine Weile plauderten sie über unverfängliche Dinge. Sie erzählte ihm von Schottland und den Highlands. Er erkundigte sich interessiert nach den Clans und berichtete seinerseits vom Leben in Frankreich. Wie sich herausstellte, verkehrte der Comte de Thoury am Hof.

»Ist es sehr schwierig, eine Audienz beim König zu bekommen?«, fragte Cécile ihn.

Abermals huschte ein neugieriger Ausdruck über sein Gesicht, dann nickte er ohne einen Kommentar. Er lehnte den Kopf zurück und schloss die Augen. Fast glaubte Cécile schon, er sei eingenickt, als er die Augen erneut öffnete. »Falls Sie die Absicht haben, um eine Audienz zu bitten – was Ihnen dank Ihrer Jugend und Schönheit vielleicht sogar gelingen könnte –, rate ich Ihnen, Ihre Louisdor vorher in eine angemessene Garderobe zu investieren. Mit diesem Kleid wird man Sie nicht einmal in den Vorhof des Schlosses lassen.«

Sie blickte betreten an sich hinunter und musste daran denken, dass solche Dinge in Schottland nie eine Rolle gespielt hatten. Das Einzige, das dort zählte, war, dass man praktische Kleidung besaß, die einen vor Kälte und Regen schützte. Der Comte hätte in seinem Aufzug nur schwerlich einen Ritt durch die Highlands überstanden.

»Danke für den Ratschlag«, erwiderte sie kühl.

»Gehen Sie in Paris zu Monsieur Raboutin und sagen Sie ihm, dass Sie auf meine Empfehlung kommen. Er ist ein exzellenter Schneider.«

Cécile nickte.

Der Comte hatte erneut die Augen geschlossen, und auch sie spürte, dass der monotone Rhythmus der Kutsche eine einschläfernde Wirkung auf sie ausübte. Schon bald war sie eingenickt.

Es war noch hell, als sie sich Dover näherten. Cécile konnte aus der Ferne auf dem höchsten Punkt der weißen Kreidefelsen, für die die Küste berühmt war, bereits die Festungsmauer und die eckigen Türme des mittelalterlichen Schlosses von Dover erkennen. Wenig später glitzerte vor ihnen das blaue Meer.

»Nun, angesichts des Wetters und da die Flut gerade zu kommen scheint, haben Sie gute Chancen, dass heute wirklich noch ein Schiff nach Calais übersetzt«, stellte der Comte mit Blick auf den Wasserstand fest und erklärte ihr, dass die Schiffe, die unregelmäßig und nur nach Bedarf verkehrten, die Gezeiten berücksichtigen mussten, weil sie bei Ebbe nicht in den Hafen hineinfahren konnten.

Der Comte selbst beabsichtigte, die Nacht in Dover zu verbringen, um am nächsten Tag für sich und seine Entourage samt Kutschen und Gepäck ein eigenes Schiff zu mieten. Sein Angebot, mit ihnen zu segeln, lehnte Cécile höflich ab. Jetzt, da Frankreich so nah war, dass man seine weißblaue Küste mit den Hügeln sehen konnte, hatte eine fiebrige Aufregung sie ergriffen, und sie wollte keine Sekunde länger als nötig in England bleiben.

Der Comte versuchte nicht, sie umzustimmen, sondern nickte nur, als hätte er keine andere Reaktion erwartet. Er schickte seinen Lakaien zum Hafen, um in Erfahrung zu bringen, ob tatsächlich noch eines der Boote, die Passagiere und Postsachen beförderten, ablegen würde. Cécile hatte Glück. Kurze Zeit später kehrte der Diener zurück und berichtete, die Flut würde in einer halben Stunde ihren Höhepunkt erreicht haben und eines der Schiffe dann abfahren. Die Kutsche brachte sie zum Hafen.

Cécile verabschiedete sich, nicht ohne dass sie Thoury versprechen musste, ihn in Paris einmal zu besuchen.

Sie lief den Pier entlang, wo das Schiff gerade beladen wurde. Hafenarbeiter brachten Kisten und Säcke an Bord, und Cécile meldete sich beim Kapitän, um ihre Passage nach Calais zu bezahlen. Sie hoffte, dass sich der Comte nicht geirrt hatte, als er ihr versicherte, sie könne diese Reise mit französischem Geld entlohnen.

Der Kapitän, ein rothaariger Mann mit stoppeligem Bartansatz, blickte sie verwundert an, als sie nach dem Preis in französischer Währung fragte. »Aber Ihre Überfahrt ist doch bereits bezahlt«, erklärte er.

Sie brauchte einen kurzen Moment, um zu verstehen, dass sie dieses Geschenk Thury verdankte. Deshalb hatte er den Lakaien zum Hafen geschickt!

»Natürlich, das hatte ich vergessen«, sagte sie mit einem Lächeln. Der Kapitän musterte sie kopfschüttelnd.

Cécile drehte sich um und lief eilig zurück zur Reling, um zu sehen, ob die Kutsche des Comte noch im Hafen zu entdecken war. Doch sie war bereits verschwunden. Was für ein ungewöhnlicher Mensch, dachte sie, während das Schiff ablegte.

Sie betrachtete die weißen Kreidefelsen, die sich steil wie eine Wand am Ufer emporhoben und deren Größe sich einem erst vom Meer aus wirklich erschloss. Eine Weile lang schaute sie auf die Küste zurück, bis die Klippen immer kleiner wurden. Dann drehte sie sich um. Bei gutem Wetter und günstigem Wind würde die Fahrt über den Kanal nicht länger als vier Stunden dauern. Nirgends lagen England und Frankreich näher beieinander als hier zwischen Dover und Calais. Cécile hielt ihr Gesicht in den Wind und spürte, wie die Strahlen der Abendsonne ihr Gesicht wärmten.

Vor ihr lag Frankreich.

Paris

11

Es war ein vornehmes Stadtpalais mit sandsteinfarbenen Fassaden, aus denen sich über den Fenstern und Türen reliefartige Verzierungen hervorhoben. Das musste das Haus des Duc sein! Cécile blieb stehen und betrachtete einen Moment lang eingeschüchtert das prunkvolle Anwesen, das wie die meisten in dieser Straße eher an ein Schloss als ein Haus erinnerte – zumindest für die Verhältnisse der schottischen Highlands. Nicht einmal der Clanchef Alasdair hatte in einem solch prunkvollen Gebäude gelebt. Cécile atmete tief durch und stieg die gerundeten Treppenstufen zu der großen schmiedeeisernen Doppeltür empor, neben der ein glänzendes Wappen prangte. Sie konnte nur hoffen, nach der langen Fahrt einen halbwegs ordentlichen Eindruck zu machen. Nervös strich sie sich noch einmal die Haare glatt, bevor sie den goldenen Türklopfer in Form eines Medusenkopfes betätigte.

Ein Lakai in einer dunkelblauen Livree und mit gepuderten Haaren öffnete ihr die Tür. Er streifte mit einem kurzen Blick ihr gebräuntes Gesicht, dann das abgetragene Kleid und den Umhang und deutete in einer manierierten Geste mit seiner behandschuhten Hand nach rechts. »Der Dienstboten- und Lieferanteneingang befindet sich hinter dem Seitenflügel …«

Der abschätzige Tonfall, in dem er mit ihr sprach, ließ Cécile für einen kurzen Augenblick um Fassung ringen. Sie richtete sich so gerade auf, wie sie konnte. Ganz sicher würde sie sich nach den Hunderten von Meilen, die sie zurückgelegt hatte, jetzt nicht von der Arroganz eines Lakaien einschüchtern lassen. »Danke für den Hinweis! Ich möchte aber zu Monsieur de Villier, mein Name ist …«

Der Lakai unterbrach sie. »Wenn Sie bei Monsieur de Villier vorsprechen möchten, müssen Sie sich im Büro von Monsieur Alain, seinem Sekretär, anmelden. Das befindet sich neben dem Dienstboteneingang. Zurzeit sind allerdings weder der Duc noch Monsieur Alain in der Stadt«, erklärte er von oben herab.

Cécile blickte ihn überrascht an. Dass der Duc eventuell gar nicht in Paris sein könnte, war ihr noch nicht in den Sinn gekommen. »Und wann wird Monsieur de Villier wieder in der Stadt erwartet?«

»Versuchen Sie es nächste Woche noch einmal«, antwortete der Lakai blasiert. Er schien das Gespräch mit dieser Auskunft als beendet anzusehen und wollte die Tür schließen.

»Warten Sie!«, sagte Cécile bittend. Die ganze Situation entwickelte sich wahrhaftig nicht so, wie sie es sich vorgestellt hatte. »Ich bin keine Bittstellerin. Ich bin die Schwester von Jean de Montbrignac und möchte eigentlich zu meinem Bruder. Er lebt als eine Art Pflegesohn hier im Haus von Monsieur de Villier.«

Der Diener zog die Augenbrauen hoch. »Ein Pflegesohn? Jean de Montbrignac soll sein Name sein, sagen Sie?«

Cécile nickte.

Der Lakai schüttelte den Kopf. »Nein, da müssen Sie sich täuschen. Im Haus von Monsieur de Villier lebt niemand dieses Namens, und es gibt auch kein Pflegekind. Der Duc hat nur einen leiblichen Sohn, und das ist der Comte de Villier.«

Sie blickte ihn ungläubig an, doch dann fragte sie sich plötzlich, ob es sein konnte, dass es sich dabei um ihren Bruder handelte. Vielleicht hatte er den Namen des Duc angenommen? Sie bemühte sich um ihr freundlichstes Lächeln. »Verzeihen Sie, auch wenn meine Frage etwas eigenartig klingt ... aber dürfte ich Sie nach dem Alter des Comte de Villier fragen? Ich meine, könnten Sie mir sagen, ob er ungefähr vierzehn oder fünfzehn Jahre alt ist?«, beeilte sie sich hinzuzufügen, als sie bemerkte, dass der Diener zunehmend befremdeter dreinschaute.

»Nein, der Comte de Villier ist bereits erwachsen! In diesem Haus gibt es überhaupt keinen Jungen, der vierzehn oder fünfzehn Jahre alt ist«, erwiderte er eisig. »Und jetzt muss ich Sie wirklich bitten zu gehen, Mademoiselle, andernfalls sehe ich mich genötigt, die Wachen zu rufen.« Mit einer scheuchenden Handbewegung zwang er Cécile zurückzuweichen und schloss, ehe sie sich's versah, die schwere Tür vor ihrer Nase.

Einen Augenblick lang starrte sie fassungslos auf den goldenen Türknauf. Ein Anflug von Panik ergriff sie. Ihr Vater hatte gesagt, dass ihr Bruder im Haus von Monsieur de Villier lebte. Warum hatte der Lakai dann noch nie von ihm gehört? So arrogant und unsympathisch Cécile den Diener auch empfunden hatte – sein Erstaunen, als er den Namen Jean de Montbrignac hörte, hatte ebenso wie seine Behauptung, es gäbe in diesem Haus keinen Jungen diesen Alters, echt gewirkt. Aber wenn ihr Bruder nicht bei Monsieur de Villier lebte, wo war er dann? Vielleicht wohnte er nur in einem anderen Haus des Duc, versuchte sich Cécile zu beruhigen. Oder er besuchte eines dieser Collèges, in denen die Schüler auch zur Pension untergebracht waren. Aber hätte der Lakai Jean dann nicht zumindest vom Sehen her kennen müssen?

Sie wandte sich niedergeschlagen zum Gehen, und ihr wurde klar, dass auf all ihre Fragen nur der Duc de Villier selbst Antworten zu geben vermochte. Er allein wusste, wo sich ihr Bruder befand. Also musste es ihr gelingen, mit diesem Mann zu sprechen. Nächste Woche sollte er zurück sein, hatte der Lakai gesagt. Bis dahin würde sie wohl oder übel warten müssen.

Unentschlossen blieb sie auf der Straße stehen und blickte nach rechts und links. Sie hatte keine Ahnung, wohin sie jetzt gehen sollte. Sie kannte in Paris niemanden. Müde strich sie sich durchs Haar. Sie war erschöpft, denn sie hatte auf der Überfahrt von Dover und der anstrengenden Reise von Calais nach Paris kaum geschlafen. Nur die Aussicht, heute noch ihren Bruder wiederzusehen, hatte sie auf den Beinen gehalten.

Ein älterer Tuchhändler und seine Frau, deren Bekanntschaft sie auf dem Schiff gemacht hatte, hatten sie in den frühen Morgenstunden von der französischen Hafenstadt aus in ihrer Kutsche mitgenommen – berührt von ihrer Geschichte, dass sie allein auf dem Weg zu ihrem Bruder nach Frankreich war. Über zehn Stunden hatte sie zwischen Stoff- und Tuchrollen in dem engen Wagen gesessen und war die ganze Fahrt über aufgeregt und von Vorfreude auf das Wiedersehen mit Jean erfüllt gewesen. Wie einfach sie sich alles vorgestellt hatte, dachte sie jetzt mit einem Anflug von Bitterkeit. Sie würde nur zu dem Haus von Monsieur de Villier gehen und ihren Namen nennen müssen, und der Duc, der ja ein enger Freund ihres Vaters war, würde sie erfreut begrüßen und daraufhin ihren Bruder rufen …

Und nun?

Am liebsten hätte sich Cécile in den Rinnstein sinken lassen und wäre in Tränen ausgebrochen, doch der Pferdemist und Unrat, der die Straße bedeckte, hielt sie davon ab. Eine Kutsche rollte heran, und sie wich zur Seite, um der Wolke staubigen Schmutzes zu entgehen, die die Räder aufwirbelten. Ihr Blick blieb an ihren verdreckten Schuhen und am Kleidersaum hängen. Kein Wunder, dass der Lakai sie sofort zum Dienstboteneingang geschickt hatte.

Cécile beschloss, die Straße nach rechts hinunterzugehen. Die Glocken hatten bereits die neunte Abendstunde geschlagen.

Bald würde es dunkel werden, und sie musste unbedingt irgendwo eine Möglichkeit zum Übernachten finden. Sie erinnerte sich, auf dem Weg hierher an einem Kloster vorbeigekommen zu sein. Vielleicht konnte sie dort die Nacht verbringen.

Zwei Wasserträger kamen ihr entgegen. Sie trugen auf ihren Schultern eine lange Stange, an deren Enden je ein gefüllter Eimer hing. Einer der beiden schenkte Cécile ein anzügliches Grinsen. Sie ignorierte es und bog an der nächsten Kreuzung eilig nach rechts ab.

Einige Straßen weiter hatte sie die vornehmen Adelshäuser hinter sich gelassen und kam an dicht gesäumten Häuserreihen vorbei. Trotz der späten Stunde war noch viel Betrieb in der Stadt: Fußgänger, Kutschen, Reiter, Fuhrwagen und Karren drängten sich durch die Gassen, und Cécile musste ständig irgendjemandem ausweichen. Verwundert beobachtete sie, dass die meisten Fußgänger ihren Blick immer wieder besorgt zum Himmel richteten. Sie fragte sich gerade, was es wohl mit diesem merkwürdigen Verhalten auf sich hatte, als vor ihren Füßen ein widerlich riechender Schwall Flüssigkeit auf den Boden spritzte. Entsetzt sprang Cécile zur Seite und stieß dabei gegen einen Passanten.

»He, pass doch auf, Mädchen!«, fuhr der Mann sie an.

Sie warf ihm erst einen entschuldigenden Blick zu und schaute dann nach oben, wo sie nur noch sah, wie ein kräftiger Frauenarm im zweiten Stock einen Nachttopf ins Haus zog. Angeekelt lief sie weiter. Kein Wunder, dass die ganze Stadt so stank und sich die Menschen besseren Standes ständig ein parfümiertes Tüchlein vor die Nase hielten, schoss es ihr durch den Kopf.

Sie bog erneut um eine Straßenecke, wich einem Fuhrwagen aus und erkannte in einiger Entfernung den Turm des Klosters wieder. Ein großes Kreuz zierte seine Spitze. Das Gebäude und die Kapelle waren von einer hohen Steinmauer umgeben. Einige Bettler lungerten vor dem Kloster herum. Vermutlich hofften sie auf eine mildtätige Gabe oder etwas zu essen.

Cécile ging rasch zu der großen Pforte, an der sich ein Türklopfer befand, und ließ ihn zweimal gegen das Holz schlagen. Einige Zeit verging, bis man Schritte hörte und sich dann mit einem Quietschen ein kleines Fenster in dem Holz öffnete. Der kahl geschorene Kopf eines in die Jahre gekommenen Franziskanermönchs tauchte auf. Seine milchigblauen Augen blickten Cécile überrascht an.

»Verzeihung, Vater. Ich bin fremd in der Stadt und suche eine Unterkunft für die Nacht …«

Der Mönch schaute sie verständnislos an. »Es tut mir leid, bei uns ist es nicht üblich, nichtgeistliche Besucher zu beherbergen«, sagte er schließlich. »Und Frauen haben hier ohnehin keinen Zutritt.« Er wollte das Fenster wieder schließen, als er Céciles verzweifelten Blick bemerkte. »Sie sollten dort in die Straße nach rechts einbiegen, Mademoiselle, und sich dann ein Stück links in Richtung des Hôtel de Ville halten, dort werden Sie etliche Pensionen und Herbergen finden«, sagte er. Dann nickte er knapp, murmelte: »Gott schütze dich, mein Kind«, und schloss mit einem knarrenden Geräusch das Fenster.

Cécile wandte sich resigniert ab und beschloss, seinen Rat zu befolgen und eine Pension zu suchen. Dafür würde sie zwar wieder ihre Geldreserven antasten müssen, aber eine andere Möglichkeit blieb ihr nicht.

Sie schlug die Richtung ein, die ihr der Franziskaner beschrieben hatte, und bemerkte, dass es langsam dunkelte. Ein unbehagliches Gefühl ergriff sie. Die Straßen wurden schmaler und leerer. Irgendwo hörte man das Gegröle von Betrunkenen. Cécile versuchte, die aufkeimende Angst zu unterdrücken, und überquerte einen kleinen Platz, auf dem ein Markt stattgefunden haben musste. Auf dem Boden lagen platt gefahrene Früchte und Gemüsereste, um die sich zwei zerlumpt gekleidete Männer und eine Frau stritten.

Cécile hielt ihr Reisebündel fest umklammert und lief eilig an ihnen vorbei. Sie kam durch eine Straße, die in eine dunkle Gasse mündete, und musste feststellen, dass sie die Orientierung verloren hatte. Hilflos blieb sie stehen und sah sich um. Plötzlich hörte sie schwere Schritte hinter sich. Ohne sich umzudrehen, ging sie hastig weiter. Die Schritte beschleunigten sich. Cécile spürte, wie ihr Herz schneller zu schlagen begann. Weit und breit war keine Menschenseele zu sehen. Sie fing an zu rennen, bog nach links, dann nach rechts und versteckte sich schließlich in einem der Hauseingänge. Außer Atem lauschte sie. Doch die Schritte waren nicht mehr zu hören. Erleichtert atmete Cécile auf. Sie wartete noch einen Augenblick und trat dann aus dem Hauseingang, um zügig weiterzugehen. Als sie am Ende der Gasse nach rechts bog, durchfuhr sie ein eisiger Schreck. Direkt vor ihr stand in breitbeiniger Pose ein Mann, der ihr den Weg versperrte.

»Nettes Katz-und-Maus-Spiel«, sagte er grinsend. Er war ein ganzes Stück größer als sie und trug einen löchrigen Hut, unter dem schulterlange, verfilzte Haare hervorsahen. Sein Hemd und sein Rock waren schmuddelig, und das rotwangige Gesicht ließ außerdem keinen Zweifel daran, dass er betrunken war.

Entsetzt blickte Cécile ihn an und versuchte, ihre Chancen für eine Flucht abzuschätzen. Doch der Mann hatte schon nach ihrem Arm gegriffen. »Na, komm, du willst dich doch bestimmt auch ein bisschen amüsieren, nicht wahr?«, fragte er und drängte sie zurück gegen eine Mauer. Er strömte einen unangenehmen Geruch von Schweiß, Wein und Zwiebeln aus.

Cécile, die wie gelähmt vor dem Mann stand, bemerkte erst jetzt, dass sie sich in einer schmalen, von den Rückseiten von Häusern gesäumten Gasse befand. Nicht einmal zu schreien hätte ihr etwas genutzt. Niemand hätte sie hier jemals gehört.

Sie spürte, wie die Hände des Mannes an dem Stoff ihres Mieders rissen und gierig über ihre Brüste strichen.

Irgendein Teil in ihr erinnerte sich auf einmal an etwas, und plötzlich löste sich ihre Erstarrung. Mit einer blitzschnellen Bewegung fuhr ihre Hand zum Rockbund und zog den Dolch.

Der Mann schaute verblüfft auf die Waffe. »Aber, aber«, sagte er tadelnd – offensichtlich glaubte er nicht, dass sie in der Lage war, sich damit zu wehren. Doch dann erstarrte er. Cécile hatte ihm die Spitze des Dolches fest an die Kehle gedrückt. Ein Tropfen Blut rann langsam seinen Hals hinunter.

In das Gesicht des Mannes trat ein Ausdruck panischer Angst.

»Nimm sofort deine widerlichen Hände von mir!«, zischte Cécile.

Er trat hastig zurück, stolperte dabei fast und sah sie ungläubig an, bevor er in großen Schritten zu laufen begann und schon bald um die Ecke aus ihrem Sichtfeld verschwand.

Cécile blieb mit zittrigen Beinen stehen und hielt den Schaft des Dolchs umklammert. Ihr Herz raste noch immer. Danke, John, dachte sie mit Tränen in den Augen, ehe sie die Waffe einsteckte und langsam in die andere Richtung weiterging.

Sie hatte keine Ahnung, wie lange sie gelaufen war, als sie endlich wieder auf eine breitere Straße stieß und etwas weiter vorn die Schilder mehrerer Gastwirtschaften und Pensionen erkannte. Sie ging auf ein Haus zu, über dessen Eingang ein Schild mit der Aufschrift *L'Auberge du Ciel* hing, und betrat den Eingang.

12

Die Morgensonne warf ein spärliches Licht in das schmale Atelier, in dem sich Stoffe über Stoffe stapelten, wohin man auch blickte: Safrangelbes und indigoblaues Tuch, leichte indische Baumwolle, elfenbeinfarbener Damast, Atlas und zarteste chinesische Seide lagen neben rosafarbenem und schwarzem Moiré, violettem Samt und hauchdünner weißer Spitze, die so fein gearbeitet war, dass man durch sie hindurchsehen konnte. Zwischen all diesen Geweben saß der Schneidermeister Monsieur Raboutin und ließ die Nadel in flinken Bewegungen durch den Stoff eines karmesinroten Rocks wandern. Wie so oft hatte er die Nacht durchgearbeitet, aber die mühevollen Stunden hatten sich gelohnt. Er betrachtete die kunstvollen goldenen Stickereien, die sich über die Ärmel und das Revers des Kleidungsstücks rankten – sein Kunde würde zufrieden sein.

Auch wenn man es dem Atelier von Monsieur Raboutin auf den ersten Blick nicht ansah – die Meisterschaft, mit der er sein Fach beherrschte und es fertigbrachte, aus jedem Kleidungsstück ein Kunstwerk zu machen, hatte ihn schon seit einigen Jahren zum Lieblingsschneider vieler Höflinge und Hofdamen werden lassen.

Monsieur Raboutin legte den Rock gerade vorsichtig zusammen, als ein helles Glockenklingeln an der Eingangstür einen Besucher ankündigte. Er warf einen flüchtigen Blick auf die Uhr. Erst neun. Jemand Wichtiges konnte es zu dieser Zeit nicht sein. Einflussreiche Kunden statteten ihm nie vor dem Nachmittag einen Besuch ab. Er zupfte mit spitzen Fingern einen Fadenrest von dem Stoff und stand dann auf, um nach vorn in den Ladenraum zu gehen.

Eine junge Frau stand in der Tür. Im ersten Moment wollte er sie sofort wieder des Ladens verweisen. Ihr Kleid, falls es diesen Namen überhaupt verdiente, war abgetragen und hatte ausgeblichene Flecken, ihr Gesicht war nicht nur ungeschminkt, sondern sogar gebräunt, und sie trug ihre Haare in einer völlig unmodischen Weise hochgesteckt, als würde sie nicht einmal einen Spiegel besitzen. Kein Dienstmädchen und keine Zofe in Paris wäre jemals so auf die Straße gegangen. Dennoch erweckte irgendetwas an der jungen Frau Raboutins Neugier, und er fragte sich, was sie wohl zu ihm geführt hatte. In ihrem Gesichtsausdruck lag etwas Verletzliches und Entschlossenes zugleich.

»Guten Tag. Sind Sie Monsieur Raboutin?«, fragte sie höflich.

Er nickte. »Der bin ich!« Ihre Züge waren ausgesprochen apart, stellte er fest, und auch die grünen Augen.

Sie hatte ihren Blick unsicher durch den Raum gleiten lassen und sah ihn nun wieder an.

»Ich brauche ein Kleid«, erklärte sie schlicht.

Er musterte sie fast ein wenig amüsiert. Sie schien nicht von hier zu kommen, denn sonst hätte sie gewusst, dass jemand wie sie viele Monate, wenn nicht Jahre, arbeiten musste, um sich ein Kleid von ihm leisten zu können. Er blieb dennoch höflich. »Es tut mir leid, aber ich nähe keine einfachen Kleider, sondern Roben und Gewänder für den Hof! Kostbare und einzigartige Stücke«, erklärte er.

Er wollte sich abwenden, doch sie sah ihn an und nickte. »Ich weiß«, erwiderte sie. »Deshalb bin ich hier. Ich brauche ein Kleid, mit dem ich zu einer Audienz beim König gehen kann.«

Monsieur Raboutin glaubte im ersten Moment sich verhört zu haben. *Zu einer Audienz beim König?* Vielleicht war sie eine dieser Geisteskranken, die aus dem Hospital entflohen waren, schoss es ihm durch den Kopf. Deshalb die abgetragene Kleidung, die nicht zu ihrem Gesicht und ihrer Haltung passte.

»Der Comte de Thoury hat Sie mir empfohlen«, fügte die junge Frau hinzu.

Nun war er überrascht. Der Mann, dessen Namen sie genannt hatte, war einer seiner wählerischsten und treusten Kunden. »Monsieur de Thoury?«

Sie nickte. »Er sagte, Sie seien einer der Besten, und ich solle mich bei Ihnen auf seinen Namen berufen.«

Der Schneider blickte sie an und glaubte ihr plötzlich, auch wenn es ihm ein Rätsel war, woher jemand wie sie einen Mann wie den Comte kannte. »Nun, solch eine Robe ist teuer und braucht Zeit«, sagte er dann.

»Geld habe ich, aber ich brauche das Kleid so schnell wie möglich«, erwiderte sie.

Monsieur Raboutin schwieg und musterte sie prüfend. Sein Arbeitsplan war eigentlich weit über die nächsten Monate ausgefüllt, doch ihm fiel ein, dass hinten in seinem Atelier noch einige fast fertige Kleider einer jungen adligen Kundin hingen, die im Frühjahr überraschend einem Fieber erlegen war. Mit einigen kleinen Änderungen mochte eines von ihnen passen, überlegte er und fand mit einem Mal Gefallen an der Vorstellung, wie die junge Frau vor ihm wohl in solch einer Robe aussehen würde. »Ich werde sehen, was ich für Sie tun kann, Mademoiselle. Zuallererst muss ich jedoch Ihre Maße nehmen.« Er griff nach dem Band, das um seinen Hals hing, und legte es ihr um die Taille.

Es war fast Mittag, als Cécile den Laden von Monsieur Raboutin verließ. Ihr war schwindlig vom langen Stehen, und die stickige Luft, die über der Stadt lag, nahm ihr draußen im ersten Moment den Atem. Sie hielt sich die Hand vor die Augen, da die Sonne sie blendete, und schaute auf das Papier, das der Schneider ihr mitgegeben hatte. Die darauf notierten Dinge sollte sie sich besorgen, damit sie sich dem Kleid angemessen schminken und frisieren konnte. Ein Fächer, Duftwasser, Puder und Rouge waren nur einige dieser Utensilien. Cécile las wenig begeistert die lange Liste durch, die ganz sicher etliche ihrer wertvollen Louisdor kosten würde. Doch welche Wahl hatte sie? So, wie sie jetzt aussah, würde man sie an jeder Tür abweisen, das hatte spätestens die Erfahrung mit dem Lakaien von Monsieur de Villier sie gelehrt.

Eine unruhige, von Alpträumen geplagte Nacht lag hinter ihr, und sie war zu dem Schluss gekommen, dass es das Beste sein würde, die Zeit bis zur Rückkehr von Monsieur de Villier zu nutzen und sich, so schnell es ging, auf den Weg zum Hof von Versailles zu machen.

Das Versprechen, das sie ihrem Vater auf seinem Sterbebett gegeben hatte, lastete schwer auf ihr, denn bisher hatte sich alles anders entwickelt als geplant. Sie unterdrückte ein Seufzen und lief bis zum Ende der Straße weiter, wo sich neben einem Barbier das Geschäft eines Parfümmachers und Drogisten befand, den Monsieur Raboutin ihr empfohlen hatte. Sie erstand dort eine kleine Phiole *Eau de Rose*, Riechwasser, einige Kügelchen eines *balm blanc*, mit dem man die Haut aufhellte, Puder und Lippenpomade. Anschließend suchte sie den Fächerhändler auf. Fast den ganzen Nachmittag verbrachte sie mit den Einkäufen, bevor sie sich am frühen Abend erneut für eine Anprobe zum Schneider begab. Monsieur Raboutin verbot ihr, in den Spiegel zu schauen. »Nicht, bevor es fertig ist. Das bringt Unglück«, sagte er streng.

Als sie sich am nächsten Tag schließlich in dem Kleid betrachten durfte, verschlug es ihr die Sprache. Sie erkannte sich kaum wieder. Ein Traum aus silbrig weißer Seide und Spitze schmiegte sich um ihren Oberkörper bis hinunter zu ihrer schmalen Taille, um schließlich nach unten in einem weit geöffneten Dreieck auseinanderzufallen. Um ihre Schultern hatte der Schneider eine Stola aus heller Spitze drapiert, die das Kleid perfekt ergänzte.

Die Erscheinung, die ihr aus dem Spiegel entgegensah, kam ihr vor wie aus einer anderen Welt – elegant und anmutig und gleichzeitig erschreckend erwachsen und so weiblich, wie sich Cécile noch nie zuvor wahrgenommen hatte. Kein Mädchen mehr, sondern eine junge Frau blickte sie dort an, und es schien ihr, als hätte sie mit diesem Kleid die letzten Spuren ihrer Kindheit hinter sich gelassen.

Sie wandte sich zu dem Schneider um. »Danke!«, sagte sie, ein wenig ehrfürchtig vor diesem Wunder aus Stoff. »Das Kleid – es ist einfach wundervoll!«

Monsieur Raboutin neigte mit einem Lächeln den Kopf.

Versailles

13

Das Erste, das ihr auf dem Weg auffiel, war der Verkehr, der mit jeder Meile, die sie sich dem Schloss näherten, zuzunehmen schien. Die unterschiedlichsten Fahrzeuge – von einfachen Fiakern über Kaleschen bis hin zu vornehmen Vier- und Sechsspännern – waren neben zahlreichen Fuhrwagen und galoppierenden Reitern auf der Avenue de Paris zu sehen. Mindestens schon zwei Unfälle hatte Cécile durch das Fenster ihrer Mietdroschke bemerkt, was angesichts der riskanten Überholmanöver, die vor allem die Kutscher der mit Wappen geschmückten Mehrspänner vollführten, kein Wunder war. Ihr Blick blieb im Vorbeifahren an einer ärmlich gekleideten Familie hängen, einem Ehepaar mit Wickelkind und einer etwa sechsjährigen Tochter, die zu Fuß die Straße entlangliefen. Der Mann trug einen Gürtel mit Werkzeugen um die Hüften, wie es bei Handwerkern üblich war. Ob er sich wohl auf der Suche nach Arbeit zum Palast des Königs begab?

Die Kutsche hatte ihr Tempo etwas verlangsamt, und Cécile nahm wahr, wie die von akkurat gepflanzten Baumreihen gesäumte Avenue eine leichte Steigung hinaufführte. Als sie den höchsten Punkt erreichten, konnte sie zum ersten Mal Versailles sehen. Einen Moment lang stockte ihr der Atem, als sie das Schloss erblickte, das dort majestätisch in all seiner Schönheit und beeindruckenden Größe vor ihnen lag. Ihr Vater hatte ihr oft von dem Palast des Sonnenkönigs erzählt, von seiner ungeheuren Pracht und Vollkommenheit, über die man in ganz Europa sprach. Dennoch übertraf der Anblick bei Weitem alles, was sich Cécile jemals hätte vorstellen können. Drei von Seitenflügeln flankierte Vorhöfe, die sich einer nach dem anderen verjüngten, führten zum Haupttrakt des Schlosses. Die ersten beiden waren durch ein großes goldenes Gittertor voneinander getrennt, während der dritte einige Stufen erhöht lag und aus glänzenden schwarz-weißen Marmorfliesen bestand. Überall wimmelte es von Menschen, Kutschen und Sänften. Zwischen Stimmen und den Hufschlägen der Pferde hörte man Trommelwirbel, und Cécile sah, dass im ersten Hof königliche Truppen Manöver exerzierten.

Sie spürte, wie eine fiebrige Aufregung sie ergriff, als die Kutsche durch das Tor fuhr, dann nach rechts bog und schließlich hinter zwei anderen Wagen seitlich vor dem zweiten Hof zum Stehen kam.

Die Tür ihres Fahrzeugs öffnete sich. »Weiter ist es mir nicht erlaubt zu fahren«, erklärte der Kutscher.

Cécile nickte und stieg aus. Sie hatte die Mietdroschke bereits bei der Abfahrt in Paris bezahlen müssen, und der Fahrer verschwendete daher keine Zeit, sondern schwang sich sofort auf seinen Bock, um weiterzufahren.

Cécile blieb kurz stehen, um sich zu orientieren. Eingeschüchtert betrachtete sie die vielen Menschen, die ringsum kamen und gingen. Die meisten waren auffallend vornehm und elegant gekleidet und trugen Perücken. Die Männer hatten fast alle einen Degen umgeschnallt.

Cécile trat durch das große goldene Tor und überquerte den Hof. Ein Stück vor ihr stieg eine Frau in einem mit Gold durchwirkten Kleid aus ihrer Sänfte und eilte – gefolgt von ihrer Zofe und einem Diener, der mit einem aufgespannten

Sonnenschirm hinter ihr herlief – die Stufen des Marmorhofs hoch zum Eingang.

Cécile war froh, dass sie geschminkt war und das neue Kleid von Monsieur Raboutin trug. Dadurch fiel sie wenigstens nicht schon auf den ersten Blick auf. Insgeheim war sie dem Comte de Thoury dankbar für seinen Rat, ihre wertvollen Louisdor in eine angemessene Garderobe zu investieren. In ihrem alten Kleid hätte man sie wahrscheinlich nicht einmal den Vorhof passieren lassen. Jetzt dagegen behandelte man sie mit ungewohntem Respekt. Schon in Paris war es ihr aufgefallen, und sie bemerkte auch hier, wie die entgegenkommenden Herren mit einem höflichen Kopfnicken zur Seite wichen, um ihr Platz zu machen.

Dabei war das Kleid alles andere als bequem. Das eng geschnürte Mieder schnitt ihr die Luft ab – ein Zustand, der sich durch die drückend warmen Temperaturen nicht gerade verbesserte –, und sie fragte sich, wie um Gottes willen manche Frauen ständig eine solche Robe tragen konnten.

Ohne sich indessen etwas von ihren Gefühlen anmerken zu lassen, bemühte sie sich um eine selbstbewusste Miene und betrat mit dem Strom der Menschen die Eingangshalle des Schlosses.

Thoury hatte ihr gesagt, dass sie sich für eine Audienz am besten an den Capitaine der königlichen Leibgarden, den Duc de Noailles, wenden sollte, der sein Büro im Seitenflügel des Palastes hatte. Sie fragte einen vorbeikommenden Pagen nach dem Weg. »Wenn Sie sich dort den Hauptgang hinunterbegeben, Mademoiselle ... Die Gemächer des Arbeitskabinetts von Monsieur le Duc befinden sich rechter Hand fast am Ende des Gangs«, erklärte er mit vollendeter Höflichkeit.

»Danke«, erwiderte sie und wandte sich, seiner Beschreibung folgend, nach rechts. Als sie von der Halle in den Flur bog, fielen ihr zum ersten Mal die kleinen Gruppen von Höflingen auf, die überall zusammenstanden und leise und ernst miteinander tuschelten.

Die Bittgesuche stapelten sich auf dem Tisch des Duc, ohne dass er sie noch eines Blickes würdigte. Nachdenklich drehte der Capitaine der königlichen Leibgarden die Feder in seinen Händen. Zum wiederholten Male an diesem Tag wandten sich seine Gedanken der Zukunft zu. Was würde wohl aus ihnen allen, aus dem Hof und aus Frankreich werden? Das Einzige, was gewiss ist, ist die Ungewissheit, dachte er düster. Er legte die Feder zur Seite und griff in seine Rocktasche nach einem Tuch, um sich damit seine gepuderte Stirn abzutupfen. Die Augusthitze war einfach unerträglich – in den Fluren und den Antichambres des Palasts war die Luft so stickig, dass man kaum noch atmen konnte.

Sein Blick glitt zu dem Porträt des Königs, das ihm gegenüber an der Wand hing. Das Bild zeigte ihn, wie er vor einigen Jahrzehnten ausgesehen hatte: jung, schön und ungeheuer kraftvoll – einem Halbgott gleich, dem die Welt mit Leidenschaft untertan war, begierig auf jede noch so kleine Geste seiner Gunst. Der Duc unterdrückte ein Seufzen.

Ein Geräusch an der Tür riss ihn aus seinen Gedanken. Sein Sekretär Gilbert trat mit einer Verbeugung in den Raum und reichte ihm mehrere Briefe, die er unterzeichnen musste. Der Capitaine überflog sie kurz, bevor er die Feder in die Tinte tauchte und seinen Namen unter die Schriftstücke setzte. Der Sekretär nahm die Korrespondenz wieder an sich.

»Danke, Monsieur le Duc.«

Der Capitaine nickte und wollte sich wieder seiner Arbeit zuwenden, doch der Sekretär war zögernd im Raum stehen geblieben.

»Sonst noch etwas, Gilbert?«

»Mhm, nun ja, Monsieur le Duc ... Draußen im Antichambre befindet sich eine junge Frau. Sie besteht darauf, zu Ihnen vorgelassen zu werden ...«

Die Augenbrauen des Duc schnellten nach oben. »Haben Sie ihr nicht gesagt, dass ich zurzeit niemanden empfange und auch keine Bittgesuche an Seine Majestät entgegennehme?«

»Doch, Monsieur le Duc, aber sie weigert sich zu gehen, bevor sie mit Ihnen gesprochen hat«, erklärte der Sekretär verlegen.

Der Duc de Noailles schaute ihn überrascht an. Die Zahl der Menschen, die täglich darum baten, dem König ein Bittgesuch überreichen zu dürfen, war groß, und die meisten ließ er von vornherein durch Gilbert ablehnen. Der König schätzte es nicht, mit Lappalien belästigt zu werden, und ein Anliegen musste schon von außergewöhnlicher und höchst verzweifelter Natur sein, wenn es einem Menschen erlaubt wurde, es Seiner Majestät zu unterbreiten. Gelegentlich gab es zwar den einen oder anderen hartnäckigen Bittsteller, der nicht gehen wollte, doch sein Sekretär war geübt darin, die Leute abzuweisen. Umso erstaunlicher war die plötzliche Zurückhaltung, die Gilbert jetzt an den Tag legte.

Der Duc stand von seinem Schreibtisch auf und trat zur Wand, in die ein in der Seidentapete versteckter Spion eingelassen war. Er schob neugierig die Klappe zur Seite, um einen Blick auf die junge Frau zu werfen.

Sie saß in kerzengerader Haltung auf einem Schemel, und das Erste, was ihm an ihr auffiel, war nicht ihre Jugend – er schätzte sie auf höchstens neunzehn Jahre –, sondern der entschlossene Ausdruck in ihrem Gesicht. Ihr Kleid zeugte von einem erlesenen Geschmack. Sie schien besserer Herkunft zu sein, gleichzeitig war jedoch offensichtlich, dass sie nicht aus Versailles stammte. Er verstand mit einem Mal, warum sein Sekretär gezögert hatte, sie durch die Wachen des Antichambre verweisen zu lassen.

In diesem Augenblick wandte sie den Kopf, als spürte sie, beobachtet zu werden, und er sah ihr Gesicht von vorne. Ein leiser Schreck durchfuhr ihn. Sie erinnerte ihn an jemanden, an eine junge Frau, der er vor vielen Jahren einmal begegnet war.

Er drehte sich um. »Hat sie ihren Namen genannt?«

Gilbert schüttelte den Kopf. »Nein, Monsieur le Duc, sie sagte, sie würde diesen ebenso wie ihr Anliegen nur Ihnen persönlich mitteilen.«

Der Duc setzte sich nachdenklich wieder an seinen Schreibtisch. »Nun gut, lassen Sie sie hereinkommen.«

Sie kannte jede Einzelheit in dem Raum, als hätte sie hier nicht erst Stunden, sondern bereits Tage verbracht – die verzierte Holztäfelung an den Wänden, die goldenen Wandleuchter, das Deckengemälde mit den antiken Göttern, die gepolsterten Schemel und das schlichte Parkett, das an einigen Stellen bereits stumpf war von den vielen Füßen, die täglich darüberschritten.

Sie würde sich nicht einschüchtern lassen und nicht eher gehen, bevor sie mit dem Capitaine der Garden gesprochen hatte, schwor sich Cécile, als sie die Schritte des Sekretärs hörte.

»Mademoiselle?«

Sie spürte, wie sie sich beim Klang seiner Stimme versteifte, während sie sich innerlich dagegen wappnete, erneut eine unfreundliche Abweisung über sich ergehen zu lassen.

»Der Duc lässt Sie zu sich bitten!«

Im ersten Augenblick glaubte Cécile, sich verhört zu haben. Dann stand sie eilig auf.

»Bitte.« Der Sekretär deutete mit einer Handbewegung auf die Tür.

Als Cécile den Raum betrat, der gut das Doppelte des Antichambres maß und dessen weiße Holzvertäfelungen in noch viel üppigerer Weise mit Gold verziert waren, schienen ihre Füße in dem weichen Teppich zu versinken. Hinter einem Schreibtisch saß ein Mann in blauer Uniform. Die Haare seiner Perücke waren zu einem Zopf gebunden, und sein Gesicht war, wie bei fast jedem hier in Versailles, gepudert. Seine blaugrauen Augen musterten sie kühl, während sie in gebührlichem Abstand vor dem Schreibtisch stehen blieb – bemüht, sich von seinem autoritären Blick nicht einschüchtern zu lassen.

Es schien ihr auf einmal gar nicht mehr einfach, ihr Anliegen zu erklären. Bestimmt würde er ihr nicht glauben, dachte sie in einem Anflug von Verzweiflung, derweil sie einen höflichen Knicks machte. »Danke, dass Sie mich empfangen …«, begann sie, als er ihr auch schon mit einer gebieterischen Handbewegung das Wort abschnitt.

»Bevor ich überhaupt erwäge, ob ich mich mit Ihnen unterhalte, sollten Sie mir als Erstes Ihren Namen verraten, Mademoiselle!« Die kalte Höflichkeit in seiner Stimme ließ keinen Zweifel daran, dass er es nicht schätzte, wenn man seine Zeit verschwendete.

»Ich heiße Cécile de Montbrignac.«

»*Montbrignac?*« Er lehnte sich in seinem Stuhl zurück. Sein Blick war mit einem Mal wachsam geworden, und aus unerfindlichen Gründen hatte Cécile das Gefühl, ihr Name sei ihm nicht unbekannt.

»Ja, Monsieur!«

»Und was wünschen Sie, Mademoiselle de Montbrignac?«

Sie blickte ihn zögernd an. »Ich möchte um eine Audienz bei Seiner Majestät bitten.«

Ein überraschter Ausdruck huschte über das Gesicht des Capitaine, doch dann stieß er ein ungläubiges Lachen aus, das nur zu deutlich ausdrückte, für wie absurd er diese Bitte hielt. »Sie ersuchen um eine *Audienz* beim König?«

»Ja, ich muss darum bitten. Es ist wirklich wichtig. Es geht um meinen Vater …« Ihre Stimme hatte einen flehentlichen Ton angenommen.

Der Capitaine schüttelte den Kopf und beugte sich näher zu ihr. »Es tut mir leid, Mademoiselle, an eine Audienz ist überhaupt nicht zu denken. Generell gibt es die Möglichkeit, dem König ein schriftliches Bittgesuch zu überreichen, wenn ich es für wert befinde, Seine Majestät damit zu belästigen. Doch im Moment ist selbst das nicht möglich.«

»Aber warum nicht? Kann ich nicht irgendetwas tun, damit der König mich anhört?«, fragte sie verzweifelt.

Der Capitaine schaute sie einen Moment lang mit einem Gesichtsausdruck an, den sie nicht zu deuten vermochte.

»Sie wissen es wirklich nicht?«, sagte er dann. »Aber der ganze Hof spricht doch davon!«

»Wovon?«, fragte sie tonlos.

Er stieß ein tiefes Seufzen aus und schenkte ihr einen müden Blick. »Mademoiselle, Seine Majestät ist schwer erkrankt. Die Ärzte rechnen mit dem Schlimmsten! Beten Sie, denn nur ein Wunder Gottes wird den König noch ins Leben zurückrufen können«, erklärte er.

Cécile blickte ihn fassungslos an.

14

Wie betäubt verließ sie das Arbeitskabinett des Duc, während seine Worte immer wieder durch ihren Kopf hallten. *Seine Majestät ist schwer erkrankt!* Sie blieb draußen im Gang stehen und überlegte verzweifelt, was sie jetzt bloß tun sollte. Wenn es tatsächlich zum Schlimmsten kam und der König starb, was war dann mit der Begnadigung ihres Vaters?

Alles war ihr plötzlich zu viel. Seit ihrer Ankunft in Frankreich war nichts so verlaufen, wie sie es erwartet hatte. Sie fuhr sich mit der Hand an ihren schmerzenden Nacken. Die Hitze, das enge Korsett und der Geruch des Puders und Parfüms bereiteten ihr auf einmal Kopfschmerzen. Frische Luft – sie brauchte frische Luft! Hastig drängte sie sich zwischen den Menschen hindurch, um über den Flur zurück zur Eingangshalle zu gelangen. Der Weg erschien ihr endlos. Schultern und Köpfe versperrten ihr die Sicht, und sie merkte, dass die leise tuschelnden Höflinge ihr erstaunt nachblickten, als sie an ihnen vorbeistürzte.

Beten Sie, denn nur ein Wunder Gottes wird den König noch ins Leben zurückrufen können … Nun verstand sie auch, warum alle mit so ernsten Mienen zusammenstanden!

Ein leichter Schwindel ergriff sie. Sie hob den Saum ihres Rocks, um schneller gehen zu können, bog um die Ecke – und prallte mit jemandem zusammen. Zwei kräftige Arme bewahrten sie gerade noch davor, zu Boden zu stürzen.

»Alles in Ordnung, Mademoiselle?«

Sie nickte benommen, obwohl sich einen Augenblick lang alles um sie herum zu drehen schien.

Ein elegant gekleideter Höfling schaute sie besorgt an. »Kommen Sie, Sie sollten sich kurz setzen«, sagte er, als er ihr bleiches Gesicht wahrnahm. Ohne ihre Antwort abzuwarten, ergriff er sanft ihren Ellbogen und führte sie zur Seite der Eingangshalle. Dort befanden sich einige Nischen mit gepolsterten Sitzbänken, die ein seitlich zusammengebundener Vorhang verdeckte. Er schlug den Stoff zurück.

»Nehmen Sie einen Moment Platz, Mademoiselle!«

Cécile kam seiner Aufforderung nach und setzte sich. Erleichtert stellte sie fest, dass die Welt um sie herum wieder feste Konturen annahm. Sie versuchte, tief durchzuatmen.

»Geht es besser?«, fragte er. Er hatte seinen Dreispitz abgenommen und fächelte ihr damit Luft zu.

Cécile nickte matt. »Ja, danke.«

Mit einer bestimmenden Geste winkte der Mann einen Pagen zu sich, dem er eine Münze in die Hand drückte. »Lauf und hole von einem der Limonadenverkäufer draußen etwas zu trinken!«

Der Page nickte.

»Danke nochmals«, sagte Cécile. Sie sah den Mann, der neben ihr stand, jetzt genauer an. Er war ungefähr Ende zwanzig, recht groß und besaß ein attraktives Gesicht mit markanten Zügen, dessen hervorstechendstes Merkmal ein Paar intensiv blaue Augen waren. Sie wurden durch seine schwarzen Brauen und die dunkle Perücke noch betont. Nach seinem gebauschten Spitzenhemd und dem eleganten Rock, unter dem ein Degen hervorsah, zu schließen, gehörte er zu den Adligen, die in Versailles lebten.

»Nun, es war mir ein Vergnügen, Mademoiselle! Es kommt nicht alle Tage vor, dass einem eine so bezaubernde Dame in die Arme stürzt«, erwiderte er mit einem entwaffnenden Lächeln. Sein Blick, der sie mit interessierter Neugier musterte, traf ihre Augen, und sie fühlte sich plötzlich befangen. Die Enge des Raumes, in dem sie beide sich befanden, wurde ihr irritierend bewusst.

Glücklicherweise kehrte in diesem Moment der Page zurück und reichte ihr mit einer höflichen Verbeugung ein Glas gekühltes Pfefferminzwasser. Sie trank dankbar einen Schluck. Erst jetzt merkte sie, wie durstig sie war und dass sie seit Stunden nichts getrunken hatte. Doch dann fiel ihr wieder ein, was sie gerade vom Duc de Noailles gehört hatte.

Der Mann hatte ihren veränderten Gesichtsausdruck bemerkt. »Ist wirklich alles in Ordnung, Mademoiselle?«

Cécile nickte bedrückt. »Ich habe nur gerade erst vom besorgniserregenden Gesundheitszustand Seiner Majestät erfahren ...«

Er blickte sie erstaunt an. »Der König würde sich sicherlich geschmeichelt fühlen, Mademoiselle, wenn er wüsste, dass diese Nachricht eine solche Wirkung auf einen seiner Untertanen hat«, sagte er. »Noch dazu, wenn sie eine so reizende Erscheinung ist wie Sie«, fügte er charmant hinzu.

Befremdet schaute Cécile zu ihm hoch. »Sie wirken nicht sehr betroffen von dem Umstand, dass Seine Majestät vielleicht sterben könnte«, sagte sie.

Er lächelte leicht. »Und Sie sind nicht vom Hof, nicht wahr?«

»Nein, warum?«, fragte sie zurück und spürte, wie die Intensität seines Blicks sie erneut verlegen werden ließ.

»Nun, sonst wüssten Sie, dass sich Seine Majestät schon seit einigen Wochen nicht mehr der besten Gesundheit erfreut. Im Übrigen steht der König kurz davor, sein siebenundsiebzigstes Lebensjahr zu vollenden!«

Cécile schwieg überrascht. Sie hatte nicht gewusst, dass Louis schon so alt war. Dass der König sterben konnte wie jeder gewöhnliche Mensch, war etwas, worüber sie nicht nachgedacht hatte. Jedenfalls nicht, als sie sich von Schottland auf den Weg hierher gemacht hatte. Sie seufzte. »Ich hatte gehofft, wegen einer wichtigen Angelegenheit eine Audienz bei ihm zu bekommen«, erklärte sie.

»Oh, das tut mir leid!«, erwiderte der Mann aufrichtig.

Sie bemühte sich zu lächeln und stellte gerade ihr Glas zur Seite, um aufzustehen, als neben ihnen unerwartet ein glockenhelles Lachen ertönte.

»Armand?«

Der rot gelockte Kopf einer jungen Frau, die kaum ein paar Jahre älter als Cécile sein konnte, tauchte neben der Schulter des Höflings auf. Ihre hochgesteckten Haare, von denen einige gekringelte Locken wie zufällig an ihrem schmalen Hals hinunterfielen, umrahmten ein ebenmäßiges Gesicht mit großen bernsteinfarbenen Augen und sinnlichen Lippen. Sie schenkte Cécile einen abschätzenden Blick, bevor sie sich in ihrem tief dekolletierten roséfarbenen Kleid, das den beinahe weißen Ton ihrer Haut unterstrich, an den Mann wandte. »Das sieht Ihnen wieder einmal ähnlich, Armand! Der König liegt im Sterben und Sie scheuen sich nicht einmal, in der Schlosshalle die Frauen zu verführen«, sagte sie spöttisch und schlug ihm strafend den zusammengeklappten Fächer auf den Arm.

»Solène! Ich vermutete Sie noch in Paris …« Armand neigte sich mit einem Lächeln über ihre Hand.

»Aber nein!« Sie lehnte ihren Kopf kokett gegen seine Schulter und unterzog Cécile dabei einer eingehenden Musterung.

»Ganz entzückend, die Kleine! Und darf ich fragen, wenn Sie mich schon betrügen, wer sie ist?«, fragte sie herablassend.

Cécile, die verwirrt dem Wortwechsel der beiden gefolgt war, fand nun endgültig den Zeitpunkt gekommen, sich zu verabschieden. Bevor Armand der Frau eine Antwort geben konnte, hatte sie sich schon von der Sitzbank erhoben.

»Danke nochmals, dass Sie mir geholfen haben«, sagte sie höflich.

Er wich überrascht zur Seite, um sie durchzulassen, doch dann hielt er sie plötzlich an ihrem Handgelenk fest.

»Warten Sie, verraten Sie mir wenigstens Ihren Namen, Mademoiselle!«, sagte er eindringlich.

Sie sah ihm in die Augen und zögerte einen Moment lang, ohne dass sie hätte sagen können, warum.

»Cécile«, erwiderte sie schließlich und ging mit raschen Schritten davon. Auf dem Weg durch die Halle spürte sie noch immer den warmen Druck seiner Finger auf ihrer Haut. Auch ohne sich umzudrehen, wusste sie, dass er ihr hinterherblickte, bis sie aus seinem Sichtfeld verschwunden war.

15

Gedämpftes Kerzenlicht erhellte den Salon mit den hohen, verzierten Stuckdecken. Die schweren, dunkelgrünen, mit einem Goldrand abgesetzten Brokatvorhänge waren vor den Fenstern zugezogen, und in der Mitte des Raumes hatte man eine lange Esstafel mit schimmerndem Porzellan und feinsten Kristallgläsern gedeckt. Alles schien auf den ersten Blick auf eines der typischen intimen Soupers hinzudeuten, die der Duc d'Orléans gern in kleiner Gesellschaft zu geben pflegte. Nur die fehlenden Damen lassen ahnen, dass es sich bei diesem Essen um etwas anderes als eine vergnügliche Zusammenkunft handelt, dachte der Duc de Noailles. Er nahm von einem der Lakaien ein Glas Rotwein in Empfang und musterte die Gäste, die durch den Raum schlenderten und miteinander plauderten, während sie auf den Gastgeber warteten. Es waren ausnahmslos einflussreiche Höflinge, wie der Duc de Guiche, der Maréchal de Villars oder der Kanzler Voysin, auf deren Unterstützung der Duc d'Orléans, der Neffe des Königs, angewiesen sein würde, wenn er die Regierung übernehmen sollte. Seine Majestät weilte noch unter ihnen, doch die Macht wurde schon längst neu verteilt.

Der Duc de Noailles nickte höflich zur anderen Seite des Salons, wo ein Mann im schwarzen Gewand eines Geistlichen stand. Der Abbé Dubois – die rechte Hand von Philippe d'Orléans! Wie Noailles aus gut informierten Quellen wusste, hatte er bereits seit dem Winter enge Kontakte zu den Engländern geknüpft, um sich im Vorfeld ihrer Akzeptanz des Duc d'Orléans als neuen Regenten zu versichern. Nichts war dem Zufall überlassen worden. Der Duc nippte mit einem ironischen Lächeln auf den Lippen an seinem Bordeaux, der, wie nicht anders zu erwarten, von erstklassiger Qualität war. Wer hätte gedacht, dass einmal die Stunde des Duc d'Orléans kommen würde, ging ihm sinnend durch den Kopf. Noch vor fünf Jahren hatte der Neffe des Königs keine größere Rolle am Hof gespielt und in der Thronfolge weit hinten rangiert. Louis XIV. war mit fünf männlichen Nachfolgern gesegnet gewesen. Wie hatte man ihn damals in ganz Europa darum beneidet! Doch dann hatte er im Frühjahr vor vier Jahren erst seinen Sohn verloren, im darauffolgenden Winter waren sein Enkel und sein ältester Urenkel an den Masern gestorben, und – als hätte Gott den König mit diesen tragischen Ereignissen nicht genug geprüft – schließlich erlag knapp zwei Jahre später sein anderer Enkelsohn den Folgen eines schweren Reitunfalls. Einzig sein jüngster Urenkel, ein zarter, gerade einmal fünfjähriger Knabe – viel zu jung, um nach seinem Ableben zu regieren – war dem großen Sonnenkönig geblieben. Es waren diese Umstände, die der politischen Rolle und dem Leben des Duc d'Orléans noch einmal eine völlig neue Wendung geben sollten. Wie es hieß, hatte der König ihn in seinem Testament tatsächlich zum Regenten ernannt. Seine Macht sollte zwar durch den Duc de Maine begrenzt werden, der, wie Louis bestimmt hatte, die Vormundschaft über den minderjährigen Thronnachfolger und den Oberbefehl über die königlichen Haustruppen erhalten sollte, aber es war unwahrscheinlich, dass Philippe d'Orléans das akzeptieren würde.

In den letzten Monaten hatte der Prince alles vorbereitet, um die Macht allein zu übernehmen. Mit jedem, der sich heute in diesem Raum aufhielt, hatten er oder der Abbé Dubois Gespräche geführt und heimliche Abkommen geschlossen. Der Maréchal de Villars zum Beispiel würde für seine Loyalität den Vorsitz des *Conseil du Guerre*, des Kriegsrats, erhalten. Der Duc de Guiche, der Kommandant des französischen Garderegiments, war mit einer fürstlichen Summe Geldes entlohnt worden, für die er dem Regenten die Unterstützung seiner Truppen zugesagt hatte. Und was ihn selbst anging – er begehrte den Vorsitz des *Conseil de Finance*, des Finanzrats. Vorerst – wer wusste schon, welche Möglichkeiten sich ihm noch bieten würden, falls der Prince tatsächlich Regent werden würde, dachte der Duc de Noailles, während er erneut einen Schluck Wein nahm und zwei anderen Höflingen zunickte. Er betrachtete gerade einen wertvollen Gobelinteppich an der Wand, als er Schritte hörte.

Zwei Lakaien rissen die Flügeltüren auf, und ein Mann mit einer schwarzen Allongeperücke, deren wallende Haare ihm bis über die Schultern fielen, stürmte in den Salon. »Messieurs, Sie entschuldigen bitte meine Verspätung ... Ich komme eben aus Paris – vom Parlament!«, verkündete er.

Jeder im Raum horchte auf. Der Duc de Noailles stellte sein Glas ab. Hatte das Parlament dem Prince tatsächlich seine Unterstützung zugesagt?

Philippe d'Orléans warf einen lächelnden Blick in die Runde. »Messieurs, ich hatte die Gelegenheit, mit einigen der Herren dort zu sprechen, und es wird Sie sicher freuen zu hören, dass man dort unsere Auffassung teilt ...« Er legte eine kurze, bedeutungsvolle Pause ein, bevor er mit siegesgewisser Miene fortfuhr: »Man hält es für das Wohl dieses Landes und des zukünftigen Königs für das Beste, wenn die Macht in einer Hand verbleibt!«

Ein beifälliges Geraune war unter den Männern zu hören, und der Duc de Noailles sah sein eigenes politisches Ziel zum ersten Mal in erreichbare Nähe gerückt. Er kam nicht umhin, eine gewisse Anerkennung für Philippe d'Orléans zu empfinden. Der Neffe des Königs besaß alles andere als einen guten Ruf – er war bekannt für seinen unmoralischen Lebenswandel und die zweifelhafte Gesellschaft, mit der er sich leider des Öfteren umgab. Er liebte Frauen, gutes Essen, Wein, und dies alles möglichst im exzessiven Übermaß. Doch auf der anderen Seite war er ein geistreicher und überaus intelligenter Mann mit hohen analytischen und strategischen Fähigkeiten, wie er auch jetzt wieder einmal bewiesen hatte.

Die Männer hatten sich zu Tisch gesetzt, und die Lakaien trugen den ersten Gang auf.

Der Duc de Noailles lehnte sich entspannt zurück. Er lauschte dem Gespräch, das inzwischen wieder um den sterbenden König kreiste, als er sich auf einmal an die junge Frau erinnerte, die heute bei ihm gewesen war.

Er blickte zu dem Mann, der in einem dunkelblauen Tuchrock neben ihm saß und zu den Höflingen gehörte, die er hier zu sehen erwartet hatte. Nachdenklich wandte er sich ihm zu. »Ich denke, es wird Sie interessieren, dass ich heute Besuch hatte. Eine junge Dame, die um eine Audienz bei Seiner Majestät bitten wollte«, begann er.

Sein Tischnachbar, der sich soeben mit der Serviette den Mund abgetupft hatte, blickte ihn an.

»Sie sagte, ihr Name sei Cécile – Cécile de Montbrignac«, fuhr der Duc beiläufig fort.

Der Mann im dunkelblauen Rock schaute ihn ungläubig an.

16

Die Sonne hatte die Schlossfassade in ein helles, unwirkliches Licht getaucht. Wie jeden Morgen hatte sie ihre glitzernden Strahlen beim Aufgehen als Erstes auf die hohen Balkonfenster des königlichen Schlafgemachs im ersten Stock gerichtet – fast so, als sei auch sie dem Monarchen untertan.

Trotz der frühen Stunde befanden sich im Marmorhof bereits zahlreiche Höflinge. Sie warteten mit ernsten Mienen. Immer wieder glitt der Blick des einen oder anderen nach oben, als plötzlich eine unmerkliche Bewegung zu spüren war. Im ersten Stock hatte sich die Balkontür geöffnet.

Cécile hielt beklommen den Atem an, als ein königlicher Leibgardist mit einem schwarzen Federbusch auf dem Hut nach draußen trat.

»Der König ist tot!« Die Worte hallten über die erstarrte Menge hinweg. Kein Laut war zu hören, und es schien, als würde die Zeit an diesem ersten Septembermorgen des Jahres 1715 für einen Augenblick stillstehen – Louis XIV., der große Sonnenkönig, war von ihnen gegangen.

Es stimmt tatsächlich – er ist gestorben, dachte Cécile verzweifelt, und all ihre Hoffnungen stürzten wie ein Kartenhaus in sich zusammen. Benommen nahm sie wahr, dass die Menschen erneut nach oben sahen.

Der Leibgardist, der wieder in das königliche Schlafgemach zurückgetreten war, erschien erneut auf dem Balkon, diesmal mit einem weißen Federbusch auf dem Hut.

»Es lebe der König!«

Zunächst herrschte noch Stille, doch dann ertönte das Echo von lauten Stimmen im Hof des Schlosses. »*Vive le roi* – es lebe der neue König! *Vive Louis XV.!*«

Cécile hatte das Gefühl, eine eisige Hand würde nach ihr greifen. Sie wandte sich von den Menschen ab und fragte sich, was sie nun machen sollte. In den letzten drei Tagen hatte sie wider alle Vernunft und Vorzeichen gehofft, der König würde sich doch noch einmal erholen. Sie hatte sich in Versailles in einer der überteuerten Pensionen ein Zimmer genommen und war jeden Tag zum Schloss gekommen, um in Erfahrung zu bringen, ob Gott ein Wunder geschehen ließe und der Monarch wieder gesunden würde. Sogar in die Kapelle zum Beten war sie gegangen.

Zuerst hatte es auch wirklich so ausgesehen, als käme der König noch einmal zu Kräften. Die Tatsache, dass Seine Majestät etwas Zwieback zu sich genommen hatte, war in den Gängen und Antichambres von Versailles aufgeregt und wie eine brisante Staatsaffäre diskutiert worden, und auch Cécile hatte Hoffnung geschöpft. Doch das Fortschreiten des Brandes an seinem Bein war nicht mehr aufzuhalten gewesen. Schon am nächsten Tag hatte sich der Zustand des Königs erneut rapide verschlechtert, und gestern, so hatte man sich überall im Schloss erzählt, sei er kaum noch bei Bewusstsein gewesen.

Cécile drängte sich an den Menschen vorbei, die überall erregt miteinander sprachen, und fing einige Wortfetzen ihrer Gespräche auf.

»Der neue König ist doch erst fünf Jahre alt! Wer wird jetzt regieren?«

»Stimmt es, dass der König den Duc d'Orléans in seinem Testament zum Regenten bestimmt hat?«

»Ja, und das wird das Ende von Versailles sein. Der Duc hat immer gesagt, dass er niemals von hier aus regieren wird.«

»Nun, wenigstens wird diese bigotte Maintenon jetzt im Kloster verschwinden.«

Cécile blieb stehen und drehte sich zu der Frau um, einer Hofdame in pflaumenblauem Kleid, die den letzten Satz von sich gegeben hatte. »Es heißt, sie und der Duc d'Orléans hassen sich auf den Tod«, fügte die Hofdame mit wedelndem Fächer, zu dem Mann an ihrer Seite gewandt, hinzu.

Madame de Maintenon? Cécile fiel plötzlich der Briefwechsel zwischen ihrem Vater und der Mätresse des Königs ein. Natürlich – zu ihr musste sie gehen! Warum hatte sie nicht schon vorher daran gedacht? Mit neuer Energie drehte sie sich auf dem Absatz um und lief mit fliegenden Röcken über den Hof zurück zum Schloss. In den letzten Tagen war sie durch die Nachricht von dem drohenden Ableben des Monarchen so gelähmt gewesen, dass sie an diese Möglichkeit gar nicht gedacht hatte. Dabei war es doch Madame de Maintenon gewesen, die ihrem Vater in ihrem Schreiben von dem Willen des Königs, ihn zu begnadigen, berichtet hatte!

Sie trat hastig durch die Eingangstür des Palastes und wandte sich nach rechts, wo sich nach Auskunft eines Lakaien neben den königlichen Gemächern das Appartement der Madame de Maintenon befinden sollte. Das ganze Schloss schien in Aufruhr. Überall liefen die Menschen aufgeschreckt durcheinander. Auf ihren Gesichtern spiegelte sich Entsetzen, Trauer, aber auch Besorgnis. Cécile ging auf, dass die meisten von ihnen vermutlich einem ungewissen Schicksal entgegenblickten.

Einige Schritte entfernt sah sie den Eingang zu den Gemächern von Madame de Maintenon. Es stand nicht einmal eine Garde davor, stellte sie verwundert fest. In diesem Augenblick öffnete sich die Tür, und zwei Lakaien traten heraus, von denen der eine einen Armlehnstuhl und der andere einen Nachttisch trug. Cécile beobachtete verblüfft, wie sie mit den Möbelstücken in die andere Richtung verschwanden. Zögernd trat sie in den Flur, der zu den Gemächern führte. Die Wände waren kahl. Sie ging bis zum Ende des Flurs, wo sie aus einem der Räume zwei laute weibliche Stimmen dringen hörte.

»Die Spitze gehört mir – das hat sie gesagt!«

»Und ich soll dafür die alten Umhänge nehmen? Niemals …«

Ungläubig blieb Cécile auf der Schwelle stehen und sah zu den beiden Frauen, die sich streitend gegenüberstanden. Die eine, unter deren Häubchen ein paar blonde Haarsträhnen hervorguckten, hatte ihr spitzes Kinn wütend vorgereckt, während die andere, eine üppige rothaarige Erschei nung, aufgebracht die Hände in die Hüften stemmte. Die Haltung der beiden erinnerte an zwei kampfbereite Stiere. Cécile blickte zu den Bergen von Kleidern, Mänteln, Umhängen und Hauben, die überall ausgebreitet und in Stapeln auf dem Boden und dem Bett lagen – dem einzig noch verbliebenen Möbelstück im Raum.

»Dass du die ganze Spitze nimmst, könnte dir so passen!«, sagte die Füllige mit vor Zorn hochrot angelaufenem Kopf.

Cécile räusperte sich, so laut sie konnte.

»Dir werden ihre Kleider ohnehin nicht passen!«

»Das ist eine bodenlose Unverschämtheit …«

»Pardon, sind das hier die Gemächer von Madame de Maintenon?«

Die beiden Zofen fuhren herum.

»Ich … ich wollte eigentlich zu der Marquise. Ich muss sie in einer dringenden Angelegenheit sprechen«, erklärte Cécile befangen.

Die Frauen musterten sie abschätzig.

»Es tut mir leid, Mademoiselle, aber Madame ist nicht mehr hier«, erwiderte die dünnere der beiden schließlich.

»Aber warum …«

»Sie hat bereits gestern das Schloss verlassen, um sich nach Saint-Cyr ins Kloster zu begeben.«

Cécile fasste mit der Hand nach dem Türrahmen neben sich. Hatte sich denn alles gegen sie verschworen? »Das heißt, sie wird nicht mehr zurückkehren?«, fragte sie tonlos.

»Davon ist auszugehen, Mademoiselle.«

Cécile verstand mit einem Mal, warum ringsum alles in Auflösung begriffen war.

Sie wollte sich schon zum Gehen wenden, doch dann blieb sie noch einmal stehen. »Dieses Kloster Saint-Cyr – liegt es weit entfernt von hier?«, fragte sie.

Die Zofen schauten sie an – ungläubig darüber, wie jemand so etwas fragen konnte. »Saint-Cyr? Aber nein, es sind vielleicht vier Meilen bis dahin! Das Kloster und seine Schule liegen südwestlich hinter dem Park«, erklärte die Rothaarige.

Cécile dankte und verließ das Gemach. Sie hatte noch nicht das Ende des Flurs erreicht, als sie hinter sich die Stimmen der beiden Frauen hörte, die von neuem laut und schrill zu streiten begonnen hatten. »Den Pelzkragen? Niemals, sag ich dir …«

Cécile flüchtete eilig den Gang entlang.

Als sie wenige Augenblicke später durch die Schlosshalle zum Ausgang lief, blickte ihr ein Höfling in dunkelblauem Rock mit erstarrter Miene hinterher.

Die Hand des Mannes spannte sich um den Griff seines Degens, doch sonst ließ nichts an ihm seinen inneren Aufruhr erahnen. Es war das zweite Mal, dass er die junge Frau hier in Versailles sah, und es traf ihn erneut wie ein Schlag. Ihre Haare waren eine Nuance dunkler, von einem eher karamellfarbenen Ton, aber ihr Profil, die Linie ihres Halses und die Art, wie sie sich bewegte – alles erinnerte ihn an sie, als wäre sie plötzlich von den Toten auferstanden.

In den letzten Jahren hatte er nur noch selten an sie gedacht. Anfangs war sie ihm in seinen Träumen erschienen, doch dann hatte er sie langsam vergessen. Nun jedoch schien sie ihm wieder so präsent, als wäre alles erst gestern geschehen. Er erinnerte sich an ihre letzte Begegnung, an ihr überraschtes Gesicht, als er damals in der Herberge vor ihr stand. Sie hatte in einem schlichten Hausmantel vor dem Spiegel gesessen und sich selbst die Haare gekämmt – nicht einmal eine Zofe war ihr mehr zu Diensten gewesen.

Sie hatte ihre Gefühle nie besonders gut verstecken können, und auch in diesem Moment hatte sich jede innere Regung auf ihrem Gesicht gespiegelt. Der kurze Augenblick ihrer Verwirrung darüber, ihn zu sehen, und dann, nur Sekunden später, die Erkenntnis, warum er gekommen war und was geschehen würde ... Er hatte ihr angesehen, wie sich in ihrem Kopf die Teile zu einem Ganzen fügten, wie die bisher zusammenhangslosen Ereignisse für sie mit einem Mal einen Sinn ergaben – die Bestürzung in ihren Augen und dann die Panik und Angst. Dabei war sie ihm schöner und begehrenswerter denn je erschienen.

Er verspürte einen schalen Geschmack im Mund, als er daran dachte, wie sie vor ihm auf die Knie gefallen war. Selbst in diesem Moment hatte sie nur an *ihn* gedacht und an *seinen* Sohn.

Er wandte sich ab. Die Gestalt der jungen Frau war längst aus seinem Blickfeld verschwunden, und er versuchte, die Schatten der Vergangenheit wieder aus seinem Kopf zu vertreiben.

Es war sein Fehler, dass sie überhaupt hier auftauchen konnte. Er war immer davon ausgegangen, dass das Mädchen damals in dem Feuer umgekommen war, doch offensichtlich hatte es überlebt und war mit seinem Vater nach Schottland geflohen. Seine Hand ballte sich unwillkürlich zu einer Faust. Henri de Montbrignacs geheime Tochter! Selbst nach seinem Tod sorgte dieser Mann noch für Überraschungen. Der Himmel wusste, was das Mädchen hier wollte. Nun, er hatte dafür gesorgt, dass man es herausfinden würde!

17

Die Nonne, deren Augen ein feines Netz von Fältchen umgab, hatte ein freundliches, gütiges Gesicht. »Zu Madame de Maintenon möchten Sie?«, fragte sie ein wenig verwundert.

»Ja. Ich komme direkt aus Versailles. Ich weiß, dass der König gerade verstorben und heute ein unpassender Tag ist, um die Marquise zu sprechen, aber es ist wirklich wichtig«, bemühte sich Cécile zu erklären. Sie fühlte sich erschöpft. Ein Fußmarsch von gut einer Stunde lag hinter ihr. Nachdem sie erfahren hatte, dass sich Saint-Cyr nicht allzu weit von Versailles entfernt befand, hatte sie sich sofort auf den Weg zum Kloster gemacht. Sie musste Madame de Maintenon sprechen. Unbedingt. Ihr Instinkt sagte ihr, dass diese Frau ihr weiterhelfen würde.

»Nun, Mademoiselle, heute ist in der Tat ein bedrückender Tag für uns alle. Möge Gott der Seele unseres Herrschers gnädig sein«, erwiderte die Nonne mit einem traurigen Lächeln. Ein Windhauch ließ den Schleier um ihr Gesicht wehen. »Ich werde sehen, ob die Marquise bereit ist, jemanden zu empfangen. Soweit ich weiß, befindet sie sich zurzeit mit ihrem Beichtvater beim Gebet, aber wenn Sie einen Augenblick warten, werde ich ihr Ihren Wunsch, sie zu sprechen, übermitteln«, sagte sie. »Wenn Sie mir vielleicht noch Ihren Namen nennen würden?«

»Natürlich!«, erwiderte Cécile verlegen. »Ich heiße Cécile de Montbrignac. Sagen Sie der Marquise bitte, dass ich die Tochter von Henri de Montbrignac bin«, fügte sie nach kurzem Zögern hinzu.

Die Nonne nickte. »Das werde ich tun. Vielleicht möchten Sie sich derweilen ein wenig ausruhen? Ich werde Ihnen etwas zu trinken bringen lassen.« Sie deutete zu einer Steinbank, die sich im Wandelgang des Klosters befand, bevor sie mit kleinen schnellen Schritten davoneilte.

Cécile blickte ihr nach. Die Freundlichkeit und Wärme, mit der die Nonne ihr begegnet war, ließ sie wieder Vertrauen schöpfen. Es war richtig hierherzukommen dachte sie, als sie sich auf die Steinbank sinken ließ.

Der Klang heller Mädchenstimmen lenkte ihren Blick nach links. Eine Gruppe von Schülerinnen im Alter von sieben bis zehn Jahren kam aus dem Gebäude, angeführt von zwei Nonnen.

Das Bild der leise tuschelnden Mädchen, die alle das gleiche braune Kleid mit einer roten Schleife und ein weißes Häubchen auf dem Kopf trugen, vermittelte ein Gefühl der Ordnung, der Ruhe und Geborgenheit, das eine plötzliche Sehnsucht in Cécile aufkommen ließ. Ob ihr Leben jemals wieder so sein würde? Ob sie jemals wieder einen sorglosen Alltag und einen geordneten Rahmen kennen würde?

Eine junge Novizin brachte ihr ein Glas gekühltes Zitronenwasser. Sie bemerkte Céciles Blick. »Das sind unsere Jüngsten, die *classe rouge*! Entzückend, nicht wahr?«

Cécile nickte. »Saint-Cyr ist ein richtiges Klosterpensionat?«, fragte sie.

»Aber ja! Wussten Sie das nicht? Die Schule hier ist das großzügige Werk von Madame de Maintenon«, berichtete die Novizin. »Sie hat Saint-Cyr vor fast dreißig Jahren gegründet, um jungen Mädchen aus verarmten Adelsfamilien eine geeignete Ausbildung zukommen zu lassen. Madame ist wie eine Mutter zu uns allen«, fügte sie hinzu, und in ihrem Ton war gleichermaßen Stolz auf die Institution wie auf die Marquise herauszuhören.

Cécile trank nachdenklich einen Schluck von dem Zitronenwasser und beobachtete, wie die Novizin in ihrem langen weißen Gewand wieder im Kloster verschwand. Da hörte sie von der anderen Seite des Wandelgangs Schritte.

»Mademoiselle? Die Marquise hat sich bereit erklärt, Sie zu empfangen«, verkündete die Nonne. »Wenn Sie mir bitte folgen würden?«

Cécile stand eilig auf. Sie folgte der Schwester in einen Seitentrakt des Klosters, wo sie einen Raum betraten, der eine Mischung aus Bibliothek und privatem Besucherzimmer zu sein schien. Hohe Bücherregale bekleideten die Wände, während in der Mitte des Raumes ein kleiner, runder Tisch sowie ein Armlehnstuhl und zwei gepolsterte Schemel standen.

»Madame la Marquise, Mademoiselle de Montbrignac ...«

»Danke, Schwester Marie!«, erwiderte eine klare, feste Stimme. Sie kam aus dem Armlehnstuhl, in dem in aufrechter Haltung eine schwarz gekleidete ältere Frau saß. Ihre braunen Augen, die über zwei schmalen, faltigen Wangen lagen, musterten Cécile durchdringend. Sie machte rasch einen Knicks.

»Setzen Sie sich, Mademoiselle«, sagte die Marquise, nachdem Schwester Marie die Tür hinter sich geschlossen hatte.

Cécile nahm gehorsam und etwas befangen auf einem der Schemel Platz. Eine unaufdringliche Autorität lag in der Haltung der Marquise, deren Gesicht vom Schmerz um den Verlust des Königs gezeichnet war. Cécile hatte sich die ehemalige Mätresse, die bereits die siebzig überschritten zu haben schien, wesentlich jünger vorgestellt. Sie blickte auf das silberne Kreuz, das die Marquise in den Händen hielt und nun zur Seite legte.

»Ihr Name ist Montbrignac?«, fragte die alte Dame. Die Bestimmtheit und Wachheit, die in ihrem Tonfall lagen, riefen Cécile mit einem Mal in Erinnerung, dass die Frau, die vor ihr saß, lange bevor sie vor Jahren die Geliebte des Königs wurde, königliche Gouvernante und Erzieherin zweier seiner Kinder gewesen war. Das hatte ihr Vater ihr einmal erzählt.

»Ja, Madame.«

»Und Sie sind die Tochter von Henri de Montbrignac?«

»Ja. Er ist … er war mein Vater.«

»War?«, fragte Madame de Maintenon nach einem kurzen Augenblick bestürzt. »Wollen Sie damit etwa andeuten, er lebt nicht mehr?«

Cécile musterte einen Moment lang den staubig gewordenen Saum ihres Kleides, bevor sie den Kopf hob und die Marquise anschaute. »Ja, Madame. Mein Vater – er ist kurz vor unserer Abreise in einem Hinterhalt der Engländer angeschossen worden und an seinen Verletzungen gestorben.«

»Mein Gott!« Die Marquise wirkte sichtlich erschüttert. »Soll das heißen, Sie sind ganz allein nach Frankreich gekommen, Mademoiselle?«, fragte sie gleich darauf sanft.

Cécile nickte. »Ich habe meinem Vater an seinem Sterbebett versprochen, bei Seiner Majestät posthum um seine Begnadigung zu bitten«, erklärte sie und berichtete der Marquise dann von der gefährlichen Reise, die hinter ihr lag. Sie erzählte, wie ihr die Engländer die Briefe ihres Vaters abgenommen hatten und wie sie schließlich nach der Überfahrt von Dover vor drei Tagen an den Hof gekommen war und der König zu diesem Zeitpunkt bereits im Sterben gelegen hatte. Die Geschehnisse erschienen Cécile unwirklich und fern, wie aus einem anderen Leben, doch es tat gut, sich jemandem anzuvertrauen und darüber zu reden.

Nachdem sie geendet hatte, beugte sich die Marquise zu ihr und legte ihre Finger kurz auf Céciles Hand. »Mein armes Kind!«, sagte sie mitfühlend. »Sicherlich hat Ihr Vater nie gewollt, dass Sie solche Gefahren durchstehen müssen, als er Sie bat, nach Frankreich zurückzukehren.«

Sie stand auf, und der schwarze, mit Spitze besetzte Stoff ihres Kleides glitt leise raschelnd über den Boden. Sie trat zum Fenster, von dem aus man einen Blick in einen mit Blumen und kugelförmig beschnittenen Bäumen bepflanzten Innenhof hatte. Nachdenklich schaute sie nach draußen, bevor sie sich schließlich wieder Cécile zuwandte. »Ich habe Ihren Vater nie persönlich kennengelernt, aber an seinen Briefen habe ich gespürt, welch besonderer Mensch er gewesen ist. Er hat sein Schicksal stets mit Haltung und Würde zu tragen gewusst. Es hätte mich mit großer Freude erfüllt, ihm nach den schweren Jahren, die hinter ihm lagen, Gerechtigkeit zuteilwerden zu lassen«, sagte sie traurig.

Cécile fühlte, wie es ihr die Kehle zuschnürte, als die Marquise so sprach. Sie nahm ihren ganzen Mut zusammen. »Madame, die Begnadigung, die der König meinem Vater vor seinem Tod in Aussicht gestellt hat … Ich bin hier, weil ich hoffte, Sie könnten mir helfen.«

Madame de Maintenon blickte sie an. »Ich? Nein …« Sie schüttelte bedauernd den Kopf. »Ich wünschte, ich könnte es, aber leider ist es mir jetzt nicht mehr möglich, etwas in der Angelegenheit Ihres Vaters für Sie zu tun, Mademoiselle.«

Cécile schaute sie ungläubig an. »Aber, Sie wissen, dass er unschuldig war … Ich habe keine Ahnung, wer mir sonst helfen kann. Bitte, ich habe es meinem Vater versprochen«, stieß sie verzweifelt hervor.

Die Marquise lächelte resigniert. »Ich wünschte wirklich, ich könnte Ihnen helfen, Mademoiselle, aber sehen Sie mich an …«, sagte sie in einem Anflug von Bitterkeit. »Ich bin eine alte Frau! Nun, da der König tot ist, zählen meine Macht und mein Einfluss nichts mehr. Der einzige Mensch, der über die Begnadigung Ihres Vaters jetzt entscheiden kann, ist der neue Regent – der Duc d'Orléans.« Sie seufzte. »Unglücklicherweise waren er und ich uns noch nie besonders wohlgesonnen, sodass es für Sie eher von Nachteil wäre, wenn ich mich bei ihm für Sie verwenden würde.«

Cécile war blass geworden. Einen Moment lang schwieg sie, bevor sie schließlich anhob: »Mein Vater … er hat mir nur sehr wenig von damals erzählt. Können Sie mir wenigstens sagen, warum Sie und der König ihn auf einmal für unschuldig gehalten haben? Es gab Beweise, nicht wahr?«

Madame de Maintenon zögerte und kam zurück an den Tisch. »Einen Beweis im juristischen Sinne würde ich es nicht nennen … eher eine Art Aussage.« Ihre Finger strichen nachdenklich über die glatte Oberfläche des silbernen Kreuzes, das vor ihr lag. »Vor gut einem Jahr erhielt ich den Brief eines Priesters, eines gewissen Abbé Péret, aus dem Languedoc«, begann sie schließlich zu erzählen. »Er bat mich darin inständig um eine Audienz, die ich ihm auch gewährte. Bei unserem Treffen gestand mir der Abbé, dass er sich in einem schweren Gewissenskonflikt befände. Er berichtete mir von der mysteriösen Beichte einer Sterbenden, die ihm auf dem Totenbett verzweifelt gestanden habe, dass sie furchtbare Schuld auf sich geladen hatte …«

Madame de Maintenon unterbrach ihre Erzählung und sah Cécile aus ihren braunen Augen offen an. »Diese Frau –

sie nannte immer wieder den Namen Ihres Vaters und sprach davon, sich ihm gegenüber in furchtbarer Weise schuldig gemacht zu haben. Sie wusste, dass er nichts von dem, was man ihm vorwarf, getan hatte ...«

Cécile spürte, wie sie ein Frösteln ergriff.

»Wieder und wieder beteuerte die Frau in ihrer Beichte, Ihr Vater, der Duc de Montbrignac, sei unschuldig verurteilt worden«, fuhr die Marquise fort. »Der Priester berichtete mir, dass sich im Verlauf der Beichte sogar herausstellte, dass sie den wahren Mörder des Abbé Silvane gesehen hätte. Sie hatte ihn offenbar gekannt, wollte aber selbst auf dem Totenbett nicht seinen Namen nennen. Ob nun aus Angst vor dem Täter oder um ihn zu schützen, konnte der Priester nicht in Erfahrung bringen.«

Cécile stockte der Atem. Sie fragte sich, wen die Sterbende wohl erblickt hatte.

»Nun, der Priester schlug der Frau vor, ihr Bekenntnis zu Papier zu bringen und an die Behörden weiterzuleiten, um ihre Seele vor Gott und der Welt zu erleichtern«, setzte die Marquise ihren Bericht bedrückt fort. »Die Frau willigte ein, doch unglücklicherweise starb sie, noch bevor der Priester den ersten Satz für sie zu Papier bringen konnte. Mit ihren letzten Worten bat sie ihren Beichtvater jedoch, ihr Geständnis in mündlicher Form an die Behörden und den König weiterzuleiten – allerdings unter der Bedingung, dass er dabei nicht ihren Namen nannte.«

Cécile sah sie ungläubig an.

Madame de Maintenons Finger trommelten leise auf die Tischplatte. »Wie Sie sich vorstellen können, gilt eine solche Aussage im juristischen Sinne nichts. Deshalb wandte der Priester sich schließlich an mich, und ich habe dafür gesorgt, dass der König ihn anhört. Seine Majestät hat daraufhin den

Fall Ihres Vaters noch einmal prüfen lassen. Es hat sich dabei leider gezeigt, dass viele Unterlagen über ihn auf mysteriöse Art verschwunden waren und die Behörden im Languedoc offensichtlich mit unverantwortlicher Nachlässigkeit vorgegangen sind«, sagte sie kopfschüttelnd. »Es waren damals schwere Zeiten«, erklärte sie. Ihre Gesichtszüge verhärteten sich. »Der Widerstand der Protestanten und dieser furchtbare Aufstand ... Aber Sie sind noch zu jung, um davon zu wissen.«

Doch Cécile hatte ihre letzten Worte kaum gehört. Sie fühlte sich wie erstarrt und dachte nur an die Verstorbene, die all die Jahre von der Unschuld ihres Vaters gewusst und dennoch geschwiegen hatte. Zorn ergriff sie bei der Vorstellung, dass ihre Eltern vielleicht beide noch leben könnten, hätten sie nicht aus Frankreich fliehen müssen. Ihre Mutter wäre nicht das Opfer eines Überfalls geworden und ihr Vater nicht in den Hinterhalt der Engländer gelangt.

Madame de Maintenon, die ihren Gesichtsausdruck bemerkte, ergriff ihre Hände. »Mademoiselle, lassen Sie mich Ihnen einen Rat geben! Quälen Sie sich nicht mit der Vergangenheit«, sagte sie sanft. »Manchmal muss man den Weg akzeptieren, den Gott uns weist. Ihr Vater ist tot, ebenso wie der König. Es liegt nicht mehr in Ihren Händen, das Geschehene zu ändern. Und ich bin sicher, dass Ihr Vater Sie unter diesen Bedingungen von dem Versprechen hinsichtlich seiner Begnadigung entbunden hätte.«

Cécile schwieg, doch sie wusste, dass sie die Vergangenheit nicht ruhen lassen konnte. Nicht nach dem, was sie gehört hatte. Es wäre ihr vorgekommen, als hätte man ihren Vater ein zweites Mal verurteilt.

»Hören Sie«, sagte die Marquise freundlich, die ihr Schweigen falsch deutete. »Ich möchte Ihnen anbieten, hier in Saint-Cyr zu bleiben, denn ich fühle mich Ihrem Vater gegenüber verpflichtet, nach all dem Schrecklichen, das ihm widerfahren ist. Sie könnten Ihre Ausbildung vervollkommnen, und dann würden wir versuchen, einen Ehemann für Sie zu finden. Sie könnten natürlich auch das Gelübde ablegen und für immer hier bleiben.«

Einen Ehemann für Sie finden oder das Gelübde ablegen! Cécile, die allein bei dem Gedanken an diese Möglichkeiten ein Schreck durchfuhr, schüttelte eilig den Kopf. »Danke, aber das geht leider nicht, Madame«, sagte sie ehrlich.

Die Marquise musterte sie. Ihre Miene wirkte mit einem Mal ein wenig ungehalten. »Mademoiselle, die Welt ist gefährlich für ein junges Mädchen, das auf sich allein gestellt ist. Ich bin mir, ehrlich gesagt, nicht sicher, ob Ihr Vater nicht in jedem Fall gewünscht hätte, dass wir uns Ihrer annehmen«, sagte sie in strengem Ton.

Einen Augenblick lang befürchtete Cécile, die Maintenon wolle sie zwingen, im Kloster zu bleiben. »Ich danke Ihnen für Ihre Sorge, aber es gibt einen engen Freund meines Vaters, dessen Familie mich vorerst aufgenommen hat«, log sie schnell. »Andernfalls würde ich Ihr Angebot selbstverständlich gern annehmen.«

»Nun dann …« Die Marquise nickte, doch ihr Gesicht behielt einen verkniffenen Ausdruck.

Als Cécile sich wenig später verabschiedet hatte und über den Hof zum Ausgang des Klosters ging, begegnete sie erneut einer Gruppe Schülerinnen. Sie waren etliche Jahre älter als die Mädchen, die sie zuvor gesehen hatte, ungefähr siebzehn, achtzehn Jahre alt, und trugen das gleiche Häubchen und auch das Kleid, das aber statt einer roten eine blaue Schleife hatte. Mit einem Mal erschienen Cécile die Ruhe und Ordnung dieses Lebens sehr viel weniger beneidenswert.

Während sie sich durch den Park zurück auf den Weg nach Versailles machte, dachte sie darüber nach, was ihr die Marquise erzählt hatte. Wer war die Sterbende gewesen, die gewusst hatte, dass ihr Vater unschuldig war? Der Priester würde ihr den Namen sicherlich nicht verraten, denn er war an das Beichtgeheimnis gebunden, aber Cécile hoffte darauf, dass er sich zumindest bereit erklärte, das, was er der Marquise berichtet hatte, auch dem Duc d'Orléans vorzutragen. Auf ihre Bitte hin hatte ihr Madame de Maintenon den Namen und die Adresse des Geistlichen genannt. »Er lebt seit letztem Jahr in der Nähe von Paris bei der Familie seiner Schwester«, hatte sie erklärt.

Vor allem aber muss es mir gelingen, bei dem Regenten eine Audienz zu bekommen, dachte Cécile. Wenn der König ihren Vater begnadigt hätte, warum sollte der Duc d'Orléans es nicht auch tun?

Sie betrachtete das blaue Wasser des Kanals, das man durch die Bäume hindurchschimmern sah, und überlegte, was sie jetzt tun sollte. Es war Sonntag. Schon morgen würde vielleicht der Duc de Villier zurück sein. Am besten holte sie also die wenigen Sachen, die sie besaß, aus ihrer Pension in Versailles und begab sich zurück nach Paris, beschloss sie.

Als sie das Schloss wieder erreicht hatte, sah sie, dass von überall her schwarz gekleidete Menschen herbeiströmten, die dem aufgebahrten König die letzte Ehre erweisen wollten.

Unter dem Geläut der Kirchenglocken lief sie zurück zu ihrer Pension.

18

Man sah auf den ersten Blick, dass jemand in dem Zimmer gewesen war. Die Decke lag zwar noch ordentlich zusammengefaltet auf dem schmalen Bett, und der wacklige Holzstuhl stand aufrecht an der Wand neben dem Waschtisch, doch Céciles Kleidung und die wenigen persönlichen Habseligkeiten, die sie in der Truhe am Fußende des Betts verstaut hatte, waren im ganzen Raum verteilt. Mit einer bösen Vorahnung griff Cécile nach dem abgetragenen schottischen Kleid, das jemand auf den Fußboden geworfen hatte. Sie hatte es zusammengelegt ganz zuunterst unter ihre Sachen gepackt. Noch bevor sie den aufgerissenen Saum sah, wusste sie, dass sie die Louisdor nicht mehr finden würde. Ihr Geld war weg! Céciles Augen irrten durch das kleine Zimmer. Wie hatte jemand die Tür aufschließen und hier hereinkommen können? Sie war sich sicher, abgeschlossen zu haben.

Schwere Schritte, die von einem Keuchen begleitet wurden, waren hinter ihr zu hören. »Ah, da sind Sie ja, Mademoiselle ...«, ächzte eine tiefe Stimme. Monsieur Peletier, der Wirt, ein beleibter Mann in Hemd und Kniebundhosen, betrat das Zimmer. Sein dicker Bauch hob und senkte sich über dem Hosenbund, während er sich bemühte, wieder zu Atem zu kommen. Er wischte sich über seine feuchte Stirn und blickte dann ungläubig auf das Durcheinander. »Was ist denn hier passiert?«

Cécile drehte sich zu ihm um. »Jemand ist in mein Zimmer eingebrochen!«, sagte sie mit bleichem Gesicht, während ihr gleichzeitig klar wurde, was es bedeutete, mit Ausnahme der paar Sous in ihrer Rocktasche kein Geld mehr zu besitzen.

»Eingebrochen? Haben Sie die Tür denn nicht verschlossen?«, fragte er streng.

»Doch, natürlich … aber sie war trotzdem offen«, erwiderte Cécile aufgelöst.

Monsieur Peletiers Blick glitt forschend durch den Raum und blieb an dem fadenscheinigen Stoff der Gardine hängen, die sich bewegte. »Ah – und da, Mademoiselle! Das Fenster haben Sie auch nicht geschlossen«, stieß er entrüstet hervor. Er hob tadelnd seinen fleischigen Zeigefinger. »Dabei habe ich Ihnen doch gesagt, dass Sie es schließen müssen, wenn Sie das Zimmer verlassen.«

Cécile, die noch immer den Rocksaum ihres Kleides in den Händen hielt, blickte erstarrt zu der Gardine. »Aber nein, das war ich nicht! Ich weiß ganz genau, dass ich das Fenster geschlossen habe«, beteuerte sie.

»Von allein wird es sich kaum geöffnet haben, ebenso wenig wie die Tür«, sagte der Wirt kühl. »Nun, zumindest scheint nichts von der Einrichtung zu fehlen …« Er sah sich prüfend in dem Raum um.

»Sie verstehen nicht – mein Geld, man hat mein ganzes Geld gestohlen!«, stieß Cécile verzweifelt hervor. Ihre Augen sprühten mit einem Mal aufgebrachte Funken. Was interessierte sie schon sein Mobiliar? Kein Dieb der Welt würde sich die Mühe machen, diese heruntergekommenen Möbelstücke zu stehlen, die aus kaum mehr als notdürftig zusammengenagelten Holzbrettern bestanden.

Die buschigen Augenbrauen des Wirts hoben sich. »Ihr ganzes Geld?« Er trat mit resoluter Miene näher zu ihr. »Das ist allein Ihre Angelegenheit, Mademoiselle. Mich interessiert nur, dass Sie mir noch 60 Sous für die letzte Nacht schulden. Deshalb bin ich hergekommen. Und unter diesen Umständen sollten wir das vielleicht gleich regeln …«

Sie schaute ihn sprachlos an und konnte sich nicht des Eindrucks erwehren, dass er trotz seiner harschen Worte ihrem Blick auswich. Ein Verdacht keimte in ihr auf. War er etwa selbst in ihrem Zimmer gewesen und hatte die Louisdor gestohlen? Habgierig genug schien er ihr allemal – wenn sie an die unverschämten Übernachtungspreise dachte. Und mit Sicherheit besaß er für jedes Zimmer einen Zweitschlüssel. Aber sie war selbst schuld, dachte sie erneut voller Verzweiflung. Wie hatte sie nur so dumm sein können, die Münzen hierzulassen? Sie hatte tatsächlich geglaubt, es wäre sicherer, die Louisdor in dem abgeschlossenen Zimmer zu lassen.

»Die 60 Sous, Mademoiselle!«

Cécile schluckte, als sie seinen grimmigen Ausdruck bemerkte.

»Es tut mir leid. Wie ich schon sagte, ich habe wirklich nichts mehr – mein ganzes Geld ist gestohlen worden.«

Er musterte erst sie und dann die Sachen, die in dem Raum herumlagen, als würde er abschätzen, ob es irgendetwas an Wert gäbe, das er stattdessen einbehalten könnte. Schließlich stieß er ein verärgertes Schnaufen aus. »Bei Gott, nehmen Sie Ihre Sachen und verschwinden Sie! Und zwar sofort«, sagte er, bevor er sich auf dem Absatz umdrehte und mit schweren Schritten im Flur verschwand.

Paris

19

Im Licht der untergehenden Sonne strahlte die Kathedrale von Notre-Dame mit ihren hohen gotischen Hauptportalen und den viereckigen Türmen etwas Unheimliches aus. Die steinernen Figuren in der Fassade, die auf die Menschen herabzublicken schienen, wirkten so lebendig, als würden sie jeden Augenblick aus den Bögen und Nischen des Mauerwerks heraustreten. Ein leichtes Schaudern ergriff Cécile. Selbst die dämonischen Wasserspeier, die oben zu Füßen der Türme auf dem Sims thronten, wirkten mit einem Mal größer. Bei Tage konnte man sie von unten nur erahnen, doch jetzt kam es Cécile vor, als würden sich die dunklen Silhouetten zu ihr neigen und ihre Fratzen sie verspotten. Sie wandte den Blick ab und fasste ihren Umhang enger. Ein leichter Wind war aufgekommen. Cécile lief über den Platz vor der Kathedrale, auf dem kaum noch Menschen zu sehen waren, ohne zu wissen, wohin sie nun gehen sollte. Schon den halben Nachmittag war sie ziellos durch Paris geirrt. Irgendwann hatte ihr Weg sie wie von allein vom Ufer der Seine über die Brücke von Notre-Dame hierher auf die Île de la Cité gebracht. Ihre letzten Sous hatte sie für einen halben Laib Brot und etwas Käse ausgegeben, und die wenigen Habseligkeiten, die sie nun noch besaß, waren ein paar Kleidungsstücke, einige unnötige Gebrauchsgegenstände wie ein Fächer und Rouge – und das Tagebuch ihres Vaters sowie das Medaillon mit dem Bild ihrer Mutter.

Glücklicherweise hatte sie diese beiden Sachen immer bei sich getragen. Céciles Hand krampfte sich um den Griff ihres Reisebündels, als sie daran dachte, dass sie gezwungen sein würde, die Nacht draußen zu verbringen. Sie konnte nur hoffen, dass der Duc de Villier morgen tatsächlich wieder zu sprechen war. Ansonsten ... Sie verbot sich, darüber nachzudenken, was aus ihr im anderen Fall werden sollte. Immerhin hatte sie es wenigstens noch geschafft, zurück nach Paris zu kommen, tröstete sie sich. Nachdem Monsieur Peletier sie aus der Pension geworfen hatte, hatte sie ihre Kleidung gewechselt und in ihrer Verzweiflung den wildfremden Fahrer eines Fuhrwagens auf der Avenue de Paris angesprochen, ob er sie mit in die Hauptstadt nehmen könnte. Der Mann hatte erst gezögert, sich aber schließlich von ihren inständigen Bitten erweichen lassen. »Na, heute will wohl jeder nach Paris!«, sagte er mit Blick auf den Strom der voll bepackten Kutschen und Wagen, der sich in Richtung der Hauptstadt vorwärtsbewegte. Die andere Straßenseite war fast unbefahren gewesen. Nur gelegentlich sah man einen Eilboten zu Pferde auf das Schloss zujagen. Der König war noch nicht einmal zwölf Stunden tot, und die Menschen begannen bereits, Versailles wie ein sinkendes Schiff zu verlassen, hatte Cécile gedacht. Während sie auf der Ladefläche des Fuhrwagens Platz nahm, empfand sie etwas beinahe Tröstliches bei dem Gedanken, dass nicht nur sie selbst einer ungewissen Zukunft entgegenblickte, sondern sich das ganze Land in einem Zustand der Auflösung und des Umbruchs befand.

Eingekeilt zwischen Kisten mit Obst und Gemüse, war sie nach einer holprigen Fahrt, die gut drei Mal so lange wie mit einer normalen Kutsche dauerte, schließlich in Paris angekommen. Noch jetzt fühlte sie jeden Knochen im Körper, doch dafür hatte sie keinen Sous bezahlen müssen und zum Abschied sogar noch zwei Äpfel geschenkt bekommen.

Sie blickte in den dämmrigen Abendhimmel und spürte, wie die Angst vor der hereinbrechenden Dunkelheit sie ergriff. Wo sollte sie bloß die Nacht verbringen? In Schottland, in den Highlands, hätte sie sich nie davor gefürchtet, allein unter freiem Himmel zu schlafen, aber hier in der Stadt versetzte allein der Gedanke sie in Panik.

»Mademoiselle, ein paar Sous für einen armen, hungrigen Mann«, krächzte plötzlich eine Stimme neben ihr, und sie spürte, wie jemand an ihrem Rock zog. Erschrocken schaute sie auf die schwieligen Finger, unter deren abgebrochenen Nägeln der Dreck starrte. Ein Mann in zerlumpter Kleidung streckte ihr mit gebeugtem Rücken seine geöffnete Hand entgegen. »Ein paar Sous ... bitte, Mademoiselle!«, bettelte er heiser und zog dabei von Neuem an ihrem Rock.

Ein Schauer überlief Cécile, als sie in das vernarbte Gesicht mit den tiefen Schatten unter den Augen blickte, dem man das Leben auf der Straße ansah. »Es tut mir leid. Wirklich, aber ich ... ich habe selbst nichts«, stieß sie hervor.

Der Mann schien ihr nicht zu glauben. Ein aggressiver und zugleich resignierter Ausdruck zeigte sich auf seinem Gesicht.

»Mein Geld ist mir gestohlen worden!«, erklärte sie und war voll des Mitleids für ihn. Hätte sie noch einen Sou besessen, sie hätte ihm das Geld sofort gegeben. Da fiel ihr ein, dass sie noch das Brot und den Käse besaß. »Aber ich kann Ihnen etwas zu essen geben«, sagte sie und öffnete ihre Tasche. Sie holte die Lebensmittel hervor, brach sie in zwei Teile und gab dem Bettler die Hälfte ab. »Hier, nehmen Sie ...«

Mit breitem Grinsen riss er ihr das Brot und den Käse aus der Hand. »Möge der Herrgott Sie segnen, Mademoiselle!«, rief er laut und verschwand, während er ein raues Lachen ausstieß, mit der Andeutung einer Verbeugung in der Dämmerung.

Sie sah, wie er noch im Gehen in das Brot biss, und dachte voller Angst daran, wie leicht ihr Leben ähnlich enden konnte.

Sie überlegte, über die dicht bebaute Brücke von Notre-Dame wieder zurück zur anderen Seite der Stadt zu laufen, doch auch dort hätte sie nicht gewusst, wohin, und die Île de la Cité, auf der sich neben der berühmten Kathedrale noch eine Reihe weiterer Kirchen und Kapellen befand, wirkte zumindest von ihrer Größe her übersichtlicher. Die engen Gassen mit den dicht gedrängten hohen Häusern, in denen Menschen von einfachem Stand zu leben schienen, vermittelten ihr ein Gefühl der Sicherheit, und sie spürte, dass sie hier nicht auffiel.

Fast zwei Stunden lang hatte sie die Insel in der Seine immer wieder umrundet, als sie merkte, dass sie langsam müde wurde. Doch sie wollte nicht schlafen, sondern, wenn es irgendwie ging, bis zum Morgengrauen wach bleiben.

Sie lief gerade an einem mittelalterlichen Gebäude mit strenger, schmuckloser Fassade vorbei, das sich Hôtel de Dieu nannte, als sie voller Schaudern die Schmerzensschreie eines Menschen nach draußen dringen hörte. Ein Gefängnis, war ihr erster Gedanke, doch dann sah sie einen humpelnden, am Kopf bandagierten Mann und kurz darauf zwei Nonnen aus dem Haus kommen. Anscheinend handelte es sich um ein Hospital.

Cécile ging weiter, bis sie zu einer Kapelle gelangte. Auf der Rückseite verlief eine kleine Mauer, in deren Schutz sie sich zu Boden sinken ließ. Angesichts ihrer Erschöpfung verlor sogar die Dunkelheit ihren Schrecken. Es war ohnehin weit und breit kein Mensch zu sehen oder zu hören. Nur ein kurzes Weilchen ausruhen, dann würde sie weitergehen, dachte sie, gegen die Müdigkeit ankämpfend, bevor sie auch schon eingenickt war.

Sie hätte nicht sagen können, wie lange sie geschlafen hatte, als ein Rascheln und das Geräusch heller, wispernder Stimmen durch ihre Träume zu ihr drangen.

»Huhu, ein richtiger Fächer!«

Der Geruch eines bekannten Parfüms stieg ihr in die Nase, und sie spürte, wie eine Hand vorsichtig ihren Umhang öffnete. Im selben Augenblick war sie wach. Ihre Hand wollte blitzschnell zu ihrem Dolch fahren, doch er steckte nicht mehr in der Scheide.

»Ha, suchst du etwa den hier?«, fragte eine freche Stimme, von hellem Gelächter begleitet. Entsetzt blickte Cécile auf die glänzende Stahlschneide, die ihr ein etwa zehnjähriger Junge mit verfilzten Haaren vor das Gesicht hielt. Er kniete vor ihr und war umringt von mindestens zehn verwildert aussehenden Kindern im Alter zwischen sechs und elf Jahren, die ihre Sachen aus dem Reisebündel gerissen hatten und sie neugierig inspizierten. Ein kleiner Junge wedelte mit dem Fächer, ein Mädchen drapierte sich gerade mit übertriebener Geste Céciles elegantes Kleid von Monsieur Raboutin um die Schultern, und ein anderer Junge hatte ihre Phiole mit dem Parfüm geöffnet, wie sie voller Wut entdeckte.

Ihr Puls raste, doch sie bemühte sich, sich die Angst, die die Bande ihr einflößte, nicht anmerken zu lassen.

»Gib mir meinen Dolch zurück!«, sagte sie mit so fester Stimme wie möglich zu dem Jungen, der offensichtlich ihr Anführer war. Der Kleine lachte unbeeindruckt und ließ dabei die Waffe unter ihrer Nase hin und her tanzen. »Ich könnte dich damit aufschlitzen, aber ich will lieber wissen, wo dein Geld ist«, erwiderte er dann.

Cécile nahm wahr, wie Finger und Hände an ihr herumtasteten, und kam sich mit einem Mal vor, als wäre sie in die Fänge eines Kraken geraten. Sie versuchte vergeblich, sich davon zu befreien.

»Ich habe nichts! Mein Geld ist bereits von anderen gestohlen worden«, stieß sie wütend hervor.

Die Hand des Jungen fuhr zu ihrer Kehle. Seine kleinen, schmutzigen Finger übten einen schmerzhaften Druck aus. Cécile keuchte.

»Lüg nicht!«, zischte er. Als sie ihm in die Augen sah, wusste sie, dass sie sich ihr Leben lang an den gefühlskalten Ausdruck, den sie darin erblickte, erinnern würde.

Plötzlich schossen ihr die Tränen in die Augen. »Es stimmt! Glaubt ihr, ich würde sonst hier draußen schlafen?«

Der Druck auf ihrer Kehle lockerte sich etwas. Die Logik ihrer Worte schien dem Jungen einzuleuchten. In diesem Moment wurde hinter ihm eine große Gestalt sichtbar.

»Lass sie, Luc, sie hat nichts!«, sagte eine Stimme. Sie klang autoritär, doch der krächzende Unterton kam Cécile bekannt vor. Sie schaute hoch. Vor ihnen stand der Bettler, der sie vor der Kathedrale von Notre-Dame um ein paar Sous angebettelt hatte. Der Junge ließ sie nur zögernd los.

»Und gib ihr den Dolch zurück.«

»Nein!«, sagte Luc. Seine Bande hatte sich um ihn geschart.

Der Bettler trat auf ihn zu. Er hatte ein langes Messer gezogen, mit dem er gegenüber dem Dolch eindeutig im Vorteil war. Nichts erinnerte mehr an die ärmliche, mitleiderregende Gestalt, der Cécile einige Stunden zuvor begegnet war.

»Was bildest du dir ein, du dreckige kleine Kröte? Du gibst ihr jetzt den Dolch zurück, verstanden?«, stieß er mit rauer Stimme hervor. »Ihr seid auf meinem Gebiet – oder will Victor vielleicht Krieg?«

Der Name schien Eindruck zu hinterlassen. Der Junge warf den Dolch zur Seite und spuckte auf den Boden. »Na gut, aber nur, weil bei ihr sowieso nichts zu holen ist«, erwiderte er. Mit einem Satz war er auf den Beinen und gab den anderen Kindern ein Zeichen. Kurz darauf verschwanden sie im Halbdunkeln hinter der Kapelle.

Cécile merkte plötzlich, dass sie zitterte. Sie wandte sich dem Bettler zu, der der Bande mit finsterer Miene nachsah.

»Danke«, sagte sie leise.

Über sein vernarbtes Gesicht glitt ein Grinsen. »Man sieht sich immer zweimal im Leben, Mademoiselle …« Er deutete mit dem Messer auf den Boden. »Übrigens nicht gerade ein besonders gut gewählter Platz zum Schlafen!«

»Es war nicht meine Absicht, hier zu übernachten, ich wollte mich nur kurz ausruhen und bin dabei eingenickt«, erklärte sie verlegen, während sie den Dolch wieder in die Scheide steckte und aufstand, um die Sachen, die die Kinder ringsum verteilt hatten, wieder einzusammeln.

Der Blick des Bettlers blieb an der kleinen Parfümphiole und dem spitzenbesetzten Kleid aus silbrig weißer Seide hängen, das sie vorsichtig wieder zusammenlegte. »Tja, ich nehme an, es gibt einen Grund, warum Sie draußen schlafen«, sagte er. »Aber Sie sollten sich trotzdem einen anderen Ort suchen. Kommen Sie, ich werde Ihnen eine Stelle zeigen …«

Cécile sah ihn an. Er hielt noch immer sein langes Messer in der Hand. Seine aufrechte Gestalt strahlte etwas ungeheuer Respekteinflößendes aus. Cécile zögerte.

»Sie haben doch nicht etwa Angst vor mir, nachdem Sie Ihr wertvolles Brot und Ihren Käse mit mir geteilt haben?«, fragte er ironisch.

Sie schüttelte den Kopf. »Nein«, antwortete sie. Merkwürdigerweise vertraute sie ihm tatsächlich. Schon wenig später lief sie neben ihm eine schmale Gasse entlang.

»Sie haben Glück gehabt, dass Sie nur von diesen kleinen Biestern im Schlaf überrascht worden sind«, erklärte er. »Diese Gören können zwar auch unangenehm werden, aber sie haben es hauptsächlich aufs Stehlen abgesehen. Victor, ihr Anführer, zeigt sich ziemlich unerbittlich, wenn sie nicht genügend erbeuten.«

»Victor?«

Er nickte. »Ein Zwerg, der die andere Seite der Île regiert.«

Sie blickte ihn an und fuhr im selben Augenblick zusammen, weil eine Gestalt an ihnen vorbeihuschte, die respektvoll den Kopf neigte, als sie den Mann an ihrer Seite erkannte. Auch ohne dass der Bettler es ausgesprochen hatte, wurde Cécile mit einem Mal klar, dass er dem Anschein nach die hiesige Seite der Île regierte.

»Ist ganz Paris so aufgeteilt?«, fragte sie.

Er wandte den Kopf zu ihr. Das Mondlicht ließ die Narben in seinem Gesicht unnatürlich schimmern. »Ja. Es gibt die Herren, die Gott auserkoren hat, während des Tages zu herrschen, und uns, die wir in der Nacht regieren, in den dunklen und versteckten Winkeln dieser Stadt«, sagte er so sachlich, als würde es sich dabei um ein naturgegebenes Gesetz handeln. »Die Île ist besonders begehrt wegen ihrer Lage und weil die Katakomben hier leicht zugänglich sind«, sagte er. »Außerdem ist bei Notre-Dame und am Parlament natürlich immer etwas zu holen.«

Er wandte sich nach links, wo zwischen zwei hohen mittelalterlichen Häusern ein Gang zu sehen war, so schmal, dass gerade einmal eine Person hindurchgehen konnte.

Cécile folgte dem Bettler. *Etwas zu holen* bezog sich vermutlich nicht nur aufs Betteln, dachte sie für sich. »Haben Sie immer draußen gelebt?«

Sie waren am Ende des Gangs angekommen und standen vor einer gemauerten Wand, vor der mehrere hohe Büsche wuchsen. Der Bettler schaute Cécile überrascht an. »Sie fragen, wie es dazu gekommen ist, dass ich kein anständiger Bürger mehr bin, Mademoiselle?«, fragte er spöttisch und stieß ein heiseres Lachen aus. »Glauben Sie mir, das wollen Sie ganz bestimmt nicht wissen«, antwortete er dann. Er schob die Zweige zur Seite, hinter denen eine schmale Öffnung sichtbar wurde. »Da – wenn Sie sich dort durchwinden ... die Kammer dahinter müsste für Sie reichen. Hier sind Sie sicher – den Platz kennt niemand«, fügte er hinzu.

»Danke vielmals!«

Er nickte und wandte sich zum Gehen, doch dann drehte er sich noch einmal zu ihr um. »Mein Name ist Archibald. Wenn Sie noch einmal Hilfe brauchen, nennen Sie einfach meinen Namen.«

»Ich heiße Cécile.«

»Es war mir ein Vergnügen, Mademoiselle Cécile«, sagte er. Sie sah ihm nach, wie er lautlos in der Dunkelheit verschwand, dann zwängte sie sich durch den Spalt in der Mauer. Es roch muffig, und sie konnte kaum die Hand vor Augen sehen, doch sie spürte, dass der Boden mit Stroh bedeckt war. Aufatmend streckte sie sich darauf aus. Diesmal vergaß sie nicht, ihren Dolch zu ziehen. Sie legte sich das Reisebündel unter den Kopf und schob die Hand mit der

Waffe unter diesen Kissenersatz, damit sie sie diesmal griffbereit hatte. Ihr ganzes Leben erschien ihr nur noch wie ein bizarrer, merkwürdiger Traum. War es erst heute Morgen gewesen, dass sie am Hof von Versailles vom Tod des Königs erfahren und mit Madame de Maintenon gesprochen hatte? Es kam ihr vor, als wären seitdem Wochen vergangen. Sie dachte an den mysteriösen Archibald, der ihr geholfen hatte, und während sie bereits in den Schlaf hinübersank, fragte sie sich, ob es sie beunruhigen oder trösten sollte, dass sie nach gerade einmal vier Tagen in Frankreich bereits Bekanntschaft mit der Pariser Unterwelt gemacht hatte.

20

Ein heller Lichtstrahl weckte sie am Morgen. Dem Stand der Sonne nach zu urteilen, musste es fast sieben sein. Cécile rieb sich den Schlaf aus den Augen, wechselte eilig ihr Kleid und warf einen Blick in den kleinen Spiegel, um ihre Haare, so gut es ging, in Ordnung zu bringen. Sie wollte einen möglichst vorteilhaften Eindruck machen, wenn sie sich bei dem Sekretär von Monsieur de Villier vorstellte. Sie steckte den Dolch gut verborgen in ihren Rockbund und warf sich dann ihren Umhang über, um das elegante Kleid vor dem Straßenschmutz zu schützen.

Wenig später durchquerte sie die schmale Gasse zwischen den Häusern. Sie wollte sich nach rechts zur Brücke von Notre-Dame wenden, als sie auf den ungeheuren Lärm aufmerksam wurde, der aus der anderen Richtung kam. Was konnte das zu dieser frühen Stunde bedeuten? Verblüfft blieb sie stehen und sah, dass sich nicht nur an beiden Seiten der Pont Neuf, sondern auch die gesamte Straße am Ufer entlang bis hinauf zur Pont Royal die Menschen drängten. Jubelnde Rufe und Fanfarenklänge waren zu hören. Cécile lief neugierig zur Pont Neuf, um in Erfahrung zu bringen, was wohl die Aufregung der Menge hervorrief. Doch die Leute standen so dicht aneinander, dass sie kaum etwas sehen konnte.

Eine bürgerlich gekleidete Frau vor ihr bewegte aufgeregt ihren Oberkörper hin und her – ebenfalls bemüht, zwischen den Köpfen etwas zu erkennen. Dann wandte sie sich zu ihrem Nachbarn. »Und Sie meinen, man wird den Duc d'Orléans heute im Parlament zum Regenten ernennen?«

Der Mann, der die schwarze Robe eines Advokaten trug, nickte mit gewichtiger Miene. »Ja, mit Sicherheit. Die Magistrate dort warten schon seit sechs Uhr auf seine Ankunft.«

Cécile erstarrte. Hatte sie richtig gehört? Der Duc d'Orléans?

»Da, sehen Sie nur!«, stieß in diesem Augenblick die Frau hervor und deutete mit der Hand nach vorn. »Da sind schon die ersten Regimenter und Wagen!«

Nun sah auch Cécile das Aufgebot an Garden, Kutschen und Reitern, die von Soldaten begleitet wurden. Während sie sich noch fragte, in welcher Kutsche wohl der neue Regent saß, ging mit einem Mal ein Blumenregen auf die Straße nieder, und die Schreie der Menge schwollen zu lauten Rufen an.

»Vive le Duc d'Orléans!«

»Vive le régent!«

Es gelang Cécile, einen Blick auf das Gesicht eines Mannes mit wallender dunkelhaariger Perücke zu erhaschen, der der Menge durch das Fenster seiner Kutsche mit hoheitsvoller Miene zunickte. Das war der Duc d'Orléans – der Mann, in dessen Hand nicht nur ihr eigenes Schicksal, sondern auch das ihres Bruders liegen würde! Mit einer eigentümlichen Empfindung im Bauch sah sie seiner Kutsche nach, bevor sie sich schließlich von der jubelnden Menge abwandte und sich nachdenklich auf den Weg zum Stadtpalais des Duc de Villier machte.

Schon als sie den gepflasterten Hof überquerte, sah sie, dass sich vor dem Büro von Monsieur Alain die Menschen bis nach draußen drängten. Sie atmete erleichtert auf. Das hieß, dass der Duc wieder in Paris sein musste. Endlich würde sie etwas über ihren Bruder erfahren.

Sie betrachtete die Frauen und Männer, die wohl alle darauf warteten, zum Sekretär des Duc vorgelassen zu werden. Die meisten waren von bürgerlichem Stand, einfach und eher ärmlich gekleidet. Einige hofften wahrscheinlich nur auf ein paar Almosen, aber auch zwei Geistliche und einige Herren, die dem Adel anzugehören schienen, standen in der Schlange. Es würde höchstwahrscheinlich Stunden dauern, bis sie dem Sekretär ihr Anliegen vortragen konnte, ging es Cécile durch den Kopf, als sich auf einmal ein Mann im Eingang zeigte und seine laute Stimme zu vernehmen war.

»*Mesdames, messieurs*, Monsieur le Duc wird heute und die ganze Woche niemanden empfangen, da er sich im Parlament befindet«, verkündete Monsieur Alain, dessen spitze Nase in auffallendem Kontrast zu seinem kugelförmigen Gesicht stand.

Sie blickte ihn fassungslos an. Ringsum brach ein lautes Gemurmel aus – einige Leute murrten, doch schon bald wandten sie sich alle zum Gehen.

Es war die pure Verzweiflung, die Cécile dazu brachte, stehen zu bleiben. Sie konnte und wollte nicht noch länger warten. Beherzt ging sie auf den Sekretär zu, der noch immer auf der Türschwelle stand und sich ein Monokel ins Auge geklemmt hatte, um nebenbei die Liste in seiner Hand durchzugehen.

»Verzeihen Sie, Monsieur ...«

Er schaute nur flüchtig von seinem Papier hoch und stieß ein ungeduldiges Seufzen aus. »Haben Sie nicht gehört – Monsieur le Duc empfängt niemanden!«

»Aber, ich ...«

Monsieur Alain ließ das Monokel, das an einem dünnen Band hing, vom Auge gleiten. »Sie wollen doch zu Monsieur de Villier?«, fragte er und nahm ihre Gestalt genauer in Augenschein.

»Nun, ich ...« Verzweifelt überlegte Cécile, was sie ihm erzählen sollte, um ihn überhaupt dazu zu bringen, ihr zuzuhören. Eine innere Stimme sagte ihr, dass er genauso wie der Lakai reagieren würde, wenn sie ihm den wahren Grund ihres Kommens gestand.

Währenddessen hatte sich das Gesicht des Sekretärs plötzlich erhellt. »Oh, Sie sind vermutlich wegen der Stelle der Gesellschaftsdame für Madame la Duchesse hier?«

Cécile sah ihn an und nickte, noch bevor sie darüber nachgedacht hatte. Ihre Angst, dass er sie sonst wieder des Hauses verweisen würde, war einfach zu groß. »Ja, Monsieur.«

»Verzeihen Sie meine Unhöflichkeit, Mademoiselle.« Er bedeutete ihr mit einer Handbewegung, ihm in sein Arbeitskabinett zu folgen. »Sie glauben ja nicht, womit man sich herumschlagen muss«, seufzte er. »Jeden Tag diese unzähligen Leute, die alle etwas von Monsieur le Duc wollen! Wenn es nicht etwas zu verkaufen ist, dann ist es ein Amt, eine

Spende oder irgendwelche Almosen. Manche behaupten in ihrer Dreistheit sogar, mit ihm verwandt zu sein«, erzählte er aufgebracht, während sie das Antichambre durchquerten. »Stellen Sie sich vor, letzte Woche hat eine Landstreicherin einfach behauptet, ihr Bruder wäre ein Pflegesohn des Duc …«

»Wirklich?« Cécile spürte, wie ihr die Röte in die Wangen schoss.

Monsieur Alain nickte grimmig. Sie liefen einen schmalen Gang entlang, an dessen Ende er eine Tür öffnete. Sie führte in einen breiten Flur.

»Sie können doch lesen und schreiben?«, fragte er im Gehen.

»Ja, natürlich!«

Er nickte zufrieden. »Gut, die Duchesse hat trotz ihres Alters hohe Ansprüche. Es gab bereits drei Damen vor Ihnen, die sie abgewiesen hat … Ich bin froh, dass überhaupt noch jemand gekommen ist.« Der Sekretär blieb vor einer Tür stehen, neben der eine gepolsterte Bank stand. »Nehmen Sie bitte einen Augenblick Platz. Ich werde Sie Madame de Villier melden.« Seine Hand hatte bereits nach der Klinke gegriffen, als er sich zu ihr umdrehte. »Oh, wie war doch noch Ihr Name, Mademoiselle?«

»Mein Name? Cécile … Cécile La Palissande«, log sie. So hatte ihre Mutter vor der Heirat mit ihrem Vater geheißen. Es war der erste Name, der ihr auf die Schnelle eingefallen war. Und nach allem, was ihr der Sekretär erzählt hatte, konnte sie ihm unmöglich sagen, wie sie wirklich hieß.

Eine Landstreicherin, die behauptet, ihr Bruder sei ein Pflegesohn des Duc. Bei dem Gedanken an seine Worte strich Cécile benommen ihren Rock glatt. Auf einmal schien ihr die Idee, eine Stelle anzunehmen, gar nicht schlecht zu sein. Sie würde Kost und Logis und sicherlich sogar einen kleinen Lohn bekommen. Außerdem würde sie hier im Haus arbeiten, sodass sie vielleicht auch herausfinden konnte, wo sich ihr Bruder aufhielt.

Schritte waren zu hören, und als sie aufblickte, sah sie einen jungen Mann von etwa Mitte zwanzig in einem aufgeputzten Tuchrock und mit gepuderter Perücke herankommen. Er musterte sie mit arroganter Miene. »Oh, eine neue Gesellschaftsdame und endlich einmal keine alte Jungfer, wie angenehm!« Ein anzügliches Lächeln glitt über seine Lippen.

Sie schwieg und ignorierte seine unverschämte Äußerung. Er war ein attraktiver junger Mann, doch er strahlte etwas aus, das in Cécile sofort die unangenehme Erinnerung an ihre Begegnung mit dem englischen Offizier wach werden ließ.

»Ich hoffe sehr, meine Großmutter wird Sie einstellen, Mademoiselle, denn es würde mir ein Vergnügen sein, unsere Bekanntschaft zu vertiefen«, sagte er in einem samtigen Tonfall, der Cécile genau das Gegenteil hoffen ließ. Zum Glück entfernte er sich dann jedoch.

»Mademoiselle La Palissande? Die Duchesse möchte Sie jetzt sehen.«

Madame de Villier strahlte eine kühle Strenge aus. Ihr Gesicht war von feinen Fältchen zerfurcht, die der helle Puder und das Rouge auf ihren Wangen noch betonten, und ihre weißen Haare waren in einer Welle nach oben frisiert, wie es Ende des letzten Jahrhunderts in Mode gewesen sein musste. Die Art, wie sie kerzengerade in ihrem ausladenden Kleid aus Brokat in ihrem Lehnstuhl saß, ließ sie wie eine Erscheinung aus einer früheren Epoche wirken. Sie winkte Cécile zu sich heran und musterte sie durch ihre goldene Stielbrille sehr genau, bevor sie begann, ihr Fragen zu stellen.

»Ihr Name ist Cécile La Palissande, Mademoiselle?«

»Ja, Madame la Duchesse.«

»Und Ihre Familie kommt woher?«

»Aus Südfrankreich – aus dem Languedoc, Madame«, erwiderte Cécile, die sich nach kurzem Überlegen entschlossen hatte, soweit es ging bei der Wahrheit zu bleiben.

»Und Sie haben bereits als Gesellschaftsdame in einem anderen Haushalt gearbeitet?«

»Nein«, antwortete sie ehrlich. »Ich habe bisher bei meinem Vater gelebt, der vor wenigen Wochen unerwartet gestorben ist.«

Der Blick der Duchesse wurde etwas milder.

»Ihren Worten entnehme ich, dass Ihre Mutter ebenfalls nicht mehr lebt?«

Cécile nickte. »Sie starb, als ich sechs war.«

Madame de Villier legte stirnrunzelnd ihre Stielbrille zur Seite.

»Nun gut, vielleicht ist es von Vorteil, dass Sie noch nie in dieser Position gearbeitet haben«, sagte sie seufzend. »Wie ich hörte, können Sie lesen und schreiben, und außerdem haben Sie glücklicherweise eine schöne Stimme und ein angenehmes Äußeres. Ich werde es also mit Ihnen versuchen«, setzte sie gnädig hinzu. »Monsieur Alain wird Ihnen die weiteren Einzelheiten erklären.«

Cécile lächelte erfreut. Allein die Aussicht, in der kommenden Nacht ein Dach über dem Kopf zu haben, stimmte sie glücklich. Und selbst wenn die Duchesse sie in ein oder zwei Tagen wieder hinauswerfen sollte – wovon Cécile angesichts ihrer Strenge ausging –, war es ihr bis dahin vielleicht schon gelungen, mit Monsieur de Villier zu sprechen.

Sie verbeugte sich höflich, um sich zurückzuziehen, als die Duchesse noch einmal das Wort an sie richtete. »Ach, nur noch eine Frage«, sagte sie beiläufig. »Über wen haben Sie eigentlich von dieser Stelle erfahren?«

Cécile spürte, wie ihr heiß wurde. Einen Moment lang fühlte sie sich ertappt. »Eine Bekannte von mir hat von einem Dienstmädchen des Hauses gehört, dass in Ihrem Haushalt eine Gesellschafterin gesucht wird, und mir davon erzählt«, antwortete sie eilig.

Die Duchesse sah sie mit stechendem Blick an. »Tatsächlich?«, fragte sie, und etwas an der Art, wie die alte Dame sie ansah, vermittelte Cécile das Gefühl, die falsche Antwort gegeben zu haben. Einen Augenblick lang befürchtete sie, die Mutter des Duc könnte ihre Entscheidung, sie einzustellen, wieder rückgängig machen, doch dann entließ Madame de Villier sie mit einem Kopfnicken.

Wie sie erwartet hatte, bekam sie Kost, Logis, Kleidung und einen geringen Lohn, der ausreichen würde, sich die notwendigen Dinge für ihren persönlichen Gebrauch wie einen Kamm oder Seife zu kaufen. Als Schlafstätte wies Monsieur Alain ihr eine kleine Kammer unter dem Dach zu, in der ein schmales Bett, eine Truhe und ein Waschtisch mit einem Spiegel standen. Die Mahlzeiten würde sie in der Küche mit den anderen Dienstboten einnehmen, erklärte er ihr.

Cécile nickte mit einem unbehaglichen Gefühl, denn sie erinnerte sich plötzlich an den Lakaien, bei dem sie sich nach ihrem Bruder erkundigt hatte. Sie fragte sich, ob er sie wohl wiedererkennen würde. Doch ihre Sorge war unbegründet. Der Diener schenkte ihr kaum mehr als ein knappes Nicken, als er am Abend in der Küche ihr gegenüber Platz nahm und seine Suppe zu löffeln begann.

»Fernand ist manchmal etwas überheblich«, erklärte ihr Adèle, die Köchin, später, die sein Verhalten mitbekommen hatte. Sie waren allein in der Küche. Die anderen Dienstboten waren längst gegangen, doch Cécile war noch geblieben, da die Duchesse ihre Dienste erst am nächsten Morgen benötigen würde und sie insgeheim hoffte, von Adèle mehr über die Villiers zu erfahren. Es war offensichtlich, dass die Köchin es liebte zu tratschen. »Der junge Herr nimmt Fernand manchmal zu seinen Diensten mit, wenn er nachts ausgeht, und deshalb glaubt er, er sei etwas Besseres«, erklärte Adèle, die ihre Ärmel hochgekrempelt hatte und mit Inbrunst begann, den großen Küchentisch zu schrubben.

»Ist der Comte eigentlich der einzige Sohn?«, fragte Cécile, während sie eine der Kirschen naschte, die Adèle ihr hingestellt hatte.

Die Köchin nickte mit vor Anstrengung geröteten Wangen. »Ja, Gott sei Dank. Er hält uns alle genug in Atem. Außerdem steigt er jedem Rock hinterher. Nimm dich also in Acht vor ihm«, sagte sie. »Du wärst nicht die Erste, die er schwängert und die dann aus dem Haus geworfen wird.«

Cécile verschluckte beinah den Kirschkern, doch sie erinnerte sich an die anzügliche Art des jungen Comte und glaubte Adèle sofort jedes Wort.

Sie bemerkte den suchenden Blick der Köchin und reichte ihr die Schüssel mit Wasser, die neben ihr auf dem Stuhl stand. Adèle tauchte die Bürste hinein und fing an, die andere Seite des Tisches zu schrubben.

»Hat Monsieur de Villier denn noch einen Neffen oder ein Patenkind?«

Die Köchin hielt in ihrer Bewegung inne, schaute Cécile verwundert an und schüttelte dann den Kopf. »Einen Neffen oder ein Patenkind? Nein, nicht dass ich wüsste. Wieso interessiert dich das denn überhaupt?«

»Nur so. Ich war der Meinung, so etwas gehört zu haben, als ich mich im Vorzimmer von Monsieur Alain aufhielt«, erklärte Cécile leichthin. Sie spürte plötzlich, dass sie vorsichtig sein musste.

Adèle blickte auf den blank geputzten Tisch. »Ach das! Das ist bloß dummes Geschwätz«, sagte sie dann, während sie nach einem Tuch griff, um das Holz trocken zu reiben.

Cécile wurde auf einmal bis in die Fingerspitzen von einer kaum auszuhaltenden Anspannung ergriffen. »Was meinst du damit?«

Die Köchin beugte sich mit verschwörerischer Miene zu ihr. »Ach, weißt du, vor vielen Jahren gab es das Gerücht, der Duc hätte noch einen Sohn – mit einer anderen Frau. Du verstehst, was ich sagen will?«

Cécile nickte. »Weißt du, wie alt er sein soll?«, fragte sie, ohne sich etwas von ihrer Aufregung anmerken zu lassen.

Adèle legte das Tuch zusammen und zuckte die Achseln. »Etliche Jahre jünger als der junge Comte, glaube ich. Vielleicht dreizehn oder vierzehn ... wenn er noch leben würde«, fügte sie hinzu. »Er soll schon als kleines Kind gestorben sein.«

»Du redest zu viel, Adèle!«

Beim Klang der tiefen Männerstimme fuhren die Köchin und Cécile erschrocken herum. Auf der Türschwelle stand Fernand.

»Ich wüsste nicht, was dich das angeht«, sagte Adèle kämpferisch, ohne sich von seinen taxierenden Blicken aus dem Gleichgewicht bringen zu lassen. »Was willst du überhaupt?«

»Monsieur le Comte wünscht eine Bouillon«, erklärte Fernand kalt und drehte sich auf dem Absatz um. Cécile blickte ihm erleichtert nach. Einen Moment lang hatte sie befürchtet, er würde sie doch erkennen, aber er hatte sie nicht einmal angesehen. Sie verabschiedete sich eilig von der Köchin und wünschte ihr eine gute Nacht.

Auf dem Weg zu ihrer Kammer ergriff sie eine leise Furcht. Cécile war sich sicher, dass es sich bei dem angeblichen unehelichen Sohn des Duc um ihren Bruder handelte. Das Alter passte. Aber war er tatsächlich tot? Hätte Villier das ihrem Vater nicht mitgeteilt? Sie wünschte, endlich mit dem Duc sprechen zu können, aber obwohl es bereits fast elf Uhr war, war er noch immer nicht vom Parlament zurückgekehrt. Angeblich arbeitete er mit an der Zusammensetzung der Regierungsräte, hatte Pierre, einer der Kutscher, erzählt. Nachdenklich stieg Cécile die Treppe zum Dachgeschoss hoch.

Sie hatte fast die Tür ihrer Kammer erreicht, als sich vor ihr plötzlich eine Gestalt aus der Dunkelheit löste. Cécile fuhr zusammen.

»Zu so später Stunde allein im Haus unterwegs, Mademoiselle La Palissande?«, fragte der Comte de Villier. Er stützte in lässiger Geste seine rechte Hand gegen die Wand neben der Tür und musterte Cécile mit einem abschätzenden Blick, bei dem sie am liebsten sofort ihren Dolch gezogen hätte. Doch es war wohl kaum das geeignete Verhalten für eine gerade eingestellte Gesellschaftsdame, den Sohn des Hauses am ersten Abend mit einer Waffe zu bedrohen. Sie bemühte sich daher, ihm so kühl wie möglich zuzunicken. »Wenn Sie mich bitte entschuldigen, Monsieur le Comte, ich habe einen langen Tag hinter mir«, erklärte sie steif.

Er lachte leise und in einer Art, die Cécile spüren ließ, dass er ihre abwehrende Reaktion genoss. »Was für eine fadenscheinige Ausrede, Mademoiselle.« Er strich ihr, bevor sie einen Schritt vor ihm zurückweichen konnte, mit dem Finger sanft über die Wange. Dann zog er ihr mit einem unerwarteten Ruck das Häubchen vom Kopf.

Cécile sah ihn entsetzt an und griff instinktiv nach ihren Haaren, die sich aus ihrer Frisur lösten und über ihre Schultern fielen.

Der Comte lächelte knapp. »Ich wusste, dass Sie mir gefallen würden, Mademoiselle. Schlafen Sie gut«, sagte er und ging mit langsamen Schritten den Flur entlang zurück zur Treppe.

Erst später, als Cécile in ihrer Kammer war und bestimmt dreimal kontrolliert hatte, ob der Riegel der Tür auch wirklich verschlossen war, fiel ihr auf, dass er ihr die Haube nicht zurückgegeben hatte. Sie hatte zwar wieder ein Dach über dem Kopf, aber sie war sich plötzlich nicht mehr sicher, ob sie sich in diesem Haus nicht in weit größerer Gefahr befand, als sie es auf der Île de la Cité jemals gewesen wäre.

21

Schon von Weitem konnte man sehen, wie sich auf dem Place du Palais Royal die Kutschen stauten. Menschen und Reiter drängten sich an den Wagen vorbei durch die Einfahrt zum Vorhof. Das prachtvolle Gebäude – das sich der berühmte Kardinal de Richelieu Anfang des letzten Jahrhunderts erbauen ließ, um eine Bleibe nahe der königlichen Residenz des Louvre zu haben – war seit einigen Tagen der neue Regierungssitz des Duc d'Orléans und damit zum Mittelpunkt der Macht geworden.

Cécile warf im Gehen einen raschen Blick auf die Kirchturmuhr. Die vierte Nachmittagsstunde hatte geschlagen. Ihr blieb also noch genug Zeit. Sie hatte alle Besorgungen für die Duchesse erledigt und bis zum Abend freibekommen, da Madame de Villier Besuch von ihrer Schwester erhalten hatte und ihre Dienste deshalb nicht benötigte. Es war ihr erster freier Nachmittag, seitdem sie bei der Duchesse arbeitete, und nach der Neuigkeit, die heute bekannt geworden war, hatte sie keinen Augenblick gezögert, sich zum Palais Royal zu begeben. Wie es hieß, beabsichtigte der Duc d'Orléans, als Gnadenakt seiner neuen Regentschaft zahlreiche unter Louis XIV. Inhaftierte freizulassen. Wenn der Duc diese Gefangenen entließ, war er vielleicht auch bereit, ihren Vater posthum zu begnadigen, hoffte Cécile inständig.

Die Nachricht war ein Lichtblick nach den letzten Tagen, in denen es ihr noch immer nicht gelungen war, Monsieur de Villier zu Gesicht zu bekommen. Manchmal glaubte sie schon fast nicht mehr, dass es ihn überhaupt gab. Er kam erst spät in der Nacht – einmal hatte sie zumindest seine Kutsche gehört – und war schon bei Morgengrauen wieder verschwunden. Auch über ihren Bruder hatte sie noch nichts in Erfahrung bringen können. Allerdings war ihr für weitere Nachforschungen kaum die Zeit geblieben, denn sie war von morgens bis abends für Madame de Villier beschäftigt. Die Duchesse brauchte vor allem beim Gehen und Treppensteigen Hilfe, und so begleitete Cécile sie zur Messe, bei ihren Spaziergängen und Besuchen, sie las ihr vor oder half ihr, die Post zu ordnen, und erledigte darüber hinaus diverse Botengänge und Einkäufe für sie, die nicht in die Zuständigkeit der Zofen fielen. Bei all diesen Tätigkeiten hatte sich die Mutter des Duc de Villier tatsächlich als eine strenge, ungnädige Arbeitgeberin entpuppt. Da Madame de Villier trotz ihres hohen Alters und eines schmerzenden Hüftleidens ein Musterbeispiel an Disziplin und Selbstbeherrschung war, erwartete sie diese Eigenschaften selbstverständlich auch von den Menschen in ihrer Umgebung, insbesondere von ihrem Personal. Gerade an Letzterem mangelte es Cécile aber nach Ansicht ihrer Dienstherrin erheblich.

»Wenn Ihnen meine Anweisungen nicht genehm sind, Mademoiselle La Palissande, dann haben Sie wenigstens die Güte, dafür zu sorgen, dass man es Ihnen nicht anmerkt«, hatte die Duchesse sie bereits am ersten Tag schneidend zurechtgewiesen. »Wenn Sie weiter für mich arbeiten wollen, üben Sie sich bitte in Contenance, und wenn Sie dazu nicht in der Lage sein sollten, senken Sie wenigstens den Kopf!«

Es war Cécile wohl offensichtlich anzusehen gewesen, was sie davon hielt, zum vierten Mal mit der heißen Schokolade in die Küche zurückgeschickt zu werden, weil das Getränk nach Meinung von Madame »von der unfähigen Köchin« noch immer nicht in der richtigen Weise gewürzt worden war.

Sie hatte höflich geschwiegen, ohne auszusprechen, was sie dachte, dass nämlich in die Schokolade bereits eine solche Menge Zimt eingerührt worden war, dass man unmöglich überhaupt noch etwas schmecken konnte, und es daher wohl weniger an den Fähigkeiten der Köchin als vielmehr an den abgestumpften Geschmacksnerven von Madame de Villier liegen musste.

Immerhin hat die Arbeit bei der Duchesse auch ihr Gutes, dachte Cécile, während sie jetzt mit zügigen Schritten den Platz vor dem Palais überquerte. So hatte sie zum Beispiel von der Absicht des Duc d'Orléans erfahren, die Häftlinge zu entlassen. Sie weilte gerade bei der Duchesse, als sich diese wie jeden Vormittag von dem Sekretär über die neuesten politischen und gesellschaftlichen Ereignisse in Paris unterrichten ließ.

Cécile warf einen Blick zu den mit dem Wappen der Orléans' geschmückten Giebeln und trat mit den anderen Menschen durch die Einfahrt in den Ehrenhof des Palais Royal. Auch hier standen überall Kutschen, und Menschen kamen und gingen. Die Blicke der Leute, die sie ungeniert ansahen und musterten, war noch immer ungewohnt und befremdend. In Schottland wäre ein solches Verhalten unmöglich gewesen. Wenn man in der Einsamkeit der Highlands jemandem begegnete, den man nicht kannte, grüßte man ihn und wechselte fast immer ein paar Worte miteinander. Ihn einfach anzustarren, ohne etwas zu sagen, wäre eine grobe Unhöflichkeit gewesen.

Cécile trat durch ein großes Portal in die Eingangshalle des Palais, in der es ebenfalls von Menschen nur so wimmelte. Sie hatte keine Ahnung, an wen sie sich für eine Audienz bei dem Duc d'Orléans wenden musste. Vermutlich gab es auch hier einen Capitaine der Garde oder einen Sekretär, der dafür zuständig war. Sie ließ ihren Blick durch die mit Marmor vertäfelte Eingangshalle gleiten, die große Gemälde zierten, und wandte sich dann nach rechts in Richtung eines breiten Flurs. Doch sie hatte kaum ein paar Schritte getan, als sich ihr unerwartet ein Offizier in den Weg stellte. Er schien eine unsichtbare Trennungslinie zwischen der überfüllten Eingangshalle und dem nahezu leeren Flur zu verteidigen, von dem aus eine Treppe in den ersten Stock führte. »Kann ich Ihnen helfen, Mademoiselle?«, fragte er höflich.

Sie nickte. »Ich möchte zum Duc d'Orléans«, sagte sie so selbstverständlich wie möglich.

Er musterte sie, und sie war froh, dass sie wieder das Kleid von Monsieur Raboutin trug und sich zurechtgemacht hatte, da sie bemerkte, wie er unwillkürlich eine respektvollere Haltung einnahm. »Sie sind mit dem Duc bekannt?«, fragte er.

»Selbstverständlich!«, erwiderte sie, einer spontanen Eingebung folgend.

»Dürfte ich nach Ihrem Namen fragen, Mademoiselle?«

Sie lächelte gespielt und überlegte, was sie ihm um Gottes willen antworten sollte. Wenn sie ihren wahren Namen nannte, würde der Duc sie sicher nicht empfangen, weil er sie ja nicht kannte. Ihr musste etwas anderes einfallen. Sie erinnerte sich plötzlich, wie Madame de Villier Monsieur Alain gegenüber mehrmals abfällig die unzähligen Liebschaften und den zweifelhaften Lebensstil des Prince erwähnt hatte. »Es ist mir leider aus Gründen der Diskretion nicht möglich, Ihnen meinen Namen zu nennen, Monsieur. So gern ich es täte ...«, sagte sie und senkte die Lider. »Sagen Sie bitte dem Duc, Mademoiselle Cécile möchte ihn sehen«, fügte sie hinzu und bemühte sich, ihrer Stimme einen verschwörerischen Klang zu geben.

»Mhm ... natürlich, Mademoiselle!«, sagte der Offizier, der tatsächlich etwas rot wurde und dann in Richtung einer Tür am Ende des Flurs verschwand. Cécile versuchte, eine gleichmütige Miene aufzusetzen, ohne sich von dem neugierigen Blick des Postens, der ihren Wortwechsel von der anderen Seite des Flurs her beobachtet hatte, irritieren zu lassen. Sie musterte abermals die Marmortäfelung an der Wand. Ob der Duc sie empfangen würde? Sie konnte nur hoffen, dass seine Neugier siegen würde. In dem Moment näherten sich die Schritte des Offiziers wieder.

Er räusperte sich verlegen. »Ich bedauere, Mademoiselle ... aber Seine Hoheit, der Duc, scheint sich unglücklicherweise nicht recht an Sie zu erinnern.«

»Oh!«, entfuhr es Cécile. Sie wurde nun ihrerseits rot, weil sie an seinem mitleidigen Blick erkannte, dass er sie zu den bedauernswerten Frauen zählte, die eine Nacht mit dem Duc verbracht hatten und nicht verstanden, dass der Regent kein weiteres Interesse mehr an ihnen hatte.

»Es tut mir leid«, sagte er.

Cécile nickte betreten. Ihr wurde bewusst, dass sie mit diesem missglückten Versuch, an den Duc heranzukommen, womöglich auch die Chance verspielt hatte, auf anderem Weg um eine Audienz zu bitten. Niedergeschlagen wandte sie sich ab.

Warum nur war alles so furchtbar kompliziert? Was sie auch versuchte, überall schien sich vor ihr ein riesiges Hindernis aufzutun, dachte sie entmutigt. Da bemerkte sie auf einmal den Mann, der in Begleitung zweier Höflinge die Treppe herunterkam. Sie blickte ihn verblüfft an. Er trug einen blaugrauen Tuchrock mit goldenen Knöpfen und aufwendigen Stickereien. Obwohl ihr sein ebenmäßiges Gesicht frappierend bekannt vorkam, war sie sich sicher, sich zu täuschen. Doch plötzlich schien der Mann ihren Blick zu spüren und wandte den Kopf in ihre Richtung. Er stutzte, blieb stehen und sagte dann etwas zu seinen Begleitern, bevor er leichtfüßig weiter die Stufen herabstieg und zu ihr herüber kam.

Ein ungläubiges Lächeln glitt über seine Lippen. »Mademoiselle de Montbrignac? Sind Sie es wirklich?«

Sie nickte strahlend. »Monsieur de Thoury!« Mit allem hatte sie gerechnet, nur nicht damit, ihren Reisebegleiter aus Südengland ausgerechnet hier im Palais Royal wiederzutreffen. »Was führt Sie denn hierher?«, fragte sie.

»Mich?« Er küsste ihre Hand und blickte sie amüsiert an. »Es wäre wohl eher an mir, *Ihnen* diese Frage zu stellen.«

»Ach, das ist eine lange Geschichte«, erwiderte Cécile.

Die Augen des Comte funkelten. »Nun, die möchte ich selbstverständlich in allen Einzelheiten hören, Mademoiselle. Lassen Sie uns einen kleinen Spaziergang durch den Park machen, dann können Sie mir erzählen, welche Abenteuer Sie erlebt haben, seitdem wir uns das letzte Mal sahen.«

Er reichte ihr seinen Arm, während sein Blick anerkennend über ihre Erscheinung glitt. »Sie haben sich übrigens zu Ihrem Vorteil verändert. Sie sehen in dem Kleid hinreißend aus, wenn Sie mir die Bemerkung erlauben!«

Cécile lächelte. »Oh, dafür habe ich Ihnen zu danken – es ist das Werk von Monsieur Raboutin«, erwiderte sie. Sie freute sich, den Comte zu sehen. Er strahlte eine Leichtigkeit aus, die überaus wohltuend auf sie wirkte. Als gäbe es keine Schwierigkeiten in dieser Welt, die nicht zu lösen wären.

Sie verließen die Eingangshalle und liefen über den Hof, um durch einen Torbogen an der Rückseite des Palais in den Park zu gelangen. Die Wachen ließen sie ohne Widerstände passieren.

Der Comte musterte Cécile neugierig. »Also, dann erzählen Sie«, sagte er.

Sie blickte ihn offen an. »Nun, ich muss gestehen, ich hatte nicht besonders viel Glück, seitdem wir uns in Dover verabschiedet haben. Als ich in Versailles um eine Audienz bei Seiner Majestät bitten wollte, lag der König bereits im Sterben. Und ich weiß leider auch noch immer nicht, wo sich mein Bruder befindet«, fügte sie hinzu, um jedoch sogleich wieder zu verstummen. Sie verspürte auf einmal die Müdigkeit, die die letzten Tage hinterlassen hatten.

Thoury musterte sie überrascht. Er fasste sie sanft am Arm. »Mademoiselle, da der Zufall es wollte, dass sich unsere Wege ein zweites Mal kreuzen, sollten Sie mir dieses Mal vertrauen – und mir erst einmal erzählen, warum Sie überhaupt um eine Unterredung mit Seiner Majestät ersucht haben.«

»Ich wollte um die posthume Begnadigung meines Vaters bitten.«

Er blieb abrupt stehen. »Eine Begnadigung?«

»Ja!« Cécile senkte für einen kurzen Moment den Blick, bevor sie ihren Kopf wieder hob und ihn ansah. »Mein Vater ist vor dreizehn Jahren zu Unrecht des Mordes an einem Priester und der Kollaboration mit den Kamisarden bezichtigt worden«, erklärte sie und erzählte ihm dann zögernd die ganze Geschichte.

Der Comte hörte ihr mit betroffener Miene zu. Von Zeit zu Zeit stellte er ihr eine Frage, doch ansonsten schwieg er, bis sie schließlich geendet hatte.

»Und Sie haben außer Ihrem Bruder keinerlei Familie und Verwandte mehr in Frankreich?«

»Nein, niemanden«, sagte sie, doch dann fiel ihr ein, was ihr Vater ihr vor seinem Tod noch erzählt hatte. »Das heißt, ich habe wohl einen Onkel, aber mein Vater hat mir geraten, mich von ihm fernzuhalten. Sein Bruder und er haben schon immer ein angespanntes und schwieriges Verhältnis gehabt«, berichtete sie, während ihr Blick für einen Moment zu der friedlich plätschernden Fontäne des Wasserbassins glitt, das sich mitten im Park befand. »Ich sollte mich stattdessen an den Duc de Villier wenden, einen alten Freund von Vater. Leider habe ich ihn jedoch bisher nicht zu Gesicht bekommen. Das ist auch einer der Gründe, warum ich gehofft habe, zum Duc d'Orléans vorgelassen zu werden.«

Ein amüsiertes Lächeln glitt über das Gesicht des Comte, denn sie hatte ihm auch von ihrem Versuch, zu dem Regenten vorgelassen zu werden, berichtet. »Nun, Ihr Bemühen entbehrt nicht der Originalität. Unter anderen Umständen hätten Sie sogar Glück haben können, aber zurzeit? Nein ...« Er schüttelte entschieden den Kopf. »Der Regent ist viel zu beschäftigt. Man muss Wochen warten, um einen Termin für eine offizielle Unterredung zu bekommen. Wenn Sie mit dem Duc sprechen wollen, müssen Sie versuchen, über private Beziehungen an ihn heranzukommen. Sie sollten zu den Soupers und Festen im Palais gehen und dort die richtige Gelegenheit ergreifen.«

Sie blieben am Wasserbassin stehen, und Cécile blickte den Comte an. »Das dürfte für mich noch schwieriger sein, als eine Audienz zu bekommen«, sagte sie seufzend.

Er lächelte. »Ganz und gar nicht, meine Liebe. Ich bin nämlich mit der Tochter des Duc, mit der Duchesse de Berry, bekannt, die mich regelmäßig einlädt. Sie werden mich einfach begleiten!«

Cécile schaute ihn ungläubig an. »Das würden Sie für mich tun?«

Er nickte und neigte sich zu ihr. »Ihr Ansinnen verdient Unterstützung, Mademoiselle«, sagte er warm. »Es wird mir daher eine Freude sein, Ihnen zu helfen.«

Im Hintergrund hörte man die Kirchenglocken schlagen. Cécile fuhr erschrocken zusammen. Sie hatte völlig die Zeit vergessen. »Mein Gott, es tut mir leid, aber ich muss sofort los. Um sechs Uhr unternimmt Madame de Villier ihren Abendspaziergang!«

Das Gesicht des Comte zeigte einen irritierten Ausdruck.

»Oh, das vergaß ich zu erzählen – ich habe eine Anstellung als Gesellschaftsdame bei Madame de Villier angenommen, weil ich keine Mittel mehr hatte, nachdem mir meine Louisdor gestohlen wurden«, beeilte sich Cécile zu erklären.

Einen Moment lang schien es Thoury die Sprache zu verschlagen. »Ich werde Sie in meiner Kutsche mitnehmen, dann sind Sie pünktlich«, sagte er trocken.

22

Cécile schloss die Tür ihrer Kammer auf und schlüpfte erleichtert in den Raum. Glücklicherweise befanden sich die meisten Dienstboten im Herrschaftstrakt bei der Arbeit, und niemand hatte sie gesehen. Hastig löste sie ihre Haare aus der hochgesteckten Frisur und wischte sich Puder und Rouge vom Gesicht.

Die Begegnung mit dem Comte hatte ihren Optimismus wieder zum Leben erweckt. »Nächste Woche, am Samstag, wird es ein kleines Fest bei der Duchesse de Berry geben«, hatte er gesagt, bevor er sie auf ihren Wunsch hin ein Stück vom Haus der Villiers entfernt abgesetzt hatte. »Eine gute Gelegenheit, Sie dort einzuführen.«

Cécile griff nach ihrem silbernen Kamm und ihrer Haube und dachte über die seltsame Rückfahrt mit dem Comte de Thoury nach. Sie waren nicht allein gewesen – ein junger Mann war im Hof mit ihnen in die Kutsche gestiegen. Cécile hatte in ihm einen der Höflinge wiedererkannt, in dessen Begleitung der Comte auf der Treppe gewesen war. Er hatte Cécile nicht mehr als ein knappes Nicken geschenkt und sie während der Fahrt mit kalter Miene ignoriert. Merkwürdigerweise hatte Thoury keinerlei Anstalten gemacht, sie einander vorzustellen, was entweder einer groben Unhöflichkeit gleichkam oder den Schluss zuließ, dass er schlichtweg nicht wollte, dass sie wusste, wer sein Begleiter war.

Sie kämmte sich die Haare und steckte ihr Häubchen fest. Thoury war schwer zu durchschauen. Dennoch vertraute sie ihm. Sie spürte, dass seine herablassende Ironie und seine gelegentliche Überheblichkeit nur äußere Fassade waren. Vermutlich wurde ein solches Verhalten von einem Mann seines Ranges hier in Frankreich sogar erwartet, ging es ihr durch den Kopf, während sie noch einmal einen abschließenden Blick in den Spiegel warf. Würde sie heute ähnlich auftreten, wenn sie nicht in Schottland, sondern im Languedoc als Tochter des Duc de Montbrignac aufgewachsen wäre? Es schien ihr nur schwer vorstellbar. Frankreich und seine Menschen waren ihr fremd, mehr denn je – und sie vermisste Schottland, die Einsamkeit der Highlands und die raue Direktheit der MacDonalds.

Wenig später stieg sie die schmale Stiege hinunter und trat durch eine Tür in den herrschaftlichen Haupttrakt. Cécile hatte noch immer Mühe, sich in den langen Fluren und vielen Gemächern des Hauses zu orientieren. Das Palais war in mehrere Bereiche getrennt. Von dem Hauptgebäude gingen zwei Seitenflügel ab, die vorne den Ehrenhof und hinten einen Teil des Gartens umfassten. Im Haupttrakt befanden sich die Gesellschaftsgemächer, eine verwirrende Zahl von Salons, Paraderäumen und kleinen Kabinetten, in denen sich weitgehend das offizielle Leben der Familie abspielte, während die herrschaftlichen Privatgemächer in den hinteren Seitenflügeln lagen. Ihr Blick ging zum Garten hinaus.

Die Küche, die Vorratsräume, die Stallungen und der größte Teil der Dienstbotenquartiere befanden sich dagegen gut verborgen hinter den vorderen Seitenflügeln, jeweils rechts und links um zwei kleine Hinterhöfe herum.

Der Kontrast zwischen diesen beiden Welten hätte kaum größer sein können. Auf der einen Seite die Weite der herrschaftlichen Flure und Gemächer mit all ihrem Marmor, dem Gold, dem Kristall, den Gobelins und Gemälden an der Wand, den weichen Teppichen und dem polierten Parkett. Auf der anderen Seite die schlicht verputzten Wände, die beengten Räume und schmalen Treppen, die dunklen Hinterhöfe, durch die ein ständiger Geruch nach Essen, Abfällen und Pferdemist wehte. Cécile war froh, dass sie selbst eine Kammer unter dem Dach in einem der Seitenflügel zugewiesen bekommen hatte, um schneller bei Madame de Villier sein zu können.

Sie warf im Vorbeigehen einen Blick auf die goldene Pendeluhr – es war fast sechs. Sie musste sich beeilen. Die Duchesse hasste Unpünktlichkeit, und Cecile war nicht besonders erpicht darauf, sich erneut eine ihrer vernichtenden Predigten anzuhören. Mit schnellen Schritten lief sie den Flur entlang. Sie bog um die Ecke und sah in diesem Moment, dass sich von der anderen Seite eine Gestalt näherte. Der junge Comte de Villier! Ausgerechnet.

Sie hoffte, mit einem Kopfnicken an ihm vorbeizukommen, doch wie es nicht anders zu erwarten war, stellte er sich ihr demonstrativ in den Weg.

»Mademoiselle La Palissande! Wie schön, Sie zu sehen. Sie hatten einen angenehmen Nachmittag, hoffe ich?«

Sie nickte kühl und wollte weitergehen, doch er machte keine Anstalten, den Weg freizugeben.

»Verzeihung, aber Madame la Duchesse wartet auf mich …«

»Oh, sie wird Ihnen ein paar Minuten Verspätung sicherlich nachsehen. Darf ich fragen, was Sie heute Nachmittag gemacht haben?«

Cécile blickte ihn irritiert an. Ihr lag auf der Zunge zu sagen, was sie dachte – nämlich, dass ihn das überhaupt nichts anginge. Doch sie riss sich zusammen. »Einen Spaziergang, Monsieur le Comte«, sagte sie höflich und mit der Andeutung eines Knickses. Sie wollte an ihm vorbeigehen, doch er versperrte ihr erneut den Weg.

»Lügen Sie mich nicht an, Mademoiselle. Ich habe Sie aus der Kutsche steigen sehen.« Sein Tonfall hatte etwas Drohendes angenommen. Er packte sie am Arm.

»Lassen Sie mich los, Sie tun mir weh!«, erwiderte sie und versuchte, sich ihren Schreck nicht anmerken zu lassen.

»Sie sollten sich etwas entgegenkommender zeigen, Mademoiselle«, sagte er süffisant. »Wollen Sie mir nicht erzählen, wer Ihr Liebhaber ist?« Er drängte sie leicht gegen die Wand. Offensichtlich war er es nicht gewohnt, dass sich ihm eine Frau widersetzte, noch dazu eine, wie er glaubte, von niederer Herkunft, die zum Personal gehörte. Der Griff an ihrem Arm wurde fester. Als sie in sein Gesicht blickte, fühlte sie sich erneut an den englischen Officer erinnert.

»Lassen Sie mich sofort los, oder ich schreie das ganze Haus zusammen«, fuhr sie ihn an.

Er sah sie ungläubig an. Dann stieß er ein Lachen aus und ließ sie unerwartet los. »Gehen Sie ruhig, aber glauben Sie nicht, dass Sie jedes Mal so davonkommen«, sagte er, bevor er sich umdrehte und in seinem typisch schlendernden Gang davonschritt.

Cécile lief eilig zu den Gemächern der Duchesse und rieb sich dabei ihren schmerzenden Arm.

23

Es war spät in der Nacht. Die Fackeln der Kutsche flackerten im Wind, als der Sechsspänner in der Dunkelheit seine Geschwindigkeit verringerte und durch das breite Tor in den gepflasterten Hof fuhr. Er schreckte hoch. Müde fuhr sich der Duc de Villier mit der Hand übers Gesicht. Für einen Moment war er tatsächlich eingenickt. In den letzten Wochen hatte er kaum mehr als drei, höchstens vier Stunden Schlaf in der Nacht bekommen. Seit dem Tod des Königs arbeitete er jeden Tag bis in die frühen Morgenstunden im Palais Royal mit dem Abbé Dubois und einigen weiteren Männern daran, die ehrgeizigen politischen Pläne des Regenten in die Tat umzusetzen. Der Duc d'Orléans wollte die Staatssekretäre, die den König bisher bei der Regierung beraten und unterstützt hatten, entmachten und statt ihrer sechs Räte einsetzen, die sich aus Mitgliedern des Adels und des Parlaments zusammensetzen sollten. Doch die Umsetzung dieser Reform war schwieriger, als es auf den ersten Blick den Anschein hatte.

Der Duc lehnte den Kopf gegen das Polster zurück. Sosehr er selbst als Aristokrat das Wiedererstarken seines Standes guthieß, hielt er es doch für fraglich, ob eine Regierung mit so vielen Ratsmitgliedern in der Lage sein würde, effizient und schnell zu handeln. Doch genau das war notwendig. Nach den jahrelangen Verwicklungen in den Spanischen Erbfolgekrieg, der erst im letzten Jahr durch den Frieden von Utrecht beendet worden war, befand sich das Land in einem katastrophalen finanziellen Zustand. Noch dazu gingen die Steuereinnahmen unaufhaltsam zurück, und man wusste nicht einmal, wovon man im nächsten Jahr die Staatsausgaben bezahlen sollte.

Die Kutsche war vor dem Palais zum Stehen gekommen, und ein Lakai hatte den Verschlag geöffnet. Ein Diener kam mit einer Fackel vom Haus zum Wagen gelaufen. »Guten Abend, Monsieur le Duc!«

»Guten Abend, Fernand.« Er folgte ihm ins stille Haus. Seit Stunden schliefen bestimmt schon alle.

Der Diener neigte den Kopf.

»Ich soll Ihnen von Madame la Duchesse ausrichten, dass sie Sie sprechen möchte, wenn Sie zurück sind. Es sei wichtig.«

Der Duc warf einen ungläubigen Blick auf seine goldene Taschenuhr. Es war zwei Uhr morgens. »Um diese Zeit?«

Der Lakai nickte. »Sie sagte ausdrücklich, unabhängig davon, wie spät es sei.«

Ein beunruhigendes Gefühl beschlich den Duc. Es sah seiner Mutter nicht ähnlich, ihn zu nachtschlafender Zeit um eine Unterredung zu bitten.

Als er in ihr Antichambre trat, zeigte ihr Gesicht wie immer eine undurchdringliche Miene. Er konnte sich nicht erinnern, seine Mutter jemals anders erlebt zu haben, doch die Art, wie sie nervös ihre Hände rang, verriet ihm, dass irgendetwas passiert sein musste.

»Guten Abend, Mutter.« Er schloss die Tür. »Sie wollten mich sprechen?«

Sie nickte und strich sich über den Rock. »Es geht um dieses Mädchen, meine neue Gesellschaftsdame ...«

»Mademoiselle La Palissande?« Da er kaum im Haus gewesen war, hatte er die junge Frau bis jetzt noch nicht gesehen, doch Monsieur Alain hatte ihm von ihr berichtet. Der Sekretär war sehr angetan von ihr, da sie scheinbar gut mit seiner Mutter zurechtkam.

»Sie stellte in der Dienerschaft Fragen ... nach dem Jungen.«

»Bist du sicher?«

Sie nickte und griff nach einem Brief, der neben ihr auf einem Tischchen lag. »Ich habe Nachforschungen über sie anstellen lassen. Sie sagt, sie kommt aus der Nähe von Nîmes, wo sie mit ihrem Vater lebte, der dort ein Stück Land besessen habe. Nichts davon stimmt!«

Er blickte auf das Schreiben. Es war von seinem alten Sekretär Olivier verfasst worden, der schon für seinen Vater gearbeitet hatte und vor einigen Jahren in sein Heimatdorf in der Nähe von Montpellier zurückgekehrt war. Ungläubig überflog der Duc die Zeilen. Warum ausgerechnet jetzt?, dachte er. All das war schon so viele Jahre her.

»Was machen wir nun?«, fragte sie leise.

Er blickte in das Kaminfeuer. »Wir werden sehen. Erst einmal müssen wir herausbekommen, wer sie wirklich ist. Fernand soll sie derweilen im Auge behalten«, sagte er finster.

24

Céciles Blick glitt durch das lange Kirchenschiff, in dem sich die Messebesucher erhoben hatten. Sie reichte der Duchesse ihren Arm, bevor sie unter dem ohrenbetäubenden Geläut der Glocken mit ihr den Trauergottesdienst verließ.

Die Türme von Notre-Dame ragten friedlich und erhaben in den Himmel. Im helllichten Schein der Sonne war nichts mehr von der unheimlichen Stimmung zu spüren, die die Kathedrale an jenem Abend umgeben hatte, als Cécile gezwungen gewesen war, ohne einen Sou draußen auf der Île de la Cité zu übernachten. Die Erlebnisse dieser Nacht erschienen ihr nur noch wie ein Traum, dabei lagen sie kaum zwei Wochen zurück. Doch seit ihrer Abreise aus Schottland hatte die Zeit eine andere Bedeutung bekommen.

Wie seltsam es war, jetzt an der Seite der Duchesse de Villier über diesen Platz zu schreiten, ging es Cécile durch den Kopf. Die alte Dame setzte mit einem klackenden Geräusch ihren silbernen Stock auf das Pflaster auf. Sie war von Kopf bis Fuß schwarz gekleidet und wirkte wie versteinert. Die Marquise de Sauvignon war eine gute Freundin gewesen, und trotz aller Beherrschung merkte man Madame de Villier doch an, wie schwer sie dieser Verlust traf.

Sie erreichten die wartende Kutsche, und Cécile half ihr gerade mit dem Lakaien in den Wagen, als ihr Blick einen Bettler streifte, der auf der anderen Seite der Straße um Almosen bat.

»Entschuldigen Sie mich bitte kurz«, sagte sie, einer plötzlichen Eingebung folgend, zu der Duchesse und eilte, bevor die alte Dame reagieren konnte, zu dem Bettler. Schon von Weitem sah sie, dass es nicht Archibald war. Sie nahm dennoch die wenigen Münzen, die sie bei sich hatte, aus ihrer Tasche und gab sie dem Mann, der auf einem Auge blind war.

»Danke, Mademoiselle. Der Herrgott segne Sie!«, stieß er hervor.

Sie beugte sich zu ihm hinunter. »Kennen Sie Archibald?«

Er blickte sie überrascht an.

Sie lächelte. »Bestellen Sie ihm bitte Grüße von Mademoiselle Cécile«, sagte sie.

Der Bettler nickte ungläubig.

Sie hörte hinter sich die Räder einer Kutsche heranrollen. Der donnernde Hufschlag der Pferde erinnerte sie daran, dass

Madame de Villier bestimmt schon ungeduldig warten würde. Sie drehte sich um und wollte die Straße überqueren, da sah sie, dass die sich nähernde Kutsche viel zu schnell fuhr, unvermittelt nach links auf ihre Seite schwenkte und direkt auf sie zukam. Dann ging alles so schnell, dass sie später kaum hätte sagen können, was zuerst passiert war. Sie blickte entsetzt auf die herangaloppierenden Tiere und schrie auf, als sie im selben Moment eine Hand spürte, die sie zur Seite riss, während der Wagen auch schon so knapp an ihr vorbeiraste, dass sie noch den Sog seines Fahrtwindes spüren konnte.

Zu Tode erschrocken, blickte sie der Kutsche nach. Der Bettler, der ihr behände zu Hilfe gesprungen war, ließ ihren Arm los. »Verdammt, da hatte es aber jemand verflucht eilig«, sagte er mit düsterem Gesicht.

»Danke! Er hätte mich tatsächlich fast umgefahren!«, stieß sie empört hervor. Der Bettler bedachte sie mit einem nachdenklichen Blick aus seinem Auge.

Vor der Kutsche von Madame de Villier winkte der Lakai ungeduldig zu ihnen herüber.

»Danke nochmals«, sagte sie zu dem Bettler.

»Warten Sie, wie war noch Ihr Name?«

»Mademoiselle Cécile!«

»Ich werde Archibald Bescheid sagen, *Mademoiselle Cécile.*« Eine plötzliche Ernsthaftigkeit lag in seinem Ton. Sie nickte und raffte dann ihren Rock, um eilig zurück zum Wagen zu laufen.

Madame de Villier musterte sie kühl, als sie einstieg. »Sie sollten etwas vorsichtiger sein, wenn Sie die Straße überqueren, Mademoiselle«, sagte sie nur, ohne dass in ihrer Stimme der Hauch einer Anteilnahme auszumachen war.

Cécile schaute sie sprachlos an. Einen Moment lang war sie versucht, ihr bissig zu erklären, dass es nicht ihre Schuld gewesen war, sondern dass der Kutscher wie ein Verrückter auf sie zugerast war, doch sie unterließ es.

Der Schreck saß ihr immer noch in den Gliedern. Aufgewühlt blickte sie nach draußen. Schließlich schafften es die bunten Eindrücke des Stadtlebens, sie abzulenken, und sie vergaß den Vorfall wieder.

Auf der Seine herrschte emsiger Betrieb. Die unterschiedlichsten Arten von Booten – Barken und Kähne und schmale Segelschiffe – bewegten sich durch das dunkle Wasser des Flusses, auf dem ein leichter Wind kleine weiße Schaumkronen tanzen ließ. Viele der Boote transportierten Frachten: Weinfässer, Getreide wie Hafer und Gerste, Salz und Kohle, die etwas weiter die Seine hinauf am flachen Sandufer des Place de Grève entladen wurden. Fasziniert beobachtete Cécile einige Zeit lang das schillernde Treiben.

Als sie den Platz am Rathaus überquerten, konnte man plötzlich Schreie und pöbelnde Rufe hören. Zwei Männer waren auf einem Podest am Pranger festgemacht, die Hände und den Kopf unbarmherzig in den Öffnungen eines breiten Holzbretts eingeklemmt, während sich vor ihnen eine Gruppe von Schaulustigen versammelt hatte, die sie lautstark beschimpfte und mit faulen Früchten bewarf. Cécile wandte ihr Gesicht ab. Der Pranger war die übliche Strafe für Betrüger, doch sie fand es schrecklich, diese öffentliche Demütigung mit anzusehen.

»Kanaille!«, murmelte die Duchesse verächtlich, ohne dass klar war, ob sie damit nun die Angeschuldigten oder den Mob vor dem Pranger meinte.

Cécile sah, dass Madame de Villier die Augen schloss, und ihre Gedanken kehrten zu ihren eigenen Sorgen zurück. Es war ihr leider noch immer nicht gelungen, mit dem Duc de Villier zu sprechen, der – wie sie aus einem Gespräch zwischen Monsieur Alain und der Duchesse erfahren hatte – erneut einige Nächte außer Haus verbracht hatte. Sie hoffte, dass sie wenigstens das Fest bei der Duchesse de Berry, zu dem sie Thoury am übernächsten Tag begleiten würde, etwas weiterbrachte.

Die Kutsche fuhr in den Hof des Hôtel de Villier ein. »Lassen Sie uns noch ein paar Schritte durch den Garten gehen«, sagte die Duchesse, als sie ausstiegen.

»Wie Sie wünschen, Madame«, erwiderte Cécile. Selbst nach der Anstrengung, die der Besuch der Messe die alte Dame zweifelsohne gekostet hatte, war diese nicht bereit, sich eine Schwäche zuzugestehen und auf ihren vormittäglichen Spaziergang zu verzichten.

Der Garten des Hôtel de Villier befand sich hinter dem Herrschaftstrakt des Stadtpalais, und sie gingen mit langsamen Schritten an violetten und weißen Blumenrabatten vorbei, die sich in verschlungenen Mustern unter gestutzten Bäumen und Hecken durch das Grün zogen. Der Atem der Duchesse ging schwer.

»Möchten Sie sich nicht doch zwischendurch ein wenig ausruhen, Madame?«, fragte Cécile vorsichtig. Sie deutete auf eine Steinbank.

Die Duchesse schüttelte den Kopf. »Nein, der Arzt meint, dass Bewegung gut für meine Hüfte ist.«

»Aber Sie haben Schmerzen«, widersprach Cécile.

Madame de Villier sah sie angesichts dieser ungewöhnlich persönlichen Bemerkung überrascht an und blieb stehen. »Meine Liebe, früher oder später im Leben hat jeder einmal Schmerzen. Worauf es ankommt, ist, dass man sich von solchen Empfindungen nicht beherrschen lässt. Was, nebenbei gesagt, für alle Emotionen und Gefühle gilt – seien sie nun negativer oder positiver Natur. Das Einzige, was einen Menschen leiten sollte, sind seine Ideale und sein Glaube an Gott«, sagte sie in einem Ton, der keinen Widerspruch duldete.

Cécile schwieg. Es war wahrscheinlich etwas Wahres an dem, was sie sagte, dennoch würde sie diese Form der Selbstbeherrschung sicherlich niemals aufbringen. Sie war von Natur aus viel zu impulsiv.

Sie waren einige Schritte weitergegangen, als die Duchesse ihr starres, weißes Gesicht Cécile zuwandte. »Erzählen Sie mir doch noch einmal ein wenig von Ihrer Familie, Mademoiselle! Woher aus Südfrankreich stammen Sie noch?«

»Aus dem Languedoc, Madame«, berichtete Cécile, die diese Art der Fragen über ihre Herkunft in den letzten Tagen ständig von der Duchesse gestellt bekam. Sie unterdrückte ein Seufzen und wünschte, sie hätte dieses Thema vermeiden können, um nicht erneut lügen zu müssen. Einhergehend mit ihrem Interesse an ihrer Familie, war die Duchesse ihr gegenüber etwas freundlicher geworden, und Cécile hatte mehrmals erwogen, ob sie sich ihr einfach anvertrauen sollte. Doch sie hatte so viel gelogen und erfunden, dass die alte Dame ihr sicher nicht glauben würde. Und das Risiko, dann aus dem Haus geworfen zu werden, wollte Cécile einfach nicht eingehen. Nein, sie musste warten, bis sie den Duc de Villier endlich persönlich gesprochen hatte.

In den letzten Tagen hatte sie sich bemüht, sich weiter bei den Dienstboten im Haus umzuhören, um etwas über ihren Bruder herauszubekommen. Viele von ihnen hatten vor dreizehn Jahren jedoch noch gar nicht hier im Haus gearbeitet. Nur eine der älteren Zofen hatte ihr Adèles Geschichte über den angeblich verstorbenen unehelichen Sohn des Duc bestätigt, und Cécile hatte danach erneut die heimliche Angst ergriffen, dass ihr Bruder wirklich nicht mehr am Leben war.

»Und womit hat Ihr Vater noch seinen Lebensunterhalt verdient, Mademoiselle?«, riss sie in diesem Moment die Stimme der Duchesse aus ihren Gedanken.

»Verzeihung?« Cécile schaute sie verwirrt an.

»Welchen Beruf hatte Ihr Vater?«

»Oh, wie ich bereits erzählte – wir haben ein kleines Stück Land besessen.«

»Das jetzt Ihnen gehört?«, fragte die Duchesse.

Etwas in ihrem lauernden Blick ließ Cécile plötzlich wachsam werden. Am liebsten hätte sie sich für ihre unachtsame Äußerung auf die Zunge gebissen. Sie musste mit dem, was sie erzählte, vorsichtiger sein, sonst würde sie sich in diesem Netz aus Lügen und Halbwahrheiten bald völlig verstricken.

»Mir? Nein, mein Vater hat einige Schulden hinterlassen, sodass der Grund verkauft werden musste«, erklärte sie eilig.

Madame de Villier musterte sie. »Tatsächlich? Sie sagten, sein Name war Henri La Palissande, ja?«

»Ja, Madame la Duchesse.«

Sie hatten das Ende des Parks erreicht und schlenderten langsam zurück. An einem der hohen Fenster des Salons war der Comte de Villier zu sehen. Ein unangenehmes Gefühl durchfuhr Cécile bei seinem Anblick. In jüngster Zeit war sie ihm glücklicherweise nur in Gegenwart anderer Menschen begegnet und er hatte sie ignoriert, doch sie spürte, dass sie vorsichtig sein musste. Ihre Ablehnung schien ihn bis aufs Blut zu reizen. Sie konnte nicht im Mindesten verstehen, warum so viele der weiblichen Dienstboten des Hauses für ihn schwärmten. Gut, seine symmetrischen Gesichtszüge waren trotz der etwas zu weichen Wangen durchaus attraktiv, doch in seiner Haltung und dem schläfrigen Ausdruck seiner Augen lag etwas Lauerndes und Triebhaftes, das Cécile instinktiv abstieß.

Madame de Villier, die die Gestalt am Salonfenster ebenfalls bemerkt hatte, hob die Kette mit ihrer Stielbrille. »Ah, mein Enkelsohn, der Comte!«, sagte sie.

Cécile nickte. Sie beobachtete erleichtert, wie er sich mit ausdrucksloser Miene wieder vom Fenster abwandte, und half der Duchesse kurz darauf, die Stufen zum Haus hochzusteigen.

25

Am Tag vor ihrer Verabredung mit Thoury traf ein Paket für sie ein. Adèle ließ Cécile in die Küche rufen, in der ein livrierter Bote mit einem großen Karton samt Schleife stand. »Ich hab ihm gesagt, dass ich es für dich annehme, aber er besteht darauf, es dir persönlich zu geben«, erklärte sie, missmutig darüber, dass man ihre Autorität infrage stellte, denn sie nahm für gewöhnlich alle Lieferungen für die Küche und die Dienstboten entgegen.

Der Bote hatte sich zu Cécile gewandt und deutete eine Verbeugung an. »Mademoiselle ... La Palissande?«

»Ja.«

»Ich habe den Auftrag, Ihnen das hier auszuhändigen. Persönlich!«, fügte er mit einem strengen Seitenblick auf die Köchin hinzu, die über so viel Blasiertheit nur mit den Achseln zuckte.

»Von wem ist denn das Paket?«, fragte Cécile verwundert, da sie doch kaum jemanden in Paris kannte.

»In dem Karton befindet sich eine Karte, die Sie darüber aufklären wird«, erwiderte der Bote förmlich.

Cécile nahm das Paket entgegen und spürte, wie Fernand, der hinter ihr in der Tür erschienen war, sie argwöhnisch musterte.

Adèle beugte sich zu ihr. »Du hast mir gar nicht erzählt, dass du einen Liebhaber hast«, sagte sie zwinkernd.

Cécile wurde ungewollt rot. »Aber das habe ich auch nicht!«

»Mir kannst du es ruhig sagen. Großzügig scheint er ja zu sein«, erwiderte die Köchin verschwörerisch.

Cécile erkannte, dass jeder Versuch, sie vom Gegenteil zu überzeugen, gescheitert wäre, und verließ, bevor Adèle zu weiteren Kommentaren ansetzen konnte, fluchtartig die Küche.

Allein in ihrer Kammer, legte sie den Karton auf ihr Bett und öffnete vorsichtig den Deckel. Eine handgeschriebene Karte lag zuoberst auf hauchdünnem Seidenpapier.

Mademoiselle,

zu Ihrem und zu meinem Vergnügen habe ich mir erlaubt, Beiliegendes bei Monsieur Raboutin als Präsent in Auftrag zu geben. Es wird Ihnen sicherlich bei Ihren weiteren Vorhaben dienlich sein!

Ihr ergebener C. d. T.

C. d. T. – das konnte nur der Comte de Thoury sein! Cécile zog neugierig das Seidenpapier zur Seite, und ihr entschlüpfte ein überraschter Laut. Er hatte ihr ein Kleid geschickt! Ungläubig zog sie das Gebilde aus schillernder grüner Seide hervor und hielt es sich vor dem Spiegel an. Die Farbe schien perfekt auf sie abgestimmt zu sein. Ihr Blick blieb an ihrem Spiegelbild hängen. Sie sah anders aus. Nachdenklich betrachtete sie ihr Gesicht – die mandelförmigen grünen Augen, die etwas Katzenartiges hatten, wie John immer gesagt hatte, die Wangenknochen, die sich in einer zarten Erhebung unter ihrer Haut abzeichneten, und die geschwungene Linie ihres Mundes, neben dem sich beim Lächeln rechts ein kleines Grübchen zeigte. Es war nicht das Kleid, es war ihr Gesicht, das sich verändert hatte, das in seinem Ausdruck femininer und erwachsener geworden war, stellte sie fest.

Sie legte das Kleid aufs Bett und zog das restliche Seidenpapier aus dem Karton. Darunter befand sich zu ihrem Erstaunen noch eine zweite Robe, aus dunkelroter chinesischer Seide. Beeindruckt blickte sie auf die großzügigen Geschenke. Sie konnte sie unmöglich annehmen! Die Roben mussten ein Vermögen gekostet haben – selbst wenn Monsieur Raboutin sie aus dem Bestand seiner ehemaligen adligen Kundin genommen und nur ein wenig geändert hatte, wovon Cécile ausging. Sie seufzte tief auf. Aber die Kleider waren wunderschön, und sie wusste, es würde nicht nur hilfreich, sondern sogar notwendig sein, sich so zu kleiden, wenn sie den Comte de Thoury ins Palais Royal begleiten wollte. Hoffentlich sah sie niemand, wenn sie in dieser eleganten Aufmachung das Haus verließ, dachte sie, während sie sich erneut im Spiegel betrachtete. Nur zu gut war ihr noch ihre unangenehme Begegnung mit dem jungen Comte de Villier in Erinnerung, nachdem dieser beobachtet hatte, wie sie aus Thourys Kutsche gestiegen war. Doch dann zuckte Cécile die Achseln. Aber selbst wenn! Sie tat nichts Verbotenes, und sobald sie endlich den Duc de Villier zu Gesicht bekam, würde sie ihre wahre Identität ohnehin gestehen müssen.

Glücklicherweise gelang es ihr am nächsten Abend jedoch, sich unbemerkt aus dem Haus zu schleichen. »Es war überaus großzügig von Ihnen, mir dieses Geschenk zu machen, aber selbstverständlich kann ich es nicht annehmen«, sagte sie als Erstes, als sie zu Thoury in die Kutsche stieg. »Wenn Sie erlauben, werde ich Ihnen das Geld dafür zurückzahlen, sobald es mir möglich ist.«

Seine Augenbrauen schnellten nach oben. »Wollen Sie mich etwa beleidigen?«, fragte er überrascht.

Cécile sah ihn verwirrt an. »Aber nein! Und überhaupt müsste es doch wohl eher an mir sein, da Sie scheinbar annehmen …«

Er begriff, was sie meinte, und unterbrach sie mit einer knappen Handbewegung. »Sie sollten mich inzwischen besser kennen, Mademoiselle de Montbrignac. Ich hege keinerlei Hintergedanken. Nehmen Sie die Kleider einfach als das Geschenk eines Freundes … Eines Tages werde ich Sie vielleicht auch bitten, mir einen Dienst zu erweisen, und Sie werden sich daran erinnern«, fügte er nach einer Pause mit einem eigentümlichen Lächeln hinzu.

Das Thema schien für ihn erledigt zu sein, und er lehnte sich in seinen Sitz zurück. »Erzählen Sie mir, was wissen Sie eigentlich über den Duc d'Orléans?«, fragte er.

Cécile dachte nach. »Nun, er ist der Neffe des Königs und der neue Regent, der Frankreich bis zur Volljährigkeit des neuen Königs regieren wird. Und er soll privat einen recht ausschweifenden Lebensstil pflegen«, fügte sie hinzu.

Der Comte nickte. »Das stimmt! Philippe d'Orléans ist intelligent, kultiviert und sehr gebildet – und er ist ein Freigeist, dem jede Form von moralischer Konvention verhasst ist.«

Sie blickte ihn interessiert an. Seitdem sie im Haus der Villiers lebte, hatte sie in Adèles Küche die groteskesten Gerüchte gehört, die in Paris über den Regenten kursierten. Das Meiste war so abwegig, dass Cécile kaum hingehört hatte. Dass der Prince verderbt und trunksüchtig sei und der Vielweiberei frönte, waren noch die harmlosesten Behauptungen. Es hieß auch, er zelebriere schwarze Messen, führe gotteslästerliche alchimistische Versuche durch und habe den Tod des letzten Thronfolgers und Ehemanns seiner Tochter, des Duc de Berry, auf dem Gewissen, der bei einem Reitunfall ums Leben gekommen war.

»Stimmt es wirklich, dass der Regent ein Verhältnis mit seiner eigenen Tochter hat?«

Der Comte lächelte amüsiert. »Davon haben Sie bereits gehört?« Er zuckte die Achseln. »Nun ja, ich persönlich glaube es nicht«, erklärte er, während er die Spitzenmanschette seines Ärmels geradezog. »Aber es sagt ohne Frage eine Menge über den Duc aus, dass er sich nie auch nur die geringste Mühe gegeben hat, dieses Gerücht zu widerlegen.«

Der Comte blickte nach draußen. Sie hatten das Palais Royal erreicht. Die Privatgemächer des Duc befanden sich im Ostflügel, und die Kutsche fuhr hinter anderen Vier- und Sechsspännern vor dem mit Fackeln beleuchteten Eingang in der Rue de Richelieu vor. Cécile spürte plötzlich, wie aufgeregt sie war.

»Lassen Sie Ihren Umhang besser in der Kutsche«, riet ihr der Comte mit Blick auf den abgetragenen Stoff. Sie nickte, als sich auch schon der Verschlag öffnete und ihr ein Lakai beim Aussteigen half.

Thoury musterte sie anerkennend, als er sie im Licht der Fackeln zum ersten Mal vollständig in ihrem Kleid sah. »Ich hatte gehofft, dass Sie das grüne wählen würden. Hinreißend – Sie werden sich heute Abend vor Angeboten nicht retten können!«

Cécile lächelte und legte ihre Hand auf seinen Arm, um mit ihm zum Eingang zu schreiten.

26

Die Wände waren mit rotem Damast bespannt, und üppiger Stuck und Gemälde zierten die Decken der hohen Räume, die die Kerzen der funkelnden Kristallleuchter in ein gedämpftes goldenes Licht tauchten. Cécile betrachtete beeindruckt die Gemächer, während sie die lange Flucht der Räume durchquerten, die einer in den anderen übergingen. Schließlich gelangten sie in einen größeren Salon, in dessen Mitte eine junge, von Menschen umringte Frau stand. In ihrem Haar funkelten mehrere auffällige Diamantspangen, und auch ohne dass der Comte etwas sagte, erkannte Cécile sofort, dass dies die Duchesse de Berry sein musste. Sie erzählte den umstehenden Höflingen gerade etwas und unterstrich ihre Worte von Zeit zu Zeit, indem sie lasziv einen übergroßen, aus Pfauenfedern bestehenden Fächer hin- und herbewegte. Er stand im beeindruckenden Kontrast zu ihrem tiefen Dekolleté, das mehr von ihren Brüsten zeigte als verdeckte. Obwohl sie erst zwanzig war, trug ihr schönes Gesicht bereits die Spuren eines exzessiven Lebenswandels.

Cécile entsann sich, was der Comte über ihr bewegtes Leben berichtet hatte. Sie war gerade einmal fünfzehn gewesen, als sie mit dem Duc de Berry vermählt wurde. Sie hatte ihm drei Kinder geboren, die jedoch alle als Säuglinge verstarben. Nachdem ihr Gemahl bei einem Reitunfall ums Leben kam, wurde sie mit neunzehn Witwe. Wenig betrübt über dieses vorzeitige Ende ihrer unglücklichen Ehe, führte sie seitdem ein ausschweifendes Leben. Die Leidenschaft, mit der sie ihre Liebhaber wechselte, trank, skandalöse Feste feierte und es liebte, Vermögen zu verspielen, hatte ihr den Spitznamen »Messalina« eingebracht – so hieß die sittenlose Ehefrau des römischen Kaisers Claudius.

Cécile musste an das zurückgezogene und einfache Leben denken, das sie selbst bis vor wenigen Wochen in Schottland geführt hatte. Dennoch war sie immer glücklich gewesen. Der Blick der Duchesse hingegen hatte etwas Getriebenes.

In diesem Moment sah sie zu ihnen herüber. Sie stieß einen spitzen Schrei aus, als sie den Comte de Thoury entdeckte, und brach spontan ihre Erzählung ab, um auf sie zuzukommen.

»Maurice! Wie schön, Sie zu sehen!« Sie hauchte ihm zwei Küsse auf die Wangen.

»Das Vergnügen ist ganz auf meiner Seite, Duchesse. Darf ich Ihnen Mademoiselle de Montbrignac vorstellen?«

Die de Berry ließ ihren Fächer zusammenklappen und nahm ihr Gegenüber eingehend und in einer Weise in Augenschein, die Cécile schlagartig klarmachte, dass sich ihr sexuelles Interesse anscheinend nicht nur auf Männer erstreckte. Sie kam sich vor, als sei sie nackt.

»Ein neues Gesicht! Wie reizend. Nun, die Freunde des Comte de Thoury sind mir stets willkommen«, sagte die de Berry mit kehliger Stimme.

Cécile neigte den Kopf und wollte etwas erwidern, doch die Duchesse hatte sich schon wieder Thoury zugewandt und flüsterte ihm hinter ihrem aufgeklappten Fächer etwas ins Ohr. Der Comte gab mit unbeweglicher Miene ebenso leise eine Antwort, woraufhin die Duchesse in ein tiefes Lachen ausbrach.

»Wir werden sehen, Comte!«, sagte sie amüsiert, nickte Cécile zu und kehrte zu den anderen Gästen zurück.

Ein Lakai reichte ihnen zwei Kelche Champagner, und sie schlenderten weiter.

»Ist sie immer so?«, fragte Cécile ungläubig.

»So charmant?« Der Comte lächelte sarkastisch. »Keineswegs! Sie ist bekannt für ihre unberechenbaren Wutanfälle …«

Er nickte mit einem Lächeln einem Mann zu, der ihn von der anderen Seite des Raumes her grüßte, und drehte sich zu Cécile. »Würden Sie mich einen Augenblick entschuldigen? Vielleicht sehen Sie sich derweilen ein wenig um?«

Cécile nickte. Um mit dem Duc d'Orléans in Kontakt zu kommen, war es ohnehin besser, wenn sie sich nicht ständig in Begleitung befand. Doch während sie mit ihrem Glas in der Hand durch die Gemächer lief, deren Einrichtung luxuriös und intim zugleich gestaltet worden war, fühlte sie sich zunehmend eingeschüchtert. Es war nicht allein der unvorstellbare Reichtum und Prunk, der sich hier in jedem noch so kleinen Detail zeigte, sondern vor allem die ungezwungen freie, ja beinah frivol anmutende Art, in der die Gäste miteinander umgingen. Cécile blickte in einen der Spiegel, der das Bild von zwei Höflingen wiedergab. Der eine hatte den Arm um den anderen gelegt, während sie in ihren gebauschten Spitzenhemden lässig plaudernd an der Wand lehnten. Etwas weiter lag eine Frau in einer ausladenden dunkelroten Seidenrobe halb ausgestreckt auf einer Chaiselongue. Sie beugte sich lächelnd zu zwei Herren hinab, die ihr zu Füßen auf Sitzkissen Platz genommen hatten und ihr etwas erzählten. Nur unweit daneben hatte sich ein Mann auf der Armlehne eines Sessels niedergelassen, in dem eine Frau saß. Er hatte seine Hand auf ihre nackte Schulter gelegt und beugte sich gerade vor, um ihren mit einem glitzernden Juwelencollier geschmückten Nacken zu küssen. Als er seinen Kopf wieder hob, sah er Céciles Blick im Spiegel und schenkte ihr ein breites Lächeln.

Sie ging eilig weiter, bemüht, sich ihre Verunsicherung nicht anmerken zu lassen. Sie erinnerte sich erneut an all die Geschichten, die sie bei Adèle über die anrüchigen Feste im Palais Royal gehört hatte, und fragte sich, ob an diesen Erzählungen nicht doch mehr stimmte, als sie vermutet hatte.

Sie spürte, dass sie von allen Seiten angesehen wurde, und bemühte sich, es zu ignorieren. Stattdessen hielt sie weiter nach dem Duc d'Orléans Ausschau. Obwohl sie ihn nur ein Mal kurz gesehen hatte, war sie sich sicher, ihn wiederzuerkennen. Doch nirgends war auch nur eine Spur von ihm zu entdecken.

Mehrmals durchschritt sie enttäuscht die verschiedenen Räume und beschloss schließlich, sich zu Thoury zurückzubegeben. Sie fand ihn nach einigem Suchen in einem der Séparées. Er hatte ihr den Rücken zugedreht und den Arm um eine Gestalt geschlungen, die er küsste.

Abrupt blieb Cécile stehen und wollte sich zurückziehen. Erst dann sah sie, dass es sich bei der Person in Thourys Armen nicht etwa um eine Frau, sondern um einen Mann handelte. Es war der junge Adlige, der mit ihnen am Palais Royal in die Kutsche gestiegen war. Cécile wich hastig zurück, um von den beiden nicht gesehen zu werden, und ging zurück in die Salons.

Verwirrt trank sie einen Schluck aus ihrem Glas. Der Comte de Thoury hegte eine Vorliebe für Männer? Sie dachte an seine widersprüchliche Ausstrahlung, die ihr schon bei ihrer ersten Begegnung aufgefallen war, und seine amüsierte Reaktion, als sie in Gravesend sein Angebot, in seiner Kutsche mitzufahren, nicht hatte annehmen wollen. *Keine Angst, ich habe nicht die Absicht, über Sie herzufallen.* Sie hatte es nicht bemerkt! Natürlich hatte Cécile schon des Öfteren gehört, dass es derlei Neigungen gab. Sie erinnerte sich, dass sich angeblich auch Louis XIII., der Vater des Sonnenkönigs, ausschließlich zu Männern hingezogen gefühlt hatte. Und in den Klöstern unter den Mönchen, so wurde behauptet, würde die gleichgeschlechtliche Liebe ebenfalls häufig praktiziert, obwohl die Kirche sie selbstverständlich als Sünde ansah und das Gesetz sie verbot.

Nun, ihr konnte es nur recht sein, dass sich Thoury nichts aus Frauen machte. Wenn sie genauer darüber nachdachte, fand sie die Vorliebe des Comte für sich selbst sogar vorteilhaft. Nun wusste sie zumindest, dass er tatsächlich keine geheimen Absichten hegte, was sie betraf, sondern dass es sich zwischen ihnen um reine Freundschaft handelte.

Sie bemerkte, dass der in Strömen ausgeschenkte Alkohol zunehmend seine Wirkung bei den Gästen hinterließ, die sich immer enthemmter gaben. Ihre Gespräche und ihr Lachen waren lauter geworden, ihre Blicke anzüglicher und direkter. Fremde Hände berührten Cécile im Vorbeigehen, und sie spürte, dass auch ihr der Champagner in den Kopf gestiegen war. Sie war solche Getränke nicht gewohnt. In Schottland hatte sie zwar zu einigen seltenen Gelegenheiten mal einen Schluck Whisky getrunken, doch Wein oder gar Champagner hatte es fast nie gegeben.

Cécile trat in den Flur hinaus, um einen Moment Ruhe zu haben, und lief bis zu einem hohen Fenster, von dem aus man in den Hof des Palais blicken konnte.

»Sind Sie auf der Suche nach jemandem, Mademoiselle?«, ertönte hinter ihr auf einmal eine tiefe Stimme. Sie drehte sich überrascht um. Vor ihr stand jener höfisch gekleidete Mann, dessen Blick ihr im Spiegel begegnet war, als er seiner Begleiterin den Nacken küsste. Er trug eine wallende dunkelblonde Perücke, die nicht mehr ganz akkurat saß, und hätte vom Alter her gut ihr Vater sein können – was ihn nicht daran hinderte, sie anzüglich von oben bis unten zu mustern.

»Nein, ich suche niemanden«, erwiderte Cécile knapp und ließ ihn stehen, bevor er noch etwas sagen konnte.

»Warten Sie, Mademoiselle!«, rief er.

Sie hörte, dass er hinter ihr herkam, und bog eilig um die Ecke, wo sie beinah gegen einen anderen Höfling geprallt wäre. Es gelang ihr gerade noch auszuweichen.

»Pardon!«, stieß sie hervor.

Der Mann war stehen geblieben und schaute sie verblüfft an. Als er sie erkannte, lachte er. »Bei Gott, Mademoiselle, Sie stellen mir doch nicht nach, oder?«

»Wie bitte?« Cécile sah ihn konsterniert an. Erst auf den zweiten Blick erkannte sie in ihm den Mann wieder, mit dem sie in der Eingangshalle von Versailles zusammengestoßen war. Einen Augenblick lang fühlte sie sich von der Situation überfordert.

Seine tiefblauen Augen unter den schwarzen Brauen funkelten amüsiert.

»Ich beliebte nur zu scherzen, Mademoiselle«, erklärte er, als er plötzlich den Mann wahrnahm, der einige Schritte hinter ihr stehen geblieben war. »Sie kennen den Herrn?«

»Nein!«

»Nun, Ihrem Blick nach zu urteilen, scheinen Sie auch nicht das Bedürfnis zu haben, diesen Tatbestand zu ändern«, sagte er trocken. »Sie erlauben?« Er legte den Arm demonstrativ um ihre Taille.

Sie nahm den Duft seines herben Eau de Toilette wahr. Cécile sah aus den Augenwinkeln, wie sich ihr Verfolger zögernd abwandte.

»Danke!«, sagte sie erleichtert.

Der Mann deutete lächelnd eine Verbeugung an. »Es war mir auch dieses Mal ein Vergnügen, Mademoiselle. Ich bin übrigens Armand Philippe Comte de La Baume. Sie gaben mir bei unserer letzten Begegnung leider nicht die Möglichkeit, mich Ihnen vorzustellen«, fügte er hinzu. »Ihr Vorname ist mir dafür umso besser in Erinnerung geblieben, *Cécile* …«

Sie sah ihn verwirrt an, als er ihren Namen so vertraut aussprach. Sein Arm lag noch immer um ihre Taille, und sie waren ein Stück weitergegangen. Gegen ihren Willen fühlte sie sich wie bei ihrer ersten Begegnung von ihm angezogen. Sein Blick machte sie nervös, und sie fragte sich, ob ihr der Champagner vielleicht die Sinne vernebelt hatte.

Er schaute sie belustigt an. »Es wäre eigentlich an Ihnen, sich jetzt vorzustellen«, bemerkte er dann, da sie ihm eine Antwort schuldig geblieben war.

Sie fuhr verlegen zusammen. »Oh, natürlich! Mein Name ist Cécile de Montbrignac.«

Sie waren in die Gemächer zurückgekehrt, die von dem Stimmengewirr und dem Gelächter der Gäste erfüllt waren.

Er hielt überrascht in seinem Schritt inne. »Montbrignac? Sind Sie mit Louis-François de Montbrignac verwandt?«

Cécile zögerte. Sie hatte nicht damit gerechnet, ausgerechnet hier auf ihren Onkel angesprochen zu werden. »Nur entfernt«, erwiderte sie ausweichend. Es war ohne Frage weder der richtige Ort noch der richtige Zeitpunkt, ihm ihre komplizierte Familiengeschichte zu erklären. Sie blickte auf seine Hand, die auf ihrer Taille ruhte. Von außen mussten sie wie ein Paar wirken. »Ich glaube übrigens, das ist jetzt nicht mehr notwendig«, sagte sie.

Er zog höflich seinen Arm weg. »Ich hoffe doch, es war Ihnen nicht unangenehm?« Seine Augen blitzten herausfordernd.

Cécile senkte den Blick. Es war ihr nicht unangenehm, im Gegenteil, doch sie konnte sich noch gut an die Worte dieser rothaarigen Frau in Versailles erinnern. *Das sieht Ihnen wieder einmal ähnlich, Armand! Der König liegt im Sterben, und Sie scheuen sich nicht, in der Schlosshalle die Frauen zu verführen ...* Die Eroberung des weiblichen Geschlechts schien demnach eine bevorzugte Beschäftigung von Armand de La Baume zu sein, und bei aller Anziehungskraft, die er auf sie ausübte, beabsichtigte Cécile ganz sicher nicht, sich in seine Sammlung einzureihen. Sie ignorierte seine Frage daher.

»Ich vermisse Ihre Begleiterin. Ist sie heute gar nicht hier?«, fragte sie demonstrativ, während sie ihren Fächer öffnete.

Er musterte sie überrascht. Seine Brauen zogen sich kaum merklich nach oben. »Sie sprechen von Solène?« Er lächelte spöttisch. »Oh, glauben Sie mir, sie wäre die Letzte, die daran Anstoß nehmen würde, dass ich an Ihnen Gefallen finde. Es dürfte Ihnen schon aufgefallen sein, dass man moralischen Prinzipien hier eher weniger Bedeutung beimisst.«

Cécile fühlte zu ihrem Ärger, wie sie rot wurde, als er sein Interesse an ihr so offen zugab. Ihre Augen folgten seinem Blick, der zu einer Frau geglitten war, die einige Schritte entfernt in einer Umarmung mit zwei Herren lag. Sie waren nicht die Einzigen, die angefangen hatten, vor den Augen aller Zärtlichkeiten und Intimitäten auszutauschen.

»Ja, das ist in der Tat nicht zu übersehen«, erwiderte sie. Sie musste an Thoury und den jungen Mann denken, und ihre Fantasie reichte aus, sich vorzustellen, wie sich der weitere Verlauf dieses Abends in den Gemächern in Kürze gestalten würde. Sie verspürte plötzlich das Bedürfnis, das Fest so schnell wie möglich zu verlassen.

Deshalb nickte sie dem Comte de La Baume zu und wollte sich abwenden, doch als hätte er ihre Gedanken erraten, legte er im selben Augenblick erneut seine Hand um ihre Taille und zog Cécile hinter einen Marmorpfeiler.

»Es tut mir leid, aber so schnell lass ich Sie diesmal nicht gehen«, sagte er.

Überrascht sah sie ihn an. Er beugte sich mit einem Lächeln zu ihr, und bevor sie protestieren konnte, küsste er sie. Es war ein sanfter, zärtlicher Kuss, der in merkwürdigem Gegensatz zu dem festen Griff stand, mit dem er sie an sich gezogen hatte. Ein Hitzestrom durchfuhr ihren Körper, als sie seine Lippen auf den ihren spürte, und ihr stockte der Atem. Wider alle Vernunft wehrte sie sich nicht. Doch dann ließ er sie plötzlich genauso schnell wieder los. Das Blau seiner Iris hatte sich verdunkelt. Er strich ihr sachte eine Haarsträhne aus dem Gesicht. »Verzeihen Sie, Mademoiselle, aber Sie sind einfach unwiderstehlich. Schon in Versailles fand ich das«, sagte er leise.

Ihr Puls raste. »Und Sie sind das Unverschämteste, was ich je erlebt habe«, stieß sie mühsam beherrscht hervor.

Er lächelte selbstbewusst. »Aber es hat Ihnen gefallen.«

»Bilden Sie sich nur nichts ein! Ich habe Champagner getrunken«, erwiderte sie kühl, doch ihr Herz klopfte noch immer viel zu schnell. Er lachte mit jungenhaftem Charme.

In diesem Moment tauchte zwischen den anderen Gästen eine Gestalt auf und näherte sich ihnen. Der Comte de Thoury.

»Ah, da sind Sie ja! Ich habe Sie schon gesucht, meine Liebe.« Er blieb neben ihr stehen und legte ihr in einer vertraulichen Geste seine Hand auf die Schulter.

Armands Gesichtsausdruck wurde mit einem Schlag kühl.

Die beiden Männer nickten sich knapp zu, und Cécile registrierte verblüfft die feindselige Spannung zwischen ihnen. Anscheinend kannten sie sich.

Thoury drehte sich zu ihr um. »Ich denke, es ist an der Zeit aufzubrechen.«

»Ja, Sie haben recht.« Cécile nickte dem Comte de La Baume höflich zu.

Er neigte den Kopf, ergriff ihre Hand und küsste sie formvollendet. »Wir werden uns wiedersehen, Mademoiselle de Montbrignac, dessen bin ich mir gewiss«, sagte er und blickte ihr bei seinen Worten so durchdringend in die Augen, dass sich ihr Herzschlag erneut beschleunigte.

»Wie um Gottes willen sind Sie ausgerechnet mit La Baume ins Gespräch gekommen?«, fragte Thoury, als sie wenig später zum Ausgang gingen.

Sie sah ihn erstaunt an. Hatte er gesehen, wie La Baume sie geküsst hatte? »Zufällig. Wir sind uns bereits einmal in Versailles begegnet«, erklärte sie.

»Halten Sie sich lieber fern von ihm! Er ist nicht der Mensch, der zu sein er vorgibt, und darüber hinaus genießt Monsieur de La Baume auch nicht den besten Ruf«, sagte Thoury mit unergründlicher Miene.

»Das glaube ich Ihnen«, antwortete Cécile. »Allerdings hätte ich einen solchen Einwand gerade von Ihnen nicht erwartet«, setzte sie trocken hinzu.

»Wieso nicht?«

»Ich habe Sie in dem Séparée gesehen.«

Er schaute sie an und lächelte, nicht im Mindesten verunsichert. »Nun, ich hoffe, Sie sind nicht enttäuscht, dass ich Ihrem Geschlecht nicht wie die meisten Männer zu Füßen liege, Mademoiselle.«

»Nein, nicht im Geringsten«, erwiderte sie frei heraus.

Er hob indigniert seine rechte Augenbraue. »Etwas mehr Enttäuschung hätte meiner Eitelkeit durchaus geschmeichelt, Mademoiselle de Montbrignac.«

Sie lachte und musste erneut an Armand de La Baume denken. »Sie mögen den Comte de La Baume nicht, nicht wahr?«, fragte sie, als sie die Treppe hinunterstiegen.

»Nein.«

»Darf ich fragen, warum nicht?«

»Instinkt«, erwiderte er, doch etwas in seiner Stimme verriet Cécile, dass es mehr als nur diesen Grund für seine Abneigung gab.

Sie waren nach draußen getreten, wo ihre Kutsche vorgefahren war. Thoury reichte ihr die Hand, um ihr beim Einsteigen zu helfen.

»Es gibt noch etwas anderes, worüber ich mit Ihnen sprechen muss«, sagte er, als er ihr gegenüber Platz genommen hatte und der Wagen das Palais Royal verließ. Die Leichtigkeit war aus seinem Tonfall verschwunden – er wirkte mit einem Mal ungewöhnlich ernst.

Cécile blickte ihn verwundert an. »Ja?«

Er hatte nachdenklich seine Handschuhe abgestreift. »Ich habe mich über Ihren Onkel umgehört. Ich dachte, ein paar Informationen über ihn zu haben könnte nicht schaden. Er lebt wie die meisten einflussreichen Adligen vorwiegend am Hof und ist nur wenige Wochen im Jahr unten im Languedoc.«

Sie reagierte überrascht. Das hieß, dass er hier in Paris war? »Das war mir nicht bekannt«, sagte sie. »Aber Sie hätten Ihre Zeit wirklich nicht für solche Bemühungen aufwenden müssen.«

Der Comte ging nicht auf ihren Einwand ein. »Ich denke, dass Sie interessieren wird, was ich noch in Erfahrung bringen konnte«, erwiderte er, strich über das Hirschleder seiner blauen Handschuhe und schien einen Moment lang nach den richtigen Worten zu suchen. »Als Ihr Vater damals nach Schottland geflohen ist, ist sein Titel und Besitz an Ihren Onkel übertragen worden. Deshalb ist er heute offiziell der Duc de Montbrignac.«

Cécile erstarrte. Das hatte sie nicht gewusst. Sie war immer davon ausgegangen, dass sowohl der Titel als auch der Besitz ihres Vaters an die Krone zurückgefallen waren. Auch ihr Vater hatte in seinem Tagebuch nie erwähnt, dass sein Bruder Nutznießer seines Unglücks geworden war. Sie glaubte nicht einmal, dass er es überhaupt gewusst hatte.

»Ist das nicht ungewöhnlich?«, fragte sie vorsichtig.

Er nickte. »Allerdings. In der Regel hat sich der König solche Titel und Besitztümer gern wieder einverleibt. Während der Fronde war das des Öfteren der Fall. Ihr Onkel muss starke Verbündete am Hof gehabt haben. Sie verstehen, dass dieser Sachverhalt die Angelegenheit erheblich verkompliziert?«, setzte er hinzu.

Cécile nickte wie betäubt. Wenn der Regent ihren Vater posthum begnadigte, würde man ihrem Onkel den Rang und Besitz, den man ihm zugebilligt hatte, wieder entziehen müssen – weil beides ihrem Bruder zukäme, wenn er noch lebte. Dagegen würde ihr Onkel sich garantiert mit allen Mitteln wehren.

Ihr Blick glitt aus dem Fenster. Zwei mit Fackeln beleuchtete Vierspänner kamen ihnen auf der anderen Straßenseite entgegen.

Sie wusste kaum etwas über ihren Onkel, ging ihr auf. In dem Tagebuch ihres Vaters gab es vereinzelte Andeutungen über die eher schwierige Beziehung zwischen den beiden Brüdern, doch an keiner Stelle wurde jemals erklärt, worin der Grund für diese Spannungen gelegen hatte. Vage entsann sie sich jedoch, dass in den Eintragungen noch etwas anderes erwähnt worden war, das mit ihrem Onkel im Zusammenhang stand. Sie versuchte, sich zu erinnern, worum es dabei gegangen war, doch es fiel ihr nicht ein. Nachdenklich lehnte sie den Kopf gegen die Scheibe.

27

Die Kutsche des Comte de Thoury hatte sie vor mehr als einer Stunde vor dem Hôtel de Villier abgesetzt.

Doch der Alkohol, die verwirrenden Bilder des Festes, der Kuss des Comte de La Baume und nicht zuletzt die beunruhigenden Dinge, die Thoury ihr erzählt hatte, ließen sie nicht schlafen. Cécile verspürte zudem einen ungeheuren Durst. Unglücklicherweise hatte sie vergessen, sich einen Krug Wasser aus der Küche mitzunehmen. Sie dachte erneut an den Comte de La Baume. Was hatte Thoury wohl gemeint, als er sagte, dass er nicht der war, der zu sein er vorgab? Die Berührungen von Armand de La Baume hatten sie in einen aufgewühlten Zustand versetzt, den sie noch nie zuvor erlebt hatte. Sie zwang sich, vernünftig zu denken. Die Selbstsicherheit, mit der er sie geküsst hatte, hatten ihre letzten Zweifel beseitigt, dass er ein routinierter Charmeur war, dem die Frauen wahrscheinlich reihenweise erlagen. Sie lief unruhig die wenigen Schritte, die in der Kammer möglich waren, hin und her. Schließlich stieß sie ein Seufzen aus. Sie blickte zu dem leeren Krug und merkte erneut, wie durstig sie war. Sie verspürte wenig Lust, in der Dunkelheit durch das Haus zu geistern, doch ohne etwas zu trinken würde sie kaum schlafen können. Schließlich warf sie ihren Umhang über und griff nach dem Leuchter, um sich auf den Weg in die Küche zu machen.

Leise huschte sie die Treppe hinab. Im Haus herrschte eine unheimliche Stille. Kein Laut war zu hören. Cécile nahm die Abkürzung über den Herrschaftstrakt, über den man am schnellsten zur Küche und zu den Vorratsräumen gelangte, die im angrenzenden Seitentrakt lagen. Als sie durch die Halle lief, bemerkte sie, dass die Tür zur Bibliothek offen stand. Mondlicht fiel in einem hellen Schein durch das Fenster. Sie blieb stehen. In dem Raum befand sich nicht nur die umfangreiche Büchersammlung des Duc, sondern auch sein Sekretär. Cécile trat leise auf die Schwelle und hielt den Leuchter ein Stück in die Bibliothek hinein. Ihre Augen blieben im Halbdunklen an dem aufgeklappten Sekretär aus Palisanderholz hängen. Auf der Tischplatte lagen Papiere und Briefe ausgebreitet, und der Gedanke war da, bevor Cécile sich noch dagegen wehren konnte. Ihr Herz klopfte laut. Sie warf noch einmal einen vorsichtigen Blick in die Dunkelheit, trat dann kurz entschlossen in den Raum und ging zu dem Sekretär. Vielleicht konnte sie hier etwas mehr über den Duc de Villier und damit auch über den Verbleib ihres Bruders herausbekommen!

Cécile stellte den Leuchter ab und überflog hastig die Papiere. Das meiste schien die Politik und Regierungsbildung des neuen Regenten zu betreffen. Nur wenige Briefe waren rein privater Natur, stellte sie enttäuscht fest. Suchend sah sie sich um. Irgendwo musste es doch etwas geben!

Die Schubladen – vielleicht fand sich dort etwas. Ihre Hände ertasteten in fiebriger Erregung den geschwungenen goldenen Griff des obersten Faches. Mit einem leisen Quietschen, bei dem ihr fast das Herz stehen blieb, zog sie es auf. Sie nahm erneut den Leuchter in die Hand und sah, dass die große Schublade bis zum Rand gefüllt war mit ordentlich gebündelten Briefen. Cécile ließ das Licht über die Päckchen gleiten, die jeweils nach ihrem Verfasser sortiert zu sein schienen. Plötzlich stockte ihr der Atem – die gestochene Schrift auf einem der Briefe war ihr nur zu vertraut. Es war die Handschrift ihres Vaters. Mit zittrigen Händen stellte sie den Leuchter ab und wollte nach dem Bündel greifen, als sie hinter sich ein Geräusch hörte.

»Eine kleine Diebin, sieh einmal an!«

Cécile fuhr herum – auf der Türschwelle stand mit einem mehrarmigen Leuchter in der Hand der junge Comte de Villier.

Sie richtete sich eilig auf. »Ich war auf dem Weg in die Küche, als ich sah, dass die Bibliothek offen stand. Ich wollte nur prüfen, ob alles in Ordnung ist«, versuchte Cécile betont ruhig zu sagen, doch ihr Puls raste. Wahrscheinlich hatte er den Lichtschein ihrer Kerze gesehen. Wie hatte sie nur so unvorsichtig sein können, nicht wenigstens die Tür zu schließen!

Er lachte, und sie bemerkte zu ihrem Entsetzen, dass er langsam auf sie zukam. Mit gespielter Strenge schüttelte er den Kopf. »Mir sah es eher danach aus, als würden Sie ein wenig herumschnüffeln, Mademoiselle La Palissande!«

Cécile schaute ihn erstarrt an. Es war offensichtlich, dass er die Situation genoss. Er blieb dicht vor ihr stehen und warf einen Blick auf die geöffnete Schublade. »Tsss! Sie lesen die Briefe meines Vaters?«, fragte er gespielt streng. »Ich bin entsetzt!«

Er hob die Hand und strich ihr durchs Haar. Sie versuchte zurückzuweichen, prallte jedoch gegen die Tischplatte des Sekretärs. Der Comte hielt sie fest.

»Lassen Sie mich los!«

Er lachte. »Wollen Sie schreien? Nur zu! Man wird die Polizei rufen und Sie verhaften lassen!«

»Ich habe nichts getan!«, fuhr Cécile ihn an.

Er beugte sich zu ihr. »Sie haben in den Unterlagen und Briefen des Duc de Villier herumgewühlt – in Staatsunterlagen. Vermutlich wollten Sie sogar etwas stehlen. Glauben Sie mir, das wird reichen, um Sie für mehr als ein paar Jahre in die Bastille zu bringen!«

Sie blickte ihn entsetzt an, denn ihr ging auf, dass er recht hatte. Im Zweifelsfall würde ihr Wort gegen seines stehen, und es war keine Frage, wessen Aussage man mehr Glauben schenken würde. Ganz zu schweigen davon, dass man bei dieser Gelegenheit höchstwahrscheinlich auch herausfinden würde, dass sie sich unter einem falschen Namen als Angestellte eingeschlichen hatte.

Wie erstarrt merkte sie, dass die Hand des Comte ihren Umhang aufschlug, unter dem sie noch das Abendkleid trug. Seine Augen hefteten sich auf die durchsichtige Spitze ihres Ausschnitts. »Seien Sie ein bisschen nett zu mir, und wir tun einfach so, als hätte ich nichts gesehen«, sagte er, während sein Zeigefinger sanft an ihrem Schlüsselbein entlangfuhr. Eine plötzliche Übelkeit ergriff Cécile, ohne dass sie hätte sagen können, ob sie vom Geruch seines süßlich-herben Parfüms herrührte oder von ihrer plötzlichen Angst, weil sie nicht wusste, was sie tun sollte. Sie verfluchte sich, dass sie vergessen hatte, ihren Dolch einzustecken.

»Lassen Sie mich, bitte!«, sagte sie.

Sein Griff verstärkte sich. »Zier dich nicht so«, stieß er gereizt hervor und fasste in den Seidenstoff ihres Rocks. »Du bist doch auch anderen Herren gefällig, nicht wahr? Oder wer bezahlt dir die schönen Kleider?« Erregt zog er sie an sich, um sie zu küssen, und sie spürte entsetzt, wie er grob versuchte, ihren Rock hochzureißen.

»Nein, lassen Sie mich los!«, schrie sie. Da hörte man plötzlich schwere Schritte.

»Ich glaube nicht, dass sich dieses Verhalten für einen zukünftigen Duc de Villier gehört«, ertönte eine tiefe Stimme.

Der Comte fuhr zu der kräftig gewachsenen Männergestalt auf der Schwelle herum.

»Guten Abend, Vater. Ich habe sie dabei ertappt, wie sie in Ihren Unterlagen und Briefen herumgeschnüffelt hat«, sagte er gleichmütig und zog dabei seinen Rock gerade.

»Und Sie glauben, die angemessene Reaktion darauf sei es, sie zu vergewaltigen?« Die Verachtung in der Stimme des Duc de Villier war nicht zu überhören. »Begeben Sie sich in Ihre Gemächer, wir werden morgen darüber reden.«

Der Comte zuckte die Achseln und verließ mit gleichgültiger Miene den Raum, als sei nichts geschehen.

Cécile, die ihren Umhang zusammengerafft hatte, blickte zögernd zu dem Duc, der ihr den Rücken zuwandte und mit einer Kerze zwei weitere Leuchter anzündete. »Sie bleiben, Mademoiselle!«, sagte er knapp.

Sie nickte stumm. Es hätte kaum eine ungünstigere Art und Weise geben können, sich bei dem Duc de Villier einzuführen.

Er deutete auf einen gepolsterten Schemel. »Setzen Sie sich«, sagte er und nahm ihr gegenüber auf einem Armlehnstuhl Platz. Eine grauhaarige Perücke umrahmte sein markantes Gesicht, über dessen Stirn sich feine Linien zogen. Seine dunklen Augen musterten sie.

»Es tut mir leid. Ich wollte nichts Unrechtes tun«, sagte sie. Sie beschloss, ihm die Wahrheit zu sagen. In der augenblicklichen Situation konnte sie unmöglich länger verheimlichen, wer sie wirklich war. »Ich warte seit Tagen auf eine Gelegenheit, mit Ihnen zu sprechen. Und als ich gesehen habe, dass die Tür zur Bibliothek offen stand, habe ich gehofft, vielleicht hier etwas ...«

Er unterbrach sie mit einer knappen Handbewegung. »Würden Sie mir als Erstes bitte verraten, wer Sie überhaupt sind? Mademoiselle La Palissande sind Sie jedenfalls nicht, wie ich in Erfahrung bringen konnte«, sagte er schneidend.

Cécile sah ihn betreten an. Sie hätte nicht einmal gedacht, dass er überhaupt von ihrer Existenz hier im Haus wusste, geschweige denn, dass er Erkundigungen über sie hatte einziehen lassen. »Nein, Monsieur le Duc, ich heiße nicht La Palissande – ich bin Cécile de Montbrignac, die Tochter von Henri de Montbrignac«, sagte sie leise.

Er zog seine rechte Augenbraue kaum wahrnehmbar ein Stück nach oben. »Das glaube ich Ihnen nicht«, sagte er dann. »Ich kenne Henri de Montbrignac gut genug, um zu wissen, dass sich seine Tochter niemals unter einem falschen Namen hier in mein Haus einschleichen würde.«

Sie blickte ihn eindringlich an. »Mein Vater ist in Schottland in einem Hinterhalt der Engländer ums Leben gekommen. Er selbst hat mich zu Ihnen geschickt … Ich weiß, wie unglaubwürdig sich das alles für Sie anhören muss, aber als ich mich hier unter meinem wahren Namen vorgestellt habe, hat mich Ihr Lakai nicht einmal über die Türschwelle gelassen«, erklärte sie ihm bitter.

Dann erzählte sie ihm stockend, wie sie sich auf den Weg nach Versailles gemacht hatte und eine Woche später, kurz nach dem Tod des Königs, erneut versucht hatte, zu ihm vorgelassen zu werden, und wie es schließlich durch die Frage des Sekretärs dazu gekommen war, dass sie die Stelle als Gesellschaftsdame bei der Duchesse angenommen hatte.

Der Duc hörte ihr schweigend zu. Seine Miene war ein wenig freundlicher geworden, doch sie spürte, dass er noch immer zögerte, ob er ihr glauben sollte.

»Bitte, sagen Sie mir, wo mein Bruder Jean ist! Mein Vater sagte, er würde bei Ihnen leben«, bat sie schließlich drängend.

»Ihr Bruder?« Der Gesichtsausdruck des Duc veränderte sich schlagartig. »Es tut mir leid, aber Jean lebt nicht mehr. Er ist schon seit vielen Jahren tot.«

Cécile sah ihn geschockt an. »Aber mein Vater sagte, er hätte den Überfall damals überlebt.«

»Den Überfall, ja, aber nicht die Pocken! Es ging sehr schnell«, fügte der Duc hinzu. »Ich habe Ihrem Vater damals nichts gesagt, weil ich sein Leid nicht noch vergrößern wollte«, erklärte er.

»Sie haben es ihm verheimlicht?«

»Ja«, bestätigte er kühl.

»Aber wie konnten Sie das tun?«, entfuhr es ihr.

Der Duc de Villier blickte sie an. »Wie gesagt, ich wollte ihm nicht noch mehr Schmerz zufügen.«

»Aber dazu hatten Sie kein Recht!« Ihre Stimme war laut geworden, und sie fühlte, wie sich ihre gesamte Anspannung und die ständigen Enttäuschungen, die sie seit ihrer Ankunft in Frankreich erlebt hatte, mit einem Mal in ihren Worten entluden. Tränen schossen ihr in die Augen. »Er hat Ihnen vertraut! Wie konnten Sie ihm verschweigen, dass sein Sohn gestorben ist? Sie waren sein Freund!«, schrie sie.

Er war unter seiner Perücke bleich geworden. »Mäßigen Sie um Gottes willen Ihren Ton.« Er blickte in ihr aufgebrachtes, tränenüberströmtes Gesicht und schüttelte ungläubig den Kopf. Dann sank er auf einen Sessel. »Mein Gott, Sie sind tatsächlich seine Tochter – dasselbe ungezügelte Temperament, wenn es um Gerechtigkeit geht, derselbe Stolz ...« Er brach ab und blickte zu Boden. »Auch wenn es Ihnen schwerfällt, Sie müssen mir vertrauen und mir glauben, dass es besser ist, wenn Sie über all diese Dinge so wenig wie möglich wissen. Zu Ihrem eigenen Schutz«, sagte er schließlich mit Nachdruck.

Sie schüttelte ungläubig den Kopf. »Nein, das können Sie nicht von mir verlangen. Ich bin nach Frankreich zurückgekommen, um meinen Bruder zu finden und am Hof um die Begnadigung meines Vaters zu bitten, und das werde ich auch tun.«

Der Duc beugte sich zu ihr und ergriff mit plötzlicher Heftigkeit ihr Handgelenk. »Das werden Sie nicht tun, haben Sie verstanden?«, sagte er.

Der drohende Unterton in seiner Stimme ließ Cécile unwillkürlich zurückweichen.

»Die Dinge sind kompliziert und weitaus gefährlicher, als Sie denken«, fuhr er sie an. »Wenn der König noch lebte, wäre alles einfacher – er wäre bereit gewesen, Ihren Vater zu begnadigen. Aber mit dem Regierungsantritt des Duc d'Orléans hat sich alles verändert! Es sind andere Männer, die jetzt die Macht haben.«

Sie sah ihn an. »Ist mein Bruder wirklich tot?«, fragte sie leise.

Seine Lippen waren schmal geworden. Schließlich stieß er ein Seufzen aus. »Nein, er lebt«, erklärte er. »Mehr kann ich Ihnen jedoch nicht sagen.«

»Aber ich will ihn doch nur sehen, damit ich weiß, dass er wirklich am Leben ist!«, sagte sie bittend.

Der Duc schüttelte resolut den Kopf. »Nein, dieses Risiko kann ich nicht eingehen. Nicht jetzt. Sie müssen mir vertrauen und Geduld haben. Es tut mir leid.«

In ihre Erleichterung über seine Antwort, dass Jean lebte, mischten sich Zweifel, ob sie ihm wirklich glauben konnte. Befand sich ihr Bruder tatsächlich in Gefahr? Seit dem Tod ihres Vaters war die Aussicht auf das Wiedersehen mit Jean das Einzige gewesen, das ihr Hoffnung gespendet hatte, und nun wollte der Duc de Villier ihr das verwehren?

»Bitte«, sagte sie flehentlich. »Ich muss meinen Bruder sehen. Verstehen Sie das denn nicht?«

Er schüttelte den Kopf. »Ich bedauere. Es geht nicht. Es wäre zu gefährlich. Wie gesagt, Sie müssen Geduld haben.«

»Geduld? Was meinen Sie damit?«, fragte sie aufgebracht. »Wie lange?«

Er zuckte die Achseln. »Ich weiß es nicht. Einige Wochen, vielleicht auch länger. So lange, bis sich die neuen Machtverhältnisse gefestigt haben«, sagte er abermals.

Cécile schwieg. Sein unnachgiebiger Gesichtsausdruck ließ sie erkennen, dass er nichts hinzufügen würde.

Später, als sie allein in ihrer Kammer war, fragte sie sich, was sie jetzt tun sollte. Der Duc, der sie noch einmal inständig gebeten hatte, Stillschweigen über ihren Bruder zu bewahren, hatte ihr angeboten, als Gast in seinem Haus zu bleiben. Das sei das Mindeste, was er ihrem Vater schuldete.

Selbstverständlich sei sie von den Diensten bei der Duchesse sofort entbunden und würde im Seitenflügel ein Gemach bekommen. Auch für ihren Unterhalt würde er aufkommen.

Das Angebot war verlockend, doch Cécile war sich nach wie vor nicht sicher, ob sie ihm vertrauen konnte. Andererseits – welche Wahl hatte sie schon? Nur er konnte sie zu ihrem Bruder führen.

28

Er beobachtete aus der Kutsche heraus, die ihr unauffällig folgte, wie sie den kleinen Platz mit dem Springbrunnen überquerte. Der Kopf der jungen Frau wandte sich neugierig zu einem Händler, der frische Birnen und Äpfel verkaufte, doch dann richtete sie ihren Blick wieder gen Boden, um nicht in einen der vielen Pferdeäpfel zu treten. Geübt hielt sie ihren Rock einige Fingerbreit in die Höhe gerafft, um sich, wenn nötig, mit einem Ausfallschritt nach links oder rechts zu retten. Er sah ihr nach, wie sie mit schnellen Schritten an den eleganten Stadtpalais vorbei die Straße hoch in Richtung des Place Royal lief.

Sein Mund verzog sich zu einem schmalen Strich. Seit zwei Wochen versuchten seine Leute, sie im Auge zu behalten, doch es hatte sich schwieriger gestaltet als angenommen. Sie hatten in Versailles ihre Pension durchsucht – eine schäbige kleine Absteige, die in keiner Weise zu dem Kleid passte, das sie getragen hatte. Sie hatte nichts von Wert besessen – mit Ausnahme der Louisdor, die seine Leute vorsorglich mitgenommen hatten. Die fehlenden Mittel schienen seine Vermutung zu bestätigen, dass sie ganz allein auf sich gestellt war.

Kurz darauf hatten sie ihre Fährte jedoch zum ersten Mal verloren. Sie entschwand auf einem Fuhrwagen Richtung Paris – das war das Letzte, was sie von ihr in Erfahrung bringen konnten.

Er hatte die irrige Hoffnung gehabt, dass er nun nicht mehr viel tun musste und sich ihr Schicksal von allein besiegelte. Sie war jung, hübsch, besaß keinerlei Zufluchtsort oder Geld – die Wahrscheinlichkeit, dass ihr etwas zustieß, sie überfallen und vergewaltigt wurde und ihre Leiche bald in dem dunklen Wasser der Seine treiben würde, war hoch. Einige Tage hatte er sich daher in dem trügerischen Glauben gewiegt, die Angelegenheit sei erledigt. Doch dann hatte er sie mit einem Mal am helllichten Tag beim Palais Royal wiedergesehen – im Park, am Arm eines Höflings. Er hatte angenommen, dass es ihr gelungen war, sich einen Liebhaber zuzulegen.

Es war der Zeitpunkt gewesen, an dem er beschlossen hatte, zur Tat zu schreiten.

Ein finsterer Ausdruck glitt über sein Gesicht. Ein kleiner unauffälliger Unfall, wie es so viele in Paris gab. Leider war der Kutscher unfähig gewesen. Ein Bettler hatte sie im letzten Moment zur Seite gerissen. Sie verfügte tatsächlich über ein beängstigendes Maß an Glück.

Und nun hatten sich die Dinge zusätzlich verkompliziert. Sein Gesicht verdüsterte sich erneut. Vor einigen Tagen war sie auf einem Fest der Duchesse de Berry aufgetaucht. Abermals in Begleitung dieses Höflings, von dem er inzwischen wusste, dass es sich um den Comte de Thoury handelte.

Die Kutsche, die ihr weiter heimlich gefolgt war, verlangsamte jetzt das Tempo. Er sah, wie die junge Frau um die Ecke bog und in einiger Entfernung auf die eleganten Ziegelsteinfassaden der identisch aussehenden Hôtels zulief, die den Place Royal in einer quadratisch geschlossenen Front umgaben. Dann verschwand sie im Durchgang der Arkaden neben dem Pavillon du Rois und aus seinem Blickfeld.

Seine Neugier siegte. Er gab dem Kutscher mit einem Klopfen das Zeichen anzuhalten und stieg aus. Unauffällig ging er ihr im Schatten des Pavillons nach und verharrte dann.

Sie stand nur wenige Schritte vor ihm zwischen den anderen Passanten und Spaziergängern und sah sich suchend um, bis sie schließlich auf die Mitte des Platzes, direkt auf die Statue von Louis XIII., zusteuerte. Er sah, dass sie bereits erwartet wurde.

Er ballte die Faust und wandte sich ab. Wenn er nur wüsste, was sie vorhatte! Man würde von ihm erwarten, dass er das Problem bald löste. Es beunruhigte nicht nur ihn, dass es ihr gelungen war, in diese Kreise vorzudringen.

29

Cécile war mit einem Lächeln auf den Comte de Thoury zugelaufen und zog die Kapuze ihres Umhangs vom Kopf.

Glücklicherweise hatte niemand sie beim Verlassen des Hauses bemerkt. Die Ironie der Situation wollte es, dass sie durch ihren neuen Status im Hause Villier zwar von den Pflichten gegenüber der Duchesse entbunden war und frei über ihre Zeit verfügen konnte, dafür nun aber nicht ohne

Begleitung aus dem Haus gehen konnte. Für eine junge, unverheiratete Dame von Stand gehöre sich das nicht, hatte ihr Madame de Villier erklärt, die auf die Enthüllung ihrer wahren Identität mit kühler Reserviertheit reagiert hatte. Cécile hatte erst gar nicht versucht, ihr zu erklären, dass sie sehr gut auf sich aufpassen konnte. Sie wusste, Madame de Villier würde diesbezüglich nicht mit sich reden lassen. Die Folge war jedoch, dass sie sich entweder, so wie jetzt, heimlich aus dem Haus stehlen oder wohl oder übel die Begleitung einer der Zofen akzeptieren musste.

Der Comte blickte sie mit erleichterter Miene an. Er hatte ihr am Vormittag durch einen Boten einen Brief bringen lassen, in dem er sie dringend um ein Treffen bat.

»Wie schön, Sie zu sehen!« Er lüftete seinen Dreispitz.

»Wie geht es Ihnen?«, fragte Cécile. Sie schlenderten an den Arkaden entlang über den Platz.

»Danke der Nachfrage«, erwiderte er. Sie bemerkte seine ernste Miene. Irgendetwas war passiert.

»Gibt es einen besonderen Grund, warum Sie mich sprechen wollten?«, fragte sie.

Er wandte den Kopf zu ihr und nickte. »Ich denke, Sie sollten das Haus des Duc de Villier verlassen.«

Cécile sah ihn verwundert an. »Aber warum? Ich habe es Ihnen noch nicht erzählt: Monsieur de Villier ist inzwischen bekannt, wer ich bin.«

Der Comte war blass geworden. »Was sagen Sie da?«

»Er weiß, dass ich Cécile de Montbrignac bin«, erklärte sie, verunsichert über seine Reaktion, und berichtete ihm, was an dem Abend nach dem Fest in der Bibliothek geschehen war. »Der Duc hat mir bestätigt, dass mein Bruder noch lebt«, erklärte sie.

»Haben Sie Jean gesehen?«

»Nein«, antwortete sie zögernd. »Der Duc sagte, zum Schutz meines Bruders dürfe niemand seinen Aufenthaltsort wissen und …«

Thoury unterbrach sie besorgt. »Hören Sie, Mademoiselle, ich habe nach unserem letzten Treffen weitere Nachforschungen angestellt. Der Mann, der sich maßgeblich dafür eingesetzt hat, dass Ihr Onkel den Titel und die Besitztümer Ihres Vaters bekommt – dieser Mann ist kein anderer als der Duc de Villier gewesen.«

Cécile erbleichte. »Sind Sie sicher?«

Der Comte nickte. »Ja – und angesichts der Tatsache, dass von Ihrem Bruder jede Spur fehlt, sollten Sie umso vorsichtiger sein. Unter Umständen befinden Sie sich in diesem Haus in großer Gefahr«, erklärte er eindringlich.

Ihr war mit einem Mal schwindlig, und sie setzte sich auf eine der Steinbänke, die in den Arkadengängen standen. Sollte der Duc de Villier die Freundschaft zu ihrem Vater nur vorgetäuscht haben? Sie dachte daran, dass sie in den letzten Tagen mehrmals erneut versucht hatte, Villier auf ihren Bruder anzusprechen, doch er war ihr stets geschickt ausgewichen. Sie hatte sich nicht des Eindrucks erwehren können, dass sie von ihm hingehalten wurde, denn als sie ihn gefragt hatte, vor wem er Jean denn eigentlich schützen müsse, hatte er ihr abermals nur knapp geantwortet, dass es besser für sie sei, von all diesen Dingen nichts zu wissen.

Thoury hatte sich neben ihr auf der Bank niedergelassen. »Es tut mir leid, aber Sie sollten das Haus von Villier verlassen. Wenn Sie erlauben, biete ich Ihnen die Gästegemächer in meinem Pariser Palais an.«

Cécile sah ihn an. »Ich kann dort nicht weggehen – nicht, bevor ich endlich weiß, ob mein Bruder wirklich noch lebt«, sagte sie schließlich.

Der Comte seufzte, als er die Entschlossenheit in ihren Augen bemerkte. »Dann versprechen Sie mir wenigstens, vorsichtig zu sein!«

Sie waren schon wieder aufgestanden und einige Schritte weitergegangen, als er in seine Rocktasche griff. »Ich habe Ihnen übrigens eine Einladung für ein weiteres Fest bei der Duchesse de Berry besorgt. Es findet am Donnerstag statt. Der Regent wird dieses Mal sicherlich anwesend sein. Ich selbst werde Sie leider nicht begleiten können, weil ich für einige Tage nach Bordeaux muss.«

Er reichte ihr einen Umschlag, den sie dankbar entgegennahm. Die Dinge, die sie über Villier erfahren hatte, machten eine Audienz bei dem Duc d'Orléans umso dringlicher.

»Sie haben geschäftlich in Bordeaux zu tun?«, fragte Cécile.

Er schüttelte den Kopf. »Nein, es handelt sich um eine Testamentseröffnung. Mein Vater ist gestorben.«

Cécile blickte ihn betroffen an. »Oh, das wusste ich nicht. Wie schrecklich! Mein Beileid, Comte!«

Thoury machte eine wegwerfende Handbewegung. »Wir hatten nicht das beste Verhältnis. Um ganz ehrlich zu sein, sind wir wohl beide gleichermaßen froh, uns nicht mehr sehen zu müssen.«

Cécile war erstaunt, doch etwas in seinem Gesichtsausdruck hielt sie davon ab, ihn nach dem Grund dafür zu fragen. Sie ahnte, dass es vermutlich etwas mit seinen geschlechtlichen Vorlieben zu tun hatte.

Thoury begleitete sie noch ein Stück zurück zum Hôtel de Villier und verabschiedete sich dann von ihr, nicht ohne ihr noch einmal das Versprechen abzunehmen, vorsichtig zu sein. Sobald er aus Bordeaux zurück sei, würde er sich bei ihr melden, versprach er.

30

Der Comte de La Baume lehnte am Türrahmen. Schon seit geraumer Zeit verfolgte er das Treiben an den Tischen im Salon. Es wurde gespielt. Schwindelerregende Summen wurden innerhalb von Minuten gewonnen und verloren, und während so halbe Stadtpalais, Zuchtpferde und Juwelen ihre Besitzer wechselten, ertränkten Verlierer und Sieger ihren Kummer oder ihre Freude in den Champagnerströmen, die die Lakaien ausschenkten.

Der Comte nahm einen Schluck aus seinem Glas und beobachtete, wie an einem der Tische Madame de Polignac mangels barer Zahlungsmöglichkeiten ihr Strumpfband gegen 300 Pistolen setzte. Ein Lakai war gerade dabei, den Einsatz von ihrem rechten Oberschenkel zu lösen, nachdem sie mit anmutiger Geste ihren Rock hochgezogen hatte. Der Anblick dieses Beins war zweifelsohne einige Pistolen wert, musste La Baume anerkennen, aber dass der Marquis d'Alincourt einen solchen Wert auf das Stückchen Stoff setzte, das diesen reizenden Körperteil zierte, ließ vermuten, dass er auf weit mehr als nur das Strumpfband hoffte. Und wie er Madame de Polignac kannte, hatte der Marquis durchaus Chancen, von ihr erhört zu werden.

Der Lakai hatte das Strumpfband inzwischen auf ein silbernes Tablett gelegt, das er neben den Einsatz des Marquis platzierte. Um den Tisch hatten sich einige Höflinge versammelt, die gespannt verfolgten, wie Madame de Polignac die Würfel ergriff.

Der Comte wandte sich ab – er hatte schon zu viele dieser Abende erlebt, als dass ihn der Ausgang des Spiels noch sonderlich interessierte. Wer auch verlieren würde, die Wahrscheinlichkeit, dass die beiden in einem der Séparées den Abend gemeinsam beenden würden, war hoch. Interessant war lediglich die Frage, ob sich ihr dritter, bereits ausgeschiedener Mitspieler, der Abbé de Biron, ebenfalls zu ihnen gesellen würde. Der Comte schlenderte langsam weiter und nickte im Vorbeigehen einigen Bekannten zu.

Die Feste des Duc d'Orléans und seiner Tochter waren von jeher bekannt für ihre Freizügigkeit, doch seit dem Tod des Königs hatten die Ausschweifungen einen neuen Höhepunkt erlangt. Die ungezügelte Lebenslust, die auszuleben den meisten Höflingen unter dem strengen Regiment des alternden Monarchen und seiner bigotten Mätresse verwehrt worden war, war nun mit umso größerer Heftigkeit hervorgebrochen. Dabei spielte sich im Palais Royal nur das ab, was man in abgeschwächter Form in ganz Paris beobachten konnte.

Ihn selbst begannen diese Exzesse inzwischen ein wenig zu langweilen. Zu offensichtlich und vorhersehbar waren die meisten Abende geworden, und der Reiz des Außergewöhnlichen, den sie einmal gehabt hatten, war längst verschwunden. Der Comte trank erneut einen Schluck von seinem Champagner, als ihn die Gestalt einer jungen Frau, die zwischen anderen Gästen durch den Raum schlenderte und das Spiel beobachtete, unvermittelt in seinem Schritt innehalten ließ. Mit einem leisen Lächeln lehnte er sich gegen den Marmorpfeiler. Sie trug ein Kleid aus dunkelroter chinesischer Seide und sah atemberaubend aus. Mademoiselle Cécile de Montbrignac – er hatte nicht erwartet, sie so schnell wiederzusehen. Der Abend versprach vielleicht doch noch reizvoller zu werden, als er gedacht hatte.

Sie war einige Zeit durch die Räume geschlendert und hatte erfolgreich die Annäherungsversuche mehrerer Herren abgewehrt, bevor sie in einem der Gemächer schließlich den Regenten entdeckte. Cécile atmete erleichtert auf – sie hatte schon befürchtet, der Duc d'Orléans wäre erneut dem Fest ferngeblieben. Er saß mit einem anderen Herrn beim Kartenspiel. Menschen umringten den Tisch, und der Regent wirkte gut gelaunt. Neben ihm türmten sich mehrere hohe Stapel von Goldmünzen. Cécile beobachtete, wie er in großen Zügen seinen Champagner trank, als würde es sich dabei um Wasser handeln. Sobald er das Glas abgesetzt hatte, füllte ein Lakai sofort nach. Bisher hatte der Regent leider nicht ein einziges Mal seinen Kopf in ihre Richtung gewandt. Cécile fragte sich gerade, wie es ihr bloß gelingen sollte, mit ihm ins Gespräch zu kommen, als er seine Münzen einstrich und sich vom Tisch erhob. Umringt von seiner Tochter und einigen anderen Höflingen, ging er auf die Tür zu.

Cécile nahm neben sich einen Schatten wahr. »Ein Königreich für Ihre Gedanken, Mademoiselle de Montbrignac!«, sagte eine tiefe Stimme. Sie drehte sich überrascht um und blickte in ein Paar blaue Augen.

»Guten Abend, Monsieur de La Baume.« Sie neigte den Kopf und musste unweigerlich an ihre letzte Begegnung denken. Sie gestand sich ein, dass ein Teil von ihr gehofft hatte, ihn heute Abend wiederzusehen. Auch wenn sie sich fest vorgenommen hatte, dieses Mal unter gar keinen Umständen auf seine Annäherungsversuche einzugehen.

»Ich bin entzückt, Sie zu sehen, Mademoiselle. Die Frage nach Ihren Gedanken war, nebenbei bemerkt, ganz ernst gemeint.«

»Tatsächlich? Warum interessiert Sie, was ich denke?«, fragte sie, während sie dem Regenten nachsah, der sich mit seinen Begleitern in Richtung des benachbarten Salons entfernte.

»Nun, mit Verlaub, Sie sehen hinreißend aus in Ihrem roten Kleid, aber Sie wirken ein wenig angespannt. Wie die anderen beiden Male, bei denen wir uns begegnet sind, übrigens auch«, erklärte er.

Sein belustigter Tonfall bewirkte, dass sie ihm den Kopf zuwandte. Merkte man ihr ihre Stimmung und Gedanken tatsächlich an? Möglicherweise hatte die Duchesse doch recht, und sie tat gut daran, etwas mehr Contenance aufzubringen. »Es wäre ein wenig schwierig, Ihnen das zu erklären«, sagte sie zurückhaltend.

Er schaute sie prüfend an und beugte sich dann vertraulich zu ihr hinunter. »Sie tragen mir meinen Kuss doch nicht nach, oder?«, fragte er mit einer Stimme, in der ein rauer Unterton mitschwang.

Da war sie wieder – seine anmaßende Art. »Nein, nur Ihre ständigen Versuche, mich in Verlegenheit zu stürzen!«, erwiderte sie ärgerlich.

»Oh, ich versichere Ihnen, das lag nicht in meiner Absicht, Mademoiselle.«

»Das wiederum halte ich für eine Lüge, Monsieur.«

Er lächelte leicht. »Nun, verraten Sie mir lieber, was eine Frau wie Sie in diese Gesellschaft führt.«

Sie schaute ihn erstaunt an und wusste zuerst nicht, was er damit meinte. Schließlich zuckte sie die Achseln. »Dasselbe wie die anderen Gäste auch, nehme ich an«, erwiderte sie ausweichend.

»Nein!« Er schüttelte den Kopf und maß sie mit einem durchdringenden Blick von Kopf bis Fuß. »Ganz sicher nicht, Mademoiselle. Sie sind offensichtlich weder darauf aus, exzessiv zu trinken oder zu feiern, noch, ein Vermögen zu verspielen – und einen Liebhaber scheinen Sie auch nicht zu suchen.«

Sie konnte nicht anders, als herausfordernd das Kinn zu heben. »Woher wollen Sie das wissen, Comte?«

Ihre Blicke trafen sich. Er lehnte sich dicht neben sie gegen die Wand. »Gespür, Mademoiselle de Montbrignac«, sagte er leise.

Sie klappte nervös ihren Fächer auf. Plötzlich hatte sie keine Lust mehr, ihm etwas vorzumachen. »Sie haben recht. Um ehrlich zu sein, suche ich eine Gelegenheit, mit dem Regenten ins Gespräch zu kommen«, erklärte sie seufzend.

»Dann geht es noch immer um dieselbe Angelegenheit, wegen der Sie auch versucht haben, eine Audienz beim König zu bekommen?«, fragte er.

»Ja.«

Ein nachdenklicher Ausdruck glitt über sein Gesicht. »Vielleicht kann ich Ihnen helfen.«

»Können Sie mich dem Duc d'Orléans vorstellen?«, fragte Cécile hoffnungsvoll.

Er schüttelte den Kopf. »Nein, aber ich kenne jemanden, der dafür sorgen könnte, dass sich der Duc Ihre Angelegenheit anhört«, sagte er. Er bedeutete ihr, ihm zu folgen.

Sie gingen durch die Gemächer zu einem Salon, in dem zwischen den anderen Gästen eine junge Frau in einem hellgrünen Kleid stand. Sie gehörte zu einem plaudernden und lachenden Kreis, in dem auch die Gestalt des Regenten auszumachen war. Armand steuerte auf sie zu.

Als sie sich umdrehte, erkannte Cécile ihre rötlichen Locken und die porzellanfarbene Haut sofort wieder – es war Solène, die Frau, deren Bekanntschaft sie bereits in der Schlosshalle von Versailles gemacht hatte.

»Armand!« Sie kam mit einem Strahlen auf ihn zu und küsste ihn auf die Wange, bevor ihr Blick verblüfft zu Cécile glitt.

»Sieh einmal an«, sagte sie spöttisch.

»Wenn ich vorstellen darf, Solène Duchamps – Cécile de Montbrignac«, erklärte Armand. »Mademoiselle de Montbrignac muss den Regenten in einer wichtigen Angelegenheit sprechen, und ich habe ihr versprochen, ihr dabei behilflich zu sein.«

Die üppig geschwungenen Lippen in Solènes Gesicht verzogen sich zu einem ironischen Lächeln. Sie musterte Cécile. »Sie können sich etwas einbilden, Mademoiselle de Montbrignac. Gewöhnlich erlischt das Interesse des Comte de La Baume an einer Frau sehr viel rascher.«

Offenbar glaubte Solène, sie hätte ein Verhältnis mit Armand, ging Cécile auf. Einen Augenblick lang war sie sich nicht sicher, ob in dem von Locken umrahmten Gesicht sogar eine Andeutung von Eifersucht zu erkennen war. »Ich wäre Ihnen sehr dankbar, wenn Sie mir helfen könnten. Ich muss mit dem Regenten etwas besprechen, was für mich von sehr, sehr großer Bedeutung ist«, sagte Cécile.

Solène sah sie an und sagte nichts, doch schließlich nickte sie. »Ich werde sehen, was ich tun kann, aber nicht heute Abend.« Sie warf einen schnellen Blick zu dem Duc hinüber, der sichtlich amüsiert der Erzählung eines Höflings lauschte. »Er hat getrunken und hasst es außerdem, wenn er in seiner privaten Zeit auf etwas anderes als sein Vergnügen angesprochen wird. Kommen Sie morgen Vormittag ins Palais. Sagen Sie den Garden, dass Sie eine Freundin von Mademoiselle Duchamps sind«, fügte sie hinzu. Sie verabschiedete sich mit einem freundlichen Nicken, nicht ohne dem Comte de La Baume zuvor mit einer vertrauten Geste über die Wange zu streichen.

Cécile sah ihr nach, wie sie mit schwingenden Hüften zurück zu dem Kreis des Regenten ging und der Duc d'Orléans den Arm um sie legte.

»Ist sie seine Geliebte?«

Sie waren langsam weitergegangen, und Armand nickte, während sein Blick einen der Spieltische streifte. »Seine und die seiner Tochter!«

Cécile bemühte sich nicht, ihre Überraschung zu verbergen. »Und das stört *Sie* nicht?«, fragte sie.

Er brauchte einen Moment, bis er verstand, was sie meinte. »Mich? Aber nein, warum sollte es?«, fragte er erstaunt. »Sie denken, ich und Solène …? Ach, das ist lange her«, fügte er mit einer nonchalanten Handbewegung hinzu.

Cécile schwieg. Sie erinnerte sich an Solènes Blick, an die Art, wie sie sich von ihm verabschiedet hatte, und war davon überzeugt, dass diese das Verhältnis zu Armand de La Baume mit sehr viel weniger Distanz sah.

»Sie sind doch nicht etwa eifersüchtig?«

Cécile schenkte ihm einen kühlen Augenaufschlag. »Auch wenn Ihnen das gefallen würde, Comte – ich muss Sie leider enttäuschen.«

Er neigte den Kopf zu ihr, und sie nahm erneut den herben Duft seines Eau de Toilette wahr. »Wer weiß, vielleicht werden Sie es eines Tages sein«, sagte er in einem Tonfall, der ihren Puls beschleunigte.

Dennoch blickte sie ihn gereizt an. Er war attraktiv, charmant – und wirklich unerträglich überheblich. »Monsieur de La Baume, ich danke Ihnen für Ihre Hilfe, und unter anderen Umständen würde ich mich überaus geschmeichelt fühlen, aber glauben Sie mir, mein Leben ist zurzeit kompliziert genug. Wenn Sie mich jetzt bitte entschuldigen würden.«

Er schüttelte den Kopf. »Sie können nicht einfach gehen.« Er lächelte. »Ich erinnere Sie nur ungern daran, aber Sie stehen in meiner Schuld! Immerhin habe ich Ihnen zu einer Audienz mit dem Regenten verholfen.«

Cécile blickte ihn sprachlos an. »Sie erwarten eine Gegenleistung?«

»Oh, ich verlange nicht viel. Nur ein kleines Rendezvous. Am helllichten Tag, wenn es Sie beruhigt, nach Ihrer Unterredung mit dem Regenten. Was halten Sie davon? Glauben Sie mir, es wird Ihnen gefallen«, fügte er hinzu.

»Sie sind nicht nur unverschämt, sondern auch über die Maßen von sich eingenommen, Monsieur de La Baume.«

»Nun, dann haben Sie ja nichts zu befürchten«, erwiderte er gleichmütig. »Ziehen Sie also einen Spaziergang oder einen Ausritt vor?«

Sie schaute ihn an und hatte das Gefühl, eine Absage wäre einer groben Unhöflichkeit gleichgekommen. Schließlich hatte er ihr tatsächlich geholfen. »Einen Ausritt, Monsieur de La Baume«, sagte sie. »Vorausgesetzt, Sie besorgen die Pferde und versprechen mir, jeden Annäherungsversuch zu unterlassen.«

»Wenn das Ihr Wunsch ist, Mademoiselle?«

Sie nickte und wollte sich erneut von ihm verabschieden, doch er bestand darauf, sie bis zur Treppe zu begleiten.

»Auf Wiedersehen, Comte«, sagte sie, als sie den Absatz erreicht hatten. Er ergriff ihre Fingerspitzen. Höflich küsste er ihr die Hand.

»Einen angenehmen Abend, Mademoiselle. Ich freue mich auf morgen«, sagte er.

Sie lächelte und wandte sich dann eilig ab. Aufgewühlt stieg sie die Treppe hinunter. Selten hatte ein Mensch in ihr so widersprüchliche Gefühle ausgelöst. Doch sie musste sich eingestehen, dass sie sich insgeheim auf das Treffen mit ihm freute.

Die Türgarden öffneten ihr die Tür, und sie trat nach draußen. Noch immer trafen Gäste ein. Ein Mann, der aus seiner

Kutsche stieg, stieß gegen sie. Ihr Fächer und ihre Tasche fielen zu Boden.

»Oh, Verzeihung! Wie ungeschickt von mir.« Er bückte sich, um die Sachen aufzuheben, und überreichte sie ihr mit einem Lächeln.

Sie blickte ihn erstarrt an. Ihr Gesicht war plötzlich bleich geworden.

»Alles in Ordnung, Mademoiselle?«, fragte er und sah ihr eindringlich in die Augen.

Sie brachte vor Entsetzen nicht mehr als ein stummes Nicken zustande, bevor sie weiterhastete und sich in die Kutsche flüchtete.

Das Fahrzeug hatte schon längst das Palais Royal verlassen und befand sich auf dem Rückweg zum Hôtel de Villier, als Cécile, noch immer zitternd, klar wurde, dass der Höfling, mit dem sie eben zusammengestoßen war, kein anderer als der Duc de Montbrignac gewesen sein konnte – ihr Onkel.

Die Augen, die Nase und hohe Stirn – die Ähnlichkeit hatte etwas Gespenstisches. Cécile schauderte. Sie hatte das Gefühl gehabt, ihren Vater anzublicken. Sicher, die Wangenpartien des Mannes waren etwas weniger markant, sein Mund schmaler und die Augen grau und nicht grün, doch ansonsten war es unübersehbar, dass die beiden Brüder waren. Selbst der Klang ihrer Stimmen war ähnlich. Cécile fröstelte und zog ihren Umhang enger um sich.

31

In der Nacht hatte sie einen Traum. Eine Gestalt saß, in bläulichen Nebel gehüllt, an ihrem Bett und rief sie. »Cécile? Cécile, *ma petite*?« Es war die Stimme ihres Vaters. »Papa?« Sie blickte ihn glücklich an. Er lächelte und strich ihr sanft übers Haar. »Grüße Jean von mir …« Sie wollte ihn umarmen, doch sein Gesicht und Körper lösten sich vor ihren Augen auf und verschwanden. »Papa!« Sie streckte verzweifelt die Hand nach ihm aus, als seine Figur mit einem Mal wieder Konturen anzunehmen schien. Sie sah ihn erfreut an, doch dann stellte sie fest, dass etwas an ihm anders war. Die Augen – sie waren nicht grün, sondern grau. Es war das Gesicht ihres Onkels, das sie anblickte!

Mit einem Schrei fuhr Cécile aus dem Schlaf. Ihr Herz raste, und sie brauchte einen Moment, bis sie begriff, dass sie nur geträumt hatte. Schweiß stand auf ihrer Stirn.

Sie stand auf und goss sich aus einer Karaffe ein Glas Wasser ein, das sie in großen Schlucken trank. Derweil versuchte sie, die unheimlichen Bilder des Traumes abzuschütteln. Sie spürte, wie Tränen über ihre Wangen rannen, und blickte aufgewühlt aus dem Fenster. Die Begegnung mit ihrem Onkel hatte den mühsam verdrängten Schmerz um ihren Vater wieder mit aller Macht hervorbrechen lassen.

Der Mond warf ein helles Licht auf den Blumengarten. Cécile fragte sich, was zwischen den beiden Brüdern vorgefallen war, das ihr Verhältnis hatte so angespannt werden lassen.

Schließlich wandte sie sich vom Fenster ab und holte das Tagebuch hervor, das sie hinter einer Kommode versteckt hielt. Sie erinnerte sich, dass an einer Stelle der Aufzeichnungen von einer Angelegenheit die Rede war, die das Verhältnis zwischen den Brüdern endgültig verschlechtert hatte.

Vorsichtig stellte Cécile den Leuchter neben sich und blätterte die Seiten durch. Ihr Blick blieb an einer Eintragung hängen, die ihr Vater einige Monate nach seiner Hochzeit, im Jahre 1695, verfasst hatte:

Zu unserer größten Freude hat uns der Arzt bestätigt, dass Catherine in anderen Umständen ist. Vater, dem es in den letzten Wochen zunehmend schlechter geht, war überglücklich, die Nachricht zu vernehmen. Alle im Haus haben sich längst von Catherines Charme, ihrer Schönheit und Intelligenz verzaubern lassen, und ich bin stolz auf sie. Nur mein Bruder Louis-François verhält sich ihr gegenüber ablehnend und reserviert. Es wundert mich indessen nicht – seitdem Vater seine Entscheidung bekannt gegeben hat, ist das Verhältnis zwischen mir und meinem Bruder erwartungsgemäß noch angespannter geworden, als es ohnehin schon war. Er wird Zeit brauchen, es zu akzeptieren …

Cécile blickte hoch. Das war die Eintragung! Aber welche Entscheidung hatte ihr Großvater getroffen, die für Louis-François so schwierig zu akzeptieren gewesen war? Sie las weiter.

Ich spüre, dass sich Catherine – obwohl sie es leugnet – in seiner Gegenwart unwohl fühlt. Sie geht ihm aus dem Weg und meidet es, mit ihm in einem Raum zu sein. Ich hoffe, die Zeit wird helfen, die Beziehung zwischen den beiden zu verbessern.

Cécile blätterte weiter. In den Monaten darauf hatte sich der Gesundheitszustand ihres Großvaters zunehmend verschlechtert.

Heute Nacht mussten wir für Vater den Arzt kommen lassen. Er bekommt kaum noch Luft, und wir sind in großer Sorge um ihn. Ich bete, dass Gott ihm zumindest noch die Kraft gibt, die Geburt unseres Kindes zu erleben. Er spürt selbst, dass sein Ende naht, und versucht, so viel wie möglich vor seinem Tod zu regeln. Er hat Louis-François auch die Erlaubnis für seine Verlobung mit der Comtesse de Lamoignon gegeben. Sie ist eine aparte junge Dame, wenngleich mir die einflussreiche Familie, aus der sie stammt, nicht sonderlich sympathisch ist – sie ist eine Cousine des gefürchteten Intendanten Basville. Ich wünsche meinem Bruder jedoch von Herzen, dass er glücklich und damit auch alles zwischen uns einfacher werden wird.

Wieder bloß eine Andeutung über das schwierige Verhältnis! Cécile trommelte mit ihren Fingern nachdenklich auf das glatt polierte Holz des Tisches. Sie musste beim Lesen etwas übersehen haben, irgendeine Stelle, die ihr unwichtig erschienen war, die aber doch von Bedeutung war, wenn man das Verhältnis zwischen den beiden verstehen wollte. Sie legte das Tagebuch wieder weg und begab sich nachdenklich zurück ins Bett. Einige Zeit wälzte sie sich hin und her, bevor sie schließlich in einen unruhigen Schlaf fiel.

32

Am nächsten Morgen begab sie sich wie verabredet um elf Uhr zum Palais Royal. Die Garden ließen sie den Eingang zu den Privatgemächern passieren, sobald sie den Namen von Solène Duchamps nannte. Ein Lakai geleitete sie durch ein Labyrinth von Gängen in einen Salon, in dem er sie einen Moment zu warten bat.

Nach der unruhigen Nacht, die hinter ihr lag, fühlte sie sich wie gerädert. Voller Nervosität dachte sie daran, dass sie gleich den Regenten sehen würde. Sie musterte gerade ihre Hände, als ein leichtes Lachen sie aus ihren Gedanken riss.

»Sie können unmöglich Französin sein, so pünktlich, wie Sie sind!«

Cécile wandte den Kopf zur Tür, in der Solène stand. Sie lehnte in einem seidenen Hausmantel im Rahmen. Ihre hellroten Locken fielen offen über ihre Schultern, als wäre sie gerade erst aufgestanden. Als sie näher kam, bemerkte Cécile jedoch, dass sie bereits geschminkt war. Ein Duft von Parfüm umgab sie. Solène hauchte ihr zwei Küsse auf die Wangen.

»Bin ich etwa zu früh?«, fragte Cécile.

Solènes Lippen kräuselten sich. »Aber nein. Wir hatten elf Uhr gesagt. In Paris kommt man nur für gewöhnlich eine halbe Stunde später«, sagte sie. »Der Abbé Dubois weilt noch bei dem Duc. Wir werden uns einen Augenblick gedulden müssen«, erklärte sie.

Sie führte Cécile in einen kleinen Salon, ließ sich ihr gegenüber auf einer Chaiselongue nieder und zog ihre Beine auf das Sitzpolster hoch. Zwei seidene Pantoffeln lugten unter dem Hausmantel hervor. Es schien ihr nicht im Geringsten unangenehm zu sein, dass sie noch nicht angekleidet war.

Wie von Zauberhand gerufen, erschien ein Lakai und brachte ihnen zwei Tassen heiße Schokolade.

»Danke nochmals, dass Sie mir helfen«, sagte Cécile, als der Diener den Raum wieder verlassen hatte.

Solène blickte sie an. »Sie müssen mir nicht danken. Ich tue das allein für Armand. Er hat mir einmal in einer sehr schwierigen Situation geholfen, wofür ich ihm verpflichtet bin.« Sie nippte an der dunklen Flüssigkeit.

Einen Moment lang schwiegen sie beide. »Leben Sie hier im Palais?«, fragte Cécile schließlich, weil sie das Gefühl hatte, irgendetwas sagen zu müssen.

»Nur, wenn ich mit einem der beiden die Nacht verbracht habe«, erwiderte Solène. Sie sah sie herausfordernd an. »Armand hat Ihnen sicher erzählt, dass ich mit beiden schlafe?«

Cécile, die die Freiheit, mit der man in Paris über sein Liebesleben sprach, immer noch etwas gewöhnungsbedürftig fand, nickte.

»Schockiert?«, fragte Solène.

Cécile schüttelte den Kopf. »Nein, ich stelle es mir nur … nun, etwas schwierig vor.«

Solène zuckte die Achseln. »Nein, überhaupt nicht. Sehen Sie, die Eifersucht lässt die beiden einander näher sein, und ich – ich profitiere davon«, erklärte sie lächelnd. »Ich mag das Leben hier, die Freiheit, den Luxus. Außerdem – alles ist besser als das Kloster.« Sie trank einen weiteren Schluck und erzählte Cécile dann, dass sie mit fünfzehn, nach dem Tod ihrer Eltern, von einer Tante zu den Nonnen gegeben worden war. Es sei die schrecklichste Zeit ihres Lebens gewesen. Unentwegt hätte sie beten und Buße tun müssen und sei regelmäßig gezüchtigt worden. Mit siebzehn hatte Solène es schließlich nicht mehr ausgehalten und war weggelaufen.

Anfangs sei es ihr erbärmlich gegangen, fuhr sie fort. Sie kannte niemanden, zu dem sie hätte gehen können, bis sie schließlich ihren ersten Liebhaber kennenlernte – einen jungen Baron, dem ihr Haar aufgefallen war und der sich schließlich in sie verliebte.

»Sehen Sie, die Nonnen haben mir damals vorgeworfen, meine roten Locken seien ein Werk des Teufels. Nun, das Gegenteil war der Fall. Sie waren ein Geschenk Gottes!«, sagte Solène und schlang dabei lächelnd eine Haarsträhne um ihren Finger.

Cécile blickte sie neugierig an. »Und was ist aus Ihnen und dem Baron geworden?«

»Ich war fast zwei Jahre seine Geliebte, bis er heiraten musste.« Ein kaum wahrnehmbarer Schatten huschte über ihr Gesicht, der ihr einen Augenblick lang etwas Verletzliches gab. »Seine Gemahlin verlangte, dass er mich aufgibt«, erklärte sie dann in einem gleichmütigen Ton, der dennoch nicht verbergen konnte, wie sehr sie damals gelitten hatte.

»Das tut mir leid«, sagte Cécile aufrichtig.

Solène stellte ihre Tasse ab. »Nun ja ...«, erwiderte sie und stand auf. »Kommen Sie, der Abbé müsste jetzt fertig sein.«

Cécile folgte ihr einen breiten Flur entlang, den eine Reihe von Porträtgemälden zierte, bei denen es sich um die Ahnen der Orléans' zu handeln schien. Hoheitsvoll schauten die Gesichter aus ihren goldenen Rahmen auf sie herab, und sie spürte plötzlich wieder ihre Aufregung.

Solène drehte sich zu ihr um. »Und wie steht es mit Ihnen?«, fragte sie neugierig.

»Mit mir?«

»Nun, Armand scheint Sie zu mögen.«

Cécile schaute sie überrascht an. »Da bin ich sicher nicht die Einzige. Wie es aussieht, verfügt der Comte über ein großes Herz«, antwortete sie trocken.

Solène lächelte leicht. »Das scheint Sie zu stören.«

»Aber nein!« Céciles Wangen nahmen gegen ihren Willen eine leichte Röte an.

Solène bedachte sie mit einem seltsamen Blick. »Armand ist ein besonderer Mensch«, sagte sie dann, als würde das alles erklären.

Sie hatten ein kleines, prunkvoll eingerichtetes Antichambre erreicht, vor dem sich eine Garde befand, die die beiden Frauen kommentarlos passieren ließ. Durch eine in der Seidentapete eingelassene Tür traten sie direkt in das Schlafgemach des Regenten. Es schien sich um einen privaten Zugang zu handeln, denn Cécile sah, dass die großen Flügeltüren, die zum offiziellen Antichambre führten, auf der anderen Seite des Raumes lagen.

Philippe d'Orléans befand sich bei der Morgentoilette. Er war bereits fertig angekleidet und ließ sich von seinem Kammerdiener in einen über und über mit Gold bestickten roten Rock helfen, über den er quer eine blaue Ordensschärpe drapierte. Dabei lauschte er dem Bericht eines Sekretärs, der mit einigen anderen Höflingen in devoter Haltung in einem Halbkreis um ihn herum stand. Als der Regent Solène und Cécile gewahr wurde, unterbrach er mit einer knappen Handbewegung den Redefluss des Mannes. »Lassen Sie uns bitte für einen Moment allein, Messieurs«, sagte er, worauf sich die Angesprochenen mit einer Verbeugung aus dem Gemach entfernten.

»Guten Morgen, *mon Prince*!« Mit dem ihr eigenen wiegenden Gang ging Solène auf den Duc d'Orléans zu, küsste ihn auf die Wange und ließ sich dann kokett auf der Stuhllehne nieder. Sie deutete auf Cécile.

»Das ist Mademoiselle de Montbrignac. Sie erinnern sich, dass ich Ihnen von ihr erzählt habe.«

Er lächelte anzüglich. »Wie könnte ich die verheißungsvollen Umstände dieser Konversation vergessen, *ma chère*«, sagte er und küsste innig ihre Hand, ohne dass Solène im Geringsten in Verlegenheit geriet.

Cécile war in eine tiefe Verbeugung gesunken. Ihr war bewusst, wie viel von diesem Augenblick abhing. Sie stand vor dem Regenten von Frankreich – der Moment, auf den sie seit dem Tod des Königs gehofft hatte, war gekommen.

»Ich danke Ihnen, dass Sie mir die Gelegenheit geben, mein Anliegen vorzutragen, Euer Hoheit.«

Er nickte und nahm sie genauer in Augenschein. Sein Blick blieb kurz an ihrem Dekolleté hängen. »Nun, ich bin sicher, ich werde Ihnen kaum etwas abschlagen können, Mademoiselle.«

Solène erhob sich und schenkte Cécile einen aufmunternden Blick. »Ich werde Sie beide allein lassen«, sagte sie und verschwand durch die Tür, durch die sie gekommen waren.

Der Duc sah ihr nach und wandte sich dann dem Spiegel zu. »Mademoiselle de Montbrignac, ja?«, murmelte er, während er sich betrachtete und den Spitzenschal seines Hemdes geradezog. »Sie sind mit dem Duc de Montbrignac verwandt? Seine Nichte?«

»Ja, er ist mein Onkel. Aber wir haben keinerlei Kontakt.«

Er drehte den Kopf zu ihr um, ohne dass sein Gesicht irgendeine Reaktion auf ihre Antwort zeigte. »Nun, erzählen

Sie, was kann ich für Sie tun?« Sein Ton war mit einem Mal sachlich geworden und hatte nichts mehr von dem gewinnenden Charme von zuvor.

Cécile versuchte, sich ihre Anspannung nicht anmerken zu lassen. Es musste ihr gelingen, ihn für sich einzunehmen. »Euer Hoheit, ich bin hier, weil ich Euch um die posthume Begnadigung meines Vaters bitten möchte«, begann sie mit klopfendem Herzen und berichtete ihm dann vom Schicksal ihrer Familie. Sie versuchte dabei, ihren Bruder nicht zu erwähnen. Auch wenn sie dem Duc de Villier kaum noch traute, konnte sie nicht völlig ausschließen, dass sie Jean damit tatsächlich in Gefahr brachte.

Der Duc d'Orléans wirkte überrascht, als sie sprach, hörte ihr jedoch aufmerksam zu.

»Da der König tot ist, hoffe ich nun, Sie können diese Begnadigung aussprechen, Euer Hoheit. Der Priester wird Ihnen sicherlich noch einmal bestätigen, was die sterbende Frau in ihrer Beichte über die Unschuld meines Vaters gesagt hat«, schloss sie.

Er schwieg. Etwas in seinem Blick ließ sie plötzlich nervös werden.

»Nun, Mademoiselle, ich kann nicht verhehlen, dass Ihrer Angelegenheit eine gewisse Tragik innewohnt, und es ehrt Sie, sich in dieser Weise für Ihren Vater einzusetzen«, sagte er höflich. »Dennoch bitte ich Sie zu verstehen, dass es sich völlig meiner Beurteilung entzieht, inwieweit Ihr Vater für die ihm vorgeworfenen Dinge verantwortlich gewesen ist oder ob er tatsächlich unschuldig war. Als Mensch würde ich Ihnen gern helfen – als Regent ist mir das leider nicht möglich.«

Sie brauchte einen Moment, bis sie verstand, was er damit sagen wollte. Ungläubig sah sie ihn an.

»Aber der König persönlich hatte ihm seine Begnadigung in Aussicht gestellt. Bedeutet das denn nichts?«, entfuhr es ihr.

Die ungehaltene Falte, die sich plötzlich über die Stirn des Prince zog, zeigte ihr, dass ihm der Hinweis auf den verstorbenen Monarchen nicht gefiel.

»Ich bin sicher, Seine Majestät hatte seine Gründe. Aber ohne Beweise – und dazu zählt nicht die Aussage eines Priesters, der gegen das Beichtgeheimnis verstoßen hat –«, erklärte er kühl, »vermag ich nichts zu tun.«

Cécile blickte ihn verzweifelt an. Sie fühlte sich, als würde ihr jemand den Boden unter den Füßen wegreißen. Sollten sich ihre gesamte Reise und all ihre Bemühungen mit einem Mal als vergeblich erweisen? Sie vergaß jede Zurückhaltung. »Bitte, Euer Hoheit, ich flehe Euch an …« Tränen schossen in ihre Augen. Sie vermochte nicht weiterzusprechen.

Der Duc schüttelte sachte den Kopf. »Es tut mir leid, Mademoiselle«, sagte er, während er ein Taschentuch aus seiner Rocktasche zog und es ihr in einem Anflug von Mitleid reichte. »Sehen Sie, Mademoiselle de Montbrignac, es würde ohnehin nichts ändern, wenn ich Ihren Vater posthum begnadigte. Als seine Tochter würden Sie weder seinen Titel noch seinen Besitz erben«, erklärte er, in dem Versuch, sie zu trösten. Dann blickte er sie eindringlich an. »Sie sollten sich mit Ihrem Onkel, dem Duc de Montbrignac, versöhnen. Ich bin sicher, er wird Sie in seinem Haus aufnehmen wie eine eigene Tochter. Wenn Sie wünschen, werde ich mit ihm reden. Wir sind miteinander bekannt, wie Sie vielleicht wissen«, setzte er hinzu.

Cécile erstarrte. Er kannte ihren Onkel? Natürlich – sie war mit Louis-François zusammengestoßen, als er gerade zu dem Fest des Regenten kam. Das bedeutete, dass er zum Kreis der Vertrauten des Duc d'Orléans gehören musste. Blitzartig begriff sie, warum der Regent einer Begnadigung ihres Vaters so ablehnend gegenüberstand.

Doch so schnell war Cécile nicht bereit aufzugeben. Da sie ohnehin nichts mehr zu verlieren hatte, entschloss sie sich, ihm alles zu enthüllen.

Ihre Haltung straffte sich. »Es geht nicht um mich, Euer Hoheit, sondern um meinen Bruder Jean«, sagte sie schließlich. »Dem Recht nach würden der Titel und Besitz ihm gebühren.«

Für einen Augenblick wirkte der Duc d'Orléans irritiert. »Ihr Bruder lebt? Ich dachte, er sei tot?«

»Nein, er lebt. Es ist mir selbst auch erst seit Kurzem bekannt. Mein Vater hat mir auf seinem Sterbebett anvertraut, dass er damals nicht umgekommen ist.«

»Und warum haben Sie das nicht gleich gesagt? Wo ist Ihr Bruder?« Ein ungehaltener Zug zeigte sich um den Mund des Regenten.

Cécile spürte, dass sie sich auf gefährliches Terrain begab. Doch da sie nun nicht mehr zurückkonnte, musste sie bei der Wahrheit bleiben.

»Das ist mir nicht bekannt, Euer Hoheit. Der Einzige, der es weiß, ist der Duc de Villier. Er hat mir bestätigt, dass Jean noch lebt, war aber nicht bereit, mir zu sagen, wo er sich zurzeit aufhält.«

Als er den Namen Villier hörte, sah der Regent sie überrascht an. »Der Duc weiß um die Existenz Ihres Bruders?«

»Ja!«

Er tippte die Fingerspitzen seiner manikürten Hände, die mehrere Ringe zierten, gegeneinander. »Ich werde Ihre Angelegenheit noch einmal überdenken, Mademoiselle. Sollte Ihr Bruder am Leben sein, würde das in der Tat die Situation verändern. Ohne veritable Beweise vermag ich allerdings auch dann nichts zu tun. Ich werde Sie meine Entscheidung wissen lassen«, sagte er abschließend und gab ihr mit einem knappen Nicken zu verstehen, dass ihre Unterredung beendet war.

33

Solène hatte draußen auf sie gewartet. »Und, wie ist es gelaufen?«, fragte sie. Sie hatte sich in der Zwischenzeit angekleidet und trug nun ein pflaumenfarbenes Kleid.

Cécile, die sich noch immer ganz benommen fühlte, seufzte. »Ich weiß es nicht«, sagte sie ehrlich und erzählte Solène in groben Zügen von dem Gespräch.

»Nun, wenn er Ihre Angelegenheit noch einmal überdenken wird, scheint mir das ein gutes Zeichen zu sein«, bemerkte Solène. Sie hakte Cécile unter. »Machen Sie sich keine Sorgen. Der Duc ist zwar maßlos in seinem Privatleben, aber trotzdem ein gerechter Mensch.«

Ihre Worte trösteten Cécile etwas. Vermutlich würde der Regent Monsieur de Villier nach ihrem Bruder befragen. Der Duc würde nicht umhin kommen, ihm zu bestätigen, dass Jean noch lebte. Doch selbst dann würde Philippe d'Orléans Beweise für die Unschuld ihres Vaters verlangen, das hatte er ihr deutlich zu verstehen gegeben.

Sie hatten die Privatgemächer verlassen, und Solène deutete von den hohen Fenstern des Flures im ersten Stock hinunter zum Hof. »Da wartet jemand, der Sie ein bisschen ablenken wird«, sagte sie spöttisch.

Tatsächlich war zwischen den Menschen, die dort unten kamen und gingen, eine groß gewachsene Männergestalt zu erkennen. Cécile lächelte erfreut. Es war Armand. Die Audienz bei dem Regenten hatte sie ihre Verabredung fast vergessen lassen.

Sie verabschiedete sich von Solène, nicht, ohne sich noch einmal für ihre Hilfe zu bedanken, und lief die Treppe hinunter.

Eine Mischung aus Freude und Aufruhr erfasste sie, als Armand ihr draußen entgegenkam und ihre Hand küsste. Er führte sie zu einem Vierspänner mit roten Rädern. Céciles Blick blieb an dem Wappen hängen, das auf dem Verschlag prangte – zwei Türme, die eine Lilie vor einem Kreuz umrahmten. Es kam ihr seltsamerweise bekannt vor.

Sie wandte den Kopf zu ihm um. »Hatten Sie mich nicht zu einem Ausritt eingeladen, Comte?«

Er lächelte. »Doch! Der Wagen wird uns zu den Pferden bringen. Sie warten am Bois de Boulogne auf uns.« Er reichte ihr die Hand, um ihr beim Einsteigen zu helfen.

Eine leichte Befangenheit befiel Cécile, als er ihr gegenüber auf der Sitzbank Platz nahm und ein Lakai den Verschlag der Kutsche schloss. Sie zog ihren Umhang gerade. Ihr wurde bewusst, dass sie mit diesem Treffen gegen jede Regel des üblichen Anstands verstieß – eine junge, unverheiratete Frau, die sich allein mit einem Mann traf. Madame de Villier, die ja nicht einmal erlaubte, dass sie ohne Zofe das Haus verließ, würde wahrscheinlich eine Ohnmacht ereilen, wenn sie jemals davon erfuhr. Doch wenn sie sich in der Vergangenheit an solche strengen Anstandsregeln gehalten hätte, würde sie wahrscheinlich noch immer in Schottland sitzen. Sie hatte nur in Begleitung von Männern tagelang draußen in den Highlands übernachtet und war als einzige Frau auf dem Schiff gereist. Vor diesem Hintergrund erschien es Cécile absurd, sich nun mit einem Mal um ihren Ruf zu kümmern und es als Verstoß gegen die guten Sitten zu begreifen, wenn sie ohne Begleitung in Paris unterwegs war.

Ihre Befangenheit rührte daher auch weniger von dem Umstand, dass sie befürchtete, der Comte de La Baume könnte ihr zu nahe treten, als von der leisen Angst vor ihren eigenen Empfindungen.

Sie bemerkte, dass er sie ansah. Er lächelte leicht, als würde er ihre Gedanken erraten. Sie war ihm dankbar, dass er sie nicht nach der Unterredung mit dem Regenten fragte. Für einen kurzen Augenblick hatte er sie prüfend betrachtet, als sie mit angespanntem Gesichtsausdruck aus dem Palais getreten war, doch er hatte nichts gesagt, als würde er fühlen, dass ihr nicht danach war, über die Audienz zu sprechen.

Im Gegensatz zu ihr wirkte der Comte sehr entspannt. Er wies sie während der Fahrt auf das eine oder andere sehenswerte Bauwerk der Stadt hin, über dessen Geschichte und Entstehung er zu ihrer Überraschung auf spannende Weise etwas zu erzählen wusste. Cécile spürte, wie seine Worte sie schon bald auf andere Gedanken brachten. Interessiert hörte sie ihm zu. Sie hatte nicht gewusst, dass Paris bereits im 12. Jahrhundert die Metropole Frankreichs geworden war.

»Es gibt einige Gebäude, die aus dieser Zeit stammen. Notre-Dame zum Beispiel. Der erste Grundstein zu der Kathedrale ist bereits um 1150 gelegt worden«, erklärte er.

Cécile dachte an ihre persönlichen Erinnerungen an die Kathedrale. Welche gegensätzlichen Menschen und Lebenswege sich in dieser Stadt doch vereinten! Sie sah nach draußen, wo man die lauten Rufe einiger Marktverkäufer hörte, die ihre Waren feilboten. Ihr Blick blieb im Vorbeifahren an einem ärmlich gekleideten Jungen hängen, der kaum älter als zehn sein konnte. Er stand zwischen den Verkaufsständen und hatte einen flachen Korb vor seinem schmächtigen Oberkörper hängen, in dem er Birnen anbot. Um ihn herum drängten sich Menschen unterschiedlichsten Standes.

Nach einer kurzen Fahrt erreichte die Kutsche schließlich die Ausläufer des Bois de Boulogne. Schon seit Jahrhunderten war der Wald ein bevorzugtes Jagdgebiet der französischen Könige. Der Anblick des tiefen Grüns, das sich vor ihren Augen erstreckte, ließ Céciles Herz höher schlagen. Es war diese Weite des Blicks, die sie in Paris so sehr vermisste.

Sie fuhren bis zu einer Lichtung, auf der sie der Rittmeister des Comte bereits erwartete. Als Cécile aus der Kutsche stieg, entdeckte sie die Pferde, die ein Page für sie bereithielt. Sie tänzelten unruhig hin und her. Eins war eine edle dunkelbraune Stute, das andere ein schwarzer Hengst mit einer auffälligen hellen Blesse, der sie sofort an Fay erinnerte. Eine plötzliche Sehnsucht überfiel sie. Seit ihrer Abreise aus Glencoe hatte sie nicht mehr auf dem Rücken eines Pferdes gesessen. Sie hasste das Eingeschlossensein und die schaukelnde Fahrt in den Kutschen, die einen jede Unebenheit der Straße spüren ließ.

Cécile ging auf den Hengst zu und strich ihm sanft über die Flanke. Ihr Gesicht leuchtete. »Sie ahnen nicht, welche Freude Sie mir mit einem Ausritt machen«, sagte sie zu dem Comte de La Baume.

Er war hinter sie getreten, so dicht, dass sie seinen warmen Atem an ihrem Haar spüren konnte. »Und Sie ahnen nicht, welch ein Vergnügen es ist, Sie so lächeln zu sehen, Mademoiselle!«

Er klopfte dem Tier auf den Hals. »Er heißt Aristide und ist ein bisschen ungestüm«, sagte er dann. »Sind Sie sicher, dass Sie ihn und nicht Antigone nehmen wollen?«

Sie lächelte. »Ja«, sagte sie und ergriff die Zügel.

Der Page wollte ihr beim Aufsitzen helfen, doch bevor er noch die Hand ausstrecken konnte, war sie bereits im Sattel. Mit einem herausfordernden Lachen drehte sie sich zu dem Comte um. »Kommen Sie – wir wollen sehen, wer schneller ist!«

Armand sah sie überrascht an, als sie auch schon ihre Schenkel gegen die Flanke des Tieres drückte und davonstob.

Der Wind wehte ihr ins Gesicht, und die frische Luft kühlte ihre Wangen und ließ das Blut in ihrem Körper pulsieren.

Das Laub fiel bereits von den Bäumen, und während die Hufe des Pferdes die Blätter hochwirbelten, wurde ihr bewusst, dass es Herbst geworden war.

Sie drehte sich nach Armand um, der sich auf Antigone geschwungen hatte und die Stute antrieb, um den Vorsprung einzuholen.

Cécile lächelte und beschleunigte ihr Tempo.

Zwei umgestürzte Baumstämme blockierten den Weg, aber der Hengst sprang mit Leichtigkeit über die Hindernisse hinweg. Sie spürte, dass das Tier die Geschwindigkeit und die Bewegung genauso genoss wie sie selbst. Sie harmonierten perfekt. Für einen Moment fielen all ihre Sorgen und Gedanken von ihr ab, und sie genoss die Energie, die sie durchdrang, während sie auf dem Rücken des Pferdes vorwärtsjagte.

»Bei Gott, ich hätte nicht im Traum gedacht, dass Sie solch eine gute Reiterin sind«, sagte Armand, der sie ein Stück weiter lachend eingeholt hatte.

»In Schottland bin ich viel geritten. Man kommt in den Highlands nur zu Fuß oder auf dem Pferd vorwärts.«

Er musterte sie neugierig. »Sie haben in Schottland gelebt? Lange?«

Sie nickte. »Beinah dreizehn Jahre. Ich war noch ein kleines Mädchen, als wir nach Glencoe gekommen sind.« In ihrem Kopf tauchten unweigerlich die Erinnerungen an damals auf, und sie versuchte die Gedanken zu vertreiben.

»Und woher kommen Sie, Monsieur de La Baume?«

»Meine Familie stammt aus der Provence. Aber die letzten Jahre habe ich, wenn ich nicht im Kampf war, in Versailles und Paris verbracht.«

»Sie haben im Spanischen Erbfolgekrieg gekämpft?«, fragte sie überrascht. Sie konnte seine elegante Erscheinung nur schwer mit dem Bild von Blut und Soldaten in Verbindung bringen, obwohl sein Körper und die Art, wie er auf dem Pferd saß, eine Kraft verrieten, die sich ein Mann nur im Kampf erwarb.

»Ja. Ich habe in Flandern und später in Italien ein Regiment gehabt.«

Sie waren an einer Weggabelung angekommen, und er deutete nach rechts. »Lassen Sie uns diesen Pfad nehmen. Er führt ein Stück aus dem Wald hinaus, zu einem Aussichtspunkt, von dem man eine atemberaubende Sicht auf die Landschaft hat.«

Sie beschleunigten beide erneut das Tempo. Nach kurzer Zeit hatten sie den Waldrand erreicht und durchquerten ein weites Feld, das sich am Ende einen Hügel hinaufzog. Außer Atem erreichten sie den Gipfel und stiegen von den Pferden.

Armand hatte nicht zu viel versprochen. Die Sicht war wundervoll. Bis zum Horizont zogen sich die grünen, an einigen Stellen bereits orangefarben und rot gefärbten Baumwipfel des Bois de Boulogne.

Er hatte eine Decke aus der Satteltasche gezogen, und Cécile ließ sich zögernd neben ihm nieder. Einen Moment lang saßen sie schweigend nebeneinander und sahen in die Ferne.

Armands Finger deutete in einem Bogen über die Baumwipfel. »Sehen Sie, links liegt Boulogne – und in diese Richtung nach rechts das kleine königliche Schloss La Muette.«

»Ist Seine Majestät dort oft mit Madame de Maintenon hingefahren?«, erkundigte sich Cécile neugierig. Sie hatte gehört, dass sich der König am Wochenende gern in seinen kleinen Lustschlössern aufhielt.

Er schüttelte den Kopf. »Nein, soweit ich weiß, hatte Armenonville, der Capitaine der königlichen Jagd, das Benutzungsrecht, aber es würde mich nicht wundern, wenn sich Seine Majestät in jungen Jahren mit seinen Mätressen nach La Muette zurückgezogen hätte. Die Maintenon war für solche Vergnügungen weniger zu haben«, fügte er mit einem Lächeln hinzu.

Céciles Finger spielten nachdenklich mit einem Grashalm. Sie erinnerte sich, was sie in Versailles über den König und sie gehört hatte. »Stimmt es, dass Seine Majestät die Marquise nach dem Tod der Königin heimlich geheiratet hat?«

Er blickte sie überrascht an. »Ja, das stimmt tatsächlich.«

Cécile zerpflückte den Halm. Sie sah das gealterte Gesicht der Marquise vor sich, das so gar nicht mit den üblichen Vorstellungen einer Mätresse in Einklang zu bringen war. »Der König muss sie wirklich geliebt haben.«

Armand zuckte die Achseln. »Ich glaube, es war mehr der Druck seiner Beichtväter und der der Maintenon, die nicht nur seine Geliebte sein wollte, die ihn zu diesem Schritt bewogen haben.«

Cécile dachte an ihren Besuch bei der Marquise. Selbst ihre kurze Begegnung mit dieser Frau hatte ausgereicht, um sie verstehen zu lassen, dass der Status einer Mätresse angesichts der moralischen und religiösen Wertvorstellungen der Marquise sicherlich nur schwer zu ertragen gewesen war. »Man kann es ihr nachsehen, dass sie so empfunden hat, oder?«

»Finden Sie, Mademoiselle?« Armand blickte sie spöttisch an. »Heißt das, Sie könnten nicht nur die Geliebte eines Mannes sein?«

Sie wandte den Kopf zu ihm und war sich nicht sicher, ob er sich über sie lustig machte. »So wie Solène zum Beispiel?« Sie dachte an den verletzten Ausdruck, der sich in ihren großen blauen Augen gezeigt hatte, als sie von dem Baron sprach. »Nein, ich glaube nicht«, sagte sie nach kurzem Nachdenken offen.

Ein eigenartiger Ausdruck glomm in seinen Augen auf. »Ehen werden aus vielen Gründen geschlossen, aber nicht unbedingt aus Liebe, Mademoiselle de Montbrignac.«

Sie runzelte die Stirn. Er hatte ohne Frage recht – in den adligen Kreisen war eine Vermählung vor allem eine politische Verbindung, die die Macht und Interessen der Familien stützen sollte. Im Fall ihrer Eltern war es jedoch anders gewesen. Ihr Vater hatte sich aufrichtig in ihre Mutter verliebt und ihren Großvater um die Erlaubnis für diese Verbindung gebeten, obwohl sie keinerlei machtpolitischen Nutzen hatte.

»Aber nicht nur aus diesen Gründen, Comte«, sagte sie deshalb.

Er schwieg und bedachte sie mit einem Blick, den sie nicht zu deuten vermochte. »Erzählen Sie mir von Schottland – wie ist es dort?«, fragte er dann.

Cécile betrachtete die Landschaft vor sich und überlegte. »Die Natur ist rauer und wilder, die Luft viel kälter, und es regnet öfter – aber es ist wunderschön«, begann sie und berichtete ihm dann vom Leben in Glencoe und dem Clan der MacDonalds. Sie hörte selbst, dass in ihrer Stimme ein sehnsuchtsvoller Ton mitschwang, als sie Schottland vor ihren und seinen Augen auferstehen ließ.

Sie hätte nicht sagen können, wie lange sie so nebeneinandersaßen und sie sprach. Irgendwann legte er den Arm um sie. Sie ließ ihn gewähren. In den wenigen Stunden war zwischen ihnen Vertrautheit entstanden, die sie nicht erklären konnte, und sie hatte es aufgegeben, gegen die Anziehung anzukämpfen, die er auf sie ausübte. Das Gefühl, das er in ihr hervorrief, war anders als bei jedem anderen Mann, dem sie bisher begegnet war.

»Sie sind eine außergewöhnliche Frau«, sagte er.

Einen Moment lang fühlte sie sich wie hypnotisiert vom Blick seiner Augen, und als er sein Gesicht dem ihren näherte, dachte sie, er würde sie küssen. Doch zu ihrer Enttäuschung zog er unvermittelt den Arm fort und stand auf. Er streckte ihr die Hand entgegen. »Kommen Sie, es wird Zeit, dass wir zurückreiten.«

Sie nickte verwirrt und ließ sich von ihm beim Aufsitzen helfen. Eine plötzliche Anspannung war zwischen ihnen entstanden, und Cécile spürte, dass er ihrem Blick auswich.

Schweigend ritten sie zurück. Nur der gedämpfte Hufschlag der Pferde und das Rascheln des Laubs zu ihren Füßen waren zu hören.

Sie hatten vielleicht die Hälfte des Weges zurückgelegt, als der Comte mit einem Mal seine Geschwindigkeit verlangsamte. Cécile sah prüfend hinüber und bemerkte, dass Antigone lahmte.

Armand hielt an und sprang aus dem Sattel. Doch als er nach dem Vorderbein des Tieres greifen wollte, wich die Stute zurück. »Schsch, ganz ruhig.« Aber Antigone machte erneut einen Schritt nach hinten. Der Comte blickte auf. »Könnten Sie sie für einen Moment halten?«, fragte er.

Cécile nickte. »Natürlich.« Sie glitt aus dem Sattel und griff nach den Zügeln des Tiers.

Armand hob ihren Vorderlauf. »Nur ein Stein – er hat sich in den Huf gepresst.«

Er zog seinen Degen, um ihn zu entfernen, doch die Waffe erwies sich als wenig handlich.

»Warten Sie – damit müsste es besser gehen.« Cécile griff an ihren Rockbund und zog ihren Dolch.

Er blickte fassungslos auf die scharfe, glänzende Schneide. »Sie haben eine Waffe bei sich?«

»Wie Sie sehen, ja.«

»Sie haben geglaubt, dass ich über Sie herfalle!«, stellte er in eisigem Ton fest.

»Aber nein«, beeilte sich Cécile zu erklären. Sie begriff plötzlich, wie seltsam es anmuten musste, dass sie einen Dolch bei sich trug.

Er hatte das Bein der Stute losgelassen und wirkte tatsächlich beleidigt.

»Ich habe den Dolch immer bei mir, wenn ich aus dem Haus gehe.«

Er stemmte seine Hand in die Hüfte. »Das glaube ich Ihnen nicht, Mademoiselle. Sie dachten, ich würde die Situation ausnutzen. Damit beleidigen Sie mich in meiner Ehre!«, sagte er schneidend.

»Ich habe nichts dergleichen von Ihnen geglaubt«, erwiderte sie aufgebracht.

»Ach nein?«

Es war lächerlich – er benahm sich wie ein Liebhaber, der betrogen wurde. Sie spürte, wie plötzlich Wut sie ergriff. Ihre Augen sprühten Funken. »Mein Gott, seien Sie doch nicht albern«, entfuhr es ihr dann. »Sie würden nicht so reden, wenn Sie wüssten, was ich hinter mir habe. Ich bin nach dem Tod meines Vaters über Wochen allein gereist, um nach Frankreich zu kommen. Ich bin in Paris zweimal überfallen worden, und im Haus des Duc de Villier musste ich mich unentwegt der grässlichen Annäherungsversuche seines Sohns erwehren! Ein Freund aus Schottland gab mir diesen Dolch, und dafür bin ich ihm sehr dankbar.«

»Ein Freund? Ihr schottischer Liebhaber, nehme ich an«, sagte Armand in beißendem Ton.

Sie sah ihn wortlos an, steckte den Dolch wieder ein und wollte ihn einfach stehen lassen und nach den Zügeln ihres Pferdes greifen, doch im selben Augenblick packte Armand sie am Arm und riss sie zu sich herum.

Er zog sie so dicht an sich, dass sie das Gefühl hatte, kaum noch atmen zu können, und küsste sie. Die Art, wie er seine Lippen auf ihren Mund presste, hatte nichts Sanftes oder Zärtliches, sondern war derart leidenschaftlich, dass ihr einen Moment lang schwindlig wurde. Sie konnte jeden Muskel seines Körpers spüren. Ein unerwartetes Verlangen ergriff sie, und sie schlang, ohne nachzudenken, ihre Arme um seinen Hals und erwiderte den Kuss. Seine Hände fuhren fordernd über ihren Rücken hinunter zu ihrer Taille, und sie hatte das Gefühl, ihr ganzer Körper würde unter seinen Berührungen brennen. Für einen kurzen Augenblick glaubte sie, er würde ihr hier mitten im Wald das Kleid vom Leib reißen, doch da trat er plötzlich schwer atmend einen Schritt von ihr zurück.

»Mein Gott, verzeihen Sie!«, stieß er rau hervor.

Sie blickte ihn mit erhitzten Wangen an, bemüht, ihre Gefühle wieder unter Kontrolle zu bekommen, während ihr gleichzeitig klar wurde, dass sie sich nicht gewehrt hätte, sondern bereit gewesen wäre, sich ihm hier und jetzt hinzugeben.

34

Es dämmerte bereits, als sie nach Hause kam. Sie versuchte, unauffällig durch den Seiteneingang ins Palais zu gelangen, da sie wenig Lust verspürte, sich in ihrem derzeitigen Zustand von irgendjemandem Vorhaltungen machen zu lassen. Sie hatte bereits den Flur zu ihrem Gemach erreicht und war erleichtert, dass niemand sie bemerkt hatte, als aus einem der Antichambres wie ein Pfeil jemand hervorschoss. Es war Louise, die Zofe, die Cécile eigentlich als Anstandsdame zugeteilt worden war. Sie war eine gutmütige, ein wenig einfältige Frau in den Fünfzigern, die für gewöhnlich nichts aus der Ruhe zu bringen vermochte. Doch jetzt war ihr rundliches Gesicht vor Aufregung gerötet. Fassungslos hob sie ihre Hände. »Mein Gott, wo waren Sie nur, Mademoiselle?«, fragte sie. »Wenn die Duchesse das erfährt …«

»Sie muss es ja nicht erfahren. Ich werde ihr bestimmt nichts sagen«, antwortete Cécile, denn sie wusste, dass Madame de Villier heute Morgen nach Chantilly gefahren war, um eine Freundin zu besuchen.

»Aber Mademoiselle, das geht nicht! Sie können nicht allein ausgehen. Sie müssen das nächste Mal Bescheid sagen!

Ich verliere sonst meine Stellung. Bitte!«, flehte Louise. Sie schien tatsächlich den Tränen nah.

Cécile verspürte einen Anflug von Mitleid mit ihr. »Ich versuche, Ihnen das nächste Mal Bescheid zu geben«, versprach sie. Sie nickte knapp und lief eilig weiter, um einen weiteren Wortwechsel zu vermeiden. Sie wollte nur in ihr Zimmer, um endlich allein zu sein. Erleichtert schloss sie die Tür hinter sich. Sie war verwirrt und aufgelöst und merkte, dass sich eine immer größer werdende Niedergeschlagenheit ihrer bemächtigte. Der Nachmittag mit Armand hatte einen Verlauf genommen, den sie weder erwartet hatte noch verstand.

Als man ihr wenig später ein Tablett mit dem Abendessen brachte – wie sich herausstellte, waren auch der Duc und sein Sohn nicht zu Hause –, betrachtete sie appetitlos die zubereiteten Speisen. Sie konnte weder etwas von der Bouillon noch von dem Soufflé oder dem Käse zu sich nehmen. Noch immer hatte sie das Gefühl, Armands Mund auf ihren Lippen zu spüren, und sie versuchte zu begreifen, warum sich sein Verhalten ihr gegenüber danach so abrupt verändert hatte. Nach dem leidenschaftlichen Ausbruch waren sie schweigend zurück zur Lichtung geritten, und er hatte sie anschließend in der Kutsche nach Paris bis zum Hôtel de Villier gebracht. Während der Fahrt hatten sie jedoch kaum mehr als ein paar belanglose Worte gewechselt, und er hatte sich ihr gegenüber zwar höflich, aber gleichzeitig so distanziert verhalten, dass sie nun völlig verunsichert war. Ob er etwa noch immer wegen des Dolches verletzt war? Es schien ihr abwegig, dass das der Grund sein sollte, zumal sein Kuss eine ganz andere Sprache gesprochen hatte und er an ihrer Reaktion gemerkt haben musste, dass sie ähnlich empfand.

Ein bedrückendes Gefühl ergriff sie, als sie an den Abschied dachte. Der Wagen hatte vor dem Palais gehalten, und sie hatte sich zu ihm gedreht. »Ich danke Ihnen für diesen Nachmittag, Comte. Und ich möchte Ihnen noch einmal versichern, dass ich die Waffe nicht aus einem Gefühl des Misstrauens Ihnen gegenüber bei mir getragen habe«, hatte sie etwas leiser hinzugefügt.

»Selbstverständlich, Mademoiselle de Montbrignac«, erwiderte er kühl. »Es war mir ebenfalls ein Vergnügen«, fuhr er fort und küsste ihr dann höflich und mit so unpersönlicher Miene die Hand, als hätten sie sich eben erst kennengelernt.

Cécile seufzte. Es ergab einfach alles keinen Sinn. Entschlossen versuchte sie, die Bilder von Armand aus ihrem Kopf zu verbannen. Es gab Wichtigeres, womit sie sich beschäftigen musste. Ihre Gedanken kehrten zu der Unterredung mit dem Regenten zurück. Ihr ging wieder durch den Kopf, was der Duc d'Orléans gesagt hatte: dass er – auch wenn ihr Bruder noch lebte – Beweise für die Unschuld ihres Vaters brauchte. Cécile dachte an den Priester, von dem ihr Madame de Maintenon erzählt hatte. Auch wenn er an das Beichtgeheimnis gebunden war – vielleicht konnte er ihr doch noch etwas sagen, das ihr weiterhalf.

Nachdenklich zog sie die Schublade der Kommode auf, in der sich zwischen den wenigen persönlichen Sachen, die sie besaß, eine kleine Karte befand, die ihr die Marquise gegeben hatte. Der Name und die Adresse des Geistlichen waren darauf notiert. Cécile drängte es plötzlich, mit diesem Abbé Péret zu sprechen.

Ihr Blick fiel auf das Tablett mit den unberührten Speisen, und sie beschloss, es selbst zurück in die Küche zu bringen. Vielleicht würde ein Besuch bei Adèle sie auf andere Gedanken bringen.

Die Köchin blickte sie tadelnd an, als sie in die Küche kam. »Aber das sollen Sie doch nicht …«, sagte sie und nahm ihr das Tablett ab.

»Sollst *du* – ich möchte nicht, dass du mich plötzlich siezt«, erwiderte Cécile gereizt.

Adèle schenkte der jungen Frau ein gutmütiges Lächeln. Sie war die einzige der Dienstboten, die sie – nachdem ihr wahrer Name bekannt geworden und sie in den Herrschaftstrakt des Hauses gezogen war – nicht mit kühler Reserviertheit behandelte. Dennoch war ihr anzumerken, dass sie nicht verstand, warum sie sich, wenn sie doch Cécile de Montbrignac war, überhaupt hier im Haus hatte anstellen lassen.

Sie blickte auf das unberührte Essen. »Aber du hast ja gar nichts gegessen!« Prüfend musterte sie Cécile. Schließlich schüttelte sie den Kopf und scheuchte mit einer Handbewegung die Küchengehilfen aus dem Raum. Dann trat sie an einen Vorratsschrank, aus dem sie eine Flasche hervorholte und Cécile einen großzügigen Schluck eingoss.

»Hier, selbst gebrauter Kirschlikör! Wird dir guttun, mein Mädchen … Hat er dir den Laufpass gegeben?«, fragte sie mitfühlend.

Cécile blickte sie verblüfft an, denn es kam der Wahrheit letztendlich ziemlich nahe. »Ich glaube, ja«, sagte sie bedrückt und trank von dem Likör. Das Getränk, das süß wie Zucker schmeckte, brannte dennoch in ihrer Kehle.

Adèle tätschelte ihr mütterlich die Hand. »Mach dir nichts daraus, meine Kleine. So sind sie halt, die Männer. Aber so hübsch, wie du bist, wirst du nicht lange allein sein!«

Cécile blickte auf den sauber geschrubbten Holztisch und nahm einen erneuten Schluck, doch dann sah sie Adèle an.

»Weißt du, wo Saint-Cloud liegt?«

Die Köchin nickte verwundert. »Das ist ein Dorf auf der anderen Seite des Bois de Boulogne. Nicht weit von Paris entfernt.«

Cécile nickte nachdenklich. Sie würde also eine Kutsche oder ein Pferd brauchen.

35

Ein ausladender Kristallkronleuchter schwebte über der langen Tafel, die sich unter den silbernen Platten und Tellern der aufgetischten Gerichte bog. Ein lautes Stimmengewirr, in das sich das Klirren von Gläsern und ausgelassenes Lachen mischte, erfüllte den prunkvollen Salon. Gut zwanzig Damen und Herren des Hofadels saßen um den Tisch, der engste Kreis des Regenten, der sich zum Souper eingefunden hatte.

Solène, die zwischen der Duchesse de Berry und dem Regenten Platz genommen hatte, nahm einen zierlichen Bissen von ihrer Pastete und legte die Gabel auf ihrem Teller ab, bevor sie dem Mann ihr gegenüber ein Lächeln schenkte. »Oh, Monsieur de Montbrignac, erwähnte ich eigentlich schon, dass ich jüngst das Vergnügen hatte, Ihre reizende Nichte Cécile de Montbrignac kennenzulernen?«

Armand, der ebenfalls auf der anderen Seite saß, vernahm überrascht, was sie sagte. Seine Nichte? Hatte Cécile nicht gesagt, sie sei nur entfernt mit dem Duc verwandt? Er beobachtete, wie Montbrignac einen kurzen Blick mit dem Regenten wechselte.

»Nein, das erwähnten Sie nicht, Mademoiselle Duchamps«, sagte er kühl. »Ich muss gestehen, dass ich mit meiner Nichte seit etlichen Jahren keinen Kontakt mehr gehabt habe.«

»Ach, nein?« Solène legte kokett den Kopf schräg, ein untrügliches Zeichen dafür, dass sie etwas im Schilde führte, und Armand fragte sich gerade, was sie mit diesem Wortwechsel bezweckte, als Solène mit einem Mal den Kopf in seine Richtung wandte. »Eine hinreißende Person, diese junge Frau. Unser lieber Comte de La Baume kann gar nicht die Finger von ihr lassen«, fügte sie süßlich hinzu.

Sie war ein Biest! Armand zwang sich zu einem gleichgültigen Lächeln. »Sie übertreiben wie immer, Solène«, sagte er. Seine Antwort entsprach durchaus der Wahrheit, denn nach ihrem gemeinsamen Ausritt hatte er beschlossen, Mademoiselle de Montbrignac nicht wiederzusehen. Nicht, dass sie ihm nicht gefiel – im Gegenteil, er fand sie in provozierender Weise begehrenswert. Es war nicht allein ihre Schönheit – er hatte viele attraktive Frauen gekannt, und einige hätten Cécile mit ihren Reizen vielleicht sogar übertroffen – nein, es war etwas in ihrer Art, in ihren Bewegungen, ihrem Ausdruck und dem intensiven Blick ihrer grünen Augen, das ihn magisch anzog. Vor ihm tauchte das Bild auf, wie Cécile auf dem Rücken von Aristide davongejagt war – einer Amazone gleich. Ihre Art zu reiten enthüllte mehr von ihr, als es ihr Äußeres oder jedes Gespräch taten. Alles an ihr war widersprüchlich. Sie wirkte im gleichen Maße verletzlich wie impulsiv und besaß eine Entschlossenheit, die wiederum nicht recht zu der Unerfahrenheit passen wollte, die man ihr in manchen Augenblicken nur zu deutlich anmerkte. Man glaubte, sie beschützen zu müssen, doch Armand war davon überzeugt, dass sie in der Lage war, einem Mann, ohne zu zögern, ihren Dolch in den Leib zu rammen, falls er es wagte, ihr zu nahe zu treten. Ein grimmiges Gefühl ergriff ihn, als er an die Waffe in ihren Händen dachte. Er war außer sich gewesen, und obwohl er ihr später glaubte, dass sie den Dolch nicht aus Misstrauen ihm gegenüber bei sich trug, hatte er dennoch beschlossen, die Sache mit ihr zu beenden, bevor sie überhaupt begonnen hatte.

Sie rief eine Seite in ihm wach, die er nicht schätzte, einen archaischen und unbeherrschten Teil seiner Persönlichkeit. Er war kurz davor gewesen, seine Kontrolle zu verlieren, und wollte unter keinen Umständen zulassen, dass ihm das noch einmal passierte. Er bezahlte noch immer bitter für den einen Fehler, den er in seinem Leben durch diese Schwäche begangen hatte.

Er spürte, dass der Duc de Montbrignac ihn ansah, und verfluchte Solène insgeheim, dass sie das Gespräch auf dessen Nichte gebracht hatte. Glücklicherweise hatte man sich am Tisch inzwischen anderen Themen zugewandt.

Das Souper neigte sich seinem Ende zu, und die Gäste erhoben sich von ihren Plätzen. In einem angrenzenden Salon hatte man mehrere Spieltische eröffnet, und man konnte der Darbietung einiger leicht bekleideter orientalischer Tänzerinnen zuschauen. Armand hatte den Wortwechsel zwischen Solène und dem Duc bereits fast vergessen, als er sah, wie Montbrignac von der anderen Seite des Raums zu ihm herübergeschlendert kam. Der Duc öffnete seine Schnupftabaksdose und zog eine Prise hoch.

»Sie haben also die Bekanntschaft meiner Nichte gemacht?«, fragte er beiläufig.

Armand nickte, ohne sich von dem lauernden Ausdruck im Gesicht seines Gegenübers aus dem Konzept bringen zu lassen.

»Ja, eine mutige junge Frau. Sich so ganz allein von Schottland auf den Weg nach Frankreich zu machen …«, sagte er, ohne den Blick von den Schleiern zu nehmen, die die Tänzerinnen zum Takt der Musik durch die Luft wirbelten.

»Haben Sie Interesse an ihr?«, fragte der Duc spöttisch.

Armand wandte erstaunt den Kopf zu ihm.

»Verstehen Sie mich nicht falsch. Ich möchte Sie selbstverständlich nicht nötigen«, erklärte der Duc sarkastisch, während er mit einem Spitzentuch seine Nase abtupfte. »Aber da sie Ihnen ja zu gefallen scheint, würde ich es sehr begrüßen, wenn Sie Ihre Bekanntschaft mit ihr vertieften.« Er zog ihn ein Stück von der Musik und den Tänzerinnen fort und legte vertraulich den Arm um seine Schulter. »Ich will ganz offen zu Ihnen sein: Sie würden mir einen großen Gefallen tun, wenn Sie sie etwas im Auge behielten!«

Armand verzog ironisch das Gesicht. »Sollten Sie ihr gegenüber nicht etwas mehr familiäre Zuneigung empfinden? Schließlich ist sie Ihre Nichte.«

Der Duc zuckte die Achseln. Ein kalter Ausdruck lag in seinen Augen. »Mein Bruder hat unsere Familienehre genug besudelt. Das Letzte, was ich hier gebrauchen kann, ist seine Tochter, die anfängt, die unschöne Vergangenheit aufzuwühlen, in der Hoffnung, irgendwelche Ansprüche stellen zu können. Sie verstehen mich?« Er sah ihn durchdringend an.

Sein Tonfall ließ keinen Zweifel, dass es sich um keine Bitte, sondern um eine Anordnung handelte. Armand nickte.

Später stand er mit Solène auf dem Balkon und blickte über den Park hinaus in die Dunkelheit. Die angetrunkenen Stimmen der Gäste drangen aus den Gemächern hinter ihnen. »Können Sie sich vorstellen, was der Duc de Montbrignac von mir wollte? Er möchte, dass ich mich um seine Nichte kümmere!«, erzählte Armand nachdenklich. Er nippte an seinem Wein.

Solène blickte ihn überrascht an. »Tatsächlich? Nun, das dürfte doch Ihren Interessen entgegenkommen«, erwiderte sie kühl.

Er schüttelte den Kopf. »Haben Sie etwa Angst, ich könnte mich verlieben?«, fragte er spöttisch.

»Ich habe bemerkt, wie Sie sie angesehen haben«, sagte sie.

Er blieb ungerührt. »Sie wissen doch, mein Herz ist aus Stein.«

Ein bitterer Ausdruck huschte für einen kurzen Augenblick über ihr Gesicht, bevor sie sich zu einem koketten Lächeln zwang. »Genau, und ich möchte auch, dass das so bleibt.«

Er strich ihr nachsichtig wie einem Kind über das Haar. Seit jener Nacht, in der er sie aus dem Sumpf und Dreck gezogen und davor bewahrt hatte, ihrem Leben ein Ende zu setzen, fühlte er sich für sie verantwortlich.

»Wir sind uns zu ähnlich, Solène, glauben Sie mir«, sagte er dann. »Wir würden nicht zueinanderpassen. Wir lieben es beide zu sehr, zu jagen und zu erobern.«

»Vielleicht«, erwiderte sie zögernd.

Schweigend blickten sie in die Ferne.

36

»Euer Hoheit, der Duc ist jetzt hier!«, sagte der Lakai.

Der Regent blickte von seinen Papieren hoch und nickte. Dann legte er den Bericht, den der Abbé Dubois ihm am Morgen gebracht hatte, zur Seite. Er hörte Schritte, und kurz darauf betrat der Duc de Villier das Arbeitskabinett. Er verneigte sich respektvoll.

Philippe d'Orléans musterte den Mann, der vor ihm stand und den er noch nie recht einzuordnen gewusst hatte. Er war etliche Jahre älter als er selbst – um die fünfzig, schätzte er. Seit dem Tod des Königs arbeitete er mit an den Plänen zur Umsetzung der neuen Räte. Er war intelligent und durchaus charismatisch, gehörte aber nicht zum Kreis seiner *roué*, seiner Vertrauten, und begehrte, wie er ihm jüngst mitgeteilt hatte, auch keine Mitgliedschaft in einem der Räte.

»Euer Hoheit wünschen mich zu sprechen?«

»Ja, Monsieur de Villier!« Die Finger des Regenten spielten nachdenklich mit einer Porzellanfigur, die auf seinem Schreibtisch stand. Es war ein Kentaur, eine Gestalt aus der Sagenwelt, mit dem Unterkörper eines Pferdes und dem Rumpf und Kopf eines Mannes. Seine Tochter, die Duchesse de Berry, hatte sie ihm geschenkt. Er erinnerte sich an ihre Worte, als sie ihm das Präsent in einer roten Schatulle überreicht hatte. *Ich finde, es passt zu Ihnen, denn man sagt, die Kentauren seien intelligente und lüsterne Wesen zugleich – genau wie Sie!*

Der Regent wandte seine Aufmerksamkeit wieder dem Duc de Villier zu, der mit undurchdringlicher Miene vor ihm stand und sich seine Überraschung, dass er ihn zu sich gerufen hatte, nicht anmerken ließ.

»Ich habe jüngst einer jungen Dame eine Audienz gewährt. Sie müssten sie kennen. Ihr Name war Cécile de Montbrignac.«

Der Duc schien zu zögern, doch dann nickte er. Der vollendete Höfling – bis zur Perfektion darin geübt, nicht die Contenance zu verlieren, dachte der Regent.

»Ja, Euer Hoheit, sie ist mir bekannt. Sie ist die Tochter von Henri de Montbrignac und erst jüngst aus Schottland zurückgekehrt.«

»Sie können sich sicher an diese leidige Affäre von damals erinnern?«

»Selbstverständlich, Euer Hoheit.«

»Nun, dann stellen Sie sich mein Erstaunen vor, als Mademoiselle de Montbrignac mich nicht nur um die posthume Begnadigung ihres Vaters bat, sondern mir auch mitteilte, dass ihr Bruder angeblich noch lebt.«

»Das hat sie gesagt?« Der Duc wirkte aufrichtig erstaunt – oder er war ein talentierter Schauspieler.

Der Regent stellte den Kentaur zur Seite und fixierte sein Gegenüber. »Ja!«

Villier seufzte. »Es tut mir leid. Sehen Sie, das Mädchen hat eine schwere Zeit hinter sich. Ihr Vater ist in Schottland in einem Hinterhalt der Engländer getötet worden, und nun hat sie sich in die Vorstellung verrannt, ihr Bruder würde noch leben. Die ganzen Ereignisse haben sie, glaube ich, etwas aus der Bahn geworfen.«

»Tatsächlich, Monsieur de Villier? Mir persönlich schien sie recht gefestigt.«

Villier erwiderte seinen Blick. »Vielleicht wirkt sie so, aber das ist leider nicht der Fall. Sie will einfach nicht akzeptieren, dass ihr Bruder tot ist. Sie hat mich bereits unzählige Male auf ihn angesprochen.« Er schüttelte mitleidig den

Kopf. »Die Vorstellung, dass niemand aus ihrer Familie mehr lebt, ist wohl so furchtbar für sie, dass sie sich lieber in eine Gedankenwelt flüchtet, in der ihr Bruder noch lebt.«

Der Duc d'Orléans sah ihn nachdenklich an. »Sie können bezeugen, dass er tot ist?«, fragte er schließlich.

Villier nickte. »Ja, Monsieur le Duc!«

»Nun gut«, sagte der Regent. »Ich danke Ihnen für das Gespräch. Das wäre vorerst alles.«

Er sah dem Duc nach, wie er sein Kabinett verließ, und rief dann seinen ersten Kammerdiener zu sich, dem er einen Auftrag erteilte.

Anschließend setzte er konzentriert seine Arbeit fort. Die Schulden würden Frankreichs größtes Problem sein, dachte er, während er den Entwurf zum Staatshaushalt durchging. Innerhalb weniger Augenblicke war er so in die vor ihm liegenden Aufzeichnungen vertieft, dass er den Mann, den er hatte zu sich bestellen lassen, vergaß, bis der Lakai ihn meldete. Der Regent ersparte sich jede Höflichkeitsfloskel.

»Der Duc de Villier hat bestätigt, dass der Bruder von Mademoiselle de Montbrignac tot ist«, sagte er knapp.

Der Mann nickte.

»In diesem Fall hat sich die Angelegenheit erledigt. Ich dachte, das sollten Sie wissen«, fügte der Regent hinzu.

37

Das Licht war mit einem Mal wieder heller geworden, und man sah, dass sich die Bäume in einiger Entfernung zu lichten begannen. Die Kutsche hatte das Ende des Waldes erreicht – bis nach Saint-Cloud konnten es nur noch ein oder zwei Meilen sein. Cécile blickte aus dem Fenster der Mietdroschke, die sie sich für einige Livres genommen hatte, und betrachtete die freien Felder, hinter denen man die Seine glitzern sah. Sie hatte sich am Morgen in aller Herrgottsfrühe aus dem Seiteneingang des Hauses geschlichen, um dem Abbé Péret, der angeblich in Saint-Cloud bei seiner Schwester lebte, einen Besuch abzustatten.

Cécile sah, dass der Wagen auf eine Brücke zufuhr. Auf der anderen Uferseite zog sich die Landschaft einen Hang hinauf, an dem man die Umrisse eines Schlosses und einiger Häuser erkennen konnte. Das musste Saint-Cloud sein.

Sie überlegte, was für ein Mann der Abbé wohl war. Sein Gewissen und Gerechtigkeitsempfinden hatten ihn immerhin bewogen, seine Kenntnis um die Unschuld eines fremden Menschen der Marquise de Maintenon mitzuteilen. Ob der Abbé ihren Vater gekannt hatte? Es schien nicht unwahrscheinlich, ging Cécile mit einem Mal auf, denn der Priester stammte aus dem Languedoc, aus Saint-Brignac. Sie erinnerte sich, dass Madame de Maintenon ihr erzählt hatte, Péret wäre erst im letzten Jahr von dort zu seiner Schwester gezogen.

Das Haus befand sich am Rand der kleinen Ortschaft am Ende eines Feldwegs. Es war ein einfaches Gebäude aus Stein. Cécile bemerkte erleichtert, dass aus dem Schornstein Rauch hochstieg.

Der Kutscher versprach ihr zu warten. Sie hatte ihn auf Anraten von Adèle vorsorglich nur für die Hinfahrt bezahlt, damit er sich nicht einfach davonmachte.

Cécile ging zum Eingang des Hauses und betätigte dort den eisernen Klopfer. Man hörte Schritte, und kurz darauf blickte sie in das Gesicht einer älteren Frau mit grauem Haar. Sie strich sich mit dem Handrücken eine Strähne aus der faltigen Stirn und schaute Cécile überrascht an. »Ja?«, fragte sie.

»*Bonjour Madame*, ich suche Abbé Péret. Man sagte mir, er wohnt hier?«

Die Frau wischte sich die Hände an ihrer Schürze ab, an der Spuren von Mehl zu sehen waren, und musterte ihr elegantes Kleid. »Das ist mein Bruder. Darf ich fragen, was Sie von ihm wollen?«, sagte sie in dem breiten Akzent einer Südfranzösin.

»Es geht um eine geistliche Angelegenheit, die meinen Vater betrifft. Er stammte wie der Abbé aus dem Languedoc …«

Die Miene der Frau wurde ein wenig freundlicher, als Cécile die Provinz erwähnte, die, ihrem Akzent nach zu schließen, auch ihre Heimat war. »Und deshalb sind Sie den weiten Weg hierhergekommen?«, fragte sie und schüttelte den Kopf. »Es tut mir leid, Mademoiselle, aber mein Bruder arbeitet nicht mehr als Priester. Er hat im letzten Jahr durch eine Krankheit sein Augenlicht verloren. Deshalb lebt er jetzt hier bei uns.«

Cécile blickte sie betroffen an. »Das wusste ich nicht.«

»Lass sie rein, Agnès«, unterbrach sie eine Stimme, die aus dem Inneren des Hauses zu ihnen drang. »Ich bin zwar blind, aber nicht taub!«

Die Frau stieß ein Seufzen aus. »Bitte, Sie hören es ja. Kommen Sie rein. Ich bin übrigens Agnès Duval«, stellte sie sich vor und bedeutete Cécile, ihr ins Haus zu folgen. Sie betraten einen großen Raum, der Wohn- und Esszimmer zugleich und mit einfachen Holzmöbeln eingerichtet war. Auf einem Tisch stand ein Krug mit Blumen, und den Boden bedeckten mehrere Flickenteppiche. Ein knisterndes Feuer im Kamin verbreitete eine angenehme Wärme, und aus der Küche drang der Geruch von frisch gebackenem Brot.

»Ich heiße ... Cécile de Montbrignac«, erwiderte Cécile.

Sie spürte, dass Agnès Duval sie plötzlich betreten ansah. »Montbrignac?«, wiederholte sie leise.

Cécile nickte.

»Lass uns bitte allein, Agnès«, unterbrach sie die Stimme des Mannes, den Cécile erst jetzt bemerkte. Er saß in schwarzem Gewand in einem Lehnstuhl neben dem Kamin und hatte den Kopf zu ihnen gewandt. Nur der leere Ausdruck seiner Augen verriet, dass er blind war.

»Nehmen Sie sich einen Schemel und setzen Sie sich zu mir, Mademoiselle«, sagte er, als er gehört hatte, wie sich Agnès' Schritte in Richtung Küche entfernten.

Cécile leistete seiner Aufforderung Folge und setzte sich dicht vor ihn. Das Gesicht des Geistlichen, dessen Haare zu einem Zopf gebunden waren, war von Falten durchzogen. Trotz der Ausdruckslosigkeit seines Blicks strahlten seine Züge eine warmherzige Güte aus, die Cécile sofort Vertrauen schöpfen ließ.

»Sie erlauben, Mademoiselle?«, fragte er, beugte sich zu ihr vor und streckte vorsichtig seine faltigen Hände aus. Behutsam tastend glitten sie über ihre Haare und ihr Gesicht, berührten kurz den Ärmel ihres Kleides und ergriffen dann ihre Hände. Schließlich lehnte er sich zurück.

»Sie sind jung, sehr hübsch – und traurig«, stellte er fest.

»Sie können meinen Gemütszustand an meinem Gesicht erfühlen?«, entfuhr es Cécile erstaunt.

Seine Lippen verzogen sich zu einem leisen Lächeln. »Nein, den höre ich nur an Ihrer Stimme. Gott hat mir mein Augenlicht genommen, doch dafür ein besseres und aufmerksameres Gehör geschenkt, Mademoiselle. Sie müssen seine Tochter sein«, sagte er dann nachdenklich.

»Ja! Henri de Montbrignac war mein Vater«, bestätigte Cécile.

Der Abbé bewegte kaum wahrnehmbar den Kopf. »*War?*«

»Er ist vor sechs Wochen gestorben, kurz bevor wir nach Frankreich zurückkehren wollten«, erklärte sie und spürte, wie ihr bei diesen Worten erneut das Herz schwer wurde. Erst sechs Wochen war es her? Dann berichtete sie dem Geistlichen von ihrem Besuch bei Madame de Maintenon in Saint-Cyr und erklärte, warum sie zu ihm gekommen war.

Einen Moment lang schwieg er. »Mein Kind, ich würde nichts lieber tun, als Ihnen zu helfen, das müssen Sie mir glauben«, sagte er voller Wärme. »Aber leider kann ich Ihnen auch nicht mehr erzählen, als Sie bereits von der Marquise erfahren haben. Die Frau hat auf ihrem Totenbett zwar immer wieder die Unschuld Ihres Vaters beteuert und gesagt, sie wisse, wer der wahre Mörder des unglücklichen Abbé Silvane sei, doch sie hat nicht seinen Namen genannt«, erzählte er. »Wobei ich Ihnen den natürlich auch nicht sagen könnte, wenn sie ihn genannt hätte. Ebenso wie ich Ihnen nicht sagen darf, wie die Sterbende selbst hieß, da ich an das Beichtgeheimnis gebunden bin«, fügte er hinzu.

Cécile schwieg. Was hatte sie erwartet?

»Aber wenn jemand anders den Abbé Silvane getötet hat, dann bedeutet das doch, dass dieser Jemand auch den Verdacht absichtlich auf meinen Vater gelenkt hat, nicht wahr?«, fragte sie, den Gedanken aussprechend, der sie beschäftigte, seitdem sie zum ersten Mal das Tagebuch ihres Vaters gelesen hatte.

»Nun, ich bin Geistlicher und kein Polizeileutnant, aber ich denke, dass Sie damit richtigliegen, mein Kind.« Er hob sein Gesicht, als versuche er zu erspüren, wohin sie blickte. »Sehen Sie, die Frau litt unter schrecklichen Schuldgefühlen, die sie nicht mit ins Grab nehmen wollte, aber gleichzeitig wollte sie ohne Frage auch jemanden schützen.«

Céciles Finger verkrampften sich. »Haben Sie eine Vermutung, um wen es sich dabei gehandelt haben könnte?«, fragte sie leise.

»Nein.« Er wandte den Kopf zum Kamin, als wäre ihm plötzlich kalt. »Es waren schreckliche Zeiten damals, müssen Sie wissen«, erklärte er tonlos. »Aber ich kannte Ihren Vater. Und wie so viele habe ich nie an seine Schuld geglaubt.« Sie erfuhr, dass die Kirche von Saint-Brignac, in der der Abbé Priester gewesen war, auf dem Land gelegen hatte, das zum Herzogtum ihres Vater gehörte. »Niemand hat sich damals vorstellen können, dass Henri de Montbrignac solche Verbrechen begangen hat. Nicht einmal Robert, der Bruder des ermordeten Abbé Silvane. Ich erinnere mich sogar, wie er einmal aufgebracht erklärte, Ihr Vater könne unmöglich der Mörder gewesen sein.«

Cécile wurde hellhörig und blickte den Abbé aufmerksam an. »Wissen Sie, was er damit genau meinte?«

Der alte Mann schüttelte den Kopf. »Da müssten Sie ihn schon selbst fragen. Alles liegt schon so lange zurück! Es gab so viel Unruhe, so viel Gewalt, doch beides hat zu nichts geführt.« Er lächelte bitter. »Man hat die Protestanten in all ihren Rechten beschnitten, sie mit den schrecklichsten Mitteln gezwungen zu konvertieren. Aber ihren Glauben hat das nur noch stärker gemacht, und schließlich kannte man keine Gnade mehr mit ihnen.« Er drehte mit einem müden Gesichtsausdruck den Kopf zu ihr. »Sehen Sie, es waren Menschen, die wir kannten, die unter uns und mit uns lebten und mit denen wir mehr gemeinsam hatten, als uns trennte. Plötzlich wurden sie vor unseren Augen verhaftet, gefoltert und hingerichtet. Das war manchmal nur schwer zu ertragen.«

Seine Finger fuhren über einen Rosenkranz, der neben ihm auf einem Tischchen lag. »Als sich die Protestanten – die Kamisarden – damals zu erheben begannen und die Regierungstruppen ihrer nicht Herr wurden, hat man schließlich ihre Dörfer in den Cevennen niedergebrannt. Wussten Sie das?«

»Nein!« Cécile schüttelte betreten den Kopf.

»Über vierhundertfünfzig Dörfer und Gehöfte sind dem Erdboden gleichgemacht worden.«

Der tote Blick des Abbés war in die Ferne gerichtet, und einen Moment lang war sich Cécile nicht sicher, ob er sich ihrer Anwesenheit überhaupt noch bewusst war. Seine Gedanken waren weit zurück in die Vergangenheit geglitten.

»Anfangs dachte auch ich, es sei richtig, die Protestanten auf diese Weise zum katholischen Glauben zu zwingen, doch jetzt denke ich manchmal, Gott hat nicht sie, sondern uns prüfen wollen …«

Seine Stimme war brüchig geworden. Sie klang noch in Céciles Ohr, als sie sich schon längst von ihm verabschiedet hatte und sich in der Droschke auf dem Rückweg nach Paris befand. Sie dachte an ihren Vater. In welcher Weise hatte sich das schreckliche Los der Hugenotten mit seinem eigenen Schicksal verbunden? Draußen zogen die Bäume des

Bois de Boulogne vorbei, und Cécile hatte plötzlich das Gefühl, ein düsterer Schatten der Vergangenheit würde nach ihr greifen.

Der Kutscher verlangte den doppelten Preis der Hinfahrt, als er sie später wieder vor dem Hôtel de Villier absetzte. Wegen des langen Wartens, erklärte er ihr mit mürrischer Miene. Cécile, die mit ihren Gedanken noch immer bei dem Gespräch mit dem Priester weilte, zahlte ihm das Geld. Glücklicherweise hatte sie von ihrem Lohn als Gesellschaftsdame bisher kaum etwas angerührt, und Monsieur Alain hatte ihr außerdem vor einigen Tagen mit zurückhaltender Miene ein ledernes Beutelchen mit einigen Münzen überreicht. »Monsieur de Villier meinte, dass Sie das vielleicht für den täglichen Bedarf gebrauchen können«, hatte er ihr erklärt.

Gedankenvoll lief Cécile über den Hof. Die vielen Fragen, die in ihrem Kopf herumgeisterten, verlangten immer dringender nach einer Antwort, nach der Gewissheit, was damals wirklich passiert war. Sie überlegte, warum der Bruder des Abbé Silvane wohl gesagt hatte, ihr Vater könne unmöglich der Mörder sein.

Grübelnd stieg sie die Stufen zum Eingang hoch, als sich im selben Augenblick die Tür öffnete. Vor ihr stand Fernand. »Mademoiselle de Montbrignac …«

Sie nickte ihm höflich zu.

Der Ausdruck in seinen Augen war kalt. Von Anfang an hatten sie sich nicht sonderlich gemocht, und Fernands Antipathie hatte durch den Umstand, dass sie in der sozialen Hierarchie plötzlich über ihm stand, noch zugenommen.

Sie wollte an ihm vorbeigehen.

»Der Duc wünscht Sie zu sprechen.«

»Monsieur de Villier?«

Der Diener nickte. »Er erwartet Sie im kleinen Salon.«

Sie folgte Fernand den Flur hinunter und spürte, wie eine plötzliche Unruhe sie ergriff. Wenn der Duc zu dieser Tageszeit zu Hause weilte, konnte es nur bedeuten, dass der Regent mit ihm gesprochen hatte.

Villier stand mit einem Schürhaken neben dem Kamin, als sie den Salon betrat. Cécile sah, dass in dem Feuer die Reste eines Briefes verglommen, die nach einigen Sekunden zu feinem Pulver zerfielen. Der Duc vermengte die Reste mit der Glut.

Er drehte sich zu ihr um und musterte sie. »Setzen Sie sich, Mademoiselle!«, sagte er mit einer Stimme, deren strenge Autorität keinen Widerspruch duldete.

Sie ließ sich verunsichert auf einem Stuhl nieder.

Er stellte den Schürhaken zur Seite und blieb aufrecht vor dem Kamin stehen. »Beantworten Sie mir eine Frage: Gab es irgendeinen Grund, der Sie veranlasst, an meinem Wort zu zweifeln, Mademoiselle de Montbrignac?«

Sie blickte ihn an. Weil er ihr nicht erzählt hatte, dass er sich beim König dafür eingesetzt hatte, dass der Titel und Besitz ihres Vaters an ihren Onkel übertragen wurde? Weil sie sich fragte, ob er ihren Vater heimlich verraten hatte? Weil sie Jean noch immer nicht gesehen hatte? Ja, es gab tatsächlich mehr als einen Anlass, an seinem Wort zu zweifeln, doch das konnte sie ihm leider nicht sagen.

Sie schüttelte den Kopf. »Nein, Monsieur le Duc. Obwohl ich Ihnen wirklich dankbar wäre, wenn Sie mir in Bezug auf meinen Bruder mit mehr Offenheit begegneten«, setzte sie hinzu. Sie nahm plötzlich die Wut hinter seinem mühsam beherrschten Gesichtsausdruck wahr.

Er fuhr sie schneidend an: »Haben Sie eine Ahnung, in welche Gefahr Sie uns alle mit Ihrem Besuch bei dem Regenten gebracht haben?«

Der Duc d'Orléans hatte also tatsächlich mit ihm gesprochen. Cécile verschränkte ihre Arme in einer instinktiven Schutzhaltung vor der Brust. »Es tut mir leid, aber mir blieb keine Wahl, Monsieur. Der Regent hätte die Begnadigung meines Vaters nicht einmal nur ins Auge gefasst, wenn ich ihm nicht erzählt hätte, dass Jean noch lebt.«

Der Duc blickte sie kalt an. »Hatte ich Ihnen nicht untersagt, mit irgendjemandem darüber zu sprechen?«

Sie versuchte, sich von seinem Ton nicht einschüchtern zu lassen. »Aber es handelte sich nicht um irgendjemanden, sondern um den Duc d'Orléans, den Regenten von Frankreich, der als Einziger über diese Angelegenheit entscheiden kann!«, sagte sie aufgebracht.

Villier schwieg mit finsterer Miene.

Eine ungute Ahnung befiel sie plötzlich. »Sie haben ihm doch gesagt, dass Jean noch lebt, nicht wahr?«, fragte sie voller Angst.

Ihre Blicke trafen sich. Der Duc ergriff den Schürhaken und begann erneut die Glut im Kamin zu verteilen. »Selbstverständlich nicht«, sagte er dann ruhig.

Cécile fuhr ungläubig von ihrem Stuhl hoch. »Aber dann wird der Regent meinen Vaters niemals posthum begnadigen!«

»Ihr Vater ist tot, Mademoiselle. Und wenn Sie nicht wollen, dass Ihr Bruder ihm folgt, sollten Sie endlich Stillschweigen über ihn bewahren!«

Sie spürte, dass sie ihre Beherrschung verlor. »Wenn Jean wirklich lebt, warum sagen Sie mir dann nicht, wo er ist?«, stieß sie hervor. »Ich habe ein Recht, ihn zu sehen. Er ist mein Bruder!«

»Genau das ist der springende Punkt, Mademoiselle«, sagte er beißend. »Sie sind seine *Schwester* und deshalb wird man Sie beobachten und im Auge behalten. Erst recht nach dem Wirbel, den Sie verursacht haben. Nun, da alle Welt weiß, dass Sie behauptet haben, Jean würde noch leben. Nein, es wäre viel zu gefährlich, dass Sie ihn sehen.«

»Aber wer um Gottes willen sollte meinem Bruder denn nach dem Leben trachten?«, fragte sie ungläubig.

»Dieselben Leute, die auch für die Verurteilung Ihres Vaters gesorgt und sein Leben vernichtet haben! Die Geheimhaltung von Jeans Aufenthaltsort dient wirklich allein seiner Sicherheit.«

Cécile schüttelte ohnmächtig den Kopf. »Nein, das glaube ich Ihnen alles nicht! Jean kann genauso gut tot sein, und Sie behaupten das alles nur!«, sagte sie tonlos.

Er fixierte sie durchdringend. »Warum sollte ich das tun?«

»Warum? Aus demselben Grund, aus dem Sie sich bei dem König dafür eingesetzt haben, dass der Titel und Besitz meines Vaters an meinen Onkel gehen!«, rief sie wütend.

Er schaute sie erstarrt an, und sie sah an seinem Gesicht, dass er sich fragte, woher sie davon wusste. »Sie haben keine Ahnung, wovon Sie da reden«, sagte er. »Bei einer Rehabilitierung Ihres Vaters wäre es leichter gewesen, ihm seinen Titel und seine Ländereien zurückzugeben, wenn sie sich noch im Familienbesitz befinden. Sind sie erst einmal der Krone einverleibt, wäre vielleicht alles verloren gewesen. Der König hätte nur ungern etwas hergegeben, das inzwischen ihm gehört«, erklärte er dann beherrscht. »Nur deshalb habe ich mich dafür eingesetzt.«

Cécile war mit einem Mal verunsichert. Stimmte das? Konnte es sein, dass sie ihm unrecht tat?

Er seufzte. »Ich weiß, dass Sie viel durchgemacht haben, und ich verstehe Ihren Wunsch, Ihren Bruder zu sehen, doch wie ich schon einmal sagte, Sie müssen Geduld haben«, sagte er mit Wärme in der Stimme. Cécile wusste nicht mehr, was sie glauben sollte.

Der Duc blickte sie an. »Versuchen Sie, mir zu vertrauen!«

Sie schwieg.

»Und noch etwas: Ich möchte Sie bitten, einen gewissen Anstand zu wahren, solange Sie in meinem Haus leben. Sie werden nicht mehr ausgehen, ohne dass Louise Sie begleitet. Ich versichere Ihnen, dass Ihr Vater damit ebenso wenig einverstanden gewesen wäre, wie ich es bin«, sagte er freundlich.

Sie sah ihn an und brachte nicht mehr als ein knappes Nicken zustande, bevor sie sich abwandte. Als sie die Türschwelle erreicht hatte, ließ seine Stimme sie erneut innehalten. »Übrigens haben Sie Besuch. Im großen Salon wartet eine junge Dame auf sie.«

38

Es gab kaum einen Menschen, den zu sehen Cécile mehr überrascht hätte, als die Frau, die im Salon auf einem der mit Samt bezogenen Stühle saß und mit ihrem adretten weißen Häubchen und der züchtig über das Dekolleté gelegten Seidenstola so wirkte, als habe sie sich für einen Kirchenbesuch zurechtgemacht. Es war tatsächlich Solène! Vergnügt plaudernd saß sie mit der Duchesse de Villier beim

Tee. Lediglich die Art, wie ihr Arm auf der Lehne ruhte und sie lasziv die Tasse zum Mund führte, hatte etwas mit der Frau gemein, die Cécile am Vortag im Palais Royal getroffen hatte.

Als sie Cécile erblickte, erhob sie sich mit einem Strahlen. »Oh, da sind Sie ja, meine Liebe.« Sie hauchte ihr zwei Küsse auf die Wange. »Sie haben unsere Verabredung wohl ganz vergessen?«

Solène zwinkerte ihr verschwörerisch zu, und Cécile sah sie verwirrt an.

Die Duchesse musterte Cécile misstrauisch. »Louise sagte, Sie sind zur Messe gegangen?«

»Ja, Madame.«

Der Mund der Duchesse verzog sich. »Nun, ich hoffe, Gott konnte Ihnen Kraft und Trost spenden! Welche Kirche haben Sie denn besucht?«, fragte sie. Es war offensichtlich, dass sie ihr nicht glaubte. Cécile hielt dem Blick der alten Dame stand.

»Ich war in Saint-Cloud.«

Die Duchesse und Solène schauten sie gleichermaßen erstaunt an.

»Dort gibt es einen Priester, der meiner Familie nahestand. Ich wusste allerdings nicht, dass es so weit ist. Deshalb habe ich mich leider verspätet«, fügte Cécile mit einem gespielten Lächeln an Solène gewandt hinzu.

»Nun, dann können wir ja aufbrechen, nicht wahr?«, sagte Solène. Sie hakte Cécile freundschaftlich unter und fragte die Duchesse mit einem charmanten Lächeln: »Sie erlauben doch, dass ich Ihnen Mademoiselle de Montbrignac für eine Ausfahrt entführe?«

Madame de Villier nickte kühl. »Sicher, Mademoiselle.«

Als Cécile wenig später in den Sechsspänner stieg – die Duchesse hatte nicht einmal darauf bestanden, dass Louise sie begleitete, als Solène ihr versicherte, dass sie ihre eigene Zofe mit dabeihabe –, wandte sie sich zu ihrer Begleiterin.

»Verraten Sie mir, wie ich zu der Ehre Ihres Besuches komme!«

Solène, die die Stola über ihrem Dekolleté lockerte, seufzte auf. »Ich habe von dem Regenten gehört, dass Monsieur de Villier ihm sagte, Ihr Bruder würde angeblich nicht mehr leben«, erklärte sie. »Und ich wollte Ihnen sagen, dass es mir leidtut, dass der Duc d'Orléans die Begnadigung Ihres Vaters deshalb ablehnt.«

Cécile nickte. »Danke«, sagte sie. Sie wich Solènes Blick aus. Eine resignierte Stimmung hatte sie ergriffen, und sie hatte keine Ahnung, was sie nun machen sollte. Nichts, was sie in den letzten Wochen versucht hatte, hatte sie auch nur einen einzigen Schritt weitergebracht. Im Gegenteil, nie war sie ihrem Ziel und Wunsch, ihren Bruder wiederzusehen und die Begnadigung ihres Vaters zu erwirken, ferner gewesen.

Sie fragte sich, ob sie dem Duc de Villier wirklich glauben konnte. Vor wem musste Jean geschützt werden? Vor dem Bruder ihres Vaters? Ohne Frage war ihr Onkel verdächtiger als jeder andere. Durch die Flucht und Verurteilung ihres Vaters war er immerhin Duc geworden. Auf der anderen Seite war er doch trotz aller Spannungen sein Bruder gewesen. Außerdem hatte Louis-François nicht davon ausgehen können, vom Unglück ihres Vaters zu profitieren, da es wahrscheinlicher gewesen wäre, dass der Titel und die Ländereien an die Krone fielen.

Ihr Onkel muss starke Verbündete gehabt haben!, hatte Thoury gesagt. Doch wen? Cécile spürte, wie sie ein immer größeres Gefühl der Ohnmacht beschlich. Wer war sie, eine junge, unbedeutende Frau, dass sie versuchte, gegen den Widerstand von mächtigen und einflussreichen Höflingen anzukämpfen und dabei nicht einmal wusste, wer ihre Gegner und Feinde waren?

Die Worte der Marquise de Maintenon fielen ihr ein. *Ich bin sicher, dass Ihr Vater Sie unter diesen Bedingungen von dem Versprechen um seine Begnadigung entbunden hätte!* Cécile wünschte plötzlich, es wäre so, und er könnte diese Bürde tatsächlich von ihr nehmen. Am liebsten wäre sie nach Schottland zurückgekehrt.

Sie spürte, wie sich eine Hand sanft auf ihren Arm legte. »Sie sollten nicht aufgeben!«

Cécile wandte erstaunt den Kopf zu ihrer Begleiterin um. Auf Solènes oft so spöttischem Gesicht zeigte sich ein ungewohnt warmer und mitfühlender Ausdruck. »Glauben Sie mir! Ich darf das sagen. Ich spreche aus Erfahrung. Ich habe auch einmal aufgehört zu kämpfen, für etwas, das mir sehr wichtig war.«

Cécile spürte, dass ihr Zuspruch ehrlich gemeint war. »Sprechen Sie von Ihrem Baron?«, fragte sie.

Solène nickte.

Einen Moment lang schwiegen sie beide. »Wissen Sie, das Schlimmste ist, dass ich nicht aufgeben *kann*, selbst wenn ich wollte. Ich habe mein Versprechen gegeben«, erklärte Cécile dann niedergeschlagen.

Solène sah sie offen an. »Lassen Sie mich Ihnen etwas sagen. Der Duc d'Orléans handelt immer taktisch, und ich habe aus seinen Worten herausgehört, dass er Ihnen durchaus Glauben schenken würde. Sollten Sie Ihren Bruder finden oder Beweise – juristisch verwendbare, wohlgemerkt – für die Unschuld Ihres Vaters vorweisen können, dann, sagte er, würde er die posthume Begnadigung unter Umständen durchaus in Erwägung ziehen.«

Es war das Wort *juristisch*, das Cécile plötzlich aufhorchen ließ. »Hat der Duc Sie gebeten, mir diese Worte zu übermitteln?«, fragte sie leise.

Solène nickte. »Inoffiziell selbstverständlich«, fügte sie hinzu.

Cécile sah nachdenklich nach draußen. Sie musste herausfinden, was damals, vor fünfzehn Jahren, wirklich passiert war. Nicht nur, um Beweise zu finden, sondern um endlich zu verstehen. Spätestens seit ihrem Gespräch mit dem Abbé Péret war ihr klar geworden, dass dies der einzige Weg war. Allein in der Vergangenheit lag der Schlüssel zur Gegenwart – und damit letztendlich auch zu ihrem und ihres Bruders Schicksal.

»Haben Sie sich nur mit mir getroffen, um mir das zu sagen?«, fragte Cécile.

Solène verzog wieder in ihrer gewohnt spöttischen Art den Mund. »Nein, das ist nicht der einzige Grund – ich habe noch eine kleine Überraschung für Sie«, sagte sie. Sie ignorierte Céciles neugierigen Blick und klappte einen goldenen Taschenspiegel auf, um darin prüfend ihr Gesicht zu betrachten. »Sagen Sie, wie halten Sie es bloß mit dieser furchtbaren Mutter des Duc aus?«, fragte sie dann kopfschüttelnd.

»Wir gehen uns aus dem Weg. Allerdings hatte ich den Eindruck, dass die Duchesse de Villier *Sie* ganz reizend fand.«

»Oh, nein.« Solène klappte den Spiegel zu. »Sie weiß nur, wer ich bin und wie nahe ich dem Regenten stehe. Deshalb konnte sie mich nicht abweisen. Aber glauben Sie mir, sie hasst Frauen wie mich«, setzte sie mit einem Lächeln hinzu.

Der Wagen hielt an. Cécile sah, dass sie den Rand eines Parks erreicht hatten. Ein Stück vor ihnen, auf der anderen Seite der Straße, stand ein Sechsspänner.

»In der Kutsche dort wartet jemand auf Sie«, erklärte Solène freundlich.

Er lehnte am Wagen und blickte sie an. Sie blieb unwillkürlich stehen, sobald sie den Tritt der Kutsche hinuntergestiegen war. Die ganze Fahrt über hatte sie befürchtet, Solène würde das Gespräch auf den Comte de La Baume bringen, und war erleichtert gewesen, dass sie nicht über ihn gesprochen hatten, denn sein seltsames Verhalten setzte ihr noch immer zu. Und nun stand er mit einem Mal vor ihr, und sie erschrak, wie sehr sie sich freute, ihn zu sehen.

Lächelnd kam er auf sie zu und lüftete seinen Dreispitz. »Verzeihen Sie mir diesen Umstand, um zu einem Rendezvous mit Ihnen zu kommen«, sagte er. »Aber ich befürchtete, dass Sie einem Treffen mit mir sonst nicht zugestimmt hätten.«

Cécile blickte ihn an. Sie versuchte die Anziehungskraft seiner hoch gewachsenen Gestalt mit den breiten Schultern zu ignorieren. Alles an ihm rief die Erinnerung in ihr wach, wie er sie an sich gerissen und geküsst hatte.

»Ich hatte bei unserem letzten Treffen nicht den Eindruck, dass Sie an einem Wiedersehen interessiert wären, Comte«, erwiderte sie kühl.

Er blieb vor ihr stehen. »Sie irren sich, Mademoiselle de Montbrignac. Ich bin an mehr als nur daran interessiert.« Er wollte ihre Hand küssen, doch sie zog sie weg.

»Sie denken, mit dieser Erklärung lasse ich mich abspeisen, Comte?« War er wirklich so überzeugt von sich, dass er glaubte, er könne sie beim einen Mal so abweisend und kalt behandeln und sie würde ihm beim nächsten Mal trotzdem sofort wieder in die Arme fallen? »Glauben Sie das tatsächlich?« Ihre Augen funkelten wütend.

Er schaute sie verblüfft an und lachte. »Nun, ich muss zugeben, das hatte ich einen Augenblick lang gehofft! Wenn ich Sie jetzt allerdings ansehe, bin ich mir nicht ganz sicher, ob Sie nicht gleich wieder Ihren Dolch ziehen werden.«

»Da ich nicht wusste, dass wir uns treffen, können Sie mir diesmal wohl kaum einen Vorwurf machen, dass ich ihn dabeihabe.«

Er lächelte nur leicht und öffnete dann den Verschlag der Kutsche. »Erlauben Sie mir, dass ich Sie rein freundschaftlich zu einem Ausflug entführe?«

Sie zögerte. »Warum sollten Sie das tun?«

Er trat wieder einen Schritt an sie heran und sah ihr in die Augen. »Weil ich gern Zeit mit Ihnen verbringe, Mademoiselle, und weil ich hoffe, dass es Ihnen ebenso geht«, sagte er leise. »Überzeugt Sie das?«

»Wir werden sehen – fürs Erste, ja.« Ein Grübchen zeigte sich auf ihrer rechten Wange. »Verraten Sie mir auch, wohin wir fahren?«

»Ich möchte Ihnen Versailles zeigen.«

Sie blickte ihn überrascht an. Ein Ausflug dorthin würde den Rest des Tages in Anspruch nehmen. Sie musste an Madame de Villier denken. Die Duchesse würde außer sich sein, wenn sie erst am Abend wieder zurückkam. Doch Cécile war das gleichgültig. Es würde ohnehin die letzte Strafpredigt sein, die die alte Dame ihr halten konnte. Nach ihrem Gespräch mit Solène stand Céciles Entschluss fest, dass sie nach Südfrankreich reisen würde.

Sie ergriff mit einem Lächeln Armands Hand und ließ sich von ihm in die Kutsche helfen.

39

Als Cécile seinerzeit auf der Ladefläche eines Fuhrwagens von der königlichen Residenz nach Paris gefahren war, hatte die Fahrt mehrere Stunden gedauert. Doch mit dem Sechsspänner brauchten sie weniger als zwei Stunden, um Versailles zu erreichen. Die Landschaft flog an ihnen vorbei, und als Cécile ihr Erstaunen über die Geschwindigkeit äußerte, mit der die Tiere die Straße entlangjagten, erklärte ihr der Comte de La Baume, dass es sich um spezielle Pferde handelte, die man *enragés* nannte. Sie verfügten über ein besonders heißblütiges Temperament und waren in einer Weise gezüchtet, dass sie solche Strecken ohne besondere Schonung in kürzestmöglicher Zeit zurücklegen konnten.

Cécile fragte sich, wie viel solche Pferde wohl kosteten. Für den Comte spielte es vermutlich keine Rolle. Sein Erscheinungsbild und alles, womit er sich umgab, zeigten nur zu deutlich, dass er in besten finanziellen Verhältnissen lebte. Seine Familie war sicherlich schon seit Generationen vermögend, wie die der meisten Adligen, die man im Umkreis des Regenten traf. Cécile wurde für einen kurzen Moment bewusst, wie anders ihr eigenes Leben war – trotz ihrer ähnlichen Herkunft.

Versailles lag einsam und verlassen vor ihnen. Die Schönheit und Pracht des Schlosses trat durch die Leere jedoch nur noch deutlicher zutage. Wie ein märchenhaftes Trugbild mutete der Palast nach dem Tod des Königs an. Cécile entsann sich des Verkehrs – der vielen Kutschen und Reiter, die sich auf den Straßen gedrängt hatten, als sie das erste Mal hierhergekommen war. Sie entdeckte jetzt nur noch einige

Gardisten, die man anscheinend zur Bewachung zurückgelassen hatte. Doch ansonsten war bis auf einige neugierige Passanten – allem Anschein nach Durchreisende, die auf dem Weg nach Paris hier einen Halt eingelegt hatten und nun staunend vor der ehemaligen Residenz des großen Sonnenkönigs standen – kaum jemand zu sehen.

»Ich war letzte Woche noch einmal hier und konnte nicht glauben, was aus dem großen Versailles geworden ist«, sagte der Comte.

Die Kutsche hielt vor den Stufen des Marmorhofes an. Armand bat Cécile, einen Augenblick zu warten, und verschwand im Schloss, dessen Haupteingang von zwei Gardisten bewacht wurde.

Als er wenig später zurückkehrte, lächelte er. »Kommen Sie, ich lade Sie zu einer kleinen Führung ein«, sagte er.

»Das ist möglich?«

»Wenn man mit dem Gouverneur von Versailles befreundet ist, ja.«

Er reichte ihr den Arm und erzählte ihr, dass Louis Blouin, der Gouverneur, auch der Erste Kammerdiener des Monarchen gewesen sei. Schon sein Vater hatte dem König gedient, und seine Treue zu dem verstorbenen Louis XIV. sei so weit gegangen, dass er es abgelehnt habe, in die Dienste des neuen Regenten zu treten.

»Was wird mit dem Schloss jetzt geschehen?«, fragte sie, als sie über den Hof liefen.

»Nun, solange der Duc d'Orléans regiert, wird es aller Voraussicht nach leer stehen bleiben, und man wird versuchen, es für Louis XV. instand zu halten. Monsieur Blouin hat damit allerdings kein leichtes Amt – die meisten Leute haben Versailles verlassen, nachdem der Hof nach Paris gezogen ist, da hier keine Geschäfte mehr zu machen sind.«

Cécile dachte an den überteuerten Preis der Pension, in der sie hier gewohnt hatte. Ihr Mitleid mit dem Wirt hielt sich in Grenzen. Sie war sich noch immer nicht sicher, ob nicht er selbst ihr damals die Louisdor gestohlen hatte.

Sie gingen durch ein Tor in einen Seitenhof. »Leider Gottes wird es jetzt vor allem Vagabunden und Diebe nach Versailles ziehen. Man hat trotz der Bewachung sogar schon versucht, in das Schloss einzubrechen«, berichtete der Comte.

Sie traten aus dem Hof auf die lange Terrasse des Schlosses, von der aus man den Park überblicken konnte. Cécile blieb gebannt stehen. Eine breite Treppe führte von der Terrasse hinunter zu einem Weg. Auf diesem konnte man an imposanten Wasserbecken und Springbrunnen vorbeispazieren, aus denen sich antike Götter und Tiergestalten aus Gold erhoben. Zwischen den Brunnen waren kunstvoll bepflanzte Blumenrabatten, gestutzte Bäume, Hecken, Marmorskulpturen und Vasen zu sehen. Verzaubert betrachtete Cécile diesen Anblick. »Das ist wirklich märchenhaft«, sagte sie.

Armand erzählte ihr, dass man früher erkennen konnte, ob sich der König gerade im Park aufhielt, da nur dann das Wasser in den Becken und Fontänen sprudelte – und abgestellt wurde, sobald er wieder im Schloss war.

Er hatte Cécile den Arm gereicht, und sie genoss seine Nähe, die gleichzeitig ein Gefühl der Vertrautheit und der Anspannung in ihr hervorrief. Ihren Groll ihm gegenüber hatte sie längst vergessen. Sie wollte die Stunden mit ihm genießen, da es ihr letztes Treffen sein würde.

Sie wandte sich an den Comte.

»Ich werde Paris für einige Zeit verlassen«, sagte sie.

Überrascht blieb er stehen. »Aber warum?«

Sie erzählte ihm in kurzen Zügen von ihrer Unterredung mit dem Regenten und dem Hintergrund ihrer Familiengeschichte.

»Deshalb werde ich ins Languedoc reisen«, schloss sie.

»Ich möchte Ihnen nicht zu nahe treten, aber glauben Sie nicht, dass es schwierig und eventuell auch sehr gefährlich sein könnte, diese Reise zu machen?«, fragte Armand.

Er schien wenig begeistert, ja, fast ein wenig verstimmt, als er von ihren Plänen hörte, und für einen Augenblick bereute sie, ihm davon erzählt zu haben. Sie befürchtete, dass die Stimmung zwischen ihnen nun zerstört war.

Ihre Hand strich über den Zweig eines Bäumchens. »Bitte versuchen Sie mich zu verstehen. Ich habe es meinem Vater auf seinem Totenbett versprochen«, erklärte sie.

Er schwieg mit undurchsichtiger Miene, bevor er sich nach einigen Schritten zu ihr umwandte. »Werten Sie es als ein Zeichen meiner Zuneigung, dass ich mir Sorgen um Sie mache«, sagte er, aber trotz seines Lächelns spürte sie die plötzliche Distanziertheit hinter seinen Worten. Es war nicht das erste Mal, dass sie diesen Wechsel in seinem Verhalten wahrnahm. In einem Moment gab es zwischen ihnen diese ungewöhnliche Vertrautheit, und sie fühlte, dass er es genoss, mit ihr zusammen zu sein, und dann wieder zeigte er unvermittelt eine reservierte, beinah kühle Miene – manchmal nur für einen kurzen Augenblick oder wie nach dem Kuss bei ihrem Ausritt für unbestimmte Zeit. Fast so, als nähme er ihr etwas übel.

Er blieb neben ihr stehen. »Haben Sie Lust, noch etwas von dem Schloss zu sehen?«, fragte er.

»Ist es denn geöffnet?«, fragte sie.

»Nein – aber Monsieur Blouin war so nett, mir einen Schlüssel zu leihen.«

Sie gingen auf der anderen Seite des Wasserbeckens wieder zum Schloss hoch und begaben sich zu einem Seiteneingang, an dem ein Gardist stand, der über ihren Besuch informiert zu sein schien und sie widerstandslos passieren ließ. In dem langen Flur war es eigentümlich still. Man hörte nur die eigenen hallenden Schritte. Das Ganze hatte etwas Gespenstisches, und Cécile kam sich vor wie ein Kind, das etwas Verbotenes tut. Armand steuerte auf eine Tür zu, die er mit einem Schlüssel öffnete. Sie traten in einen prunkvoll eingerichteten Kabinettsraum, den sie durchqueren, um durch eine weitere Tür in den Spiegelsaal zu gelangen. Die Pracht der großen Kristalllüster, der Spiegel, der Leuchter, der goldenen Wandornamente und Deckengemälde ließen Cécile den Atem stocken. »Hier wurden Feste gefeiert, und die Höflinge haben sich hier versammelt, wenn der König morgens zur Messe ging«, erzählte Armand.

Seine Beschreibungen ließen das Leben in Versailles in aller Deutlichkeit vor ihrem Auge auferstehen, und sie hörte ihm fasziniert zu. Armand hatte den Arm um sie gelegt, und im Vorbeigehen sah sie in einem der hohen Spiegel ihr Bild, das sie wie ein verliebtes Paar wirken ließ.

Er zeigte ihr auch die königlichen Gemächer, in denen der Hof an jedem Schritt des königlichen Lebens vom Aufstehen bis zum Zubettgehen nach den strengen Vorschriften der Etikette teilnahm. Beeindruckt blieb Cécile in dem vergoldeten Schlafzimmer vor der kniehohen Balustrade stehen und versuchte sich vorzustellen, wie der König in seinem Bett lag und die Höflinge hier vor ihm standen.

»Mein Vater hat mir manchmal von Versailles und von der Etikette erzählt«, sagte sie. »Ich habe mir das Leben hier immer sehr anstrengend vorgestellt.«

Armand nickte. »Wissen Sie, warum ich Ihnen das hier zeigen wollte? Weil man Versailles sehen muss, um zu verstehen, warum der Duc d'Orléans ist, wie er ist, und warum er und sein Kreis eine solche Sucht verspüren, frei und ausschweifend zu leben.«

»Sie meinen, weil sie sich von der Etikette eingeengt gefühlt haben?«, fragte Cécile verblüfft.

»Ja, in den letzten Jahren war das Leben hier am Hof gänzlich erstarrt.«

Sie gingen durch den Spiegelsaal zurück, und Cécile blieb an einem der Fenster stehen, von dem aus man den Park und Kanal überblicken konnte.

Armand war hinter sie getreten. Er legte abermals die Arme um sie und zog sie an sich. »Und finden Sie nicht, dass ich für meine Führung eine Entlohnung verdiene?«, fragte er leise.

Sie lehnte ihren Kopf gegen seine Schulter, dann drehte sie sich um und sah ihn an. »Doch, die verdienen Sie, Comte.« Sie küsste ihn sanft, beinah schüchtern. Einen Moment lang stand er still da und reagierte kaum, als würde er abwarten, wie ernst sie es meinte, doch dann glitten seine Hände unter ihren Umhang, und er erwiderte ihren Kuss. Cécile spürte, wie die leidenschaftliche Umarmung ihr Blut zum Pulsieren brachte. Irgendwann löste sich sein Mund von ihren Lippen, glitt hinunter zu ihrem Hals und schließlich weiter zu ihrem Dekolleté. Ein Schauer erfasste sie, als er ungeduldig die Schnüre ihres Mieders löste, und sie lehnte mit einem leisen Stöhnen ihren Kopf zurück.

Mit brennendem Blick sah er sie an. »Kommen Sie«, sagte er. Seine Stimme war rau vor Erregung, als er sie mit sich zog, durch eine Tür aus dem Spiegelsaal hinaus, zurück in das Kabinett und dann durch eine weitere Tür in einen kleinen Raum, in dem sich eine Chaiselongue befand.

Erneut küsste er sie, zog sie an sich, während sie nur noch spürte, dass ihr Umhang zu Boden fiel und er seinen Rock abstreifte, bevor er sie schließlich hochhob und sie beide auf die Chaiselongue sanken.

Cécile hatte keine Ahnung, wie viel Zeit vergangen war – draußen dämmerte es bereits. Sie lag nackt neben Armand, wie benommen von der glühenden Ekstase, in der sie zueinander gefunden hatten, und hatte das Gefühl, seinen Körper noch auf ihrer Haut zu spüren, obwohl er sie längst nicht mehr berührte. Sie hatten sich nicht vorsichtig oder erkundend, sondern so wild und verlangend geliebt, als hätte sich dabei die ganze Anspannung entladen, die seit ihrer ersten Begegnung zwischen ihnen herrschte. Bei dem Gedanken an das Begehren und die ungeahnte Lust, die Armands Berührungen in ihr geweckt hatten, ergriff Cécile im Nachhinein eine leichte Verlegenheit. Er war ein fordernder Liebhaber, der ihr keine Möglichkeit gelassen hatte, sich zurückzuhalten, und trotz all ihrer Unerfahrenheit spürte sie, wie ungewöhnlich die explosive Anziehungskraft zwischen ihnen war.

Sie bemerkte, dass er sie ansah, und drehte sich zu ihm um. Er hatte den Kopf auf seine Hand gestützt, sinnend, als wollte er ergründen, was sie dachte. Seine Finger streichelten ihr Gesicht. »Wenn es möglich gewesen wäre, hätte ich Sie schon bei unserer ersten Begegnung in Versailles verführt, Cécile.«

Das Selbstbewusstsein, mit dem er sie geliebt hatte und jetzt hier neben ihr lag, ließ sie unwillkürlich darüber nachdenken, wie viele andere Frauen es in seinem Leben wohl gab.

Ihre Hand strich über seinen Oberkörper, unter dessen glatter Haut sich die Muskeln abzeichneten. Sie betrachtete die helle Narbe, die sich in einem langen Strich quer über die linke Seite seiner Brust zog. Ein ähnliches Mal zeigte sich auf seinem Oberarm. Sie zeichnete zart die glatten Linien dieser Verletzungen nach. Ihr wurde bewusst, wie wenig sie bei aller Nähe zwischen ihnen über ihn und sein Leben wusste.

»Eine Erinnerung an den Krieg?«, fragte sie leise.

»Nein, ein Duell«, erklärte er, und für einen kurzen Augenblick schien es Cécile, als würde sich sein Gesichtsausdruck verdunkeln.

»Dann bin ich froh, dass Sie es gewonnen haben.«

»Sagen Sie das nicht«, erwiderte er ernst. »Es ist ein Unterschied, ob man einen Mann im Krieg oder jemanden im Duell tötet.«

»Sie bereuen es?«

»Ja. Es war ein Freund«, erklärte er knapp. Er schlang mit nachdenklicher Miene eine lange Strähne ihres Haars um seinen Finger, und sie fragte nicht weiter, denn sie spürte, dass er nicht darüber reden wollte.

»Sie sind wunderschön«, stellte er fest. Etwas an der Art, wie er sie ansah, machte sie erneut verlegen, und ihr wurde plötzlich deutlich bewusst, dass sie in irgendeinem kleinen Kabinettsraum in Versailles nackt in Armands Armen lag und seine Geliebte geworden war.

Wie zur Bestätigung beugte er sich über sie und küsste sie begehrlich. »Fahren Sie nicht! Bleiben Sie in Paris«, murmelte er, als sich sein Mund für einen Moment von ihren Lippen löste. Seine Hände glitten ihren Körper hinunter. Besitzergreifend zog er sie an den Hüften zu sich, und es war, als wollte er sie durch das erneute Verlangen, das er entfachte, umstimmen.

Erst sehr viel später antwortete sie ihm. »Ich kann nicht bleiben«, sagte sie leise. Die Dunkelheit war längst hereingebrochen, und sie befanden sich in der Kutsche auf dem

Rückweg nach Paris. Eng umschlungen saßen sie auf der Sitzbank, eine wärmende Decke über sich gebreitet, da es kühl geworden war. Draußen zogen die schwarzen Umrisse der Bäume und einzelner Häuser an ihnen vorbei.

Cécile strich über seine Hand. »Wenn ich könnte, würde ich nicht fahren. Aber ich muss es tun, Armand«, sagte sie, ihn zum ersten Mal bei seinem Vornamen nennend.

Er sah sie an, und einen Moment lang schien es, als wolle er etwas sagen. Doch dann nickte er nur stumm und zog sie in seine Arme.

40

Es war fast Mitternacht, als der Comte de La Baume sich noch auf den Weg ins Palais Royal machte. Der Duc hatte ihn um ein Treffen gebeten. Doch Armand fühlte sich unwohl bei dem Gedanken, Montbrignac nach den Stunden mit Cécile gegenüberzutreten. Es war anders verlaufen als gedacht. Er hatte eine unverfängliche Affäre mit ihr geplant, doch inzwischen wusste er, dass dies zwischen ihnen kaum möglich sein würde. Die Leidenschaft war zu groß. Er lehnte sich in seiner Kutsche zurück. Ein leises Lächeln glitt über sein Gesicht, als er sich erinnerte, wie sie mit glänzenden Augen nackt in seinen Armen gelegen hatte. Er konnte den Duft ihrer Haut und ihres Haars noch immer riechen.

Dem Duc würde er selbstverständlich verschweigen, was sich zwischen ihnen abgespielt hatte – allerdings würde er nicht umhinkommen, ihm von ihrer geplanten Reise zu erzählen.

Wie er es erwartet hatte, reagierte Montbrignac mehr als irritiert, als er ihm am Spieltisch über das Vorhaben seiner Nichte berichtete. »Was um Himmels willen will sie im Languedoc?«

Armand zuckte die Achseln. »Ich nehme an, sie möchte einfach die Gegend, aus der ihre Familie stammt, kennenlernen und verstehen, was damals passiert ist«, gab er vage Auskunft.

Der Duc setzte ungehalten einige Münzen. »Nun, es wird sie jemand im Auge behalten. Ihre wilden Behauptungen haben sich inzwischen schon bis zum Intendanten nach Montpellier herumgesprochen!«, sagte er und zog eine Karte. Dann blickte er Armand an. »Ich möchte trotzdem, dass Sie an ihr dranbleiben.«

Armand, der ebenfalls eine Karte gezogen hatte, sah sprachlos hoch. »Sie erwarten, dass ich ihr nach Nîmes folgen soll?«

»Ja. Ich bin sicher, sie wird gerührt sein über so viel Zuneigung«, erklärte er zynisch.

»Meinen Sie nicht, dass Ihre Sorge etwas übertrieben ist?«, fragte er zweifelnd.

»Ganz und gar nicht«, erwiderte der Duc und klopfte ihm auf die Schulter. »Außerdem werden wir in Kürze ebenfalls in den Süden aufbrechen – ich verspreche Ihnen, es wird ein nettes kleines Familientreffen da unten!«

Languedoc, 1715
Zwei Wochen später

41

Es war ein unschöner Ruck, gefolgt von einer unvermuteten Bewegung nach vorn, die sie aus dem Schlaf schrecken ließen. Nur ihr instinktiver Griff nach der Lehne verhinderte, dass sie ihrem Mitfahrer direkt in die Arme rutschte. Erschrocken hielt sie sich fest. Der schiefe Wagenstand verhieß nichts Gutes.

»Ich hab ja gleich gesagt, dass der Kutscher unfähig ist!«, ertönte es von dem Mann ihr gegenüber, den ein fleischiges Doppelkinn zierte.

Cécile bedachte ihn mit einem gereizten Blick, während sie ihren Rock gerade strich. Vermutlich hatte er diese Bemerkung tatsächlich gemacht, denn seitdem sie in Lyon in die gemeinsame Mietdroschke gestiegen waren, gab es kaum etwas, worüber er nicht gesprochen hatte. Stundenlang hatte er in seinem dozierenden Ton Vorträge über jedes nur erdenkliche Thema gehalten und damit nicht nur sie, sondern auch ihre beiden anderen Mitreisenden, eine ältere Frau und ihren Enkel, malträtiert. Anfangs hatte Cécile seinen Redefluss noch mit höflichem Schweigen über sich ergehen lassen, doch unglücklicherweise hatte er es dann, etwa auf der Höhe von Valence, für nötig befunden, sich über die Schottlandpolitik des neuen Regenten auszulassen. Selbstverständlich sei es richtig, dass man sich mit den Engländern verbündete, hatte er ihnen erklärt, und dass man nicht weiter diese Stuarts unterstütze, die Frankreich nur unnützes Geld kosteten. Man habe ja mit diesen barbarischen Hochlandclans ohnehin nichts gemein und könne nur hoffen, dass der englische König den Aufstand dort oben möglichst schnell niederschlagen würde …

»Waren Sie schon einmal in Schottland, Monsieur?«, hatte Cécile ihn mit mühsam unterdrückter Wut in der Stimme gefragt.

Er deutete mit seinem knolligen Zeigefinger auf sich selbst.

»Ich? Gott bewahre, Mademoiselle. Warum sollte ich auch? Wissen Sie …«

»Dann sollten Sie mit dem, was Sie sagen, vorsichtiger sein. Ich habe dreizehn Jahre dort gelebt – und ich versichere Ihnen, dass die Menschen keineswegs barbarisch sind!«

Er schwieg, verdutzt über ihre unerwartete Zurechtweisung, und sein Gesicht nahm für einen kurzen Moment einen beleidigten Ausdruck an.

»Etwas mehr Höflichkeit einem Älteren gegenüber würde Ihnen guttun, Mademoiselle«, brummte er. Mahnend hob er seinen Finger. »Glauben Sie mir, zu Ihrem eigenen Vorteil …«

Cécile hatte innerlich einen stummen Hilfeschrei ausgestoßen und den Mann einfach ignoriert, bis sie irgendwann schließlich trotz seines Redeflusses in einen leichten Schlaf gefallen war. Ihre begrenzten finanziellen Mittel erlaubten es leider nicht, dass sie sich allein einen Wagen nahm, daher war sie gezwungen, in der Postkutsche zu reisen. Begleiter wie dieser Lyoner Händler waren einer der unvermeidbaren Nachteile dabei.

Sie blickte nach draußen, wo man die Schreie des Kutschers und eines anderen Mannes vernehmen konnte, in die sich ein lautes, von allen Seiten ertönendes Blöken und Geklingel von Glöckchen mischte. Ein Gewimmel von flauschigen weißen Vierbeinern war um sie herum zu sehen – die Kutsche stand mitten in einer Schafherde.

»Nun, ich denke, wir sollten sitzen bleiben und Ruhe bewahren«, sagte der Lyoner Händler und musterte missbilligend die Tiere, die unter blökenden Lauten neugierig das liegen gebliebene Fahrzeug beschnupperten.

Cécile lauschte auf die erboste Stimme des Kutschers, die sich inzwischen fast überschlug und sich in einer Flut wüstester Beschimpfungen gegen den Schafhirten erging.

»Mein Gott, was machen wir denn jetzt bloß?«, entfuhr es der Frau neben ihr, die damit genau Céciles Gedanken aussprach. Anscheinend war die Achse oder eines der Räder beschädigt, und bis Nîmes waren es noch etliche Meilen. Es würde dauern, bis man ein Ersatzfahrzeug herbeigeschafft oder den Schaden repariert hatte.

Cécile beschloss, sich selbst ein Bild von der Lage zu machen, und öffnete, noch bevor der Lyoner Händler einen Einwand erheben konnte, die Tür, um auszusteigen.

Eine Gruppe neugieriger Schafsmäuler empfing sie, von denen einige vorwitzig gegen ihre Beine stupsten. Cécile musste lächeln. Es war eine große Herde – bestimmt um die zweihundert Stück, schätzte sie. Die Tiere verteilten sich über den Weg und den Abhang hinauf.

Dann hob sie plötzlich den Kopf. Es war der Geruch – ein herber, würzig-wilder Duft nach Thymian, trockenem Gras und verblühtem Lavendel –, der eine plötzliche Erinnerung in ihr wachrief, an etwas Vertrautes und längst Vergangenes aus ihrer Kindheit. Ihre Haare flatterten im Wind, und als sie über die Bergrücken und Gipfel blickte, die sich karg und felsig aus dem grünen, undurchdringlichen Mantel des stachligen Buschwerks, der *garrigue*, erhoben, da wurde ihr bewusst, dass dies hier die Heimat ihrer Eltern war und das

Land, in dem sie geboren wurde. Einen Moment lang nahm sie mit allen Sinnen diesen Eindruck wahr, bis die Stimme des Kutschers sie wieder unsanft zurück in die Gegenwart riss.

»Und was soll ich jetzt machen, he?«, schrie er den Hirten an. »Kannst du mir das vielleicht sagen? Wahrscheinlich ist die Achse gebrochen. Weil deine dämlichen Schafe mir in die Pferde gerannt sind!« Sein Gesicht war hochrot.

Der Hirte, der in einen bodenlangen braunen Umhang gehüllt war, ließ den Ausbruch mit stoischer Ruhe über sich ergehen.

»Deshalb tragen die Schafe ja Glocken – damit man sie hört«, erklärte er freundlich in breitem Südfranzösisch, die eine Hand auf seinen Hirtenstab gestützt. Er war ungefähr dreißig, schätzte Cécile, die sich zwischen den Tieren zu ihnen durchgedrängt hatte. Erst jetzt bemerkte sie, dass versteckt hinter ihm, in den Falten seines Umhangs, ein kleiner, dunkelhaariger Junge stand, der mit großen Augen dem lautstarken Disput folgte.

Die Bemerkung des Hirten schien indessen nicht die geeignete Antwort gewesen zu sein, um den Kutscher zu beruhigen, dessen Zornesröte sich noch eine Spur verdunkelt hatte. Er schnappte aufgebracht nach Luft. »Das sagst du schon zum dritten Mal, und wenn du es noch einmal sagst, dann schwöre ich dir …«

»Verzeihung, *Messieurs*?«

Die beiden Männer drehten sich um.

»Können Sie mir vielleicht sagen, wo wir genau sind?«, fragte Cécile freundlich.

Der Kutscher starrte sie an. »Ich habe keine Ahnung. Irgendwo hinter Uzès.« Der Anblick seines weiblichen Fahrgastes schien ihn wieder zur Besinnung kommen zu lassen.

Er blickte sie missmutig an. »Es tut mir leid, Mademoiselle, aber die Achse ist wohl gebrochen. Ich werde mit den Pferden zurück zur Station müssen, um einen anderen Wagen zu holen.«

Cécile nickte. Sie wandte sich dem Hirten zu, der sie aus seinem wettergegerbten Gesicht neugierig musterte. Plötzlich war sie froh, dass sie sich entschieden hatte, sich auf der Reise so einfach wie möglich zu kleiden, und ihren alten Umhang aus Schottland trug. Ähnlich wie in England fiel sie auch hier schon allein durch den Umstand auf, dass sie als junge Frau alleine reiste. »Können Sie mir sagen, wie weit es bis zum nächsten Ort ist?«, fragte sie.

»Zu Fuß?«

»Ja.«

»In ungefähr fünf Meilen kommt ein kleines Dorf, aber die Strecke ist bergig – für den Weg braucht man bestimmt eine Stunde«, sagte er warnend.

»Danke!« Sie drehte sich zu dem Kutscher um. »Dann hätte ich gern meine Tasche.«

Er sah sie verblüfft an.

»Aber Mademoiselle!«, erschallte hinter ihnen die Stimme des Lyoner Händlers, der inzwischen ebenfalls ausgestiegen war. Mit gerümpfter Nase schlängelte er sich zwischen den Schafen zu ihnen durch und blieb dann neben ihr stehen. »Sie wollen wirklich zu Fuß weiter? Allein?«

Cécile sah ihn an, und ihre Entscheidung, dass sie genau das tun würde, stand im selben Moment unumstößlich fest.

Die Einsamkeit während des Fußmarsches half ihr, ihre Gedanken zu ordnen.

Der Abschied von Armand war furchtbar gewesen, und je mehr Zeit verging, desto stärker wurde Cécile bewusst, dass sie ihn vermisste, sich nach dem Klang seiner Stimme, seinem Lachen und seinen Berührungen sehnte. In den letzten Tagen hatte sie sich oft gefragt, was er wohl in ihr sah. Eine weitere Eroberung? Eine kurzweilige Liebschaft, die umso reizvoller für ihn war, weil ihr anfänglicher Widerstand ihn herausgefordert hatte? Sie wusste es nicht. Sie kannte Armand kaum, auch wenn die leidenschaftliche Anziehung und die Nähe zwischen ihnen ihr ein gänzlich anderes Gefühl vermittelten. Trotzdem hätte sie angesichts seiner widersprüchlichen Art nicht sagen können, was er für sie empfand. Sie spürte, dass er sich zu ihr hingezogen fühlte, doch man konnte sein Verhalten ihr gegenüber kaum als das eines verliebten Mannes bezeichnen, der bemüht war, ihr den Hof zu machen.

Nachdenklich nahm sie ihr Reisebündel auf die andere Schulter. Der Weg hatte sie ein Stück bergab ins Tal geführt. Sie lief an einem Feld mit großen Maulbeerbäumen vorbei, deren Blätter den Seidenraupen als Nahrung dienten. Aus ihren Kokons wurden später die kostbaren Fäden der Seide gewonnen, deren Produktion Nîmes so berühmt und reich gemacht hatte.

In einiger Entfernung sah sie Bauern bei der Arbeit, die in den Hängen der Berge Wein beschnitten. Ihre *camisards*, wie ihre weißen Hemden hießen, erinnerten Cécile an den Namen, den man den aufständischen Hugenotten gegeben hatte – Kamisarden. Erneut stellte sie fest, wie vertraut ihr das alles hier schien. Für einen kurzen Moment kehrten ihre Gedanken nach Paris zurück. Wie hatte der Duc de Villier wohl auf ihren Brief reagiert? Sie hatte ihm in einem Schreiben mitgeteilt, dass sie für einige Zeit verreisen müsse, bevor sie sich im Morgengrauen heimlich aus dem Palais gestohlen hatte.

Nachdenklich betrachtete sie die Landschaft um sich herum und sog voller Neugier die Eindrücke in sich auf.

Trotz aller Ungewissheit genoss sie das Gefühl, wieder frei und niemandem Rechenschaft schuldig zu sein.

Eine gute Stunde später erreichte sie schließlich Blauzac, den Ort, von dem der Hirte gesprochen hatte. Cécile entschied sich, die Nacht dort in einer kleinen Herberge zu verbringen.

Am nächsten Tag kaufte sie sich von einem Bauern ein einfaches Pferd und machte sich im Sattel weiter auf den Weg in Richtung Nîmes und Montbrignac.

42

Cécile hatte beschlossen, ihre Nachforschungen bei Robert Silvane, dem Bruder des ermordeten Abbés, zu beginnen. Er lebte in der Nähe von Gard, direkt in einem einsam gelegenen Haus an dem gleichnamigen Fluss, wie sie in dem Ort selbst erfahren hatte.

Sie ritt einige Meilen auf einem staubigen Feldweg an dem ausgetrockneten Flussbett entlang. Nur ein dünnes Rinnsal war von der reißenden Strömung noch übrig geblieben. Erst die Regenwolken der Herbststürme würden den Fluss wieder zum Leben erwecken.

Das Haus, dessen Fassade wie die meisten der Region aus rohen Steinen gemauert war, lag oberhalb des Gard, am Fuße einer steilen Felswand. Cécile überquerte eine alte römische Steinbrücke und stieg zögernd von ihrem Pferd. Die dunklen Läden der kleinen Fenster waren verschlossen, und sie befürchtete schon, den Weg hierher umsonst gemacht zu haben. Da erblickte sie hinter dem Haus im Garten an einer Reihe von Rebstöcken eine Gestalt. Das musste er sein!

Sie machte ihr Pferd fest und betrat durch das kleine Eingangstor das Grundstück.

Der Mann hatte ihr seinen breiten Rücken zugewandt und stand gebeugt über dem Boden. Seine schlohweißen Haare verrieten, dass er nicht mehr jung war, obwohl die Kraft, mit der er seine Hacke in den harten Grund fahren ließ, dem zu widersprechen schien.

»Verzeihung, Monsieur …«

Im ersten Moment glaubte sie, er habe sie nicht gehört, doch dann drehte er sich um – mit einer unwirschen Miene in seinem kantigen Gesicht, die sich bei ihrem Anblick in Verblüffung wandelte.

Sie ging auf ihn zu. »Sind Sie Monsieur Silvane?«

Er ließ die Hacke zur Erde sinken und starrte sie an.

»Mein Name ist Cécile de Montbrignac …«

Noch immer sagte er nichts, und sie wollte gerade ansetzen, ihm zu erklären, wer sie sei, da nickte er.

»Darf ich Ihnen etwas zu trinken anbieten, Mademoiselle?«, fragte er in einem Tonfall, als würden sie sich bereits kennen, und musterte sie dabei noch immer wie eine Erscheinung.

»Ja, gern!« Cécile folgte ihm ins Haus.

»Sie scheinen zu wissen, wer ich bin?«, sagte sie vorsichtig, als er ihr wenig später in einem Raum, der Küche und Essraum zugleich war, aus einem Krug ein Glas Minzwasser eingoss.

Er blickte sie an, bevor er sich selbst ein Glas füllte und sich zu ihr an den schlichten Holztisch setzte. Ein melancholisches Lächeln glitt über seine Lippen. »Nun, ich nehme es zumindest an. Sie müssen die Tochter von Henri und Catherine de Montbrignac sein … Sie sehen Ihrer Mutter sehr ähnlich«, fügte er hinzu.

Wie sich herausstellte, hatte Robert Silvane ihre Eltern persönlich gekannt. Er hatte seinen Bruder, den Abbé – der Priester, aber auch ein enger Freund ihres Vaters gewesen war –, einige Male als Gast auf Schloss Montbrignac begleitet.

Cécile betrachtete sein markantes, von Falten durchzogenes Gesicht. Er kam ihr nicht wie ein Fremder vor – es fühlte sich vertraut an, hier bei ihm zu sitzen, und sie musste daran denken, dass sein Bruder nicht nur der Beichtvater ihres Vaters gewesen war, sondern ihre Eltern auch getraut und sie selbst als Säugling getauft hatte.

Ihr Blick glitt durch die Küche – über die einfachen dunklen Holzmöbel, den rohen Steinboden bis zu der Feuerstelle, über der neben verschiedenen Schöpfkellen und anderen Küchenutensilien ein schmiedeeiserner Kessel hing. Sie spürte, dass der alte Mann sie abwartend musterte. Von seinem Gesicht war die unausgesprochene Frage abzulesen, warum sie zu ihm gekommen war. Schweren Herzens berichtete sie ihm schließlich vom Tod ihres Vaters.

Er reagierte sichtlich getroffen. »Es bleibt mir verschlossen, warum Gott den besten Männern immer das schwerste Schicksal aufbürdet«, sagte er dann. »Ihr Vater hatte das nicht verdient!« Bedächtig schüttelte er den Kopf. »Wissen Sie, ich habe nie geglaubt, dass er etwas mit dem Mord an meinem Bruder zu tun hatte.«

»Das sagte mir der Abbé Péret auch!« Cécile berichtete Silvane, dass sie den Priester in Saint-Cloud aufgesucht hatte und nun zu ihm gekommen war, um zu erfahren, warum er von der Unschuld ihres Vaters überzeugt war.

Silvane umfasste das Glas vor sich mit seinen kräftigen Händen. »Das Gericht sagte damals, die Beweise seien eindeutig, weil man den Ring meines Bruders und ein Tuch mit Blutspuren bei Ihrem Vater fand.« Er zog verächtlich die Mundwinkel nach unten. »Als ob Ihr Vater jemals so dumm gewesen wäre! Außerdem wäre er nie zu einem so hinterhältigen Mord fähig gewesen. Er und mein Bruder waren sich in echter Freundschaft zugetan. Aber es passte damals vermutlich gut ins Konzept des königlichen Intendanten Basville.«

Silvane blickte Cécile aus seinen dunkelbraunen Augen an, die sein schlohweißes Haar noch betonten. »Ihr Vater war ein geschätzter, einflussreicher Mann. Wie mein Bruder hielt er nichts davon, den Weg der Gewalt zu beschreiten, um die Protestanten zu bekehren. Damit war er Basville selbstverständlich ein Dorn im Auge.« Er trank erneut einen Schluck, bevor er weitersprach. »Es gab damals Aussagen, die Ihren Vater entlastet hätten, doch davon wollte man nichts hören. Man hat sie bei Gericht nicht zugelassen.«

»Welche Aussagen waren das?«, fragte sie. Ihrer Stimme war plötzlich deutlich ihre Aufregung anzumerken.

Silvane faltete die Hände.

»Das Gericht und die Polizei behaupteten, mein Bruder sei am Vormittag umgebracht worden, doch der Arzt sagte, es gäbe Anzeichen, dass er schon länger tot gewesen sein musste, also bereits am Abend zuvor getötet worden war. Demnach hätte Ihr Vater gar nicht der Mörder sein können, da er sich zu dieser Zeit in Nîmes bei einer Ratsversammlung befand. Mein Bruder hatte ihn durch einen Boten bitten lassen, am nächsten Tag auf dem Rückweg bei ihm vorbeizukommen ... Doch da war er bereits tot«, sagte er tonlos.

Cécile spürte, wie sich ihre Kehle zuschnürte.

»Dieser Arzt, von dem Sie gesprochen haben – erinnern Sie sich noch an seinen Namen?«

Robert Silvane nickte. »Sicher. Er heißt Auguste Tayard. Soweit ich weiß, lebt er heute in Uzès.«

Ein Sturm von Gedanken tobte durch ihren Kopf. Konnte die Aussage des Arztes nicht vielleicht ein Beweis sein, der auch vor dem Regenten Gültigkeit hatte? Robert Silvane, der zu ahnen schien, was in ihr vorging, legte seine schwielige Hand auf ihren Arm. »Sie sollten lieber vorsichtig sein. Es ist noch immer gefährlich, sich mit diesen Dingen zu beschäftigen, Mademoiselle«, sagte er. Seine Stimme war leiser geworden, als befürchte er unbewusst, dass jemand ihn hören könnte. »Das alles ist zwar lange her, aber Basville ist noch immer Intendant und damit der heimliche Herrscher in dieser Provinz, das dürfen Sie nicht vergessen!«

Sie nickte. *Basville* – immer wieder stolperte sie über diesen Namen. Hatte ihr Onkel nicht eine Cousine von ihm geheiratet? Sie erinnerte sich, dass ihr Vater in seinen Aufzeichnungen erwähnte, seine Verlobte sei eine aparte junge Dame, nur sei ihm die Familie, aus der sie stammte, nicht sonderlich sympathisch. Zum ersten Mal schien es Cécile, als würden sich alle unzusammenhängenden Informationen wie die Steine eines Mosaiks zusammenfügen.

Silvane hatte sich vom Tisch erhoben und blickte sie freundlich an. »Möchten Sie nicht zum Essen bleiben? Meine Haushälterin hat ein *cassoulet* vorbereitet«, sagte er.

Cécile, die plötzlich merkte, dass sie seit dem Morgen nichts gegessen hatte, nahm die Einladung gern an.

Silvane zündete ein Feuer unter dem schmiedeeisernen Kochkessel an, und wenige Augenblicke später breitete sich in dem Raum ein köstlicher Duft nach dem deftigen Gericht aus weißen Bohnen aus.

Silvane legte einen Laib Brot auf den Tisch und goss ihnen aus einer Flasche Rotwein in die Gläser. »Aus eigenem Anbau«, erklärte er.

Cécile trank einen Schluck von dem trockenen, vollmundigen Wein.

Während sie aßen, erzählte sie ihm von ihrer Reise aus Schottland und der Begnadigung, die der verstorbene König ihrem Vater zugesichert hatte, für die der Regent nun aber Beweise verlangte. Auch ohne dass sie viele Worte darüber verlor, schien Silvane zu begreifen, wie wichtig diese posthume Rehabilitierung für sie war, und es tat ihr gut, mit jemandem zu sprechen, der nicht sofort versuchte, sie von ihrem Vorhaben abzubringen.

»Vielleicht sollten Sie tatsächlich mit Monsieur Tayard sprechen – und mit Luc Roland, dem Stallknecht auf Montbrignac …«

»Dem Stallknecht?«

»Ja, es gab damals das Gerücht, er habe etwas gesehen. Er wollte eine Aussage machen, doch dann hat er es sich plötzlich anders überlegt und behauptet, er habe sich getäuscht.«

Cécile legte ihren Löffel auf dem Tellerrand ab. Sie entsann sich, wie ihr die Marquise de Maintenon bei ihrem Besuch in Saint-Cyr erzählt hatte, dass man, als man den Fall ihres Vaters noch einmal prüfen wollte, feststellte, dass Unterlagen verschwunden waren und die Behörden im Languedoc angeblich mit unverantwortlicher Nachlässigkeit gearbeitet hatten. »Sagen Sie, arbeitet dieser Luc Roland noch auf Montbrignac?«, fragte Cécile.

»Soweit ich weiß, ja. Der jetzige Duc de Montbrignac ist zwar nur wenige Wochen im Jahr auf dem Schloss, aber das Anwesen wird selbstverständlich trotzdem die ganze Zeit bewirtschaftet.«

Es versetzte ihr einen merkwürdigen Stich, im Zusammenhang mit dem Schloss, in dem sie geboren wurde, von ihrem Onkel zu hören.

Silvane bot ihr eine zweite Portion *cassoulet* an, doch sie lehnte dankend ab, so gut es ihr auch geschmeckt hatte.

»Kannten Sie den Bruder meines Vaters?«, fragte sie.

»Nur flüchtig«, antwortete Silvane, der sich den Teller erneut gefüllt hatte und mit Appetit weiteraß. »Er war damals viel unterwegs. Er und Ihr Vater haben sich nicht besonders gut verstanden.« Silvane schob sich einen Löffel Eintopf in den Mund und kaute, ehe er weitersprach. »Im Grunde kann man es ihm kaum verübeln, dass er sich nach der Entscheidung Ihres Großvaters so verhalten hat«, sagte er nachdenklich.

Sie horchte auf. »Was war das für eine Entscheidung?«

Er blickte sie überrascht an. »Sie wissen nicht, dass Ihr Großvater Ihren Vater vorgezogen hatte?«

Cécile schüttelte den Kopf.

Silvane schob seinen Teller zur Seite. »Ihr Großvater hatte verfügt, dass Ihr Vater nach seinem Tod der Duc de Montbrignac und damit das Oberhaupt der Familie wird, obwohl er der jüngere Sohn war. Es war eine ungewöhnliche Entscheidung. Er hat damit von einem alten Hausgesetz der Montbrignacs Gebrauch gemacht, nach dem es ihm zustand, im Interesse des Wohls und Ansehens der Familie das Erstgeborenenrecht an einen anderen Sohn zu übertragen. Für Ihren Onkel stellte das eine nur schwer zu ertragende Zurückweisung dar!«

Cécile starrte ihn an. Ihr Onkel war der Ältere gewesen? Angesichts des Titels ihres Vaters war sie immer davon ausgegangen, dass es umgekehrt gewesen sei. Deshalb also war das Verhältnis der beiden Männer so angespannt! Sie verstand plötzlich die tiefere Bedeutung der Tagebucheintragung nach dem Tod ihres Großvaters.

... Vaters Testament hat bekräftigt, was er mir und Louis-François bereits mitgeteilt hat – ich bin der neue Duc de Montbrignac. Mein Bruder hat mir in der ihm eigenen gleichmütig selbstsicheren Art gratuliert, doch die Kälte in seinem Blick war nicht zu übersehen ...

Cécile seufzte. »Mein Vater hat mir kaum etwas von früher erzählt. Das meiste habe ich erst nach seinem Tod aus seinem Tagebuch und einigen Briefen erfahren«, erklärte sie ihm dann. »Bis vor wenigen Wochen wusste ich nicht einmal, dass ich in Frankreich noch einen Onkel habe.«

Silvane schaute sie sinnend an, denn er hörte den bitteren Unterton in ihrer Stimme. »Vielleicht wollte er Sie nicht mit den Erinnerungen an diese schwierigen Zeiten belasten.«

Cécile schwieg. Silvane hatte sein Glas geleert und war vom Tisch aufgestanden. Er spürte ihren inneren Aufruhr. »Kommen Sie, lassen Sie uns einen kleinen Spaziergang machen«, sagte er.

Sie liefen hinter dem Garten über den mit Ginster und Steineichen bewachsenen Grund oberhalb des Flusses.

Cécile blickte in die Ferne, in der man die Berggipfel der Cevennen erkennen konnte. Es war warm, und sie öffnete ihren Umhang. Obwohl es bereits Oktober war, besaß die Sonne noch immer eine erstaunliche Kraft.

»Wäre ein gutes Jahr für den Wein gewesen«, stellte Robert Silvane fest. »Früher habe ich hier überall welchen angebaut.« Er blieb unvermittelt stehen und deutete mit einer großen Geste um sie herum. »Sehen Sie das Land? Es ist wundervoll – das ist das Languedoc, voller Gegensätze mit seinen Bergen, der *garrigue*, dem Meer und den Flüssen. Auch Ihr Vater war tief verbunden mit dieser Region.«

Er setzte sich wieder in Bewegung. »Doch der Konflikt und Aufstand der Hugenotten hat einen tiefen Keil zwischen die Menschen hier getrieben. Tausende sind geflohen, und die Neukonvertierten und Katholiken begegnen sich nach den Gräueltaten, die auf beiden Seiten stattfanden, nur noch mit Misstrauen und Skepsis. Das ist das Erbe, das Basville diesem Land gebracht hat!«

Sie liefen schweigend weiter, und Cécile dachte über seine Worte nach. Sie spürte, dass auch ein Teil ihrer Wurzeln hier lag. Obwohl sie kaum bewusste Erinnerungen an ihre ersten Kindheitsjahre besaß, waren ihr die Menschen, die Tonart der Sprache und die Natur so vertraut, als hätte sie immer hier gelebt, und diese Verbundenheit gab ihr Kraft. Sie schöpfte plötzlich neuen Mut. Die Dinge, die sie von Silvane erfahren hatte, machten ihr deutlich, dass sie auf dem richtigen Weg war.

Sie waren schon fast wieder am Haus angelangt, als sie sich noch einmal zu ihm wandte. »Sie sagten vorhin, Ihr Bruder habe meinen Vater nach seiner Rückkehr aus Nîmes sprechen wollen. Wissen Sie, warum?«, fragte sie.

»Er hatte etwas über die Überfälle herausgefunden, die damals hier stattfanden.«

Cécile blickte ihn an. »Diese Übergriffe auf katholische Geistliche?« Sie erinnerte sich, dass ihr Vater in seinem Tagebuch beschrieb, man habe mehrere Mönche und einen

Priester angegriffen, und später sei sogar ein Feuer in einer Kirche gelegt worden.

»Ja. Ihr Vater und mein Bruder glaubten anfangs, dass es sich dabei um starrsinnige Protestanten handelte, weil sie bei ihren Taten Hasstiraden gegen die Katholiken von sich gaben. Doch die Gesichter der Männer waren stets verhüllt, und die Vorfälle fanden über ein Jahr vor dem Aufstand der Kamisarden statt. Außerdem war es ungewöhnlich, dass es gerade auf dem Land Ihres Vaters, wo man die ehemaligen Protestanten mit sehr viel Nachsicht behandelte, zu solchen Ereignissen kam. Mein Bruder ist selbst einmal angegriffen worden und hatte damals anscheinend etwas herausgefunden, was auf die Anstifter hindeutete. Mehr weiß ich leider auch nicht …«

Cécile fragte sich nachdenklich, was Abbé Silvane wohl in Erfahrung gebracht hatte.

Silvane begleitete sie noch bis zu ihrem Pferd, und sie bedankte sich beim Abschied herzlich für seine Auskünfte und die Gastfreundschaft.

Er lächelte leicht. »Es war mir eine Freude. Sie sind jederzeit willkommen, Mademoiselle. Seien Sie vorsichtig bei Ihren Erkundigungen. Möge Gott Sie schützen und Ihnen helfen«, fügte er hinzu.

Sie nickte und saß auf.

Er blieb noch für einen Moment stehen und sah ihr nach, wie sie den Weg über die Brücke zurück in Richtung Nîmes ritt. Als er sich wieder zum Haus umwandte, stutzte er kurz. Er glaubte oberhalb der Straße auf einem Felsen den Schatten eines Reiters wahrzunehmen und hielt, da die Sonne ihn blendete, die Hand abschirmend vor die Augen. Doch es war nichts mehr zu sehen. Vielleicht nur ein Hirsch? Silvane stieß ein deprimiertes Seufzen aus. Er wurde alt – früher wäre ihm das nicht passiert. Er hatte einmal die Augen eines Adlers gehabt.

43

Der Reiter folgte ihr über die Hügelkämme. Von hier oben konnte er den Feldweg, der sich am Flussufer entlangschlängelte, gut im Auge behalten. Trotz der Entfernung war sie nicht zu übersehen. Eine feine Staubwolke zog sich hinter ihr her. Sie ritt sehr viel langsamer als auf dem Hinweg, auf dem sie ihr Pferd zu einem straffen Tempo angehalten hatte.

Sie war erstaunlich lange bei dem alten Mann gewesen. Der Alte hatte überrascht und verwundert gewirkt, als sie im Garten auf ihn zugegangen war, und dann waren die beiden leider im Haus verschwunden. Mehr als eine Stunde war vergangen, bis sie wieder herausgetreten waren. Die Gesichter der beiden hatten ernst und nachdenklich gewirkt. Die vertrauliche Art, in der sie miteinander sprachen, hätte nicht vermuten lassen, dass sie sich vorher noch nie gesehen hatten. Worüber hatten sie wohl geredet?

Er zügelte sein Tempo, denn er sah, dass die junge Frau ihr Pferd am Rande eines Abhangs zum Stehen gebracht hatte und den Blick in die Ferne über die Berge richtete. Bewegungslos wie eine Statue saß sie minutenlang im Sattel – nur ihr Umhang und ihre Haare flatterten im Wind. Dann ging eine kaum wahrnehmbare Bewegung durch ihren aufgerichteten Körper, und sie preschte unvermittelt wieder los.

Er hatte Mühe, ihr zu folgen, denn sie verließ auf einmal den Feldweg, durchquerte das ausgetrocknete Flussbett und ritt nun im gestreckten Galopp mitten durch die Hügel weiter.

Nach einiger Zeit begriff er, dass der kleine Ort, dessen Kirchturm und Häuseransammlung man in einigen Meilen auf der rechten Seite erkennen konnte, ihr Ziel war. Dabei hätte er schwören können, dass sie eigentlich nach Nîmes gewollt hatte. Ihr Entschluss schien ähnlich impulsiv erfolgt zu sein wie der, als sie nach dem Unfall der Postkutsche allein zu Fuß weitergegangen war. Er folgte ihr bereits seit Paris und hatte inzwischen gelernt, dass ihr Verhalten nur schwer vorauszusehen war.

Nachdenklich blickte er hinter ihr her und fragte sich, was man wohl mit ihr machen würde. Es wäre ein Leichtes gewesen, sie hier in den Bergen beiseitezuschaffen, doch die Angelegenheit schien insgesamt komplizierter zu sein. Er hatte den Befehl erhalten, sie vorerst nur im Auge zu behalten.

Wer hätte vermutet, dass diese unscheinbar gekleidete junge Frau, die nicht einmal eine Dienerin bei sich hatte, das Interesse dieser hohen Herren auf sich zog?

Sie ahnte vermutlich nicht einmal, in welcher Gefahr sie schwebte.

Selbst Basville war über sie unterrichtet worden.

44

Cécile war vom Pferd gestiegen und ging durch die enge dunkle Gasse an den mittelalterlichen Häusern vorbei. Es war Mittagszeit, und die Fensterläden waren überall geschlossen. Einige Straßen weiter hörte man die Stimmen von spielenden Kindern, doch ansonsten herrschte eine seltsame Stille, in der das Geräusch des Hufschlags von Céciles Pferd etwas beinah Unheimliches hatte. Erleichtert sah sie, dass ihr an der Ecke eine junge, einfach gekleidete Frau mit einem Korb am Arm entgegenkam.

»Verzeihung, können Sie mir sagen, wo Monsieur Tayard wohnt?«, fragte Cécile.

Die blauen Augen unter dem weißen Häubchen musterten sie neugierig.

»Doktor Tayard?«

»Ja!«

Die junge Frau deutete mit der Hand die Gasse hinauf. »Weiter hoch, das vorletzte Haus auf der rechten Seite«, sagte sie freundlich.

Cécile bedankte sich. Nach ihrem Gespräch mit Robert Silvane hatte sie spontan beschlossen, sich nicht gleich nach Nîmes, sondern zuvor nach Uzès zu begeben, um den Arzt aufzusuchen, von dem ihr der Bruder des Abbés erzählt hatte.

Ihr Blick glitt an den hellen Steinfassaden der schmalen, dicht an dicht gebauten Gebäude mit den kleinen Fenstern entlang, während sie weiter bergauf ging. Als sie das obere Ende der Gasse erreicht hatte, sah sie schon von Weitem, dass das schmale Tor des Hauses, das Doktor Tayard gehören musste, offen stand. Im Hof war ein Knecht damit beschäftigt, ein Pferd vor einen Wagen zu spannen.

»Entschuldigen Sie, ich möchte zu Monsieur Tayard.«

»Heute ist keine Sprechstunde!«, ertönte eine unfreundliche Stimme. Sie gehörte zu einem kleinen Mann, der mit der Geschwindigkeit eines Wiesels aus dem Haus geeilt kam. Er hielt in der einen Hand eine große Ledertasche und setzte mit der anderen im Gehen ein Monokel in sein Auge, durch das er Cécile kurz und abschätzend musterte. »Im Übrigen scheinen Sie mir recht gesund und vital zu wirken. Wenn Sie wirklich Beschwerden haben, kommen Sie morgen wieder«, sagte er und wollte sich auf den Bock des Zweisitzers schwingen. Doch dann hielt er erbost inne und blickte mit ungnädig funkelnden Augen hinter Cécile.

»Und entfernen Sie um Gottes willen Ihren Gaul aus meinem Hof!«, befahl er. Das Tier hatte den Moment der Ruhe genutzt, um ausgerechnet hier seine wenig wohlriechende Notdurft abzulassen.

»Oh, Verzeihung!«, stieß Cécile hervor. Einen Augenblick lang hatte es ihr angesichts der kratzbürstigen Art des Mannes die Sprache verschlagen. »Ich bin keine Patientin, Monsieur«, beeilte sie sich zu erklären, da er bereits auf dem Kutschbock Platz genommen hatte und im Begriff war, die Zügel zu ergreifen. »Ich brauche in einer anderen Angelegenheit Ihre Hilfe.«

Seine Augenbrauen zogen sich etwas zusammen. »Ich gebe nur *medizinische* Hilfe, Mademoiselle. Bei allen anderen Schwierigkeiten müssen Sie sich an einen Priester wenden«, sagte er dann.

Cécile ließ sich nicht einschüchtern. Sie trat zu ihm an den Kutschbock. »Robert Silvane hat mir gesagt, dass Sie mir im Mordfall des Abbé Silvane weiterhelfen können«, erklärte sie, während sie zu ihm hochblickte.

Der Doktor musterte sie überrascht und ließ zögernd die Zügel locker.

»Mein Name ist Cécile de Montbrignac. Mein Vater war Henri de …«

Er unterbrach sie. »Ich weiß, wer Ihr Vater war.« Er drehte sich um, als würde er befürchten, dass jemand sie gehört haben könnte. Dann blickte er sie etwas freundlicher an. »Ich muss Patientenbesuche machen. Sie können mich begleiten.« Er gab dem Knecht, der auf der anderen Seite des Hofes das große Tor geöffnet hatte, ein Zeichen. »Gaston, bring das Pferd von Mademoiselle in den Stall«, befahl er, während sich Cécile eilig zu ihm auf den Kutschersitz schwang und sich die Pferde auch schon in Bewegung setzten.

»Sie sind also die Tochter von Henri de Montbrignac«, sagte er, als sie die Straße hinunterfuhren. Seine dunklen Knopfaugen inspizierten eingehend ihr Gesicht. »Die Geschichte mit Ihrem Vater ist schon lange her. Sie müssen damals noch ein kleines Kind gewesen sein.«

Sie nickte. »Ja, ich war sechs.«

Tayard hielt die Pferde dazu an, ihr Tempo zu verlangsamen, bis sie auf einer Kreuzung fast zum Stehen kamen, da mehrere Reiter und zwei andere Kutschen ihren Weg kreuzten. Zwei katholische Geistliche waren auf der Straße zu sehen.

»Lassen Sie uns mit unserem Gespräch warten, bis wir die Stadt verlassen haben«, sagte der Arzt, dessen Gesicht sich beim Anblick der Männer verfinstert hatte.

Céciles Blick war seinem gefolgt. Eine eigenartige Beklemmung ergriff sie.

Als sie die Stadtmauern hinter sich gelassen hatten, drehte sich Tayard zu ihr um. »Die Erfahrung hat mich gelehrt, nicht zu laut über bestimmte Dinge zu reden. Uzès ist wie Nîmes und Alès eine Hochburg der Neukonvertierten, daher wimmelt es hier überall von Spionen des königlichen Intendanten«, erklärte er.

»Sind Sie denn ... auch konvertiert?«, fragte Cécile erstaunt.

»Aber ja«, erwiderte er, als sei es das Selbstverständlichste der Welt.

»Das war einer der Gründe, warum man meiner Aussage, dass der Abbé Silvane schon länger als nur ein paar Stunden tot war, keinen Glauben schenkte. Man hielt mich für befangen«, erklärte er verstimmt. »Dabei habe ich früher sogar an der medizinischen Fakultät von Toulouse unterrichtet. Und außerdem war es mehr als offensichtlich, dass der Abbé schon länger nicht mehr lebte«, fügte er hinzu, sichtlich verärgert über so viel Borniertheit der Behörden.

Die Kutsche war in einen schmalen, von Steinen durchsetzten Feldweg eingebogen. In einiger Entfernung erkannte man die Ansammlung vereinzelter ärmlicher Häuser.

»Kann man einem Toten denn ansehen, wie lange er schon nicht mehr am Leben ist?«, fragte sie überrascht, während sie sich Mühe gab, bei der holprigen Fahrt nicht vom Sitz zu rutschen.

Auguste Tayard bedachte sie mit einem Kopfschütteln. »Selbstverständlich kann man das, Mademoiselle! Es gibt eine Reihe von Anzeichen, die Rückschlüsse auf den Zeitpunkt des Ablebens zulassen.«

Sie blickte ihn neugierig an, und er verlangsamte die Fahrt. »Gewöhnlich beginnt ein Leichnam ein, zwei Stunden nach dem Tod nach und nach zu erstarren«, erklärte er in einem Tonfall, als würde er vor einem Kreis von Studenten einen

Vortrag halten. »Und zwar so, dass sich der gesamte Körper etwa nach acht bis zwölf Stunden, manchmal sogar noch später, in einem völlig steifen Zustand befindet.« Er wandte den Kopf zu Cécile. »Nun, die Leiche von Abbé Silvane war bereits von Kopf bis Fuß hart wie ein Brett, als ich sie sah.«

»Das heißt, er war mindestens schon acht bis zwölf Stunden tot?«

Der Arzt nickte. »Ja, Mademoiselle! Vielleicht sogar noch länger. Dafür spricht, dass die *livores* auf seinem Leichnam nur noch schwer wegzudrücken waren.«

»Die *livores?*«, fragte Cécile verständnislos.

Tayard bedachte sie mit einem ungeduldigen Blick, als würde derlei medizinisches Wissen selbstverständlich zur Allgemeinbildung gehören. »Die Totenflecke«, erklärte er und brachte den Wagen vor einem der Häuser zum Stehen. »Auf dem Leichnam beginnen sich kurz nach dem Tod blauviolette Flecken zu bilden, müssen Sie wissen. In den ersten Stunden verschwinden sie wieder, wenn man den Toten umlagert oder kräftigen Druck auf die Haut ausübt, mit zunehmender Zeitdauer wird das jedoch immer schwieriger. Bei dem Abbé waren diese *livores*, wie gesagt, nur sehr schwer wegzudrücken. Ich habe in meinem Leben viele Leichen gesehen, Mademoiselle, und ich sage Ihnen, alle Anzeichen sprachen dafür, dass der Abbé mindestens schon zehn, wenn nicht sogar zwölf oder vierzehn Stunden tot war«, bemerkte er und ergriff seine Tasche. »Und nun kommen Sie! Eine helfende Hand kann ich gerade heute gut gebrauchen.« Er stieg vom Wagen, und Cécile folgte ihm abwesend. Man hatte ihren Vater beschuldigt, den Abbé Silvane gegen zehn Uhr morgens umgebracht zu haben. Ihr Vater selbst hatte seinen Diener geschickt, um den Arzt und die Polizei zu rufen, nachdem er den Leichnam in der Kapelle gefunden hatte. Tayard hatte den Ermordeten etwa eine Stunde später untersucht. Cécile wurde die Tragweite dessen, was der Arzt gesagt hatte, bewusst, und eine Welle der Erleichterung durchflutete sie. Seine medizinische Beurteilung bewies einwandfrei die Unschuld ihres Vaters, da er sich zum Zeitpunkt des tatsächlichen Todes in Nîmes befand.

Ihre Gedanken wurden abgelenkt, denn die Tür des Hauses hatte sich geöffnet. Ein Mädchen stand auf der Schwelle. Cécile schätzte sie nicht älter als zwölf Jahre, obwohl ihr ernster Ausdruck und das streng zurückgebundene Haar, über dem sie ein Häubchen trug, ihr bereits ein ungewöhnlich erwachsenes Aussehen verliehen. An ihrem Rockzipfel hingen zwei kleine Kinder, die Cécile aus ihren verschmutzten Gesichtern neugierig anstarrten.

»Danke, dass Sie kommen konnten, Doktor«, sagte das Mädchen erleichtert. »Großvater ... er hat plötzlich hohes Fieber bekommen«, erklärte sie, während sie alle miteinander das Haus betraten.

»Wieder sein Bein?«

Sie nickte. »Ich glaube, ja.«

»Ich werde es mir gleich ansehen«, sagte Tayard. Sein Tonfall war ihr gegenüber so sanft und freundlich, dass Cécile ihn kaum wiedererkannte.

Die Kleine führte sie in einen ärmlich eingerichteten Raum. Cécile sah drei Schemel, zwei Stühle und eine Truhe. Neben dem Kamin befand sich ein Strohlager, auf dem ein alter Mann lag.

»Ich habe Durst, Marie«, quengelte der Junge am Rock des Mädchens.

»Du bekommst gleich etwas, Jacques«, erwiderte sie. »Erst muss sich der Doktor Großvaters Bein ansehen.«

In Cécile regte sich ein fürsorglicher Instinkt. »Bist du ganz allein mit deinen Geschwistern?«, fragte sie.

Marie sah sie irritiert an, dann wandte sie den Kopf zu dem Arzt. »Wer ist sie, Doktor Tayard?«

»Eine Freundin. Sie heißt Cécile. Du kannst ihr vertrauen … Jetzt sei aber erst einmal so nett und bring mir frisches Wasser vom Brunnen«, sagte der Arzt, der seine Tasche abgestellt hatte und sich neben den Kranken kniete.

Die Kleine eilte davon.

»Ihr Vater ist bei einem der Kämpfe der Aufständischen umgekommen, und ihre Mutter sitzt im *tour de constance*, im Gefängnis«, erklärte er Cécile, die ebenfalls in die Knie gegangen war.

»Das Mädchen muss sich ganz allein um alles kümmern?«

»Nun, gewöhnlich hilft ihr der Großvater.« Tayard legte seine Hand auf die Stirn des alten Mannes, der im Schlaf stöhnte. Der Gesichtsausdruck des Arztes wurde ernst. »Sein Fieber ist sehr hoch.« Er schlug die fadenscheinige Decke zur Seite.

Cécile sah beklommen, dass der linke Unterschenkel bis über das Knie amputiert war. Ein befleckter Verband war um den Stumpf gewickelt, von dem ein fauliger Geruch ausging.

Der Arzt holte ein Messer aus seiner Tasche und schnitt den Verband auf. Cécile sog scharf die Luft ein, als sie den unappetitlichen Eiterherd sah. Eine aufsteigende Übelkeit meldete sich in ihrer Magengegend.

Tayard sah sie an. »Wenn Monsieur Carbonne stirbt, werden Marie und ihre Geschwister in eine Erziehungsanstalt der katholischen Klöster kommen. Deshalb werden wir alles tun, damit er das hier überlebt!«, erklärte er mit einem grimmig entschlossenen Gesichtsausdruck.

Leichte Schritte waren zu hören. Marie kam mit einer Schale Wasser zurück. »Ist es sehr schlimm?«, fragte sie bedrückt.

Tayard legte seine Hand auf die Schulter der Kleinen. »Ich muss die Wunde aufschneiden. Das wird kein schöner Anblick. Am besten gehst du mit deinen Geschwistern nach draußen.«

Marie nickte tapfer, doch die Angst war ihrem blassen Gesicht deutlich anzusehen. Sie ergriff Jacques und ihre Schwester bei der Hand und verließ mit ihnen den Raum.

Der alte Monsieur Carbonne stöhnte leise.

»Kann ich irgendwie helfen?«, fragte Cécile den Arzt, da sie es unerträglich fand, nutzlos danebenzustehen.

Tayard nickte. »Sie müssen sogar!« Er nahm eine dunkelbraune Flasche mit einer Flüssigkeit, eine Ledermappe mit mehreren Skalpellen und einem Satz Nadeln, Faden und Tücher aus seiner Tasche. »Sie werden ihn festhalten müssen, weil der Schmerz ihn aus dem Fieberschlaf reißen wird. Meinen Sie, Sie können das?«

Cécile nickte beklommen. »Ich denke schon.«

»Gut! Gehen Sie ans Kopfende und legen Sie Ihre Hände auf seine Schultern. Wenn er versucht, sich aufzurichten, hindern Sie ihn daran, verstanden? Er muss still liegen, damit ich die Wunde säubern und anschließend nähen kann«, sagte er betont sachlich.

Sie nickte und ging auf der anderen Seite des Strohlagers in die Knie. Von Nahem sah sie, dass Monsieur Carbonne trotz seiner Falten und des schütteren Haares jünger war, als sie auf den ersten Blick vermutet hatte. Vielleicht fünfundsechzig, schätzte sie. Es war ihm anzusehen, dass das Leben, das hinter ihm lag, kein leichtes gewesen war.

Der alte Mann bewegte den Kopf, doch als sie ihre Hände mit sanftem Druck auf den groben Stoff seines Hemdes legte, wurde er ruhiger.

Tayard hatte einen Faden eingefädelt. Dann schüttete er etwas Flüssigkeit aus der braunen Flasche auf ein Tuch, reinigte das Skalpell damit und befeuchtete anschließend ein zweites Tuch, mit dem er vorsichtig die Wunde abtupfte.

Das Stöhnen des Alten ließ keinen Zweifel daran, wie schmerzhaft allein die Berührung war.

Tayard blickte Cécile an. »Fertig?«, fragte er.

»Ja!« Sie sah den Stahl des Skalpells kurz aufblitzen, als der Arzt es auch schon in den Stumpf senkte. Mit einem schnellen Schnitt öffnete er den Eiterherd, aus dem eine gelbe Flüssigkeit hervorschoss. Der alte Mann stieß einen Schrei aus. Cécile fühlte, wie sich sein Oberkörper mit aller Kraft gegen ihre Hände aufbäumte.

»Festhalten!«, befahl Tayard.

Cécile perlte der Schweiß auf der Stirn. Unter Einsatz ihres gesamten Körpergewichts stützte sie sich auf den Mann, der sie mit aufgerissenen Augen entsetzt anstarrte. Einen Moment lang glaubte sie, sein Widerstand würde unter ihren Händen erlahmen, doch dann brüllte er erneut. Tayard hatte einen zweiten Schnitt gesetzt.

Keuchend vor Anstrengung, versuchte Cécile ihn festzuhalten, doch der Schmerz verlieh dem alten Mann übermenschliche Kräfte. Nur mit Mühe hielt sie dem stand.

»Sehr gut!«, sagte Tayard zu ihr, während er sich mit fieberhafter Geschwindigkeit bemühte, die klaffende Wunde von dem Eiter zu reinigen.

Das Aufbäumen unter Céciles Händen ließ nach. Doch aus dem Gesicht des Mannes war alle Farbe gewichen.

»Das Schlimmste haben Sie hinter sich, Monsieur Carbonne. Und ich glaube, Sie haben Glück. Der Eiterherd war abgeschlossen«, erzählte der Arzt in plauderndem Ton, um ihn von seinen Schmerzen abzulenken.

Er goss erneut Flüssigkeit auf das Tuch und gab Cécile mit einem stummen Zeichen zu verstehen, dass sie den Mann noch einmal halten musste, während er selbst die Wunde mit der brennenden Flüssigkeit abtupfte. Ein markerschütternder Schrei ertönte aus dem Mund des Alten. Sein Brustkorb bewegte sich heftig auf und ab, derweil der Arzt schon begann, mit schnellen Stichen die Haut zusammenzunähen.

»So, das war's!« Tayard verknotete den Faden und verband die Wunde, bevor er sich mit einem Tuch die Hände abrieb.

Céciles Gesicht war blass.

»Wenn ich schon hier bin, lassen Sie mich auch noch einmal Ihren Rücken ansehen«, sagte Tayard zu Monsieur Carbonne. Er drehte ihn vorsichtig auf die Seite und zog sein Hemd hoch. Entsetzt sah Cécile die vernarbten Striemen, die sich über den gesamten hinteren Rumpf zogen. Einige erhoben sich rosa und wulstig über die Haut. Die Hand des Arztes strich vorsichtig darüber. »Ich werde Ihnen etwas Salbe dalassen«, sagte er.

»Wird er wieder gesund?«, fragte eine zaghafte Stimme. Marie, die die Schreie ihres Großvaters gehört hatte, stand mit Tränen in den Augen in der Tür. Tayard nickte und erhob sich.

»Ja, Marie, das wird er.« Er zog aus seiner Tasche ein Tütchen mit einem Pulver. »Das gibst du ihm drei Mal am Tag – es ist gegen das Fieber und die Entzündung. Und die Salbe ist für seinen Rücken. Kannst du dir das merken?«

Marie nickte. »Ja, Doktor Tayard!«

»Gut. Morgen komme ich noch einmal. Es war richtig, dass du mich so schnell gerufen hast«, fügte er hinzu und strich ihr zum Abschied über den Kopf.

Als sie draußen wieder auf den Wagen stiegen, wandte sich Tayard an Cécile. »Die Kleine hat ihm damit wahrscheinlich das Leben gerettet«, erklärte er. »Einen Tag später, und der Eiter hätte seinen Körper vermutlich vergiftet.« Er seufzte. »Haben Sie Dank für Ihre Hilfe, Mademoiselle. Gewöhnlich nehmen solche Eingriffe selbstverständlich die Chirurgen vor, doch hier auf dem Land, wo es den meisten Patienten an Geld fehlt, kommt man als Arzt nicht umhin, selbst Hand anzulegen«, sagte er.

Céciles Gedanken weilten noch immer bei der Familie Carbonne. »Hat er sein Bein im Krieg verloren?«, fragte sie, als sie den holprigen Feldweg zurückfuhren.

Der Arzt schüttelte den Kopf. »Nein, Mademoiselle. Es ist das unschöne Ergebnis einer *dragonade*.«

Cécile blickte ihn erstarrt an. Die *dragonade* war eine berüchtigte Methode, bei der die Regierung Soldaten in den Häusern der Protestanten einquartierte, die die Familienmitglieder so lange terrorisierten, bis sie bereit waren zu konvertieren. Obwohl bekannt war, dass das Militär dabei nicht zimperlich verfuhr, hatte Cécile von diesem Ausmaß der Gewalt jedoch nichts geahnt. »Man hat ihm das Bein amputiert?«

»Nein, zerquetscht – und zwar, nachdem man ihn zuvor fast zu Tode geprügelt hat«, erwiderte Tayard kühl. »Daher stammen die Narben auf dem Rücken. Er war damals noch jung, deshalb hat er die anschließende Amputation überlebt, aber der Stumpf entzündet sich immer wieder«, führte er mit ernster Miene aus. Dann erzählte er Cécile, dass man vor vierzig Jahren – nachdem der König das Toleranzedikt von Nantes durch das von Fontainebleau aufgehoben hatte – die Protestanten im Languedoc systematisch Stadt für Stadt, Ort für Ort mithilfe der Dragoner, die im Volksmund auch gestiefelte Missionare genannt wurden, bekehrt habe. Männer wurden geschlagen und gefoltert, Frauen vergewaltigt, und selbst die Kinder und Alten habe man nicht verschont. »Die meisten sind unter diesem Druck und Terror sehr schnell bereit gewesen, zum katholischen Glauben überzutreten – zumindest nach außen hin. Die Angst und der Schrecken, die die Soldaten verbreitet haben, waren so groß, dass in Montpellier und Nîmes viele Hugenotten bereits vor ihrem Eintreffen konvertiert sind«, erzählte er. Cécile schwieg betroffen. Sie konnte sich plötzlich nicht des Eindrucks erwehren, dass Tayard sie vor allem deshalb mit zu der Familie Carbonne genommen hatte, um ihr genau dieses Leid der Protestanten zu zeigen.

»Und die Mutter – was ist mit ihr passiert? Warum sitzt sie im Gefängnis?«, fragte sie, während der Wagen zwischen den grünen Hügeln auf das nächste Dorf zufuhr, deren Kirchturmspitze man bereits sehen konnte.

»Sie hat an einem der verbotenen reformierten Gottesdienste teilgenommen, zu denen sich die Protestanten noch immer heimlich in den abgelegenen Gegenden der Berge zusammenfinden.« Er seufzte. »Jemand hat sie verraten, und sie ist verhaftet worden. Normalerweise wären die Kinder danach von der Familie getrennt worden und in katholische Einrichtungen gekommen. Aber Monsieur Carbonne, der Großvater, gibt sich alle Mühe zu beweisen, dass er – im Gegensatz zu seiner Tochter – ein guter Katholik geworden ist. Er geht regelmäßig zur Messe, beichtet und empfängt die Kommunion, damit die Kinder bei ihm bleiben können.«

»Aber er glaubt nicht daran?«

Tayard zuckte die Achseln. »Diese Frage kann ich Ihnen leider nicht beantworten, Mademoiselle. Allerdings halte ich es für fraglich, ob er und die Hugenotten die katholische Kirche durch das, was sie erlebten, lieben gelernt haben. Sehen Sie, die meisten sind durch diesen Zwang und ihr Leiden in ihrem protestantischen Glauben nur gestärkt worden, auch wenn sie ihn nur noch heimlich leben können.«

Der Wagen hatte die kleine Ortschaft erreicht, und der Arzt verlangsamte die Fahrt. Er blickte Cécile freundlich an. »Ihr Vater, der Duc ... er war anders. Er hat versucht, die Menschen auf seinem Land zu schützen, unabhängig davon, ob sie Protestanten oder Katholiken waren. Er glaubte, dass allein das Gewissen den Menschen den inneren Weg zu Gott weisen könne. Doch so wie er waren leider nicht viele ...«

Wie immer, wenn ihr Vater erwähnt wurde, verspürte Cécile einen schmerzhaften Stich. »Das, was Sie vorhin über den Todeszeitpunkt des Abbés gesagt haben – würden Sie das auch vor einem Gericht aussagen?«, fragte sie zögernd.

Der Arzt sah sie an und nickte. »Jederzeit, Mademoiselle! Wie Sie wissen, hätte ich schon damals für Ihren Vater ausgesagt, und heute würde ich es erst recht tun. Wenn Sie wünschen, kann ich Ihnen meine Beurteilung auch schriftlich geben«, sagte er.

»Danke, das würde mir sehr viel bedeuten«, erwiderte sie leise.

Der Wagen fuhr durch eine schmale Gasse, und sie hielten vor einem Haus. Ihr nächster Patient war erst einige Monate alt – ein Baby mit Fieber und Husten. Die Mutter, eine junge Frau, kaum älter als Cécile, hielt das Kind, dessen Wangen zu glühen schienen, besorgt auf dem Arm. Der Kleine habe seit dem Abend Fieber und die ganze Nacht geschrien, erzählte sie beunruhigt. Tayard untersuchte das Kind und erklärte dann, dass es nichts Ernstes sei. Er ließ der jungen Frau etwas Sirup und eine Kräuteressenz zum Inhalieren für das Baby da, bevor sie weiterfuhren.

Sie besuchten noch zwei weitere Patienten, bevor sie am späten Nachmittag schließlich nach Uzès zurückkehrten. Tayard bot Cécile an, bei ihm und seiner Frau zum Essen zu bleiben, doch sie lehnte ab. Sie hatte noch einen langen Weg bis Nîmes vor sich.

Sie erreichte die Stadt spät am Abend nach einem mehrstündigen Ritt. Die Dunkelheit war schon längst hereingebrochen, doch selbst zu dieser Stunde schien von den hellen Fassaden der prächtigen Häuser ein heller Schein auszugehen.

Es waren nur noch wenige Menschen auf der Straße zu sehen, und Cécile zog die Kapuze ihres Umhangs über den Kopf, um nicht auf den ersten Blick als Frau erkannt zu werden. Sie suchte sich in der Innenstadt, in einer der kleinen, ruhigen Gassen unweit des alten römischen Kolosseums, eine Herberge.

Als sie vor dem Gebäude vom Pferd stieg, sah sie, dass oben an der Straße, die leicht bergauf führte, die dunklen Umrisse eines Reiters zu sehen waren. Bewegungslos verharrte er auf seinem Pferd und schien in ihre Richtung zu blicken, als würde er sie beobachten.

Céciles Herzschlag beschleunigte sich, und obwohl sie die lärmenden Stimmen wahrnahm, die aus der Gastwirtschaft zu ihr drangen, beschlich sie ein Gefühl der Angst. Es waren kaum mehr als drei Schritte ins Haus – ihr konnte nichts passieren, versuchte sie sich zu beruhigen. Da wandte sich der Reiter am Ende der Straße zu ihrer Erleichterung plötzlich ab und ritt weiter.

Cécile atmete befreit auf und betrat die Herberge. Der Wirt, ein sympathischer Mann in mittleren Jahren, lächelte breit, als er sie erblickte.

»*Bonsoir,* Mademoiselle! Wie sagt man doch – je später der Abend, desto schöner die Gäste. Was kann ich für Sie tun?«

Sie lächelte. »*Bonsoir*, Monsieur! Ich brauche ein Zimmer und einen Stallplatz für mein Pferd«, sagte sie.

Der Wirt griff nach einem Schlüssel und legte ihn auf den Tisch. »Zweite Etage. Unser schönster Raum!« Er griff nach einer Schreibfeder. »Darf ich nach Ihrem Namen fragen?«

Sie nickte. »Cécile La Palissande«, log sie, da es ihr wenig ratsam erschien, hier in Nîmes ihren wahren Familiennamen zu nennen, den man vielleicht kannte. Sie war dankbar, dass der Wirt keine weiteren Fragen stellte, und stieg eine knarrende schmale Treppe zu ihrem Zimmer hoch, das sich am Ende des Gangs befand. Müde fiel sie wenig später ins Bett.

Paris

45

Maurice de Thoury wand sich am Morgen in seinem Pariser Gemach aus der Umarmung seines jungen Geliebten. Durch die einen Spaltbreit geöffnete Tür bemerkte er den Schatten seines Kammerherrn. Unruhig ging der Diener dort auf und ab und wagte es nicht, ihn zu stören.

Der Comte schob Giovannis Arm beiseite. Der junge Adlige aus Rom, der seit einigen Monaten das Bett mit ihm teilte, richtete sich zwischen den seidenen Laken auf, als Thoury nach seinem Hausmantel griff.

»Was ist?«, fragte er schmollend.

Thoury beugte sich zu ihm und drückte ihm einen Kuss auf die Stirn, während er den Mantel über seinen nackten Körper warf. Seit seiner Rückkehr hatte es der Italiener für einige Tage auf höchst angenehme Weise geschafft, ihn von der unerfreulichen Testamentseröffnung in Bordeaux abzulenken. Doch ihm war nicht länger nach den ausgefallenen Liebesspielen zumute. Er ahnte, dass sein Kammerdiener eine Nachricht von dem Boten übermitteln wollte, den er heute das zweite Mal losgeschickt hatte, und es interessierte ihn brennend, ob er eine Antwort brachte.

Der Comte knotete im Gehen den Gürtel zu und begab sich ins Antichambre. Wie er erwartet hatte, kam der alte Laval sofort mit einer Verbeugung auf ihn zu.

»Und, hat der Bote das Schreiben diesmal aushändigen können?«, fragte Thoury ungeduldig.

Der Kammerdiener schüttelte sein graues Haupt. »Nein, Monsieur le Comte. Er hat darauf bestanden, auf Mademoiselle zu warten, und daraufhin hat man ihm mitgeteilt, dass sie nicht mehr dort im Haus wohnt.« Er gab dem Comte den Brief zurück.

Thoury blickte beunruhigt auf das ungeöffnete Schreiben. Wo um Himmels willen war sie bloß? Er fuhr sich nachdenklich durchs Haar. Er mochte die Kleine. Ihre Geschichte hatte ihn berührt. Ganz zu schweigen davon, dass ihm der Gedanke gekommen war, sie könne vielleicht auch in Bezug auf seine eigenen Probleme nützlich sein. Er hätte dringend mit ihr sprechen müssen. Doch nun war sie wie vom Erdboden verschwunden. Er hoffte nur, dass ihr nichts passiert war, und machte sich mit einem Mal Vorwürfe, dass es ihm nicht gelungen war, sie davon zu überzeugen, Villiers Haus schon vorher zu verlassen.

»Lassen Sie mir einen Tee bringen«, sagte er zu dem Kammerdiener.

Hinter ihm war Giovanni aus dem Schlafgemach getreten. Er schlang die Arme um ihn. »Immer noch dieses Mädchen?«, fragte er gelangweilt, als er das ungeöffnete Schreiben auf dem Tisch sah.

»Ja, sie behaupten, sie wohnt nicht mehr dort.«

Giovanni zog die Augenbrauen hoch. »Und? Sie kann gehen, wohin sie will, oder?«

Thoury tippte grübelnd die Finger gegeneinander, ohne auf den Einwand einzugehen. »Laval!«, rief er dann.

Der Kammerdiener erschien auf der Schwelle. »Ja, Monsieur le Comte?«, fragte er mit einer Verbeugung.

»Vergessen Sie den Tee! Sagen Sie dem Stallmeister Bescheid, dass er den Wagen anspannen soll!«

»Sehr wohl, Monsieur le Comte«, erwiderte der Diener, ohne die Miene zu verziehen, und eilte davon.

Giovanni ließ sich in einen Sessel sinken und schlug mit der Eleganz eines Tänzers die Beine übereinander. »Nimmst du mich mit?«, fragte er.

»Nein«, erwiderte der Comte knapp. Er ignorierte den schmollenden Mund seines Geliebten und beeilte sich mit dem Ankleiden.

Kaum eine halbe Stunde war vergangen, als er bereits in die Kutsche stieg und dem Fahrer befahl, ihn zum Hôtel de Villier zu bringen.

Er hatte sich entschlossen, den Duc direkt und offen nach dem Verbleib von Mademoiselle de Montbrignac zu fragen. Er war sich sicher, an dessen Reaktion ablesen zu können, ob er die Wahrheit sagte und etwas über ihren Verbleib wusste.

Ein unsympathisch wirkender Lakai öffnete ihm die Tür und bat ihn, ihm zu folgen und für einen Augenblick im Blauen Salon zu warten, damit er seinen Herrn benachrichtigen konnte.

Thoury warf einen kurzen Blick durch den geschmackvoll und luxuriös eingerichteten Raum, bevor er sich zum Fenster wandte, dessen Sicht zum Park hinausging. Ein Geräusch war hinter ihm zu hören. Verwundert, dass der Lakai so schnell zurückgekehrt war, drehte er sich um.

Ein junger Mann – attraktiv, wenn auch nicht sein Typ – stand in der Tür. »Sie entschuldigen, Monsieur, aber ich war neugierig, Sie persönlich zu sehen«, sagte er mit einer Arroganz, die verriet, dass er nur der Sohn des Hauses sein konnte.

Thoury zog herablassend die Augenbrauen hoch. »Dann hoffe ich, Sie sind zufriedengestellt … Allerdings hatten wir, glaube ich, noch nicht das Vergnügen«, fügte er hinzu.

»Antoine, Comte de Villier«, stellte sich der junge Mann vor.

»Tatsächlich«, erwiderte Thoury kühl. Er erinnerte sich mit einem Mal daran, was Mademoiselle de Montbrignac über seinen wenig ehrenhaften Versuch, in der Bibliothek über sie herzufallen, erzählt hatte, und verspürte nicht übel Lust, ihm einige Ohrfeigen zu erteilen.

»Maurice, Comte de Thoury«, sagte er knapp.

»*Sie* sind also der Liebhaber von Mademoiselle de Montbrignac, Monsieur de Thoury!«, sagte Villier. Er hatte seine rechte Hand in die Hüfte gestemmt und musterte ihn herausfordernd.

Thoury blickte ihn verblüfft an.

»Ich habe die Kleine nachts aus Ihrer Kutsche steigen sehen«, erklärte er. Er war einen Schritt auf ihn zugekommen, und der Comte bemerkte überrascht die Feindseligkeit in seinem Blick.

»Ich wüsste zwar nicht, was Sie das angeht, aber umso erstaunlicher erscheint es mir, dass Sie sich erlaubt haben, sich Mademoiselle de Montbrignac in dieser unangemessenen Weise zu nähern«, erwiderte er kalt.

»Woher wollen Sie wissen, dass es ihr nicht gefallen hat?«, fragte Villier.

Der Comte de Thoury quittierte seinen Versuch, ihn zu provozieren, mit einem gelangweilten Lächeln. »Auch wenn ich Gefahr laufe, Sie zu enttäuschen, Monsieur, aber ihre diesbezüglichen Aussagen waren leider eindeutig«, erklärte er spöttisch.

Er sah die Wut in den Augen des jungen Mannes aufflammen. Bei Gott, die Zurückweisung von Mademoiselle de

Montbrignac schien ihn wirklich schwer getroffen zu haben, dachte Thoury amüsiert. In dem Moment betrat hinter ihnen die elegant gekleidete Gestalt eines Mannes um die fünfzig den Salon. Die selbstverständliche Autorität, die er ausstrahlte, ließ keinen Zweifel, dass es sich um Villier handeln musste.

Der Duc warf einen erstaunten Blick zu seinem Sohn, bevor er sich an seinen Gast wandte.

»Monsieur de Thoury? Ich bin der Duc de Villier. Wir sind uns wohl noch nicht begegnet, aber Ihre Familie ist mir selbstverständlich bekannt. Mein Diener sagte, dass Sie mich in einer wichtigen Angelegenheit zu sprechen wünschen?«

Der Comte neigte höflich den Kopf. »Ja, Monsieur le Duc. Sehen Sie es mir bitte nach, dass ich ohne Anmeldung in Ihrem Haus erscheine, aber es geht leider um eine Sache, die keinen Aufschub duldet.«

Er spürte, wie der alte Villier ihn mit einem prüfenden Blick taxierte. »Nun, wenn ich Ihnen behilflich sein kann, gern«, sagte er dann, doch es blieb von Thoury nicht unbemerkt, dass er ihn nicht einmal bat, sich zu setzen.

»Das hoffe ich, Monsieur le Duc«, erwiderte er. »Ich würde gerne wissen, wo sich Mademoiselle de Montbrignac befindet«, erklärte er dann kühl.

Der Duc musterte ihn, ohne dass sich in seinem Gesicht die geringste Regung zeigte. »Wie kommen Sie zu der Annahme, ich könnte Ihnen darüber Auskunft geben?«, fragte er reserviert.

Thoury lächelte leicht. »Weil Mademoiselle de Montbrignac in Ihrem Haus gewohnt hat. Vielleicht sollte ich zu Ihrer Information hinzufügen, dass ich ein guter Freund von ihr bin.«

Der Comte de Villier, der sich bis jetzt zurückgehalten hatte, verzog sarkastisch den Mund. »Warum bleiben Sie nicht bei der Wahrheit, Monsieur de Thoury?« Er wandte sich zu seinem Vater um. »Er ist ihr Liebhaber, müssen Sie wissen.«

Die Stirn des Duc umwölkte sich. »Wie bitte?« Er blickte Thoury finster an. »Da ich mich für Mademoiselle in väterlicher Weise verantwortlich fühle, werden Sie verstehen, dass ich das unter gar keinen Umständen dulden kann, Monsieur«, sagte er.

Wenn er diese Rolle nur vortäuscht, tut er es wirklich in überzeugender Weise, schoss es Thoury durch den Kopf.

»Ich versichere Ihnen, meine Absichten sind rein ehrenwerter Natur«, erwiderte er. »Genau deshalb würde ich auch gern erfahren, wo sich Mademoiselle de Montbrignac aufhält.« Er bemerkte aus den Augenwinkeln den hämischen Blick des jungen Comte, der natürlich seine eigenen Schlüsse darüber zog, dass er nichts über den Verbleib seiner angeblichen Geliebten wusste.

Der Duc verschränkte seine Arme. »Nun, so leid es mir tut, Monsieur de Thoury, es ist mir unglücklicherweise nicht möglich, Ihnen das zu sagen, weil ich es selbst nicht weiß. Mademoiselle de Montbrignac ist vor drei Wochen aus diesem Haus verschwunden und hat lediglich einen kurzen Brief hinterlassen, in dem sie mitteilte, dass sie für einige Zeit verreisen müsse.«

Thoury sah ihn prüfend an. Seine verärgerte Stimme sprach dafür, dass Villier tatsächlich die Wahrheit sagte. Aber warum sollte sie Paris verlassen haben?

»Dürfte ich Sie noch einmal nach Ihren konkreten Absichten Mademoiselle gegenüber fragen?«, erkundigte sich der Duc unvermittelt.

Thoury begegnete seinem Blick. »Die achtbarsten, die ein Mann nur haben kann, Monsieur le Duc«, sagte er mit einem Lächeln.

Montbrignac

46

Für einen Moment blendete sie die Sonne, doch dann konnte Cécile oben auf dem Hügel die Fassaden des Schlosses erkennen, auf dessen Dach sich zu beiden Seiten zwei quadratische Türme gen Himmel erhoben. Die Lage und die mittelalterlichen Mauern, die das Gebäude umschlossen und in jüngerer Zeit nur auf der Vorderseite durch ein goldenes Gitter ersetzt worden waren, zeigten, dass man im dreizehnten Jahrhundert diesen Ort nicht wegen der wundervollen Aussicht, sondern allein aus verteidigungsstrategischen Gründen gewählt hatte. Von dort oben konnte man die Landschaft über Meilen hinweg in alle Richtungen überblicken.

Cécile hatte ihr Pferd zum Stehen gebracht. Sie hatte instinktiv nicht den breiten Sandweg genommen, der nach Montbrignac führte, sondern war querfeldein vom Wald durch das kniehohe, verblichene Gras geritten, um sich unauffällig nähern zu können. Vor diesem Moment hatte sie sich gefürchtet – den Ort zu sehen, an dem sie geboren worden war und an dem nicht nur ihre Familie, sondern schon ihre Vorfahren gelebt hatten. Zu Recht, stellte sie fest, denn das Schloss war größer und eindrucksvoller, als sie es sich jemals vorgestellt hatte. Der prachtvolle Bau, in den sogar eine eigene Kapelle integriert war, demonstrierte über die standesgemäße Residenz eines Adelsgeschlechts hinaus noch etwas anderes, nämlich Macht und Einfluss.

Hier, im Angesicht des Château de Montbrignac, begriff Cécile zum ersten Mal, welchen Stand ihre Familie gehabt hatte. Kein Brief, keine Eintragung im Tagebuch und auch kein Gespräch und keine Audienz hatten es je geschafft, sie die Tatsache, dass ihr Vater einmal der Duc de Montbrignac gewesen war, wirklich verstehen zu lassen. Wie auch? Sie hatten in Schottland unter einfachsten Bedingungen, ohne jeden Komfort und Besitz im Haus eines anderen gelebt, in einer Welt, in der es weder Dienstboten noch Kutschen gab und wo man sich das Wasser morgens selbst vom Brunnen holen musste.

Céciles Augen hefteten sich auf die mit Ornamenten geschmückte Fassade des Schlosses, in deren dreieckigen Giebeln das Wappen der Montbrignacs prangte. Wie schwierig mussten die Flucht und die Jahre des Exils in Schottland für ihren Vater gewesen sein! Dabei hatte er sich nie etwas anmerken lassen.

Sie verspürte ein trockenes Gefühl in der Kehle und trieb ihr Pferd an, um weiter den Hügel hinauf zum Schloss zu kommen. Ein leichter Wind strich über die Gräser, und als Cécile sah, wie sich die Halme sanft in dem goldenen Sonnenlicht bogen, tauchte eine Kindheitserinnerung aus ihrem tiefsten Innern auf. Sie war vielleicht drei oder vier und rannte mit ausgestreckten Armen den Hügel hinab durch das Gras. Ihre Hände fuhren über die kitzelnden Halme, die ihr fast bis zur Brust reichten. Sie hörte das Lachen ihrer Mutter, die hinter ihr herlief und sie schließlich hochriss, um sich ausgelassen mit ihr im Kreis zu drehen. *Mon petit ange!*

Cécile spürte, wie sie innerlich erstarrte. *Mein kleiner Engel* – so hatte sie sie immer genannt. Cécile hatte es vergessen, genauso wie den Klang ihrer weichen, melodischen

Stimme, die sie nun so deutlich hören konnte, als würde ihre Mutter neben ihr stehen.

Doch sie war tot – ebenso wie ihr Vater. In die Trauer mischte sich mit einem Mal kalter Zorn. Entschlossen richtete Cécile den Blick nach vorn und lenkte ihr Pferd auf den breiten, von Pappeln gesäumten Weg zum Eingangstor von Montbrignac.

Seitlich vor dem Schloss saß sie ab und machte das Tier an einem der Bäume fest, um die letzten Schritte zu Fuß zu gehen.

Das goldene Gittertor war geschlossen, doch sie sah, dass im Hof einige Lakaien und Mägde geschäftig hin und her liefen.

»Verzeihung?«

Eine ältere Magd, die sich anschickte, mit einem Berg Wäsche den Hof zu überqueren, blieb überrascht stehen.

»Die Herrschaften sind noch nicht eingetroffen!«, erklärte sie.

Cécile nickte. »Ich wollte nicht zu ihnen«, erwiderte sie freundlich. »Ich brauche eine Auskunft …«

Die Magd kam zögernd auf sie zu.

Cécile presste ihr Gesicht an die Gitterstäbe.

»Können Sie mir vielleicht sagen, ob hier noch ein Stallknecht namens Luc Roland arbeitet?«, fragte sie.

Doch die Magd schien sie gar nicht zu hören, sondern starrte sie nur fassungslos an.

»Heilige Maria!«, stieß sie hervor. Sie wich einen Schritt zurück und wirkte dabei, als würde sie gleich in Ohnmacht fallen.

Der Ausdruck in ihren Augen war Cécile vertraut. Genauso hatte auch Silvane sie angesehen. Die Magd hatte offensichtlich ihre Mutter gekannt. Cécile hätte der Frau gern alles erklärt, doch sie begriff, dass sie dafür nicht genug Zeit haben würde, denn von der anderen Seite des Hofes kam in diesem Moment mit großen Schritten ein Mann auf sie zu. Er trug einen dunkelbraunen Tuchrock und eine Perücke. Seine autoritäre Miene und die Art, wie er es während des Gehens schaffte, mit einigen Handbewegungen die Dienstboten über den Hof zu scheuchen, ließen keinen Zweifel daran, dass es sich um den Verwalter des Anwesens handeln musste.

Cécile sah die Magd an. »Luc Roland! Kennen Sie ihn?«, versuchte sie es hastig erneut.

Aber die Frau stand noch immer wie vom Donner gerührt vor ihr.

»Florence! Was gibt es da zu reden?«, tönte es schneidend.

»Bitte!«, sagte Cécile flehentlich. Doch bevor die Magd etwas sagen konnte, hatte der Mann sie erreicht. Eine schwere Hand legte sich auf ihre Schulter.

»An die Arbeit! Sofort!«

Die Magd lief mit gesenktem Kopf davon.

Der Mann wandte sich an Cécile. »Kann ich Ihnen helfen, Mademoiselle?«, fragte er kalt.

Cécile, die der Frau enttäuscht nachgeblickt hatte, nickte. »Ich möchte mich erkundigen, ob es im Schloss einen Stallknecht namens Luc Roland gibt«, erklärte sie.

Der Blick des Verwalters schien sie zu durchbohren. »Luc Roland? Nein, bedauere, Mademoiselle, aber einen Stallknecht, der so heißt, gibt es hier nicht«, sagte er. Die Feindseligkeit in seiner Stimme war nicht zu überhören. Bevor sie noch etwas sagen konnte, ließ er sie stehen.

Cécile wandte sich mit einem unterdrückten Seufzen vom Tor ab und ging nachdenklich zurück zu ihrem Pferd. Was sollte sie nun tun? Sie war schon dabei, die Zügel loszumachen, als sie hinter sich unvermittelt eine wispernde Stimme hörte.

»Mademoiselle!«

Sie drehte sich überrascht um.

»Mademoiselle! Hier!« Vor einem der Seitenausgänge in der Mauer war die Gestalt der Magd zu erkennen, die sie hastig zu sich winkte.

Cécile ließ das Pferd stehen und lief zu ihr.

Ein scheues Lächeln glitt über das Gesicht der Magd. »Sie sind ihre Tochter … Mademoiselle de Montbrignac, nicht wahr?«, fragte sie leise.

Cécile nickte.

»Luc arbeitet schon lange nicht mehr hier, Mademoiselle. Seit damals, seitdem der Duc …« Sie verstummte. »Wenn Sie ihn sprechen wollen … er lebt oben in Saint-Bauzély«, sagte sie dann.

Cécile drückte ihre Hand. »Danke!«

»Gott schütze Sie«, erwiderte die Magd warm, und für einen Augenblick glaubte Cécile Tränen in ihren Augen zu erkennen, bevor die Frau eilig durch das Seitentor zurück in den Schlosshof schlüpfte.

47

Da es erst Mittag war, beschloss Cécile, sich von Montbrignac gleich auf den Weg nach Saint-Bauzély zu machen, um den Stallknecht aufzusuchen.

Doch sie hatte Pech. Die Fensterläden und Türen des kleinen Hauses waren verriegelt, und niemand war da.

Monsieur Roland sei in Anduze bei Verwandten, erklärte ihr die Nachbarin, die neugierig beobachtet hatte, wie Cécile um das Haus herumgelaufen war.

»Wissen Sie, wann er zurück sein wird?«

»In ein, zwei Tagen ungefähr«, erwiderte die Nachbarin. »Soll ich ihm etwas ausrichten?« Ihrem Gesicht war allzu deutlich anzumerken, dass sie darauf brannte zu erfahren, wer die junge Frau war.

Cécile schüttelte den Kopf. »Danke, ich werde einfach noch einmal vorbeikommen!«

Die Nachbarin zuckte die Achseln. »Wie Sie meinen, Mademoiselle.«

Enttäuscht machte sich Cécile auf den Weg zurück nach Nîmes. Sie hätte zu gern mit Luc Roland gesprochen. Warum hatte er seine Aussage wohl zurückgezogen und behauptet, er habe sich geirrt? Sicherlich hatte man ihn unter Druck gesetzt.

Ein leichtes Schaudern ergriff sie. Der oder die wahren Mörder des Abbé waren mächtig genug gewesen, dafür zu sorgen, dass ihr Vater an ihrer Stelle verurteilt und der Kollaboration mit den aufständischen Protestanten beschuldigt worden war. Ganz sicher war es daher nicht ratsam, dass jemand erfuhr, dass sie nun, nach all den Jahren, anfing, Nachforschungen anzustellen.

Während sie durch die Wälder und über die Hügel zurückritt, ging ihr noch einmal durch den Kopf, was sie bisher von Robert Silvane und Doktor Tayard erfahren hatte. Dank der Gespräche mit den beiden Männern verstand sie nun die Hintergründe der politischen Geschehnisse und begriff, wie sehr sie mit dem Schicksal ihres Vaters und des unglücklichen Abbé Silvane verwoben waren. Viele Eintragungen in dem Tagebuch – die Überfälle auf die katholischen Geistlichen, der daraus resultierende Besuch von Basvilles Missionarsagenten auf Montbrignac, die kontrollieren wollten, wie weit der Protestantismus auf dem Land ihres Vaters wirklich ausgemerzt war und die ehemaligen Hugenotten ihren neuen katholischen Pflichten nachkamen –, all diese Eintragungen erhielten in diesem Zusammenhang eine völlig neue Bedeutung. Noch heute ließ sich der unterdrückte Zorn ihres Vaters aus seinen Zeilen herauslesen. Er hatte dem Intendanten nach dem Auftauchen der Missionarsagenten einen aufgebrachten Brief geschrieben, auf den Basville mit umso harscheren Worten geantwortet hatte.

Als Cécile am frühen Abend wieder in Nîmes in ihrer Pension war, las sie noch einmal die Zeilen, die ihr Vater nach dem Erhalt dieses Schreibens notiert hatte.

Ich muss mich bemühen, meine Wut zu zügeln, denn der Bote hat soeben ein Schreiben des Intendanten gebracht. Es ist seine Erwiderung auf meinen Brief. Ich hatte darin mein Missfallen über das anmaßende Verhalten seiner Missionarsagenten geäußert, das zu akzeptieren ich nicht bereit sei. Die Antwort des Intendanten gleicht einer Kriegserklärung. Er könne dies nicht nachvollziehen, schreibt er, und müsse sich im Gegenteil wundern, dass ich nicht mehr Bereitschaft zur Kooperation mit den Missionarsagenten des Abbé du Chalya zeige. Er würde mir nahelegen, dieses Verhalten in Zukunft zu ändern. Sicherlich sei es doch auch in meinem Interesse, gegen diese ketzerische Religion vorzugehen. Seine neuen verwandtschaftlichen Beziehungen zu meinem Bruder Louis-François würden ihn indessen noch einmal großzügig über mein Verhalten hinwegsehen lassen …

Die versteckte Drohung in diesen Worten war tatsächlich nicht zu überhören. Ihr Vater hatte sich Basville damit zum Feind gemacht, und er hatte auch gewusst, dass man dem Intendanten nur von höherer Stelle Einhalt gebieten konnte. Nachdenklich las sie, was er nur einige Wochen später geschrieben hatte, als ihn der Duc de Villier in Südfrankreich besuchte.

Villier ist dieser Tage aus Versailles zurückgekehrt und hat uns das Neueste vom Hof berichtet. Seine Majestät, der König, erfreut sich bester Gesundheit und ist nach wie vor fest mit der Maintenon liiert, die wohl einflussreicher denn je ist. Villier erzählte mir auch, dass sich der König nach mir erkundigt hat und sehr genau wusste, dass ich vor drei Jahren meinen Dienst als Musketier quittiert hatte, als Vater erkrankte. Die Höflichkeit wird es folglich verlangen, dass ich im Sommer für einige Wochen an den Hof gehe, um Seiner Majestät meine Aufwartung als neuer Duc de Montbrignac zu machen. Ich werde Catherine mitnehmen – sie war noch nie in Versailles.
Villier erzählte zudem, dass man am Hof die harten Maßnahmen des Intendanten Basville im Languedoc

durchaus kritisch sieht. Mehrere Bischöfe und Erzbischöfe, wie die von Paris und Reims, hätten sich gegen die Gewalt seiner Maßnahmen ausgesprochen. Dennoch muss man mit Bedacht gegen den Intendanten vorgehen. Wir sind uns einig, dass man nur mit der Unterstützung des Hofes etwas gegen ihn unternehmen kann. Der Intendant ist bekannt für seine Grausamkeit und dafür, dass er diejenigen, die sich ihm in den Weg stellen, unbarmherzig vernichtet …

Cécile klappte das Tagebuch zu. Es war nie dazu gekommen, dass ihr Vater nach Versailles reiste, denn nur wenige Tage später war Abbé Silvane ermordet worden. Etwas später hatte der Aufstand der Kamisarden Basvilles harte Position gegen die Protestanten indirekt gestärkt und war ihrem Vater zum Verhängnis geworden. Cécile legte das Buch zurück in die Schublade, doch der letzte Satz hatte sich in ihr Gedächtnis gebrannt.

Hatte der Intendant selbst für die Verurteilung ihres Vaters gesorgt? Oder hatten die Vorfälle und der Mord einfach nur gut in sein Konzept gepasst, wie Robert Silvane erklärte?

Und welche Rolle hatte ihr Onkel Louis-François bei alldem gespielt?

Cécile war so aufgewühlt, dass sie beschloss, noch etwas spazieren zu gehen.

Sie lief an dem alten römischen Kolosseum vorbei und schlenderte eine Zeit lang ziellos durch die von eleganten Häusern gesäumten Straßen. Sie war bereits eine Weile unterwegs, als sie wahrnahm, dass ein intensiver Geruch nach Farbe und Seifenlauge in der Luft lag. Neugierig blickte sie durch ein geöffnetes Tor. Zwei Männer waren in dem überdachten Hof damit beschäftigt, vorsichtig die Fadenstränge von schillernd blauer, violetter und rosafarbener Seide zum Trocknen aufzuhängen. Im Hintergrund stand ein Mann an einem großen Bottich, aus dem er mit einer langen Stange die Stränge fischte. Eine Färberei – und nicht die einzige, wie Cécile ein Stück weiter erkannte. Sie befand sich in dem Viertel, das dieser Zunft vorbehalten zu sein schien. Fasziniert beobachtete sie, wie ein Stück vor ihr auf der Straße zwei Männer einen Fuhrwagen mit einer Ladung Seidenstränge beluden, die sie in Leinen gewickelt hatten, damit sie nicht verschmutzten. Ein auffälliges Purpurrot blitzte unter einem der Tücher hervor. Welche Stoffe und Kleider würden aus den glänzenden Fäden später wohl einmal entstehen? Vielleicht der Umhang eines Bischofs oder Kardinals oder das Kleid einer adligen Dame? Cécile sah im Geiste Monsieur Raboutin, den Pariser Schneider, vor sich. Vielleicht würde es seine Hand sein, die in einigen Wochen prüfend über den purpurroten Stoff glitt?

Trotz der frühen Abendstunde herrschte noch emsiger Betrieb in den Straßen, und es war eine angenehme Ablenkung, das bunte Treiben der Menschen, Kutschen und Fuhrwagen zu beobachten. Schließlich begann Cécile der Geruch nach Laugen und Farbe jedoch in den Kopf zu steigen. Sie entschied sich, vor der Rückkehr in ihre Herberge in ein Wirtshaus einzukehren, um etwas zu essen.

Die Kapuze über den Kopf gezogen, betrat sie die Schenke, die noch fast leer war. Sie nickte dem Wirt zu und ging durch die Tischreihen, um sich mit dem Rücken zu den anderen Gästen an einen Tisch zu setzen, der halb von einer Säule verdeckt wurde. In den letzten Wochen hatte sie gelernt, sich so zu verhalten, dass sie in der Öffentlichkeit als

Frau so wenig wie möglich auffiel. Dennoch bemerkte sie den neugierigen Ausdruck im Gesicht des Wirts, als sie ihre Bestellung aufgab. Sein Lächeln war ein wenig zu breit. Cécile unterdrückte ein Seufzen. Sie war dieses unverhohlene Interesse, diese taxierenden Blicke leid, und es gelang ihr einfach nicht, sich daran zu gewöhnen, dass Männer sie für Freiwild hielten, sobald sie entdeckten, dass sie ohne Begleitung unterwegs war. Nicht zum ersten Mal wünschte sie sich, sie hätte nicht als Frau reisen müssen.

Dieser Wunsch verstärkte sich um einiges, als sie beim Verlassen des Wirtshauses einen stämmigen Mann bemerkte, der sie von der anderen Seite des Gastraums her anstarrte. Er wirkte, als hätte er sie schon die ganze Zeit beobachtet.

Ein Maß Bier stand vor ihm auf dem Tisch, doch er schien es nicht angerührt zu haben. Cécile wandte den Blick von ihm ab und trat nach draußen auf die Straße. Ein leise Furcht beschlich sie. Es wurde bereits dunkel, und sie wandte sich nach rechts, um rasch zurück zu ihrer Herberge zu laufen.

Sie hätte nicht sagen können, wo – doch sie hatte das Gefühl, dieses Gesicht mit den groben Zügen und den etwas zu breiten Wangenknochen schon einmal gesehen zu haben.

Der Hufschlag eines Pferdes, das sich von hinten näherte, ließ sie unwillkürlich zusammenzucken. Sie drehte sich um. War er ihr gefolgt? Ein Reiter kam auf sie zu. In der halbdunklen Gasse war sein Gesicht nicht zu erkennen, und Cécile atmete erleichtert auf, als er an ihr vorbeigaloppierte und sich entfernte. Sie musste sich zusammenreißen. Wahrscheinlich hatte sie den Mann in der Schenke noch nie in ihrem Leben gesehen.

Sie ging weiter und bog einige Straßen später in die Gasse, in der sich ihre Unterkunft befand. Ein angetrunkener Mann kam ihr entgegen. Mit gesenktem Kopf schleppte er sich mühsam vorwärts. Zum Glück schien er so mit sich selbst beschäftigt, dass er sie gar nicht bemerkte.

Cécile ging dennoch dicht an den Häusern entlang. Sie war fast auf seiner Höhe, als er auf einmal den Kopf hob.

»Guten Abend, Mademoiselle!«, sagte er mit klarer Stimme. Sie schaute ihn erstaunt an, denn er wirkte plötzlich nicht mehr im Mindesten betrunken.

Doch sie kam nicht dazu, weiter darüber nachzudenken, denn im selben Augenblick blitzte vor ihr ein Degen auf.

Cécile fuhr entsetzt zurück. »Es tut mir leid. Ich ... ich habe nur ein paar Sous bei mir.«

»Sie denken, ich will Geld?« Er lachte auf. »Aber nein, Mademoiselle, darum geht es hier nicht!«

Sie wich einen weiteren Schritt zurück. Er blieb stehen – in dem sicheren Wissen, dass sie ihm ohnehin nicht entkommen konnte.

Sein kaltes Lächeln ließ ihr das Blut in den Adern gefrieren. Sie musste es darauf ankommen lassen. Wenn sie es nur zurück bis zur Kreuzung schaffte! Dort war es belebter. Sie blickte den Mann an. Dann wirbelte sie um ihre Achse und wollte wegrennen – doch sie kam kaum einen Schritt vorwärts, da prallte sie schon gegen eine breite Brust. Ein Mann war aus dem schwarzen Schatten der Häuser getreten.

Cécile entfuhr ein Schrei. Es war der Unbekannte aus der Schenke – und in diesem Moment fiel ihr ein, wo sie ihn schon einmal gesehen hatte. Er hatte in der Gasse gestanden, als sie das Haus von Doktor Tayard in Uzès verlassen hatte. Ihr Herz raste. Wie um Gottes willen kam er jetzt hierher? Was wollten die Männer von ihr?

Er packte sie ohne ein Wort grob am Arm.

»Nein!« Sie versuchte sich loszureißen und ihren Dolch zu ziehen, aber er war schneller und griff mit seinen kräftigen Fingern nach ihrem Handgelenk. Die Waffe glitt aus ihrer Hand, bevor sie sie noch richtig greifen konnte. »Lassen Sie mich los!«

Er schlug ihr ins Gesicht, und sie taumelte zurück. Seine Augen zeigten keinerlei Regung, als er sie von Neuem schlug und zu Boden stieß.

Ihr Kopf traf unsanft auf dem Straßenpflaster auf. Ein stechender Schmerz durchfuhr sie. Sie versuchte, erneut zu schreien. »Hilfe ...«

»Halt diesem verdammten Biest den Mund zu«, zischte die Stimme des anderen Mannes.

»Nein ...« Verzweifelt wehrte sie sich, doch er hielt sie fest und presste seine Hand auf ihre Lippen. Gegen die Kraft des Mannes kam sie nicht an, und sie bekam nicht genug Luft. Ihr wurde schwindlig. Sie würde ersticken. Im nächsten Moment erkannte sie voller Panik, dass die beiden sie zu einer Kutsche zerren wollten, die ein Stück entfernt stand.

Da hörte sie den Hufschlag eines herangaloppierenden Pferdes.

Eine dunkle Gestalt sprang unerwartet vom Rücken des Tiers. Ein Umhang öffnete sich, und der Stahl eines Degens blitzte auf. Sekunden später vernahm man das Geräusch fechtender Klingen. Cécile hätte nicht sagen können, wie viel Zeit vergangen war, als ein Aufschrei ertönte. Etwas fiel klirrend zu Boden.

Die Hand auf ihrem Mund lockerte sich – und plötzlich war sie frei. Sie sah, wie ihre beiden Angreifer die Gasse entlang zu der Kutsche flohen. Der Rock des einen war blutdurchtränkt.

Ein Mann beugte sich zu ihr und half ihr, sich aufzusetzen. »Geht es?«, fragte er besorgt.

Ungläubig blickte sie in das Gesicht von Armand.

48

Der Wirt wollte sofort die Polizei rufen lassen, als er sie sah. Cécile konnte ihn nur mit Mühe davon abhalten. »Nein, wirklich nicht, Monsieur Brunel. Ich möchte keine Umstände machen, und es ist mir ja nichts passiert«, sagte sie.

Er starrte auf ihr eingerissenes Kleid und die Schürfwunde an ihrer Schläfe. »Aber Sie sind überfallen worden, Mademoiselle! Und da sich der Vorfall vor meiner Herberge abgespielt hat, zeichne ich in gewisser Weise verantwortlich dafür.«

Es war offensichtlich, dass er versuchte, vor dem Comte de La Baume einen guten Eindruck zu machen. Immer wieder glitt sein Blick beeindruckt zu dem elegant gekleideten Mann mit dem Degen, der den Arm um Cécile gelegt hatte und sie stützte.

»Es ist wirklich nicht nötig!«, sagte sie erneut mit schwacher Stimme.

Armand trat mit bestimmender Miene einen Schritt nach vorn. »Ich denke, wir sollten den Wunsch von Mademoiselle akzeptieren«, sagte er in einem Tonfall, der keinen Widerspruch duldete. Er legte einen Louisdor auf den Tisch.

Ungläubig starrte Monsieur Brunel auf die Münze und nickte dann stumm. »Selbstverständlich, Monsieur«, murmelte er untertänig.

»Ich helfe Ihnen«, sagte der Comte leise und stieg mit Cécile die Treppe hoch. Sie nickte, denn sie spürte, dass sie am ganzen Körper zitterte. Armand fühlte es ebenfalls. Kurz entschlossen hob er sie hoch.

»Nein, ich kann wirklich allein gehen!«

Er ignorierte ihren Protest. »Wo liegt Ihr Zimmer?«

»In der zweiten Etage, am Ende des Gangs.«

Er trug sie bis vor die Tür und ließ sie dann sanft herunter, seine Hand immer noch auf ihrer Taille.

»Danke«, sagte Cécile. Er lächelte leicht, und sie spürte, wie sein Blick, der sie mit sanfter Besorgnis musterte, sie genauso verwirrte wie bei ihrer allerersten Begegnung.

Als sie in ihr Zimmer traten und Cécile in den großen Spiegel blickte, erschrak sie. Kein Wunder, dass Monsieur Brunel die Polizei rufen lassen wollte. Sie sah fürchterlich aus. Ihre Wange war blutverschmiert, ihr Haar fiel ihr in offenen Strähnen über die Schulter, und ihr Kleid war nicht nur verschmutzt, sondern an mehreren Stellen eingerissen. Sie griff hastig nach einem Tuch und tauchte es mit zittrigen Fingern in die Waschschüssel, um ihre Wange zu säubern. Als sie die Schürfwunde berührte, zuckte sie zusammen.

Armand legte seine Hand auf ihre Schulter. »Lassen Sie mich das machen.« Ohne ein weiteres Wort drehte er sie zu sich um, nahm das Tuch aus ihrer Hand und tauchte es erneut ins Wasser. Dann wischte er ihr das Blut vom Gesicht.

Sie blickte ihn an. Ihr Kopf schmerzte. »Danke, ich glaube, Sie haben mir das Leben gerettet«, sagte sie leise und verstummte dann wieder, noch immer voller Entsetzen über den Überfall.

»Das Schreckliche ist – ich habe es gespürt! In den letzten Tagen hatte ich ständig den Eindruck, beobachtet und verfolgt zu werden!«, stieß sie nach einer Weile hervor. Sie erzählte ihm, dass sie einen ihrer beiden Angreifer vorher im Wirtshaus und einige Tage zuvor in Uzès gesehen hatte. »Ich habe keine Ahnung, was die Männer von mir wollten.« Tränen stiegen in ihre Augen.

Wortlos zog er sie an sich. Die Nähe tat gut.

Sie sah im Spiegel, dass ein düsterer Ausdruck auf sein Gesicht getreten war.

»Was ist?«, fragte sie leise.

»Nichts«, sagte er. »Ich hätte die beiden nicht entkommen lassen dürfen«, fügte er dann jedoch hinzu und strich ihr übers Haar. »Und ich hätte Ihnen nie erlauben dürfen, diese Reise zu machen.«

Cécile war sich nicht sicher, ob sie sich verhört hatte. *»Erlauben?«* Sie zog die Augenbrauen hoch.

»Ja!« Er presste die Lippen zusammen. Sein entschlossener Ausdruck zeigte ihr, dass er wünschte, er hätte sie notfalls mit Gewalt an der Reise gehindert.

Sie schwieg und dachte daran, dass er sie von Anfang an gebeten hatte, nicht ins Languedoc zu fahren, weil es zu gefährlich sei.

»Was führt Sie eigentlich nach Nîmes?«, erkundigte sie sich. Diese Frage beschäftigte sie, seitdem er sie aus den Händen ihrer Angreifer befreit hatte. »Und woher wussten Sie, dass Sie mich ausgerechnet hier finden?«, fügte sie hinzu.

Er schien verwundert. »Sie haben mir doch erzählt, dass Sie nach Nîmes fahren wollen!«

»Ja, aber nicht, in welcher Herberge ich unterkommen werde«, erwiderte Cécile.

»Das stimmt«, gab er zu. »Mein Lakai hat einige Erkundigungen eingezogen. Glücklicherweise ist Nîmes nicht Paris – und die Zahl der Herbergen und Pensionen in der Stadt ist überschaubar.«

Céciles Augen folgten seinem Blick, der ein wenig irritiert durch das schlicht eingerichtete Zimmer glitt. Das Bett, der Schrank, der Leuchter und der Waschtisch – alles war so einfach, wie er es in seinem Leben wahrscheinlich noch nie gesehen hatte. Einen Moment lang war es ihr unangenehm. Er betrachtete die Pfosten des Bettes und die Kommode, deren Ecken bereits etwas abgestoßen waren. Cécile erstarrte – die oberste Schublade stand einen Spalt offen! Sie zog sie mit einer bösen Vorahnung vollständig auf.

Das Tagebuch – es war nicht mehr da. Sie wurde bleich.

»Was ist?«, fragte Armand.

Sie zog hastig die anderen Schubladen auf, eine nach der anderen, doch es war weg. Ein panisches Gefühl ergriff sie.

»Das Tagebuch meines Vaters – ich hatte es in die Kommode gelegt. Es ist nicht mehr da«, erklärte sie tonlos.

»Sind Sie sicher?«

Sie nickte und fröstelte plötzlich. »Jemand war hier«, sagte sie leise.

Armand blickte sie entschieden an. »Lassen Sie uns Ihre Sachen packen. Hier sollten Sie ohnehin nicht bleiben.«

Monsieur Brunel war untröstlich, dass sie abreiste, doch die Münzen, die ihm Armand als Ausgleich für die beiden Nächte gab, die Cécile eigentlich noch hatte bleiben wollen, schienen seinen Abschiedsschmerz merklich zu mildern.

»Sind Sie sicher, dass Sie selbst reiten können?«, fragte Armand, als er ihr draußen aufs Pferd half. Er bedachte ihren Fuchs mit einem ähnlichen Blick wie zuvor das Zimmer der Pension. In der Tat wirkte er neben seinem glänzenden Rappen ein wenig schwerfällig. Ähnlich gegensätzlich, wie vermutlich auch ihre und Armands Erscheinung an diesem Abend wirkten, dachte sie.

Sie nickte. »Ja, es geht.«

Er runzelte die Stirn. »Wissen Sie, dass Sie eigensinnig sind und dazu neigen, sich zu viel zuzumuten, Mademoiselle?«, sagte er.

Sie lächelte.

Eine Weile lang ritten sie schweigend nebeneinander her. Er hielt sich dicht an ihrer Seite, und sie bemerkte, dass er seinen Blick sorgsam ringsum auf jeden Schatten und jede Gestalt in der Dunkelheit richtete. Er fand sich erstaunlich gut in der Stadt zurecht, stellte sie fest. Kein einziges Mal musste er innehalten, um sich zu orientieren, als er sie durch das Gewirr der Gassen sicher durch die Innenstadt leitete. Schließlich wurden die Grundstücke größer. Sie erreichten ein Viertel, dessen Straßen von Maulbeerbäumen gesäumt wurden. Mauern grenzten die vornehmen Stadtvillen voneinander ab.

»Sind Sie sicher, dass wir hier richtig sind?«, fragte Cécile. Die Gegend sah nicht danach aus, als ließe sich hier eine Herberge oder Pension finden.

»Ja, am Ende der Straße befindet sich das Gästehaus von Madame Besson. Dort werden wir Quartier beziehen.«

»Sie kennen sich gut aus in Nîmes«, bemerkte sie verwundert.

»Meine Familie stammt aus der Nähe von Aix-en-Provence, daher bin ich früher öfter hier gewesen.«

Sie wandte den Kopf zu ihm um. »Sie haben mir noch immer nicht gesagt, warum Sie *jetzt* nach Nîmes gekommen sind!«

»Ihretwegen«, erklärte er ernst. »Ich habe mir Sorgen gemacht – zu Recht, wie ich feststellen musste.« Selbst im Schein des Mondlichts konnte sie sehen, dass sein Gesicht einen finsteren Ausdruck angenommen hatte.

Sie hatten das Ende der Straße erreicht, wo ein großes Tor zu einem Anwesen führte. Eine Wache, die sich diskret in der Nische eines Gardehäuschens verbarg, neigte ehrerbietig den Kopf, als sie den Comte erkannte. Sie ritten in den Hof. Zwei Pagen kamen herbeigeeilt. Sie halfen Cécile beim Absitzen und nahmen ihnen die Pferde ab.

Sie liefen einige Schritte über einen mit Fackeln beleuchteten Weg durch einen Garten, der mit hohen Pappeln und Zypressen bewachsen war. Hinter den Bäumen verbarg sich ein kleines Palais. Cécile blieb verblüfft stehen und blickte unwillkürlich an sich hinunter. Wenigstens trug sie einen Umhang über ihrem zerrissenen Kleid.

»Es wird Ihnen gefallen«, sagte er, als ihnen auch schon ein Lakai mit einer tiefen Verbeugung die Tür öffnete.

»Guten Abend, Monsieur de La Baume.«

Es war die Selbstverständlichkeit, mit der Armand das Haus betrat, und das Lächeln der elegant gekleideten Hausherrin, die Cécile sofort erkennen ließen, dass er ein bekannter Gast in dem Palais war.

»Guten Abend, Comte. Wie schön, dass Sie uns wieder einmal beehren. Man hat uns Ihre Ankunft bereits angekündigt.« Sie wandte sich mit einem warmen Lächeln an Cécile. »Guten Abend, Mademoiselle!«, sagte sie mit einer melodisch rauchigen Stimme. Mit keiner Regung ließ sie sich ihre Verwunderung über Céciles Aufmachung anmerken.

Madame Bessons Gesichtszüge waren von einer nahezu perfekten Schönheit. Lediglich die Fältchen um ihre Augen verrieten Cécile, dass sie bereits ungefähr Ende dreißig sein musste.

»Ich habe Ihnen die Gemächer in der ersten Etage richten lassen, Comte.«

Armand nickte. »Danke. Ein Bad wäre außerdem schön – und wenn Sie einige Kleider für Mademoiselle besorgen lassen könnten?«

»Natürlich. Lucille wird sich um alles kümmern.« Sie schenkte der jungen Frau erneut ein Lächeln. »Sie werden sie mögen, Mademoiselle.«

Wenig später fand sich Cécile in den Händen einer dunkelhäutigen Zofe wieder, die sie entkleidete und in einen Baderaum geleitete. Lucille half ihr in eine mit heißem Wasser gefüllte Wanne. Der Duft, der dem milchigen Wasser entströmte, entspannte Cécile, und sie fühlte, wie sich eine wohltuende Wärme in ihrem Körper ausbreitete.

Sie hatte ein Bad dieser Art noch nicht oft genossen. In Schottland wusch man sich meistens mit kaltem Wasser aus dem Brunnen oder Fluss, und in Frankreich hatte sie den Leibarzt der Duchesse de Villier sogar einmal sagen hören, dass es vorzuziehen sei, sich mit Tüchern abzureiben, die in Parfüm getränkt worden waren. Viele Ärzte schrieben dem Wasser hier die Fähigkeit zu, krank zu machen. Nun, wenn sie an das schmutzige Blaugrau der Seine dachte, stimmte das vermutlich sogar, dachte Cécile. Doch dieses Bad hier tat wunderbar gut. Mit einem Seufzen legte sie ihren Kopf auf die Nackenrolle zurück.

Als sie nach dem Bad in den weichen Hausmantel und ein Paar Seidenpantoffeln schlüpfte, fühlte sie sich wie neugeboren.

Lucille begleitete sie durch ein Antichambre zurück ins Schlafgemach und zog sich dann mit einer Verbeugung zurück. Cécile sah, dass die Flügeltüren des Raums zu einem angrenzenden Salon geöffnet waren. Im Schein des goldenen Kerzenlichts, das die Räume erhellte, erkannte sie, dass sich in der dahinterliegenden Flucht ein weiteres großes Schlafgemach und Antichambre befanden.

Armand saß im Salon und blickte nachdenklich aus dem Fenster. Als er ihre Schritte hörte, wandte er sich um und stand auf.

Céciles Herz klopfte, als er zu ihr ins Schlafgemach trat. Er hatte seinen Rock abgelegt. Darunter trug er ein weißes Hemd, dessen Kragen und Spitzenschal er geöffnet hatte. Seine bronzefarbene Haut blitzte hervor.

Er blickte Cécile an. »Jetzt sehen Sie besser aus!«

»Das Bad hat gutgetan.«

Armand nickte. »Es entspannt wundervoll, nicht wahr? Madame Besson hat früher einige Jahre im Orient gelebt, wo man das Baden im Gegensatz zu uns als vorteilhaft für die Gesundheit erachtet. Deshalb kommen ihre Gäste heute in den Vorzug dieses Genusses«, erklärte er in einem plaudernden Ton, als würden sie irgendwo in der Öffentlichkeit zusammenstehen und sich unterhalten. Nur seine raue Stimme und sein Blick verrieten, dass er vermutlich genau wie sie an ihre letzte Begegnung in Versailles dachte.

Plötzlich hob er die Hand und strich ihr mit seinem Finger sanft über die Lippen. »Ich hatte fast vergessen, wie schön Sie sind«, murmelte er. Er zog sie sanft an sich. »Wie konnten Sie nur so grausam sein, einfach abzureisen?«, sagte er und vergrub sein Gesicht für eine Sekunde in ihrem Haar. Cécile spürte, wie ihr Körper auf seine Berührungen reagierte.

Er lächelte leicht und trat einen Schritt zurück. Seine Augen glitzerten, und einen Moment lang war sie sich nicht sicher, ob er mit ihr spielte.

»Kommen Sie, Sie sollten etwas essen«, sagte er und führte sie in den Salon. Vor den hohen Fenstern mit den golddurchwobenen Brokatvorhängen hatte man einen Tisch gedeckt, auf dem eine Auswahl ganz unterschiedlicher Speisen dargeboten wurde – Pasteten, eingelegte Eier, rosa gebratene Fasanenbrust, gebackenes Gemüse, Käse, Oliven und Trauben. Es roch köstlich, doch Cécile verspürte keinen Appetit. »Danke, ich hatte schon gegessen, vorher …« Sie verstummte und blickte Armand an. Der Schock des Überfalls vermischte sich auf seltsame Weise mit ihrer Freude und Überraschung, ihn wiederzusehen, und es erschreckte sie erneut zu spüren, wie stark sie sich zu ihm hingezogen fühlte.

Er rückte einen der Lehnstühle für sie zurecht.

»Wein?«

Sie nickte.

Armand reichte ihr ein Glas. »Auf Sie!«, sagte er leise.

Sie lächelte zurückhaltend und nippte an der roten Flüssigkeit, während sie wahrnahm, dass seine Gegenwart sie plötzlich befangen werden ließ.

Er bemerkte ihr ernstes Gesicht. Seine Finger legten sich auf ihre Hand. »Ist es noch der Überfall?«

Sie blickte aus dem Fenster in den Garten, wo sich die Umrisse der Bäume und Sträucher als eine eigene Landschaft aus der Dunkelheit erhoben. Schließlich schüttelte sie den Kopf. »Nein, es ist nicht mehr der Überfall.« Sie sah ihn an. »Sind Sie wirklich wegen mir nach Nîmes gekommen?«, fragte sie leise.

»Nun, es gibt eine familiäre Angelegenheit, die meine Anwesenheit hier unten ebenso erfordert, aber sie hat mir lediglich als dankbarer Vorwand gedient, Sie wiedersehen zu können.«

Sie spürte seinen prüfenden Blick. »Wollen Sie mir nicht sagen, was mit Ihnen ist?«, fragte er.

Ihre Finger strichen über den Stiel des Weinglases. »Sie sind es. Sie machen mir Angst.«

»Angst?«, fragte er überrascht. »Warum?«

Sie zögerte. »Weil ich Sie vermisst habe … und ich in einer Weise Gefühle für Sie hege, von der ich nicht weiß, ob sie gut für mich ist«, stieß sie mit unerwarteter Heftigkeit hervor.

Seine Finger strichen zart über ihren Handrücken. »Ich kann daran nichts Schlechtes entdecken«, erwiderte er.

Sie stellte abrupt das Weinglas zur Seite. »Aber ich weiß fast nichts von Ihnen! Wie Sie leben, aus welcher Familie Sie stammen, was Sie tun – wenn Sie nicht gerade bei einem Souper oder Fest des Regenten sind …« Ein ungewollter Sarkasmus hatte sich in ihre letzten Worte geschlichen, und sie brach ab. Plötzlich kam sie sich albern vor. Er hatte ihr das Leben gerettet, und sie warf ihm vor, dass sie nichts über ihn wusste!

Sie bemerkte, dass er sie erstaunt und ein wenig amüsiert zugleich musterte. »Es interessiert Sie, aus welcher Familie ich komme?«

Cécile nickte.

»Nun, vielleicht sollte ich Ihnen einfach ein wenig von mir erzählen.« Er lehnte sich entspannt in seinem Stuhl zurück. »Wie ich erwähnte, stamme ich aus der Nähe von Aix-en-Provence«, begann er. »Ich bin der Zweitälteste von drei Geschwistern. Mein Bruder Antoine ist der Erstgeborene und wird einmal der nächste Duc de La Baume werden. Daher war für mich von Anfang an entweder eine geistliche oder militärische Laufbahn vorgesehen.« Er hob sein Glas und trank einen Schluck von dem Wein. »Wie Sie sich vorstellen können, entsprach Ersteres weder meinem Charakter noch meinen Interessen, und ich habe mich für den militärischen Dienst entschieden.« Er grinste jungenhaft und erzählte ihr, dass der Bruder seines Vaters, der Marquis de La Baume, Marschall gewesen sei und er unter seinen Fittichen mit siebzehn die ersten Kriegserfahrungen gesammelt habe. »Es war sehr hart, doch ich habe viel gelernt. Da mein Onkel selbst kinderlos ist, bin ich für ihn immer wie ein eigener Sohn gewesen, und er hat mich sehr gefördert. Er war es auch, der mir später mein eigenes Regiment finanziert hat. Der Marquis ist mir ein besserer Vater gewesen, als es mein eigener je war.« Er schwenkte nachdenklich den Wein in seinem Glas. »Wir sind uns sehr ähnlich, müssen Sie wissen.«

Einen Moment lang versuchte sich Cécile den älteren Mann vorzustellen – sein markantes Gesicht voller Falten, die schwarzen Haare grau oder sogar weiß –, doch es gelang ihr nur schwer. »Sie sagten, Sie seien der Zweitälteste von drei Geschwistern? Haben Sie noch einen Bruder?«

»Nein, eine Schwester – sie ist mit dem Comte de Salignac verheiratet. Aber ehrlich gesagt habe ich mit meiner Familie keinen besonders engen Kontakt«, erklärte er. »Stellt das Ihre Neugier ein wenig zufrieden, Mademoiselle?«

»Etwas.« Ihre Hand strich über die mit Samt bezogene Lehne ihres Stuhls. Ebenso wie die anderen Gemächer war der Salon in einem intimen und eleganten Stil eingerichtet, ganz wie es den adligen Gästen des Hauses angemessen war.

»Sie sind schon oft hier bei Madame Besson gewesen, nicht wahr?«, sagte sie.

»Ja.«

Cécile dachte an die beiden Paare, die sie auf dem Weg zu ihren Gemächern in einem der Salons gesehen hatte. Es war offensichtlich gewesen, warum sie sich hier aufhielten. Sie blickte Armand an. »Mit anderen Frauen?«

Er hatte eine Traube vom Teller genommen und legte sie wieder zur Seite. Einen Moment lang wirkte er verärgert, als widerstrebe es ihm, ihr auf diese Frage zu antworten. »Ja. Madame Besson ist bekannt für ihre Diskretion, müssen Sie wissen«, erklärte er mit undurchdringlicher Miene.

Sie fühlte einen leichten Stich und fasste ihren Hausmantel enger.

»Sind Sie deshalb mit mir hier? Weil es hier niemand mitbekommt?«, fragte sie leise.

»Nein!« Seine Antwort klang unerwartet scharf. »Ich habe Sie hierhergebracht, weil ich es für den sichersten Ort für Sie halte.« Er stand brüsk auf und trat ans Fenster. Draußen hatte es angefangen zu regnen. Feine Wassertropfen liefen die Scheiben hinunter. Armand stützte mit düsterer Miene seinen Arm gegen den Fensterrahmen. »Ich habe nicht geahnt, was es in mir auslöst, Sie in solcher Gefahr zu sehen. Mir bewusst zu sein, dass es allein dem Glück zu verdanken ist, dass Ihnen nicht schon vorher etwas passiert ist«, sagte er mit dunkler Stimme. Sie stand auf und trat zu ihm.

»Es tut mir leid, ich wollte Ihnen nichts unterstellen. Ich glaube, ich bin nur etwas verwirrt von allem«, sagte sie leise.

Es stimmte. Sie fürchtete sich vor ihren eigenen Gefühlen. Spätestens seitdem er heute Abend so unerwartet hier vor ihr gestanden hatte, war sie sich dessen bewusst geworden.

Sein Blick glitt an ihr hinunter, doch dann strich er ihr über die Wange. »Es ist spät. Sie müssen müde sein. Wir sollten schlafen gehen.«

Er wollte sich zu seinen Gemächern abwenden, aber sie hielt seine Hand fest. Sie wollte nicht, dass er ging. »Nein, bitte bleiben Sie!«

Er zögerte.

Plötzlich war ihre Sehnsucht stärker als alles andere. Sie löste vor seinen überraschten Augen den Gürtel ihres Mantels und schlang die Arme um ihn.

Seine Hände fuhren durch ihr Haar.

»Cécile!«, murmelte er, bevor seine Lippen sich schließlich auf die ihren senkten.

Diese Nacht war anders zwischen ihnen – sie hatte nichts von dem wilden Verlangen ihrer ersten Begegnung, sondern war sanft und voller Zärtlichkeit. Eine Ewigkeit hatte Cécile das Gefühl, Armand würde sie nur ansehen, während er langsam und voller Hingabe jeden Fingerbreit ihres Körpers küsste.

Als sein Mund an ihrem Bein hinunter bis zur Kniekehle glitt, merkte sie, wie er für einen kurzen, kaum wahrnehmbaren Augenblick innehielt.

Verlegen versuchte sie das Bein von ihm abzuwenden. Seine Hand strich behutsam über die rote Linie, die sich einer Schlange gleich ihre Wade hochschlängelte und in all den Jahren nie verblasst war. Er hatte sie in den leidenschaftlichen Umarmungen ihres ersten Liebesakts in Versailles nicht gesehen.

»Woher stammt die Narbe?«

Sie zögerte. Es war ihr unangenehm, dass er das entstellende Mal sah. »Ein Feuer. Ich war sechs, als es in einer Herberge zu einem Brand kam. Mein Vater hat mich in letzter Minute aus den Flammen gerettet. Wir waren auf der Flucht nach Schottland«, erklärte sie leise.

Armand liebkoste die Stelle, und seine Lippen strichen zart darüber, bevor sein Mund sich schließlich wieder den Weg weiter nach oben suchte und ihr Atem schneller ging.

Sie schloss die Augen und fühlte nichts außer seinen Küssen und Berührungen – von einer derart peinigenden Sanftheit, dass sie glaubte, den Verstand zu verlieren.

»Nein, hören Sie auf. Ich bitte Sie!«, keuchte sie schließlich.

Sie krallte ihre Fingernägel in seine Haut und sah die Genugtuung in seinen Augen aufglimmen, als sie ihn leidenschaftlich an sich zog. Er lachte leise. Ungeduldig bog sie sich ihm entgegen.

49

In der Eingangshalle des kleinen Schlosses Bionne begrüßte Anne-Louise de Basville mit strahlendem Gesicht den Duc de Montbrignac und seine Gemahlin.

»Wie schön, Sie zu sehen, meine Liebe!«, sagte sie zu der Duchesse, die die Cousine ihres Mannes war. »Ihre Schwester ist auch schon hier – welch ein schönes Familientreffen!« Sie wandte sich zu dem Duc, der ihr mit einer höflichen Verbeugung die Hand küsste.

»Verzeihen Sie, dass mein Gemahl Sie nicht selbst begrüßt, er hat noch zu tun. Er erwartet Sie aber oben in seinem Arbeitskabinett«, erklärte sie mit einem reizenden Lächeln, das ein feines Netz von Fältchen auf ihrem Gesicht sichtbar werden ließ. Man merkte ihr in keinerlei Weise an, ob es sie verärgerte, dass sie sich ausgerechnet in dem

Schlösschen Bionne bei Montpellier trafen, in dem der Intendant für gewöhnlich die Zeit mit seiner Geliebten Gabrielle de Villevielle verbrachte. Vermutlich ließ es Madame de Basville auch ungerührt. Die langjährige Liebschaft ihres Mannes, der sogar ein Sohn entstammte, hatte ihre Rolle als Gemahlin nie infrage gestellt, und sie verbrachte ohnehin viel Zeit in Paris.

Der Duc de Montbrignac folgte einem Lakaien, den Madame de Basville herbeigewinkt hatte, durch die Eingangshalle zum Kabinett. Das Gespräch, das ihm bevorstand, würde unangenehm werden, ahnte er. Die Verärgerung des Intendanten war zwischen den Zeilen seines Briefes, den der Duc bei seiner Ankunft in Montbrignac erhalten hatte, nur zu deutlich herauszuhören gewesen. Er wünsche ihn umgehend zu sehen, schrieb er darin.

Der Diener hatte eine Tür geöffnet, und sie betraten eine Flucht hintereinanderliegender Gemächer. In dem letzten saß der Intendant in einem mit dunkelrotem Samt bezogenen Lehnstuhl am Schreibtisch. Seine Erscheinung in dem schwarzen Tuchrock und den Kniebundhosen, die lediglich durch die Spitze des Hemdes und seine weißen Strümpfe etwas aufgehellt wurde, wirkte wie immer beeindruckend autoritär.

Trotz der langen Zeit, die sie sich kannten, verspürte Louis-François de Montbrignac eine leichte Nervosität. Er hörte seine eigenen Schritte von dem Parkett widerhallen. Die beiden großen Räume vor dem Antichambre des Kabinetts waren unmöbliert – ein Phänomen, das sich in allen Wohnsitzen des Intendanten wiederfand. Die Zimmer dienten lediglich als Geräuschschutz und trugen damit der Tatsache Rechnung, dass die Gespräche in dem Kabinett mitunter sehr lautstark geführt werden mussten, da der mächtige Nicolas de Lamoignon de Basville unter einer starken Schwerhörigkeit litt.

Der Intendant blickte von seinen Papieren auf und schenkte ihm ein freundliches Lächeln. »Monsieur de Montbrignac, wie schön, dass Sie die Zeit gefunden haben«, sagte er mit vollendeter Höflichkeit.

Der Duc konnte hören, wie der Lakai hinter ihm die Türen der Gemächer schloss.

»Die Freude ist ganz auf meiner Seite, Monsieur de Basville!«, erwiderte er mit erhobener Stimme. Sein Blick fiel auf die geschwollenen Finger und Handgelenke des Intendanten, die bewegungslos auf den Lehnen seines Stuhls ruhten und verrieten, dass ihn erst kürzlich wieder einer seiner Gichtanfälle heimgesucht hatte. Er vermied es, ihn darauf anzusprechen, da Basville es hasste, wenn sein Gesundheitszustand erwähnt wurde.

Die beiden Männer tauschten einige belanglose Höflichkeiten aus, bei denen der Duc mit anhaltend lauter Stimme sprach, während ihm Basville in normalem Tonfall antwortete. Montbrignac berichtete ihm das Neueste aus Paris und vom Regenten, bevor der Intendant schließlich auf den eigentlichen Punkt zu sprechen kam.

»Wie ich hörte, ist Ihre Nichte aus Schottland zurückgekehrt … und hat offenbar nichts Besseres zu tun, als unschöne Dinge aus der Vergangenheit auszugraben.« Die braunen Augen unter den buschigen schwarzen Brauen schienen ihn einige Sekunden lang zu durchbohren.

Der Duc verspürte ein trockenes Gefühl in der Kehle. »Ich habe mich bereits des Problems angenommen«, versicherte er.

Ein ungeduldiges Flackern zeigte sich im Gesicht des Intendanten. »Diesen Eindruck kann ich nicht ganz teilen,

Duc. Meinen Informationen zufolge befindet sie sich seit mehreren Wochen in Frankreich, und während dieser Zeit ist es ihr nicht nur gelungen, eine Audienz beim Regenten zu bekommen, sondern auch noch das Gerücht in Umlauf zu bringen, ihr Bruder würde noch leben. Ganz zu schweigen davon, dass sie nun hier in Nîmes aufgetaucht ist«, sagte er eisig.

Es erstaunte Montbrignac nicht, dass Basville über die Audienz beim Regenten Bescheid wusste – kaum etwas spielte sich am Hof ab, wovon er nicht innerhalb weniger Tage erfuhr. Das Netz seiner Informanten war ungewöhnlich gut und einer der Grundsteine seiner Macht, die zu brechen bis heute keinem seiner Feinde gelungen war.

»Meine Leute hatten zwischendurch nur ihre Spur verloren, aber ich wollte ganz genau wissen, was sie vorhat, sonst wäre die Sache schon längst erledigt«, beeilte sich der Duc zu erklären.

Basville musterte ihn. »Ich hoffe, Ihre Nachlässigkeit ist nicht auf irgendwelche Sentimentalitäten gegenüber der Mutter dieser jungen Frau zurückzuführen«, sagte er mit unerwartet samtiger Stimme.

In diesem Moment hasste der Duc ihn. Selbst darüber wusste Basville also Bescheid. Montbrignac verfluchte die Abhängigkeit, in der er sich ihm gegenüber befand. Als habe er einen Pakt mit dem Teufel geschlossen, so kam es ihm manchmal vor, und in der Tat hatte der lauernde Ausdruck in dem Gesicht des Intendanten wie überhaupt seine gesamte Gestalt etwas Diabolisches. Doch Basville irrte sich, wenn er glaubte, dass er, der Duc, die junge Frau verschonen wollte, weil sie ihn an ihre Mutter erinnerte. Das Gegenteil war der Fall. Ihre Ähnlichkeit rief ihm in so demütigender Weise das Bild der Frau, die er wie keine andere begehrt hatte, vor Augen, dass er am liebsten alle Vorsicht außer Acht gelassen und der Sache selbst ein Ende bereitet hätte.

»Ich sage Ihnen etwas: Sie hätten die Angelegenheit damals, spätestens aber in Schottland endgültig erledigen sollen«, sagte Basville mit finsterer Miene. »Und Sie hätten es verdient, für den Fehler zu zahlen, das nicht getan zu haben. Sehen Sie, es war damals ein Leichtes, die Richter und einige einflussreiche Leute davon zu überzeugen, dass Ihr Bruder sich schuldig gemacht hat. Doch wenn so eine Angelegenheit nach dreizehn Jahren wieder aufgerollt wird, ist das eine ganz andere Sache!«

Die Kälte in seiner Stimme ließ Montbrignac zusammenfahren. Er zweifelte nicht daran, dass der Intendant ihn, ohne mit der Wimper zu zucken, fallenlassen würde. Diesbezüglich gab er sich keiner falschen Hoffnung hin. Die Verbundenheit Basvilles ihm gegenüber entsprang weder einer emotionalen Bindung noch ihrer verwandtschaftlichen Nähe, sondern fußte allein auf den gemeinsamen Interessen und Zielen, die sie immer gehabt hatten.

Er sah das Gesicht des Intendanten vor sich, als sie beide vor vielen Jahren jenes Gespräch geführt hatten, das damals wie ein Samen in seinen Gedanken aufgegangen war:

Wenn etwas geschehen würde, das bewiese, in welch sträflicher Weise Ihr Bruder diesen Ketzern mit Toleranz begegnet, dann würde das zu unser aller Vorteil sein ... Entspricht es nicht Ihrem Geburtsrecht, dass Sie der Duc sein sollten?

Die Inszenierung der Überfälle – es war alles so leicht gewesen. Selbst als Abbé Silvane durch einen dummen Zufall beinah die Wahrheit herausgefunden hätte, waren ihnen die politischen Umstände unerwartet zu Hilfe gekommen. Der Aufstand der Kamisarden, der kurz darauf ausbrach, hatte selbst die schärfsten Kritiker des Intendanten zum Verstummen gebracht und niemand am Hof war mehr bereit, sich gegen ihn und seine Entscheidungen zu stellen und für seinen Bruder Partei zu ergreifen.

»Ich ahnte nicht, dass das Mädchen noch lebt«, sagte der Duc. Das laute Reden strengte ihn an. »Ich bin davon ausgegangen, dass sie damals in dem Feuer umgekommen ist. Aber wie ich schon sagte, ich habe bereits alles in die Wege geleitet, um mich dieses Problems jetzt endgültig zu entledigen.«

Basville schenkte ihm einen gereizten Blick. »Nun, ganz so einfach ist die Sache leider nicht«, sagte er bedauernd. Sein Tonfall ließ den Duc plötzlich begreifen, dass der Intendant schon längst selbst für diese Lösung gesorgt hätte, wenn er sie für den besten Weg hielte.

Basville tippte mit seinen angeschwollenen Fingern auf die Stuhllehne. »Sie kann nicht einfach verschwinden, das wäre zu auffällig. Sehen Sie, Ihre liebe Nichte hat eine Menge Staub aufgewirbelt, und es ist ihr erstaunlicherweise gelungen, einige einflussreiche Leute auf sich und das bedauernswerte Schicksal ihres Vaters aufmerksam zu machen«, erklärte er. Der Sarkasmus in seiner Stimme war abermals nicht zu überhören. Er reichte dem Duc wortlos einen Brief.

Es war ein Schreiben des Regenten. Ungläubig las Montbrignac die Zeilen, doch dann zuckte er die Achseln.

»Nun, das beweist doch nur, dass der Duc d'Orléans diese Begnadigung nicht in Betracht ziehen wird. Er steht auf unserer Seite«, sagte er.

»Natürlich tut er das!«, erwiderte der Intendant scharf. Er bedachte Montbrignac mit einem Blick, als wäre dieser begriffsstutzig. »Solange Ihr Neffe *nicht* lebt ...«

Montbrignac machte eine wegwerfende Handbewegung. »Diese Geschichte hat sie doch nur erfunden!«

Basville hatte sich aus seinem Stuhl erhoben und trat zum Fenster. »Würden Sie Ihre Hand dafür ins Feuer legen, dass er wirklich tot ist? Nein, nicht wahr?«, beantwortete er selbst die Frage.

Der Duc sah ihn an. »Sie glauben, Villier hat ...« Er brach ab und schüttelte den Kopf. »Nein, das kann nicht sein. Er hat mich immer unterstützt.«

Basvilles Mund verzog sich zu einem schmalen Strich. »Er war ein Freund Ihres Bruders!«

Montbrignac schwieg nachdenklich. »Ich glaube nicht, dass an dieser Behauptung etwas dran ist«, sagte er schließlich.

»Glauben ist nicht wissen«, erwiderte der Intendant schneidend. »Als Familienoberhaupt der Montbrignacs sollten Sie außerdem auch so in der Lage sein, dafür zu sorgen, dass die Kleine in nächster Zeit nicht mehr in der Öffentlichkeit in Erscheinung tritt oder zumindest ihren Mund hält«, sagte er dann. »Damit könnten Sie gleichzeitig dem Wunsch des Regenten nachkommen«, fügte er hinzu.

Der Duc nickte.

Basville warf einen Blick aus dem Fenster. Unten im Park sah man die Frauen, die durch die symmetrisch gestaltete Anlage spazierten. »Eine reizende Gemahlin haben Sie da! Sie taten damals gut daran, eine so junge Frau zu heiraten.« Er drehte sich zu ihm um. »Was für eine Tragödie, wenn Ihr ganzes Glück auf einmal zusammenstürzen würde, nicht wahr?«, sagte er mit einem kalten Lächeln.

50

Cécile stützte sich an dem Felsen ab und erklomm außer Atem den nächsten Stein auf dem Weg nach oben. Armand wartete und reichte ihr die Hand, um sie das letzte Stück zu sich hochzuziehen. Einen Moment lang hielt er sie fest, und sie betrachteten beide die mächtigen Gipfel der Cevennen, die sich in der Ferne erhoben. Ein Band weißer Wolken trieb über den Himmel hinweg, und Cécile spürte, wie ihre Haare im Wind flatterten. In den letzten Tagen war es kühler geworden, und auch im Languedoc hatte sich der Herbst endgültig durchgesetzt.

»Wir sind gleich da!«, versprach Armand. Er hatte recht, man konnte bereits deutlich ein Rauschen hören. Ohne ihre Hand loszulassen, ging Armand voran, und sie folgte ihm durch eine enge Felsengruppe, die zu einer Höhle führte. Das Rauschen schien zu verstummen, als sie in das dunkle Innere des Berges traten, doch nach einigen Schritten sah Cécile, dass ein Lichtschein die Höhle von der anderen Seite erhellte. Im selben Augenblick, als sie um die Ecke bogen und nach draußen auf das Plateau gelangten, hörte man ein lautes Tosen. Ein reißender Wasserfall stürzte auf der anderen Seite des Berges glitzernd in die Tiefe und ergoss sich schäumend unten in den Fluss. Cécile trat an den Rand des Plateaus, fasziniert von diesem Naturschauspiel. Der Wind trug die feinen Wassertropfen zu ihnen herüber, und sie spürte, wie die Feuchtigkeit ihre Wangen benetzte. Armand, der hinter ihr stand, legte die Arme um sie. »Gefällt es Ihnen?«

»Es ist atemberaubend.« Sie wandte begeistert den Kopf zu ihm um. Er küsste sanft ihre geröteten Wangen und zog sie an sich, doch ein erneuter feuchter Sprühnebel, den eine Windböe herantrug, ließ sie auseinanderfahren.

Armand schüttelte mit den Händen seine Haare aus. Cécile lachte. Ihre Augen blitzten herausfordernd.

»Etwas weiter hinten ist es trockener!«, rief er. Sie nickte und folgte ihm.

Seit zwei Tagen waren sie ununterbrochen zusammen. Die meiste Zeit hatten sie zurückgezogen in den Gemächern bei Madame Besson verbracht. Die schrecklichen Bilder des Überfalls waren in Armands Armen verblasst, und die glühende Leidenschaft zwischen ihnen hatte sie in einen Strudel von Emotionen gerissen, der sie kaum zu Atem kommen ließ.

Cécile spürte, dass sich Armands Verhalten ihr gegenüber seit dem Überfall verändert hatte. Als wäre eine innere Wand durchbrochen, war jede Distanz von ihm gewichen und an ihrer Stelle eine Nähe entstanden, die sie nie zuvor einem Menschen gegenüber verspürt hatte. Sie war glücklich in seiner Gegenwart, und es gelang ihr, die übrige Welt vorübergehend zu vergessen.

Bis zum heutigen Vormittag war das zumindest so gewesen. Während sie ihm über das Plateau zu einem felsigen Weg folgte, dachte sie an den Brief, den ihm sein Lakai am Morgen gebracht hatte. Sie hatte noch geschlafen, doch beim Aufwachen durch die halb geöffnete Tür zum Antichambre gesehen, wie er mit kühler Miene das Schreiben las. Kurz darauf hörte sie, wie er mit leiser, eindringlicher Stimme auf seinen Diener einredete, der daraufhin mit einer Verbeugung wieder verschwunden war.

Ihr gegenüber hatte Armand den Brief später nicht erwähnt, doch es war Cécile nicht verborgen geblieben, dass er seitdem ungewöhnlich nachdenklich und ernst war.

Armand blieb plötzlich am Rand der Klippe vor einem Felsen stehen.

Céciles Blick schweifte über die Berge – sie erinnerten sie an Schottland. »Woher kennen Sie den Wasserfall?«, fragte sie.

»Ich habe ihn durch einen Zufall bei einem meiner Besuche hier entdeckt.«

Sie schaute ihn neugierig an. Es schien ihr noch immer nicht recht verständlich, dass er die Gegend so gut kannte, obwohl seine Familie nicht von hier stammte. Sie fasste ihren Umhang enger und fragte sich, ob er hier früher womöglich einmal eine Geliebte gehabt hatte.

»Ist Ihnen kalt?«

Sie schüttelte den Kopf.

»Der Umhang steht Ihnen gut«, sagte er. Das Kleidungsstück, das mit einem leichten Pelz gefüttert war, gehörte zu einigen weiteren, die er Madame Besson hatte besorgen lassen. Doch Cécile fühlte sich unwohl dabei, diese Dinge von ihm anzunehmen. Als sie ihm das sagte, hatte er jedoch nur gelacht.

»Ich möchte nicht, dass Sie mich aushalten«, sagte sie jetzt erneut.

Er grinste herausfordernd. »Ich glaube, in den letzten zwei Tagen habe ich mir durchaus das Recht dazu erworben«, erwiderte er und küsste sie.

Sie musste unweigerlich an die Kleider denken, die ihr der Comte de Thoury geschenkt hatte. »Ich begreife nicht, dass Männer das nicht verstehen. Sehen Sie, es ist, als würde man für etwas bezahlt werden«, versuchte sie zu erklären.

Er blickte sie überrascht an. »Muss ich Ihren Worten etwa entnehmen, dass ich nicht der einzige Mann bin, der Ihnen so etwas schenkt?«

»Nun ja«, gestand sie freimütig. »Der Comte de Thoury hat mir zwei Kleider anfertigen lassen, damit ich ihn ins Palais Royal begleiten konnte.«

»Monsieur de Thoury? In welcher Beziehung stehen Sie denn zu ihm, dass er sich solche Freiheit herausnehmen darf?«

»Er ist ein Freund. Nicht mehr! Ich entspreche ohnehin nicht seinem ... Typ, wenn es Sie beruhigt«, erwiderte sie spöttisch.

Seine Augen waren schmal geworden. »Es wäre mir lieber, Sie wären nicht mit dem Comte befreundet«, sagte er bestimmt.

»Woher rührt eigentlich diese tiefe Abneigung zwischen Ihnen beiden?«, fragte sie erstaunt.

Armand schwieg und blickte zum Wasserfall, bevor er das Gesicht schließlich wieder zu ihr wandte. »Dieses Duell, von dem ich Ihnen erzählt habe ... der Mann, der dabei ums Leben gekommen ist – er war ein enger Freund von Thoury.«

Sie blickte ihn betroffen an. »Worum ging es bei der Angelegenheit?«, fragte sie.

»Um etwas, das es nicht wert gewesen ist, diesen Mann zu töten, Cécile. Aber Victor bestand darauf, bis zum Ende zu kämpfen. Ich hatte keine Wahl. Er war nicht nur Thourys Freund, sondern auch meiner, müssen Sie wissen.« Ein müder Ausdruck zeigte sich in seinen Augen. »Es war mein Fehler. Ich hätte seine Forderung niemals annehmen dürfen. Und glauben Sie mir, ich habe hart dafür bezahlen müssen.«

»Das tut mir leid. Verzeihen Sie mir, ich wollte Sie nicht daran erinnern.« Sie küsste ihn sanft.

Eine Weile lang betrachteten sie Arm in Arm den Wasserfall, bevor sie wieder den Berg hinunter zu ihrer Kutsche stiegen.

Sie saßen schon im Wagen, der zurück in Richtung Nîmes rollte, als Armand mit einem Mal ernst wurde. »Ich werde morgen leider abreisen müssen. Meine ... familiären Angelegenheiten erfordern es.«

Cécile verspürte einen leichten Stich. »Ging es darum in dem Brief, den Sie heute Morgen bekommen haben?«

Er drehte argwöhnisch den Kopf zu ihr. »Woher wissen Sie davon?«

»Ich habe Sie heute Morgen gesehen, als ich aufgewacht bin. Da lasen Sie das Schreiben gerade«, erklärte sie, verwundert über seinen Tonfall, der ungewöhnlich scharf war.

»Natürlich!« Ein entschuldigendes Lächeln glitt über sein Gesicht, und er ergriff ihre Hände. »Verzeihen Sie mir«, sagte er seufzend, »aber ich fühle mich unwohl bei dem Gedanken, Sie allein nach Paris vorreisen zu lassen.«

»Vorreisen?« Sie schüttelte den Kopf. »Ich kann noch nicht nach Paris zurück. Es gibt noch zwei Dinge, die ich hier herausfinden muss.«

»Nach allem, was passiert ist, können Sie unmöglich hierbleiben – es wäre viel zu gefährlich«, widersprach er resolut.

Cécile entzog ihm ihre Hände. Sie wusste, dass er besorgt um sie war, doch seine bestimmende Art gefiel ihr nicht. Er hatte kein Recht, ihr etwas vorzuschreiben. »Wie ich schon sagte, ich *kann* noch nicht zurück nach Paris«, erwiderte sie kühl.

Sein Blick bekam etwas Stählernes. »Ich bestehe aber darauf!«, sagte er.

Sie sahen sich mit wütend funkelnden Augen an.

»Ich meine es ernst«, bekräftigte er. Cécile bemerkte, dass das Blut in der Ader an seiner Schläfe pochte, doch dann veränderte sich auf einmal der Ausdruck in seinem Gesicht.

»Bitte, Cécile! Diese ganze Geschichte ist es nicht wert. Glauben Sie wirklich, Ihr Vater hätte gewollt, dass Sie sich in solche Gefahr bringen?«, fragte er weich.

Sie wich dem Blick seiner dunkelblauen Augen aus und sah nach draußen. Die Kutsche hatte ihre Fahrt verlangsamt – sie hatten das Stadttor von Nîmes erreicht.

Ähnliche Worte wie er hatte auch die Marquise de Maintenon benutzt. Warum nur versuchten alle sie davon zu überzeugen, das moralisch einzig Richtige *nicht* zu tun?

»Sie verstehen das nicht«, sagte sie leise. »Nicht für seine Begnadigung zu kämpfen wäre so, als würde man ihn ein zweites Mal verurteilen, als würde ich ihm all das, was er und meine Familie erlitten haben, noch einmal antun. Vor allem, nachdem es so offensichtlich ist, dass man ihn zu Unrecht verurteilt hat, und ich Beweise dafür gefunden habe«, erklärte sie in bitterem Tonfall.

»Sie haben *Beweise* gefunden? Das haben Sie mir nicht erzählt«, sagte er irritiert.

Es stimmte – sie hatten nur wenig über ihre Reise ins Languedoc und die Hintergründe des Überfalls gesprochen. »Wollen Sie mir nicht erst einmal berichten, was Sie in Erfahrung bringen konnten?«, fragte er vorsichtig, als die Kutsche das Gästepalais erreichte und sie wieder in den Hof einfuhren.

Cécile nickte. Vielleicht würde er ihre Entscheidung, dass sie noch hierbleiben musste, dann besser verstehen. Ein wehmütiges, trauriges Gefühl ergriff sie, als sie daran dachte, dass Armand schon morgen abreisen musste.

In ihren Gemächern servierte man ihnen ein leichtes Souper. Zögernd begann Cécile beim Essen, ihm von den Ergebnissen ihrer Nachforschungen zu erzählen.

Mit undurchdringlicher Miene hörte Armand ihr zu, und nur an seinen kurzen Fragen ging ihr auf, dass er vieles über das Schicksal ihres Vaters nicht gewusst hatte und erst jetzt verstand. Sein Gesicht zeigte jedoch keinerlei Emotion.

»Begreifen Sie jetzt, warum ich noch nicht nach Paris zurückreisen kann, sondern erst mit dem Stallknecht sprechen muss?«, fragte sie ihn zum Schluss.

Armand blickte sie an. »Verstehen Sie mich nicht falsch«, sagte er bedächtig. »Ich verstehe sehr wohl, dass Sie ein Versprechen gegeben haben und wie wichtig das alles für Sie ist, aber glauben Sie denn wirklich, dass man Ihren Vater begnadigen würde, selbst wenn Sie die Beweise für seine Unschuld vorlegen könnten? Er ist tot! Ihr Onkel aber ist ein einflussreicher Mann, und es würde zwangsläufig nicht nur seinen Ruf, sondern auch den des königlichen Intendanten schädigen, wenn herauskäme, dass es damals eine unrechtmäßige Verurteilung gab! Beide Männer haben enge Beziehungen zum Hof. Mein Gott, Ihr Onkel ist sogar mit dem Regenten befreundet …« Armand schüttelte vehement den Kopf. »Nein, ich bedaure, Cécile, aber Sie hätten nicht den Hauch einer Chance!«

Die Schonungslosigkeit seiner Worte traf sie bis ins Mark, und sie fühlte sich verletzt, obwohl sie spürte, dass er vor allem aus Sorge zu ihr so gesprochen hatte.

»Und Jean, mein Bruder?«, fragte sie leise. »Was soll aus ihm werden?«

Armand sah sie verständnislos an. »Aber ich dachte, er sei tot! Hat der Duc de Villier das dem Regenten gegenüber nicht bestätigt?« Er wirkte plötzlich beunruhigt.

Sie schüttelte den Kopf. »Nein, das hat er nur behauptet, um Jean nicht in Gefahr zu bringen. Der Duc de Villier hat mir jedoch sein Wort gegeben, dass er lebt und er ihn nur schützen wollte. Und seitdem man mich selbst verfolgt, glaube ich ihm.«

Sie kam nicht dazu weiterzusprechen. Armand ergriff plötzlich mit so unerwarteter Heftigkeit ihr Handgelenk, dass sie zusammenzuckte.

»Hören Sie, Sie dürfen niemandem gegenüber erwähnen, dass der Duc de Villier Ihnen anvertraut hat, Ihr Bruder würde noch leben«, sagte er mit großem Ernst.

Sie senkte betreten den Kopf und versuchte zu verstehen, warum er mit einem Mal so besorgt wirkte. »Ich hatte es nicht vor …«

»Vertrauen Sie mir, Cécile? Vertrauen Sie mir wirklich?«, fragte er leise und eindringlich. Er hielt noch immer ihr Handgelenk fest, doch sein Griff hatte sich etwas gelockert.

Sie nickte verwirrt. »Ja, natürlich. Ich vertraue Ihnen!«

»Gut, dann glauben Sie mir, dass Sie morgen nach Paris zurückmüssen!«

Sie blickte ihn verzweifelt an. »Ich kann nicht – nicht schon morgen.«

Sein Gesicht verfinsterte sich. Er schien am Ende seiner Geduld. »Dann werde ich hierbleiben und eigenhändig dafür sorgen!«

»Sie wollen mich zwingen?«, fragte sie ungläubig.

»Wenn es sein muss – ja.«

»Aber das ist Erpressung!«, entfuhr es ihr empört, als sie erkannte, dass er es tatsächlich ernst meinte.

Er schüttelte lächelnd den Kopf und streichelte ihre Hand. »Nein, das nennt man Zuneigung, Cécile.«

Sie merkte, dass sie mit ihren Argumenten in der schwächeren Position war, und verspürte plötzlich keine Lust mehr, sich noch länger mit ihm zu streiten. Wenn sie es sich genauer überlegte, sprach im Grunde nichts dagegen, dass sie morgen fuhr. Der Tag war lang – und Armand brauchte schließlich nicht zu erfahren, dass sie erst am Abend abreiste. Das würde ihr genügend Zeit lassen.

»Nun gut«, sagte sie seufzend. »Wenn es Sie glücklich macht, dann werde ich morgen fahren.«

Er zog ihren Kopf zu sich und küsste sie erleichtert.

51

Der Himmel hatte sich zugezogen, und ein düsteres Grau verschluckte die Berge und Hügel am Horizont. Ein leichter Regen, dünn wie Bindfäden, fegte über die Kirchenmauern von Saint-Brignac hinweg und schnitt ihr kalt ins Gesicht.

Genau das richtige Wetter für mein Vorhaben, dachte Cécile in einem Anflug von Galgenhumor und betrachtete die Grabsteine und Kreuze. Sie zog fröstelnd den Umhang enger, den der Wind um ihre Beine flattern ließ, und öffnete die kleine eiserne Pforte.

Der Friedhof lag direkt hinter der kleinen mittelalterlichen Kapelle von Saint-Brignac. Erleichtert stellte sie fest, dass er nicht besonders groß war. Es dürfte nicht allzu schwierig sein, das Grab zu finden. Sie blieb stehen, um sich zwischen den Gedenksteinen zu orientieren, und verspürte für einen kurzen Moment Armand gegenüber ein schlechtes Gewissen. Doch schließlich hatte sie ihn eigentlich nicht angelogen. Sie würde ja *heute* nach Paris zurückreisen – allerdings erst, nachdem sie noch zwei Dinge erledigt hatte. Das eine war ein Gespräch mit Luc Roland, das andere der Besuch dieses Friedhofs hier, der zu der ehemaligen Gemeinde des Abbé Péret gehörte. Die Idee, dass sie auf diese Weise vielleicht den Namen der Frau herausbekommen konnte, die dem Abbé vor ihrem Tod die Unschuld ihres Vaters gebeichtet hatte, war ihr schon vor einiger Zeit gekommen. Der Priester hatte ihr den Namen der Verstorbenen zwar nicht sagen können, doch die Frau war ein Mitglied seiner Gemeinde gewesen und daher sicherlich hier beerdigt worden. Sie wusste, dass sie letztes Jahr verstorben und nicht mehr ganz jung gewesen war.

Cécile lief nachdenklich zwischen den Gräbern hindurch und inspizierte die Todesdaten der Verstorbenen. In den ersten Reihen fand sich keine einzige Begräbnisstätte aus der Zeit. Sie hatte bereits die dritte Reihe erreicht, als ihr Blick auf eine Bewegung bei der Kapelle gelenkt wurde. Die schwarz gekleidete Gestalt eines Kirchendieners war an der hohen Tür zu sehen. Vielleicht konnte er ihr weiterhelfen!

Sie lief mit schnellen Schritten den aufgeweichten Sandweg zu ihm hinüber.

»Verzeihung, Monsieur …«

Das Gesicht eines Mannes mit schütterem grauem Haar, dessen Haut so dünn und weiß war, dass er selbst einer Leiche glich, wandte sich ihr zu.

»Ja, Mademoiselle?« Er öffnete die schwere Kirchentür und bedeutete ihr dann mit einem Zeichen, ihm in den kleinen steinernen Vorraum der Kapelle zu folgen.

Cécile streifte ihre Kapuze vom Kopf und erzählte dem Mann, dass sie das Grab einer Frau suche, die im letzten Jahr verstorben war, deren Namen sie aber nicht wusste.

Er schien ihre Frage nicht einmal seltsam zu finden. »Letztes Jahr?« Der Mann musste nicht lange überlegen. »Da gab es mehrere, Mademoiselle.« Er zog seine faltige Stirn kraus, bemüht, ihr ausführlich Antwort zu erteilen. »Drei, wenn ich mich recht entsinne. Die Erste war Mademoiselle Narbonne. Sie erlag einem Fieber. Gerade einmal sechzehn ist sie geworden ... Und dann war da Madame Bourge, sie ist kurz nach einer Niederkunft gestorben, genau wie Madame Blanche, die ihr einige Monate später folgte.« Er seufzte. »Alle drei noch so jung!« Er schüttelte bedauernd den Kopf.

»Das sind die Einzigen?«, fragte Cécile. Vom Alter her kam keine der Frauen infrage.

»Lassen Sie mich überlegen. Ich glaube, ja.« Er verzog grübelnd das Gesicht, hob dann seine knochige Hand. »Aber nein, ich vergaß, die alte Lou ist auch gestorben!«

»Lou?«

»Ja, Louise Vesson. Sie war in den letzten zwei Jahren sehr krank. Sie war früher mal Amme auf Schloss Montbrignac«, erklärte er.

Cécile horchte auf. »Hat sie noch Angehörige?«

Er schüttelte den Kopf. »Nein, sie hatte keine Kinder. Und ihre Schwester ist schon vor Jahren verstorben. Wenn es das Grab ist, das Sie suchen – es befindet sich in der letzten Reihe, hinten rechts.«

»Danke«, sagte Cécile matt. Sie zog ihre Kapuze über den Kopf und begab sich zu dem Grab, obwohl sie im Grunde keinen Blick auf den Stein hätte werfen müssen – auch so wusste sie, dass Louise Vesson die Frau war, von der der Abbé Péret gesprochen hatte.

Der Regen lief ihr ins Gesicht, als sie einen Moment lang starr vor dem Grabstein stehen blieb. Sie war am 10. Oktober 1714 gestorben – es kam genau hin! Cécile erinnerte sich dunkel, wie ihr Vater einmal seine Amme – eine Madame Lou – erwähnt hatte. Unwillkürlich ballte sie ihre klammen Finger. Was hatte die Amme an jenem Tag gesehen, und warum hatte sie all die Jahre geschwiegen, wenn sie doch, wie Abbé Péret behauptet hatte, so unter Schuldgefühlen litt? Was war damals auf Montbrignac geschehen? Cécile spürte erneut, dass sie unbedingt mit dem Stallknecht sprechen musste; er war der Einzige, der ihr eine Antwort auf ihre Fragen geben konnte.

Grübelnd begab sie sich zurück zu ihrer Kutsche. Armand hatte darauf bestanden, ihr für die Rückreise einen eigenen Wagen zu mieten, den er samt Fahrer im Voraus bezahlt hatte. Sie erklärte dem Kutscher, dass sie noch einen kurzen Besuch in Saint-Bauzély machen müsste, bevor sie losfahren konnten.

»Monsieur le Comte sagte aber, dass Sie auf direktem Weg nach Paris aufbrechen würden«, widersprach er steif.

Sie schenkte ihm ein unbeeindrucktes Lächeln. »Es sind nur ein paar Meilen bis dorthin, und es wird nicht lange dauern«, versicherte sie, ohne sich ihre Verärgerung darüber anmerken zu lassen, dass schon wieder jemand sie bevormunden wollte.

Auf der Fahrt dachte sie noch einmal über ihr Gespräch mit Armand nach. Hatte er recht? Würde der Duc d'Orléans die Begnadigung ihres Vaters tatsächlich auch dann ablehnen, wenn sie Fakten für seine Unschuld vorlegen konnte? Sie war nicht bereit, das zu glauben. Schließlich hatte sie die Aussage von Doktor Tayard. Doch es würde ohne Frage vorteilhafter sein, wenn sie einen weiteren Beweis erbringen konnte. Deshalb hoffte sie sehr darauf, dass Luc Roland bereit war, ihr zu sagen, was er gesehen hatte.

Als die Kutsche vor dem Haus hielt, stellte sie fest, dass die Fensterläden des kleinen Hauses diesmal geöffnet waren. Gott sei Dank – er schien von seinem Besuch aus Anduze zurück zu sein.

Sie bat den Kutscher, einen Augenblick zu warten, und lief zum Eingang. Nachdem sie einige Male gegen eine alte Holztür gepocht hatte, erschien ein stämmig gebauter Mann im Hemd an der Tür. Seine kräftigen Arme verrieten, dass er sein Leben lang körperlich gearbeitet hatte.

Er musterte Cécile mit abweisender Miene, ohne ein Wort zu sagen.

Sie lächelte freundlich. »Verzeihen Sie, dass ich Sie störe – mein Name ist Cécile de Montbrignac. Sind Sie Luc Roland?«

Er murmelte ein kaum verständliches Ja.

»Ob Sie wohl einen Augenblick Zeit für mich hätten?«

»Kommen Sie rein!« Er öffnete die Tür, und ihr fiel seine Unsicherheit auf, die in merkwürdigem Kontrast zu seiner kräftigen männlichen Statur stand.

Sie folgte ihm in die Küche, wo er mit betretener Miene stehen blieb, ohne ihr einen Platz anzubieten.

»Ich hoffe, ich störe Sie nicht?«

Er schüttelte den Kopf.

»Sie wissen, wer ich bin?«

Er nickte. Seine Wortkargheit wurde ihr auf einmal unheimlich. Sie bemerkte, dass er sich zum dritten Mal nervös an seinen breiten Nacken fasste. Fühlte er sich unwohl? Lag es an ihr? Ihre Blicke kreuzten sich – und im selben Augenblick wusste sie, dass etwas nicht stimmte. Es war kein Ausdruck der Nervosität, der in seinen Augen lag, sondern Angst! Ein Anflug von Panik befiel sie. Sie hätte nicht in dieses Haus kommen dürfen! »Ich … ich habe draußen etwas vergessen«, stieß sie hervor, doch sie erkannte an seinem Gesicht, dass es bereits zu spät war.

Langsam drehte sie sich um. Es wunderte sie nicht einmal, als sie die beiden Männer auf der Schwelle sah.

Lähmendes Entsetzen ergriff sie. Der eine der beiden war ihr Angreifer vor der Herberge gewesen. Nur zu gut erkannte sie seine groben Gesichtszüge wieder. Er hatte kalt lächelnd seinen Dolch gezogen, während der andere, ein untersetzter Blonder, ein schweres Holzscheit in der Hand hielt.

Sie wollte zum Fenster fliehen, doch da hatten sie die Männer schon gepackt.

»Es tut mir leid, Mademoiselle!«, stammelte der Stallknecht.

Dann spürte sie nur noch, dass sie einen Schlag erhielt und ihr schwarz vor Augen wurde.

52

Ein dumpfer Schmerz in ihrem Kopf weckte sie. Mit einem leisen Stöhnen öffnete sie die Augen und versuchte das flaue Gefühl in ihrem Magen zu ignorieren. Um sie herum waren die schemenhaften Silhouetten einiger Möbel zu erkennen. Die Fensterläden waren geschlossen, doch durch das Antichambre fiel ein Lichtschein in den Raum, hell genug, um die Stoffbahnen neben ihrem Kopf und den Baldachin über ihr erkennen zu lassen. Sie lag in einem Himmelbett?

Wo um Gottes willen war sie? Benommen versuchte Cécile, sich zu erinnern, was passiert war, doch ihr Kopf, der sich anfühlte, als hätte jemand eine eiserne Klammer darum gespannt, machte es ihr unmöglich, einen klaren Gedanken zu fassen. Atmen – sie musste ruhig atmen. Cécile schloss die Augen, doch im selben Moment riss sie sie wieder auf. Abrupt drehte sie ihr Gesicht nach rechts. Sie hatte richtig gesehen. Neben ihrem Bett stand eine Frau. Sie trug die Kleidung einer Zofe und schenkte ihr ein freundliches Lächeln.

»Geht es Ihnen besser, Mademoiselle?«, fragte sie. Sie beugte sich über sie und klopfte fürsorglich die Kissen zurecht. Eine dunkle Erinnerung tauchte beim Klang ihrer Stimme in Céciles Kopf auf. *Trinken Sie das – es wird Ihnen guttun.* Jemand hielt sie fest, während die Frau das Glas an ihre Lippen setzte …

Ein Schauer lief über ihren Rücken. Cécile erinnerte sich wieder – an das Haus des Stallknechts, an dessen merkwürdiges Verhalten, an die beiden Männer, die sie gepackt hatten, ihren vergeblichen Versuch, sich zu wehren, und schließlich an den Schlag auf ihren Kopf, der sie bewusstlos werden ließ.

Ihr Puls beschleunigte sich. Wo war sie?

»Nun, auf jeden Fall sehen Sie jetzt schon sehr viel besser aus«, erklärte die Zofe, eine schlanke Frau mit blassem Gesicht und aschblonder Haarfarbe, in plauderndem Tonfall, da Cécile ihr eine Antwort schuldig geblieben war. »Ich werde etwas Licht hereinlassen, wenn Sie erlauben«, sagte sie und ging mit raschelndem Rock zum Fenster, um die Vorhänge und Läden zu öffnen.

Die unerwartete Helligkeit blendete Cécile. Draußen schien die Sonne. Ihrem Stand nach zu urteilen, musste es Vormittag sein. Sie erinnerte sich, dass es Mittag gewesen war, als sie den Stallknecht aufgesucht hatte – und es hatte geregnet. Wie viel Zeit war bloß vergangen? Sie blickte sich verstört um.

»Wir mussten Ihnen nach dem Sturz ein Schmerzmittel geben. Sie haben sehr lange geschlafen«, erklärte die Frau freundlich, als würde sie ihre Gedanken erraten.

Sturz? Cécile rang um Beherrschung. Als einen solchen konnte man das, was ihr passiert war, wohl kaum bezeichnen! Doch sie unterließ es zu widersprechen. Die Freundlichkeit der Zofe, die sich benahm, als wäre es selbstverständlich, dass sie hier aufwachte, war beinah ebenso beängstigend wie die Tatsache, dass sie nicht die geringste Ahnung hatte, wo sie sich befand.

Vorsichtig setzte sie sich im Bett auf. Immerhin hatte der Schmerz in ihrem Kopf ein wenig nachgelassen. Ihr Blick glitt an sich hinunter. Verwirrt stellte sie fest, dass sie ein seidenes Nachthemd trug, dessen Ausschnitt mit hauchdünner Spitze eingefasst war. Wer hatte ihr das Kleidungsstück angezogen? Ihre Finger krampften sich um den Stoff der blütenweißen Bettdecke. Was war in den letzten Stunden geschehen?

Die Zofe hatte aus einer Karaffe ein Glas Wasser eingegossen und reichte es ihr. »Sie sind sicher auch hungrig. Ich werde in der Küche Bescheid geben, dass man Ihnen etwas Leichtes zu essen zubereitet«, sagte sie. Sie verschwand in Richtung des Antichambres.

Cécile blickte ihr erstarrt hinterher. Dann irrten ihre Augen durch das Gemach. Es war aufwendig und überaus prunkvoll eingerichtet. Sie betrachtete die geschwungenen Möbel, die mit goldenen Intarsien verziert waren, den weichen Teppich mit seinem verschlungenen Muster, die hohen Spiegel, die Seidentapeten und den Gobelin an der Wand. Alles wirkte, als sollte sich hier jemand wohlfühlen. Doch sie war nicht freiwillig in dieses Haus gekommen.

Sie musste hier weg! Auch wenn sie keine Ahnung hatte, wie. Sie schlug die seidene Bettdecke zurück und setzte sich auf. Ein leichter Schwindel ergriff sie. Als sie tief durchatmete, ging es besser. Sie lief zum Fenster und öffnete es. Der Blick ging auf den großen Hof eines Schlosses hinaus, das erhöht auf einem Berg lag. Meilenweit konnte man über die hüglige Landschaft bis zum Horizont schauen. Die Sicht kam Cécile seltsam vertraut vor – genau wie die Architektur des Gebäudes und der Hof mit seinen goldenen Gittertoren, in dem etliche Kutschen standen. Einige Lakaien waren dabei, Gepäck ins Haus zu tragen. Céciles Blick blieb an den Giebeln der Seitenflügel hängen. Sie erstarrte, als sie das Wappen erkannte, das dort prangte. Kein Wunder, dass ihr das alles bekannt vorkam. Erst vor wenigen Tagen war sie hier gewesen – sie befand sich auf Schloss Montbrignac.

»Ich hoffe doch nicht, dass Sie in Erwägung ziehen, aus dem Fenster zu fliehen?«, fragte eine tiefe Stimme in diesem Moment hinter ihr.

Erschrocken fuhr sie zu dem Mann in dem bestickten dunkelblauen Tuchrock und den weißen Seidenstrümpfen herum, der lautlos hinter ihr in den Raum getreten war.

Sie hatte ihn sofort an seiner Stimme erkannt. Sein Anblick erinnerte sie wie bei ihrer ersten Begegnung erneut in schmerzhafter Weise an ihren Vater. Vor ihr stand Louis-François, Duc de Montbrignac – ihr Onkel.

Er lächelte freundlich. »Ich freue mich, dass es Ihnen bessergeht«, sagte er. Seine Stimme hatte einen einschmeichelnden Klang, und die trügerische Vertrautheit, die er ausstrahlte, machte es ihr unmöglich, ablehnend auf ihn zu reagieren.

Hinter ihm war die Zofe mit einem Tablett mit heißem Tee und Essen eingetreten. Sie trug einen seidenen Hausmantel über dem Arm, den der Duc ihr abnahm.

Mit vollendeter Höflichkeit hielt er Cécile den Mantel hin und half ihr, ihn überzuziehen, während er der Zofe ein Zeichen gab, sie allein zu lassen. Die Tür zum Antichambre schloss sich.

Cécile knotete den Gürtel zu. Sie brachte noch immer kein Wort heraus, sondern versuchte zu begreifen, warum sie hier war. Was wollte ihr Onkel von ihr?

Sie beobachtete, wie er das Fenster schloss und sich wieder zu ihr umdrehte.

»Es ist viele Jahre her, seit wir uns das letzte Mal gesehen haben – wenn wir von unserem kurzen Zusammenstoß vor dem Palais Royal absehen«, fügte er spöttisch hinzu. »Sie hatten mich erkannt, nicht wahr?«

Cécile nickte beklommen.

Er musterte sie. »Sie erinnern mich an Ihre Mutter. Sie war eine ähnlich schöne junge Frau wie Sie.« Ein eigenartiger Unterton schwang in seiner Stimme mit, bei dem sich Cécile innerlich versteifte.

Er schien nicht zu erwarten, dass sie etwas erwiderte, sondern deutete stattdessen zu dem kleinen Tisch, auf dem die Zofe das Tablett abgestellt hatte.

»Setzen Sie sich«, bat er. Er ließ sich ihr gegenüber auf einem Stuhl nieder und schlug die Beine übereinander. »Nun, wie gesagt, ich freue mich, dass es Ihnen bessergeht«, sagte er, während er für sie beide Tee in zwei chinesische Porzellantassen goss. »Wir waren nach Ihrem … kleinen Unfall etwas in Sorge um Sie.«

»Unfall nennen Sie das?« Cécile hatte endlich ihre Sprache wiedergefunden. »Ich würde eher von einem Überfall und einer anschließenden Entführung sprechen!«

Louis-François hatte eine silberne Zange ergriffen und ließ ungerührt ein Zuckerstückchen in seinen Tee gleiten. »Ich denke, das ist Auslegungssache, aber ich bin mir ziemlich sicher, dass man kaum von einer Entführung sprechen kann, wenn man um das Wohlergehen eines Familienmitglieds besorgt ist.« Er lächelte und reichte ihr mit liebenswürdigem Gesichtsausdruck eine Tasse. »Es ist Ihnen vielleicht noch nicht richtig bewusst geworden, aber da Ihr Vater tot ist und ich als der achte Duc de Montbrignac nicht nur das männliche Oberhaupt des Hauses, sondern unserer gesamten Familie bin, unterstehen Sie meiner Obhut. Sie sind nicht nur meine Nichte, sondern auch eine junge, unverheiratete Frau, als deren Vormund ich gelte. Daher trage ich allein die Verantwortung für Sie.«

Cécile hätte beinah die Tasse fallen lassen. Das konnte er nicht ernst meinen! Fassungslos blickte sie ihn an.

Der Duc rührte bedächtig seinen Tee um. »Sie sehen also – man kann die Dinge immer von zwei Seiten betrachten. Das scheint mir etwas zu sein, was Sie noch lernen müssen. Im Übrigen ist es der Wunsch des Regenten persönlich, dass ich mich Ihrer annehme und für Sie sorge«, fügte er mit einem süßlichen Lächeln hinzu.

Das blanke Entsetzen packte Cécile. Sie erinnerte sich plötzlich an das Gespräch mit dem Duc d'Orléans, als dieser ihr vorschlug, sie solle sich mit dem Bruder ihres Vaters versöhnen. *Ich bin sicher, er wird Sie in seinem Haus aufnehmen wie eine eigene Tochter. Wenn Sie wünschen, werde ich mit ihm reden.* Niemals hatte sie jedoch damit gerechnet, dass er das tatsächlich tun würde.

Der Duc fixierte ihren Blick. »Lassen Sie uns jedoch etwas klarstellen: Sie haben lange Jahre in einem unzivilisierten Land gelebt, und ich will Ihnen daher Ihr unangemessenes Auftreten und Verhalten nachsehen. Aber selbstverständlich werde ich es nicht akzeptieren, dass Sie den Ruf unserer Familie weiter mit Ihren haltlosen Behauptungen schädigen. Und ich wünsche, dass Sie sich an meine Anordnung halten.« Er hatte nicht einmal seine Stimme erhoben, doch die Kälte in seinen grauen Augen war nicht zu übersehen. »Sie haben sich in eine Vorstellung über Ihren Vater verrannt, die unglücklicherweise nicht der Wahrheit entspricht«, fügte er hinzu.

»Sie entspricht sehr wohl der Wahrheit«, erwiderte Cécile kalt. »Er war unschuldig, und das wissen Sie!«

Der Duc schüttelte bedächtig den Kopf, als spräche er mit einem eigensinnigen Kind. »Nein, Cécile, das war er nicht, so schmerzhaft das für Sie auch sein mag. Glauben Sie, die Behörden und der Intendant hätten ihn sonst verurteilt?«

Sie schwieg. Der Duc tätschelte ihre Hand. »Ich verstehe, wie schwierig das für Sie ist, aber denken Sie einmal in Ruhe darüber nach«, sagte er. Dann erhob er sich. »Nun, ich möchte Sie nicht länger vom Essen abhalten.« Er ging zur Tür, doch auf der Schwelle drehte er sich noch einmal um. »Übrigens, wir werden heute Abend ein kleines Fest geben, und ich würde es begrüßen, Sie bei dieser Gelegenheit der Familie und einigen anderen Leuten vorzustellen.«

Cécile sah hoch. »Sie zwingen mich, daran teilzunehmen?«

Er schüttelte den Kopf. »Aber nein! Niemand wird Sie zu irgendetwas nötigen«, sagte er lächelnd. »Aber ich würde es als ein Zeichen Ihres Entgegenkommens betrachten, und es würde mich in meinem Glauben bestärken, dass Sie begriffen haben, was ich Ihnen eben gesagt habe.«

»Ich verstehe …«, erwiderte sie tonlos.

»Gut! Thérèse, Ihre Zofe, wird Ihnen ein Kleid bringen. Das Fest beginnt um acht. Vorher wünscht Sie allerdings noch Monsieur de Basville zu sehen.«

»Monsieur de Basville?« Ihr stockte der Atem.

Ihr Onkel nickte ungerührt. »Ja, der Intendant wird heute Abend ebenfalls kommen.« Er lächelte maliziös. »Er ist wohl der Annahme, dass Sie einige Dinge nicht ganz richtig verstanden haben. Aber Sie werden gewiss in der Lage sein, den Intendanten vom Gegenteil zu überzeugen«, sagte er mit beißender Ironie, bevor er den Raum verließ.

Cécile blickte ihm starr vor Entsetzen nach. Warum wollte der Intendant sie sprechen? Allein die Erwähnung seines Namens versetzte sie in Panik. Sie erinnerte sich auf einmal an all die Geschichten, die sie über ihn gehört hatte, über sein grausames und unbarmherziges Vorgehen. Bilder von Folterungen, von Galeerensträflingen in Ketten, von furchtbaren Hinrichtungen, bei denen Menschen gevierteilt und gerädert worden waren, tauchten vor ihren Augen auf. Nervös brach sie ein Stück von dem Brot ab.

Sie hatte Angst. Armand hatte recht gehabt – sie hätte auf dem schnellsten Weg zurück nach Paris reisen müssen. Warum hatte sie nur nicht auf ihn gehört? Erst jetzt wurde ihr bewusst, in welch auswegloser Situation sie sich befand. Keine Sekunde lang hatte sie damit gerechnet, dass ihr Onkel ihr gegenüber seine Autorität als Familienoberhaupt beanspruchen würde. Dabei war es ein geschickter Schachzug! So konnte er sie überwachen – denn im Grunde war sie nichts Besseres als seine Gefangene – und gleichzeitig den Wunsch des Regenten erfüllen und jedem Gerücht über ein Zerwürfnis entgegentreten, indem er nach außen den fürsorglichen Onkel spielte, der sich um seine verwaiste Nichte kümmerte. Cécile verspürte einen schalen Geschmack im Mund. Es würde ihr nicht einmal etwas nutzen, wenn sie versuchte zu fliehen. Jedes Gericht und jede Obrigkeit würde ihm recht geben und sie zwingen, zu ihm zurückzukehren.

Verzweifelt überlegte sie, was sie nur tun sollte.

Die Tür öffnete sich, und Thérèse kam zurück. Sie trug ein champagnerfarbenes Seidenkleid über dem Arm.

»Monsieur le Duc meinte, dass Ihnen das Kleid sicher gut stehen wird. Es muss vielleicht an der einen oder anderen Stelle noch etwas abgenäht werden.«

Cécile nickte widerstrebend und fragte sich, woher die Robe wohl kam. Von seiner Frau?

Während sie sich von Thérèse beim Ankleiden helfen ließ, versuchte sie, die Zofe über die Familie ihres Onkels auszufragen. Sie erfuhr, dass seine Frau um einiges jünger war und den Duc bereits mit sechzehn Jahren geheiratet hatte. Die beiden hätten einen mittlerweile neunzehnjährigen Sohn, der sich gerade mit seinem Erzieher auf einer Bildungsreise in Italien befand, und eine siebenjährige Tochter, die eine Klosterschule in Paris besuchte, erzählte Thérèse, während sie Cécile mit geschickten Griffen das Haar hochsteckte.

Die Zofe öffnete eine Schatulle, in der sich ein funkelndes Collier und ein Armband befanden.

»Was ist das?«, fragte Cécile misstrauisch.

Thérèse sah sie erstaunt an. »Der passende Schmuck zu der Robe, Mademoiselle!«

Cécile schüttelte den Kopf. »Nein, ich will keinen Schmuck«, erklärte sie entschieden. Wenn ihr Onkel glaubte, er könnte sie mit diesen Dingen für sich gewinnen, hatte er sich getäuscht.

»Aber …«, versuchte die Zofe zu widersprechen, doch als sie Céciles zusammengepresste Lippen sah, schloss sie die Schatulle seufzend. Sie reichte ihr einen hauchdünnen Seidenschal und geleitete sie dann durch den Flur zu dem Kabinett, in dem ihr Onkel sie erwartete.

»Sie sehen reizend aus in dem Kleid«, sagte er, doch dann bemerkte er ihren nackten Hals. Seine Miene wurde kühl. »Hat Ihnen das Collier nicht gefallen?«

»Ich möchte keinen Schmuck tragen.«

Ihre Blicke trafen sich.

»Holen Sie die Schatulle, Thérèse«, sagte er ruhig.

»Gehört es zu Ihren Aufgaben als Familienoberhaupt auch, dass Sie mir vorschreiben, was ich anzuziehen habe?«, fragte Cécile mit mühsam unterdrückter Wut.

Er kam einen Schritt auf sie zu. »Sie haben das Aussehen Ihrer Mutter, aber ohne Zweifel eher das Temperament meines Bruders. Sie sollten lernen, sich etwas im Zaum zu halten«, sagte er, ohne ihre Frage zu beantworten. Als die Zofe zurückkehrte, nahm er eigenhändig das Collier aus der Schatulle und legte es Cécile um den Hals. »Sehen Sie, es würde ein gänzlich falsches Licht auf mich werfen, wenn Sie heute Abend keinen Schmuck trügen. Man könnte irrtümlicherweise der Meinung sein, ich würde Sie benachteiligen und wäre nicht bereit, in angemessener Form für Sie zu sorgen«, erklärte er in einem liebenswürdigen Tonfall. Der Geruch nach süßlichen Veilchenpastillen entströmte seinem Mund. Als er das Collier schloss, hatte Cécile das Gefühl, ihr würde eine Fessel um den Hals gelegt.

»Der Intendant erwartet Sie bereits unten in der Galerie. Thérèse wird Sie zu ihm bringen«, sagte er.

Sie nickte, bemüht, sich nichts von ihrer Angst anmerken zu lassen.

Sie stiegen eine breit geschwungene Treppe hinunter und wandten sich dann nach rechts in einen langen Flur. Eine junge Frau in einem blauen Kleid kam ihnen entgegen – sie war ausnehmend hübsch, hatte blondes Haar, große graublaue Augen und einen üppig geschwungen Mund. Als sie Cécile erblickte, verlangsamte sie ihren Schritt. Sie musterte sie abfällig, und ihre Lippen kräuselten sich verächtlich, bevor sie, ohne ein Wort zu sagen, weiterging.

Überrascht blickte Cécile hinter ihr her. Sie fragte sich, wer sie wohl gewesen war, doch dann hatte sie schon die Galerie erreicht.

Am Ende dieses langen Raums, der auf der einen Seite eine Reihe hoher Bogenfenster besaß und auf der anderen Seite eine durchgehende Wand, die eine Vielzahl von Gemälden und Spiegeln zierte, stand eine große, ganz in Schwarz gekleidete Gestalt.

Der Intendant. Cécile spürte, wie eine lähmende Furcht sie ergriff.

Basville war ungefähr Mitte sechzig. Allein die Art, wie er dort stand – die eine Hand auf seinen silbernen Degenknauf gelegt, während er eines der Bilder betrachtete –, strahlte eine solche Strenge und Autorität aus, dass sich Cécile bereits eingeschüchtert fühlte, ohne ein Wort mit ihm gewechselt zu haben.

Zögernd ging sie auf ihn zu. Er blickte erst zu ihr, als sie nur noch wenige Schritte vor ihm stand. Seine dunkelbraunen Augen, die unter zwei buschigen schwarzen Brauen lagen, musterten sie abschätzend.

»Mademoiselle de Montbrignac, nehme ich an?«

Sie nickte. Selten hatte sie ein Gesicht gesehen, das so viel Kälte ausstrahlte.

»Mein Gehör ist nicht das beste, Mademoiselle de Montbrignac. Gewöhnlich muss man mich daher beim Sprechen ansehen oder die Stimme etwas erheben – für unser Gespräch wird das jedoch keine Rolle spielen, denn ich möchte, dass Sie mir einfach nur zuhören.«

Sie nickte erneut, während sie seinen taxierenden Blick auf sich spürte.

»Sie sind eine ansprechende junge Frau, Mademoiselle, und verfügen scheinbar auch über Mut«, sagte er. Bei den letzten Worten schwang ein missbilligender Unterton in seiner Stimme mit, der keinen Zweifel ließ, dass er diesen Charakterzug nicht für sonderlich vorteilhaft hielt. »Lassen Sie mich Ihnen jedoch sagen, dass mich weder das eine noch das andere in der Vergangenheit je bewegen konnte, einem Menschen gegenüber Milde walten zu lassen.« Er beugte sich etwas zu ihr. »Um es ganz deutlich auszudrücken – ich werte es als persönlichen Angriff auf meinen Namen und meine Person, dass Sie es wagen, das Urteil, das über Ihren Vater gefällt wurde, infrage zu stellen und mit Ihren Anschuldigungen sogar den Regenten zu belästigen!«

Cécile blickte ihn wie gelähmt an. Seine Stimme war sachlich und kühl geblieben, doch sein Blick zeigte ihr, wie verärgert er war. Sie fuhr zusammen, als seine Hand unerwartet ihren Oberarm fasste und sich seine Finger wie eine eiserne Klammer darum legten. Er besaß ungeahnt viel Kraft. Es tat weh. Sie unterdrückte einen Aufschrei und sah ihn entsetzt an.

Keine Regung war auf seinem Gesicht zu erkennen, als er seinen Griff noch verstärkte und sie dabei zu sich heranzog. »Sie glauben, Ihr Vater war unschuldig, Mademoiselle?«, fragte er barsch. »Das war er nicht. Im Gegenteil – er hatte sich schon schuldig gemacht, lange bevor er diesen Priester umbrachte, denn er hat sich dem Wunsch und Willen seines Königs widersetzt, als er glaubte, diese ketzerischen Protestanten verschonen und schützen zu müssen.«

Basvilles Finger drückten mit so viel Gewalt zu, dass Cécile glaubte, ihre Knochen würden brechen. Sie keuchte auf.

»Wer weiß, vielleicht lag es in seinem Blut?«, fuhr er fort. »Da, sehen Sie …« Er zog sie einen Schritt mit sich und deutete auf ein Gemälde an der Wand. Ein männlicher Adliger auf einem Pferd, der einen Schutzpanzer über der Brust trug, war darauf zu sehen. »Louis-Charles, der fünfte Duc de Montbrignac – einer Ihrer Ahnen, Mademoiselle. 1580 auf Wunsch seines Königs konvertiert! Wussten Sie das?«

»Nein.« Sie schüttelte den Kopf und spürte, wie ihr vor Schmerz die Tränen in die Augen traten.

»Das dachte ich mir, Mademoiselle.« Er kam mit seinem Gesicht so nahe, dass sie seinen fauligen Atem riechen konnte.

»Hundertzwanzig Jahre sind nicht viel Zeit, wenn es darum geht, Menschen aus ihren Überzeugungen zu lösen. So haben es auch das Gericht und der König damals gesehen. Und Sie sollten das Urteil dieser Autoritäten nicht infrage stellen – in Ihrem eigenen Interesse. Ich fände es bedauerlich, wenn Sie mich zwingen würden, gegen Sie einen ähnlichen Verdacht zu hegen wie gegen Ihren Vater!«

Der Blick seiner fast schwarzen Augen schien sie zu durchbohren. Die Drohung war unmissverständlich. Dann ließ er ihren Arm los.

Cécile sah ihn fassungslos an.

Er zog seinen Rock gerade. Sein Gesicht war von einem Moment zum anderen wieder zu einer höflichen Maske geworden. »Ich nehme an, Ihr Onkel wartet bereits auf Sie«, sagte er.

Sie schaffte es mit Mühe, sich aus ihrer Erstarrung zu lösen und zurück durch die Galerie zu fliehen. Obwohl sie wusste, dass das Gespräch nur das Ziel gehabt hatte, sie einzuschüchtern, konnte sie sich nicht der lähmenden Angst erwehren, die von Kopf bis Fuß von ihr Besitz ergriffen hatte. Ihr Arm brannte, und sie fasste sich an die schmerzende Stelle, an der sie noch immer den Druck der groben Finger spürte.

Sie zweifelte keinen Moment lang, dass Basville die Macht besaß, sie zu vernichten. Er konnte jede Anschuldigung gegen sie erheben, die ihm in den Sinn kam, und man würde ihm glauben. Und sie hatte sehr wohl verstanden, dass er von nichts anderem sprach, als er sie warnte, dass man sie ähnlicher Dinge verdächtigen könnte wie ihren Vater. Aber es war fraglich, ob er sich überhaupt so viele Umstände machen würde. Für einen Mann wie ihn oder ihren Onkel war es sicherlich ein Leichtes, sich ihrer auf einfachere Art und Weise zu entledigen. Sie schauderte, als sie aus der Galerie zurück in den Flur trat, wo Thérèse auf sie gewartet hatte.

»Sie sind ganz blass! Möchten Sie vielleicht noch einmal in Ihre Gemächer, bevor Sie zu den Gästen gehen?«

Cécile nickte. Sie bemerkte, dass ihnen ein Lakai folgte. Schon auf dem Hinweg war er ihr aufgefallen. Es war nicht schwer zu erraten, dass es seine Aufgabe war, sie zu überwachen. In ihre Furcht mischte sich plötzlich Verzweiflung. In den letzten Tagen und Wochen hatte sie sich in vielen schwierigen und gefährlichen Situationen befunden – doch keine war ihr so hoffnungslos erschienen wie diese.

In ihrem Schlafgemach sank sie entmutigt auf den Stuhl vor dem Toilettentisch.

Thérèse reichte ihr wortlos ein Glas Wasser. Dankbar trank Cécile einen Schluck. Sie durfte nicht die Nerven verlieren, und sie durfte sich vor allem ihre Angst nicht anmerken lassen. Diese Genugtuung wollte sie weder Basville noch ihrem Onkel gönnen. Ihr Blick fiel in den Spiegel. Sie war kreidebleich und wirkte erschöpft. So konnte sie auf keinen Fall hinuntergehen.

»Geben Sie mir etwas Rouge«, sagte sie mit bemüht ruhiger Stimme.

Thérèse reichte ihr das Gewünschte. Cécile fuhr sich mit dem Pinsel über die Wangen. Die Blässe verschwand unter den feinen Partikeln des Rots, und sie fühlte, wie sie sich bei der Prozedur langsam beruhigte.

Draußen im Hof war das Geräusch von Reitern und heranfahrenden Kutschen zu hören. Man hatte große Fackeln entzündet, deren lodernder Lichtschein bis nach oben in ihr Gemach drang.

Es widerstrebte Cécile, an dem Fest teilzunehmen. Allein bei dem Gedanken, dem Intendanten dort erneut gegenübertreten zu müssen, wurde ihr flau im Magen. Doch wenn sie nicht erschien, würde das ihre Situation nur verschlimmern. Es musste ihr gelingen, ihrem Onkel gegenüber den Eindruck zu erwecken, dass sie sich fügte und seine Autorität anerkannte – das war ihre einzige Chance.

Die Zofe blickte zur Uhr. »Ich glaube, es wird Zeit, Mademoiselle.«

Cécile nickte.

Als sie wenig später die geschwungene Treppe hinunterstieg, kam ihr Onkel ihr bereits entgegen.

»Wie schön. Ich befürchtete schon, Sie hätten es sich anders überlegt.«

Er beugte sich zu ihr. »Ich hoffe, Monsieur de Basville war nicht allzu streng zu Ihnen?«

Sie blickte ihn kalt an. »Er hat mir fast den Arm gebrochen, falls es das ist, was Sie interessiert!«

Der Duc musterte sie ungerührt. »Nun, der Intendant bevorzugt es bisweilen, in seinen Ausführungen etwas deutlicher zu werden. Ihnen ist klar, dass ich heute ein angemessenes Verhalten von Ihnen erwarte?«, fragte er dann.

Ihre Blicke trafen sich.

»Ja, das ist mir völlig bewusst«, sagte sie tonlos.

Sie betraten einen festlich geschmückten Salon, in dem sich bereits etliche Gäste befanden.

Eine Frau mit kastanienbraunen Haaren, die ein rotes Kleid trug, kam auf sie zu. Der Duc küsste ihr die Hand und wandte sich dann an Cécile. »Darf ich Ihnen Ihre Tante, die Duchesse de Montbrignac, vorstellen? Das ist meine Nichte Cécile.«

Die beiden Frauen begrüßten sich höflich. »Ich freue mich, dass Sie den Weg zurück in die Familie gefunden haben«, sagte die Duchesse. Doch in ihren bernsteinfarbenen Augen spiegelte sich Misstrauen. Sie würden wohl kaum jemals Freundinnen werden.

Der Duc begrüßte einige Gäste und stellte Cécile dabei einer Reihe von Leuten vor. »Der Comte de Broglie … Monsieur de Basville. Sie hatten bereits das Vergnügen, glaube ich?«

Cécile zuckte innerlich zusammen, als der Intendant ihr mit höflicher Miene die Hand küsste.

Ihr Onkel führte sie zu den nächsten Gästen. »Madame de Castries … Monsieur de Montrevel.« Gesichter zogen an Cécile vorbei, und sie lächelte wie eine Marionette. »Der Duc de Noailles.« Sie blickte überrascht auf, als sie den

Mann vor sich erkannte. Es war der Capitaine der Garde, den sie kurz nach ihrer Ankunft in Versailles um eine Audienz beim König gebeten hatte.

»Ich bin erfreut, Sie wiederzusehen, Mademoiselle!«, sagte Noailles.

Sie nickte mit zugeschnürter Kehle. Er war auch mit ihrem Onkel befreundet? Dunkel ahnte sie, dass dieser wahrscheinlich von ihrem ersten Tag in Frankreich an über sie informiert gewesen war. Der Duc lächelte, als würde er ihre Gedanken erraten, und sie begriff, dass das Vorstellen seiner Gäste gleichzeitig eine stille Demonstration seiner Macht und seines Einflusses darstellte.

Schließlich gingen sie auf die blonde Frau zu, die Cécile kaum eine Stunde zuvor auf ihrem Weg zu Basville getroffen hatte. Ihr Blick wirkte jetzt noch eine Spur kälter. »Und das ist meine Schwägerin Marie-Anne, die Schwester meiner Frau, und ihr Gemahl ...« Der Duc deutete auf eine Gestalt im silbergrauen Rock, die ihnen den Rücken zugewandt hatte und sich in diesem Moment zu ihnen umdrehte.

Das Lächeln des Mannes gefror, als er Cécile erblickte.

Sie erstarrte. Vor ihr stand Armand.

»... der Comte und die Comtesse de La Baume«, vollendete ihr Onkel seinen Satz.

Entsetzt sah sie Armand an. Sie hatte nicht geglaubt, dass es an diesem Tag noch etwas geben würde, das sie aus der Fassung bringen konnte, doch sie hatte sich geirrt.

Im ersten Moment begriff sie nicht, warum er überhaupt hier war. Hatte er nicht gesagt, er müsse zu seiner Familie nach Aix-en-Provence? Wie kam er also auf dieses Fest? Erst dann wurde ihr bewusst, wie ihr Onkel die Frau an seiner Seite vorgestellt hatte – die Comtesse de La Baume, seine Gemahlin!

»Ich glaube, meine Nichte und Sie hatten bereits das Vergnügen?«, sagte der Duc. Ein zynisches Lächeln umspielte seine Lippen.

»Ja, wir sind uns einmal auf einem Fest des Regenten begegnet«, erwiderte Armand in einem beiläufigen Ton. Im Gegensatz zu Cécile hatte er sich wieder gefangen und küsste ihr höflich die Hand.

Seine Berührung brannte wie Feuer auf ihrer Haut. Abrupt zog sie die Finger zurück. Sie hätte ihm vor Wut am liebsten ins Gesicht geschlagen.

Cécile brachte nicht mehr als ein knappes Kopfnicken zustande. Nur mit Mühe gelang es ihr, Haltung zu bewahren. Sie gingen weiter.

Er war verheiratet? Mit der Schwägerin ihres Onkels? Das hieß, die beiden waren verwandt! O Gott, und sie hatte ihm vertraut und ihm alles erzählt.

Während die Gäste an einer langen, mit Silber gedeckten Tafel Platz nahmen und Lakaien begannen, das Souper zu servieren, tobte ein Sturm von Gedanken durch Céciles Kopf. Hatte ihr Onkel sie etwa die ganze Zeit durch ihn überwachen lassen? Es passte auf einmal alles zusammen. Sie dachte an Armands überraschendes Auftauchen vor der Herberge, an seine vermeintliche Besorgnis, sein Drängen, dass sie nach Paris zurückfahren und keine weiteren Nachforschungen anstellen sollte.

Ein immer stärkeres Gefühl der Ohnmacht ergriff Cécile. Vielleicht hatte er sogar den Überfall nur dazu benutzt, sich ihr Vertrauen zu erschleichen.

Sie bemerkte aus den Augenwinkeln, dass Armand sie von der anderen Seite der Tafel prüfend ansah. Kurze Bilder ihres Zusammenseins tauchten vor ihrem inneren Auge auf, Momente der Zärtlichkeit, der Leidenschaft und Vertrautheit – hatte sie sich so täuschen können? Ein glühender Schmerz, der sich bis tief in ihr Inneres bohrte und in dem sich Verletztheit und Demütigung mischten, ergriff sie. Dann jedoch gewann ihr Zorn die Oberhand. Armand hatte sie belogen und verraten. Die Wut, die in ihr hochstieg, gab ihr unerwartet Kraft und half ihr, den Abend zu überstehen. Nicht einmal das finstere Gesicht Basvilles, der ihr direkt gegenübersaß, schaffte es, sie noch einzuschüchtern. Sie lächelte und bemühte sich höflich, nach allen Seiten Konversation zu machen, auch wenn der Inhalt der Worte kaum zu ihr drang. Nur einmal horchte sie auf, als der Duc de Noailles ihren Onkel fragte, wann er nach Paris zurückreisen würde. In Kürze, erwiderte dieser, und Cécile fragte sich, ob er wohl beabsichtigte, sie mitzunehmen.

»Sie halten sich gut«, sagte ihr Onkel später. Neugier stand in sein Gesicht geschrieben. »Ich muss gestehen, ich hatte erwartet, Sie würden sich aufsässiger verhalten.«

»Warum? Sie haben sich klar ausgedrückt, was die Konsequenzen wären«, erwiderte sie.

Er lächelte. Sein Blick glitt zu der anderen Seite des Salons, die Cécile geflissentlich zu ignorieren suchte, da dort Armand mit seiner Gemahlin und einigen anderen Gästen zusammenstand.

»Eine ausgesprochene Schönheit, die Comtesse de La Baume! Sie wussten nicht, dass er verheiratet ist, oder?«

Cécile wandte ihren Kopf unwillkürlich in Richtung der beiden.

»Nein«, sagte sie.

Der Duc lächelte, und sie begriff mit einem Mal, dass er dieses überraschende Zusammentreffen bewusst geplant hatte. Wie hätte er ihr besser klarmachen können, dass sie auf niemandes Hilfe mehr zählen konnte? Doch sie war ihm in gewisser Weise fast dankbar, dass sie nun über Armand Bescheid wusste.

»Sie scheinen eine vernünftige junge Frau zu sein. Sie werden darüber hinwegkommen«, sagte er gönnerhaft.

Angewidert spürte sie, wie sehr er die Situation genoss, sie in der Hand zu haben.

Sein Blick war mit einem eigentümlichen Ausdruck an ihrem Hals hängen geblieben. »Gefällt Ihnen der Schmuck? Ich würde Ihnen das Collier gern schenken«, bemerkte er. »Es hat einmal Ihrer Mutter gehört, wissen Sie.«

Cécile spürte, wie sich ihre Kehle zuschnürte. Es war das zweite Mal, dass er sie so erwähnte. Eine dunkle Ahnung befiel sie, doch sie wagte den Gedanken, der ihr kam, nicht zu Ende zu denken.

Stattdessen blickte sie den Duc ausdruckslos an. »Wenn ich eine Bitte äußern dürfte? Ich würde gern das Tagebuch zurückbekommen. Es ist das Einzige, was ich von meinem Vater habe«, sagte sie leise.

Er nickte. Seine Miene war mit einem Mal wieder kühl und distanziert. »Natürlich. Ich musste nur sichergehen, dass mein Bruder darin nicht irgendwelche abwegigen Anschuldigungen erhebt. Eine beeindruckende Lektüre. Durchaus wortgewandt. Nur – vor Gericht hat die persönliche Beteuerung der Unschuld leider keinen Wert«, erklärte er.

53

Es war bereits nach Mitternacht, als sich das Fest endlich seinem Ende näherte und die Gäste aufbrachen. Voller Entsetzen hatte Cécile von ihrem Onkel vernommen, dass der Comte und die Comtesse de La Baume für einige Tage als Gäste auf Schloss Montbrignac bleiben würden. Als ob ihre Demütigung nicht schon groß genug wäre! Es kostete Cécile den letzten Rest ihrer Kraft, um zurück in ihr Gemach zu kommen.

»Ich brauche Sie nicht mehr«, sagte sie zu Thérèse, die sich anschicken wollte, die Haken ihres Kleides zu öffnen.

»Aber Sie können sich doch nicht allein ausziehen«, widersprach sie.

Cécile blickte sie versteinert an. »Vielleicht habe ich mich nicht klar ausgedrückt. Ich sagte, ich brauche Sie nicht mehr!« Ihr Tonfall war so scharf, dass die Zofe zusammenzuckte und mit einer Verbeugung eilig den Raum verließ. Wahrscheinlich würde sie sich draußen zu dem Lakaien gesellen, der wie ein Wachhund vor der Tür ihres Antichambres Position bezogen hatte.

Sie wartete, bis Thérèse die Tür hinter sich geschlossen hatte, dann griff sie in ihren Nacken, um den Verschluss des Colliers zu öffnen. Mit einer abrupten Bewegung riss sie sich das Schmuckstück vom Hals. Ein leises Keuchen entrang sich ihrer Kehle. Ihre Finger fuhren über die Haut, dort, wo das Schmuckstück sie berührt hatte, und für einen kurzen Moment hatte sie das Gefühl, keine Luft mehr zu bekommen. Sie spürte, wie ihre Beherrschung sie verließ und die Fassade, die sie den ganzen Abend über mühsam aufrechterhalten hatte, in sich zusammenbrach und einer tiefen Verzweiflung Platz machte. Tränen, in denen sich ihr ganzer Schmerz und die Angst entluden, strömten über ihre Wangen. Leise schluchzend ließ sie den Kopf auf den Toilettentisch sinken.

Nie zuvor in ihrem Leben hatte sie sich so einsam und verlassen gefühlt. Es schien ihr, als würde das Schicksal sie verhöhnen, dass sie diesen schrecklichen Moment ausgerechnet in dem Schloss erleben musste, in dem ihre Eltern einmal gelebt und sich geliebt hatten.

Sie wischte sich über die nassen Wangen und betrachtete aufgebracht das Collier. Es hatte ihrer Mutter gehört, und ihr Onkel wagte, es ihr großzügig als Geschenk anzubieten! Wieder sah sie seinen Blick vor sich. Wie er sie angeschaut hatte! Wie eine Erscheinung. Cécile fröstelte. Sie fürchtete sich vor seiner trügerischen Freundlichkeit und Unberechenbarkeit fast noch mehr als vor der offensichtlichen Grausamkeit von Basville, weil sie spürte, dass er es genoss, Macht über sie zu haben.

Plötzlich schreckte sie hoch. Sie hatte Schritte gehört. Sie sah zur Uhr – es war zwei Uhr morgens. Wer konnte das sein? Cécile vernahm, wie jemand im Flur leise etwas zu dem Lakaien sagte, der anschließend etwas erwiderte, woraufhin die Stimme einen scharfen Ton annahm. Dann hörte sie, wie sich die Tür des Antichambres öffnete und kurz darauf die Klinke der Flügeltüren ihres Schlafgemachs heruntergedrückt wurde.

Sie erhob sich von ihrem Stuhl – und ihr Blick gefror. In der Tür stand Armand.

»Wir müssen miteinander reden«, sagte er ruhig.

Der Zorn, der Cécile bei seinem Anblick durchflutete, verdrängte ihren Schmerz und jedes andere Gefühl. Wie konnte er es wagen, hier aufzutauchen?

»Cécile …«

Sie reagierte instinktiv – sie holte aus und schlug ihm mit aller Kraft ins Gesicht. Ein klatschendes Geräusch ertönte, so laut, dass sie sich sicher war, man hatte es im ganzen Haus gehört.

»Ich verbiete Ihnen, mich jemals wieder bei meinem Vornamen zu nennen!«

Der Abdruck ihrer Finger zeichnete sich rot auf seiner Wange ab. Seine Augen waren schmal geworden, und sie bekam plötzlich Angst. Die Sehnen an seinen muskulösen Unterarmen traten hervor, als er, mühsam um Beherrschung ringend, Luft holte.

»Wenn Sie das jemals wieder wagen sollten, vergesse ich mich«, sagte er leise, aber so drohend, dass sie unwillkürlich einige Schritte vor ihm zurückwich. Doch dann blieb sie stehen.

»Wollen Sie mir Angst machen? Ich glaube kaum, dass es nach dem heutigen Tag noch etwas geben kann, das mich von Ihnen mehr beeindrucken kann als die Vorstellung, die Sie vorhin auf dem Fest gegeben haben«, stieß sie sarkastisch hervor.

Er war ihr mit finsterer Miene gefolgt. »Sie werden mir jetzt zuhören«, sagte er.

»Nein, das werde ich nicht.« Ihre Augen sprühten Funken. »Es gibt nichts, was wir uns noch zu sagen haben.«

Er sah sie plötzlich aufgebracht an. »Mein Gott, Cécile, warum sind Sie überhaupt hier? Sie sollten auf dem Weg nach Paris sein!«

»Oh, das wäre aber doch ein Jammer! Dann hätte ich gar nicht die Gelegenheit gehabt, heute Abend Ihre reizende Gemahlin kennenzulernen!« Wutentbrannt blickte sie ihn an. »Über das kleine, unbedeutende Detail hinaus, dass Sie verheiratet sind, vergaßen Sie leider auch zu erwähnen, dass Ihre Frau eine Cousine des Intendanten und Sie der Schwager meines Onkels sind«, zischte sie.

Er fuhr sich mit der Hand durch seine schwarzen Haare. Immerhin schien ihm diese Situation wenigstens unangenehm zu sein.

»Ich weiß, ich hätte Ihnen das alles vorher sagen müssen … aber Sie hätten mir doch nie geglaubt!«

»Geglaubt? Dass Sie nicht nur verheiratet sind, sondern mich auch an meinen Onkel verraten haben? Nein, Sie haben recht, das hätte ich nicht geglaubt. Ich bin tatsächlich so einfältig gewesen, Ihnen zu vertrauen«, stieß sie hervor.

Armand blickte sie fassungslos an. »Sie denken, ich hätte Sie an den Duc verraten? Wie können Sie das nur annehmen?«

»Halten Sie mich für so dumm? Mein Onkel wusste über unser Verhältnis Bescheid!« Ihre Stimme hatte den Klang klirrenden Eises angenommen. »Oh, es hat ihn wirklich amüsiert festzustellen, dass ich nicht wusste, dass Sie verheiratet sind! Verraten Sie mir nur eines: Hat er Sie schon seit unserer ersten Begegnung auf mich angesetzt oder erst, nachdem Sie mich in Versailles verführt haben und mich überreden wollten, nicht ins Languedoc zu reisen?« Die Worte schossen wie Giftpfeile aus ihrem Mund.

Armands Gesicht hatte sich verdunkelt. »So war es nicht«, sagte er schließlich. »Sie hatten schon lange vorher mein Interesse geweckt. Ich wusste nicht, dass Sie seine Nichte sind. Sie selbst sagten mir, dass Sie nur entfernt mit ihm verwandt sind. Aber als Ihr Onkel mitbekam, dass ich Ihre Bekanntschaft gemacht hatte, dachte er, er könnte durch mich in Erfahrung bringen, was Sie vorhaben. Ich habe ihm jedoch nie irgendetwas Vertrauliches verraten, das müssen Sie mir glauben!«

Cécile blickte ihn sprachlos an, da sie begriff, dass ihre Vermutung tatsächlich nicht weit von der Wahrheit entfernt lag. Einen Augenblick lang glaubte sie, ihr würden die Sinne schwinden.

»Begreifen Sie denn nicht? Ich dachte, ich könnte Sie schützen!«, erklärte er aufgebracht. »Mein Gott, Cécile, wenn Sie sich erinnern, *ich* bin Ihnen vor der Herberge zu Hilfe gekommen – ich wusste, dass Ihr Onkel seine Männer beauftragt hatte, Sie zu ihm zu bringen –, und *ich* war derjenige, der Sie inständig gebeten hat, so schnell wie möglich nach Paris zurückzureisen, weil Sie sich hier in Gefahr befinden!«

»Ja, damit ich keine weiteren Nachforschungen anstellen kann, und weil ich sonst Ihrer Gemahlin über den Weg gelaufen wäre!«, sagte sie tonlos.

»Nein, Cécile, es ging mir allein um Ihre Sicherheit.«

Sie hörte den verzweifelten Unterton in seiner Stimme, doch sie glaubte ihm nicht. »Sie lügen!«, fuhr sie ihn an.

Er versuchte ruhig zu bleiben. »Ich weiß, wie das alles auf Sie wirken muss, aber es ist nicht so, wie Sie denken ...«

»Sie wissen gar nichts! Ich habe Ihnen vertraut!« Sie nahm voller Entsetzen wahr, dass ihr Tränen in die Augen schossen. Nein – bitte nicht auch das noch! Konnte Gott ihr nicht wenigstens diese Demütigung ersparen?

»Gehen Sie!«, fuhr sie ihn an.

»So hören Sie mir doch zu.« Er packte ihre Schultern und versuchte, einen Blickkontakt zu erzwingen.

Cécile nahm den herben Duft seines Eau de Toilette wahr, und ihr Körper erinnerte sich plötzlich an seine Berührungen, an die Art, wie seine Hand über ihre Haut gefahren war und er sie geküsst hatte. Der Schmerz brach mit aller Macht durch. »Nein!« Sie versuchte ihn wegzustoßen, schlug auf ihn ein.

Sein Griff wurde fester. »Hören Sie auf! Verflucht, es tut mir leid! Glauben Sie wirklich, das zwischen uns war alles nur gespielt?«

»Lassen Sie mich los! Dafür ist es zu spät, Sie haben kein Recht, hier zu sein! Gehen Sie!«, schrie sie. Sie holte mit dem Handrücken aus und traf ihn am Kinn.

Seine Hand fuhr zu seiner Unterlippe, die ihr Ring getroffen hatte. Ein Blutstropfen zeigte sich auf seinem Finger. Ungläubig blickte er sie an.

»Ich hasse Sie«, sagte sie leise.

Armand ließ sie unerwartet los. Er wirkte mit einem Mal müde. »Das tun Sie nicht«, sagte er. »Auch wenn Sie es jetzt glauben.«

Er ging zur Tür, doch auf dem Weg drehte er sich noch einmal um. Seine Stimme klang brüchig. »Ich weiß, dass Sie mir nicht mehr vertrauen, doch ich muss Ihnen noch etwas sagen. Ihr Onkel wird in wenigen Tagen nach Paris zurückreisen. Er wird Sie mitnehmen, denn der Regent besteht darauf, dass er einen Beweis seines Bemühens um ein gutes Verhältnis mit Ihnen erbringt.« Er stockte kurz, bevor er fortfuhr: »Das war die Bedingung dafür, dass er die Begnadigung Ihres Vaters fallenlässt. Ich dachte, das sollten Sie wissen. Egal, was passiert, erwähnen Sie niemals das, was Sie mir über Jean erzählt haben.«

Sie schwieg und sah ihm nach, wie er durch die Tür verschwand. Tränen strömten über ihr Gesicht.

Er war in den Flur getreten und blieb stehen. Es war schlimmer gewesen, als er es sich je vorgestellt hätte. Sie hatte ihm nicht geglaubt – kein einziges Wort –, er hatte es an ihren Augen gesehen, an ihrem verletzten Ausdruck und ihrer maßlosen Wut.

Armand bemerkte, dass ihn der Lakai, der vor der Tür stand, anstarrte. Sein Blick war an dem Kratzer an seinem Kinn hängen geblieben. Als Armand seinen Kopf zu ihm wandte, senkte er devot das Kinn. Wahrscheinlich hatte der Diener die Hälfte mitgehört. Cécile hatte schließlich laut genug geschrien. Doch er hatte den Lakaien mit einigen Louisdor bestochen und war sich seiner Verschwiegenheit sicher. Bei Gott, was für eine Szene, dachte er.

Er hörte, wie sich von der anderen Seite des Flures Schritte näherten, und sah im Schein des Leuchters die Gestalt des Duc auf ihn zukommen. Ausgerechnet!

Montbrignac blieb vor ihm stehen. Er schien nicht einmal überrascht, Armand um diese Zeit vor den Gemächern seiner Nichte zu sehen. Er musterte seinen Schwager und stieß ein leises Lachen aus.

»Sie hat Ihnen ganz schön zugesetzt, was? Was haben Sie geglaubt? Dass sie Sie jetzt noch mit offenen Armen empfängt?«

»Ich fand, ich war ihr ein paar Erklärungen schuldig«, erwiderte er kühl.

»Wie es aussieht, waren Sie nicht sehr überzeugend. Sie scheint nicht besonders begeistert von Ihrem Besuch gewesen zu sein.«

»Stimmt.« Er zuckte die Achseln. »Und ich kann es ihr nicht einmal übel nehmen.«

»Sie wird darüber hinwegkommen«, sagte der Duc ungerührt. Er klopfte seinem Schwager mit einer jovialen Geste auf den Arm. »Ich bin Ihnen auf jeden Fall dankbar für das, was Sie getan haben. Sehen Sie, ihr Verhalten und ihre Behauptungen waren in der Öffentlichkeit einfach nicht mehr haltbar.« Er lächelte anzüglich. »Wenn Sie sich dennoch weiter mit ihr vergnügen wollen – ich werde Ihnen nicht im Wege stehen!«

Armand brauchte einen Moment, bis er verstand, was Montbrignac meinte.

»Ich kann Sie verstehen, mein Lieber. Besser, als Sie denken«, erklärte der Duc. »Sie macht Sie verrückt, nicht wahr? Mir ging es damals mit ihrer Mutter genauso!« Ein Glitzern glomm in seinen grauen Augen auf. »Sie hat mich fast um den Verstand gebracht. Die einzige Frau, bei der ich jemals die Beherrschung verloren habe.«

»Tatsächlich?« Armand ließ sich seinen Abscheu nicht anmerken, sondern bemühte sich um einen unbeteiligten Blick. »Nun, ich danke Ihnen für Ihr Verständnis, aber ich denke, so weit wird es bei mir nicht kommen.«

Cécile rutschte mit dem Rücken gegen die Tür langsam zu Boden. Sie hatte jedes Wort mit angehört. Ein leiser Laut entrang sich ihrem Mund.

Sie wischte sich die Tränen aus dem Gesicht und fühlte, wie sich eine plötzliche Leere und Kälte in ihr ausbreitete. Als Armand vor ihr stand, hatte sie ihm trotz ihrer Wut für einen kurzen Augenblick geglaubt. Sein verzweifeltes Gesicht, die Eindringlichkeit, mit der er sprach und sie zu überzeugen versuchte, und vor allem seine erneute Warnung, dass sie auf keinen Fall ihren Bruder erwähnen dürfte – beinah wäre sie erneut auf ihn hereingefallen.

Doch er hatte sie tatsächlich verraten. Ihr Onkel hatte sich sogar bei ihm bedankt! Sie wurde blass, als sie innerlich abermals die gönnerhafte Stimme des Duc hörte, wie er Armand großzügig anbot, er könne sich ruhig weiter mit ihr vergnügen. Als wäre sie irgendeine billige Dirne.

Die Ellbogen auf die Knie gestützt, ließ sie den Kopf in die Hände sinken. Tränen flossen erneut über ihre Wangen, und sie verabscheute sich selbst dafür, dass sie trotz allem, was sie jetzt über ihn wusste, noch immer etwas für ihn empfand.

Eine Weile lang saß sie so da und weinte still vor sich hin. Erst als ihre Tränen versiegt waren, schleppte sie sich zurück ins Schlafgemach.

Durch ihren Kopf geisterten die Worte, die der Duc über ihre Mutter geäußert hatte. Er hatte sie begehrt. Ein kalter Schauer lief Cécile über den Rücken. Bereits seitdem er das erste Mal von ihr gesprochen hatte, vermutete sie etwas Derartiges. Wie weit dieses Begehren jedoch gegangen war, hatte sie erst jetzt begriffen. *Die einzige Frau, die mich dazu gebracht hat, meine Beherrschung zu verlieren!*

Was war zwischen den beiden vorgefallen? Der Gedanke drängte sich in ihren Kopf, ohne dass sie etwas dagegen tun konnte. Sie sah plötzlich alles ganz genau vor sich. Sie hatten alle unter einem Dach gelebt! Und ihre Mutter hatte später nichts gesagt, weil sie nicht der Auslöser für das endgültige Zerwürfnis zwischen den beiden Brüdern sein wollte.

Es musste kurz nach ihrer Hochzeit geschehen sein. Cécile erinnerte sich an die Eintragung in dem Tagebuch. Sie hatte die Zeilen ihres Vaters vor Augen, wie er kurz nach seiner Vermählung beschrieb, dass sich sein Bruder seiner Frau Catherine gegenüber kühl und abweisend verhielt. Und dann, nur eine Woche später, berichtete er, dass sich seine Frau – obwohl sie es leugnete – in der Gegenwart von Louis-François unwohl zu fühlen schien und es vermied, mit ihm allein in einem Raum zu sein. Ihr Vater hatte die Anspannung zwischen den beiden auf sein eigenes schlechtes Verhältnis zu seinem Bruder zurückgeführt und angenommen, Louis-François würde seine Frau deshalb ablehnen. Doch das Gegenteil war der Fall gewesen. Er hatte sie begehrt, so wie scheinbar auch alles andere, das sein Bruder besessen hatte.

Wie hatte ihre Mutter diese Situation bloß ausgehalten? Céciles Hand krampfte sich in den Stoff ihres Rocks. Sie verstand mit einem Mal, warum ihr Onkel sie manchmal so seltsam ansah, und fragte sich beklommen, ob ihr die Ähnlichkeit mit ihrer Mutter zum Verhängnis werden konnte.

Was sollte sie bloß tun? Ihr sehnlichster Wunsch war es zu fliehen, doch sie verwarf den Gedanken, denn sie hätte keine Chance gehabt. Sie hatte die Gardisten im Hof gesehen – das Schloss war rund um die Uhr bewacht, und sie selbst stand unter der permanenten Beobachtung des Lakaien und ihrer Zofe. Und selbst wenn es ihr trotz der widrigen Umstände gelingen sollte, aus dem Schloss zu entkommen, besaß sie weder Geld noch ein Pferd, und Montbrignac lag weit entfernt von der nächsten Ortschaft. Ihr Onkel würde überall auf die Unterstützung von Basville und seinen Leuten zurückgreifen können. Sie würde nicht weit kommen, und sollte man ihrer dann wieder habhaft werden, wollte sie sich lieber nicht vorstellen, was mit ihr passieren würde.

Nein, sie baute all ihre Hoffnung darauf, dass es stimmte, was Armand gesagt hatte, und ihr Onkel sie mit zurück nach Paris nehmen würde. Dort kannte sie sich aus und konnte zumindest auf die Unterstützung einiger Menschen hoffen, wenn sie floh.

Cécile seufzte. Das bedeutete allerdings, dass sie wohl oder übel einige Zeit die Rolle der fügsamen Nichte spielen und dabei – das war das Furchtbarste – auch noch Armand und seine Gemahlin ertragen musste.

54

Sie blieb den Vormittag über in ihrem Zimmer und entschloss sich erst am Nachmittag, ihre Gemächer zu verlassen. Einen Augenblick lang befürchtete sie, der Lakai würde sie daran hindern. Doch offensichtlich durfte sie sich im Haus frei bewegen, denn er sagte nichts, sondern folgte ihr nur wie ein Schatten mit einigen Schritten Abstand.

Im Schloss war es still. Der Duc und seine Frau waren offenbar ebenso wie ihre Gäste entweder außer Haus oder in ihren Gemächern. Sie ging in die Galerie und betrachtete die Porträts ihrer Ahnen. Vor einem der Bilder blieb sie länger stehen – es war ein Gemälde ihres Großvaters, des siebten Duc, Louis-Auguste de Montbrignac. Er schien sie mit einem warmen Blick aus dem goldenen Rahmen anzusehen und erinnerte sie ein wenig an ihren Vater. Ob er sich jemals hätte vorstellen können, welche tragischen Ereignisse seinem Sohn widerfahren würden? Cécile ging niedergeschlagen weiter. Ihr Weg führte sie in die Bibliothek, doch auf der Schwelle blieb sie abrupt stehen und hätte sich am liebsten auf dem Absatz umgedreht. Die Frau, die in der Mitte des Raums in einem der Sessel saß und in einem Buch las, war die letzte Person, die sie zu sehen wünschte – die Comtesse de La Baume!

»Bleiben Sie!«, sagte Armands Gemahlin. Sie legte ihr Buch zur Seite und deutete auf einen Sessel. »Setzen Sie sich.«

Cécile hatte nicht die Absicht, mit ihr auch nur ein einziges Wort zu wechseln, doch andererseits wollte sie der Comtesse auch nicht die Genugtuung geben, dass sie vor ihr floh. Sie blieb stehen. »Danke, ich wollte mir nur ein Buch leihen«, erklärte sie knapp. Es wäre einfacher gewesen, wenn es sich bei Armands Gemahlin um eine hässliche oder zumindest unscheinbare Frau gehandelt hätte, doch sie war ausnehmend schön, musste sich Cécile eingestehen, und ihr Anblick versetzte ihr unbewusst einen Stich.

Die Comtesse maß sie mit einem abschätzigen Blick. »Sie haben Glück gehabt. Es ist sehr großzügig von meinem Schwager und meiner Schwester, Sie in ihrem Haus aufzunehmen.«

»Finden Sie?«

»Ja!« Madame de La Baume legte anmutig ihren Arm auf die Lehne. »Sie schlafen mit meinem Gemahl, nicht wahr?«, sagte sie beiläufig und mit einem gespielt freundlichen Lächeln, hinter dem sie die Feindseligkeit nicht verstecken konnte. Es war keine Frage, sondern eine Feststellung.

»Ich wusste nicht, dass er verheiratet ist!«

»Nein? Das hat er Ihnen nicht gesagt?« Sie schien amüsiert, nur an ihrem Kinn zeigte sich ein angespannter Muskel. »Nun, nicht dass Sie mich falsch verstehen – mich stört es nicht im Geringsten, dass er glaubt, Sie ... *besteigen* zu müssen. Ich möchte nur nicht, dass Sie sich etwas darauf einbilden. Es hat vor Ihnen unzählige andere Frauen gegeben, und es wird nach Ihnen unzählige weitere geben«, sagte sie in einem so arroganten und herablassenden Ton, als würde sie mit einer Dienstmagd sprechen.

Cécile blickte sie kalt an. »Wenn es Sie nicht stört – warum sprechen Sie dann darüber?«, fragte sie ruhig.

Einen Augenblick lang schien sie die Comtesse aus dem Konzept gebracht zu haben. In ihren Augen blitzte ein hasserfüllter Ausdruck auf, doch dann hatte sie sich sofort wieder gefangen. »Ich wollte Sie nur vor unnötigen Enttäuschungen bewahren, meine Liebe«, sagte sie.

»Danke, machen Sie sich keine Sorgen, mein Interesse an Ihrem Ehemann ist bereits gänzlich erloschen.«

Cécile drehte sich um und verließ ohne ein weiteres Wort den Raum. Als sie sich nach rechts in den Flur wandte, wäre sie fast mit Armand zusammengestoßen. Er musterte sie finster. Anscheinend hatte er ihre letzten Worte gehört. Umso besser!

»Cécile!«, sagte er dann leise. Es klang rau und bittend zugleich. Sie erstarrte, als sie seine Stimme so hörte, doch schließlich ging sie weiter, ohne ihn noch einmal anzusehen.

Am nächsten Tag brach ein schwerer Herbststurm über Montbrignac herein. Der Regen peitschte gegen die Mauern des Schlosses, und der Wind fegte heulend wie ein hungriger Wolf über den Hof. Obwohl die Dienstboten das Feuer in den Kaminen und Öfen selbst über Nacht nicht mehr ausgehen ließen, hing eine feuchte Kälte in den großen Salons und Gemächern.

Cécile hatte sich daran gewöhnt, dass der Lakai und die Zofe sie keinen Moment aus den Augen ließen. Sie verbrachte die Zeit allein in ihren Gemächern und lief mehrmals zu der kleinen Kapelle, die sich auf der anderen Seite des Schlossgartens befand, um sich etwas zu bewegen und frische Luft zu bekommen. Der Regen störte sie nicht.

Am späten Nachmittag begegnete ihr Florence, die ältere Magd, mit der sie bei ihrem ersten Besuch in Montbrignac gesprochen hatte. Sie huschte mit gesenktem Kopf an ihr vorbei, doch später, als Cécile in der Kapelle saß, tauchte sie unvermittelt zwischen den Pfeilern auf. Sie trug frische Blumen für den Altar bei sich und ordnete sie in einer Vase. Dann blickte sie sich um, und als sie sah, dass der Lakai draußen im Vorraum wartete, kam sie hastig auf Cécile zu. »Ich soll Ihnen etwas ausrichten, Mademoiselle«, sagte sie leise. »Von Luc Roland!«

Cécile blickte sie überrascht an.

»Ich soll Ihnen sagen, wie leid es ihm tut. Er wollte das nicht. Sie haben ihn gezwungen – sein Bruder Gaston ist schon seit vielen Jahren auf der Galeere. Er soll nächstes Jahr freikommen«, erklärte sie flüsternd, während sie sich immer wieder unruhig umblickte.

Cécile nickte. Ihr wurde erneut bewusst, wie groß die Macht von Basville und ihrem Onkel war. »Ich weiß, dass er nichts dafür kann«, erwiderte sie leise.

Schritte waren zu hören, und der Lakai tauchte auf der Türschwelle zum Vorraum auf. Er sah misstrauisch zu den beiden Frauen. Florence senkte den Kopf und huschte eilig weiter.

Als Cécile später wieder in ihrem Zimmer war, tauchte unerwartet ihr Onkel auf. Er erzählte ihr, dass er veranlasst habe, ihr einige Muster von Seiden- und Samtstoffen aus Nîmes zu schicken, damit eine angemessene Garderobe für sie geschneidert werden konnte, und bat sie, ihn wissen zu lassen, wenn sie sonst noch etwas bräuchte oder zu haben begehrte.

»Ich möchte nicht, dass die Spannungen, die es zwischen mir und meinem Bruder gegeben hat, unser Verhältnis belasten«, sagte er mit einer Freundlichkeit, die ihr unheimlicher war, als wenn er ihr mit seiner üblichen Kälte begegnet wäre. Nahm er tatsächlich an, sie würde ihm das glauben und ihm jemals vertrauen? Sie wusste, dass er ihren Vater gehasst und alles dafür getan hatte, dass er verurteilt worden war. Unter Aufbietung ihrer gesamten Selbstbeherrschung bemühte sie sich, ihm ein höfliches Lächeln zu schenken. »Es gibt etwas, das ich mir sehr wünsche – ich würde gern ausreiten!«, sagte sie. Es entsprach der Wahrheit; das Eingeschlossensein brachte sie inzwischen schier um den Verstand. Sie war es nicht gewohnt, über Stunden und Tage zur Untätigkeit verdammt herumzusitzen.

»Sie möchten ausreiten?« Der Duc hatte sich auf der Lehne des Sessels ihr gegenüber niedergelassen. Der Gedanke schien ihn zu belustigen. »Nun, dafür scheint mir zurzeit nicht ganz das rechte Wetter zu sein, liebste Nichte.«

»Sie würden es mir auch nicht erlauben, wenn strahlender Sonnenschein herrschte, oder?«

»Nein«, gab er unumwunden zu. Ein leichtes Lächeln glitt über seine Lippen. »Offen gestanden glaube ich, die Versuchung wäre für Sie einfach zu groß. Und es hat uns Mühe genug gekostet, Ihrer das letzte Mal habhaft zu werden.«

»Nun, wenigstens sind Sie endlich ehrlich und geben zu, dass ich nichts Besseres als Ihre Gefangene bin.« Cécile konnte die Wut in ihrer Stimme nicht länger unterdrücken.

Er verzog amüsiert den Mund. »Es liegt ganz an Ihnen, welche Freiräume ich Ihnen zugestehen werde. Vielleicht überlege ich es mir, wenn Sie mir eine Frage beantworten.«

»Bitte?«

»Lebt Ihr Bruder noch?«

Die Beiläufigkeit, mit der er so unerwartet auf Jean zu sprechen kam, ließ Cécile zusammenfahren. Sein Blick schien sie zu durchbohren, und sie hoffte, er würde ihr ihren Schreck nicht anmerken.

»Nein. Warum fragen Sie?«, erwiderte sie betont ruhig. »Sie wissen doch selbst, dass er nicht mehr lebt.«

Er fixierte sie noch immer. »Ich bin in der Tat immer davon ausgegangen, dass er mit Ihrer Mutter ums Leben gekommen ist. Aber ich frage mich, warum Sie dem Regenten dann erzählt haben sollten, dass Ihr Bruder *nicht* tot ist.«

»Das war eine Lüge«, sagte sie. »Ich hatte gehofft, dass der Duc d'Orléans der Begnadigung meines Vaters unter diesen Umständen eher zustimmen würde.«

Er musterte sie abschätzend. »Ich weiß nicht, ob ich Ihnen das glaube«, sagte er leichthin. »Ich bin mir nämlich nicht sicher, ob Sie mir die ganze Zeit etwas vorspielen.« Er beugte sich zu ihr vor, und sie nahm erneut den süßlichen Geruch nach Veilchenpastillen wahr. »Sehen Sie, ich wäre gern bereit, nicht nur für Sie, sondern auch für Ihren Bruder zu sorgen. Doch versuchen Sie nicht, mich zu täuschen, es würde Ihnen nicht wohl bekommen.«

Er erhob sich von der Sessellehne. »Ich erwarte Sie zum Souper.«

Mit ohnmächtiger Wut blickte sie ihm nach. Bereits gestern hatte er darauf bestanden, dass sie am Essen teilnahm, als würde es ihm ein heimliches Vergnügen bereiten zu beobachten, wie sie um Beherrschung ringen musste, um die Anwesenheit von Armand und seiner Gemahlin zu ertragen.

Wie an den Tagen zuvor, waren auch an diesem Abend außer der Familie einige Gäste eingeladen. Ihr Onkel präsentierte sie erneut als seine aus Schottland zurückgekehrte Nichte, die nun in seinem Haus leben würde.

Als sie sich an die lange Tafel setzte, stellte sie zu ihrer Erleichterung fest, dass die Comtesse de La Baume weit entfernt auf der anderen Seite des Tisches neben ihrer Schwester Platz genommen hatte. Doch dann tauchte Armand direkt neben ihr auf.

»Sie erlauben, Mademoiselle de Montbrignac?« Er lächelte höflich.

Es war der einzige Stuhl, der noch frei war.

Sie nickte mit starrer Miene.

»Sie werden es überstehen. Es wird unser letzter Abend sein, morgen reisen wir ab«, sagte er so leise, dass nur sie es hören konnte.

Cécile versuchte, ihre Aufmerksamkeit der Tischnachbarin auf der anderen Seite, einer älteren Baronin mit faltigem Dekolleté, zuzuwenden, aber die Dame war schwerhörig, und nach wenigen Sätzen gab sie es auf.

Die Vorspeisen wurden gereicht, und sie saßen schweigend nebeneinander, doch als das Gespräch um sie herum lebhafter wurde, neigte sich Armand unvermittelt näher zu Cécile.

»Sie sehen blass aus. Geht es Ihnen gut?«, fragte er leise.

Cécile drohte das Messer aus der Hand zu rutschen. »Bemühen Sie sich nicht. Ich kann auf Ihre falsche Anteilnahme verzichten«, sagte sie, als sie sich wieder gefangen hatte.

Armand lächelte unverfänglich – nach außen wirkte es, als würden sie ein ganz normales Gespräch führen. »Finden Sie nicht, dass Sie es sich etwas zu einfach machen?«, fragte er. »Sie haben mich schließlich nie gefragt, ob es eine Frau in meinem Leben gibt.«

Cécile lächelte ebenfalls gespielt zurück. »Sie haben recht, verzeihen Sie mir. Ich hatte leider auch vergessen, Sie zu fragen, ob Sie mich für meinen Onkel ausspionieren. Darauf hätte ich natürlich kommen müssen.«

Sie sah, wie er die Finger mit beängstigender Festigkeit um den Hals seines Weinglases spannte.

»Sie tun mir unrecht«, sagte er leise. Er wandte das Gesicht zu ihr um. Der durchdringende Ausdruck seiner blauen Augen traf sie unvorbereitet. Sie senkte den Blick und war dankbar, dass gerade der nächste Gang serviert wurde. Um sie herum erzählten und lachten die Gäste laut.

»Sie müssen sich keine Mühe geben, Armand.« Sie bemerkte, dass seine Gemahlin sie von der anderen Seite des Tisches her beobachtete, und senkte die Stimme. »Ich habe neulich am Abend den Wortwechsel zwischen Ihnen und meinem Onkel mit angehört. Er hat sich bei Ihnen für Ihre Hilfe bedankt.«

Sein Kopf fuhr in einer so scharfen Bewegung zu ihr herum, dass der Duc d'Uzès, der ihnen gegenübersaß, erstaunt zu ihnen herüberblickte.

Cécile erkannte, dass Armand mühsam seine Wut unterdrückte. »Ich habe Ihrem Onkel nur erzählt, dass Sie bei dem Stallknecht auftauchen würden, weil ich sicher war, dass *Sie* zu diesem Zeitpunkt in der Kutsche nach Paris sitzen«, brachte er gepresst hervor. »Falls Sie sich erinnern, hatten Sie mir das versprochen, Cécile!«

Sie starrte ihn ungläubig an. Die Logik seiner Worte leuchtete ihr ein, und sie spürte, wie ihr innerer Widerstand ins Schwanken geriet. O nein! Sie durfte nicht schon wieder auf ihn hereinfallen. War sie denn unfähig, aus ihren Erfahrungen mit ihm zu lernen?

Sie legte aufgebracht ihr Besteck ab. »Dort drüben sitzt Ihre Gemahlin. Warum tun Sie das? Warum lassen Sie mich nicht einfach in Ruhe?«, fragte sie leise.

Seine Hand berührte sie sachte am Unterarm. »Wissen Sie das wirklich nicht?« Sein sanfter Tonfall brachte sie vollends durcheinander.

Mit einem Mal unterbrach eine laute Stimme ihre Gedanken.

»Wollen Sie uns nicht daran teilnehmen lassen, worüber Sie und Mademoiselle de Montbrignac sich so angeregt unterhalten, Armand?« Der stechende Blick der Comtesse de La Baume traf sie von der anderen Tischseite.

Sämtliche Köpfe wandten sich zu Cécile und Armand.

»Aber sicher, meine Liebe«, erwiderte der Comte de La Baume, von der Frage seiner Frau offenbar nicht im Geringsten in Verlegenheit gebracht. »Mademoiselle de Montbrignac erzählte mir gerade von dem Leben in Schottland. Ein faszinierendes Land!«

»Schottland?« Die Stirn der Comtesse zog sich in einer zarten Falte nach oben. »Ach, richtig«, sagte sie dann gelangweilt. »Sie lebten dort mit Ihrem Vater, nicht wahr, Mademoiselle? Unfreiwillig, wenn ich mich recht entsinne. Was war noch einmal der Grund für seinen Aufenthalt dort?«

Cécile wich ihrem Blick nicht aus. Auch wenn die Comtesse nicht Armands Gemahlin gewesen wäre, hätte sie sie nicht gemocht, stellte sie fest.

»Mein Vater war in Schottland im Exil. Dreizehn Jahre – weil er hier zu Unrecht verurteilt worden ist«, erklärte sie mit deutlicher Stimme. »Kurz bevor er auf Wunsch des Königs zurückkehren wollte, ist er dort in einem Hinterhalt der Engländer erschossen worden.«

Man hätte eine Nadel zu Boden fallen hören können, so still war es plötzlich im Raum.

Das Gesicht ihres Onkels war weiß geworden. Schließlich lachte ihre Tante nervös auf. »Nun, wir wollen uns doch nicht mit diesen unschönen Dingen aus der Vergangenheit beschäftigen, nicht wahr?« Sie erhob sich von ihrem Stuhl. »Darf ich Sie in den Salon bitten? Das Dessert wird dort serviert.«

Stühle wurden gerückt, und die Gäste standen einer nach dem anderen auf. Cécile nahm hinter sich einen Schatten wahr und spürte, wie eine Hand ihre Schulter ergriff. Sie zuckte zusammen.

»Das werden Sie nie wieder tun! Sie werden nie wieder in der Öffentlichkeit über Ihren Vater reden – haben Sie mich verstanden?«, sagte ihr Onkel kalt. Seine Haut schien noch eine Spur grauer als sonst.

»Lassen Sie sie! Sie konnte nichts dafür, Marie-Anne hat sie provoziert«, sagte Armand ruhig.

Einige Gäste blickten zu ihnen herüber. Der Duc ließ widerstrebend Céciles Schulter los. Er griff in seine Rocktasche und schien etwas zu suchen.

»Tabak?«, fragte Armand.

Er nickte.

Armands Hand verschwand in der Tasche seines dunkelroten Rocks, und er zog eine silberne Dose hervor, die er dem Duc reichte.

Cécile blickte auf das Muster des Deckels. Die verschlungenen Linien kamen ihr bekannt vor, ohne dass sie hätte sagen können, woher.

Ihr Onkel öffnete das Döschen. Es war mit schimmerndem rotem Schildpatt ausgelegt. Als Cécile das in der Innenseite des Deckels eingravierte Wappen erblickte, erstarrte sie. Plötzlich erinnerte sie sich. Die Tabatiere, die sie am Loch Leven gefunden hatte! Sie sah wieder vor sich, wie sie sich am Ufer im Nieselregen bückte, um den hellen, glänzenden Gegenstand aufzuheben, der versteckt zwischen Grashalmen auf der Erde gelegen hatte. Es war an dem Tag gewesen, als man auf ihren Vater geschossen hatte.

Sie starrte auf die Dose in den Händen ihres Onkels, die Armand gehörte. Das konnte nicht sein! Sie musste sich irren. Doch es gab keinen Zweifel – es war genau die gleiche Dose und das gleiche Wappen. Zwei Türme, die eine Lilie vor einem Kreuz umrahmten. Mit einem Mal fiel ihr ein, wo sie dieses Emblem noch gesehen hatte. Auf Armands Kutsche. *Es war sein Wappen!*

Ihr wurde schwindlig. Entsetzt begann sie die Bedeutung ihrer Entdeckung zu begreifen. *Er war dort gewesen, am Loch Leven.* Sie entsann sich wieder der Engländer, die sie an jenem Tag auf dem Rückweg im Tal von Glencoe gesehen hatte. Ihre Sprache … sie hatte sie zuerst für Französisch gehalten, doch dann hatte sie sich vom Anblick ihrer Uniformen täuschen lassen. Cécile fasste Halt suchend nach der Stuhllehne. *Sie hatten ihn umgebracht!* Ihr Onkel hatte den Mord veranlasst oder war selbst in Schottland gewesen, begriff sie auf einmal. Und er – er war ebenfalls dort gewesen und hatte ihm geholfen!

»Was ist mit Ihnen?« Armand blickte sie besorgt an und sagte etwas zu ihr, ohne dass sie seine Worte verstand, denn im selben Augenblick sank sie ohnmächtig zu Boden.

55

Etwas Scharfes stieg ihr in die Nase, und jemand legte ihr ein feuchtes Tuch auf die Stirn.

»Cécile!«

Die Stimme, die wie durch einen Nebel zu ihr drang, brachte sie zu Bewusstsein. Sie schlug benommen die Augen auf. Menschen standen um sie herum. Ihre Konturen waren unscharf. Jemand hatte den Arm unter ihren Kopf gelegt und beugte sich besorgt über sie. Es war Armand.

»Geht es?«

Sie erinnerte sich wieder. Die Schnupftabaksdose! Voller Grauen blickte sie Armand an und brachte kein Wort hervor.

»Was ist mit Ihnen?«, fragte er.

Sie drehte den Kopf zur Seite, um nicht in seine Augen blicken zu müssen, und bemerkte den durchdringenden Blick ihres Onkels, der hinter ihm stand.

»Wir sollten sie nach oben bringen. Ich werde einen Arzt rufen lassen«, sagte der Duc.

Armand nickte und legte auch den anderen Arm um sie, um sie hochzuheben.

Nein – sie wollte nicht, dass er sie anfasste. »Lassen Sie mich!«, sagte sie panisch.

»Ich bringe Sie nur in Ihr Zimmer.«

»Nein!« Sie brach in Tränen aus und versuchte sich zu wehren. *Er war dort gewesen am Loch Leven.*

»So beruhigen Sie sich doch«, sagte er, während er mit ihr die Treppe hochstieg. Er trug sie in ihrem Schlafgemach bis zu ihrem Bett.

»Sagen Sie mir doch, was haben Sie? Was ist denn bloß passiert?«, sagte er beunruhigt, als er sie absetzte. Er wollte erneut den Arm um sie legen, doch sie stieß ihn weg.

Ihr Vater war in keinen Hinterhalt der Engländer geraten. Sie hatten ihn umgebracht. »Gehen Sie!«, keuchte Cécile.

Ein erneuter Schwindel ergriff sie, als sie in Armands Gesicht blickte, in seine Augen, deren besorgter Ausdruck so echt wirkte. Dann mischte sich in das Grauen über ihre Entdeckung, wer er wirklich war, ein fast noch größeres Entsetzen über sich selbst. Sie hatte sich dem Mörder ihres Vaters hingegeben, nein, schlimmer noch – sie hatte sich in ihn verliebt.

Cécile glaubte keine Luft mehr zu bekommen und griff sich an die Brust.

Armand fasste sie am Arm. »Cécile!«

Eine schreckliche Übelkeit ergriff sie. Die Umgebung begann abermals vor ihren Augen zu verschwimmen.

Er beugte sich zu ihr. »Warum sehen Sie mich so an?«

Sie wich schaudernd vor ihm zurück. »Sie … Sie haben ihn umgebracht«, flüsterte sie.

»Was um Gottes willen reden Sie da?«, fragte er fassungslos.

Jemand zog ihn von ihr fort. Es war ihr Onkel. »Lassen Sie sie. Der Arzt wird sich um sie kümmern.« Seine Stimme war ruhig, aber die Kälte in seinen grauen Augen zeigte ihr, dass er begriff, was sie gesehen hatte.

Ihr schwanden die Sinne.

Diesmal war sie nicht bereit, so schnell wieder zu Bewusstsein zu kommen. Sie wollte nicht zurück, wollte im Schutz dieses Nichts bleiben und vergessen.

Doch man ließ sie nicht. Jemand lockerte ihr Mieder, damit sie besser atmen konnte. Man hielt ihr erneut ein

Fläschchen mit Riechwasser unter die Nase und legte ihr etwas Feuchtes auf die Stirn. Für einen kurzen Augenblick öffnete sie die Augen. Ihre Lider flatterten, und sie sank wieder in die Dunkelheit zurück. Stimmen und Geräusche drangen wie durch einen Nebel zu ihr, ohne dass sie wusste, ob sie der Wirklichkeit oder ihren Träumen angehörte.

»Was hat sie?«

»Sie ist einfach ohnmächtig geworden!«

»Mein Gott, Sie haben sie geschwängert!«

Hatte das die Comtesse de La Baume gesagt? Menschen sprachen tuschelnd durcheinander. Dann hörte man eine ruhige, energische Männerstimme. Mit einem Mal wurde es stiller. Jemand untersuchte sie und fühlte ihren Puls. Eine Hand berührte ihre heiße Stirn.

»Sie hat Fieber. Ein Schock, wenn Sie mich fragen. Sie muss schlafen!«

Arme richteten sie auf. Wieder das scharfe Riechwasser unter ihrer Nase, das sie zurückbrachte. Man flößte ihr eine Flüssigkeit ein. Sie hustete, aber man zwang sie zu schlucken. Für einige Sekunden war sie wieder bei Bewusstsein. Sie sah das Schildpatt vor sich – rot wie das Blut ihres Vaters – und erblickte zwischen den Menschen sein Gesicht. Leichenblass stand er in der Tür. Sie zitterte. *Er war dort gewesen* … Dann fühlte sie nur noch, wie eine bleierne Müdigkeit sie befiel. Ihre Arme und Beine wurden schwer, als würde ein Gewicht sie nach unten ziehen. Und ihr war so furchtbar heiß … Sie sank zurück in die Kissen und spürte, wie ihr alles entglitt und ihre Augen zufielen. Weder Stimmen noch Geräusche drangen zu ihr, und es umgab sie nichts mehr außer einer tiefen Schwärze.

56

Er reichte seiner Gemahlin die Hand, um ihr in die Kutsche zu helfen. Sie trug ein schweres rotes Cape, das mit dem gleichen Pelz besetzt war wie der kleine Muff, den sie in der Hand hielt. Mit einer anmutigen Bewegung raffte sie ihren Rock, um einen Fuß auf den Tritt zu setzen, und schenkte ihm ein Lächeln. Ihre Gestalt verschwand in der Kutsche, und Armand schickte sich an, ihr zu folgen, als er in seiner Bewegung plötzlich innehielt, sich noch einmal umdrehte und nach oben zu den Fenstern des ersten Stocks blickte.

Cécile wich hastig hinter den Vorhang zurück. Ihre Hand klammerte sich um den Stoff. Sie wünschte nur, dass er endlich abreiste.

Nach dem Schlafmittel, das ihr der Arzt gegeben hatte, hatte sie fast den gesamten gestrigen Tag geschlafen und beim Aufwachen gehofft, Armand wäre bereits mit seiner Frau nach Aix-en-Provence aufgebrochen. Doch er hatte seine Abreise verschoben und wiederholt verlangt, mit ihr zu sprechen. Cécile hatte sich strikt geweigert und ihre Gemächer nicht verlassen.

Mit versteinertem Gesicht beobachtete sie jetzt, wie er in die Kutsche stieg. Ein Schmerz ergriff sie, der schrecklicher war als alles, was sie bisher empfunden hatte. Als würde etwas in ihr in tausend Stücke zerspringen. Sie musste erkennen, dass ihre Gefühle für ihn noch immer nicht begraben waren, doch gleichzeitig schwelte in ihr ein lodernder Hass. Er hatte ihren Vater auf dem Gewissen. Wäre sie ein Mann gewesen – sie hätte ihn getötet. So konnte sie nur hoffen, ihn nie wiederzusehen.

Sie blickte den Wagen nach, die sich in Bewegung setzten und kurz darauf durch das geöffnete Tor fuhren. Langsam verschwanden sie zwischen den Hügeln aus ihrer Sicht.

Ihr Blick wanderte hinunter zum Hof, in dem die Dienerschaft geschäftig hin und her lief. Kisten und Truhen wurden aus dem Schloss getragen und auf die Kutschen geladen, mit denen auch die Montbrignacs morgen ihre Rückreise antreten würden.

Zurück nach Paris – nur diese Aussicht hielt Cécile noch aufrecht. Bis sie die Hauptstadt erreicht hatten, musste sie durchhalten und ihrem Onkel weiter ins Gesicht blicken, wissend, was er getan hatte, ohne dass sie sich ihren Hass anmerken lassen durfte. Aber es würde immer noch leichter sein, seine Gegenwart zu ertragen als die von Armand.

Sie wandte sich vom Fenster ab.

»Mademoiselle? Ihre Medizin!«

Thérèse war mit einem silbernen Tablett, auf dem sich ein Glas mit einer trüben Flüssigkeit befand, in der Tür erschienen.

Cécile, die sich noch immer von dem Schlafmittel benommen fühlte, schüttelte den Kopf. »Danke, ich brauche sie nicht mehr«, sagte sie.

Die Zofe blickte sie unentschlossen an und verschwand dann wieder.

Cécile trat an den Tisch, auf dem das Tagebuch ihres Vaters lag. Der Duc hatte es ihr tatsächlich zurückgegeben. Ihre Finger strichen über den ledernen Einband. Der Gedanke, dass er all die persönlichen Eintragungen seines Bruders gelesen und sich an seinem Unglück hatte weiden können, war ihr unerträglich. Es kam ihr vor, als hätte er ihren Vater dadurch im Nachhinein beschmutzt.

Sie schlug im Stehen die letzten Seiten des Buches auf. Die Aufzeichnungen endeten eigentlich mit dem Tod ihrer Mutter. Danach kamen viele leere Seiten. Doch später in Frankreich hatte sie entdeckt, dass es weiter hinten noch eine Eintragung gab, die ihr Vater kurz vor seinem Tod gemacht hatte:

»Gott hat meine Gebete erhört. Wir werden nach Frankreich zurückkehren, und der König wird mich begnadigen. Mein Name und meine Ehre werden reingewaschen – und nicht nur mir wird wieder eine Zukunft gegeben …«

Cécile verspürte ein brennendes Gefühl, als sie die Worte las, die sich nicht hatten erfüllen sollen. Er war getötet worden. Ihr Onkel musste von der Absicht des Königs erfahren haben. Und sie war sich sicher, dass er den Mord nicht nur veranlasst hatte, sondern selbst nach Schottland gekommen war – in Begleitung von Armand und einigen weiteren Männern. Der Überfall auf William, den Stallknecht, die englischen Uniformen der Männer – er hatte es wie einen Hinterhalt der Engländer aussehen lassen. Cécile ballte die Faust. Dabei hatte sie selbst sich noch gewundert, was die Soldaten wohl in einem so abgelegenen Tal wie Glencoe suchten.

»Ich hoffe, es geht Ihnen besser«, ertönte hinter ihr eine weibliche Stimme. Zu Céciles Überraschung trat die Duchesse de Montbrignac in Begleitung eines Lakaien, der ein Tablett mit einer Tasse trug, in ihr Gemach. Sie trug ein mit Blüten besticktes Hauskleid, das ihr in weiten Falten über den Rücken fiel.

»Ich habe mir die Freiheit genommen, Ihnen eine heiße Schokolade zubereiten zu lassen. Ich dachte, etwas Stärkendes tut Ihnen sicher gut«, erklärte sie und bedeutete dem Diener, ihrer Nichte das Getränk zu reichen.

»Wir waren aufrichtig besorgt um Sie«, sagte sie, doch der kühle Ausdruck ihres Gesichts strafte ihre Worte Lügen.

»Danke, es geht mir besser. Ich vermute, ich habe nur etwas Schlechtes gegessen«, erwiderte Cécile höflich und trank einen Schluck von der Schokolade. Sie fragte sich, wie viel die Duchesse wusste. Ahnte sie, welcher Verbrechen sich ihr Mann schuldig gemacht hatte?

»Sie wissen, dass wir morgen nach Paris zurückkehren werden?« Die Duchesse musterte Cécile prüfend.

»Ja, der Duc ließ es mir mitteilen«, erwiderte sie. Sie erwiderte das Lächeln ihrer Tante. Es fiel ihr mit einem Mal leicht, ihr etwas vorzuspielen. Sie empfand keine Angst, keinen Schmerz und auch keine Trauer mehr, sondern nur noch endlosen Hass und den Wunsch nach Gerechtigkeit. Ihr Entschluss stand fest. Sie würde nach Paris zurückkehren, aus dem Haus des Duc fliehen und ihren Bruder finden – selbst wenn sie den Monsieur de Villier mit Gewalt dazu zwingen musste, ihr zu verraten, wo er versteckt gehalten wurde. Lebte Jean noch, würde sie alles tun, um ihrem Bruder zu seinen Rechten zu verhelfen. War er tot, würde sie trotzdem versuchen, die Rehabilitierung ihres Vaters zu erkämpfen, und anschließend nach Schottland zurückkehren.

Die Duchesse beobachtete, wie sie einen weiteren Schluck trank. »Ich bin froh, dass es Ihnen bessergeht. Erholen Sie sich noch ein wenig – die Reise wird sicherlich anstrengend.«

Als sie aus dem Raum rauschte, blickte Cécile ihr nach und fragte sich, warum sie wohl zu ihr gekommen war. Aus Besorgnis sicherlich nicht.

Die Rückfahrt nach Paris war in keiner Weise mit ihren bisherigen Reiseerfahrungen vergleichbar. Sie reisten herrschaftlich und luxuriös in mehreren Kutschen.

Ein Wagen mit Dienern und einem Koch fuhr ihnen stets einen Tag voraus, um ihre Unterkunft und Mahlzeiten vorzubereiten. Sie schliefen in Wirtshäusern, deren sämtliche Zimmer man für sie gemietet hatte, oder in Palais und Schlössern anderer Adliger, mit denen der Duc befreundet war.

Wo sie auch hinkamen, erregte der kleine Tross Aufmerksamkeit. Menschen blieben staunend an den Straßen stehen, um einen Blick auf die vornehmen Kutschen zu werfen, deren Wagenräder sie in Staub gehüllt zurückließen. Manchmal rannten ihnen einige barfüßige Kinder hinterher, die hofften, dass man ihnen aus dem Fenster ein paar Sous zuwerfen würde, doch der Duc dachte nicht daran. Mit gelangweilter und herablassender Miene streifte sein Blick im Vorbeifahren die Menschen, die er nicht einmal eines Nickens für würdig hielt.

Ihr Onkel und seine Gemahlin fuhren in der ersten Kutsche, Cécile folgte ihnen in dem zweiten Wagen. Es war offensichtlich, dass der Duc Sorge getragen hatte, sie auch unterwegs nie ohne Aufsicht zu lassen. Zu der Zofe und dem Lakai, die mit Cécile im Fahrzeug saßen, hatte sich nun auch noch ein Gardist gesellt. Offiziell war die Aufgabe des mit Muskete und Degen bewaffneten Mannes, den Wagen im Fall eines Überfalls zu beschützen, doch Cécile stellte fest, dass er sie, sobald sie aus der Kutsche stieg, nicht aus den Augen ließ.

Die Vorsicht ihres Onkels war jedoch gänzlich unnötig. Sie hatte weder die Absicht zu fliehen, noch wäre sie dazu in der Lage gewesen. Sie fühlte sich matt und erschöpft. Der gleichmäßige Rhythmus der Wagenräder übte eine beruhigende Wirkung auf sie aus, und sie schlief selbst tagsüber während der Fahrt viele Stunden. Anfangs nahm sie noch an, ihre Kraftlosigkeit wäre nichts anderes als die Nachwehen des Schocks. Doch am Ende der ersten Woche begann sie in der Nacht zusätzlich eine leichte Übelkeit zu verspüren. Sie kam und ging in Wellen, und Cécile fragte sich besorgt, ob sie vielleicht wirklich krank war.

Am Morgen blickte sie in den Spiegel. Ihre Gesichtsfarbe war unnatürlich blass. Apathisch ließ sie sich von Thérèse beim Ankleiden helfen. Jede Bewegung schien ihr mit einem Mal zu anstrengend. Als sie die Treppe des Gasthauses hinunterstiegen, kam ihr Florence, die Magd, entgegen.

Sie schenkte Cécile ein scheues Lächeln. »Guten Morgen, Mademoiselle!«

Sie grüßte sie, erfreut darüber, dass Florence mit nach Paris reiste, doch Thérèse führte sie schon mit sanftem Druck weiter die Treppe hinunter. Cécile drehte sich noch einmal um und nahm wahr, dass die Magd stehen geblieben war und ihr mit besorgtem Blick nachsah.

Sie schien schlimm auszusehen. Etwas stimmte nicht mit ihr. Sie wollte, nein, sie *musste* darüber nachdenken, nahm sich Cécile fest vor, doch als sie kurz darauf in den Wagen stieg, spürte sie nur, dass wieder diese schreckliche Müdigkeit sie ergriff, und sie nickte nach wenigen Augenblicken ein.

Manchmal wachte sie auf und wusste nicht, ob es Morgen oder Abend war und welchen Wochentag sie hatten. Auch die Übelkeit nahm zu.

»Ich glaube, ich bin krank«, sagte sie schließlich zu ihrer Tante. Die Duchesse strich ihr über ihre weiße Wange. »Das ist sicher nur die anstrengende Reise, die Sie ermüdet, Liebes. Ich werde Ihnen eine Schokolade kochen lassen«, sagte sie, und trotz ihrer Apathie bemerkte Cécile den eigenartigen Ausdruck in den bernsteinfarbenen Augen der Duchesse.

Danach ging es ihr zunehmend schlechter. Sie verbrachte die Tage in einem Dämmerzustand zwischen Wachen und Schlafen und hätte nicht mehr zu sagen vermocht, ob die Bilder, die sie wahrnahm, der Wirklichkeit oder ihren Träumen entstammten. Einmal sah sie ihren Onkel. Er saß vor ihr und tätschelte ihre Hand. Seine Stimme klang sanft und erinnerte sie an ihren Vater. *»Ihr Bruder Jean lebt, nicht wahr? Möchten Sie ihn denn gar nicht wiedersehen?«*

Sie blickte in seine grauen Augen, und selbst im Traum wusste sie, dass sie ihm nicht vertrauen konnte. *»Er ist tot!«*

»Aber sagten Sie nicht, er würde leben?«

»Ich? Nein. Jean ist tot.« Sie lehnte den Kopf gegen das Polster, und das Antlitz ihres Onkels verschwand in einem dunklen Nebel.

Schließlich erreichten sie Paris. Nach ihrer Ankunft schien sich Céciles Zustand zu ihrer Erleichterung vorübergehend zu bessern. Die Übelkeit nahm ab, doch sie war matt, und ein Gefühl der Gleichgültigkeit beherrschte sie. Obwohl ihre körperliche Kraft langsam zurückkehrte, fehlte ihr jeder Antrieb. Sie bemerkte, dass sie manchmal Stunden auf einem Stuhl saß, ohne etwas zu tun oder sich später auch nur daran zu erinnern, was sie gedacht hatte. Sie vergaß alles – ihre Angst, ihre Pläne, die Flucht, ja selbst ihren Hass und ihren brennenden Wunsch nach Gerechtigkeit.

Währenddessen zeigte sich ihr Onkel ihr gegenüber großzügig – sie bekam neue Kleider, Schmuck und eigene Gemächer im Palais. Im Gegenzug bestand der Duc darauf, dass sie regelmäßig am gesellschaftlichen Leben teilnahm. Cécile versuchte nicht einmal, sich zu widersetzen – die Kraft dazu hatte sie verloren.

Gleichgültig saß sie bei den Soupers und kleinen Festen im Haus mit am Tisch und begleitete ihren Onkel und ihre

Tante sogar in die Oper und Comédie. Ihr war bewusst, dass der Duc sie präsentierte, um in der Öffentlichkeit ihr gutes Verhältnis zu demonstrieren, doch das berührte sie nicht mehr.

57

Solène erblickte sie zwischen den anderen Menschen im Foyer der Oper. Selbst von Weitem sah man, wie schmal sie geworden war. Sie stand neben dem Duc und einigen anderen Leuten, die sich angeregt unterhielten, ohne dass sie ihnen zuzuhören schien.

Mit einem Lächeln ging Solène auf sie zu.

»Mademoiselle de Montbrignac! Wie geht es Ihnen?«

Cécile wandte in einer langsamen Bewegung den Kopf zu ihr. Solène erschrak, als sie ihr blasses Gesicht sah. Unter ihren Augen lagen dunkle Schatten, und die Wangenknochen schimmerten durch ihre Haut hindurch.

»Mademoiselle Duchamps!« Sie nickte höflich.

»Mon dieu, es ist bestimmt vier oder fünf Wochen her, dass wir uns gesehen haben«, sagte Solène, während sie ihr die Wangen küsste. Céciles Haut war kalt wie Eis.

Sie nickte zerstreut, aber ihr Blick war ins Leere gerichtet. Sie wirkte seltsam teilnahmslos, als würden die Worte gar nicht zu ihr dringen. Dafür bemerkte Solène, dass der Duc de Montbrignac aufmerksam zu ihnen herübersah.

»Geht es Ihnen nicht gut?«, fragte sie leise.

Ihre Frage schien Cécile aufzuschrecken. »Mir? Doch … Ich habe mich in letzter Zeit nur etwas unpässlich gefühlt«, erklärte sie. In ihren Augen lag ein erschöpfter Ausdruck.

Solène musterte sie. Sie hatte sich völlig verändert. Kaum etwas an ihr erinnerte an die junge, lebhafte Frau, der sie vor wenigen Wochen in der Schlosshalle von Versailles begegnet war. Ihr Gesicht hatte alles Mädchenhafte verloren und sah ernst und mitgenommen aus, beinah gequält. Dabei verliehen ihr die Blässe und die hohlen Wangen eine eigene Schönheit – sie wirkte so zerbrechlich, als stamme sie nicht von dieser Welt. Es war jedoch ihr Blick, der Solène spüren ließ, dass sie in der Tiefe ihrer Seele furchtbar litt.

Was war im Languedoc geschehen? Sie wollte sich gerade nach ihren Nachforschungen erkundigen, als der Duc de Montbrignac auf sie zukam.

Er legte die Hand auf die Schulter seiner Nichte, deren Haltung sich unwillkürlich versteifte.

»Mademoiselle Duchamps, wie reizend, Sie hier zu sehen!«, sagte er mit einem kühlen Lächeln.

Solène öffnete mit einem leisen Schlag ihren Fächer. Sie hatte Montbrignac noch nie gemocht. Es blieb ihr ein Rätsel, warum der Regent ihn schätzte. »Die Freude ist ganz auf meiner Seite, Duc«, erwiderte sie gespielt. »Ich habe gerade zu Ihrer Nichte gesagt, dass wir uns seit Ewigkeiten nicht gesehen haben. Sie erlauben doch, dass ich sie für den nächsten Akt in meine Loge entführe? Ich bin sicher, der Regent würde sich freuen, wenn ich ihm berichten könnte, dass es Mademoiselle de Montbrignac gutgeht«, fügte sie hinzu, als sie sein Zögern spürte.

Er nickte widerstrebend.

Solène hakte Cécile unter und zog sie mit sich in ihre Loge.

»Erzählen Sie mir von Ihrer Reise! Haben Sie etwas herausgefunden?«, fragte sie, als sie sich etwas verborgen hinter den Vorhang gesetzt hatten.

»Herausgefunden? Ja«, erwiderte sie. Cécile klang unerwartet bitter, und sie verstummte sofort wieder.

Solène sah sie durchdringend an. Ihr Blick blieb an Céciles unnatürlich großen, dunklen Pupillen hängen. Das Symptom war ihr nicht unbekannt. Ein Verdacht keimte in ihr auf. »Sagen Sie, Sie nehmen doch nicht irgendwelche Rauschmittel?«, fragte sie misstrauisch.

»Ich? Aber nein!« Céciles Hände strichen über den Seidenfächer in ihrem Schoß.

Doch Solène glaubte ihr nicht. »Sie können es mir ruhig sagen. Sie sind völlig verändert!«

»Ich fühle mich in der letzten Zeit nur etwas kraftlos«, erwiderte Cécile.

»Warum antworten Sie dem armen Armand eigentlich nicht auf seine Briefe?«

Die Erwähnung seines Namens löste eine erstaunliche Reaktion bei ihr aus. Wenn auch nur kurz, kehrte mit einem Mal Leben in ihr Gesicht zurück.

»Er hat mir nicht geschrieben – und außerdem möchte ich *nie* wieder über den Comte reden!«

Solène blickte sie überrascht an und legte die Hand auf ihren Arm. Sie mochte die junge Frau, seitdem sie sie damals in der Kutsche zu Armand gebracht hatte, und erkannte, dass sie in ähnlicher Weise allein und auf sich gestellt war wie sie selbst. »Ich habe keine Ahnung, was zwischen Ihnen beiden vorgefallen ist«, sagte sie. »Ich nehme an, Sie wussten nicht, dass Armand verheiratet ist, doch ich versichere Ihnen, dass der Comte dennoch aufrichtige Gefühle für Sie hegt …«

»Sie täuschen sich. Das ist nicht der Fall«, sagte Cécile bitter.

Ihr Ton ließ Solène begreifen, dass etwas Ernstes zwischen den beiden geschehen sein musste. »Sie tun ihm unrecht. Er ist ein besserer Mensch, als es den Anschein hat.«

Cécile schwieg mit zusammengepressten Lippen.

Eindringlich schaute Solène sie an. »Sie glauben mir nicht, nicht wahr? Aber es stimmt«, sagte sie weich. »Sie erinnern sich, dass ich Ihnen von dem Baron erzählt habe, in den ich so verliebt war? Als er mich damals verließ, bin ich allem gegenüber gleichgültig geworden, ich bin dem Wein und noch einigen anderen Dingen verfallen, habe mich wahllos jedem Mann hingegeben und wollte mich am Ende sogar umbringen. Armand hat mich damals da herausgeholt und mir das Leben gerettet!«

Cécile sah sie müde an. »Sie haben keine Ahnung, wer Armand wirklich ist«, sagte sie dann mit solcher Kälte in der Stimme, dass Solène zusammenzuckte. Sie blickte der jungen Frau, die abrupt aufstand und die Loge verließ, ungläubig nach.

Als sich Solène nach der Oper zum mitternächtlichen Souper beim Prince de Conti begab, hing ihr die Begegnung mit Cécile noch immer nach.

»Ich habe heute in der Oper Mademoiselle de Montbrignac getroffen«, berichtete sie dem Regenten, der ebenfalls bei Conti eingetroffen war. »Sie scheint jetzt im Haus ihres Onkels zu leben.«

Der Regent wirkte nicht einmal erstaunt. »Ja, ich habe ihm nahegelegt, sich mit seiner Nichte zu versöhnen. Ich finde, für sie zu sorgen ist das Mindeste, was er ihr schuldet«, erklärte er, während er einen Schluck von seinem

Champagner trank. »Geht es ihr gut, der kleinen Montbrignac?«

Solène schüttelte den Kopf. »Nein, anscheinend überhaupt nicht«, sagte sie beunruhigt.

58

Am nächsten Tag wurde Cécile in das Kabinett ihres Onkels gerufen. »Sie haben eine Einladung zum Souper ins Palais Royal erhalten. Von Mademoiselle Duchamps«, erklärte er.

Sie blickte ihn verständnislos an, bis sie plötzlich begriff.

»Sie lassen mich dort hingehen?«

Er lächelte jovial. »Ja. Ich möchte Ihnen schließlich nicht das Gefühl geben, Sie würden hier in einem Gefängnis leben. Ich werde übrigens ebenfalls anwesend sein.«

Seine Reaktion irritierte sie. In der Oper war er nur wenig begeistert darüber gewesen, als sie sich mit Solène unterhielt.

»Danke!«, sagte sie. Dabei freute sie sich nicht einmal sonderlich über die Einladung. Solène war für sie untrennbar mit Armand verbunden. Sie dachte an ihr Gespräch zurück, in dem sie ihn so verteidigt hatte. Solène wusste offenbar tatsächlich nichts über seinen wahren Charakter.

In der Nacht befiel Cécile erneut die Übelkeit. Sie schlief fast bis zum Nachmittag und befand sich nach dem Erwachen in einem so schwachen und benommenen Zustand, dass es ihr kaum möglich war, einige Schritte allein durchs Haus zu gehen. Sie musste die Einladung absagen.

»Sie sehen wirklich krank aus. Ich werde Mademoiselle Duchamps ausrichten, dass Sie unpässlich sind und mich das nächste Mal begleiten werden. Sie sollten sich Ruhe gönnen«, sagte ihr Onkel.

Cécile nickte. Sie erinnerte sich, dass sie sich früher immer so stark gefühlt hatte. Sie dachte an die anstrengende Reise durch die Highlands, und es erschien ihr kaum noch vorstellbar, wie sie die Strapazen dieser Reise ausgehalten hatte.

Auf dem Rückweg in ihre Gemächer musste sie sich am Türrahmen festhalten, weil ein plötzlicher Schwindel sie befiel.

»Geht es Ihnen nicht gut, Mademoiselle?«, fragte eine leise Stimme.

Florence, die einen Stapel frischer Betttücher brachte, war mit beunruhigter Miene neben ihr stehen geblieben.

Cécile schüttelte den Kopf. Die Magd warf einen schnellen Blick zu dem Lakaien, der wie immer vor dem Antichambre auf einem Stuhl saß. Dann beugte sie sich rasch zu ihr. »Die Schokolade – trinken Sie sie nicht mehr!«, flüsterte sie so leise, dass Cécile im ersten Moment glaubte, sich verhört zu haben. Florence eilte weiter.

Cécile sah ihr verwirrt nach. Die Schokolade? Was meinte sie damit? Sie sank erschöpft auf einen Stuhl. Jeden Abend trank sie inzwischen einen Becher davon. Meistens brachte Thérèse ihn ihr, manchmal sogar ihre Tante. Cécile versuchte angestrengt, sich zu konzentrieren. Sie nahm regelmäßig, seit dem Zusammenbruch, den sie auf Schloss Montbrignac erlitten hatte, diese Schokolade zu sich. Selbst auf der Reise hatte man ihr das Getränk jeden Abend gereicht. Sie erstarrte, als ihr das bewusst wurde. Trotz ihrer Lethargie spürte sie, wie ihr ein kalter Schauer den Rücken hochkroch.

Mischte man ihr etwa etwas hinein? Plötzlich gingen ihr wieder Solènes Worte in der Oper durch den Kopf. *Nehmen Sie irgendwelche Rauschmittel? Sie sind völlig verändert!*

O Gott, sie versuchten tatsächlich, sie zu vergiften! Es würde wirken, als ginge sie an einer Krankheit zugrunde, einer, die kein Arzt heilen konnte. Niemand würde mitbekommen, dass sie keines natürlichen Todes starb. Als lichte sich ein Schleier vor ihren Augen, schien alles auf einmal einen Zusammenhang zu ergeben. Die ständige Müdigkeit, die Übelkeit, ihre Apathie und Gleichgültigkeit ... Cécile fühlte vor Panik das Blut in ihren Adern pochen. Wie hatte sie nur jemals glauben können, ihr Onkel würde sich damit zufriedengeben, sie nur zu beobachten?

Sie musste hier weg, sonst würde sie sterben. Doch wie sollte sie in diesem Zustand fliehen? Sie fand kaum die Kraft, allein eine Treppe hochzusteigen! Als Erstes musste sie aufhören, die Schokolade zu trinken. Doch ihr wurde bewusst, dass Thérèse stets so lange in ihrem Gemach wartete, bis sie das Getränk vollständig zu sich genommen hatte. Mit Schaudern entsann sie sich daran, dass die Zofe sie sogar einige Male wie ein Kind aufgefordert hatte, auch noch den letzten Rest aus der Tasse zu trinken.

Als Thérèse am Abend zu ihr kam, bemühte sich Cécile, sich nichts anmerken zu lassen. Sie nippte an dem Getränk, ohne etwas von der Flüssigkeit zu schlucken, und schickte die Zofe unter dem Vorwand, dass sie ihr noch einige Kekse besorgen sollte, nach unten in die Küche. Als Cécile hörte, wie sich ihre Schritte im Flur entfernten, stand sie eilig auf und goss die Schokolade in die große chinesische Vase, die auf der Kommode stand. Ihre Finger zitterten, und sie wischte mit ihrem Taschentuch hastig die braunen Spritzer weg, bevor sie zurück zu ihrem Stuhl eilte. Als Thérèse wieder in den Raum trat, hatte sie die Tasse an ihre Lippen gesetzt, als würde sie gerade den letzten Schluck trinken.

Am nächsten Tag fühlte sie sich ein wenig besser. Doch sie wusste, jetzt hing alles davon ab, dass man ihr genau das nicht anmerkte. Sie blieb daher bis zum Mittag im Bett und gab vor, sich erneut matt und unwohl zu fühlen. Am Nachmittag ließ sie absichtlich ihre Stola und ein Buch in der Bibliothek liegen, und als Thérèse am Abend kam, schickte sie sie los, um ihr die Sachen zu holen, und goss das Getränk abermals in die Vase.

Am Morgen danach fühlte sich Cécile zum ersten Mal merklich klarer, doch sie erkannte auch, dass die Flucht aus diesem Haus schwieriger sein würde, als sie gedacht hatte. Das Palais wurde am Haupttor bewacht, und es musste ihr außerdem gelingen, den Lakaien von sich abzulenken oder ihn irgendwie außer Gefecht zu setzen.

Sie brauchte Hilfe! Den ganzen Tag hoffte sie, dass ihr Florence über den Weg laufen würde, doch sie kam erst am späten Nachmittag mit der Wäsche. Cécile zog sie zur Seite, sodass man sie nicht durch die geöffnete Tür des Antichambres sehen konnte.

»Bitte, Sie müssen mir helfen – ich muss hier weg!«, sagte sie leise.

Florence nickte.

»Ich brauche eine Waffe – ein Messer oder, noch besser, einen Dolch!«

»Ich versuche etwas zu beschaffen«, versprach die Magd.

»Danke! Ich werde Ihnen nie vergessen, was Sie für mich getan haben.«

»Das ist nicht nötig. Ich schulde es Ihren Eltern.« Florence wollte sich abwenden, doch dann zog sie plötzlich leise und unauffällig die Tür zum Antichambre etwas ran.

»Wollen Sie wissen, was Luc Roland in der Nacht gesehen hat?«, flüsterte sie.

Cécile nickte wie gebannt.

»Es war der Duc, der jetzige Duc, Ihr Onkel. Er kam in der Nacht allein auf einem Pferd in den Stall. Seine Hände ... sie waren blutverschmiert, und er trug ein Bündel unter dem Arm.« Florence brach voller Grauen ab.

»Hat Luc Roland Ihnen das erzählt?«, fragte Cécile tonlos.

»Nein, das brauchte er nicht. Ich war dabei. Ich war mit ihm in einer der Stallboxen ...« Einen Moment lang schien es, als würde eine leichte Röte die faltigen Wangen der Frau überziehen. Die Worte kamen gehetzt aus ihrem Mund, und Schuldgefühle spiegelten sich in ihrem Gesicht. »Es tut mir so leid! Ich hatte damals zu viel Angst.«

Cécile ergriff ihre Hände. »Danke, dass Sie es mir gesagt haben.«

Sie hörten Schritte.

»Und bringen Sie mir bitte noch zwei Tücher«, sagte Cécile in normaler Lautstärke, bemüht, ihrer Stimme einen lethargischen Klang zu geben.

»Sehr wohl, Mademoiselle!«, erwiderte die Magd. Sie machte einen Knicks und verließ den Raum in dem Moment, als Thérèse eintrat. Die Zofe musterte sie argwöhnisch.

»Ihr Onkel lässt fragen, ob Sie zum Souper nach unten kommen wollen.«

Cécile schüttelte matt den Kopf. »Nein, ich möchte mich lieber hinlegen.« Sie hoffte, die Schokolade wie an den Tagen zuvor entsorgen zu können.

Am Abend erschien unerwartet ihre Tante persönlich mit dem Getränk.

»Ich hörte, dass es Ihnen wieder nicht gutgeht«, sagte sie scheinheilig und reichte ihr die Tasse. Einen Augenblick lang wusste Cécile nicht, was sie tun sollte. Weigerte sie sich, das Getränk zu sich zu nehmen, würde die Duchesse misstrauisch werden. Trank sie es dagegen, lief sie Gefahr, nicht genug Kraft für die Flucht aufzubringen. Ihre Tante lächelte. »Trinken Sie, meine Liebe!«

Sie hatte keine Wahl. Beklommen nahm Cécile die Schokolade zu sich. Sie musste das Getränk wieder von sich geben, sobald sie allein war. Doch ihre Tante ließ sich in einem der Sessel nieder und blieb – eine Stunde oder waren es zwei? Cécile hätte es nicht zu sagen vermocht, sie spürte nur voller Ohnmacht, wie die Müdigkeit zurückkam, ohne dass sie etwas dagegen tun konnte. Panik ergriff sie. Als die Duchesse schließlich ging, versuchte sie verzweifelt, die Schokolade hervorzuwürgen. Doch es war zu spät.

Aber sie durfte nicht einschlafen. Ihr Plan musste klappen. Mehr als diese eine Möglichkeit würde sie nicht erhalten, um von hier zu entkommen. Schließlich war ihre Angst stärker als das Gift und half ihr, wach zu bleiben.

Unter ihrer Matratze ertastete sie das scharfe Küchenmesser, das Florence ihr besorgt hatte. Die Magd hatte es zwischen einigen frischen Bettlaken ins Zimmer geschmuggelt.

Cécile wartete, bis sie sah, wie im anderen Flügel des Palais die Lichter gelöscht wurden. Dann erhob sie sich leise aus ihrem Bett. Es war bereits nach eins. Sie kämpfte gegen das bleierne Gefühl in ihren Gliedern an und löste im Dunkeln die Schnüre ihres Nachthemds, sodass man den Ansatz ihres Dekolletés sehen konnte. Anschließend versteckte sie auf einem Stuhl unter ihrem Umhang das Messer. Mit zittrigen Händen entzündete sie die Kerze eines kleinen Leuchters, riss das Betttuch zur Seite, atmete noch einmal tief durch und stieß dann einen leisen Schrei aus – laut genug, dass ihn der Lakai vor der Tür hören konnte. Sie lief von ihrem Schlafgemach zum Antichambre und öffnete die Tür. »O Gott, Sie müssen mir helfen!«, stieß sie hervor und griff ihn am Ärmel. »Da ist eine Maus oder Ratte in meinem Gemach – direkt neben dem Bett.«

Der Diener, der eingenickt war, starrte verwirrt auf ihr Dekolleté. Dieser Teil des Plans war also aufgegangen. »Lassen Sie mal sehen«, sagte er. Er war vorsichtig genug, sie mit dem Leuchter vorangehen zu lassen.

»Wo?«, fragte er misstrauisch. Sie deutete, vermeintlich aufgelöst, zu ihrem Bett.

Er zündete die Kerze eines zweiten Leuchters an und bückte sich. Cécile griff blitzschnell nach der schweren chinesischen Vase und hob sie hoch. Unglücklicherweise schien der Lakai die Bewegung gespürt zu haben und drehte plötzlich den Kopf zu ihr um. Er riss entsetzt die Augen auf, doch bevor er einen Schrei ausstoßen konnte, ließ Cécile die Vase schon auf seinen Schädel niederfahren. Sie traf ihn mit voller Wucht an der Schläfe, und er sank bewusstlos zu Boden. Das chinesische Porzellan erwies sich dabei als wenig widerstandsfähig, und die Vase zersprang in mehrere Teile. Die Schokolade, die Cécile in das Behältnis geschüttet hatte, verteilte sich spritzend über den Teppich und den Kopf des Mannes. Sie starrte entsetzt auf das verschmierte Gesicht. Ein dünner Blutfaden lief von seiner Schläfe die Wange hinunter und vermischte sich mit den unappetitlichen braunen Spuren. Er blieb bewegungslos liegen. Hatte sie ihn etwa umgebracht?

Doch ehe sie schwach werden konnte, übernahm ihr Instinkt das Regiment. Sie löschte das Licht des Leuchters, griff ihren Umhang und das Messer und eilte durch das Antichambre nach draußen in den Flur. Leise schloss sie die Tür hinter sich und lauschte für einen Moment in die Dunkelheit hinein. Im Haus war es still, doch sie gab sich keiner Illusion hin, dass man, wenn der Lakai erwachen sollte, ihre Flucht sofort entdecken würde. Wie lange blieb man nach einem solchen Schlag bewusstlos? Sekunden? Minuten? Sie hatte keine Ahnung. Hoffentlich länger! Sie musste plötzlich an den englischen Soldaten denken, den John in dem schottischen Gefängnis niedergeschlagen hatte, als sie Rory befreiten.

Hastig raffte sie ihren Umhang hoch und eilte den Flur entlang und dann die Treppe hinunter. Mit klopfendem Herzen stahl sie sich unten durch den Seitentrakt zu den dahinterliegenden Dienstbotenquartieren. Sie musste das Palais durch einen Seiteneingang verlassen, damit die Nachtwachen am Haupttor sie nicht sahen.

Doch ihr Plan sollte sich als fehlerhaft erweisen, denn als sie durch den engen, dunklen Flur an den Zimmern des Personals vorbeilief, öffnete sich vor ihr plötzlich eine Tür und ausgerechnet Thérèse tauchte verschlafen mit einem Leuchter in der Hand vor ihr auf.

Sie starrte sie entgeistert an und wollte einen Schrei ausstoßen, doch Cécile hielt ihr das Messer vors Gesicht.

»Einen Laut und ich bring dich um!«, zischte sie.

Die Zofe sah sie entsetzt an.

»Gib mir den Leuchter!« Sie nahm Thérèse das Licht ab. »Und nun geh zurück in dein Zimmer.«

Sie wartete, bis sich die Tür schloss, klemmte einen Stuhl, der einige Schritte weiter im Flur gestanden hatte, unter die Klinke und löschte das Licht. Dann lief sie eilig weiter.

Über eine Hintertür gelangte sie in den Hof. Nur einen Augenblick später hörte sie die Schreie und das hämmernde Klopfen von Thérèse. Céciles Puls raste, während sie zu dem kleinen Tor rannte und zitternd den Riegel aufschob. Schreie und Rufe waren hinter ihr zu hören, und im Palais wurden Lichter entzündet.

Cécile riss das Tor auf, um mit einem Satz nach draußen auf die Straße zu flüchten. Freiheit …

Doch sie war noch nicht in Sicherheit. An der Ecke tauchten mit einem Mal die beiden Wachen vom Haupteingang auf.

»Bleiben Sie stehen, Mademoiselle!«

Sie rannte los. Die Angst hatte alles andere ausgeschaltet, und sie spürte keine Müdigkeit, keine Erschöpfung, keine Übelkeit mehr, weder ihre brennenden Lungen noch ihre schmerzenden Füße in den viel zu dünnen Seidenschuhen.

Die Wachen folgten ihr.

Sie versuchte, schneller zu laufen. Ein entgegenkommender Passant wich erschrocken zur Seite, als er das Messer in ihrer Hand sah.

Sie bog nach rechts in eine schmale Gasse. Ihr Blick glitt verzweifelt an den Häuserfassaden entlang. Sie musste sich irgendwo verstecken! Da sah sie Licht in einem Laden. Sie versteckte ihre Waffe und öffnete die Tür.

Die unzähligen Phiolen, Tinkturen und Kräuter in den Regalen und der Ladentisch verrieten ihr, dass sie sich in einer Apotheke befand. Hinter einem Ladentisch stand ein kleiner alter Mann und erhitzte in einem Glaskolben eine Flüssigkeit, die blubbernd in ein darüber befindliches Glas nach oben stieg, während er aus einem Fläschchen mit einer Pipette eine weitere Flüssigkeit dazugab.

Er blickte überrascht auf, als Cécile in den Laden stürmte.

»Oh, Mademoiselle. Ich habe selbstverständlich geschlossen. Ich vergaß nur, die Tür zu schließen …«

»Bitte, helfen Sie mir! Man verfolgt mich!«, rief sie flehentlich.

Draußen hörte man Stimmen und schwere Schritte.

Der alte Mann sah ihre vor Furcht geweiteten Augen. Er deutete in den dämmrigen Flur. »Gehen Sie nach hinten!«, sagte er leise.

Cécile verschwand eilig in dem schmalen Gang, als sich vorn auch schon die Tür öffnete.

»Haben Sie eine junge Frau gesehen?«

Der Apotheker, der einen weiteren Tropfen in die brodelnde Flüssigkeit gab, blickte kurz auf.

»In einem Umhang und mit langen hellbraunen Haaren?«

Die Wachen nickten.

»Sie ist vor wenigen Augenblicken hier die Gasse hinuntergerannt. Als wäre der Teufel persönlich hinter ihr her!«, setzte er hinzu.

Die Männer blickten sich an. »Danke!« Eilig verließen sie den Laden wieder.

Der Apotheker wartete, bis ihre Schritte verklungen waren, dann ging er nach hinten. »Sie können rauskommen – sie sind weg«, sagte er.

Doch es antwortete ihm niemand. Er sah, dass das Fenster sperrangelweit geöffnet war.

Cécile rannte, bis sie das dunkle Wasser der Seine vor sich sehen konnte. Wo sollte sie nur hin? Den beiden Wachen war sie entkommen, doch sie wusste, dass sie noch lange nicht außer Gefahr war. Der Duc würde bestimmt weitere Suchtrupps nach ihr ausschicken. Sie verlangsamte ihren Schritt und spürte plötzlich, wie die Erschöpfung sie zu übermannen drohte.

Einen Moment lang stützte sie sich schwer atmend gegen die Kaimauer. Schweiß perlte auf ihrer Stirn. Sie musste sich irgendwo ausruhen und einige Stunden schlafen. Doch sie besaß keinen einzigen Sou. Wohin ...

Ihr Blick glitt über das Wasser der Seine.

»Kann ich Ihnen helfen, Mademoiselle?«

Sie fuhr mit dem Messer in der Hand herum und blickte in das erschrockene Gesicht eines bürgerlich gekleideten Mannes.

»Verzeihung, ich dachte, Sie brauchen Hilfe«, sagte er, doch sie war schon weitergelaufen.

Ein Stück entfernt ragten die Türme von Notre-Dame im Schein des Mondlichts in den Himmel.

Plötzlich wusste sie, wohin sie gehen würde. Auf die Île de la Cité!

Die Übelkeit war zurückgekehrt, und Cécile schleppte sich mühsam vorwärts. Hörte sie einen Reiter oder eine Kutsche, wich sie geduckt zwischen die Häuser zurück, unentwegt in Versuchung, sich dort einfach für einen Augenblick niederzulassen und die Augen zu schließen. Nur die Angst hielt sie aufrecht. Schließlich überquerte sie im Schatten der schmalen, eng aneinandergebauten hohen Häuser die Pont Notre-Dame und lief am Parlament vorbei. Zu ihrer Erleichterung erinnerte sie sich noch an den Weg und fand die schmale Gasse mit dem Versteck zwischen den beiden Häusern, das ihr Archibald gezeigt hatte, sofort wieder.

Sie schickte ein Dankgebet zum Himmel, als sie die Büsche sah, die den Zugang verdeckten. Mit letzter Kraft schob sie die Zweige zur Seite, um durch die Öffnung zu kriechen. Ein muffiger Geruch drang ihr entgegen – und noch etwas anderes, das sie nicht einordnen konnte. Im selben Moment stieß ihr Fuß auf etwas Weiches, und sie stolperte. Bevor sie noch realisierte, dass sie anscheinend nicht die Einzige war, die das Versteck zu ihrem Nachtquartier auserkoren hatte, packte sie schon jemand und zwang sie mit einem Fluch brutal zu Boden. Die Spitze eines Messers drückte sich an ihren Hals.

»Verflucht, du Hurensohn, ich schneid dir die Kehle durch!«, stieß eine Stimme halblaut hervor, während sich gleichzeitig eine Männerhand daran machte, ihren Umhang zu öffnen.

Cécile brachte vor Schreck keinen Ton heraus und wagte nicht einmal zu atmen.

Die Hand nahm ihr den Dolch ab und fuhr tastend weiter. Als die Finger die Rundung ihrer Brüste erfühlten, hielten sie abrupt inne.

»Teufel noch mal …« Sie hörte ein Geräusch, und Sekunden später wurde das Licht einer kleinen Öllampe entzündet. Ein Paar Augen starrte sie ungläubig an. Das Messer sank nach unten, und der Mann ließ sie los.

»Mademoiselle Cécile?«

Als sie das narbige Gesicht des Bettlers vor sich erkannte, wäre sie vor Erleichterung beinah in Tränen ausgebrochen. Sie richtete sich auf. »Archibald! Oh, Gott sei Dank, Sie sind es«, stieß sie hervor – und dann wurde ihr endgültig schlecht. Sie spürte, wie sich alles um sie herum zu drehen begann, und stützte sich schwer atmend an dem rohen Mauerwerk der Wand ab. So schlimm war es bis jetzt noch nie gewesen. Hatten sie die Dosis erhöht?

Archibald nahm ihr kreidebleiches Gesicht und die schwarzen Schatten unter ihren Augen wahr. Er ließ das Licht der Öllampe an ihr hinuntergleiten. »Sind Sie verletzt?«

Sie schüttelte mit einem Stöhnen den Kopf. Es fühlte sich an, als würde sich ein Feuer durch ihre Eingeweide brennen. »Nein ... ich glaube ... vergiftet!«, sagte sie, bevor sie ohnmächtig in seine Arme sank.

59

Der Duc de Montbrignac hatte Schwierigkeiten, sich zu konzentrieren. Die Buchstaben des Briefes, den er schreiben musste, verschwammen immer wieder vor seinen Augen. Wie hatte das nur passieren können? Jérôme, dieser unfähige Lakai, konnte dankbar sein, dass er noch immer nicht bei Bewusstsein war, sonst hätte er ihm eigenhändig die Haut vom Rücken gepeitscht. Er sah wieder seinen blut- und schokoladenverschmierten Kopf vor sich, wie er dort inmitten der Scherben besinnungslos auf dem Boden lag.

Die Finger des Duc krampften sich um den Kiel seiner Schreibfeder. Sie hatte sie einige Tage nicht getrunken. Seine Frau hatte es bemerkt. Ihre Pupillen – sie sind wieder klarer, hatte sie besorgt gesagt und war am Abend selbst zu ihr hochgegangen, um ihr die Schokolade zu bringen. Sie hatte eine potenzierte Dosis des Gifts und Schlafmittels in das Getränk gemischt – genug, um ihr den Tod zu bringen. Doch sie war so unerhört zäh, dass ihr trotzdem die Flucht gelungen war. Seit dem Abend, an dem sie auf Montbrignac ohnmächtig geworden war, wusste er, dass sie eine zu große Gefahr darstellte, um sie am Leben zu lassen. Er hatte in ihren

Augen lesen können, wie sie plötzlich begriff, was passiert war. Ähnlich wie ihre Mutter damals, als er bei ihr in der Herberge aufgetaucht war.

Irgendjemand musste der jungen Frau jedoch geholfen haben, denn sie war seit dem Abend zuvor wie vom Erdboden verschluckt. Dabei ließ er sie nicht nur durch seine eigenen Leute, sondern sogar durch die Polizei suchen.

»Verzeihung, Monsieur le Duc ...«

Er sah ungehalten auf und erblickte seinen Kammerdiener in der Tür.

»Hatte ich nicht gesagt, dass ich nicht gestört zu werden wünsche?«, herrschte er ihn an.

Der Diener neigte devot den Kopf. »Das haben Sie, Monsieur le Duc, und ich bitte untertänigst um Vergebung, aber ich dachte, ich sollte Sie wissen lassen, dass eine Mademoiselle Duchamps unten in der Eingangshalle steht und Sie sprechen möchte.«

Er blickte überrascht auf. Das hatte ihm gerade noch gefehlt! Er hasste dieses kleine, rothaarige Biest, das sich etwas darauf einbildete, dass es das Bett mit dem Duc d'Orléans und der Duchesse de Berry teilte. Der Himmel wusste, was sie jetzt hier wollte! Eine leichte Besorgnis keimte in ihm auf. Er erinnerte sich nur zu genau an den Besuch in der Oper, als Cécile mit ihr zusammengetroffen war.

»Hat sie gesagt, worum es geht?«

»Nein, Monsieur le Duc. Soll ich sie vorlassen?«

Er nickte widerwillig und zog seinen Rock gerade. Er konnte es sich nicht leisten, sie sich zur Feindin zu machen. Ihre Beziehung zum Regenten war zu eng. Wie er den Tag herbeisehnte, an dem der Prince und seine Tochter ihrer endlich überdrüssig sein würden!

Solène Duchamps reichte ihm mit einem nonchalanten Lächeln die Hand, die er höflich küsste.

»Wie komme ich zu der Ehre Ihres Besuches?«

»Nun, ich will ehrlich sein, eigentlich wollte ich Mademoiselle de Montbrignac besuchen! Ich mache mir ein wenig Sorgen, seitdem ich sie neulich gesehen habe und sie danach so plötzlich erkrankt ist«, erklärte sie. Der Duc ließ sich durch ihr süßliches Lächeln nicht täuschen. Es war eine Kriegserklärung. Sie ahnte, dass etwas nicht stimmte.

»Das ist zurzeit leider nicht möglich, Mademoiselle Duchamps«, sagte er wahrheitsgemäß.

Ihre zarten Brauenbögen hoben sich leicht. »Darf ich fragen, warum nicht?«

»Sicher – meine Nichte ist seit gestern verschwunden.«

»Verschwunden?«

»Ja.« Er schüttelte mit gespielter Besorgnis den Kopf. »Ich habe keine Ahnung, was passiert ist. Sie hat einen von unseren Lakaien tätlich angegriffen. Er ist noch immer bewusstlos! Ich fürchte, etwas mit den Nerven meiner Nichte ist nicht in Ordnung.«

Es war offensichtlich, dass sie ihm kein Wort glaubte.

»Kommen Sie, ich werde Ihnen etwas zeigen«, sagte er, einer plötzlichen Eingebung folgend. Er war aufgestanden.

Sichtlich irritiert folgte sie ihm durch das Palais zum Dienstbotentrakt, wo er sie in die Kammer führte, in der Jérôme lag. Die Schnittwunden zierten beeindruckend sein Gesicht. »Das ist der arme Mann – sie hat ihn mit einer Vase niedergeschlagen!«

Mit Genugtuung beobachtete er, wie das Gesicht von Mademoiselle Duchamps einen entsetzten Ausdruck annahm. »Mein Gott!«, entfuhr es ihr.

»Ich lasse sie durch meine Leute und die Polizei suchen. Ich habe Angst, dass sich meine Nichte womöglich selbst etwas antut«, sagte er.

Sie nickte. »Wenn Sie etwas von ihr hören, lassen Sie es mich bitte wissen!«

Er begleitete sie zurück zur Eingangshalle und beobachtete mit einem kalten Lächeln, wie sie im Hof in ihre Kutsche stieg.

Sobald Solène im Wagen saß, griff sie in ihre Tasche und holte ein Fläschchen Parfüm hervor, das sie um sich im Wagen versprühte. Den Duc de Montbrignac umgab ein derart penetranter Geruch nach Veilchenpastillen, dass einem davon übel wurde. Solène verzog angewidert das Gesicht. Mit jedem Mal, das sie ihn sah, fand sie ihn abstoßender. Sie kannte Männer wie ihn.

Hatte die Kleine wirklich den Lakaien niedergeschlagen? Wenn ja, dann war sicherlich nicht ein Nervenleiden der Grund gewesen, wie der Duc versucht hatte, sie glauben zu machen. Es musste schon echte Verzweiflung sein, die sie dazu getrieben hatte. Ein leichter Schauer lief ihr über den Rücken. Sie dachte an ihre letzte Begegnung mit Cécile de Montbrignac, an den teilnahmslosen, angegriffenen Ausdruck, der ihr Gesicht und ihre gesamte Körperhaltung beherrscht hatte, und ahnte, dass ihr Schreckliches widerfahren sein musste. Sie hätte früher hierherkommen sollen. Wo mochte die junge Frau jetzt nur sein?

60

Am frühen Abend begegnete Solène nach langer Zeit wieder einmal dem Comte de La Baume. Seit Wochen war er nicht mehr bei den Soupers und kleinen Feiern im Palais Royal erschienen, und sie waren nur durch ihre Korrespondenz in Kontakt gewesen.

»Armand! Wie geht es Ihnen?«

Sie hauchte ihm erfreut zwei Küsse auf die Wangen.

»Guten Abend, Solène.« Ein Lächeln glitt über sein Gesicht.

»Wo waren Sie die ganze Zeit?«

Er zuckte die Achseln. »Mir stand der Sinn nicht nach den üblichen Vergnügungen hier.«

Sie hakte ihn unter und zog ihn ein Stück zur Seite. Solène erinnerte sich an seinen letzten Brief. »Und hat Mademoiselle de Montbrignac inzwischen auf Ihre Schreiben geantwortet?«

Er schüttelte den Kopf. »Nein – mit keinem Wort. Und sie weigert sich, mich zu sehen, behauptet der Duc.«

Solène nickte. »Ich glaube nicht, dass Mademoiselle de Montbrignac Ihre Briefe bekommen hat«, sagte sie nachdenklich. »Ich habe sie vor einigen Tagen durch Zufall in der Oper getroffen – sie wirkte sehr mitgenommen und seltsam apathisch.«

Ihr Tonfall ließ ihn aufblicken. »Seit wann nehmen Sie Anteil daran, wie es ihr geht?«

Sie zuckte die Achseln. »Ich mag sie. Außerdem habe ich verstanden, dass sie Ihnen wirklich etwas bedeutet«, fügte sie hinzu. Sie wurde ernst. »Ich war heute im Haus Ihres Schwagers, um sie zu sehen. Stellen Sie sich vor – Mademoiselle de Montbrignac soll verschwunden sein und vorher einen Lakaien tätlich angegriffen haben.«

»Warum sollte sie das tun?«, fragte Armand irritiert.

»Ich habe keine Ahnung! Erlauben Sie mir eine Frage? Was ist eigentlich im Languedoc zwischen Ihnen geschehen?«

In seinen Augen zeigte sich ein hilfloser Ausdruck. »Ich weiß es selbst nicht. Sie war außer sich, als sie erfahren hat, dass ich verheiratet bin …«

»Kennt sie die Hintergründe?«

»Nein.« Er schüttelte den Kopf.

Sie blickte ihn überrascht an.

»Ich bin nicht dazu gekommen, mit ihr darüber zu sprechen«, sagte er niedergeschlagen. »Sie glaubte sogar, ich hätte sie an ihren Onkel verraten. Wir waren die ganze Zeit von anderen Menschen umgeben, und es war sicher schrecklich für sie, meiner Gemahlin mehrere Tage ins Gesicht sehen zu müssen. Beim letzten Souper hatte ich das Gefühl, wir würden uns etwas annähern, doch dann reagierte sie plötzlich von einem Moment zum anderen, als würde sie in mir den Teufel persönlich erblicken«, erzählte er bitter.

Bei seinen Worten erinnerte sich Solène daran, was die junge Frau in der Oper zu ihr gesagt hatte. *Sie haben keine Ahnung, wer Armand wirklich ist.*

»Wenn sie wieder auftaucht, müssen Sie mit ihr sprechen!«, sagte sie eindringlich.

Armands Gesicht hatte einen angespannten Ausdruck angenommen. »Nichts anderes versuche ich, seitdem ich zurück bin!«

61

Zur gleichen Zeit erreichte ein verstaubter Reiter in der Dunkelheit das Hôtel de Villier. Er warf einen prüfenden Blick zu dem Wappen in den Dachgiebeln, bevor er im Hof von seinem Pferd sprang und die gerundete Treppe zum Eingang hochstieg, der von zwei lodernden Fackeln erhellt wurde.

Ein Lakai öffnete ihm die Tür. Es war Fernand, der nach einem kurzen Moment der Überraschung mit abwehrender Miene die Erscheinung des Fremden musterte. Der Unbekannte, der höchstens Anfang zwanzig war, trug einen breitkrempigen Filzhut, der schon seit Längerem seine Form verloren zu haben schien, und einen abgerissenen wollenen Umhang, der von einer fremdartigen Brosche zusammengehalten wurde. Sein kupferfarbener Bartschatten und seine verschmutzten Stiefel ließen keinen Zweifel daran, dass er die letzten Nächte im Freien verbracht hatte. Möglicherweise handelte es sich um einen Boten, doch ganz sicher um niemanden, dem es zustand, dieses Palais durch den Haupteingang zu betreten, befand Fernand. Mit maniertem Gesichtsausdruck deutete er seufzend nach rechts über den Hof. »Der Dienstboteneingang befindet sich dort drüben, Monsieur«, sagte er und wollte die Tür schließen, doch der Fremde hatte schon seinen Stiefel auf die Schwelle gestellt. In seinen blaugrünen Augen blitzte es wütend auf, und er öffnete seinen Umhang gerade so weit, dass der Lakai den Knauf seines Degens erkennen konnte.

»Ich suche Mademoiselle de Montbrignac!«, sagte er mit unverkennbar starkem schottischem Akzent.

Es verlangte den Lakaien danach, den ungehobelten Fremden mit scharfen Worten in seine Schranken zu weisen, doch dessen aufgebrachter Gesichtsausdruck und seine Hand an der Waffe hielten ihn zurück. »Ich bedauere, aber Mademoiselle de Montbrignac wohnt schon seit einiger Zeit nicht mehr in diesem Haushalt«, sagte er mit geübter Herablassung.

Ein irritierter Gesichtsausdruck zeigte sich auf dem Gesicht des Schotten. »Wissen Sie, wo ich Sie jetzt finden kann?«, fragte er schließlich.

Fernand schüttelte den Kopf. »Bedauerlicherweise ist mir nicht bekannt, wo sich Mademoiselle de Montbrignac zurzeit aufhält«, erwiderte er mit einem missbilligenden Blick auf den Stiefel des Mannes, der ihn noch immer daran hinderte, die Tür zu schließen. Er überlegte, ob er sich die Blöße geben sollte, die Wache zu rufen.

»Dann melden Sie mich bitte Monsieur de Villier«, ertönte die ungeduldige Antwort des Fremden. In dem Moment fuhr hinter ihnen eine Kutsche in den Hof.

»Dafür müssen Sie sich bei seinem Sekretär anmelden. Er befindet darüber, ob Sie zu dem Duc vorgelassen werden«, belehrte ihn der Lakai von oben herab.

»Hören Sie, ich habe keine Zeit für dieses Theater«, sagte der Mann aufgebracht. »Ich komme aus Schottland und bin nur für kurze Zeit in Frankreich.«

»Ich bedauere, ich kann Ihnen nicht weiterhelfen.«

»Sie werden mich jetzt dem Duc melden!«

»Darf ich fragen, was hier los ist?«, ertönte in diesem Moment eine autoritäre Stimme aus dem Hintergrund.

Der Schotte fuhr herum und sah, wie ein höfisch gekleideter Mann um die fünfzig in Mantel und Dreispitz mit ungehaltenem Gesichtsausdruck zu ihnen die Stufen hochstieg.

Fernand senkte den Kopf. »Verzeihen Sie, Monsieur le Duc, aber dieser Herr …«

Der Unbekannte blickte den Mann erleichtert an. »Sind Sie Monsieur de Villier?«, fragte er.

»Der bin ich!« Der Duc musterte ihn mit kühler Strenge von Kopf bis Fuß. »Und darf fragen, wer *Sie* sind, Monsieur?«

Der Schotte zog seinen Filzhut vom Kopf, unter dem eine Fülle kupferfarbener Haare zum Vorschein kam. »Mein Name ist John MacIan, und ich komme aus Glencoe. Ich bin auf der Suche nach Mademoiselle de Montbrignac. Sie sagte mir bei ihrer Abreise, dass ich mich an Sie wenden sollte, wenn ich sie in Frankreich ausfindig machen wollte. Wissen Sie, wo ich sie finden kann?«

»Sie sind eigens aus Schottland gekommen, um sie zu sehen?«, entfuhr es Villier.

»Nein, nicht allein ihretwegen. Ich bin eigentlich auf dem Weg nach Saint-Germain zum Exilhof der Stuarts«, erklärte John widerstrebend.

Villier nickte. Er erinnerte sich an den Aufstand, der zurzeit in Schottland und England tobte.

»Nun, ich bedauere, Monsieur MacIan, aber unglücklicherweise ist mir leider nicht bekannt, wo sich Mademoiselle de Montbrignac zurzeit aufhält. Wenn Sie einen Brief oder Ähnliches für sie hinterlassen wollen, nehme ich ihn jedoch gern für sie in Verwahrung«, sagte Villier. Er verschwieg dem jungen Mann, was er erst vor einer Stunde von einem Bekannten des Duc de Montbrignac im Palais Royal erfahren hatte: dass die junge Frau, nachdem sie im Haus ihres Onkels angeblich einen Lakaien niedergeschlagen hatte, spurlos verschwunden war.

62

Als sie erwachte, war die Luft kühl und feucht, und sie lag im Dunkeln auf einem Strohsack in einer großen steinernen Nische. Jemand hatte eine zerlumpte Decke über sie gelegt, die nach Schweiß stank.

Der Schein einer Kerze glitt im Halbdunkeln über ihr Gesicht.

»Ei, ein hübsches Lärvchen!«

»Wenn du nicht deine Zunge verlieren willst, sagst du mir, was mit ihr ist, Salvatore!«

»Sie darf auf jeden Fall nicht mehr schlafen«, ertönte die Antwort.

Finger berührten sie. Cécile öffnete die Augen und versuchte zu begreifen, wer der Mann mit dem fadenscheinigen Hemd und dem spärlichen Haaransatz war. Er hatte sich über sie gebeugt und zwang sie mit seinen Fingern, ihre Lippen zu öffnen, um ihre Mundhöhle zu inspizieren.

Sie wehrte sich nicht. Die lähmende Müdigkeit war stärker. Sie tauchte in die Tiefen ihres Traums zurück.

Zwei Arme schüttelten sie unsanft.

»Du bleibst wach!«, befahl Archibald.

»Ich … ich kann nicht. Ich bin so müde«, murmelte Cécile.

»Nein!«

Sie sackte dennoch wieder weg. Ein Schwall kaltes Wasser ließ sie unsanft hochschrecken. Entsetzt schnappte sie nach Luft. Um sie herum war lautes Gelächter zu vernehmen. Fremde Augen starrten sie im Halbdunkeln an.

Cécile sah im Schein der Fackeln, die der höhlenartigen Verbreiterung des Gangs etwas Licht spendeten, dass sie nicht allein waren, sondern dass auf dem Boden fünfzehn bis zwanzig zerlumpt gekleidete Männer und einige Frauen auf Decken und Strohsäcken herumsaßen oder -lagen. Sie starrten sie mit unverhohlener Neugier an.

Cécile wischte sich das Wasser aus dem Gesicht und blickte noch immer benommen an sich hinunter. Ihr Nachthemd war durchnässt, und sie schloss eilig ihren Umhang. Archibald grinste.

Der Mann, den er Salvatore genannt hatte, interessierte sich währenddessen mehr für ihre Augen und betrachtete eingehend ihre Pupillen.

»Kannst du mir sagen, wann du das Gift bekommen hast und wie?«, fragte er sachlich.

»In einer heißen Schokolade«, sagte sie matt. »Sie haben mir jeden Abend eine gebracht. Zwei Tage ist es mir gelungen, sie wegzuschütten, doch heute musste ich sie wieder zu mir nehmen, um kein Misstrauen zu erregen.«

»Das war nicht heute, sondern gestern, meine Hübsche! Du hast fast achtzehn Stunden geschlafen«, erklärte Archibald trocken.

Cécile blickte ihn ungläubig an. So viel Zeit war vergangen?

Erst jetzt begann sie zu begreifen, wo sie überhaupt war. Sie sah sich beklommen um und nahm mit einem leichten Schaudern die Gebeine und Totenköpfe wahr, die sie nur wenige Schritte von ihrem Lager entfernt aus einer breiten Öffnung in der Wand heraus anstarrten. Sie befand sich tatsächlich in den unterirdischen Fundamenten der Stadt, den Katakomben!

Salvatore wandte sich zu Archibald. »Wenn sie das Gift in kleinen Dosen verabreicht bekommen hat, wird es schwer festzustellen sein, was es war«, sagte er, während er Céciles

Hals abtastete und schließlich die Ärmel ihres Nachthemds hochschob.

»Sind Sie Arzt?«, fragte sie verwirrt.

Augenscheinlich schien Salvatore die Frage höchst amüsant zu finden. Er stieß ein Kichern aus, bei dem sein ganzer Körper von einem leisen Beben geschüttelt wurde und sich seine dünnen, langen Finger wie Spinnenbeine vor ihren Augen krümmten.

»Arzt? Nein, meine Teure. Ich gehöre zur anderen Seite. Ich bin Giftmischer!« Er hielt die Kerze näher an ihre Armbeugen und betrachtete interessiert die graubraune Färbung, die sich dort auf ihrer sonst gleichmäßig hellen Haut abzeichnete.

»Du zeigst alle Anzeichen für eine schwere Vergiftung«, sagte er schließlich. »Es könnte Arsen oder die Substanz eines Schlangengifts gewesen sein – ich vermute, eine Kombination aus zwei Giften, unter die sie wahrscheinlich noch ein Beruhigungsmittel gemengt haben. Das verfälscht die Symptome und lässt weniger Rückschlüsse auf eine Vergiftung zu«, erklärte er.

Cécile starrte ihn an. Sein wissenschaftlicher Tonfall stand in groteskem Kontrast zu der Umgebung, in der sie sich befanden.

Er betrachtete erneut ihre Pupillen. »Das Gift muss aus deinem Körper raus! Ich werde ihr etwas brauen, das dabei hilft«, sagte er, zu Archibald gewandt.

Der Bettler nickte.

Cécile sah, wie die Leute vor dem Giftmischer zurückwichen, als er an ihnen vorbei durch den Gang verschwand.

Archibald reichte ihr einen Becher mit Wasser. Durstig trank sie. Der Bettler hatte ihr sein narbiges Gesicht zugewandt und musterte sie nachdenklich.

»Wer ist so begierig darauf, dich ins Jenseits zu befördern? Und das schon das zweite Mal!«

»Das zweite Mal?«

»Die Kutsche«, erklärte Archibald. »Ibrah, der Einäugige, hat mir davon erzählt.«

Sie entsann sich dunkel des Unfalls, dem sie vor Notre-Dame knapp entgangen war. »Das soll Absicht gewesen sein?«, fragte sie schwach.

»Ibrah ist felsenfest davon überzeugt.«

Cécile schwieg. Alles kam ihr nur noch wie ein finsterer Traum vor. »Mein Onkel will sich meiner entledigen. Er hat bereits meinen Vater umgebracht«, erzählte sie ihm dann.

Archibald pfiff leise durch die Zähne. »Eine Familienfehde, was?«

Doch sie fühlte sich nicht in der Lage, ihm zu antworten, sondern lehnte ihren Kopf gegen die Wand. »Die Müdigkeit ... es ist so schwer, dagegen anzugehen«, murmelte sie.

Er schüttelte sie mit einem unerbittlichen Gesichtsausdruck. »Du bleibst wach!« Er reichte ihr erneut den Becher. »Trink!«, befahl er.

Sie nahm gehorsam einen Schluck.

Der Bettler schaffte es, Cécile am Einschlafen zu hindern, bis Salvatore zurückkam. Der Giftmischer reichte ihr eine wenig vertrauenerweckende grüne Flüssigkeit. Sie schmeckte fürchterlich, doch er bestand darauf, dass Cécile sie bis zum letzten Tropfen austrank.

Eine halbe Stunde später war sie sich sicher, sie würde sterben. Ihr Körper rebellierte – ihre Eingeweide schienen sie von innen zu zerreißen, und ihr wurde schlecht, so schlecht, dass sie sich unentwegt in einen übel riechenden Zinneimer übergeben musste und sich immer schwächer fühlte, bis sie irgendwann nur noch erschöpft liegen blieb.

Von Zeit zu Zeit tauchte Salvatore neben ihrem Strohlager auf. Mit unbeteiligter Miene schob er ihre Lider hoch und öffnete ihren Mund, um Augen und Zunge zu untersuchen.

»Wird sie es schaffen?«

»Nun, sie ist stark …«

Er gab ihr Wasser zu trinken, und doch schien er nicht zufrieden. Schließlich verschwand er und kam mit einem weiteren Becher des grünen Tranks zurück.

Cécile versuchte zu protestieren. »Nein, ich kann nicht mehr …«

»Du musst«, sagte er ungerührt. »Es sei denn, du willst sterben!«

Sie trank. Und alles begann wieder von vorn. Ein Feuer schien sich durch ihren Körper zu kämpfen, und sie übergab sich, obwohl schon lange nichts mehr in ihrem Magen war. Diesmal wurde ihr heiß. Sie schwitzte und spürte, wie jemand ihr mit einem schmutzigen Tuch über die Stirn wischte und ihr immer wieder Wasser zu trinken gab.

Stunden vergingen. Dann wurde es auf einmal besser. Die Krämpfe wurden schwächer und verebbten. Sie bekam noch mehr Wasser zu trinken. Salvatore nickte zufrieden.

Man ließ sie schlafen und weckte sie zwischendurch nur, um ihr zu trinken und etwas trockenes Brot zu essen zu geben.

Mit jedem Mal, das sie erwachte, begann Cécile ihre Umgebung wieder klarer wahrzunehmen. Da es kein natürliches Licht in den Katakomben gab, wusste sie nicht, ob Tag oder Nacht herrschte, doch sie bemerkte, dass Archibalds Leute in einem wechselnden Rhythmus kamen und gingen. Es war ein zusammengewürfelter Haufen von Frauen und Männern, die hier unten lebten. Ihre Gesichter waren gezeichnet von ihrem harten, entbehrungsreichen Leben, und in ihren Augen war ein Ausdruck gefangen, der Cécile an verwilderte Tiere erinnerte – wild, aggressiv und schreckhaft zugleich.

Sie schienen vom Betteln, von Diebstählen und kleinen Einbrüchen zu leben, denn wenn sie zurückkamen, brachten sie ihre Beute mit – etwas zu essen, einige Münzen, manchmal ein Schmuckstück, einen silbernen Leuchter oder ein paar Kleidungsstücke. Einen Teil davon traten sie an Archibald ab.

Cécile bemerkte, dass seine Leute ihm mit unterwürfigem Respekt begegneten. Er sprach in bestimmtem Ton mit ihnen, und manchmal nahm seine heisere Stimme einen harschen, schneidenden Befehlston an. Selbst im Halbdunkeln konnte Cécile die Angst im Gesicht desjenigen erkennen, der sich seinen Unmut zugezogen hatte. Nur Salvatore, der Giftmischer, durfte sich ihm wie ein Gleichgestellter nähern.

Wie die anderen verschwand auch Archibald oft für mehrere Stunden. Cécile merkte schnell, dass sie es allein seiner Autorität zu verdanken hatte, dass man sie während dieser Zeit nicht anrührte, sondern nur anstarrte – die Männer mit versteckter Gier, die Frauen mit Ablehnung und Misstrauen. Vor allem die jüngeren witterten in ihr offensichtlich eine Konkurrentin um die Gunst ihres Anführers und beobachteten argwöhnisch, wie sich Archibald bei seiner Rückkehr zu ihr aufs Lager legte.

Cécile fühlte sich in der Gegenwart des Bettlers beschützt. Die Wärme, die sein Körper ausstrahlte, übte eine beruhigende Wirkung auf sie aus. Sie hatte sich längst an den Geruch von Schweiß und Ausdünstungen gewöhnt, der ihm, wie auch allen anderen hier unten, anhaftete, und spürte, wie sie besser und tiefer schlief, wenn er neben ihr lag.

Langsam ging es ihr besser – sie war öfter und länger wach. Das Gift machte ihr nicht mehr zu schaffen, doch dafür drängten die Gedanken und Erinnerungen mit aller Macht zurück in ihr Bewusstsein. Sie schob sie beiseite, da sie nicht die Kraft fand, sich der Wirklichkeit zu stellen.

Manchmal bemerkte sie, dass Archibald sie prüfend ansah, und fragte sich, ob er in ihren Augen die Tränen wahrnahm, die sie im Schlaf geweint hatte.

Einmal, in einer dieser Stunden irgendwo zwischen Tag und Nacht, war sie wach, als er von einem seiner Beutezüge zurückkehrte. Er trug ein Bündel Männerkleidung unter dem Arm, und sie sah, wie er sich seines zerschlissenen Umhangs entledigte und etwas zu einem seiner Männer sagte. Es waren Worte, die Cécile nicht verstand – seine Leute und er verwendeten für vieles eigene Bezeichnungen, einer fremden Sprache gleich, deren Code nur sie selbst verstanden. Der Mann neigte den Kopf, verschwand und kehrte kurz darauf mit einem Lederbeutel zurück, aus dem der Bettler im Stehen trank.

Der Lichtschein der Fackeln ließ seine hochgewachsene Gestalt und sein Profil mit der geraden Nase und dem kantigen Kinn aus der Dunkelheit heraustreten. Für einen Moment wurde Cécile bewusst, dass er unter anderen Lebensumständen und ohne die Male im Gesicht durchaus als anziehender Mann gegolten hätte. Er wischte sich über den Mund und warf den Lederbeutel beiseite, bevor er ihr den Rücken zukehrte und sich sein altes, eingerissenes Hemd vom Leib zog.

Cécile erstarrte beim Anblick seines sehnigen, muskulösen Oberkörpers. Er war vollständig von einem Narbenmantel bedeckt – einem Geflecht sichelförmiger silberner Streifen, die sich von den Hüften aufwärts über seine Schultern bis zu den Oberarmen zogen. Zwischen den bogenförmigen Striemen fand sich kaum ein einziger Flecken heilen Gewebes. Cécile fühlte, wie sich alles in ihr zusammenzog. Es überstieg ihre Vorstellungskraft, welch unsagbarer grausamen Misshandlung es bedurft hatte, um ihn so zuzurichten.

Dann merkte sie, dass er den Kopf umgewandt hatte und sie anblickte. Ein finsterer, ungehaltener Ausdruck glomm in seinen Augen auf. Es gefiel ihm nicht, dass sie ihn betrachtete, und sie begriff, dass seine Narben etwas von ihm und seiner Vergangenheit enthüllten, das zu sehen er niemandem gestattete. Auch ihr nicht.

Doch sie verspürte keine Angst – nicht vor ihm, der sie das zweite Mal gerettet hatte und dem sie ihr Leben verdankte. Unverwandt schaute sie ihn an, und plötzlich löste sich seine drohende Haltung. Ihre Blicke trafen sich erneut, und für einen kurzen Moment schienen sich alle Grenzen zwischen ihren beiden Leben in einem Ausdruck der Verbundenheit aufzulösen.

Schließlich griff er nach dem Hemd, das er mitgebracht hatte, und streifte es über.

Als er sich neben sie legte, konnte sie seinen Atem auf ihrem Gesicht spüren, so nahe kam er an sie heran. »Führ mich lieber nicht in Versuchung«, sagte er rau, bevor er sich umdrehte und ihr den Rücken zuwandte.

Sie blieb bewegungslos neben ihm liegen und fragte sich, was er meinte, bis ihr aufging, dass es in seiner Welt vermutlich normal gewesen wäre, dass sie für das, was er für sie getan hatte, bezahlte.

Als sie am nächsten Tag erwachte, bemerkte sie durch die halb geöffneten Lider, wie er vor ihr stand und sie nachdenklich anstarrte. Dann verschwand er.

Als er Stunden später zurückkehrte, warf er ihr ein Kleid aufs Lager.

»Zieh dich an!«, sagte er.

»Jetzt?«, fragte sie überrascht.

»Ja. Du musst aufstehen und brauchst frische Luft.« Sein Tonfall klang barsch.

Cécile wagte nicht, ihm zu widersprechen, und schlüpfte unter ihrem Umhang in das Kleid. Es roch nach einer fremden Frau, doch es schien sauber zu sein.

Er ging mit einer Fackel voran, und sie folgte ihm. Während der ersten Schritte war ihr noch schwindlig, doch dann merkte sie, wie ihr die Bewegung guttat. Sie liefen durch ein Labyrinth von engen Gängen, vorbei an Gebeinen und Totenschädeln, deren Anblick sie zusammenfahren ließ, bis sie einige hohe, in Stein gehauene Stufen erreichten, die sie hochstiegen. Oben kletterten sie durch eine schmale Öffnung.

Zwischen einigen Büschen gelangten sie vor der Kaimauer an die Erdoberfläche. Außer Atem kam Cécile neben dem Bettler zum Stehen.

Es dämmerte bereits, doch nach den Tagen, die sie im Halbdunkeln verbracht hatte, schien ihr das Licht noch immer gleißend und hell, und sie blieb wie geblendet stehen. Ein kühler Wind wehte ihr ins Gesicht, und sie spürte, wie die frische Luft ihre Lebensgeister weckte. Cécile atmete tief durch. Es war, als würde sie aus einem Traum erwachen.

»Es tut nicht gut, wenn man zu lange unten ist«, erklärte Archibald, und einen Moment lang hatte sie den Eindruck, er meine damit mehr als nur die fehlende Luft und das Licht.

Sie trat näher ans Ufer heran, wie magisch von dem Wasser angezogen, und bückte sich, um ihre Hände hineinzutauchen. Es war eisig, und sie bekam am ganzen Körper eine Gänsehaut, doch sie benetzte ihr Gesicht und ihren Hals.

Archibald war ihr gefolgt und blieb nun neben ihr stehen. Er sah hinüber zu den Dächern der Stadt, die sich auf der anderen Seite der Seine erhoben.

»Der Mann, der mir die Narben auf meinem Rücken und im Gesicht zugefügt hat – ich habe ihn getötet«, begann er unvermittelt. Er blickte Cécile an. »Langsam, musst du wissen, um ihn wenigstens einen Bruchteil der Schmerzen fühlen zu lassen, die ich unter seinen Händen erduldet habe. Salvatore hat mir damals geholfen. Es war seine Wiedergutmachung dafür, dass ich ihn aus der Bastille befreit habe, wo er auf seine Hinrichtung gewartet hat.«

Sie erstarrte, als sie den kalten, grausamen Klang seiner Stimme hörte und er unerbittlich fortfuhr: »Manchmal denke ich noch immer, dass das Ende dieses Mannes nicht qualvoll genug war ... Ich habe nicht nur ihn getötet, sondern auch seine Diener und Wachen und später mehrere der Polizeiagenten, die mich gejagt haben.«

Der Wind strich schneidend über ihr Gesicht. »Warum erzählst du mir das?«, fragte sie leise.

»Um dir zu zeigen, wer ich und diese Leute dort unten wirklich sind – Verderbte, Kriminelle, nichts als Abschaum. Um dir begreiflich zu machen, dass du nicht dorthin gehörst. Du kannst nicht bleiben.«

Sie hob den Kopf. »Wie kommst du darauf, dass ich das wollte?«, fragte sie dann.

Er lachte hart auf. »Ich bin nicht blind. Es geht dir schon seit zwei Tagen gut, doch du wolltest noch nicht einmal nach draußen. Jeder normale Mensch wäre vor uns geflohen, sobald er sich halbwegs hätte auf den Beinen halten können!«

Sie hörte aus seinem Tonfall ein leichtes Erstaunen heraus und schwieg. Es hatte keine Bedeutung für sie, was er getan hatte, stellte sie fest. Ihr gegenüber hatte er sich edler verhalten als die meisten Menschen, die sie in den letzten Wochen getroffen hatte, und sie vertraute ihm. Dennoch hatte er recht. Aber sie hatte Angst vor dem, was sie in der Welt erwartete.

Archibald legte seine Hand auf ihre Schulter. »Ich habe keine Ahnung, welchen Kampf du zu führen hast, meine Schöne, doch du solltest zurückgehen und ihn zu Ende bringen!«

Sie betrachtete den grauen Abendhimmel. »Ich weiß«, sagte sie schließlich. Ein Anflug von Einsamkeit überkam sie. Ihr fiel auf, dass sie nicht einmal wusste, welcher Tag heute war. Sie hatte jedes Gefühl für Zeit verloren. »Wie lange bin ich unten gewesen?«, fragte sie plötzlich.

»Neun Tage.« Er hatte die Arme verschränkt und beobachtete sie mit einem unergründlichen Ausdruck.

Es war ihr länger vorgekommen – wie zwei, wenn nicht drei Wochen. Sie rechnete nach und stellte fest, dass heute der elfte November sein musste. Gestern hatte sie Geburtstag gehabt. Sie war zwanzig geworden. Erstaunt merkte sie, dass es ihr gleichgültig war.

Ihr Blick glitt erneut über die dunkle Silhouette der Stadt. Dann drehte sie sich langsam zu Archibald herum. »Ich brauche eine Pistole«, sagte sie zögernd. »Kannst du mir helfen, eine zu besorgen?«

Er ließ sich seine Überraschung nicht anmerken. »Sicher!«

»Danke.« Sie betrachtete die Spitzen ihrer schmutzigen Seidenschuhe, die feucht geworden waren, dachte an ihre schreckliche Flucht, wie sie sich mit letzter Kraft in das Versteck geflüchtet und er ihr geholfen hatte. »Ich weiß nicht, wie ich dir jemals für das, was du für mich getan hast, danken soll. Ich werde nie vergessen, wie tief ich in deiner Schuld stehe.«

Er lächelte leicht. »Schuld ist ein schweres Wort«, sagte er und wollte sich abwenden, doch dann blickte er sie nachdenklich an. »Verrätst du mir, um wen oder was du dir im Schlaf die Augen ausweinst?«

Er hatte es also doch mitbekommen! Einen Moment lang war es ihr unangenehm, wie viel er über sie wusste. Die letzten neun Tage hatten ihn tiefer in ihre Seele blicken lassen, als es je ein anderer Mensch getan hatte. »Der Mann, den ich geliebt habe, war an der Ermordung meines Vaters beteiligt«, sagte sie schließlich.

»Und jetzt willst du ihn töten.« Seine Stimme klang durchaus verständnisvoll.

Sie schüttelte den Kopf. »Nein, die Pistole brauche ich für etwas anderes. Ich muss wissen, wo mein Bruder ist«, erklärte sie.

63

Der Anblick der sandsteinfarbenen Fassaden des Stadtpalais erschien ihr im Licht der Morgendämmerung fremd, obwohl sie so viele Tage dort verbracht hatte. Schon seit einer ganzen Weile stand Cécile im Schatten der Mauer und sah zu dem Haus hinüber.

Etwas in ihr war erstarrt, wie zu Eis gefroren. Seit sie hier angekommen war, waren die Erinnerungen an alles, was ihr in den letzten Wochen widerfahren war, wieder so lebendig, als würde die geballte Kraft einer Flutwelle über sie hereinbrechen und sie alles noch einmal erleben lassen. Unten in der Dunkelheit der Katakomben, in den Schatten jener unwirklichen Welt der Ausgestoßenen, die ihr für kurze Zeit Geborgenheit geschenkt hatten, war es ihr immer wieder gelungen, die Geschehnisse zu verdrängen. Doch jetzt kehrte alles zurück – Armand, ihr Onkel, das Wissen, dass man ihren Vater umgebracht hatte, das Gift und die damit einhergehende Übelkeit, die Apathie, ihre Flucht und der Tod, dem sie ins Auge geblickt hatte …

Eine seltsame Empfindungslosigkeit, die sie weder Angst noch Verzweiflung spüren ließ, hatte sie ergriffen. Entschlossen ergriff sie den Beutel in ihrer Hand fester, während ihr Blick abermals zu dem Palais schweifte, in dem in Kürze die ersten Lakaien und Mägde ihren Dienst antreten würden.

In diesem Moment nahm sie die Gestalt an der nächsten Straßenecke zum zweiten Mal wahr. Es war ein Mann, der ähnlich wie sie einen Umhang mit Kapuze trug und den Eindruck erweckte, als würde er das Hôtel de Villier beobachten.

Cécile glitt zurück in den Schatten der Mauer. Zum Glück schien er sie nicht gesehen zu haben. Ob es einer der Männer ihres Onkels war? Ihr Herzschlag beschleunigte sich. Ließ der Duc de Montbrignac das Haus etwa beobachten, weil er damit rechnete, dass sie hier auftauchte?

So unauffällig sie konnte, wandte sie sich ab und verschwand in einer schmalen Gasse in Richtung der Seiteneingänge des Palais.

Sie war einige Schritte gelaufen, als sie spürte, dass jemand hinter ihr war. Wie konnte er ihr so schnell gefolgt sein? Es war zu spät, um noch in den Beutel zu greifen. Ihr ganzer Körper spannte sich an. Ihre Finger griffen unauffällig unter dem Umhang an ihren Rockbund.

Im selben Augenblick legte sich auch schon eine Hand auf ihre Schulter.

»Hey!«, sagte eine Stimme.

Cécile wirbelte herum, zog das Küchenmesser und hielt es ihrem Verfolger unter die Nase. Doch dieser hatte sich blitzschnell geduckt, und sie spürte im selben Moment, wie ihr jemand die Beine wegriss. Sie landete unsanft auf ihrem Hinterteil, doch es gelang ihr, bei dem Sturz das Bein in Richtung ihres Angreifers hochzureißen.

»Ah … verdammt!«

Jemand hielt ihre Handgelenke fest und ließ sie dann sogleich wieder los. Ein glucksendes Lachen ertönte.

Ungläubig sah sie zu der Gestalt hoch, der der breitkrempige Filzhut vom Kopf gerutscht war. Darunter zeigte sich ein vertrautes sommersprossiges Gesicht mit kupferfarbenen Haaren.

»John?«

»Aye! Hallo, Cécile!« Er grinste breit und reichte ihr die Hand, um ihr wieder auf die Beine zu helfen.

»Wieso um Himmels willen läufst du hinter mir her? Du hast mich zu Tode erschreckt«, fuhr sie ihn empört an.

Er schüttelte seine rötliche Mähne. »Das war nicht zu übersehen. Du hast mich fast abgestochen! Übrigens, nicht schlecht«, fügte er mit dem Stolz des Lehrmeisters hinzu.

Sie blickte ihn noch immer fassungslos an. »Bist du's wirklich, John?«, fragte sie. Ihr Herz machte einen Satz. Es war so schön, sein vertrautes Gesicht zu sehen!

Er nickte. Und dann fielen sie sich plötzlich in die Arme.

»Du siehst blass aus. Warst du etwa krank?«, fragte John, während er sie besorgt musterte.

Sie strich sich die Haare aus dem Gesicht.

»Ja, etwas«, erwiderte sie. Ihr mitgenommener Zustand war ihr ein wenig peinlich, doch andererseits sah er nicht viel besser aus als sie selbst. Ein Bartansatz wucherte über seine Wangen bis zum Kinn, Schatten lagen unter seinen Augen, und seine zerknitterte Kleidung zeigte deutliche Spuren einer langen Reise. Auch er war schmaler geworden und wirkte besorgt. Wahrscheinlich fiel ihm nur deshalb nicht auf, wie schlecht es ihr wirklich ging.

»Was machst du hier?«, fragte sie.

John erzählte, dass er vor zwei Wochen mit zwei Mitgliedern des Mackenzie-Clans in einem Segelschiff heimlich von der englischen Küste übergesetzt war, weil er beauftragt sei, ein wichtiges Schreiben nach St-Germain zu bringen. Im Gegenzug sollte er ein Antwortschreiben zurückbringen sowie eine wichtige Schiffsladung, auf die er in den letzten Tagen gewartet hatte, zurück nach Schottland begleiten. »Eine Art Kurierdienst«, erklärte er, und Cécile ahnte, dass es sich dabei vermutlich um Geld oder Waffen handelte, mit denen der Aufstand unterstützt werden sollte.

»Ich muss heute wieder zurück. Ich war schon einmal hier, weil ich dich unbedingt sehen wollte und dir etwas sagen muss. Doch der Duc de Villier behauptete, er hätte keine Ahnung, wo du zurzeit bist. Ich bin heute nur noch einmal gekommen, um dir wenigstens einen Brief zu hinterlassen.«

Die Erleichterung, sie doch noch getroffen zu haben, war ihm deutlich anzumerken, und Cécile war dankbar, dass sie ihm bei ihrem Abschied in Schottland den Namen von Villier genannt hatte.

»Was musst du mir denn sagen?«, fragte sie beklommen, da es sich sicher nicht um eine Lappalie handelte, wenn er diese Umstände auf sich nahm, um sie zu sehen.

John schien nach den richtigen Worten zu suchen. Er fuhr sich durch die Haare. »Cécile, ich bin mir sicher, dass dein Vater nicht von Engländern getötet wurde«, sagte er schließlich zu ihrer Überraschung.

Er griff in die Tasche seines wollenen Umhangs und zog etwas Silbernes hervor – die Schnupftabaksdose.

Cécile erstarrte, als er ihr den geöffneten Deckel zeigte.

»Einer der Schotten, mit denen ich zusammen gekämpft habe, hat lange am Exilhof hier in Frankreich gelebt und zufällig die Abbildung in dem Innendeckel gesehen. Er sagte, es sei das Wappen einer bekannten französischen Adelsfamilie –, die La Baume heißt. Ich dachte, das solltest du wissen und die Dose zurückbekommen.«

Sie blickte auf die zwei Türme – und sah in Gedanken Armands Schnupftabaksdose in der Hand ihres Onkels. Sie hatte sich nicht getäuscht. Es war genau die gleiche!

»Irgendwann wird der Tod deines Vaters gerächt, glaub mir«, sagte er, ihren versteinerten Blick missverstehend.

Sie nickte wortlos. »Du ahnst nicht, wie dankbar ich bin, diese Dose zu haben!«, sagte sie schließlich. Und es stimmte. Mit einer leisen Hoffnung hatte sie sich manchmal gefragt, ob sie sich nicht doch getäuscht hatte und sich die Wappen einfach nur sehr ähnlich sahen.

»Geht es dir wirklich gut, Cécile?« Sie spürte den prüfenden Blick seiner blaugrünen Augen auf sich ruhen.

»Ja!« Es gelang ihr, seine Besorgnis mit einigen Lügen zu beschwichtigen, die ihr leicht über die Lippen kamen. Es wäre zu schwierig gewesen, ihm alles zu erklären, und außerdem sah sie ihm an, dass er kaum weniger schreckliche Wochen hinter sich hatte. Er wirkte mitgenommen, und sie wollte nicht, dass er um sie besorgt zurück in den Krieg reiste. Und das würde er ohne Zweifel tun, wenn er erfuhr, was sie hinter sich hatte – und noch mehr, wenn er wüsste, was sie vorhatte. »Ich vermisse Schottland«, fügte sie ehrlich hinzu.

Ein bitteres Lächeln glitt über sein Gesicht. »Ach, Cécile. Sei froh, dass du hier bist. Im Moment ist es kein Vergnügen dort!« Er berichtete ihr, dass die Front zersplittert sei, dass sie in Perth und dem größten Teil Schottlands zwar erfolgreich gesiegt hätten, aber nun ein Teil der Truppen unter dem Kommando von Lord Kenmure weit in den Süden bis ins englische Lancashire vorgedrungen und es fraglich sei, ob sie dort wirklich die Unterstützung der englischen Jakobiter bekommen würden.

»Musst du wirklich zurück?«, fragte sie, obwohl sie die Antwort kannte.

»Ja, und schon sehr bald. Mein Schiff legt heute Abend von der Küste ab, und ich habe noch einen langen Ritt vor mir. Wir segeln nachts, damit wir nicht so leicht zu entdecken sind«, erklärte er.

Sie nickte mit zugeschnürter Kehle und umarmte ihn fest. »Pass auf dich auf«, flüsterte sie.

»Aye, das werde ich!« Er lächelte breit. Für einen kurzen Moment verschwand jede Müdigkeit und Anstrengung aus seinem Gesicht, und er schloss sie ebenso fest in seine Arme.

64

Adèle beschleunigte ihre Schritte. Über ihrem Arm hing ein voll beladener Korb. Es war bereits Mittag, doch glücklicherweise hatte sie noch alles bekommen, was sie benötigte. Ein empörtes Schnauben entrang sich ihrem Mund, als sie sich an die ausgemergelten Wachteln und die schlaffen Kohl- und Salatköpfe erinnerte, die diese nichtsnutzige Küchenhilfe am Morgen vom Markt mitgebracht hatte. Weggeworfenes Geld, das sie dem Jungen von seinem kargen Lohn abziehen würde, darauf konnte er wetten! Ob er keine Augen im Kopf habe, hatte sie ihn aufgebracht angefahren. Wie sollte man so etwas Monsieur le Duc oder gar der alten Madame la Duchesse servieren?

Sie schob den Korb gerade auf den anderen Arm, als sie sah, wie vor ihr aus dem Schatten einer Mauernische die Gestalt einer jungen Frau heraustrat, die die Kapuze ihres Umhangs vom Kopf zog.

»Gott sei Dank, da bist du ja«, stieß sie hervor.

»Cécile?«, fragte Adèle ungläubig. Im ersten Moment hätte die Köchin sie fast nicht wiedererkannt. Sie war furchtbar schmal und blass geworden, als hätte sie eine schwere Krankheit hinter sich. Voller Freude schloss sie die junge Frau in die Arme. Adèle hatte sich aufrichtig Sorgen gemacht, nachdem sie vor ein paar Wochen ohne ein Wort des Abschieds plötzlich verschwunden war. Sie hielt Cécile ein Stück von sich weg, um sie anzusehen. »Was ist denn bloß mit dir passiert, dass du so schrecklich dünn geworden bist?«

»Ach, Adèle, es tut so gut, dich zu sehen! Ich erzähle dir alles. Von Anfang an«, versprach sie. »Aber vorher brauche ich deine Hilfe.«

Die Köchin nickte. Sie musterte Céciles verschmutzten Umhang. Das Kleid, das sie darunter trug, war nicht nur alt, sondern auch viel zu groß, und die Haare der jungen Frau wirkten strähnig und ungekämmt.

»Brauchst du Geld?«, fragte sie besorgt.

Cécile schüttelte den Kopf.

»Nein, ich muss dringend mit Monsieur de Villier sprechen. Aber es darf mich auf keinen Fall jemand im Palais sehen. Du musst mir helfen, unauffällig ins Haus zu kommen«, erklärte sie leise.

Adèle nickte. »Der Duc wird sich freuen, dass du zurück bist. Er hat sich große Sorgen um dich gemacht«, erzählte sie und erinnerte sich, wie er ein paar Tage nach Céciles Verschwinden höchstpersönlich bei ihr in der Küche aufgetaucht war. Sie war vor Schreck fast zu Stein erstarrt, als er plötzlich vor ihr stand, doch er hatte ihr nur den Brief der Kleinen gezeigt. Er wisse, dass sie und Mademoiselle de Montbrignac sich nahestünden, sagte er. Ob sie daher eine Ahnung habe, wohin sie gereist sein könnte? Doch Adèle hatte ihm leider nicht weiterhelfen können.

»Tatsächlich?«, erwiderte Cécile. In ihre grünen Augen trat plötzlich ein harter Glanz.

»Ich helfe dir«, sagte Adèle. »Aber nur, wenn du vorher etwas isst und dich ...« – sie rümpfte ihre Nase – »... zurechtmachst!«

Cécile fasste sich an ihre Haare. »Rieche ich etwa schlecht?«

»Nun ja, du duftest jedenfalls nicht gerade nach Parfüm«, sagte die Köchin mit einem freundlichen Augenzwinkern.

Adèle brachte sie durch den Seiteneingang in ihre Kammer und besorgte ihr als Erstes etwas zu essen.

Hungrig machte sich Cécile über die Gemüsesuppe und die geschmorte Lammhaxe her. In ihre Wangen kehrte die Farbe zurück.

»Es schmeckt köstlich!«

Die Köchin musterte sie. »Wie lange hast du denn nichts gegessen?«

»Außer Brot? Seit einigen Tagen …«, antwortete Cécile leise.

Adèle schüttelte vorwurfsvoll den Kopf. »Kein Wunder, dass du so dürr geworden bist!« Sie verschwand, um wenig später mit einem Krug Wasser zurückzukehren, und half ihr, die Haare über einer Waschschüssel zu waschen. Als Cécile wieder in ihr Kleid schlüpfen wollte, schüttelte Adèle energisch den Kopf.

»Auf keinen Fall. Ich habe keine Ahnung, wo du das herhast, aber es riecht, als wenn es ein altes Fischweib getragen hätte!«

»Ich besitze kein anderes.«

»Doch, oben sind noch ein paar von deinen Kleidern«, widersprach Adèle.

Sie hatte recht. Cécile hatte es völlig vergessen – sie hatte bei ihrer Abreise nur einen Teil ihrer Kleidung mitgenommen, da sie ja davon ausgegangen war zurückzukehren.

Nachdem sie das Kleid angezogen hatte, das ihr von Adèle gebracht worden war, betrachtete sie sich im Spiegel. Es war das silbrig weiße, das Monsieur Raboutin ihr geschneidert hatte. Sie hatte es bei ihrem Besuch in Versailles getragen. Wie lange das schon her war!

»Der Duc hat heute Abend Gäste zum Souper. Wenn dich wirklich niemand sehen darf, müssen wir versuchen, dich in sein Kabinett zu schmuggeln«, sagte Adèle nachdenklich.

»Und was ist mit Fernand?«, fragte Cécile. Sie war dankbar, dass die Köchin sie nicht fragte, warum sie so darauf bedacht war, niemandem zu begegnen.

»Wir warten, bis das Souper beginnt, dann werden Fernand und die anderen Diener alle im Herrschaftstrakt sein, und du kannst dich hinüber ins Kabinett schleichen.«

Die Köchin musste wieder an ihre Arbeit. »Verriegle die Tür hinter mir, falls doch jemand kommt«, sagte sie, bevor sie ging.

Nachdenklich setzte sich Cécile aufs Bett. Sie dachte an John. Es hatte so gutgetan, ihn wiederzusehen! Ein Anflug von Wehmut befiel sie, dass ihnen nicht mehr Zeit vergönnt gewesen war. Wie sehr sich ihrer beider Leben doch verändert hatte!

Dann jedoch verbannte sie jeden Gedanken, der sie von ihrem Vorhaben ablenken konnte, aus ihrem Kopf.

Ihre Hände strichen über den Beutel, den sie bei sich hatte. Durch den Stoff konnte man deutlich den Gegenstand fühlen, der darin verborgen lag. Aber es war noch zu früh. Ihr Blick heftete sich auf den Zeiger der Uhr, der sich in unendlicher Langsamkeit vorwärtsschob, bis sie schließlich die ersten Kutschen hörte, die in den Hof des Palais einfuhren.

Ihre Augen waren durch die Tage in den Katakomben an die Dunkelheit gewöhnt, und sie brauchte nicht einmal einen Leuchter, als sie sich lautlos durch dic Flure zu den Gemächern des Duc schlich.

Auf der Treppe hörte sie Schritte und versteckte sich eilig in einer Nische, doch es war nur einer der älteren Diener, der dafür zuständig war, dass die Kamine und Öfen in den Gemächern nicht ausgingen. Sie wartete, bis er vorbeigelaufen war, und ging dann weiter, um am Ende des Flurs die großen Flügeltüren zum Kabinett zu öffnen. Sie blickte sich vorsichtig um und schlüpfte in den Raum. Ihr Blick glitt über die Umrisse der Möbel, bevor sie sich auf einem Lehnstuhl niederließ, von dem aus sie die Tür im Auge behalten konnte.

Es war fast eins, und Cécile war mehrmals in Versuchung geraten, auf ihrem Stuhl einzunicken, ehe sie endlich hörte, wie die Kutschen den Hof verließen und die Schritte des Duc im Flur erklangen. Er war nicht allein – ein Diener, der ihm vermutlich den Weg leuchtete, begleitete ihn. Cécile hörte, wie Monsieur de Villier ihm vor der Tür sagte, dass er ihn nicht mehr benötigte, und sich der Lakai entfernte.

Die Klinke wurde heruntergedrückt, und der Lichtschein eines mehrarmigen Leuchters fiel in den Raum.

Cécile richtete sich auf.

Der Duc schloss die Tür. Dann drehte er sich um – und fuhr zusammen.

»Guten Abend, Monsieur de Villier!«

Die Bandbreite der Emotionen, die sich in einem Bruchteil von Sekunden auf seinem Gesicht spiegelte, war beeindruckend – seinem ersten Schreck, der ihn bleich werden ließ, folgte sichtliche Erleichterung, ja fast so etwas wie Freude, sie wiederzusehen. Diese wurde schließlich von einem Ausdruck der Fassungslosigkeit abgelöst, als sein Blick abwärts zu Céciles Händen glitt und er die Pistole wahrnahm, deren Mündung sie auf ihn gerichtet hatte. Seine Augenbrauen zogen sich ungläubig zusammen.

»Wollen Sie mich umbringen?«

»Nein. Setzen Sie sich«, sagte sie ausdruckslos. Sie deutete auf den Stuhl, der ihr gegenüberstand.

Er stellte den Leuchter auf den Tisch und leistete ihrer Aufforderung Folge. Augenscheinlich war er nicht sicher, was er von ihrem dramatischen Auftritt mitten in der Nacht zu halten hatte.

»Wo um Gottes willen sind Sie gewesen?«, fragte er. Er lehnte sich in seinem Stuhl zurück.

»Im Languedoc.«

»Das weiß ich. Ihr Onkel hat es mir erzählt. Ich meinte, in den letzten zehn Tagen.«

Ihr Blick wurde kalt, als sie hörte, dass er mit Montbrignac Kontakt gehabt hatte. »In den Katakomben.«

Er sah sie an, als ob er an ihrem Verstand zweifelte – und sie nahm, ähnlich wie zuvor bei Adèle, seinen Schreck zur Kenntnis, mit dem er im Schein der Kerzenlichts ihre Blässe, die Schatten unter ihren Augen und das zu weit gewordene Kleid bemerkte.

»Es scheint Ihnen nicht besonders gutgegangen zu sein«, sagte er leise. »Was ist passiert?«

Das unerwartete Mitgefühl in seinen Worten drohte Cécile einen Moment lang aus dem Gleichgewicht zu bringen. Ihre Hand griff fester um den Knauf der Waffe. Sie ignorierte seine Frage.

»Ich will wissen, wo mein Bruder ist«, sagte sie. Sie hob die Pistole ein Stück nach oben.

»Sie wollen mich tatsächlich mit Waffengewalt zwingen, Ihnen zu verraten, wo er sich befindet?«

»Ja«, erwiderte sie angespannt. »Und Sie sollten nicht den Fehler machen, mich zu unterschätzen, Monsieur de Villier. Sie haben keine Ahnung, was ich hinter mir habe.«

Er blickte sie ruhig an. »Ich weiß mehr, als Sie denken – zum Beispiel, dass Ihr Onkel Sie durch die Polizei überall suchen lässt.«

»Durch die Polizei?«, wiederholte sie bestürzt.

»Sie haben einen seiner Diener schwer verletzt.«

Cécile spürte, wie ihre Hände zu zittern begannen. »Geht es ihm sehr schlecht?«, fragte sie, für einen kurzen Augenblick verunsichert.

»Nun, er war einen ganzen Tag lang nicht bei Bewusstsein, aber glücklicherweise befindet sich der Mann inzwischen wieder auf dem Weg der Besserung«, sagte Villier streng. »Als ich Sie gebeten habe, mir zu vertrauen, wollte ich Sie vielleicht genau vor alldem, was passiert ist, bewahren«, fügte er leise hinzu.

»Vertrauen ist etwas, das ich mir nicht mehr leisten kann, Monsieur le Duc.« Ihre Stimme hatte wieder einen harten Klang angenommen. Sie richtete die Mündung der Waffe erneut auf ihn. »Ich will wissen, wo Jean ist«, wiederholte sie entschlossen.

»Beruhigen Sie sich doch erst einmal, und lassen Sie uns in Ruhe reden …«

»Ich will nicht mehr reden. Ich will nur eins – ich will meinen Bruder sehen!«

Ihre Augen hatten sich verengt und er begriff plötzlich, wie ernst sie es meinte.

Ein leises Seufzen entglitt seinen Lippen. »Jean – er ist nicht hier in Paris. Er ist in Versailles.«

»In Versailles?«

Er nickte und erkannte, dass das Unvermeidbare nicht mehr abzuwenden war.

65

Durch den dunstigen Novembernebel, der in milchigen Schwaden über den Feldern und Wäldern lag, kämpften sich die ersten Sonnenstrahlen. Die Hufe der Pferde flogen über die Straße hinweg.

»Sie können die Waffe zur Seite legen. Ich gebe Ihnen mein Wort, dass ich Sie zu Ihrem Bruder bringe«, sagte der Duc mit Blick auf die Pistole, die Cécile noch immer mit beiden Händen umklammert in ihrem Schoß hielt.

Zögernd legte sie die Waffe, die ihr in den letzten Stunden einen seltsamen Halt gegeben hatte, neben sich. Sie wusste, dass Monsieur de Villier die Wahrheit sagte. Sie hatten bis zum Morgengrauen mit ihrem Aufbruch gewartet, und der Duc hatte mit keinem weiteren Wort versucht, sie von ihrem Vorhaben abzubringen. Dabei hätte er durchaus die Möglichkeit gehabt, ihr die Pistole zu entwenden und sie zu überwältigen. Die Anstrengungen des Tages hatten Cécile während des Wartens mehrmals einnicken lassen. Villier war jedoch in seinem Lehnstuhl ihr gegenüber sitzen geblieben, ohne etwas zu unternehmen. Als es draußen zu dämmern begann, hatte er sich schließlich höflich geräuspert und erklärt, dass er mit ihrem Einverständnis dem Kutscher Bescheid geben lassen würde, um die Pferde anzuspannen.

Céciles Augen hefteten sich jetzt auf die dunklen Silhouetten der Bäume, die draußen an ihnen vorbeiglitten.

»Wollen Sie mir nicht endlich erzählen, was geschehen ist, Mademoiselle?«, fragte Monsieur Villier sanft.

»Warum interessiert Sie das?«, erwiderte sie müde.

»Weil ich mir große Sorgen um Sie gemacht habe!«, erklärte er, plötzlich verärgert. »Nachdem ich erfahren hatte, dass Sie nach Paris zurückgekehrt sind und Ihr Onkel Sie bei sich aufgenommen hat, habe ich Ihnen mehrere Briefe schicken lassen …«

»Sie wussten, dass ich hier bin?«, fragte sie überrascht.

»Selbstverständlich! Da sich der Regent persönlich in aller Öffentlichkeit bei dem Duc de Montbrignac nach Ihrem Befinden erkundigt hat, konnte es mir schlecht verborgen bleiben.«

Der Duc d'Orléans! Sie hatte nicht vergessen, was ihr Onkel ihr auf Montbrignac erzählt hatte. »Diese Nachfrage hätte sich der Regent ersparen können. Wenn er meinen Onkel nicht gebeten hätte, sich meiner anzunehmen, wäre ich vielleicht niemals in diese Situation gekommen«, sagte sie mit kalter Wut.

»Ich glaube, er hatte durchaus Ihr Wohlergehen im Kopf, als er darauf bestand, dass Ihr Onkel sich mit Ihnen versöhnt. Aus seiner Sicht wäre es nur zu verständlich, dass der Duc de Montbrignac als Familienoberhaupt die Fürsorge für Sie übernimmt.«

Cécile schwieg und bemühte sich, nicht darüber nachzudenken, welche Schwierigkeiten die nahe Zukunft für sie bereithielt. Ihr Onkel ließ durch die Polizei nach ihr suchen. Wer würde ihr schon glauben, wenn sie erzählte, dass er versucht hatte, sie zu vergiften? Doch darüber durfte sie jetzt nicht nachdenken. Das Einzige, das zählte, war, dass sie endlich ihren Bruder sehen würde.

Sie merkte, dass die Kutsche mit einem Mal die Fahrt verlangsamte und vor einem einsam gelegenen Landgasthof hielt.

»Was machen wir hier?«

»Wir wechseln den Wagen«, erklärte Villier.

Cécile steckte überrascht die Waffe unter ihren Umhang. Der Kutscher öffnete den Verschlag und half ihnen beim Aussteigen.

In dem Wirtshaus war noch alles dunkel. Der Duc pochte mit seinem silbernen Spazierstock energisch gegen die Holztür. Einige Minuten vergingen, dann hörte man ein Geräusch, und eine verschlafene Gestalt öffnete ihnen die Tür. Ein rundes Männergesicht mit Bartstoppeln blickte sie verwundert an. »Ja? Oh, Monsieur le Duc!« Mit einem sichtlichen Ruck bemühte sich der Mann, der augenscheinlich der Wirt war, in seinem Nachtgewand Haltung anzunehmen.

»Verzeihen Sie, wir sind etwas früh dran«, sagte Villier höflich.

»Sie brauchen wieder einen Wagen?«

Der Duc nickte.

»Wenn Sie einen Augenblick warten, sage ich François Bescheid.« Der Wirt bedeutete ihnen mit einer Verbeugung einzutreten.

Cécile und Villier nahmen in der leeren Gaststube Platz und warteten, bis er zurückkam. Dann folgten sie ihm in den Hof hinaus, in dem eine einfache Droschke für sie bereitstand.

Cécile blickte den Duc verwundert an.

»Ich fahre aus Sicherheitsgründen nie mit meinem eigenen Wagen zu Jean«, erklärte er, als sie einstiegen.

»Sie glauben, man könnte Ihnen sogar in dieser Herrgottsfrühe folgen?«, fragte sie beklommen, nachdem sie ihm gegenüber auf dem zerschlissenen Sitz Platz genommen hatte.

»Ich kann es nicht ausschließen, Mademoiselle. Und ich habe Ihrem Vater damals das Versprechen gegeben, das Leben seines Sohnes zu schützen!« Der versteckte Vorwurf in Bezug auf ihr mangelndes Vertrauen, der in dem Satz mitschwang, war nicht zu überhören.

Die Kutsche fuhr nicht durch das Haupttor zurück zur Straße, sondern verließ den Hof durch ein zweites, verborgen liegendes Tor. Dahinter gelangten sie auf einen Waldweg, dem sie etwa eine halbe Meile folgten, bis sie wieder zurück auf die Avenue de Paris bogen.

»Weshalb haben Sie Jean eigentlich in Versailles untergebracht?«, fragte Cécile.

»Er besucht dort die königliche Pagenschule, um eine angemessene Ausbildung zu erhalten. Unter einem anderen Namen natürlich. Er heißt Philippe – Philippe de Labourg.«

Der Duc berichtete ihr, dass die Zöglinge, durchweg Jungen adliger Herkunft, dort nicht nur reiten und fechten lernten, sondern auch in Mathematik, Geografie, Waffenkunde, im Katechismus, der Etikette und einigen weiteren Fächern unterrichtet wurden. Seit dem Tod des Monarchen sei es in Versailles zwar sehr ruhig geworden, doch die Pagen würden regelmäßig ihre Dienste in Vincennes bei dem jungen König und bei offiziellen Zeremonien in Paris für den Regenten absolvieren.

Die Umrisse des Schlosses zeigten sich vor ihnen, und der Wagen bog nach rechts in Richtung eines der identisch aussehenden halbgerundeten Gebäude, die die Straße flankierten. Darin befanden sich die *écurien*, die königlichen Stallungen, in denen auch die Residenz des Ersten königlichen Rittmeisters und die Pagenschule untergebracht waren.

Die Kutsche fuhr durch ein breites Tor in den Hof.

»Ich weiß, dass es vermutlich etwas schwierig für Sie sein wird«, wandte der Duc sich an Cécile, während er seinen pelzbesetzten Umhang schloss. »Aber Philippe ... ich meine, Jean, ist nichts von der Geschichte seiner Familie bekannt, und er ahnt nicht, dass er eine Schwester hat. Vielleicht sollten Sie es ihm nicht sofort erzählen. Er weiß nur, dass seine Eltern früh verstorben sind und ich eine Art Pate bin.«

Cécile nickte. »Ich werde ihm nichts sagen – ich möchte ihn nur sehen und wissen, dass es ihm gutgeht.«

Als sie nach draußen blickte, nahm sie verblüfft den Betrieb wahr, der hier trotz der frühen Morgenstunde bereits herrschte. Pferde wurden aus den Stallungen gebracht, und etliche Rittmeister, Stallknechte und Garden liefen über den Hof. Eine Vielzahl von Jungen strömte aus einem lang gezogenen, mehrstöckigen Gebäude auf der anderen Seite. Sie trugen alle den gleichen Rock und die gleichen Kniebundhosen. Die Jüngsten waren vielleicht dreizehn, vierzehn, die Ältesten fünfzehn, sechzehn, schätzte Cécile.

»Wenn die Jungen ihre Zeit hier erfolgreich absolvieren, haben sie gute Chancen, später einmal in den Dienst eines Musketiers einzutreten oder eine andere Laufbahn am Hof einzuschlagen«, sagte der Duc, als die Kutsche zum Stehen kam. Er zog seine Taschenuhr hervor. »Wenn Sie kurz warten könnten – ich möchte unser Kommen dem Ersten Rittmeister ankündigen.«

Er stieg aus und ging zu dem Gebäude, in dem sich allem Anschein nach die Verwaltung und die Quartiere befanden. Cécile versuchte sich zu sammeln und spürte plötzlich, wie aufgeregt sie war. Ob sie ihren Bruder erkennen würde? Zum Glück hatte Adèle sie gezwungen, ein anderes Kleid anzuziehen. Ihr Blick blieb an den Gesichtern einiger Pagen hängen, die Pferde von den Stallungen herüberführten. Sie lachten und alberten miteinander herum. Die Bewegungen der meisten wirkten ein wenig eckig und ungelenk, als hätten sie sich noch nicht an die Kraft gewöhnt, die ihnen die Natur über Nacht geschenkt hatte, und man spürte ihren Übermut und ihre überschäumende Energie.

Plötzlich hielt es Cécile nicht mehr in der Kutsche. Sie stieg aus.

Es war nicht unbedingt die beste Idee gewesen, musste sie jedoch sogleich feststellen, denn die Augen der Jungen und Männer richteten sich sofort mit großer Neugier auf sie.

Ein junger, uniformierter Rittmeister kam auf sie zu. Er deutete galant eine Verbeugung an. »Kann ich Ihnen vielleicht helfen, Mademoiselle?«, fragte er.

Sie schüttelte verlegen den Kopf. »Danke sehr, Monsieur. Ich warte auf ... meinen Oheim, Monsieur de Villier.«

»Monsieur de Huguet – Sie werden in der Manege gebraucht!«, rief ein älterer Offizier, der kopfschüttelnd zu ihm herübergesehen hatte.

Der Rittmeister verbeugte sich mit einem schiefen Lächeln und ging davon.

Cécile blieb vor der Kutsche stehen und betrachtete das bunte Treiben auf dem Hof. Plötzlich blieb ihr Blick wie hypnotisiert an einem Jungen hängen. Er lief in einer Gruppe von sieben, acht anderen Pagen über den Hof. Es war nicht sein Aussehen, sondern die Haltung seines Kopfes und die Art, wie er gestikulierte und sich seine schwarzen Haare aus dem Gesicht strich, die sie erstarren ließ. Er war schmal und groß und erinnerte sie in seinen Bewegungen unweigerlich an ihren Vater.

Ein rundlicher, rothaariger Page, der neben ihm ging, erzählte gerade etwas, woraufhin der schwarzhaarige Junge eine spöttische Grimasse zog, die er mit einer resoluten Handbewegung unterstrich, und die anderen in lautes Gelächter ausbrachen. Der Rothaarige knuffte ihn grimmig in die

Seite, doch ihr Umgang miteinander ließ Cécile erkennen, dass die beiden Freunde waren. Ein warmes Gefühl durchflutete sie, und sie spürte, wie ihre Knie weich wurden. Das war ihr Bruder – sie wusste es! Es gab ihn tatsächlich!

In diesem Augenblick hob er unerwartet den Kopf und sah zu ihr herüber. Er verlangsamte überrascht seinen Schritt, als er ihren Blick bemerkte. Sie hätte wegsehen sollen, doch es war ihr nicht möglich.

Seine Freunde sagten grinsend etwas zu ihm und lachten dann. Verärgert erwiderte er einige Worte und machte eine Handbewegung, die die anderen wohl zum Schweigen bringen sollte. Dann neigte er höflich den Kopf in ihre Richtung.

Sie erwiderte den Gruß und beobachtete mit klopfendem Herzen, wie er weiter zu einem Durchgang in dem Gebäude ging. Er drehte sich noch einmal kurz zu ihr um und verschwand aus ihrem Sichtfeld.

»Warum haben Sie nicht in der Kutsche gewartet? Hier draußen ist es doch viel zu kalt!«, ertönte hinter ihr die besorgte Stimme des Duc de Villier, der vom Hauptgebäude zurückgekommen war.

Cécile sah ihn mit glühenden Wangen an. »Ich … ich habe ihn gesehen.«

»Sie meinen Philippe … oder vielmehr Jean? Haben Sie ihn denn erkannt?«

»Ja!«

Er lächelte. »Kommen Sie. Der Marquis teilte mir mit, dass er auf dem Weg in die Manege sein müsste, wo er gleich Reitunterricht haben wird. Ich werde Sie ihm vorstellen!«

Sie liefen über den Hof zu dem Durchgang, in dem zuvor die Jungen verschwunden waren, und erreichten dahinter einen großen, durch Balustraden abgezäunten Platz, wo gerade der Unterricht begonnen hatte.

»Monsieur de Plessis! Etwas mehr Haltung bitte. Das ist ein Pferd und kein Ackergaul!«, rief der Rittmeister. Cécile sah, dass sich sein Kommentar auf den rundlichen, rothaarigen Pagen bezog.

Mehrere Hindernisse waren in der Manege aufgebaut worden, über die die Jungen springen mussten und dabei im Ritt den Degen ziehen sollten, um eine Strohpuppe in der Mitte des Platzes zu touchieren.

»Und Sie, Monsieur de Salin, nicht einschlafen! Ihr Rappe langweilt sich ja schon zu Tode! Tempo, Tempo, bitte. Gut, Monsieur de La Vallière. Den Degen etwas weiter zum Herzen!«

Und dann sprang ihr Bruder. Sein Gesicht war hochkonzentriert. Er hielt sich ausgezeichnet auf dem Pferd, stellte Cécile nicht ohne Stolz fest. Aufrecht, elegant und gerade – so wie ihr Vater sein Leben lang im Sattel gesessen hatte – nahm er die beiden Hindernisse und zog gleichzeitig den Degen, mit dem er noch im Sprung den Arm der Strohpuppe traf.

»Sehr schön, Monsieur de Labourg. Nur genau wie Monsieur de La Vallière – versuchen Sie, weiter rechts die Herzgegend zu treffen!«

Er nickte mit geröteten Wangen.

In diesem Augenblick bemerkte der Rittmeister den Duc de Villier. Sie schienen sich zu kennen, denn er neigte sofort den Kopf und sagte etwas zu dem Jungen auf dem Pferd, der sich zu ihnen umdrehte und auf sie zuritt.

»Monsieur de Villier! Guten Morgen«, sagte der Junge erfreut, nachdem er abgesessen war. Neugierig streifte sein Blick Cécile.

Der Duc lächelte warm. »Guten Morgen, Philippe. Exzellenter Sprung! Darf ich dir Cécile vorstellen? Cécile de Montbrignac – sie ist die Tochter eines alten Freundes von mir.«

Der Junge verbeugte sich. »Philippe de Labourg. Sie haben vorhin vor der Kutsche gestanden, nicht wahr?«, fragte er. Er sah sie offen aus seinen grünen Augen an und runzelte dann die Stirn, als würde er überlegen, ob er sie irgendwoher kannte.

Céciles Kehle war wie zugeschnürt, als er so vor ihr stand. »Ja, das stimmt«, erwiderte sie. Er hatte auch das schwarze Haar und den Mund ihres Vaters und war ihr sofort so vertraut, dass sie ihn am liebsten in ihre Arme genommen hätte, doch ihr Verhalten musste ihm ohnehin merkwürdig vorkommen. Die Freude überwältigte sie. Sie sprach mit ihrem Bruder! Jede Anstrengung, alles, was sie in den letzten Wochen erlitten hatte, schien sich nun doch gelohnt zu haben, und sie spürte, wie ihr plötzlich gegen ihren Willen die Tränen in die Augen traten.

»Geht es Ihnen gut, Mademoiselle?«, fragte der Junge besorgt.

»Ja, verzeihen Sie …«

»Cécile hat eine anstrengende Reise hinter sich«, kam ihr der Duc de Villier zu Hilfe. Er hatte den Arm um ihre Schulter gelegt. »Sie ist gerade erst aus Schottland gekommen, wo sie lange gelebt hat.«

»Sie haben in Schottland gelebt – in den Highlands?«, fragte Jean. Sie bemerkte, wie sein Blick an dem Medaillon an ihrem Hals hängen blieb.

»Ja, im Tal von Glencoe.«

»Oh, davon müssen Sie mir unbedingt einmal erzählen. Ich durfte neulich als Begleitung einer Abordnung nach

St-Germain, wo der Exilhof des Prince de Stuart residiert.« Die Worte sprudelten aus seinem Mund. »Stimmt es, dass es drüben zurzeit einen Aufstand gibt?«

»Ja, die meisten Schotten halten den Stuart-Prinzen für den legitimen Thronfolger«, erzählte sie.

»Wirklich?« Er hörte gebannt zu, doch dann sah er bedauernd zu dem Rittmeister hinüber, der bereits mit der nächsten Übungsfolge begonnen hatte. »Ich fürchte, ich muss zurück ...«

»Wir kommen wieder, Philippe«, sagte der Duc.

Der Junge nickte. Er blickte Cécile an. »Ein schönes Medaillon, das Sie da tragen«, sagte er unvermittelt.

Sie fasste sich an den Hals. »Danke. Es hat einmal meinem Vater gehört.«

»Lebt er denn nicht mehr?«

»Nein ... unglücklicherweise nicht.«

»Das tut mir leid. Meine Eltern sind auch verstorben«, sagte er sehr erwachsen und neigte dann zum Abschied den Kopf.

Der Duc de Villier hatte sich bereits zum Gehen gewandt, doch Cécile blieb noch für einen Augenblick stehen, um zu beobachten, wie ihr Bruder aufs Pferd stieg. Plötzlich drehte er sich noch einmal um. Ein scheues Lächeln huschte über sein Gesicht.

»Ich habe übrigens ein Medaillon, das dem Ihren ganz ähnlich sieht«, sagte er zu ihrer Überraschung, bevor er zurück zu der Gruppe preschte.

66

Sie waren schweigend zurück zur Kutsche gegangen. »Danke, dass Sie mich zu ihm gebracht haben«, sagte Cécile. In ihren Augen standen Tränen, doch gleichzeitig hatte sich ein tiefes Glücksgefühl ihrer bemächtigt. Vor ihrem Bruder zu stehen, zu erkennen, dass es ihn wirklich gab, war, als wäre ein Teil von ihren Eltern wieder lebendig geworden.

»Ich muss mich entschuldigen. Ich hätte Ihrem Wunsch, ihn sehen zu wollen, früher nachkommen müssen«, erwiderte der Duc betreten. »Es bedeutet Ihnen sehr viel, nicht wahr?«

»Es bedeutet mir alles«, bestätigte sie. Es stimmte. Hätte es Jean nicht gegeben, wäre sie nie nach Frankreich gekommen, sondern in Schottland geblieben.

Sie wandte zögernd den Kopf zu Villier. »Ich wollte Sie das schon lange fragen – wie ist es eigentlich damals dazu gekommen, dass Jean überlebt hat? Wissen Sie, was bei dem Überfall passiert ist?«

Sie spürte an seiner abweisenden Miene, dass er nur ungern bereit war, über diese schrecklichen Ereignisse zu reden.

»Das Meiste ist mir bekannt, ja«, erwiderte er.

»Erzählen Sie es mir!«, bat sie.

Er blickte sie zweifelnd an. »Sind Sie sicher, dass Sie es hören wollen?«

»Ja!«

Er seufzte. »Die Flucht … es ist damals alles sehr plötzlich gekommen«, begann er. »Ihr Vater musste über Nacht das Land verlassen. Er sollte mit Ihnen vorausreisen, und Ihre

Mutter sollte mit Jean und der Amme nachkommen. Durch das Baby war sie gezwungen, in einem geringeren Tempo zu reisen.«

Céciles sah mit Entsetzen die Bilder vor sich, die sich mit ihren eigenen Erinnerungen vermischten.

»Ihre Mutter hatte Paris bereits hinter sich gelassen. Sie befand sich auf dem Weg nach Calais und hatte Station in einer einsamen Herberge gemacht. Es geschah am Morgen. Die Amme war ins nächste Dorf gelaufen, um Brot und etwas Milch zu holen. Als sie zurückkam, sah sie Reiter von der Herberge kommen. Sie fand Ihre Mutter tot auf dem Boden. Ihr weißes Nachthemd war rot gefärbt von ihrem Blut ...« Die Stimme des Duc klang rau, und er brach einen Moment lang ab.

Céciles Fingernägel hatten sich in den Sitz gekrallt.

»Sie hatten sie erstochen und auch versucht, das Baby umzubringen«, fuhr er fort. »Jean lag blutend in ihren Armen. Er war bewusstlos – deshalb hatten sie ihn wahrscheinlich für tot gehalten. Doch er hatte Glück – sie hatten nicht sein Herz, sondern nur seine Schulter getroffen.«

Cécile sah den Duc fassungslos an.

»Die Amme hat Ihren Bruder an sich genommen. Sie wusste, dass ich ein Freund Ihres Vaters war, und hat ihn in der Nacht heimlich zu mir nach Paris gebracht. Sie erzählte mir von den Reitern. Ich ahnte, dass es kein einfacher Überfall, sondern ein gezielter Anschlag gewesen war. Deshalb habe ich dafür gesorgt, dass es so aussah, als sei Ihr Bruder damals mit Ihrer Mutter zusammen ums Leben gekommen. Es gibt sogar ein Grab mit seinem Namen neben dem Ihrer Mutter.«

Einen Moment lang brachte Cécile keinen Ton heraus. Starr blickte sie aus dem Fenster.

»Die Dienstboten in Ihrem Haus behaupteten, Sie hätten einen unehelichen Sohn gehabt, der verstorben sei. War das Jean?«, fragte sie schließlich leise.

Ein perplexer Ausdruck zeigte sich auf seinem Gesicht. »Dieses Gerücht – es hat sich von ganz allein in die Welt gesetzt«, erklärte er dann. »Man hat mich wahrscheinlich öfter mit Jean gesehen. Später, als Ihr Bruder etwas älter war und die Ähnlichkeit mit Ihrem Vater offensichtlicher wurde, wurde mir die Geschichte zu heikel. Ich habe behauptet, er sei an den Pocken verstorben.«

Während er erzählte, hatte das Fahrzeug über den Waldweg wieder das Wirtshaus erreicht. Sie stiegen aus und liefen über den Hof zurück zur Straße, um ihre Fahrt in dem Sechsspänner fortzusetzen. Als Cécile ihren Fuß auf den Tritt setzte, um in den Wagen zu steigen, stutzte sie für einen Augenblick – auf der anderen Straßenseite, ein Stück von dem Wirtshaus entfernt, stand eine weitere Kutsche. Sicher hatte es nichts zu bedeuten, doch sie war plötzlich dankbar für die Vorsichtsmaßnahme des Duc, das Fahrzeug gewechselt zu haben.

Als sie wieder auf den weichen Lederpolstern des Sechsspänners Platz genommen hatten, blickte Villier sie an. »Niemand außer mir, meiner Mutter und einem Notar wissen, dass Ihr Bruder lebt, und das ist sein größter Schutz. Deshalb wollte ich Sie auch immer davon abhalten, ihn zu sehen. Ich hatte Angst, dass man es Ihnen anmerken oder Sie sich unwillentlich in irgendeiner Situation verraten könnten. Das Problem ist das Alter Ihres Bruders. Sehen Sie, selbst wenn der Regent Ihren Vater posthum begnadigen würde, könnte Jean sein Erbe nicht antreten, weil er nicht volljährig ist. Man würde Ihren Onkel zu seinem Vormund bestimmen, und ich bin mir nicht sicher, ob Jean das überleben würde …«

»Sie haben recht«, sagte Cécile bitter. »Es darf auf keinen Fall irgendjemand von Jeans Existenz erfahren. Mein Onkel würde meinen Bruder vergiften, genauso wie er es mit mir versucht hat!« Ihr wurde bewusst, dass sie in ihrer Unwissenheit auf völlig falsche Weise versucht hatte, die Begnadigung ihres Vaters zu erreichen. Es war nicht die Unschuld ihres Vaters, die sie beweisen musste, sondern die Schuld ihres Onkels. Nicht einmal die Ergebnisse ihrer Nachforschungen im Languedoc nutzten ihr in der gegenwärtigen Situation wirklich etwas.

Villier war entsetzt zusammengefahren. »Er hat versucht, Sie zu vergiften?«

»Ja.«

»Mein Gott, mir war nicht klar, wie weit er gehen würde. Ich wusste immer, in welcher Gefahr sich Jean befinden würde. Aber Sie ... Ihr Onkel erzählte, Sie seien krank gewesen ...«

Sie schüttelte den Kopf. »Nein, es war Gift. Deshalb musste ich fliehen.«

Nach einer kurzen Pause fuhr sie fort: »Ich weiß, dass er in Schottland war, um meinen Vater töten zu lassen.«

Der Duc wirkte verwirrt. »Sagten Sie nicht, Ihr Vater sei in einem Hinterhalt der Engländer umgekommen?«

»Sie haben es nur so aussehen lassen«, erwiderte sie tonlos. »Aber ich habe im Haus meines Onkels etwas gesehen, das mir bewiesen hat, dass er und seine Männer in Schottland waren«, erklärte sie. »Und nach dem, was Sie jetzt erzählt haben, bin ich davon überzeugt, dass er auch für den Tod meiner Mutter verantwortlich ist.«

Ja, sie war sich dessen ganz sicher. Voller Grauen erinnerte sie sich an den Wortwechsel, den sie zwischen ihrem Onkel und Armand in Schloss Montbrignac mit angehört hatte. *Sie hat mich fast um den Verstand gebracht … Die einzige Frau, bei der ich jemals die Beherrschung verloren habe!*

Cécile blickte Villier verzweifelt an. »Das Schreckliche ist, dass ich inzwischen alles weiß, aber nichts in Händen halte, das die Schuld meines Onkels beweist«, stieß sie hervor. »Stattdessen sucht man jetzt nach mir wie nach einer Verbrecherin …«

»Sie müssen zum Regenten gehen«, erklärte der Duc mit ernster Miene.

»Niemals.« Sie presste die Lippen aufeinander. Wie konnte er nur auf diese Idee kommen? »Der Prince würde verlangen, dass ich zu meinem Onkel zurückkehre!«

»Sie verstehen nicht, Mademoiselle. Der Regent hat mir mitgeteilt, dass er Sie zu sehen wünscht.«

Cécile blickte ihn fassungslos an.

»Ich hätte es Ihnen vorher sagen sollen, aber ich hatte Angst, dass Sie mir wieder nicht vertrauen würden«, erklärte Villier ein wenig verlegen. »Kurz nachdem Sie verschwunden waren und Ihr Onkel in der Öffentlichkeit Ihre Gewalttätigkeit erwähnte, hat der Regent mich zu sich bestellt. Er sagte, dass ich Sie unverzüglich zu ihm bringen solle, falls Sie bei mir auftauchten, und betonte, dass es sich dabei um einen ausdrücklichen Befehl handele.«

Cécile wurde blass. »Aber Sie müssen ihm doch nicht sagen, dass ich bei Ihnen war.«

»Es geht nicht um mich, sondern um Sie, Mademoiselle. Die Polizei sucht Sie! Und wenn Sie sich auch noch einem Befehl des Regenten widersetzen, könnten Sie tatsächlich im Gefängnis landen.«

Cécile stöhnte leise auf. Es war alles noch viel schrecklicher, als sie geglaubt hatte.

»Aber ich kann nicht zu meinem Onkel zurückgehen«, sagte sie panisch.

Der Duc schüttelte den Kopf. »Ich glaube nicht, dass der Regent Sie nur aus diesem Grund zu sehen wünscht.«

67

Die beiden Gardisten standen mit ausdrucksloser Miene in der Tür. Sie waren bewaffnet, und Cécile war sich sicher, dass sie sie keinen Schritt über die Schwelle gehen lassen würden.

Ihre Hände waren feucht vor Angst. Seit geschlagenen zwei Stunden saß sie in diesem luxuriös eingerichteten Antichambre und wartete darauf, zum Regenten vorgelassen zu werden.

Der Duc de Villier, der sie nach ihrer Rückkehr aus Versailles ins Palais Royal gebracht hatte, hatte sie nicht begleiten dürfen. »Machen Sie sich keine Sorgen. Ich werde mich für Sie verwenden«, hatte er zum Abschied zu ihr gesagt. Doch je länger sie wartete, desto mehr hatte sie das Gefühl, dass es ein Fehler gewesen war hierherzukommen. Der Duc d'Orléans war mit ihrem Onkel bekannt – vielleicht wollte er sie nur sehen, um sie ähnlich wie Basville unter Druck zu setzen und ihren Widerstand zu brechen.

Ihr ging durch den Kopf, was der Duc in der Kutsche noch erzählt hatte. Nach der Flucht ihres Vaters hatte Villier erfahren, dass damals viele Leute bestochen worden waren – Richter, Beamte, aber auch einige Adlige, die zum

Umfeld Basvilles gehörten. Nur so hatte man die Verurteilung ihres Vaters durchsetzen können, hatte er ihr erklärt. Wäre nicht der Aufstand der Kamisarden ausgebrochen, hätte man am Hof wahrscheinlich trotzdem eingegriffen und Partei für ihren Vater genommen, meinte Villier, aber der gewaltsame Widerstand der Protestanten habe die Unabhängigkeit und Macht ihres Vaters in einem anderen Licht erscheinen lassen. Ein Mann wie er, der es sogar wagte, dem Intendanten die Stirn zu bieten, war damit von einem Tag zum anderen überaus gefährlich und verdächtig erschienen.

Cécile strich nervös über den Saum ihres Umhangs. Sie begriff immer mehr, wie schwierig es sein würde, Jean zu seinem Erbe und seinen Rechten zu verhelfen. Doch sie würde nur dann ihre Ruhe finden, wenn ihr Onkel für das, was er ihr und ihrer Familie angetan hatte, zur Rechenschaft gezogen wurde und sie sich sicher sein konnte, dass ihr Bruder eines Tages der Duc de Montbrignac wurde. Dafür war sie bereit zu kämpfen. Nur deshalb saß sie trotz aller Angst hier.

Sie dachte an die Beweise, die sie im Languedoc gefunden hatte – die Dinge, die Silvane und Tayard ihr erzählt hatten, und schließlich die Aussage von Florence. Würden die Worte einer Magd ausreichen, um einen angesehenen Mann von Rang zu belasten? Wohl kaum. Im Gegenteil, sie würde das Leben dieser Menschen wahrscheinlich nur zusätzlich in Gefahr bringen, wenn sie zum falschen Zeitpunkt erwähnte, was sie ihr erzählt hatten. Sie seufzte niedergeschlagen.

»Mademoiselle de Montbrignac?«

Sie blickte auf. Vor ihr stand ein Lakai.

»Wenn Sie mir bitte folgen würden …«

Cécile stand beklommen auf. Sie musste es trotzdem fertigbringen, dem Duc d'Orléans von ihren Beweisen zu berichten.

Doch als die Türgardisten vor ihr die großen Flügeltüren öffneten und der Diener ihren Namen verkündete, erkannte sie, dass sie dazu keine Möglichkeit bekommen würde. Der Regent war nicht allein in seinem Kabinett. Einige Schritte von seinem Schreibtisch entfernt, hinter dem er selbst Platz genommen hatte, saß auf einem Schemel – ihr Onkel.

Cécile schluckte. Sein Anblick löste Angst und Hass in ihr aus, und ihrem ersten Impuls folgend hätte sie sich am liebsten umgedreht und wäre weggerannt, doch die Gardisten hinter ihr und ein letzter Rest von Vernunft hielten sie davon ab. Zögernd betrat sie den Raum und verbeugte sich in geziemendem Abstand vor dem Duc d'Orléans. Sie spürte, wie ihr Onkel sie von der Seite mit einem verkniffenen Lächeln musterte.

»Guten Tag, Mademoiselle de Montbrignac. Wie ich sehe, haben Sie also doch noch den Weg hierhergefunden«, sagte der Regent und neigte kühl den Kopf. Bei Tageslicht zeigte sein Gesicht deutlich verlebte Züge. Sein Ringfinger trommelte auf die Mahagoniholzplatte seines Schreibtisches. Die Stimmung war mehr als angespannt.

»Monsieur de Villier berichtete mir, dass Ihr mich zu sehen wünscht, Hoheit«, sagte sie höflich.

Er bedachte sie mit einem ungehaltenen Blick. »Es handelte sich nicht um einen Wunsch, sondern um einen Befehl, Mademoiselle. Wie mir zu Ohren gekommen ist, haben Sie im Haus Ihres Onkels einen Lakaien tätlich angegriffen – und zwar so schwer, dass er einen Tag nicht bei Bewusstsein war.«

Sie senkte verlegen den Kopf. »Ich versichere Euch, das lag nicht in meiner Absicht. Es war nur eine Vase …«

»Die Sie ihm wie in einer Wirtshausschlägerei über den Kopf gezogen haben, Mademoiselle?«

»Mhm … ich sah leider keine andere Möglichkeit, aus dem Haus zu entkommen.«

»Hat Monsieur de Montbrignac Sie in irgendeiner Weise schlecht behandelt, Mademoiselle?«, fragte der Regent schneidend.

Sie zögerte. Sie musste vorsichtig sein.

Doch bevor sie etwas erwidern konnte, ergriff ihr Onkel unvermittelt das Wort. »Ich wäre glücklich, wenn Sie wieder in unser Haus kommen würden«, ertönte seine Stimme. »Sie sollten nicht vergessen, dass wir Ihre Familie sind.« Sein sanfter, väterlicher Tonfall jagte Cécile einen Schauer über den Rücken. Sie blickte in sein kaltes Gesicht, in dem sich die Lippen zu einem falschen Lächeln verzogen hatten.

Mit einer jähen Bewegung wandte sie sich an den Regenten. »Nein! Das kann ich nicht«, stieß sie hervor. »Ich flehe Euch an, Euer Hoheit!«

Die Stirnfalten des Duc d'Orléans zogen sich nach oben. Er tippte seine Fingerspitzen gegeneinander und erhob sich schließlich, um einige Schritte über den weichen Teppich durchs Zimmer zu gehen.

»Mademoiselle de Montbrignac, Sie stellen mich vor ein Problem. Seit Wochen sorgen Sie für eine unschöne Unruhe, Sie erheben unhaltbare Anschuldigungen und stellen ohne jegliche Beweise Behauptungen auf – und beschädigen damit nicht nur den Ruf Ihres Onkels, sondern auch den von anderen hochgestellten Persönlichkeiten, wie mich sogar Monsieur de Basville jüngst wissen ließ. Das kann ich nicht dulden. Ich würde dazu neigen, Ihrem Onkel recht zu geben, dass Ihre Nerven Schaden erlitten haben und es deshalb richtig ist, Sie unter Aufsicht zu stellen …«

Das also behauptete er? Glaubte er, sie so wieder in seine Gewalt zu bekommen? Wut ergriff sie. »Das stimmt nicht.

Das sagt er nur, um mich aus dem Weg zu schaffen, weil er Angst hat, irgendjemand könnte mir glauben.« Ihre Stimme war laut geworden.

Der Regent musterte sie verwundert.

Montbrignac hatte sich mit einer bedauernden Geste von seinem Schemel erhoben. »Cécile, Sie sind krank, mein Kind, auch wenn Sie es nicht selbst erkennen. Einige Wochen und Monate Ruhe, und Sie werden das alles anders sehen«, sagte er mit einem hässlichen Lächeln.

Sie blickte ihn hasserfüllt an. »Nun, es wäre Ihnen ja schon beinah gelungen, mich zur Ruhe zu bringen, wenn ich nicht aus Ihrem Haus geflohen wäre«, zischte sie.

Der Duc d'Orléans unterbrach sie beide mit einer strengen Handbewegung. »Genug jetzt! Ich war noch nicht fertig. Ihr Verhalten ist, wie gesagt, in keiner Weise akzeptabel, Mademoiselle. Andererseits muss ich zugeben, dass mich Ihr Mut und Ihre Entschlossenheit durchaus beeindrucken. Dem Recht nach würden Sie als junge, unverheiratete Frau in die Obhut Ihres Onkels gehören. Wenn Sie dazu nicht bereit sind, kann ich Ihnen nur zwei Alternativen vorschlagen, zwischen denen Sie zu wählen haben ...«

Cécile war von der unvermittelten Wendung des Gesprächs ebenso überrascht wie Montbrignac.

»Sie gehen entweder ins Kloster ... oder Sie vermählen sich«, erklärte der Duc d'Orléans freundlich lächelnd.

Ihre Augen weiteten sich, und sie rang um Fassung. Die beiden Möglichkeiten würden sie immerhin überleben lassen, das musste sie ihm zugutehalten, doch sie fand weder die eine Aussicht noch die andere besonders verheißungsvoll.

»Ins Kloster ...?«

»Oder Sie heiraten.«

Cécile bemerkte aus den Augenwinkeln, wie ihr Onkel den Regenten ungläubig anstarrte. »Verzeihen Sie, Euer Hoheit, aber ich denke doch, meine Nichte wäre bei mir und meiner Gemahlin …«, begann er, aber der Duc d'Orléans brachte ihn mit einer erneuten Handbewegung zum Schweigen.

»Und wenn ich weder das eine noch das andere tun möchte?«, wagte Cécile in einem vorsichtigen Vorstoß zu fragen.

Der Duc d'Orléans seufzte ungnädig und bedachte sie mit einem durchdringenden Blick.

»Monsieur de Montbrignac, lassen Sie uns bitte einen Moment allein«, befahl er dann. Er wartete, bis ihr Onkel widerwillig das Kabinett verlassen hatte, bevor er sich mit strenger Miene an Cécile wandte.

»Sie haben keine Wahl, Mademoiselle de Montbrignac. Entweder Sie gehen zurück zu Ihrem Onkel, oder Sie wählen eine der beiden anderen Möglichkeiten.«

Sie spürte seine gereizte Stimmung. Doch die Gelegenheit, so unverhofft mit ihm unter vier Augen sprechen zu können, durfte sie nicht ungenutzt verstreichen lassen. Cécile nahm ihren ganzen Mut zusammen. »Euer Hoheit, ich bitte Sie, mich wenigstens kurz anzuhören«, bat sie drängend. »Ich war im Languedoc und habe Beweise für die Unschuld meines Vaters gefunden. Es gibt einen Arzt, der sagt, der ermordete Priester sei schon länger tot gewesen, und außerdem gibt es die Aussage einer Magd, die meinen Onkel belastet.«

Der Regent starrte sie an. »Sagten Sie, die Aussage einer *Magd*?«

»Ja, sie hat …«

Er unterbrach sie. »Sie glauben, dass das Wort einer *Magd* ihrem Onkel gegenüber, dem Duc de Montbrignac, der einst dem König diente und jetzt mir, irgendein Gewicht haben könnte?«

»Aber …«

»Schweigen Sie, Mademoiselle«, fuhr er sie an. »Wenn Sie einen Richter finden, der bereit ist, sich Ihrer Angelegenheit anzunehmen und das Urteil gegen Ihren Vater aufzuheben oder gegen jemanden Anklage zu erheben, dann dürfen Sie mich wieder auf diese unleidliche Angelegenheit ansprechen. Bis dahin verbitte ich mir, dass Sie noch ein einziges Wort darüber verlieren. Haben Sie verstanden?«

Sie sah ihn entsetzt an.

»Sie verkennen hier die Tatsachen!« Er ließ sich verärgert wieder auf seinen Stuhl sinken. »*Sie* haben einen Lakaien des Duc de Montbrignac angegriffen – und verletzt. Dafür und für Ihre Verleumdungen könnte ich Sie in die Bastille stecken lassen, Mademoiselle. Sie sollten also dankbar sein, dass Ihre Person und die traurigen Ereignisse, die hinter Ihnen liegen, so weit meine Sympathie erwecken, dass ich gewillt bin, darüber hinwegzusehen, und Sie nicht einmal zwinge, zu Ihrem Onkel zurückzukehren. Die Wahl, wie Sie sich jetzt entscheiden, überlasse ich Ihnen.«

Cécile hatte das Gefühl, man würde ihr die Luft zum Atmen rauben. Welch ein Hohn, von einer Wahl zu sprechen, bei der Frage, ob sie lieber eingesperrt hinter Klostermauern ihre Freiheit einbüßen wollte oder ob sie es vorzog, dem Willen irgendeines Ehemanns, den sie weder liebte noch kannte, ausgeliefert zu sein.

Der Duc d'Orléans lächelte leicht. »Wenn Sie meine persönliche Meinung interessiert – ich denke nicht, dass Sie für das Leben unter Nonnen geschaffen sind, ich würde Ihnen zur Vermählung raten.«

Cécile sah ihn sprachlos an. Einen Augenblick lang war sie sich nicht sicher, ob sich in seinen Augen ein amüsiertes Funkeln zeigte.

»Soweit ich weiß, gehören zu einer Vermählung immer noch zwei Personen«, sagte sie kühl.

»Ja, und der Comte scheint mir doch eine überaus gute Partie zu sein.«

»Der Comte?«

»Ja, der Comte de Thoury.«

»Wie bitte? Wollen Sie damit etwa sagen, dass Monsieur de Thoury um meine Hand angehalten hat?« Ausgerechnet der Comte! Cécile drohte ein hysterisches Lachen zu entschlüpfen.

Der Regent nickte. »Ja. Auf Grund Ihres etwas angespannten Verhältnisses zu dem Duc de Montbrignac ist er bei mir persönlich vorstellig geworden und hat um meine Erlaubnis für diese Verbindung gebeten, die ich ihm gegeben habe. Ihr Onkel wird keine Einwände erheben können.« Er lächelte breit. »Ich bin überzeugt, der Comte wird Ihnen ein guter Ehemann sein. Die Duchesse de Berry, meine Tochter, bestätigte mir seinen integren Charakter. Da Sie keinerlei Mitgift in die Ehe einbringen, dürfen Sie sich von seinem Antrag im Übrigen sehr geehrt fühlen.«

Es gab eine Menge, was Cécile darauf hätte erwidern können – sowohl über seine Tochter als auch über den integren Charakter des Comte und seine speziellen Vorlieben, die dem Regenten anscheinend weniger bekannt waren. Doch sie brachte keinen Ton heraus, sondern spürte nur, wie erneut ein hysterisches Lachen in ihrer Kehle emporstieg. Was war nur mit ihrem Leben passiert, dass sie ständig den Eindruck hatte, in einen schlechten Traum geraten zu sein?

»Nun, Mademoiselle, ich erwarte Ihre Entscheidung, und zwar unmittelbar, um es klar auszudrücken. Ich will jedoch kein Unmensch sein und werde Ihnen vorher die Möglichkeit geben, einige Worte mit Monsieur de Thoury zu wechseln«, sagte er gönnerhaft. »Er äußerte den Wunsch, mit Ihnen unter vier Augen zu sprechen, bevor Sie sich entscheiden.«

68

Er wartete in einem der Salons auf sie. Elegant gekleidet, in derselben, ein wenig überheblichen Art wie immer, stand er dort, seinen Dreispitz unter den Arm geklemmt, das Kinn ein wenig erhoben, und blickte aus dem Fenster.

»Mademoiselle de Montbrignac!« Er drehte sich zu ihr um. Mit großen Schritten kam er auf sie zu und ergriff ihre Hand.

Seine Freude, sie zu sehen, war echt, und sie spürte, dass es einem Teil von ihr ebenso ging, während sie sich gleichzeitig versucht fühlte, ihm eine schallende Ohrfeige zu erteilen.

»Mein Gott, ich bin halb verrückt vor Sorge um Sie gewesen!«, stieß er hervor. »Was ist mit Ihnen geschehen? Sie sind ganz dünn und blass geworden!«

»Lassen Sie das! Bitte sagen Sie mir, dass es sich hier nur um einen Scherz handelt!«

»Bei meinem Antrag?« Er lächelte stolz. »Nein, keineswegs.« Ein spöttisches Funkeln glomm in seinen Augen auf. »Ich sollte jetzt vermutlich vor Ihnen auf die Knie fallen …«

»Es ist ein Scherz, nicht wahr?« Der Tonfall ihrer Stimme hatte unwillkürlich einen hohen Klang angenommen.

Er schüttelte unbeeindruckt den Kopf. »Ganz und gar nicht, Mademoiselle de Montbrignac. Im Gegenteil, ich halte es für eine hervorragende Idee. Der Vorschlag kommt vermutlich etwas überraschend für Sie. Aber selbst Monsieur de Villier fand, dass es eine gute Lösung sei.«

»Monsieur de Villier?«, echote sie.

»Ja, ich war bei ihm, weil ich Sie gesucht habe, da Sie nicht auf meine Briefe geantwortet haben. Sie hätten mir zumindest eine Nachricht zukommen lassen können, wo Sie sind«, fügte er tadelnd hinzu.

Cécile ging nicht darauf ein, sondern blickte ihn aufgebracht an. »Verraten Sie mir, wie ausgerechnet *Sie* auf die Idee kommen können, mich heiraten zu wollen? Sie hegen eine eindeutige Vorliebe für Männer!«

Seine Mundwinkel hoben sich leicht. »Ich hatte nicht den Eindruck, Sie seien so bourgeois, dass Sie das stört, und selbstverständlich würden wir uns in unserer Ehe gewisse Freiheiten lassen.«

»*Freiheiten?* Warum um Gottes willen wollen Sie mich überhaupt heiraten?« Auf ihrer Stirn zeigte sich eine steile Zornesfalte.

Er seufzte. Ihre mangelnde Begeisterung schien ihm nicht zu gefallen. »Ich werde es Ihnen erklären. Setzen Sie sich«, sagte er und legte den Dreispitz neben sich auf den Tisch. »Sehen Sie, eine Vermählung hätte für uns beide unschätzbare Vorteile«, sagte er, nachdem Cécile widerstrebend auf einem der geschwungenen Stühle Platz genommen hatte. »Dank meiner Gespräche mit Monsieur de Villier und dem Regenten ist mir nicht völlig verborgen geblieben, wie kompliziert sich die Lage für Sie entwickelt hat, und ich möchte

Ihnen gern helfen. Als meine Gemahlin würden Sie unter meinem Schutz stehen, und Ihre Angelegenheit würde unweigerlich auch zu der meinen werden. Es wäre eine völlig andere Position, aus der Sie für die posthume Begnadigung Ihres Vaters oder auch für die Rechte Ihres Bruders kämpfen könnten, und Ihr Onkel könnte in keiner Weise mehr Zugriff auf Ihr Leben nehmen.«

»Sie würden mich nur deshalb heiraten?«

»Nun, selbstverständlich hege ich auch aufrichtige Gefühle für Sie, Mademoiselle de Montbrignac. Vielleicht nicht die eines verliebten Jünglings, dafür aber die sehr viel tieferen eines echten Freundes. Und Sie haben außerdem den unschätzbaren Vorteil, dass ich mich in Ihrer Gegenwart nie langweile«, fügte er mit einem Augenzwinkern hinzu.

Es klang verlockend, musste sie zugeben, und war zumindest in ihrer gegenwärtigen Situation allemal besser als die Aussicht, erneut in die Hände ihres Onkels zu geraten oder zu einem Leben bei den Nonnen verdammt zu werden. Trotzdem blieb es ihr unverständlich, warum Thoury das alles für sie tun wollte. Sie spürte intuitiv, dass es noch einen anderen Grund für seinen Antrag geben musste. Misstrauisch blickte sie ihn an. »Es tut mir leid, aber sosehr ich Sie auch schätze, Monsieur de Thoury, fällt es mir doch schwer zu glauben, dass Sie die Verbindung aus reinem Edelmut eingehen wollen«, sagte sie schließlich.

»Damit haben Sie recht«, gab er zu. »Die Vermählung mit Ihnen wäre für mich sogar von großem Vorteil, denn Sie würden mir dazu verhelfen, an mein Erbe zu kommen – an dem Sie selbstverständlich partizipieren würden«, erklärte er frei heraus.

»*Ich* soll Ihnen zu Ihrem Erbe verhelfen?«

»Ja! Sie erinnern sich, dass ich zur Testamentseröffnung nach Bordeaux gefahren bin?«, fragte er dann und erzählte ihr, dass sein Vater schon seit vielen Jahren von seinen Neigungen gewusst und diese als abartig empfunden hätte. »Er war ein sehr religiöser Mann und fest davon überzeugt, dass meine Seele eines Tages für alle Ewigkeiten in den Tiefen des Fegefeuers schmoren würde.« Thourys Gesichtsausdruck verfinsterte sich. »Unglücklicherweise glaubte er, vor seinem Ableben noch etwas für meine Seelenrettung tun zu müssen. In seinem Letzten Willen hat er deshalb verfügt, dass mir mein Erbe nur zugeteilt wird, wenn ich mich vermähle.«

Cécile blickte ihn verblüfft an. »Nun, es beruhigt mich immerhin, dass Ihr Edelmut doch nicht so groß ist, wie ich befürchtete«, sagte sie schließlich zynisch.

Thoury beugte sich zu ihr. »Alles, was ich sagte, meinte ich ernst, Mademoiselle! Ich gebe Ihnen mein Wort, dass ich Sie mit allem, was in meiner Macht steht, unterstützen werde, um Ihnen dabei zu helfen, die Ehre Ihres Vaters und die damit verbundenen Rechte Ihres Bruders zu rehabilitieren.«

Cécile zögerte. Sie wusste, dass er die Wahrheit sprach, doch konnte sie deshalb seine Frau werden? Voller Panik dachte sie daran, dass der Regent eine Entscheidung von ihr erwartete.

»Sie kennen mich kaum – und wissen nicht alles über mich, Monsieur de Thoury«, sagte sie schließlich zögernd.

Seine Lippen kräuselten sich. »Haben Sie mir finstere Geheimnisse zu beichten?«

Die Andeutung eines Lächelns huschte über ihr Gesicht, als sie seinen amüsierten Tonfall hörte. Er ging mit einer beneidenswerten Leichtigkeit durchs Leben.

Doch dann wurde sie ernst. »Ich habe ein Verhältnis mit Armand de La Baume gehabt«, sagte sie offen.

»Mon dieu! Dabei hatte ich Sie gewarnt!«, erwiderte er, als er den angespannten Zug um ihren Mund wahrnahm. »Ich hoffe doch sehr, Ihr angegriffener Zustand steht nicht mit dieser Affäre in Zusammenhang? Ich wäre untröstlich, wenn Sie ihm den Triumph gegönnt hätten, Ihnen das Herz zu brechen.«

»Nein – ich habe herausgefunden, dass er dabei war, als man meinen Vater umgebracht hat. Dass er vielleicht sogar an dem Mord beteiligt war«, erklärte sie leise.

Thoury blickte sie ernst an. »Sie scheinen mir eine Menge zu erzählen zu haben, seitdem wir uns das letzte Mal begegnet sind, Mademoiselle de Montbrignac. Wenn Sie es wünschen, fordere ich Genugtuung«, fügte er hinzu.

»Nein, ich will ihn nur nie wieder sehen.«

Er ergriff ihre Hand. »Heiraten Sie mich. Wir brauchen uns beide«, sagte er. »Sie werden es nicht bereuen, und ich werde Ihnen alle Freiheiten lassen, die Sie begehren.«

Sie blickte ihn zweifelnd an, doch dann wurde ihr bewusst, dass sie keine Alternative hatte. Eine unendliche Müdigkeit ergriff sie plötzlich. Wenn sie schon heiraten musste, dann war er sicher die beste Wahl. Er würde keine Ansprüche an sie stellen, sie jedoch unterstützen und an ihrer Seite stehen – und immerhin war er ein echter Freund.

Cécile unterdrückte ein Seufzen, als sie seinen erwartungsvollen Blick auf sich spürte, und nickte schließlich.

69

Das Gesicht von Montbrignac hatte eine ungesunde graue Farbe angenommen, als er hörte, was der Mann mit dem stämmigen Nacken zu berichten hatte. Seitdem der Duc ihn vor vielen Jahren aus der Bastille freigekauft hatte, war Guy ihm bedingungslos ergeben, und er vertraute dem Mann wie keinem anderen.

»Was sagst du da?«, fragte er ungläubig.

»Der Wirt ist schließlich mit der Sprache herausgerückt, dass er öfter kommt, Herr«, wiederholte Guy seine Worte. »Wohl zweimal im Monat. Er verlangt jedes Mal eine einfache Droschke, in die er dann heimlich von dem Sechsspänner überwechselt.«

Montbrignac versuchte einen klaren Kopf zu bewahren und nicht in Panik zu verfallen. Doch es konnte nur einen Grund für Villiers Verhalten geben. Deshalb hatte er auch das Mädchen mitgenommen. Seit Tagen hatte er ihn bereits beschatten lassen, weil er sich zu Recht erhofft hatte, dass seine Nichte über kurz oder lang bei ihm auftauchen würde. Als die beiden im Morgengrauen Richtung Versailles fuhren, waren seine Leute ihnen gefolgt, doch vor dem Wirtshaus waren sie aus der Kutsche gestiegen und schienen mit einem Mal verschwunden gewesen zu sein. Erst Stunden später waren sie wiederaufgetaucht. Und nun erfuhr er, dass sie nur den Wagen gewechselt hatten!

»Wusste der Wirt, wohin sie wollten?«

Der Gehilfe schüttelte den Kopf. »Nein, nur, dass die Droschke immer Richtung Versailles fährt«, sagte er.

Montbrignac betrachtete seine Fingerspitzen. Guy war nicht zimperlich, und wenn der Wirt ihm nichts gestanden hatte, konnte er sicher sein, dass er wirklich nichts wusste.

Er entließ den Mann. Wie versteinert blieb er am Tisch sitzen, während die Gedanken durch seinen Kopf wirbelten. *Der Junge lebte!* Villier hatte gelogen, sogar vor dem Regenten, und ihm all die Jahre etwas vorgespielt, um dieses verdammte Balg zu schützen. Aus dem Grund war das Mädchen überhaupt aus Schottland zurückgekommen und bereit, für die posthume Begnadigung ihres Vaters zu kämpfen, wurde ihm nun klar. Henri – nach all den Jahren flammte der verzehrende Hass gegen seinen verfluchten Bruder wieder mit aller Macht auf. Als wäre er von den Toten auferstanden, um sein Leben weiter zu vergiften, wie er es zu Lebzeiten allein durch seinen bloßen Anblick getan hatte. Immer hatte man ihn vorgezogen!

Montbrignac sah seinen Vater vor sich, als er ihm – an dem Tag, nachdem es passiert war – mit wächsernem Gesicht mitteilte, er ließe es nicht zu, dass er der nächste Duc würde. Der alte Mann hatte plötzlich im Raum gestanden – sie lag noch auf dem Boden, halb nackt in ihrem zerrissenen Kleid und mit Striemen auf den tränenüberströmten Wangen und dem Körper, weil sie sich so gewehrt hatte.

Henri hatte nie etwas erfahren, und sein Vater hatte niemals auch nur ein einziges Wort über den Vorfall verloren, doch die Verachtung in seinem Blick hatte gereicht, ihn am nächsten Tag im Beisein zweier Notare alles unterschreiben zu lassen. Das uralte Hausgesetz der Montbrignacs ermöglichte es. *Es obliegt dem Oberhaupt des Geschlechts, im Zweifelsfall entgegen der üblichen Nachfolge einem anderen seiner Söhne das Recht des Erstgeborenen zu übertragen, wenn er dieses für unabdingbar für das Ansehen und Wohl des Hauses hält.* Ein Gesetz, für den Fall geschaffen, dass der Erstgeborene schwachsinnig war. Es brandmarkte Montbrignac nicht weniger, als hätte man ihn öffentlich vor Gericht gezerrt. Er hatte es seinerzeit nicht gewagt, sich dagegen aufzulehnen. Doch er würde sich nie wieder nehmen lassen, was ihm von Rechts wegen zustand und gebührte.

Sein Blut pulsierte in den Adern. *Der Junge lebte!* Wie hatte es nur dazu kommen können? Er war sicher gewesen, dass sie ihn getötet hatten. Montbrignac riss den Spitzenkragen seines Hemdes auf. Er musste ihn finden – und zwar schnell.

Alles um ihn herum war mit einem Mal ins Wanken geraten, und er fühlte sich, als würde man ihm den Boden unter den Füßen wegreißen. Er machte sich nichts vor. Selbst die Gunst des Regenten drohte er zu verlieren. Die Entscheidung des Duc d'Orléans, der jungen Frau das Kloster oder die Heirat anzubieten, war nichts anderes als ein Ausdruck seines unterschwelligen Misstrauens ihm gegenüber.

Doch um sie konnte er sich später noch kümmern. Der Junge war die drohende Gefahr – er musste ihn aufspüren, bevor noch irgendjemand von seiner Existenz erfuhr.

70

Cécile hatte sich nie Gedanken darüber gemacht, wie sie eines Tages heiraten wollte. Doch ganz sicher hätte sie sich ihre Hochzeit anders vorgestellt als so, wie sie nun stattfand.

Es war kaum mehr als ein bürokratischer Akt, da der Regent darauf bestand, die Vermählung so schnell wie möglich in die Tat umzusetzen. Ein Heiratsvertrag wurde eiligst aufgesetzt, und dem armen Monsieur Raboutin blieb nicht mehr als ein Nachmittag, um eine entsprechende Robe für Cécile anzufertigen. Als Trauzeugen wurden Monsieur de Villier und der Marquis de La Motte, ein Freund des Comte, bestimmt, die neben dem Anwalt, der die ordnungsgemäße Vermählung für die Testamentsvollstreckung überprüfen sollte, und einem Vertreter des Regenten die einzigen beiden Gäste waren.

Die besondere Eile, mit der von allen Seiten zu dieser Hochzeit gedrängt wurde, erweckte den Argwohn des Priesters, bei dem Cécile vor der Zeremonie die Beichte ablegen musste. Er bedachte sie mit einem strengen Blick, bevor er sich mit salbungsvoller Stimme erkundigte, ob sie sich mit ihrem Gemahl etwa schon vor der Ehe der fleischlichen Lust hingegeben habe. Sie konnte sehen, wie sich seine kleinen Äuglein bei diesen Worten durch das Gitter des Beichtstuhls auf ihre schmale Taille hefteten.

Sie verneinte seine Frage wahrheitsgemäß und erfand einige kleinere Sünden, da es ihr unpassend erschien, dem Geistlichen gegenüber vor ihrer Hochzeit ihre Affäre mit Armand zu erwähnen.

Später geleitete Monsieur de Villier sie zum Traualtar. Die Ehe mit dem Comte sei die beste Entscheidung, die sie habe treffen können, hatte er gesagt.

Die Robe von Monsieur Raboutin, ein Traum aus weißer Seide und Spitze, war trotz der kurzen Zeit wunderschön geworden.

»Sie sehen atemberaubend aus«, flüsterte der Comte, als er Cécile die Hand reichte und sie beide vor dem Priester niederknieten. Sie lächelte scheu. Auch er sah gut aus in seinem silbergrauen bestickten Rock, und von außen hätte vermutlich niemand die wahren Gründe für ihre Ehe erahnt.

Auf ewig – bis dass der Tod Euch scheidet! Cécile begriff kaum, was geschah, bis sie schon ihre Stimme hörte, die *Ja* sagte, und spürte, wie der Comte ihr den Ring überstreifte.

Unter dem Geläut der Glocken verließen sie die kleine Kirche, und ihr frisch angetrauter Gemahl küsste sie draußen sanft auf den Mund. »Ich bin entzückt, Madame«, sagte er, und ihr wurde mit einem leichten Schwindel bewusst, dass sie soeben die Comtesse de Thoury geworden war.

Nach der Zeremonie begaben sie sich zum Palais des Comte. Es war das erste Mal, dass sie ihr neues Zuhause sah. Ungläubig betrachtete sie die prunkvolle Fassade des Hôtel de Thoury. Es sei im letzten Jahrhundert von seinem Urgroßvater erbaut worden, erzählte ihr der Comte.

Ähnlich wie das Stadtpalais von Villier verfügte es über einen großen Haupttrakt, zwei Seitenflügel, über mehrere Höfe und einen dahinterliegenden großen Garten.

»Wir werden außerdem einen Landsitz in der Nähe von Bordeaux und ein Palais in Versailles erben«, erklärte Thoury lächelnd.

Im Haus war zum Abend ein kleines Hochzeitssouper vorbereitet worden. Zu Céciles Erstaunen nahmen daran nicht nur Villier und der Marquis de La Motte teil, sondern auch der Anwalt und der Vertreter des Regenten. Sie fühlte sich befangen in ihrer Gegenwart, als würden die beiden ihren Betrug durchschauen.

Nach dem Essen geleiteten zwei Zofen sie nach oben in ihr neues Schlafgemach und halfen ihr, sich zu entkleiden. Ein weißes Brauthemd lag für sie bereit, und Cécile erinnerte sich, dass die Vorstellung, die sie und der Comte gaben, noch nicht beendet war. Als sie umgezogen war, führte man sie zu einem von Vorhängen umgebenen Bett. Sie hörte die Schritte der Gäste und ihres Bräutigams im Antichambre. Thoury hatte sie vorgewarnt, dass die Sitte es wollte, dass sie ihn bis zu ihrem Bett geleiten und dann die Vorhänge schließen würden. Erst mit diesem symbolischen Beiwohnen der Hochzeitsnacht sei die Vermählung wirklich legitimiert. So sei es nicht nur in den Familien der Könige üblich, sondern auch in denen des Hochadels. Cécile wünschte, sie hätte die Zeremonie bereits hinter sich. Obwohl ihr spitzenbesetztes Brauthemd bis über ihre Brust von dem Laken bedeckt wurde, spürte sie, wie ihre Wangen einen flammend roten Ton annahmen, als die Männer in ihr Gemach traten und sie anblickten.

Der Comte schlug diskret eine Ecke der Decke auf und stieg zu ihr ins Bett.

Das spöttische Lächeln in seinen Augen half ihr dabei, die Situation zu überstehen. Die Vorhänge wurden zugezogen. Cécile hörte erleichtert, wie sich die Schritte wieder entfernten.

»Sie können sich entspannen. Das Schlimmste ist vorbei. Sie werden bis zum Morgengrauen weiter essen und trinken, aber nicht mehr hereinkommen.«

»Sie meinen, die anderen bleiben noch?«

»Ich gehe davon aus. Zumindest, was den Anwalt meines verehrten Herrn Vaters und diesen Vertreter des Regenten angeht.«

Er öffnete die Vorhänge des Bettes, trat an den Tisch, auf den ein Lakai eine Flasche Champagner und zwei Gläser gestellt hatte, und entkorkte die Flasche.

Cécile griff nach ihrem Seidenmantel und warf ihn über, bevor sie sich zu Thoury gesellte.

Er reichte ihr ein Glas. Sie stießen an. »Erzählen Sie mir, was geschehen ist, seitdem ich nach Bordeaux gefahren bin. Wie konnten Sie nur eine Affäre mit diesem La Baume anfangen?« Mit einem missbilligenden Gesichtsausdruck ließ er sich auf einen Sessel sinken.

Sie setzte sich ihm gegenüber und zog die Knie zu sich hoch. Für einen kurzen Moment blieb ihr Blick auf dem weit geöffneten Ausschnitt seines Hemdes hängen, in dem sich die nackte Haut zeigte. Es war seltsam, ihn so leicht bekleidet zu sehen.

»Stimmt es, dass er einen Freund von Ihnen im Duell getötet hat?«, fragte sie.

»Davon hat er Ihnen erzählt?«, fragte er verblüfft. »Ja, das hat er«, bestätigte er dann. »Victor de Bazencourt war ein enger Freund, und er hat mir viel bedeutet. La Baume und er standen sich ebenfalls sehr nahe, bis er eine Affäre mit seiner Schwester Marie-Anne angefangen und sie geschwängert hat. Als er sich weigerte, sie zu heiraten, hat Victor ihn gefordert.« Thourys Gesichtsausdruck verdüsterte sich für einen Augenblick bei der Erinnerung an die tragischen Ereignisse, doch dann wandte er sich wieder Cécile zu. »Aber jetzt berichten Sie mir der Reihe nach, was passiert ist.«

Sie trank einen Schluck und blickte in das knisternde Kaminfeuer, bevor sie begann, ihm Bericht zu erstatten.

Er blickte sie ungläubig an, als er hörte, dass sie allein ins Languedoc gefahren war. »Mein Gott, wenn Sie wenigstens mir oder dem Duc de Villier eine Nachricht hinterlassen hätten, wohin Sie gereist sind«, sagte er vorwurfsvoll.

»Wenn ich gewusst hätte, was passieren würde, hätte ich das vermutlich getan«, erwiderte sie mit einem schiefen Lächeln.

»Ein Wunder, dass Sie noch am Leben sind«, sagte er kopfschüttelnd. »Zehn Tage waren Sie anschließend in den Katakomben?«

»Ja.«

Er trank nachdenklich einen Schluck von seinem Champagner. »Während Ihrer Abwesenheit habe ich mir einige Gedanken über die Begnadigung Ihres Vaters gemacht«, berichtete er dann. »Ich habe mich auch mit dem Duc de Villier darüber unterhalten. Vielleicht besteht die Möglichkeit, die Angelegenheit vor das Parlament in Paris, möglicherweise sogar vor die Kammer der Ducs und Pairs zu bringen.«

Er erklärte ihr, ihr Vater hätte seinem Titel nach eigentlich das Recht gehabt, dass seine Angelegenheit vor dieser hohen Kammer verhandelt wurde. »Das Urteil ist jedoch im Languedoc gesprochen worden. Man sollte überprüfen, warum das der Fall war. Vielleicht könnte man auf dieser Grundlage eine Wiederaufnahme des Verfahrens verlangen.«

»Sie meinen, das wäre möglich? Aber mein Onkel wird mit allen Mitteln dagegen vorgehen«, sagte Cécile dann zweifelnd.

Thoury lächelte kühl. »Er hat hier nicht die Macht, über die er durch den Schutz des Intendanten im Languedoc verfügt. Aber selbstverständlich brauchen wir mehr Beweise, wenn wir wirklich an das Parlament herantreten wollen. Wir werden das sehr vorsichtig und mit Ruhe eruieren müssen«, sagte er.

Er erhob sich von seinem Sessel. »Lassen Sie uns schlafen gehen.«

Sie stand ebenfalls auf und sah einen eigentümlichen Blick in seinen Augen. Eine leichte Verlegenheit ergriff sie, als sie daran dachte, dass die Gäste noch immer nicht gegangen waren.

»Wir werden uns das Bett heute Nacht teilen müssen, nicht wahr?«, fragte sie befangen.

»Ich denke doch, das gehört zu einer richtigen Hochzeitsnacht«, erwiderte er amüsiert. Er war einen Schritt auf sie zugekommen.

Sie blickte ihn verwirrt an, als er sich auf einmal zu ihr beugte – und sie küsste. Ungläubig fuhr sie zurück. »Was soll das?«

»Nun, ich küsse die Braut!«

»Sie brauchen mich nicht zu küssen«, erwiderte sie verärgert.

»Auch *das* gehört sich so, meine Teuerste!« Er legte sanft den Arm um ihre Taille.

Ein Verdacht keimte in ihr auf. »Aber das entspricht nicht unserer Abmachung!«

»Abmachung? Ist mir etwas entgangen?«

Plötzlich wurde ihr bewusst, dass sie nie darüber gesprochen hatten. Doch sie war selbstverständlich immer davon ausgegangen, dass er nicht das geringste körperliche Interesse an ihr hatte. »Aber Sie … Sie lieben doch Männer!«

Er lachte. »Sicher, und ich gebe zu, es wäre perfekter, wenn Sie einer wären. Aber glauben Sie, ich bin deshalb nicht in der Lage, meine Pflichten als Ehemann zu erfüllen?«

»Danke, aber ich erwarte nicht, dass Sie sich überwinden«, erwiderte sie kühl.

Die Situation schien ihn nach wie vor zu amüsieren. »Meine Liebe, Sie sind nicht die erste Frau in meinem Leben, wenn Sie das beruhigt. Nur weil man das eine vorzieht, bedeutet es noch lange nicht, dass man dem anderen nicht gelegentlich auch ein wenig Geschmack abgewinnen könnte.«

Sie nahm wahr, wie seine Finger einschmeichelnd über ihren Rücken fuhren, und schob entschlossen seine Hand zur Seite. »Lassen Sie das!«

»Warum? Finden Sie mich etwa unattraktiv oder abstoßend?«

Sie sah ihn an. Das war er wahrhaftig nicht, aber seitdem sie Maurice de Thoury im Palais Royal in den Armen eines Mannes gesehen hatte, war er in ihren Augen immer nur ein Freund gewesen. »Nein, aber ...«

»Nun, das beruhigt mich.« Der Ausdruck in seinem Gesicht ließ sie unwillkürlich einen Schritt weiter zurückweichen. Unglücklicherweise befand sich hinter ihr die Wand.

»Mein Gott, als Sie mich gefragt haben, ob ich Ihre Frau werden will, bin ich selbstverständlich davon ausgegangen, dass Sie keinerlei Interesse daran hätten ... jedenfalls nicht mit mir«, stieß sie verärgert hervor.

»Nun, ich weiß nicht, wie ich es Ihnen erklären soll, aber Sie werden nicht darum herumkommen, *ma chère*! Unsere Ehe ist erst dann vollzogen, wenn Sie mit mir die Nacht verbracht haben.«

Für einen Moment fehlten ihr die Worte.

»Das ist doch lächerlich, kein Mensch würde es je erfahren!«

Er hatte erneut sanft den Arm um ihre Taille gelegt. Seine Miene wurde ernst. »Die Vermählung wäre jederzeit von beiden Seiten annullierbar, und das wäre weder in Ihrem noch in meinem Interesse. Außerdem bin ich ehrlich genug, um zuzugeben, dass ich bei gewissen Dingen durchaus konservativ bin. Schließlich sind Sie meine Frau!«

Ihr wurde klar, dass er es ernst meinte. »Wollen Sie mich etwa dazu nötigen?«

Er schüttelte tadelnd den Kopf. »Bei Gott, nein. Sie müssten mich inzwischen gut genug kennen, um zu wissen, dass das nicht mein Stil ist.«

Er beugte sich zu ihr und küsste sie sanft auf den Hals. »Ich würde nie etwas gegen Ihren Willen tun, aber Sie können mir keinen Vorwurf machen, wenn ich versuche, Sie zu überreden.« Seine Finger zogen mit einer behutsamen Bewegung den Gürtel ihres Seidenmantels auf und glitten darunter.

»Und wenn ich mich nicht überreden lasse?«, fragte sie leise. Seine Hände strichen zart über ihren Rücken hinunter zu ihrer Hüfte. Einschmeichelnd und verführerisch, als wollte er ihren Körper als Verbündeten gewinnen.

»Dann wäre ich untröstlich«, erwiderte er, während er sie weiterstreichelte.

Verwirrt stellte Cécile fest, dass seine Zärtlichkeiten ihr nicht unangenehm waren. Sie lösten nicht das hitzige Verlangen und die Lust aus, die sie mit Armand kennengelernt hatte – doch sie nahm wahr, wie ein leichter Schauer sie erfasste und sich tief in ihr etwas Erstarrtes löste.

Thoury küsste sie erneut und drängte sich leicht gegen sie. Sie spürte durch den dünnen Stoff ihres Hemdes die Wärme seines Körpers und merkte, wie ihr Widerstand ins Wanken geriet.

Warum sollte sie sich wehren ... schließlich war er ihr Ehemann ... Außerdem sehnte sie sich danach, Armand endlich aus ihren Erinnerungen zu drängen, nicht mehr an ihn denken zu müssen.

»Entspannen Sie sich und genießen Sie es einfach«, murmelte Thoury. Seine Lippen fanden ihren Mund und liebkosten sie vorsichtig, bis er merkte, dass sie seinen Kuss zögernd erwiderte. Sie schloss die Augen und überließ sich seiner Umarmung, während sie gleichzeitig spürte, wie groß ihr Wunsch war zu vergessen, was hinter ihr lag.

71

Die Kutschen der Gäste hatten schon vor einiger Zeit das Palais verlassen, und draußen dämmerte es. Cécile drehte sich zu dem Comte um, der wach neben ihr lag.

»Guten Morgen, Madame!«, sagte er.

Es beruhigte sie, dass selbst jetzt der gewohnte spöttische Unterton in seiner Stimme schwang. Angesichts der vergangenen Nacht hatte sie für einen Augenblick befürchtet, er könnte sich verändert haben. Dann wurde ihr bewusst, dass sie ebenso wie er nackt war. Sie betrachtete seine wie gemeißelte Brust, und eine leichte Röte schoss in ihre Wangen. Hastig griff sie nach dem Bettlaken, das hinter sie gerutscht war.

Er beobachtete sie erheitert. »Sie wirken irgendwie schuldbewusst, *ma chère*! Ein unpassender Gemütszustand für eine frisch verheiratete Frau.«

»Nein!« Doch er hatte nicht ganz unrecht. Die Nacht mit ihm hatte ihr gefallen, doch aus unerfindlichen Gründen fühlte sie sich tatsächlich, als hätte sie etwas Verbotenes getan.

Er küsste ihre Nasenspitze. »Das beruhigt mich. Ich bin übrigens entzückt, dass Sie sich umstimmen ließen«, fügte er hinzu.

»Beantworten Sie mir eine Frage?«

Er stützte seinen Kopf auf die Hand. »Bitte.«

»Ging es Ihnen wirklich nur um den … *Vollzug* der Ehe?«

Er lächelte. »Nein.«

»Sondern?«

»Nun, zum einen war es selbstverständlich Neugierde …«

»Ich hoffe, die ist befriedigt.«

»Ich bin mir nicht ganz sicher. Es gab da den einen oder anderen Aspekt, den weiter zu erkunden ich durchaus recht reizvoll fände.«

Cécile war versucht, ihm eines der Federkissen ins Gesicht zu werfen. »Sie sind unverschämt, mein Lieber«, sagte sie dann. »Außerdem sagten Sie *zum einen*, folglich muss es noch einen anderen Grund geben.«

Er nickte und strich behutsam über ihren Arm. »Sie wirkten wie erstarrt – voller Angst –, ein wenig wie im Schock, als ich Sie bei dem Regenten wiedersah. Ich dachte, etwas Ablenkung würde Ihnen guttun. Und da Sie nun mal meine Frau sind …«

»Sie besitzen eine sehr zweifelhafte Moral«, sagte sie vorwurfsvoll.

Er lachte und erhob sich aus dem Bett.

»Und Sie werden viele Männer unglücklich machen, das kann ich Ihnen versprechen, meine Liebe.«

Der Hufschlag eines Pferdes war auf dem Hof zu hören, und kurz darauf vernahm man Stimmen. Thoury trat neugierig ans Fenster. Ein überraschter Ausdruck huschte über sein Gesicht. »Das verspricht wahrhaftig interessant zu werden«, murmelte er, war mit einem Schritt an der Tür zum Antichambre und rief seinen Kammerdiener. »Bringen Sie mir meinen Degen, Laval! Schnell!«

»Was ist denn?«, fragte Cécile erstaunt.

»Wir bekommen Besuch«, erklärte er, während er in seinen Hausmantel schlüpfte. Er warf ihr einen kurzen Blick zu. »Ich denke, es würde sich empfehlen, dass Sie etwas überziehen, Madame.«

Aus der Eingangshalle drangen laute Stimmen zu ihnen, und es klang, als würde es zu einem Handgemenge kommen.

Sie blickte sich suchend nach ihrem Seidenmantel um, der vor dem Bett lag, und stand auf, um ihn überzuwerfen.

Der Diener reichte Thoury seinen Degen.

Schritte waren auf der Treppe und dann im Flur zu hören.

»Aber Monsieur, das geht nicht!«

»Lassen Sie mich durch …«

Cécile erstarrte, als sie die Stimme erkannte. Das konnte doch nicht sein!

»Gehen Sie mir aus dem Weg!«

Thoury zog die Augenbrauen hoch.

Im selben Augenblick wurde die Tür aufgerissen. Armand stand auf der Schwelle – mit dem Ausdruck eines Racheengels.

Cécile verspürte einen schalen Geschmack im Mund. Sie verschränkte die Arme vor der Brust.

»Sie haben ihn wirklich geheiratet? Wie konnten Sie das tun?«, fuhr Armand sie an. Die Wut in seiner Stimme war nicht zu überhören.

Ein Gefühl der Genugtuung erfasste sie, als sie die brennende Eifersucht in seinem Blick bemerkte. Doch es schmerzte noch immer erschreckend, ihn zu sehen.

»Guten Morgen, Monsieur de La Baume«, sagte Thoury trocken.

Armand warf ihm einen flammenden Blick zu. »Sie wussten von uns, nicht wahr? Sie haben es nur getan, um es mir heimzuzahlen und sich durch sie für Victor zu rächen! Weiß sie das?«

»Dass Sie Victors Schwester Marie-Anne, die Comtesse de Bezancourt, geschwängert haben? Sicher. Ich habe es ihr erzählt. Ihr ist, glaube ich, nur nicht klar, dass Marie-Anne später Ihre Gemahlin geworden ist, nachdem Sie Victor getötet haben«, sagte Thoury zynisch.

»Sie wissen genau, dass ich bitter dafür bezahlt habe, ihm diesen letzten Wunsch zu erfüllen!« Ein eisiger Ausdruck zeigte sich in Armands Augen.

»Ein Ehrgefühl, das ein wenig spät kam, oder? Welche Ironie, dass Marie-Anne das Kind nur einige Wochen nach Ihrer Vermählung verloren hat, nicht wahr?«, erwiderte Thoury beißend.

Cécile griff nach dem Bettpfosten neben sich. *Seine Gemahlin war die Schwester von Victor de Bezancourt?*

Sie sah, wie Armand vor Zorn nach seinem Degen griff, und einen Moment glaubte sie, die beiden Männer würden sich hier vor ihren Augen ein Duell liefern. Sie fixierten einander, während sie sich kampfbereit gegenüberstanden und man ihren angespannten Atem vernehmen konnte.

»Hören Sie auf!«, sagte Cécile scharf.

»Verzeihen Sie«, sagte Thoury, ohne Armand aus den Augen zu lassen. »Ich hatte mir den Morgen auch etwas anders vorgestellt. Wenn Sie es wünschen, bin ich übrigens noch immer bereit, Genugtuung für Sie zu fordern. Überlegen Sie es sich …«

Cécile schüttelte den Kopf.

»Genugtuung? Wovon sprechen Sie?« Armands Hand glitt von dem geschwungenen Griff seines Degens, und er wandte ungläubig den Kopf zu Cécile um.

Doch sie antwortete ihm nicht. Sie fühlte vielmehr, wie eine eiskalte Wut in ihr hochstieg. »Wie können Sie es wagen, hier aufzutauchen – nach allem, was Sie getan haben!«, stieß sie mühsam beherrscht hervor.

Er starrte sie an. »Was meinen Sie damit?«

»Ich hasse Sie! Gehen Sie und kommen Sie niemals wieder«, sagte sie.

Die Kälte in ihrer Stimme ließ ihn zusammenzucken, doch er blieb stehen. »Nein! Nicht, bevor ich erfahren habe, was Sie mir vorwerfen«, sagte er aufgebracht. »Warum weigern Sie sich seit jenem Abend in Schloss Montbrignac, mit mir zu sprechen, und haben keinen meiner Briefe beantwortet?«

»Ich habe gesagt, Sie sollen gehen!«, fuhr sie ihn an.

»Ich muss Sie bitten, den Wunsch meiner Gemahlin zu befolgen«, sagte Thoury.

Doch Armand trat, ohne ihn zu beachten, einen Schritt auf sie zu. »Bitte, Cécile, sagen Sie es mir! Warum?«

Es war schrecklich. Der Schmerz durchzog ihren gesamten Körper. Sie blickte ihn an und erinnerte sich an jeden einzelnen Moment mit ihm – an Versailles, an den Abend, als er sie in Nîmes vor der Herberge gerettet hatte, an die verliebten Tage im Gästepalais vom Madame Besson – und sie hasste ihn dafür nur umso mehr. Tränen der Ohnmacht stiegen in ihre Augen.

Thoury wollte Armand am Arm packen, doch Cécile hielt ihren Gemahl mit einer Handbewegung zurück.

»Tun Sie nicht so, als ob Sie es nicht wüssten«, sagte sie zu Armand. »Sie waren entweder im Auftrag meines Onkels oder mit ihm und seinen Männern in Schottland. Sie waren dabei, als sie meinen Vater heimtückisch und gemein umgebracht haben!«

Er war ein exzellenter Schauspieler. Sein Gesichtsausdruck ließ sie begreifen, warum sie ihm immer wieder geglaubt und vertraut hatte. Sein Entsetzen wirkte so echt, dass sie sich fragte, woher er die Dreistigkeit nahm, ihr immer noch etwas vorzuspielen. »Sie glauben, ich hätte etwas mit dem Mord an Ihrem Vater zu tun? Sie sind nicht bei Sinnen!«

»Ersparen Sie uns Ihr verlogenes Theater«, erwiderte sie tonlos. »An dem Morgen, an dem mein Vater getötet wurde, bin ich ausgeritten. Ich war in der Nähe an einem See, an dessen Ufer ich eine Tabatiere gefunden habe. Das Silber war nicht einmal angelaufen und der Tabak kaum feucht«, erzählte sie bitter. »Der Deckel der Dose war mit rotem Schildpatt ausgelegt, und die Abbildung zweier Türme, die eine Lilie vor einem Kreuz umrahmten, war darin zu erkennen.« Sie blickte ihn kalt an. »Es war *Ihr Wappen*, Armand! Und die Schnupftabaksdose war exakt die gleiche, die Sie in Schloss Montbrignac meinem Onkel gereicht haben!«

Armand sah sie fassungslos an und brauchte einen Moment, bis er verstand, was sie meinte. Dann schüttelte er den Kopf. »Das kann nicht sein! Ich war noch nie in meinem Leben in Schottland! Sie müssen sich getäuscht haben. Vielleicht sahen sich die Wappen in den Schnupftabaksdosen nur ähnlich!«

Cécile lachte hohl auf. »Sie glauben, auf eine solche Ausrede würde ich hereinfallen? Mein Gott, das denken Sie wirklich, nicht wahr? Aber ich kann es Ihnen leider beweisen …«

Sie ging voller Zorn zu der kleinen lackierten Kommode, in die die Zofe die wenigen persönlichen Sachen, die sie besaß, gelegt hatte, und riss den silbernen Gegenstand heraus. Sie öffnete den Deckel. »Hier, sehen Sie das? Das ist Ihr Wappen, Armand!« Ihre Stimme überschlug sich. »Nehmen Sie die Dose – sie gehört Ihnen.« Sie spürte, dass Thoury beruhigend die Hand auf ihre Schulter legte.

Armand starrte auf das Wappen in dem roten Schildpatt.

»Ich wünschte, ich wäre Ihnen nie begegnet«, sagte Cécile leise.

Ein betroffener Ausdruck zeigte sich in Armands Augen. »Aber ich habe die Wahrheit gesprochen! Ich war noch nie in meinem Leben in Schottland«, sagte er langsam. »Und diese Schnupftabaksdose – sie gehört nicht mir.«

Er griff in seine Rocktasche und holte seine eigene Tabatiere hervor. »Das hier ist meine. Und ich habe nie eine zweite besessen.«

»Das glaube ich Ihnen nicht«, erwiderte Cécile mit schneidender Kälte.

»Aber ich kann es Ihnen zeigen. In meine Dose ist mein Name eingraviert.« Er drehte den Deckel, sodass er den seitlichen Rand mit dem Muster vor sich hatte, und wandte sich an Thoury. »Haben Sie vielleicht eine Lupe?« Ein angespannter Zug zeigte sich um seinen Mund.

Der Comte zog die Augenbrauen hoch, doch dann nickte er. Er rief seinen Diener und wies ihn an, das Gewünschte zu bringen.

»Hier! Man kann es mit bloßem Auge nur schwer erkennen, weil die Schrift in das Muster eingebunden ist«, erklärte Armand.

Er zeigte Cécile den Schriftzug – *Für Armand Charles de La Baume* – und nahm sich dann die andere Tabatiere vor. Einen Moment lang hielt er die Lupe über den Rand des Deckels. Er erstarrte. »Wie ich sagte, das hier – das ist nicht meine Tabatiere! Es ist die Ihres … Onkels.«

Cécile blickte durch das Vergrößerungsglas. Ein ungläubiger Ausdruck breitete sich auf ihrem Gesicht aus. Tatsächlich, dort stand: *Für Louis-François de Montbrignac …*

»Aber warum ist in dem Deckel dann Ihr Wappen abgebildet?«, fragte Thoury irritiert.

»Weil die Dose ein Geschenk meiner Frau ist. Es ist das Wappen unserer Familie und sollte ein Zeichen ihrer Verbundenheit zu unserem Schwager und ihrer Schwester ausdrücken«, erklärte Armand mit belegter Stimme. »Ich entsinne mich jetzt, dass sie von der Arbeit mit dem Schildpatt so begeistert war, dass sie sowohl mir als auch dem Duc de Montbrignac eine solche Dose anfertigen ließ.«

Cécile starrte noch immer darauf.

»Mein Gott ...«, entfuhr es ihr leise.

Armand wandte sich zu ihr um. »Das heißt, Ihr Onkel war wirklich in Schottland«, sagte er erschüttert.

Sie spürte, wie ein Schaudern sie erfasste.

»Ich habe Ihnen unrecht getan«, sagte sie dann.

Armand sah sie schweigend an.

Thoury räusperte sich. »Ich denke, ich lasse Sie beide besser für einen Augenblick allein. Es scheint, dass Sie einiges zu besprechen haben.«

»Danke«, sagte Cécile warm.

Er nickte. Als er an Armand vorbeiging, blieb er kurz stehen. »Ich wollte mich nicht für Victor rächen«, sagte er. Die Tür schloss sich hinter ihm.

Cécile sah Armand verzagt an.

»Es tut mir leid. Das konnte ich nicht ahnen. Die Vorstellung, dass Sie zu den Männern gehören, die meinen Vater auf dem Gewissen haben – Sie ahnen nicht, wie schrecklich das war!«, sagte sie leise. Ihr Gesicht enthüllte das Ausmaß des Leides, das sie durchgemacht hatte.

»Doch! Ich bin fast verrückt geworden, weil ich nicht wusste, was Sie mir vorwerfen«, sagte er rau. Er war langsam auf sie zugekommen. Die Intensität seines Blicks ließ Cécile den Atem stocken, doch gleichzeitig spürte sie dahinter seine Verzweiflung. Als würde es ihm körperliche Schmerzen bereiten, sie auch nur anzusehen.

»Warum? Warum mussten Sie ihn heiraten?«, fragte er tonlos.

»Ich hatte keine Wahl, Armand«, erwiderte sie. »Der Regent hätte mich sonst gezwungen, zu meinem Onkel zurückzukehren oder ins Kloster zu gehen. Und der Comte ... ich meine Maurice ... er ist ein echter Freund!«

»Ein Freund?«, wiederholte er sarkastisch, während er ihre Gestalt in dem dünnen Seidenmantel musterte, der nicht verbergen konnte, dass sie darunter nackt war. Die glühende Eifersucht in seinen Augen ließ sie sich aus unerfindlichen Gründen schuldig fühlen.

»Was werfen Sie mir denn vor?«, fragte sie leise. »Sie sind selbst verheiratet, Armand. Und Sie haben es mir nicht einmal gesagt. Haben Sie das vergessen? Ich könnte ohnehin nie mehr als Ihre Geliebte werden.«

Er sah aus dem Fenster. »Als ich Marie-Anne geheiratet habe, kannte ich Sie nicht.«

Cécile spürte, wie sich ihre Kehle zuschnürte. »Hören Sie auf damit! Das ist nicht fair ...« Tränen traten in ihre Augen. Ein Gefühl der Hilflosigkeit ergriff sie, als sie seinen abweisenden Ausdruck bemerkte. Sie trat auf ihn zu. »Armand, bitte!« Er schwieg und wich ihrem Blick aus. Beschwörend schlang sie die Arme um seinen Hals.

Sie liebte ihn, hatte die gesamte Zeit nicht aufgehört, ihn zu lieben. Nicht einmal, als sie dachte, er hätte ihren Vater umgebracht, wurde ihr klar. »Wir können die Dinge nicht ändern, und ich bin froh ... ich bin so froh, dass Sie hier sind«, flüsterte sie und küsste ihn.

Wie ein Ertrinkender zog er sie an sich. Es war ein bittersüßer Kuss, in dem sich die brennende Sehnsucht, der Schmerz und ihre gesamte Verzweiflung entluden.

Doch dann löste er sich vorsichtig aus ihren Armen. »Cécile, ich muss Ihnen noch etwas anderes sagen. Ursprünglich bin ich deshalb hierhergekommen, aber das Bewusstsein, dass Sie gerade Ihre Hochzeitsnacht ... der Anblick von Ihnen und ihm ...« Er brach ab und schwieg kurz, bevor er fortfuhr: »Es geht um Ihren Bruder!«

»Um Jean?«

»Ja, ich glaube, der Duc, Ihr Onkel, ahnt oder weiß sogar etwas von seiner Existenz. Ich war gestern bei ihm, und er hat mich regelrecht verhört, um herauszubekommen, ob Sie mir etwas über Jean verraten haben. Natürlich habe ich nichts gesagt, aber er ließ sich kaum überzeugen und ist regelrecht besessen von der Idee, dass er noch lebt.«

Cécile spürte, wie eine plötzliche Angst in ihr hochstieg. Sie entsann sich, wie ihr Onkel sie selbst immer wieder nach Jean ausgefragt hatte. Es war ihre Schuld. Hätte sie vor dem Regenten nicht erwähnt, dass ihr Bruder noch lebte, hätte ihr Onkel niemals Verdacht geschöpft. Glücklicherweise hatte er keine Ahnung, wo Jean sein konnte.

»Er traut selbst Villier nicht mehr«, fuhr Armand fort. »Es schien ihm sogar verdächtig, dass der Duc gelegentlich nach Versailles fährt.«

»Was haben Sie gesagt?« Ihr Gesicht war aschfahl geworden. »Er lässt Monsieur de Villier beschatten?«

»Es wäre ihm zuzutrauen.« Plötzlich begriff er. »Wollen Sie damit etwa sagen, Jean ist in Versailles?«

Sie nickte stumm. Plötzlich erinnerte sie sich, wie sie an dem Morgen, als sie aus den Katakomben gekommen war, eine Männergestalt vor dem Palais von Villier gesehen hatte.

Später hatte sie geglaubt, es sei John gewesen. Hatte sie sich geirrt? Waren sie etwa beobachtet worden, als sie zu Jean fuhren? Nein, sie hatten schließlich die Kutsche gewechselt, versuchte sie sich zu beruhigen. Niemand hätte ihnen bis zur Pagenschule folgen können ... Nicht bis dorthin – aber bis zum Wirtshaus, wurde ihr dann jedoch bewusst. Sie sah den Wagen vor sich, der auf der anderen Straßenseite gestanden hatte, und es durchfuhr sie kalt und heiß zugleich.

Armands Hand legte sich auf ihren Arm. »Ich bin mir sicher, er weiß nichts Genaues, sonst hätte er mich nicht so ausgefragt«, versuchte er ihre Besorgnis zu entkräften. »Wenn Sie wünschen, fahre ich zu Ihrem Onkel und bemühe mich noch einmal, genau herauszubekommen, was er über Jean weiß und weshalb er auf einmal der Meinung ist, dass er noch lebt.«

»Bitte, tun Sie das! Und ich muss sofort zum Duc de Villier, um ihn zu warnen«, sagte sie aufgelöst.

In Windeseile hatte sich Cécile angekleidet.

»Sie wollen um diese Zeit zum Duc de Villier?«, fragte ihr Gemahl überrascht. Sie war in ihrem Umhang in sein Kabinett gestürzt, in dem er seinen morgendlichen Tee zu sich nahm, und erzählte ihm jetzt in kurzen Worten, was Armand ihr berichtet hatte.

»Soll ich Sie nicht lieber begleiten?«, fragte Thoury stirnrunzelnd.

Sie warf einen kurzen Blick auf seine nackten Beine, die unter seinem Hausmantel hervorsahen, und versicherte ihm, dass das nicht nötig sei. »Ich will den Duc nur davon unterrichten.«

»Nehmen Sie den Vierspänner, er ist bereits angespannt!«, rief er ihr hinterher.

Die Fahrt zum Palais kam ihr endlos vor. Ganz sicher würde der Duc noch im Bett liegen und tief schlafen. Villier hatte immerhin bis in die frühen Morgenstunden ihre Hochzeit gefeiert. Und selbst wenn er schon wach war, würde er bestimmt nicht zu so früher Stunde schon nach Versailles fahren. Sie reagierte also völlig übertrieben. Doch ihre Unruhe blieb. Eine unerklärliche Angst, dass Jean jetzt, da sie ihn gerade erst wiedergefunden hatte, etwas passieren könnte, ergriff sie.

Schließlich erreichte sie das Hôtel de Villier. Der Kutscher hatte noch nicht ganz im Hof gehalten, als sie schon allein den Verschlag aufstieß und aus dem Wagen sprang.

Der Lakai, der ihr die Tür öffnete – sie war erleichtert, dass es nicht Fernand war –, blickte verwundert in ihr aufgelöstes Gesicht. »Bonjour, Mademoiselle de Montbrignac … Verzeihung, ich meine, Madame de Thoury!«

»Guten Morgen!« Sie stürzte an dem verdutzten Diener vorbei ins Haus.

»Aber, Madame …« Der Lakai schloss die Tür und lief ihr eilig nach. »Kann ich Ihnen vielleicht helfen?«

»Ich muss mit dem Duc sprechen, dringend!«

»Ich fürchte, Monsieur schläft noch.«

Cécile blieb stehen. »Dann wecken Sie ihn! Es ist wirklich dringend.«

»Es tut mir leid, aber Monsieur le Duc bat ausdrücklich darum, am Vormittag nicht gestört zu werden.«

»Sie verstehen nicht – es handelt sich um eine außergewöhnlich wichtige Angelegenheit!«

Der Diener sah sie unentschlossen an.

Cécile brachte nicht länger die Geduld auf, sich mit ihm auseinanderzusetzen, und lief einfach weiter.

»Bitte, bleiben Sie stehen!« Der Lakai hastete mit verzweifelter Miene neben ihr her. »Madame!«

Doch sie hatte schon den Flur des Herrschaftstrakts erreicht und steuerte auf die Tür des Antichambres zu, die sie öffnete.

Aufgebracht wandte sich Cécile an den Lakaien. »Werden Sie dem Duc jetzt Bescheid geben, oder nicht? Glauben Sie mir, wenn er hört, dass Sie mich daran gehindert haben, ihn über diese wichtige Sache zu benachrichtigen, dann haben Sie die längste Zeit hier im Haushalt gedient«, fuhr sie ihn an.

Das Argument schien ihn zu überzeugen. »Gut, ich werde sehen, ob er wach ist«, sagte er eilig. »Sie warten bitte hier.«

Er klopfte verhalten gegen die hohe Flügeltür des Schlafgemachs. Nichts. Er klopfte etwas lauter. »Monsieur scheint zu schlafen.«

»Dann wecken Sie ihn!«

Zögernd drückte der Diener die Klinke herunter und trat in das Gemach. Seine Stimme klang dumpf zu Cécile ins Antichambre. »Verzeihung, Monsieur le Duc …? Monsieur le Duc!«

Nur einen Augenblick später tauchte sein Kopf wieder in der Tür auf. »Er ist nicht hier und war es heute Nacht auch nicht! Sein Bett ist unberührt!«

Cécile spürte, wie sich ihr Magen zusammenzog. »Kann er in der Bibliothek sein? Vielleicht ist er dort eingeschlafen?«

Der Lakai schüttelte den Kopf. »Nein, Madame. In der Bibliothek war ich vorhin. In dem Raum ist niemand.«

»Wissen Sie, ob er überhaupt nach Hause gekommen ist?«

»Ich bin sicher, in den frühen Morgenstunden seine Kutsche und sogar seine Stimme gehört zu haben. Er hat mit jemandem gesprochen.«

»Vielleicht ist er in seinem Kabinett!«, stieß Cécile hervor. Sie entsann sich, dass der Duc dort oft noch vor dem Schlafengehen arbeitete, und trat mit schnellen Schritten durch eine zweite Tür in den angrenzenden Salon, an den sich das Kabinett anschloss.

Der Raum war dunkel, doch sie sah selbst in dem spärlichen Licht, dass in dem Lehnstuhl eine Gestalt am Schreibtisch saß. Der Duc! Er schien beim Arbeiten eingeschlafen zu sein.

»Monsieur de Villier?« Es war kühl in dem Kabinett. Der Vorhang bewegte sich im Wind. Die Fenster waren geöffnet …

Cécile trat an den Schreibtisch und spürte, dass etwas nicht stimmte. Die Gestalt in dem Lehnstuhl rührte sich nicht.

»Monsieur de Villier?«, fragte sie erneut beklommen.

Sie sah, dass auf dem Boden vor dem Schreibtisch jemand lag – und erstarrte.

»Öffnen Sie die Vorhänge!«, sagte sie zu dem Diener.

Licht flutete in den Raum.

Cécile entfuhr ein entsetzter Aufschrei.

Der Lakai, der versucht hatte, das Fenster zu schließen, drehte sich erschrocken zu ihr um.

»Jesus Maria, nein!« Er hielt sich an dem Vorhang fest, als er seinen Herrn sah, der bewegungslos mit geöffneten Augen am Schreibtisch saß. Auf seinem weißen Hemd hatten sich mehrere rote Blutflecken ausgebreitet, genauso wie auf seiner Stirn.

Jemand hatte ihn an Armen und Beinen an den Stuhl gebunden. Sein Anblick ließ keinen Zweifel daran, dass er vor seinem Tod misshandelt worden war.

Cécile hatte das Gefühl, etwas in ihr würde zerreißen. Nein, nicht auch noch Villier!

Dann stellte sie fest, dass die bewegungslose Gestalt auf dem Boden vor dem Schreibtisch Fernand war ... Sie nahm aus den Augenwinkeln wahr, wie sich der Lakai bekreuzigte. »Holen Sie Hilfe! Schnell!«, befahl Cécile aufgelöst.

Innerhalb von Sekunden begriff sie, was passiert war. *Er* war hier gewesen und hatte versucht, den Duc zum Reden zu bringen.

Panik ergriff sie. Jean – sie musste sofort zu Jean! Sie drehte sich auf dem Absatz um und rannte mit fliegenden Röcken durch den Flur zurück zur Eingangshalle. Hinter sich hörte sie die Schreie des Dieners, der endlich aus seiner Erstarrung erwacht war.

Sie stürzte nach draußen in den Hof.

Der Kutscher blickte sie erschrocken an. »Alles in Ordnung, Madame?«

Cécile schüttelte den Kopf. »Nein! Ich muss nach Versailles, sofort!« Sie blickte auf den Vierspänner. Es würde eine Ewigkeit brauchen, wenn sie damit fuhr! Sie durfte keine Zeit verlieren. Wenn es ihrem Onkel gelungen war, den Duc zum Reden zu bringen, war er selbst vielleicht schon längst auf dem Weg zu Jean.

»Spannen Sie mir ein Pferd ab«, sagte sie gehetzt zu dem Kutscher. »Schnell!«

»Wie meinen, Madame?«

Aus dem Haus klangen laute Entsetzensschreie zu ihnen herüber.

»Beeilen Sie sich!«, fuhr sie ihn an.

Er kam wortlos ihrem Befehl nach.

Cécile rannte zu den Ställen und riss vor den entgeisterten Augen eines Stallknechts, der sie zum Glück kannte, Zaumzeug und einen Sattel aus der Halterung. »Ich bringe alles wieder!«

»Aber das geht doch nicht!«, rief er ihr nach. Doch sie hörte ihn schon nicht mehr, sondern lief zu dem Pferd, das der Kutscher aus seinem Geschirr befreit hatte.

»Berichten Sie meinem Gemahl, dass der Duc de Villier tot ist«, sagte sie zu ihm, ohne seinen fassungslosen Blick zu beachten. Dann saß sie auf und stob davon.

Wenig später ritt sie im gestreckten Galopp an Kutschen und Passanten vorbei, die ihr mit aufgerissenen Augen nachstarrten.

Wahrscheinlich hatte ihr Onkel Villier bei seiner Rückkehr aufgelauert, ging es ihr voller Grauen durch den Kopf. Da sich die beiden kannten, hatte der Duc ihn sicher freiwillig ins Haus gelassen. Sie sah die beiden Männer vor sich, wie sie durch den dunklen Flur des Palais gingen und Fernand ihnen den Weg leuchtete …

Tränen rannen über ihre Wangen. Gestern noch hatte der Duc sie zum Altar geführt!

Schuldgefühle ergriffen sie. Sie hätte es wissen müssen, nachdem ihr Onkel versucht hatte, sie zu vergiften. Sie hätte niemals mit dem Duc de Villier zu Jean fahren dürfen!

Irgendwo läuteten Kirchenglocken. Es war Sonntag, fiel Cécile ein. Die Jungen würden gerade die Messe besuchen. Doch viele von ihnen würden ebenso wie die Garden und Rittmeister heute Ausgang haben und ihre Familien besuchen. Es waren also vermutlich nicht viele Menschen in der Pagenschule. Ihr Onkel dürfte es leicht haben, Jean zu finden, wurde ihr voller Entsetzen klar.

Hilf mir, Gott, bitte, flehte sie innerlich. Lass nicht zu, dass er ihn findet, dass seine ganze Schlechtigkeit und Bosheit doch noch triumphieren!

Sie trieb das Pferd weiter an. Es schien, als würde das Tier ihre Not spüren.

Schon bald ließ sie die Stadt hinter sich und galoppierte über die Avenue de Paris. Ohne etwas um sich herum wahrzunehmen, den Blick nur nach vorn gerichtet, ritt und ritt sie.

Als die akkurat gepflanzten Bäume zu beiden Seiten der Straße die Nähe des Schlosses ankündigten, war das Pferd ebenso schweißgebadet wie sie.

Endlich tauchten vor ihren Augen die *écurien* auf. Sie bemerkte, dass rechter Hand über dem Gebäude Rauch in den Himmel stieg. Ein Feuer. *Jean!*

Cécile trieb das Pferd ein letztes Mal an, riss die Zügel herum und galoppierte in den Hof hinein. Ein chaotisches Durcheinander empfing sie vor den königlichen Stallungen. Rittmeister und Gardisten liefen schreiend hin und her. Der Brand war in einem der Stallgebäude ausgebrochen. Lodernd hatten sich die Flammen bis hoch ins Dach gearbeitet. Die Männer rannten, um Wassereimer heranzuschaffen, versuchten, das Feuer zu löschen. Das Wiehern von Pferden war zu hören, von denen einigen die Flucht aus der Feuersbrunst gelungen war und die nun über den Hof galoppierten.

Cécile sprang ab und blickte sich suchend um.

»Sehen Sie zu, dass Sie hier wegkommen, Mademoiselle!«, rief ein Offizier aufgebracht, als sie sich zwischen den Menschen durchdrängte. »Das Feuer kann jederzeit auf die anderen Ställe übergreifen ...«

Doch sie beachtete ihn nicht, sondern lief weiter. Sie zerrte einen Rittmeister mit einem Wassereimer am Ärmel.

»Ist noch jemand in dem Stall?«, fragte sie panisch.

Er schüttelte den Kopf. »Keiner der Männer oder Jungen, aber zwei Pferde!« Sie atmete erleichtert auf.

Ein ächzendes Krachen war zu hören. Cécile fuhr herum.

»Achtung, der Balken!« Ein gellender Schrei ertönte. Das brennende Holz war auf einen Stallknecht herabgestürzt. Mehrere Männer rannten entschlossen los, um ihn darunter hervorzuziehen.

Cécile blickte schaudernd auf das Inferno. Ein Bild stieg vor ihrem inneren Auge auf. Ihr Vater, der sie aus dem Bett riss. Sie spürte mit einem Mal wieder die Narbe an ihrem Bein.

Schließlich riss sie sich vom Anblick der Feuersbrunst los und fuhr sich mit der Hand über ihre Stirn, auf der der Schweiß stand. Wo waren die Pagen? Sie konnte keinen einzigen entdecken. *Bitte, Allmächtiger, hilf mir!*

Sie fragte einen vorbeilaufenden Soldaten.

»Die Jungen haben Befehl, in ihrem Quartier zu bleiben. Zu ihrer Sicherheit, Mademoiselle. Und Sie sollten auch nicht hier herumlaufen!«

Sie stürzte weiter. Rauch trieb über den Hof. Cécile unterdrückte ein Husten. Da sah sie inmitten der hektisch agierenden Männer eine reglose Gestalt, die im Schatten des gegenüberliegenden Gebäudes stand und zu dem brennenden Stall hinüberstarrte. Selbst auf die Entfernung konnte sie das Gesicht mit den groben Zügen und den kräftigen Stiernacken erkennen. Es war der Mann, der sie vor der Herberge in Nîmes überfallen und später im Haus von Luc Roland überwältigt hatte. Sein Gehilfe!

Er war hier. Er hatte das Feuer gelegt!

Und plötzlich begriff sie, dass es nichts anderes als ein Ablenkungsmanöver war. Sie rannte über den Hof zum Hauptgebäude und riss die Tür auf.

Ein älterer Page, der augenscheinlich als Wachdienst eingeteilt war, stellte sich ihr in den Weg. »Es tut mir leid, aber hier können Sie nicht herein.«

»Ich muss zu meinem Bruder – Philippe de Labourg!«

»Aber bei uns ist kein Damenbesuch erlaubt, Mademoiselle«, erklärte er.

»Bitte! Ich muss ihm etwas sagen! Es ist wirklich ungeheuer wichtig.«

Ihr verzweifelter, flehentlicher Ton schien ihn endlich zu erweichen.

»Aber ich habe Sie nicht gesehen«, brummelte er. »Zweiter Stock, Zimmer vier.«

»Danke!« Cécile stürzte die Treppe hoch, den Gang entlang und riss außer Atem die Tür auf.

In dem Raum saßen zwei Jungen beim Kartenspiel. Der eine war der runde, rothaarige Page, den sie bei ihrem Besuch mit Villier gesehen hatte.

Die beiden musterten verwundert ihre aufgelöste Erscheinung.

»Ich suche Philippe! Philippe de Labourg!«

»Philippe?«

»Ist er nicht hier? Aber ich dachte, die Pagen sollten alle in ihrem Quartier bleiben?«, stieß sie panisch hervor.

»Ich hab's ihm ja auch gesagt.« Der Rothaarige kratzte sich verlegen am Kopf. »Aber er hatte Angst um Hercules und wollte zu den Ställen.«

»Hercules?«

»Sein Pferd«, erklärte der Page.

»Er ist zu dem brennenden Stall gelaufen?«

»Nein, unsere Pferde sind in den Ställen hinter dem Hauptgebäude, bei den Weiden.« Der Junge schüttelte den Kopf. »Was wollen denn heute bloß alle von Philippe?«, fragte er verwundert.

Cécile musste sich am Türrahmen abstützen. »Was meinst du mit *alle*?«

Der Page blickte sie verunsichert an. »Eben war ein Mann hier. Er meinte, er sei ein Freund von Monsieur de Villier …«

»Hast du ihm etwa gesagt, wo Philippe ist?«, fragte sie tonlos.

Der Junge nickte beklommen.

72

Er war im Erdgeschoss durch eins der Fenster geschlüpft und über die Weide zu den Ställen gerannt. Das Pferd hatte ihm Monsieur de Villier erst zu seinem letzten Geburtstag geschenkt. Es war das erste Mal, dass Jean ein eigenes Tier besaß, und er verbrachte seitdem jede freie Minute bei Hercules im Stall. Die anderen zogen ihn schon damit auf, doch sie wussten nicht, wie es war, wenn niemand wirklich zu einem gehörte. An den Wochenenden und Feiertagen fuhren sie zu ihren Familien, und er blieb zurück. Meistens besuchte ihn dann der Duc. Er war ein wenig wie ein Vater, aber eben doch nicht ganz. Jean seufzte. Er hatte sich oft gefragt, warum ihn Monsieur de Villier wohl noch nie nach Paris eingeladen hatte.

Der letzte Besuch des Duc kam ihm erneut in den Sinn. Warum hatte er wohl diese junge Frau mitgebracht? Wo er doch sonst immer allein kam … Cécile de Montbrignac. Eine eigenartige Unruhe hatte sich seiner seit diesem Besuch bemächtigt. Er musste immer wieder an die junge Frau denken – und an das Bild in seinem Medaillon. Konnte das, was er doch kaum zu glauben wagte, wirklich stimmen? Aber warum hatten Monsieur de Villier und sie ihm dann nicht verraten, wer sie war?

Jean betrat den Stall und schob die Tür der Box von Hercules auf. Der Rappe gab ein freudiges Wiehern von sich.

»Na, mein Guter!« Er spürte die Nervosität des Tieres. Letzte Woche hatte der Rappe eine Kolik gehabt, und seitdem war er ungewöhnlich unruhig. Vermutlich fühlte er sich ein wenig allein. Die anderen Pferde waren hinten auf der Weide, doch Hercules sollte zur Schonung im Stall bleiben.

Jean strich ihm sanft über seine Blesse und hielt ihm ein Stück Apfel hin.

In diesem Augenblick hörte er das Knistern. Er drehte sich um und sah, dass am Ende der Boxengasse etwas Funken geschlagen hatte.

Geistesgegenwärtig riss er eine Decke von einer Stange und rannte nach hinten, um die züngelnden Flammen sofort im Keim zu ersticken.

»Du bist sicher Philippe, nicht wahr?«

Er fuhr herum. Der Mann war plötzlich aus einer der Boxen getreten. Er war elegant gekleidet und schien von hohem Stand zu sein, doch etwas in der Art, mit der er ihn musterte, war derart unheimlich und beängstigend, dass der Junge den Kopf schüttelte.

»Nein, Monsieur. Ich bin nicht Philippe«, log er.

Der Mann war näher auf ihn zugekommen. »Das glaube ich dir nicht, mein Junge«, sagte er sanft. »Du siehst ihm nämlich leider viel zu ähnlich.«

Es war die Betonung des Wortes »leider«, die Philippe jäh begreifen ließen, dass er sich in Gefahr befand. Da sah er auch schon, wie die Hand des Mannes zu dem Griff seines

Degens fuhr. Er reagierte rein instinktiv, senkte den Kopf und schnellte nach vorn, um sich gegen den Fremden zu werfen. Der unerwartete Stoß ließ den Mann mit einem Aufschrei nach hinten taumeln. Er fiel über einen Eimer und stürzte zu Boden. Der Junge wartete keine Sekunde, sondern setzte in Windeseile den Fuß auf die Leiter und kletterte zum Heuboden hoch.

Der Mann kam wieder auf die Beine. Jean gelang es gerade noch, die Leiter hinter sich hochzuziehen.

Von unten hörte er ein hohles Lachen. »Sei nicht albern! Glaubst du, das könnte dich retten?«

Er sah durch einen Spalt in den Holzbrettern, wie der Mann nach einer der Stalllampen griff und sie anzündete.

Und dann entdeckte er sie – die junge Frau, die in Begleitung von Monsieur Villier hier gewesen war. Sie stand auf einmal im Tor und blickte den Mann an.

Der Fremde ging mit dem Degen auf sie zu. Sie schienen sich zu kennen. »Wie reizend, dass Sie auch hier sind, Mademoiselle.« Und plötzlich wusste Jean, dass sein Gefühl ihn nicht getrogen hatte. Sie war seine Schwester.

Sie sagte nichts, sondern sah den Fremden nur hasserfüllt an.

Ich muss Hilfe holen, dachte Jean. Sofort! Mit zittrigen Händen öffnete er die Klappe, die zum Heuboden des Nachbarstalls führte, und kroch, so schnell er konnte, hindurch.

Cécile hielt die Pistole, die der rothaarige Page für sie heimlich aus dem Zimmer eines der Gardisten entwendet hatte, versteckt hinter ihrem Rücken.

»Wo ist er?«, fragte sie tonlos.

»Ihr Bruder?« Der Duc lachte verächtlich. »Auf dem Dachboden, aber keine Angst. Er wird gleich herunterkommen!«

Sie sah voller Entsetzen, wie er die Lampe in hohem Bogen hoch auf den Dachboden warf. Man konnte hören, wie das trockene Heu Feuer fing. Die Flammen breiteten sich in Sekundenschnelle über ihnen aus.

»Philippe?«, rief sie voller Angst. Aber es antwortete niemand. »Sie sind wahnsinnig!«, stieß sie hervor.

Er lächelte, während er auf sie zukam.

»Man kann seinem Schicksal nicht entgehen. Selbst Sie nicht, meine Liebe. Sie werden also doch im Feuer umkommen – wie es Ihnen schon damals bestimmt war!«

Die Herberge! Ihr Vater, der sie gerettet hatte. Es überraschte sie nicht einmal. Seitdem sie von Villier erfahren hatte, wie ihre Mutter gestorben war, hatte sie es vermutet. Sie zog die Pistole hinter ihrem Rücken hervor und richtete sie mit kalter Miene auf Montbrignac. »Ich weiß, was Sie getan haben«, sagte sie tonlos. »Dass Sie nicht nur meine Eltern und Abbé Silvane, sondern auch noch den Duc de Villier umgebracht haben – und jetzt meinen Bruder töten wollen. Aber das werde ich nicht zulassen!«

Als er die Pistole in ihrer Hand erblickte, war er abrupt stehen geblieben. »Sie wissen gar nichts. Es war mir von Geburt an bestimmt, Duc zu werden!«, stieß er hasserfüllt hervor.

»Aber mein Großvater hat anders entschieden. Er wusste, was für ein Mensch Sie sind!«, sagte Cécile. »Deshalb hatte er meinen Vater an Ihrer Stelle zum Duc gemacht. Er hat mitbekommen, was Sie meiner Mutter angetan haben …«

»Ihrer Mutter?« Er lachte hohl. Seine Züge verhärteten sich plötzlich. »Ich habe sie geliebt. Sie hatte die Wahl. Aber sie wollte nicht. Sie war eher bereit, in Armut und ohne Ehre mit meinem Bruder in einem fremden Land zu leben als mit mir …« Sein Gesicht verzog sich zu einer unschönen

Grimasse. Sie enthüllte die Eifersucht und den Neid, die ihn selbst nach all den Jahren noch zerfraßen.

Über ihnen begannen die Balken zu ächzen und zu knarren, und Cécile hörte das Pferd nervös in seiner Box wiehern. Voller Angst blickte sie zum Dachboden hoch. War Jean wirklich dort oben, oder log ihr Onkel nur?

Sie blickte ihn an. »Die Amme, Louise Vesson, hat Sie damals gesehen, nicht wahr? Sie hat mitbekommen, wie Sie den Ring des Abbé und das blutige Tuch in das Gemach meines Vaters gebracht haben …«, sagte sie leise mit bitterer Stimme.

»Richtig.« Er lächelte maliziös. »Ich wusste, dass sie nichts sagen würde. Sie hat mich aufgezogen und geliebt wie ihr eigenes Kind. Ihr war klar, dass es nur gerecht war, dass ich zurückbekam, was mir zustand«, erklärte er selbstgefällig.

Cécile sah ihn schaudernd an. Er war verrückt.

Langsam kam er einen Schritt auf sie zu.

»Sie werden nicht schießen! Ich bin Ihr Onkel. In unseren Adern fließt das gleiche Blut«, sagte er sanft.

Céciles Finger spannte sich um den Abzug. Die Hitze des Feuers wurde unerträglich.

»Philippe?«, schrie sie erneut.

»Glauben Sie wirklich, Sie könnten noch einmal so viel Glück haben und entkommen?«, fragte er. »Es ist mir nach wie vor ein Rätsel, wie Sie es mit dem Gift in Ihrem Blut geschafft haben zu fliehen«, fügte er hinzu.

Ein berstendes Krachen war über ihnen zu hören, und im selben Moment brach eines der Holzbretter nach unten durch. Die Flammen griffen auf die ersten Stallboxen über. Entsetzt blickte Cécile auf das Feuer, und dann sah sie nur noch, wie ihr Onkel den Degen hob und auf sie zustürzte.

Bilder stiegen innerhalb von Sekundenbruchteilen vor ihren Augen auf. Sie dachte an ihre Mutter, an ihren Vater, den Duc de Villier und alles, was ihr Onkel ihr und ihrer Familie angetan hatte – und drückte ab. Im selben Augenblick splitterte über ihnen erneut Holz. Ein weiterer Balken stürzte ächzend herunter und traf ihn an der Schulter.

Ein unmenschlicher Schrei entrang sich seinem Mund, und das Letzte, das Cécile sah, war, wie die Flammen lodernd seine Gestalt ergriffen.

Dann stürzten die nächsten Bretter herunter. Cécile riss schützend die Arme über ihren Kopf. Die Hitze und der Rauch nahmen ihr den Atem. Plötzlich erkannte sie, in welcher Gefahr sie selbst sich befand. Der ganze Stall brannte! Voller Panik musste sie feststellen, dass der Saum ihres Umhangs Feuer gefangen hatte. Mit einem Ruck entledigte sie sich des Kleidungsstücks und versuchte, sich zwischen den Boxen einen Weg zum Ausgang zu erkämpfen. Sie verfluchte den ausladenden Rock ihres Kleids, nach dem das Feuer gierig langte, und raffte den Stoff eng an den Körper, während sie in Todesangst vorwärtsstürmte.

Sie hatte fast den Ausgang erreicht, als sie das verzweifelte Wiehern hörte. Es ging Cécile durch Mark und Bein. Sie sah Hercules in der Box – das Tier kam nicht durch das halb geöffnete Gatter – und riss den Verschlag mit letzter Kraft weiter auf. Das Pferd stob mit einem Satz davon, und Cécile rettete sich mit einem Sprung hinter ihm her nach draußen.

Sie sah, dass Menschen von den *écurien* über die Weide zu ihr gelaufen kamen.

Ein Junge in einer Pagenuniform stürzte auf sie zu.

»Cécile!«

Sie spürte, wie bei seinem Anblick ein erleichtertes Schluchzen in ihrer Kehle hochstieg.

»Jean!«, stieß sie hervor. Er blickte sie an.

»Ist das mein wahrer Name?«, fragte er leise.

Sie nickte. Tränen liefen über ihre Wangen. »Ja, das ist dein wahrer Name! Du bist Jean Henri de Montbrignac. Du bist mein Bruder, Jean! Und du wirst einmal der nächste Duc de Montbrignac sein«, sagte sie.

Ein lautes, krachendes Bersten ertönte in diesem Moment hinter ihnen. Sie fuhren herum. Funken und Asche flogen durch die Luft. Die letzten Reste des Stallgebäudes waren in sich zusammengebrochen.

Arm in Arm sahen die Geschwister zu, wie sich das Feuer in einer schwarzen Rauchsäule – einem dunklen Mahnmal gleich – gen Himmel erhob.

Zwei Wochen später

73

Cécile stand am Fenster und betrachtete das geöffnete Medaillon in ihrer Hand, das das Porträt ihrer Mutter enthielt. Vorsichtig drückte sie auf den unteren Rand, so, wie Jean es ihr gezeigt hatte. Man hörte ein leises, kaum wahrnehmbares Klicken. Der Rahmen sprang rechts aus seiner Halterung, und man konnte ihn wie eine Buchseite umdrehen. Auf dem Rücken wurde ein zweites Porträt sichtbar – es war das Bild ihres Vaters.

Wie oft hatte sie das Schmuckstück aufgeklappt, doch diesen Mechanismus hatte sie nie entdeckt.

»Nun, ich hatte ja auch einige Jahre mehr Zeit, es herauszufinden«, hatte ihr Bruder mit einem schiefen Lächeln gesagt, als er ihr erklärte, warum er wusste, dass sie seine Schwester war. Er besaß genau das gleiche Medaillon – nur dass seines von ihrer Mutter war und sich deren Bild nicht auf der Vorder-, sondern der Rückseite des Rahmens befand. »Ich habe es so oft angesehen, dass mir die Ähnlichkeit zwischen ihnen aufgefallen ist«, fügte er hinzu. Er hatte ihr auch das Datum gezeigt, das in hauchfeiner Schrift auf den Rand graviert war: 5. März 1695 – der Tag, an dem sich ihre Mutter und ihr Vater vermählt hatten.

Einen Augenblick lang sah Cécile das Bild ihrer Eltern vor sich, und es schien ihr, als würden sie lächelnd zu ihnen herabblicken. Sie spürte, dass die beiden endlich ihren Frieden finden konnten – genau wie sie selbst.

Am Tag zuvor war sie zusammen mit Jean und Thoury beim Regenten gewesen. Der Duc d'Orléans hatte ihnen erklärt, er würde angesichts der veränderten Sach- und Beweislage eine Wiederaufnahme des Verfahrens bezüglich ihres Vaters anordnen. Er hatte nicht nur das Dokument, das der Duc de Villier im Falle seines Ablebens als Zeugnis von Jeans Existenz bei einem Notar hinterlegt hatte, sondern auch die Aussage von Doktor Tayard und der Magd erhalten. Die Hohe Kammer des Pariser Parlaments solle die Angelegenheit prüfen, verkündete er, sichtlich betroffen über Villiers schrecklichen Tod. Er versicherte Cécile, es würde sich bei dem Verfahren um kaum mehr als einen formalen Akt handeln, den er aber für notwendig hielte, um ihrem Bruder seine zustehenden Rechte juristisch wirksam zukommen zu lassen. »Ich bedauere, dass ich nicht früher von Ihrer Existenz gewusst habe, Monsieur de Montbrignac«, hatte er zu Jean gesagt. »Ebenso wie es mir leidtut, Ihnen Unrecht getan zu haben, Madame de Thoury«, fügte er hinzu.

Ob sie zufrieden sei, hatte Thoury sie später gefragt, als sie im Hof in die Kutsche stiegen.

»Ja, sehr!«, hatte sie aus tiefstem Herzen geantwortet. Sie dachte daran, dass sie das Versprechen, das sie ihrem Vater gegeben hatte, nun endlich erfüllt hatte. Nach all den Jahren würde ihm Recht widerfahren, man würde ihn begnadigen, und für sie und ihren Bruder gab es wieder eine Zukunft. Jean würde sein Erbe antreten können und der nächste Duc de Montbrignac sein, und eines Tages würden sie wieder ins Languedoc zurückkehren, auf das Schloss, in dem schon seit Jahrhunderten ihre Ahnen gelebt und geherrscht hatten. Dort war ihr Zuhause – das spürte sie.

Sie legte das Medaillon aus der Hand, und ihr melancholischer Blick glitt nach draußen. Ein märchenhaftes Weiß hatte sich über Nacht über Paris gelegt, und Cécile beobachtete, wie sich Jean und ihr Gemahl draußen ausgelassen eine Schneeballschlacht lieferten.

Dann wandte sie sich vom Fenster ab – und erschrak. Eine Gestalt lehnte bewegungslos an der Wand und starrte sie an.

Ihr Herzschlag beschleunigte sich.

Seit zwei Wochen hatte sie ihn nicht mehr gesehen, seitdem er ihr voller Sorge und Angst nach Versailles gefolgt war und dort feststellen musste, dass Thoury genau dasselbe getan hatte.

Ich kann Sie nicht teilen, hatte Armand gesagt. In ihre Freudentränen über die Rettung ihres Bruders hatte sich ein verzweifelter Schmerz gemischt, als sie seine Worte vernahm und zusehen musste, wie er sich abrupt abwandte und davonritt.

Wortlos blickte sie ihn jetzt an.

»Helfen Sie mir«, sagte er mit einem bitteren Unterton. »Ich kann nicht mit Ihnen, aber auch nicht ohne Sie leben …«

Sie schlang die Arme um seinen Hals, und er küsste sie innig.

»Ich liebe Sie«, sagte sie leise.

Er sah sie an, mit einem gequälten Ausdruck auf seinem Gesicht, während in seinen Augen die unausgesprochene Frage zu lesen stand, was sie bloß tun sollten. Welche Zukunft konnte es für das, was sie empfanden, geben?

Cécile wusste es nicht. Wie auch? Sie waren beide verheiratet – nichts konnte daran etwas ändern. Selbst wenn sie sich sicher war, dass Thoury ihr immer gewisse Freiheiten lassen würde, blieb er doch ihr Ehemann, und sie fühlte sich ihm gegenüber verpflichtet, ebenso wie Armand sich nicht von seiner Frau lösen konnte. Nein, vor Gott und dem Gesetz würden sie beide nie frei sein und sich immer schuldig machen.

Er grub seine Hände in ihre Haare.

»Mein Gott, warum mussten Sie ihn nur zum Gemahl nehmen?« Es war dieselbe Frage, die er ihr vor zwei Wochen gestellt hatte, doch es schwang nichts Anklagendes mehr in seinem Ton.

»Ehen werden aus vielen Gründen geschlossen, aber nicht unbedingt aus Liebe – diesen Satz sagten *Sie* einmal zu mir«, bemerkte sie leise.

Ein unwilliger Ausdruck huschte über sein Gesicht, als er sich an ihre Unterhaltung erinnerte, die sie bei ihrem ersten gemeinsamen Ausritt im *Bois du Boulogne* geführt hatten. »Ich weiß!«

Sie sah ihn an, sein Gesicht mit den dunkelblauen Augen, den markanten Wangen und den schwarzen Brauen, das ihr so vertraut war. Wie sehr hatte sie sich nach ihm gesehnt und ihn vermisst!

»Damals fragten Sie mich auch, ob ich mir nicht vorstellen könnte, nur die Geliebte eines Mannes zu sein. Erinnern Sie sich?«

»Wie könnte ich nicht – Sie sagten *Nein*!«

Sie zog ihn an sich. »Ich habe mich geirrt«, flüsterte sie.

Er blickte sie an, und im selben Moment spürte sie seine Lippen auf ihrem Mund, die sie mit einer Intensität küssten, als wäre es ihr erster und letzter Kuss zugleich. Cécile fühlte, wie jeder andere Gedanke und jedes Gefühl der Schuld sich auflösten. In diesem einen Augenblick gab es nichts außer ihnen beiden. Er hatte recht, sie konnten nicht miteinander leben, aber auch genauso wenig ohne einander.

Sie sah voraus, welche Höhen und Tiefen sie beide auf ihrem Weg durchschreiten würden – die Schwierigkeiten, die Sehnsucht nacheinander, die Eifersucht und die unwürdigen Momente der Heimlichkeit, die ihnen das Schicksal abverlangen würde –, doch sie wusste, dass nichts davon etwas an ihren Gefühlen und ihrer Liebe ändern würde. Und es schien ihr, dass das Glück in ihr Leben zurückgekehrt war, wenn auch anders, als sie es jemals vermutet oder sich vorgestellt hätte.

Nachwort

Die Handlung des Romans *Die geheime Tochter* ist fiktiv und ihre Hauptfigur, Cécile de Montbrignac, ebenso wie das Schicksal ihrer Familie erfunden. Auch die meisten anderen Personen, die in dem Buch vorkommen – mit Ausnahme der Marquise de Maintenon, des Duc de Noailles, des Duc d'Orléans, der Duchesse de Berry und des Intendanten Basville –, hat es nie gegeben.[1] Die historischen Ereignisse, die in dem Roman eine Rolle spielen, haben sich jedoch tatsächlich so ereignet, und ich möchte in diesem Zusammenhang einen Mann erwähnen, dessen tragische Existenz mich letztendlich zu der Geschichte »Die geheime Tochter« inspiriert hat.

Es ist etwas mehr als zwei Jahre her, dass mir die Ausgabe einer historischen Zeitschrift in die Hände fiel, in der ich Ausschnitte der Korrespondenz eines gewissen Baron de Salgas (1646–1717) entdeckte. Es handelte sich um Briefe, die der aus dem Languedoc stammende Adlige während seiner Strafzeit auf der Galeere zwischen 1703–1716 an seine Frau geschrieben hatte. Seine Zeilen legen auf sehr persönliche Weise Zeugnis über den schrecklichen Leidensweg dieses Mannes ab.[2]

François de Pelet de Salgas entstammte ursprünglich einer protestantischen Familie, war aber unter dem Druck, der mit der Verabschiedung des Edikts von Fontainebleau auf die Hugenotten ausgeübt wurde, wie so viele seiner Glaubensgenossen konvertiert. Er galt unter den zahlreichen Neu-Katholiken, über die die Missionarsagenten heimliche Listen führten, als *schlecht bekehrt*, und angesichts seiner Herkunft und seines Besitzes war er in den Augen des Missionarsinspektors, des Abbé du Chalya, und des königlichen Intendanten Basville ein potenziell gefährlicher Mann. Die unglücklichen Umstände des Aufstands der Kamisarden führten 1703 dazu, dass Salgas zur Galeere verurteilt wurde, auf der er mit neuer Festigkeit zu seinem protestantischen Glauben zurückfand.

Die Unbarmherzigkeit, mit der seine Strafe trotz seines Standes und seines hohen Alters vollstreckt wurde, war vermutlich selbst für damalige Zeiten ungewöhnlich. Der Baron war bereits neunundfünfzig Jahre alt, als er auf die Galeere kam, und aus heutiger Sicht grenzt es an ein Wunder, dass er die kommenden dreizehn Jahre überhaupt überlebte. Erst 1716, nach dem Tod Louis' XIV., wurde Salgas auf Geheiß des Regenten und gegen den Willen des Intendanten Basville freigelassen. Er starb nur ein knappes Jahr später, im August 1717, in seinem Genfer Exil.[3]

Das Schicksal dieses Mannes war für mich der Auslöser, mich näher mit der Protestantenverfolgung in Frankreich zu beschäftigen. Ab etwa 1660 hatte man in Frankreich Schritt für Schritt versucht, die Rechte, die den Hugenotten im Edikt von Nantes zugestanden worden waren, wieder einzuschränken. Mit allen Mitteln erhöhte man den Druck, um sie zum Katholizismus zu bekehren. Es gab Berufsverbote – die Protestanten wurden von nahezu allen öffentlichen Ämtern und Stellen ausgeschlossen, sie durften u. a. nicht mehr als Richter, Notare, Advokaten, königliche Geheimschreiber, als Buchdrucker und Ärzte arbeiten und nicht mehr im Hofdienst und der Verwaltung tätig sein. Kinder aus sogenannten gemischten Ehen zwischen Katholiken und Protestanten wurden zudem für unehelich erklärt und waren nicht erbberechtigt.[4]

Die schlimmste Maßnahme, die man zur Bekehrung ergriff, war jedoch die *dragonade* – die Zwangseinquartierung von Soldaten in den Häusern der Protestanten. Dabei quälten die »gestiefelten Missionare« ihre unfreiwilligen Gastgeber so lange, terrorisierten sie und plünderten sie aus, bis diese endlich bereit waren zu konvertieren. Drei Viertel der Hugenotten schworen unter dieser gewaltsamen Einschüchterung der Dragoner ihrem Glauben ab.

1685 unterzeichnete Louis XIV. schließlich das Edikt von Fontainebleau, das die Ausübung der reformierten Religion endgültig verbot – u. a. mit der Begründung, dass der größte Teil der Protestanten ja bereits zum Katholizismus übergetreten und das Edikt von Nantes damit überflüssig geworden sei. In der Folge zerstörte man die reformierten Kirchen und Tempel, verbot ihre Gottesdienste, verwies die Pastoren des Landes und untersagte den Hugenotten selbst, zu emigrieren oder auch nur ins Ausland zu reisen. Dennoch gelang vielen die Flucht. Allein zwischen 1685 und 1715 emigrierten rund 200 000 Protestanten. Rund 40 000 kamen nach Deutschland, fast die Hälfte von ihnen fand in Brandenburg-Preußen eine neue Heimat. Um 1700, so heißt es, soll jeder fünfte Berliner ein Franzose gewesen sein.[5]

Jene Protestanten, die nicht die Möglichkeit hatten, aus Frankreich zu fliehen, wurden durch die rigiden Auswirkungen des Edikts von Fontainebleau gezwungen zu konvertieren. Viele von ihnen lebten ihren Glauben versteckt weiter. Sie trafen sich an abgelegenen, einsamen Orten zu heimlichen Gottesdiensten, die sich *Versammlungen der Wüste* nannten. Wer bei der Ausübung seiner Religion jedoch entdeckt oder auch nur dessen verdächtigt wurde, der wurde hart bestraft. In Milau in der Nähe von Nîmes gibt es ein Museum, das *Musée du Desert*[6], das in einer beeindruckenden Ausstellung die Geschichte und Lebensbedingungen der Protestanten in den Cevennen zeigt und eindringlich die Furcht vermittelt, in der viele dieser Menschen ständig gelebt haben.

Hunderte wurden zur Galeere verurteilt, unter unmenschlichen Bedingungen im Gefängnis inhaftiert, gefoltert und grausam hingerichtet, bis die Kamisarden sich schließlich Anfang des 18. Jahrhunderts vehement und brutal zur Wehr zu setzen begannen und es zu einem Aufstand kam, der das Languedoc über mehrere Jahre in einen bürgerkriegsähnlichen Zustand versetzte.[7]

Vor dem Hintergrund dieser Ereignisse entwickelt sich im Roman das fiktive Schicksal von Céciles Familie. Nicolas de Lamoignon de Basville, der königliche Intendant, ist, wie eingangs erwähnt, eine historische Figur. Eine Karikatur vom Ende des 17. Jahrhunderts zeigt den Intendanten als eine schwarzgesichtige Erscheinung, eine Mischung aus Henker und teuflischem Dämon, denn Basville war nicht nur berüchtigt und gefürchtet für sein strenges, unbarmherziges Vorgehen gegen die Protestanten, sondern auch gegen diejenigen, die es wagten, sich seiner Macht in den Weg zu stellen. Saint-Simon, ein Höfling jener Zeit, bezeichnet ihn als *König* und *Tyrannen* des Languedoc, der die Provinz dreißig Jahre regierte und dort *Grauen* und *Schrecken*[7] verbreitete.

Im Roman habe ich den Intendanten daher zu einem Komplizen von Céciles Onkel gemacht, der die Geschehnisse um die Protestantenverfolgung und den Umstand des angespannten Verhältnisses zwischen seinem Bruder Henri und Basville für seine persönlichen Ziele missbraucht.

Céciles Vater, Henri, stellt dabei einen jener Katholiken dar, der es zwar richtig findet, dass ein Volk mit seinem König im Glauben geeint sein sollte – in den meisten Ländern Europas war das zu jener Zeit auch tatsächlich der Fall –, der aber die unbarmherzige Art, mit der man den Hugenotten begegnet, trotzdem nicht gutheißt. Auch in der Wirklichkeit sahen übrigens viele Menschen – unter ihnen hochstehende Geistliche wie die Erzbischöfe von Paris, Reims und La Rochelle – die brutalen Methoden, mit denen man gegen die Protestanten vorging, kritisch und lehnten sie ab.[8]

Trotzdem sollten in Frankreich nach dem Aufstand der Kamisarden noch mehr als siebzig Jahre vergehen, ehe die Hugenotten ihren Glauben frei leben konnten.

Erst das Toleranzedikt von 1787 gewährte ihnen das Recht, ihre Religion privat auszuüben. Den Zugang zu allen zivilen und militärischen Berufen erhielten die Protestanten jedoch nicht vor der Französischen Revolution, die in ihrer Erklärung der Menschen- und Bürgerrechte schließlich die Glaubens- und Gewissensfreiheit aller Franzosen festlegte.[9]

ANMERKUNGEN

1 vgl. u. a. Pierre Gaxotte, Ludwig XIV. Frankreichs Aufstieg in Europa. Frankfurt a. M./Berlin 1988; Aimé Richardt, La Régence. Paris 2003; Robert Poujol, Basville, rois solitaire du Languedoc. Montpellier 1992.

2 vgl. Mémoires de François de Pelet de Salgas, suivi de lettres adressés à sa femme et à Mademoiselle de Saint-Véran. In: Société de l'Histoire du Protestantisme français (Hrsg.), Le Bulletin XXIX. Paris 1880, S. 73 ff.

3 vgl. u. a. Poujol, a. a. O., S. 243 ff.; Liste de gentilhommes et principaux habitants nouvellement convertis dans le Languedoc 1686. In: Société de l'Histoire du Protestantisme français (Hrsg.), Le Bulletin XXIX. Paris 1880, S. 214 und 349 ff.

4 vgl. Gaxotte, a. a. O., S. 236 ff.

5 vgl. u. a. Guillaume-André de Bertier de Sauvigny, Die Geschichte der Franzosen. München 1986, S. 194 ff.; Laurent Bourquin, Dictionnaire Historique de La France Moderne. Paris 2005, S. 365 ff.; Marianne Carbonnier-Burkard, Comprendre la révolte des Camisards. Rennes 2008, S. 35–80.

6 Musée du Desert: Le Mas Soubreyan, 30140 Mialet, France. www.musée dudesert.com

7 vgl. u. a. Louis de Rouvroy de Saint-Simon, Mémoires de Saint-Simon. Paris 1895, Band XI., S. 11 und 12.

8 vgl. Gaxotte, a. a. O., S. 242.

9 vgl. Laurent Bourquin, a. a. O., S. 368.

Personenverzeichnis

Adèle	Köchin des Duc de Villier
Monsieur Alain	Sekretär des Duc de Villier
Archibald	Bettler, Chef der Unterwelt auf der Île de la Cité
Anne-Louise de Lamoignon de Basville	Gemahlin des königlichen Intendanten Basville, * 1643, † ?
Nicolas de Lamoignon de Basville	Königlicher Intendant im Languedoc, * 1648, † 1724
Officer Berrick	Englischer Offizier
Duchesse de Berry	Herzogin de Berry, Tochter des Duc d'Orléans, * 1695, † 1719
Madame Besson	Wirtin des Gästepalais in Nîmes
Monsieur Brunel	Wirt der Herberge in Nîmes
Marie Carbonne	Mädchen aus protestantischer Familie
Monsieur Carbonne	Großvater aus protestantischer Familie
Solène Duchamps	Geliebte des Duc d'Orléans und der Duchesse de Berry
Captain Simon Dumfries	Englischer Kapitän des Kohlenschiffs

Fernand	Lakai des Duc de Villier
Florence	Magd des Duc de Montbrignac
Giovanni	Geliebter des Comte de Thoury
Will Grant	Englischer Soldat
Guy	Gehilfe des Duc de Montbrignac
Armand Philippe, Comte de La Baume	Graf de La Baume
Anne-Marie, Comtesse de La Baume, geb. Bezancourt	Gräfin de La Baume, Schwester der Duchesse de Montbrignac
Marquise de Maintenon	Marquise, Geliebte und heimliche Gemahlin des Sonnenkönigs Louis XIV., * 1635, † 1719
Laird Rob MacIan	Landlord, schottischer *tacksman* der MacDonalds
John MacIan	Enkel von Laird Rob MacIan
Collin MacDonald	Clanmitglied MacDonald
Douglas MacDonald	Clanmitglied MacDonald
Farrell MacDonald	Viehtreiber und Clanmitglied
Huntly MacDonald	Viehtreiber und Clanmitglied
Rory MacDonald	Viehzugführer und Clanmitglied
Ian Rob MacDonald	Clanmitglied und *keelman*

Cécile de Montbrignac	Tochter von Henri de Montbrignac
Henri de Montbrignac	Vater von Cécile, ehemaliger Herzog de Montbrignac
Jean Henri de Montbrignac	Bruder von Cécile
Louis-François, Duc de Montbrignac	Herzog de Montbrignac, Bruder von Céciles Vater und ihr Onkel
Duchesse de Montbrignac, geb. Bezancourt	Gemahlin des Duc de Montbrignac, Céciles Tante
Duc de Noailles	Herzog de Noailles, Kapitän der Garde
Duc d'Orléans	Herzog d'Orléans, Regent und Neffe des Königs, * 1674, † 1723
Monsieur Peletier	Wirt der Versailler Herberge
Abbé Péret	Geistlicher aus dem Languedoc
Charles de Plessis	Page, Freund von Jean
Monsieur Raboutin	Französischer Schneider
Luc Roland	Ehemaliger Stallknecht auf Montbrignac
Abbé Silvane	Ermordeter Geistlicher aus dem Languedoc
Robert Silvane	Bruder des ermordeten Abbé Silvane
Salvatore	Giftmischer
Thérèse	Zofe des Duc de Montbrignac

Doktor Tayard	Ehemaliger Protestant, Arzt aus dem Languedoc
Maurice, Comte de Thoury	Graf de Thoury
Comte de Villier	Graf de Villier, Sohn des Duc de Villier
Duchesse de Villier	Herzogin de Villier, Mutter des Duc de Villier
Duc de Villier	Herzog de Villier, ehemaliger Freund von Céciles Vater

Zeittafel*

1598	Henri IV. unterschreibt das Edikt von Nantes, das die seit sechsunddreißig Jahren andauernden Religionskriege beendet. Das Edikt gewährt den Protestanten religiöse Toleranz und Bürgerrechte.
1681	Das Edikt von Nantes wird zunehmend eingeschränkt. Beginn der erneuten Verfolgung der Protestanten. Erste Dragonaden.
1685	Louis XIV. unterschreibt das Edikt von Fontainebleau, das das Edikt von Nantes endgültig widerruft. Die Ausübung des reformierten Glaubens wird verboten.
1702–1705	Aufstand der Kamisarden, der sich in einer Art Partisanenkrieg gegen die Regierungstruppen über mehrere Jahre hinzieht.
1710	Ende der letzten Unruhen in den Cevennen.

* Vgl. u. a. Guillaume-André de Bertier de Sauvigny, Die Geschichte der Franzosen. München 1986, S. 154 ff. und 194 ff.; Pierre Gaxotte, Ludwig XIV. Frankreichs Aufstieg in Europa. Frankfurt a. M./Berlin 1988, S. 214 ff.; Laurent Bourquin, Dictionnaire de la France Moderne. Paris 2005, S. 366 ff.

1715	Tod von Louis XIV., dem Sonnenkönig.
1715–1723	Die Regence, Regentschaft von Philippe d'Orléans, der für den fünfjährigen Louis XV. die Regierung übernimmt.
1723	Volljährigkeit Louis' XV. Tod des Regenten.
1787	Das Toleranzedikt, das Louis XVI. unterschreibt und das den Protestanten einen eigenen Zivilstand und das Recht, in Frankreich zu leben, zugesteht.
1791	Mit der Erklärung der Menschen- und Bürgerrechte der Französischen Revolution wird die Glaubens- und Gewissensfreiheit aller Franzosen in der Verfassung verankert.